Leonie Lastella
Lake of Lies
Hidden

LEONIE LASTELLA

Hidden

hidden

LAKE OF LIES

ROMAN

dtv

Dieses Buch behandelt Themen, die potenziell belastend wirken können. Mehr Informationen auf Seite 462.

Von Leonie Lastella sind bei dtv außerdem lieferbar:
Das Licht von tausend Sternen
Wenn Liebe eine Farbe hätte
So leise wie ein Sommerregen
Carry me through the night
Seaside Hideaway – Unsafe
Seaside Hideaway – Unseen
Kisses in the Snow (zusammen mit Valentina Fast und Tonia Krüger)

MIX
Papier | Fördert gute Waldnutzung
FSC® C014496
FSC www.fsc.org

Originalausgabe

Umschlaggestaltung: ZERO Werbeagentur GmbH
Umschlagmotive: shutterstock.com/Neil Lockhart, Kichigin, letovsegda, Olga Vasilek, Michael M.H. Ng
Gesetzt aus der Sabon LT Pro
Satz: C.H.Beck.Media.Solutions, Nördlingen
Druck und Bindung: GGP Media GmbH, Pößneck
Printed in Germany · ISBN 978-3-423-26409-9

Für alle,
die den schwersten Schritt bereits getan haben
und an sich selbst glauben

Via und Miles

Soundtrack

A Lot More Free * Max McNown
Carry You Through * Samuel Jack
London Boy * Taylor Swift
False Confidence * Noah Kahan
Good To Be * Mark Ambor
Coal * Dylan Gossett
Tourniquet * Zach Bryan
Me Without You * Havelin
When You're Gone * Jon and Roy
Unhinged * Nick Jonas
Dancing On My Own * Callum Scott
Where's My Love * SYML
How Do I Say Goodbye * Dean Lewis
Falling Like the Stars * James Arthur
Walked Through Hell * Anson Seabra
Stay * Rihanna, Mikky Ekko
Something in the Orange * Troy Ramey

Prolog

River war mein Lieblingsort. Ich hasse, hasse, hasse dieses bescheuerte »war«. Weil es Vergangenheit bedeutet. Und ich will nicht, dass wir vergangen sind. Doch niemanden scheint zu interessieren, wie ich das sehe. Es gibt uns nicht mehr.

Zittrig atme ich durch, den Rücken gegen die Mauer der Sac State Library gepresst. Die Steine sind rau und kalt. Mein Innerstes ein Froststern. Wie kann das sein? Was, verdammt noch mal, ist passiert?

Alles war gut. Wir haben uns geliebt. River war meine Zukunft. Nicht auf eine hormongesteuerte Ich-bilde-mir-ein-unsere-Highschoolliebe-hält-für-immer-und-mein-Herz-springt-aus-meiner-Brust-wann-immer-ich-dich-sehe-Weise. So etwas geht nur schief. Wir waren Freunde. Und irgendwann mehr. Wir waren echt. Immer füreinander da. Ab dem Moment, als River nach Sacramento zog. Und jetzt plötzlich nicht mehr. Das ist falsch. So falsch, wie etwas nur falsch sein kann.

Für viele ist Riv der angehende Wakeboardprofi des Sacramento State Teams, Social-Media-Star, der Sunnyboy, loyaler Freund, bester Teamkollege, stets fair, gut drauf, sorgenfrei. Ich kenne ihn besser, weiß, wie hart er für dieses Leben gekämpft hat, mit sich gekämpft hat. Ich kenne ihn. Wie kann er das wegschmeißen? Uns wegschmeißen?

Mir ist schlecht. Auf die Art, bei der sich das Innerste nach außen stülpen will. Weil sich jede meiner Zellen gegen die neue Realität wehrt, sie abstößt. Ich atme dagegen an, gegen den Schwindel an, und beiße mir auf die Lippe, stoße mich von der Mauer ab, haste weiter, ignoriere das Getuschel der Leute, an denen ich vorbeilaufe. Ich sage nichts. Was denn auch? Sie haben ihr Urteil längst gefällt.

Dabei kennen sie uns nicht. River nicht und mich schon gar nicht. Sie wissen nichts. Ich starre auf meine Füße, auf die sonnenwarmen Steine darunter, laufe. Vor meiner eigenen Wut davon, die in meiner Brust sitzt und gegen meine Kehle hämmert, raus will.

Ich muss zum Wohnheim, mich verkriechen, bis die Welt wieder normal ist, nicht so abgrundtief verrückt und falsch. Verzweifelt versuche ich, nicht auf die Blicke zu achten, nicht auf die feindliche Stimmung oder die Nachrichten, die seit Rivers letztem Posting mit leisen Vibrationsstößen meinen Posteingang fluten. Versuche stark zu sein, aber ich hänge nur noch mit den Fingerspitzen an einem winzigen Felsvorsprung und jedes Beben könnte mich in den Abgrund stoßen.

Eigentlich hätte ich Kurse. Eigentlich bin ich nicht der Typ, der schwänzt. Aber eigentlich hat sich erledigt, seitdem River uns heute Morgen mit ein paar hingeworfenen Worten beendet hat. Einfach so. Als wäre es nichts. Und als hätte es nicht gereicht mein Leben mit ein paar Sätzen zu zerstören, musste er es noch durch den Mixer drehen. Sichergehen, dass nichts von uns übrig bleibt.

Ich drücke die Tür des Wohnheims auf, schleppe mich die Treppen hinauf. Drei Wochen lang habe ich um diesen Mistkerl gekämpft, wollte nach dem Unfall für ihn da sein. Zweiundzwanzig Tage, an denen er mich nicht sehen wollte und ich trotzdem jeden Tag ins Krankenhaus gegangen bin. Ich war so dumm. So verdammt dumm, weil ich mir eingeredet habe, sein Mich-von-sich-Stoßen wäre nichts Persönliches, nur eine verständliche Reaktion auf das, was ihm zugestoßen ist. Dass er Zeit bräuchte und alles wieder gut würde. Ich meine, die Verletzungen beenden nicht nur seine Karriere als Wakeboard-

Profi. Der Unfall hat sein komplettes Selbstverständnis bis in die Grundfeste erschüttert. River hat seinen eigenen Wert schon immer über die Dinge bestimmt, die er leistet, nicht darüber, wer er ist. Das hat ganz sicher mit seiner Vergangenheit zu tun. Mit dem Teil seines Lebens vor seiner Adoption, von dem er mir nie erzählt hat. Der Teil seines Lebens, der dunkel und verborgen unter seinem Lachen und dem ganzen Erfolg immer da war, den er wie ein Panzer um sich herum aufgeschichtet hat.

Aber er brauchte keine Zeit. River liebt mich nicht mehr. Irgendwann in diesen zweiundzwanzig Tagen hat er einfach damit aufgehört. Und ich komme null damit klar. Das zeigen die heißen Tränen auf meinen Wangen. Das Nicht-atmen-Können. Die Wut auf ihn. Die Wut darüber, den Menschen verloren zu haben, der ich sein wollte und jetzt nicht mehr sein kann.

Liebe ist stark, aber manchmal nicht stark genug.

Ich will mir die Ohren zuhalten, aber Rivers Worte sind in meinem Kopf. Das würde also nichts bringen. Rein gar nichts. Ich würde sie trotzdem hören und wissen: Das war's. Es gibt uns nicht mehr. Nie wieder. All die Pläne, die ich hatte. Weg. River hat sie mit den Buchstaben in seinem Posting ausradiert.

Via verdient jemanden, der ihr ein fucking gutes Leben bieten kann. Aber das bin nicht mehr ich. Kann es nicht mehr sein, so wie ich jetzt bin.

Es hat ihm nicht gereicht, mit mir Schluss zu machen. Er musste den halben Campus auf seine Seite ziehen, all seinen Fans vormachen, ich wäre schuld an dieser Herzbrechaktion. Ich hätte ihn verlassen, weil er vielleicht nie wieder gehen können wird und seine Karriere vorbei ist. Als wäre er nie mehr als ein Statussymbol für mich gewesen. Ein Accessoire, mit dem ich mich geschmückt habe, solange es vorzeigbar war.

Wenn ich wirklich so wäre, würde ich mich auch hassen. Aber das bin ich nicht und ich würde auch niemals solche Nachrichten verfassen. Erst waren es nur ein paar negative Kommentare zwischen Tausenden Genesungswünschen unter Rivers Posting, aber dann ... wurde es ein verdammter Schneeball, der auf mich zugerast kam, immer mehr Fahrt aufnahm, dabei größer wurde und tiefschwarz wie die Nacht.

Unter meinen alten Beiträgen stapeln sich jetzt Berge aus Hetze und Boshaftigkeit. Ich habe versucht die Kommentare zu löschen, aber es waren zu viele. Dann kamen hasserfüllte Nachrichten hinzu.

Nora meinte, dass es sich schon wieder geben würde. Ich sollte es ignorieren. Aber wie macht man das? Wie, wenn es immer schlimmer wird? Einfach nur immer schlimmer. Ich will nichts mehr als mich zusammenrollen und nie wieder aufstehen.

Mit wackligen Beinen erreiche ich meine Etage, schleppe mich zu meinem Zimmer. Keine Ahnung, wie lange ich mich noch aufrecht halten kann, bevor ich einfach umkippe. Und das darf auf keinen Fall in der Öffentlichkeit passieren. Wo es jeder sehen und sich das Maul darüber zerreißen kann. Ich nestle den Schlüssel aus meiner Tasche, will ihn ins Schloss stecken, aber ... Da ist kein Schloss mehr. Ich starre auf das ausgefranste Holz. Auf den riesigen Splitter, der in einem grotesken Winkel absteht, und atme zitternd aus. Holzspäne bedecken den Boden wie frisch gefallene Schneeflocken. Ich starre sie an wie etwas Schönes. Dabei sind sie hässlich. So verdammt hässlich, dass sie mein Herz zusammenkrampfen. Ein schmaler Streifen Licht fällt durch den Spalt auf den Flur. Ich hebe die Hand, berühre die rote Farbe auf dem Türblatt. Sie ist nicht trocken, klebt an meiner Haut. Wie Blut.

Ich wische das Rot am Stoff meiner Hose ab. Zunächst wie

in Trance, dann immer manischer, weil ich hoffe wieder Luft zu bekommen, wenn es nicht mehr an mir klebt. Tränen verwischen die Worte an der Tür. Aber nicht genug, um die Botschaft nicht zu sehen. Den Hass.

Stirb, du herzlose Schlampe!

Via

Der Busbahnhof von Tahoe City ist ein simples Gebäude aus Natursteinen, Glas und Holz. Neu und modern, aber winzig im Vergleich zu dem in Sacramento. Außer dem Amtrac-Bus, mit dem ich angekommen bin, steht nur noch ein privater Hotel Shuttle vor dem Haus. Die Sommersaison ist so gut wie vorüber. Die Wintersaison hat noch nicht begonnen. Neben einer älteren Dame und einem hochprofessionell ausgestatteten Radsportler bin ich der einzige Fahrgast, der aus dem Bus klettert.

Das Fahrzeug fährt wieder an, weiter Richtung Reno. Ich sehe ihm nach, während die Frau in den Wagen ihres Hotels steigt und der Radler auf sein Bike. Als ich mich wieder umdrehe, stehe ich allein auf dem Parkplatz. Und mit allein meine ich vollkommen allein. Nicht mal das Kassenhäuschen der Busstation ist besetzt. Na super. Wie komme ich denn jetzt bitte zu meinem Hotel? Warum habe ich nicht gefragt, ob mich der Shuttle mitnimmt? Weil ich dann hätte sprechen müssen und das hätte ich nicht hinbekommen. Nicht, ohne zu schreien.

Ratlos starre ich auf meine Tasche, überlege. Das Riesenteil kriege ich niemals bis zur Lodge geschleppt. Ich werde mir einfach ein Uber bestellen. Über die App. Da muss ich wenigstens nicht reden.

Ich öffne das Handy und stelle meine Anfrage. Einer der Fahrer kann in vier Minuten hier sein. Das ist schnell. Unerwartet schnell. Ich wähle die Fahrt aus und kurz hüpft ein Funken Freude über den Erfolg durch meine Brust, bevor die

Dunkelheit ihn wieder verschlingt. Gefräßiges Dunkel. Mom und Dad meinten, es wäre gut herzukommen, endlich den Gutschein für den Aufenthalt am See einzulösen, den ich von ihnen vor über einem Jahr zum Highschool-Abschluss bekommen und bis jetzt nicht eingelöst habe. Ich war einfach zu beschäftigt. Mit der Uni, River, dem Leben.

River. Mein Herz schnaubt. Gut, dass ich hier bin. Weit weg von ihm. Und von der Presse. Ich will Dad schließlich nicht durch irgendeine unbedachte Handlung noch mehr schaden. Dad sagt es nicht, aber er hat ähnliche Sorgen, sonst hätte er nicht seinen Freund und Besitzer der Hidden Woods Lodge überredet mich aufzunehmen, obwohl sie gerade renovieren und eigentlich bis zur Wintersaison geschlossen haben.

Ich lege den Kopf in den Nacken, sehe in den azurblauen Himmel, atme den Geruch nach Pinien und Kräutern ein. Vögel zwitschern und irgendwo plätschert Wasser. Der See kann das nicht sein. Das Ufer ist zu weit entfernt. Vielleicht einer der vielen Wasserfälle, die sich von den Bergen in kleine Flüsse ergießen und schließlich in den See münden. Es ist friedlich. Viel friedlicher als in meinem Kopf. Oder meiner Brust.

»Hattest du ein Uber zur Hidden Woods Lodge gerufen?«, höre ich plötzlich eine Stimme hinter mir.

Ich nicke. Den Blick noch immer in den Himmel gerichtet. Das waren keine vier Minuten und ich wünschte, ich könnte die Wärme der Sonnenstrahlen und den Frieden dieses Moments, der in so krassem Gegensatz zu dem Scheiß der letzten Tage steht, noch ein wenig länger genießen. Aber dann hält mich der Fahrer sicher für durchgedreht und das will ich nicht – hier auch noch negativ auffallen. Also zwinge ich mich ihn anzusehen.

Vor mir steht ein junger Typ. Braune Haare. Ein bisschen zu zerwühlt, um noch als Frisur durchzugehen. Bluejeans, weißes Shirt, das eng an einem muskulösen Körper klebt, und darüber ein Baumwollhemd, das ein bisschen zu sehr Holzfäller schreit, um modisch zu sein. Ein lässiges Grinsen im Gesicht, als wäre ihm beides egal.

Ich hatte auf einen alten, Schnurrbart tragenden Kerl mit Klapphandy gehofft, der mit Social Media nichts am Hut hat. Aber, hey, seit wann ist das Leben schon ein Zuckerwatte-Kirmesbesuch?

»Wenn du noch fertig meditieren musst, ich habe es nicht eilig«, sagt er belustigt, stellt sich direkt neben mich und starrt in den Himmel, als müsste er dringend ausprobieren, was ich da bis eben getan habe. Seine Mundwinkel zucken.

Abwehrend sehe ich ihn an. Er ist mir zu nah. So nah, dass ich den schwachen Geruch nach Seife, Motorenöl und Holz wahrnehme, der in seinen Klamotten hängt. Er verarscht mich. Eindeutig. Früher hätte ich über so etwas gelacht. Aber das war früher. Bevor jeder von Rivers vier Millionen Followern wusste, wer ich bin und was ich angeblich getan habe. Bevor ich bei jedem Menschen, der in Rivers Zielgruppe passt, Angst haben musste, dass ich erkannt werde und ein Eimer Hass über mir ausgekippt wird. Und mein Uber-Fahrer ist leider der Posterboy eines River-Anhängers.

Die Situation könnte jeden Moment kippen. »Kannst du mich einfach nur in mein Hotel bringen, bitte?«, murmle ich leise und versuche neutral zu klingen. Neutral ist gut. Das ist weit entfernt von heftig und zerreißend und zu viel. Von einfach allem, was ihn nichts angeht. Niemanden, um genau zu sein.

Wortlos drehe ich mich um und will die Tasche nehmen, aber der Kerl ist schneller, hebt sie hoch und schiebt sie auf die Rückbank. Wahrscheinlich, weil der Kofferraum bis unter das Dach mit Zeug vollgestopft ist. Das Gepäckstück ist riesig, weil ich so gut wie alles aus meinem Zimmer eingepackt habe, und nimmt deswegen mehr als drei Viertel der Sitzfläche ein.

Sie haben die Zimmertür im Wohnheim zwar in Ordnung gebracht, aber das hat diese Wahnsinnigen beim letzten Mal auch nicht davon abgehalten, meine Privatsphäre und die Hälfte meiner Sachen zu zerstören. Ich drücke und quetsche, um genug Platz für mich neben der Reisetasche zu schaffen, und zucke zusammen, weil der Holzfäller-Typ plötzlich meinen Arm berührt. Sanft, aber fest. Und ich kann an nichts anderes denken, als dass dieser Griff jede Sekunde in Hass und Gewalt umschlagen könnte.

Auf meinem Handy befinden sich genug bildhafte Beschreibungen, was Rivers Follower mit mir anstellen wollen. Mein Herz schlägt hart gegen meine Rippen, aber der Typ lächelt nur. Sanft und irgendwie freundlich … was mich total irritiert. Hat er mich echt nicht erkannt? Ruckartig mache ich mich los und weiche einen Schritt zurück, um Abstand zwischen uns zu legen. Denn ganz sicher will ich ihm nicht nah sein, sollte sich das ändern.

»Hey«, sagt er mit einem Lächeln und hebt beschwichtigend die Hände. »Ich wollte dir nur anbieten, dass du vorn sitzen kannst. Nicht dass dich die Monstertasche frisst.«

Sehr ritterlich. Misstrauisch sehe ich ihn an, aber er zuckt nur die Schultern, öffnet die Beifahrertür und geht dann um den Wagen herum, bevor er auf den Fahrersitz klettert. Ich sehe zwischen dem gemütlich wirkenden Beifahrersitz und dem schmalen Streifen Sitzpolster, das die Tasche nicht bedeckt, hin und her. Was soll schon passieren, wenn ich mich nach vorn setze? Nichts, was nicht auch passieren könnte, wenn ich mich auf die Rückbank quetsche. Seufzend schlage ich die hintere Tür zu und lasse mich neben den Typen fallen.

Aber anstatt endlich anzufahren, dreht er sich auf dem Sitz zu mir um und mustert mich erwartungsvoll. Zu lange. Zu intensiv. Er hat braune Augen. Dunkelbraune, in die ich irgendwie hineinkippe. Als wären sie ein verdammter Abgrund.

Nervös streiche ich mir die Haare hinters Ohr und presse den Rucksack mit meinen Wertsachen an meine Brust. Was will er denn bloß? Mein Herz schlägt so laut, dass ich denke, er muss es hören.

»Und?«

»Was und?«, frage ich viel zu lautlos, um unbeteiligt zu wirken. Ich sollte der verfluchten Schwäche in meiner Stimme dringend etwas entgegensetzen. Unsere Blicke treffen sich und seiner kriecht mir unter die Haut. Intensiv, aber zugewandt und irritierenderweise … warm. Und ich bin so ausgehungert nach etwas zwischenmenschlicher Wärme, dass ich lächle. Echt jetzt? Und er … lächelt zurück. Nach all dem Hass der letzten Tage tut das so verdammt gut, dass ich heulen könnte. Ich presse die Kiefer zusammen. Zusammenreißen. Ich muss mich einfach nur zusammenreißen. Das sollte doch zu schaffen sein. Immerhin habe ich als Tochter eines Politikers ein ganzes Leben lang Übung darin. Ich bin quasi der Jedi der Selbstkontrolle.

»Also, ich bin Miles. Dein Fahrer«, stellt er sich vor. Seine Stimme ist tief und rau. Als hätte er gestern zu lang und zu ausgiebig gefeiert, aber irgendwie glaube ich, dass er immer so klingt. Er streicht sich die Haare aus der Stirn, streckt mir die Hand entgegen, wartet.

Ich will es nicht, ergreife sie aber zögerlich. Weil es das ist, was allgemein erwartet wird, und ich bin gut darin, Erwartungen zu erfüllen. Ich war gut darin. Da ist es wieder, das War. Ich hasse es echt. »Nett dich kennenzulernen, Miles.«

»Okay.« Er lacht. »So funktioniert das nicht, Olivia.«

Eis. Seine Worte verwandeln mein Blut in Eis, vertreiben den Anflug von Sicherheit, der kurz da war und jetzt weg. Er kennt meinen Namen. Ich wusste es. Natürlich ist ihm klar, wer ich bin, was passiert ist. Wie sollte es auch anders sein? Wahrscheinlich ist niemand in unserem Alter wohnhaft in der westlichen Hemisphäre um Rivers Post und den viralen Shitstorm herumgekommen, den er ausgelöst hat.

»Fangen wir einfach noch mal an«, sagt Miles amüsiert. »Ich bin Miles. Und du bist?«

Was soll das denn jetzt? Er weiß doch längst, wie ich heiße. Atmen. Ich muss nur atmen und so wenig Angriffsfläche bieten wie möglich. Dann gibt er vielleicht auf und fährt los. Oder ich steige besser aus, bevor das hier kippt. Aber in der Zeit, die ich brauche, um meine Tasche von der Rückbank zu hieven, schafft er es auf jeden Fall auch aus dem Auto. Soll ich ohne meine Sachen wegrennen? Wie gefährlich ist der Typ? Ich beiße die Kiefer so fest aufeinander, dass es wehtut.

Er schüttelt den Kopf. »Olivia, so steht es in deinem Uber-Profil, aber es passt null.« Er überlegt.

Entweder ist er ein echt guter Schauspieler, was ich bezweifle. Oder er kennt meinen Vornamen wirklich nur von meinem Profil. Nicht von einem Foto von mir mit Teufelshörnern und dem Satz darunter: *Die Welt wäre besser dran, wenn du an seiner Stelle gegen die Kaimauer geklatscht wärst, Fotze.*

»Oli«, probiert er eine mögliche Kurzform meines Namens aus und sieht mich erwartungsvoll an. »Nein«, verwirft er sie keine zwei Sekunden später, weil ich keine Reaktion zeige. »Passt auch nicht wirklich. Liv vielleicht?«

»Via«, murmle ich. Wieso sage ich ihm das? So hat River mich immer genannt. Alle haben mich so genannt. Nicht Fotze, Schlampe, Hure oder asoziales Miststück.

»Okay, Via.« Er sieht mich fest an und tippt gegen das Armaturenbrett vor sich. »Du musst wählen.«

Ich starre auf den Zettel, als hätte er mir vorgeschlagen, mit ihm ein Tieropfer zu bringen. Die Ränder sind schon etwas eingerissen und darauf steht: Welcome to Miles' Uber Ride. Darunter sind die verschiedenen Möglichkeiten aufgelistet. Ich mache dich fertig, weil du eine kalte, berechnende Schlampe bist, ist nicht darunter und ich entspanne mich etwas.

»Wähl einfach einen aus«, fordert er mich auf, weil ich noch immer keinen Ton gesagt habe.

»Ich kann dir den Funny Ride empfehlen.« Er setzt sich wieder gerade hin und lässt die Fingerknöchel knacken. »Ich erzähle dir jede Menge mehr oder weniger gute Witze und als Kirsche obendrauf peinliche Anekdoten aus meinem Leben.«

Er macht sich nicht die Mühe zu verbergen, dass er denkt, ich hätte ein Lachen bitter nötig.

»Der Creepy Ride fällt weg, weil ich dich dafür im Rückspiegel anstarren müsste, während wir beide kein Wort miteinander wechseln, und da du vorn sitzt …« Ein Schulterzucken. »Die Seifenblasen sind zu empfehlen. Machen echt gute Laune, aber ist ’ne ziemliche Sauerei.« Er verzieht das Gesicht, lacht aber, als wäre es das trotzdem wert.

Das Geräusch lässt meine Mundwinkel zucken, als würden sie sich daran erinnern, wie es ist, wenn Seifenblasen ausreichen, um glücklich zu sein. Ich zwinge meinen Blick zurück auf das Armaturenbrett des Kombis.

»Oder du versuchst den Therapy Ride«, sagt er leise und so verdammt ernst, dass sich mein Innerstes anfühlt, als hätte ich dort eine Gänsehaut. »Du siehst aus, als könntest du jemanden brauchen, der zuhört. Ist eine meiner Stärken und manchmal gebe ich sogar ganz brauchbare Tipps.«

Sein Vorschlag trifft mich unvorbereitet, wirft mich ohne Vorwarnung in eine Erinnerung. An River, meine Freunde, die jetzt nicht mehr meine Freunde sind, weil sie zu ihm halten. Alle bis auf Nora. An meine Eltern, für die die Situation gerade in Dads Wahlkampfphase eine Katastrophe ist und die mir trotzdem nie Vorwürfe gemacht haben. Weil sie mich lieben. Was es irgendwie schlimmer macht. Tränen treten mir in die Augen, aber ich blinzle sie weg. Das gehört nicht in die Öffentlichkeit. Und ganz sicher will ich meinem Uber-Fahrer nicht erzählen, dass mein altes Leben nicht mehr existiert und das neue schlimmer ist als nach einer Zombie-Apokalypse.

Das Geräusch des Motors lässt mich zusammenzucken. »Okay.« Er nickt. »Der Awkward Ride soll es also sein, bei dem du das Menü ignorierst und wir uns die gesamte Fahrtzeit anschweigen. Gute Wahl.«

Da müsste Sarkasmus in seiner Stimme sein, Wut oder zumindest ein leichtes Genervtsein, aber sie klingt noch genau wie am Anfang unseres Gesprächs. Warm und entspannt. Wie eine Decke, in die man sich einschlingen will, um sich geborgen zu fühlen. Ist das echt mein verfluchter Ernst?

Er fährt los und erfüllt seine Rolle, aber das Schweigen ist nicht merkwürdig. Keine Ahnung, ob man tröstlich schweigen kann, aber wenn, tut Miles genau das. Und ich glaube, das ist besser als jeder Therapy Ride, besser als seine Ich-habe-zu-viel-gefeiert-warme-Decken-Stimme. Ich kuschle mich tief in den Sitz, sehe das Wasser des Sees zwischen den Pinien aufblitzen, höre den Countrysong im Radio und fühle dieselbe Art von Frieden wie eben auf dem Parkplatz. Einen wackligen Frieden, im Auto eines Fremden, aber ich klammere mich daran fest.

Doch viel zu bald lässt Miles den Wagen vor dem Hotel ausrollen. »Da wären wir.«

Ich kämpfe mich aus meiner zusammengesunkenen Haltung hoch und lege ihm zwanzig Dollar auf die Mittelkonsole. Das sind acht mehr, als per App vereinbart waren. »Stimmt so«, murmle ich und steige aus. Die Sonne tanzt baumgefiltert auf dem Kies vor der Lodge und wärmt meine Haut.

Miles lädt meine Tasche aus und deutet auf den Natursteinweg, der über einen mit Schiefer, Steinen und Pflanzen begrenzten Wasserlauf zum Eingang des Hotels führt. »Ich trag dir das Teil noch zum Zimmer«, bietet er an. »Der Laden wird eigentlich renoviert.«

Ich ignoriere die Frage, wieso ich trotzdem hier bin. Als einziger Gast in einem ansonsten geschlossenen Hotel.

»Deswegen haben die gerade niemanden, der das macht. Also ...« Er zuckt die Schultern, als gäbe es keine Alternative, als sein Angebot anzunehmen.

Sehe ich echt so aus, als würde ich es nicht schaffen, meine eigene Tasche zu tragen? »Geht schon.« Ich packe die Griffe, aber Miles lässt nicht los.

»Sieh es als Teil des Service.« Er verzieht den Mund zu einem halben Grinsen. »Großzügiges Trinkgeld muss man sich verdienen.«

Es ist nicht nur eine Tasche, nicht nur eine Gefälligkeit. Wenn ich das zulasse, weiß er, wo ich wohne. Nicht nur, in welchem Hotel. Er wüsste, welches mein Zimmer ist. Bislang war er nett, aber das habe ich an der Uni von vielen Menschen gedacht, bis ihr Verhalten in Hass umschlug. Ich schließe die Augen, sehe Holzsplitter, rote Farbe, spüre die Angst. Auf keinen Fall. »Ich schaffe das allein«, wiederhole ich mich und reiße die Tasche mit einem Ruck an mich.

Miles lässt tatsächlich los und weicht etwas perplex zurück, während ich die losen Haarsträhnen hinter meine Ohren streiche und mich sammle. Seit Tagen ist er der Erste, der mich nicht wie den Antichristen persönlich behandelt hat, und was tue ich? Ich benehme mich wie die Bitch, als die mich alle sehen wollen. »Tut mir leid«, murmle ich. »Ich wollte nicht ...« Egal was ich jetzt sage, ich mache es nicht besser. Also straffe ich den Rücken, murmle ein »Bye« und zerre die viel zu schwere Monstertasche hinter mir her zum Eingang der Lodge.

Miles

Ich reibe mir mit der Hand über den Nacken und sehe Via nach. Sie kämpft mit der Tasche. Oder das Monsterding mit ihr? Debatable. Hat auf jeden Fall etwas von den Naturdokumentationen auf dem Discovery Channel, die Hazel ständig geguckt hat.

Als ich sicher sein kann, dass sie es heil über den Fluss geschafft hat, steige ich zurück in den Wagen. Im Rückspiegel sehe ich, wie sie sich durch die Tür ins Innere des Hotels müht.

Ich hätte ihr geholfen, aber ich kenne mich mit sturen Frauen aus, die partout keine Hilfe wollen. Von niemandem. Haze war genauso. Mein Herz zuckt zurück, aber zu spät. Wie immer stoßen mich die Gedanken an sie in dieses Loch, aus dem ich es tagelang nicht hinausschaffen werde. Ladys und Gentlemen, willkommen in meinem Drecksleben. Ich fahre mir durch die Haare, atme. Zu schnell. Erinnere mich, obwohl ich nicht will. An die schlechten Dinge. Nicht an die guten. Weil das anscheinend nicht drin ist. Keine Ahnung. So funktioniert mein Hirn eben.

Hätte Hazel damals Hilfe angenommen, anstatt ihre verdammte Krankheit vor mir zu verbergen, hätte sie aufgehört diese Scheißjobs zu machen und mich das Geld verdienen lassen, würde sie heute vielleicht noch leben. Wir hätten uns nicht bis zuletzt über irgendwelche Scheiße gestritten. Wer dran war mit Toilette putzen. Oder Müll rausbringen. Ich hätte mich weniger wie ein verwöhnter Wichser aufgespielt, die Zeit anders genutzt, sie mehr wertgeschätzt.

Und ich hasse mich. Weil es dafür jetzt zu spät ist. Weil ich blind war. Ein ichbezogenes, blindes Arschloch. Hazel ist vor meinen Augen gestorben und ich habe es nicht einmal gemerkt.

Meine Finger kribbeln und für einen Moment denke ich, ich klappe zusammen. Einfach so hinter dem Lenkrad. Und ich denke, dass es vielleicht gut wäre. Endlich Ruhe, aber stattdessen ist mir einfach nur kotzübel und mein Körper fühlt sich an wie mein Leben. Kaputt und wie ein Haufen Scheiße.

Frustriert stoße ich die Luft aus und fahre das Fenster herunter. Nach wenigen Inches bleibt es stecken. Der Heber ist verreckt. Die nächste Sache, die ich reparieren muss. Aber nicht jetzt. Jetzt muss ich ans Wasser. Sonst platzt mein Herz, weil jeder Schlag mehr und mehr und mehr Schuldgefühle hineinpumpt.

Eigentlich müsste ich noch weitere Fahrten übernehmen, um einigermaßen mit der Kohle hinzukommen, aber stattdessen logge ich mich aus meinem Uber-Profil aus und halte an dem Aussichtspunkt über der Emerald Bay.

Im Sommer ist es hier brechend voll und die Autos stehen an der Straße den halben Pass hinauf. Heute parkt nur ein Jeep der Parkranger neben mir.

Ich mache mir nicht die Mühe, den Wagen abzuschließen, nachdem ich meinen erbärmlichen Hintern aus dem Auto geschafft habe. Niemand will die hässliche Rostlaube ohne funktionierende Fensterheber haben. Niemand außer mir. Denn der Wagen hat Hazel gehört. Also werde ich ihn fahren, bis ich ihn nicht mehr repariert bekomme. Dürfte eher früher als später so weit sein. Ich verliere dieses bescheuerte Auto. Stück für Stück. Genauso, wie ich Hazel verloren habe. Jeden Tag ein bisschen mehr. Bis nichts mehr übrig ist.

Den Anfang des Weges runter in die Bucht gehe ich noch, werde dann immer schneller, bis ich renne. So schnell, dass meine Lungen brennen und ich nicht mehr heulen muss.

Der Boden der Bucht ist mit feinem Sand und Kiefernnadeln bedeckt. Außer mir haben sich heute nur ein paar Streifenhörnchen an den Strand verirrt. Sie verfolgen mich neugierig, während ich zu der umgestürzten Jeffrey-Pine gehe, die am Rande der Bucht ins Wasser ragt. Liegt an den Touristen, die die Viecher füttern, obwohl es verboten ist. Aus Gründen, denn mittlerweile sind die Tiere so an den Menschen gewöhnt, dass sie sogar in Rucksäcke klettern.

Hazel fand es total wunderbar, wenn sich ein verflohter Nager durch ihre persönlichen Sachen gewühlt hat. Weil sie einfach allem etwas Gutes abgewinnen konnte. Und weil sie eine Schwäche für Tiere mit niedlichen Kulleraugen hatte. Ich klettere auf den Baumstamm und balanciere dann bis zur äußersten Spitze. Das hier war Hazels Lieblingsort.

Ich setze mich, atme schwer aus. In mir wird alles glatt. Ein bisschen wie die Oberfläche des Sees. Hier bin ich ihr nah. Hier ist sie nicht ganz so weit weg wie überall sonst auf der Welt. Wenn ich die Augen schließe, höre ich ihr Lachen, sehe das ausgelassene Blitzen in ihren Augen, höre sie schimpfen, weil ich sie mit dem eiskalten Wasser des Gebirgssees nass spritze. Seitdem ich das Haus aufgeben musste, ist dieser Ort der einzige, an dem ich mich an Hazel erinnern kann, ohne auseinanderzufallen. Hier vergesse ich sie nicht.

Aber das ist nicht der einzige Grund, aus dem ich am See feststecke. In Sacramento habe ich kein Zuhause mehr, mein bester Freund Riley ist weg. Versucht nicht für die verdammte Army draufzugehen. Hazel ist tot. Ich habe niemanden, zu dem ich gehen könnte, müsste im Auto pennen, bis ich mit etwas Glück ein Zimmer in einem der Wohnheime ergattern kann. Was wahrscheinlich Monate dauern würde, wenn es denn überhaupt klappt.

Hazel wollte, dass ich das Studium schaffe. Dafür ist sie gestorben und es zu pausieren fühlt sich widerlich an, nach Verrat. Aber ich kann nicht zurück. Nicht so. Nicht jetzt. Das packe ich einfach nicht.

Also bleibe ich, arbeite, versuche klarzukommen mit einem Leben minus Hazel. Unwillkürlich denke ich an Via. Via, die den See genauso dringend braucht wie ich. Denke ich. Sonst hätte sie nicht so fucking traurige Augen. Mehr Worte. Und nicht so verdammt viel Abwehr. Keine Ahnung, wieso ich ausgerechnet an sie denke. Wieso ich echt krass gern wissen will, was ihr zugestoßen ist.

Ich verziehe das Gesicht, weil ich genau weiß, was Hazel dazu sagen würde. Sie ist süß und genau dein Typ. Wenn du sie wiedersiehst, versau es nicht. Sie könnte dich endlich aus diesem Selbstmitleidsloch rausholen, Trauerkloß. Und dazu würde sie vollkommen übertrieben mit den Augenbrauen wackeln.

Ich vergrabe mein Gesicht in den Händen. Es liegt nicht daran, dass sie mein Typ ist. Ich kriege Via nur deswegen nicht aus meinem Kopf, weil mein beschissenes Helfersyndrom ungefähr ein Jahr zu spät kickt. Das ist falsch und total erbärmlich. Und ich bin auch nicht bereit aus dem verdammten Loch zu klettern, Schwesterherz. Vielleicht ist das der Inbegriff von armselig. Oder aber es ist das Schlauste, was ich tun kann, denn wenn ich anfange zu klettern, dann sollte ich das sicher nicht für einen Menschen tun, der an einem genauso dunklen Ort feststeckt wie ich.

Via

Zwei Tage bin ich jetzt schon am See. Zwei Tage, in denen ich es gerade so geschafft habe Mom und Dad anzurufen und ihnen Bescheid zu geben, dass ich heil angekommen bin. Es hat mich so viel Kraft gekostet, als wäre es ein verdammter Marathon gewesen.

Nora habe ich nur eine Nachricht geschrieben, dass ich sie liebe, weil sie als Einzige zu mir hält, aber dass ich im Moment gar nichts weiß und erst mal klarkommen muss. Und dass ich mich bei ihr melde, wenn ich so weit bin. Das war, bevor ich das Telefon ausgestellt habe. Nicht auf lautlos. Aus.

Seitdem habe ich nur im Bett gelegen, sämtliche Mahlzeiten ausfallen lassen, mich nicht geduscht oder auch nur umgezogen. Meine einzig erkennbare Leistung bestand darin, dass ich meine Netflix-Watchlist leer geschaut und ein komplettes Notizbuch vollgekritzelt habe, um nicht durchzudrehen. Kein erkennbares System. Nur Gedanken und Gefühle. Ungefiltert, damit ich atmen kann.

Meine Haare hängen mir strähnig ins Gesicht. Das Shirt trage ich seit zwei Tagen und ich stinke. Richtig schlimm. Richtig erbärmlich. Ich hasse mich gerade echt, weil ich mich so hängen lasse und nicht stark und souverän mit allem umgehe.

Stöhnend atme ich in das Kopfkissen, stemme mich hoch. Es ist bestimmt nicht besonders schlau rauszugehen, ohne etwas gegessen oder getrunken zu haben, aber ich kann auch nicht länger im Bett bleiben. Denn da läuft heute wieder das

Blockbuster-Horrorkopfkino, starring mein verpfuschtes Leben.

Als ich wenig später mit nassen Haaren, frischen Jerseyshorts und einem schlichten weißen Top mit der Aufschrift *So this ist love* aus dem Bad komme, fällt mein Blick auf das Handy, das auf der Kommode liegt. Das Display starrt blind und schwarz zurück. Der Schriftzug meines Shirts spiegelt sich darin. Liebe. Ich verdrehe die Augen. Wenn das hier wirklich Liebe ist, will ich echt nichts mehr davon wissen.

Ich stopfe das Telefon unter meine Unterwäsche in der obersten Schublade der Kommode, ohne nachzusehen, ob River sich gemeldet hat, ob es ihm leidtut. Ich will es nicht wissen. Er hat uns zerbrochen. Das kann er nicht mehr zurücknehmen. Und erst recht will ich nicht wissen, wie viele Menschen mich hassen, weil sie denken, ich wäre diejenige gewesen, die unsere Beziehung beendet hat.

Seufzend zerre ich mir das Oberteil über den Kopf und tausche es gegen ein schlichtes schwarzes Shirt. Spiegelt meine Gemütslage deutlich besser. Die noch feuchten Haare binde ich zu einem unordentlichen Knoten zusammen und betrachte mich prüfend im Spiegel. Ein blasses Gesicht starrt mir entgegen. Stumpfe Augen. Die Haut darunter ist gerötet und Ringe zeichnen sich ab, aber zum Glück habe ich ja nicht vor unter Menschen zu gehen. Nur ein bisschen frische Luft.

Ich straffe die Schultern und verlasse mein Zimmer. Ein kleiner Schritt für die Menschheit, ein großer für die Post-River-Via.

Der Ausblick von meinem privaten Sonnendeck über den See schlägt Netflix um Längen, aber ich denke, es bräuchte fünf Seen und eine ganze Armee flauschiger Kätzchen mit übergroßen Kulleraugen, um meine Laune aus dem Monstertief zu zerren, in dem ich stecke.

Trotzdem raffe ich mich auf und laufe die wenigen Stufen

von der Teakholz-Veranda vor meinem Zimmer zu dem etwas tiefer liegenden Pool hinab. Er ist ebenfalls von einer dunklen Holzterrasse eingefasst und fügt sich perfekt in die Natur ein. Als wäre das Hotel organisch in dieser Umgebung gewachsen und nicht von Menschen gebaut worden. Wie die Pinien, in denen Lichterketten hängen und die das Sonnenlicht in hellen Flecken auf das Holz werfen.

Ich finde den Zugang zum Hauptgebäude und auf Anhieb den Speisesaal, in dem ein einfaches Frühstücksbüfett für die Angestellten und Arbeiter aufgebaut ist, die das Hotel während der Schließung renovieren. Hier soll ich also essen. Keiner der Tische ist besetzt, was das Ganze irgendwie trostlos macht. Und da ich sowieso keinen Hunger habe, schnappe ich mir nur einen Apfel, den ich essen kann, sobald ich das Gefühl habe, wieder etwas runterzukriegen. Ich weiß, ich sollte etwas Richtiges essen, aber allein beim Gedanken daran dreht sich mir der Magen um. Dagegen ist das wacklige, leicht schwache Gefühl in meinen Beinen ein Klacks.

Das Wasser des winzigen Flusslaufs, der vor dem Hotel entlangläuft, gluckst unter mir, als ich aus der Tür trete. In den Bäumen zwitschern Vögel und die Äste geben das beruhigende Geräusch von sich bewegendem Holz von sich. Alles hier ist so friedlich, glättet die Anspannung in mir, dringt warm unter meine Haut.

Mit einem wohligen Seufzen laufe ich zum Parkplatz. Das erste Mal, seitdem River dieses bescheuerte Posting veröffentlicht hat, denke ich, irgendwann könnte vielleicht doch alles wieder gut werden, dass mir dieser Ort dabei helfen könnte, wieder ich zu sein. Genau wie Mom es mir prophezeit hat. Aber dann … erstarre ich mitten in der Bewegung.

Mein Nacken kribbelt, mein Puls beschleunigt sich. Ich atme so flach, dass mir schwindlig wird. Auf dem Parkplatz steht Miles' Wagen. An fast genau derselben Stelle, an der er mich vorgestern rausgelassen hat. Das Hotel hat geschlossen. Dass er Gäste gefahren hat, kann ich also ausschließen. Und da mir kein anderer Grund einfällt, aus dem er hier sein könnte, bleibt nur einer und ich hasse ihn: Er muss herausgefunden haben, wer ich bin, und ist deswegen hier. Verdammt, das darf mich nicht so aus der Bahn werfen, mir nicht so viel Angst einjagen, dass ich unkontrolliert zittere.

Hastig sehe ich mich um, kann ihn aber nirgendwo entdecken. Vielleicht wartet er, dass ich einen der einsamen Wanderwege des Sees einschlage, sodass er mir allein auflauern kann.

Dir sollte man die Beine brechen, Miststück.

Mein Herz pocht viel zu laut. Ein brennender Druck baut sich in meiner Brust auf. Ich schließe die Augen, atme. Zu hektisch. Meine Reaktion ist überzogen. Ich drehe gerade durch, sonst würde ich mir nicht felsenfest einbilden, er hätte es auf mich abgesehen.

Und selbst wenn er deswegen hier wäre. Das ist nicht das verdammte Internet, wo sich jeder traut ungefiltert seinen Hass rauszubrüllen. Und Miles ist keine Meute aufgebrachter Fans, sondern ein einziger Mensch, dem ich etwas entgegensetzen kann, sollte er es wagen, einen blöden Spruch zu bringen. Und für den Fall, dass er mehr versuchen sollte, habe ich KO-Spray. Im Koffer in meinem Zimmer. Shit. Ich beiße mir auf die Lippen. Wenn ich irgendwann wieder ich sein will, muss ich mich auch wie mein altes Ich benehmen. Und die alte Via hätte sich gewehrt, ob nun mit oder ohne Spray. Mit Händen und Füßen. Zur Not auch mit den Zähnen.

Ich straffe die Schultern, verschlucke mich fast an … Ich hoffe, das ist Wut. Wut ist besser als Angst. Auch wenn sie watteweiche, grelle Punkte in mein Blickfeld malt. Ich schließe die Augen, schüttle den Kopf, als könnte ich so das leichte Gefühl in meinem Hirn einfach loswerden. Funktioniert nicht.

Ich kneife die Augen zusammen, blinzle, brauche einen Moment, um die Realität scharf zu stellen, und pralle fast an Miles' Anblick zurück, der im selben Moment aus dem kleinen Wäldchen unter meinem Sonnendeck tritt, grüßt und zu seinem Wagen geht. Er lehnt sich gegen das Heck. Als wäre es sein angestammtes Recht hier aufzukreuzen und unter meinem Zimmer herumzuschleichen, als wäre es Zufall.

Er überkreuzt lässig die Beine, streckt das Gesicht der Sonne entgegen. Mit einer Hand trommelt er einen Rhythmus gegen die Karosserie. Mit der anderen tippt er auf seinem Telefon herum und grinst. Als wäre das verfluchte Internet ein Ort zum Lachen. Früher habe ich das auch gedacht. Bevor ich der verdammte Witz wurde.

Während ich auf ihn zulaufe, blicke ich mich um. Bis auf ein paar Streifenhörnchen, die über den sandigen Boden flitzen, sind wir allein. Kein Mensch sieht uns zu, sieht es, wenn ich die Fassung verliere.

»Was tust du hier?«, fahre ich ihn an. »In meinem Hotel?« Ich würde ihn am liebsten schubsen, aber das wäre ziemlich nutzlos, solange er an seinem Wagen lehnt und nicht umfallen kann. Und vielleicht auch übertrieben.

Außerdem sollte ich ihm wohl keinen Grund geben, der nächstbesten Zeitung ein Interview über die Tochter des amtierenden Stadtrats von Sacramento zu geben. Darüber, wie sie erst ihren unbequem gewordenen Freund im Stich lässt und dann gewalttätig gegen einen armen, hart arbeitenden Uber-Fahrer wird. Meine Sicht der Dinge spielt bei solchen Berichterstattungen keine Rolle.

Er sieht auf, stopft sich das Handy in die Hosentasche und runzelt die Stirn. »Dein Hotel?«, fragt er gedehnt.

»Mein Hotel«, bestätige ich und strecke das Kinn vor. »Ich wohne hier.«

Er nickt und lacht. »Ich weiß, ich habe dich hergefahren. Du erinnerst dich?«

Findet er das hier echt lustig? Ist ihm nicht klar, dass ich auch ein Mensch bin? Ein Mensch, der das alles nicht verdient hat? Egal wie viel Freude es ihm auch bereiten mag, mich zusammen mit all den anderen Idioten auf Social Media fertigzumachen, er sollte es mal mit Menschlichkeit versuchen. Mit Anstand, Respekt oder einfach etwas, das keinen Straftatbestand darstellt. Und da ist noch etwas. Nach vorgestern hatte ich gehofft, er wäre anders. Ich schlucke schwer. Wegen einer einzigen Autofahrt, auf der ich mich … geborgen gefühlt habe? Das ist echt wahnwitzig.

»Verschwinde!«, flüstere ich erstickt, sehe mich um, ob wir noch immer unbeobachtet sind. »Jetzt sofort.«

Er schüttelt den Kopf. »Nein.« Total lässig.

»Nein?« Mir ist schlecht. In meiner Vorstellung war das einfacher. Ich sage ihm, dass er abhauen soll, und er geht.

»Nope«, bestätigt er. »Geht leider nicht.«

Es geht nicht? Er will nur nicht. Und ich fühle mich, als wäre ich mit Volldampf gegen eine Wand gerast. Ich atme zu schnell, habe keine Ahnung, was ich jetzt tun soll, und die Panik hebelt die Schwerkraft in meinem Kopf aus. Aber es ist nicht nur die Wut darüber, wie er mich auflaufen lässt, ich habe in den letzten Tagen kaum etwas gegessen oder getrunken und noch weniger geschlafen. War ja klar, dass sich meine Beine anfühlen wie poröses Zuckerrohr. Mein Kopf ist voll von Watte und Lichtblitzen. Bitte nicht. Körper, sei nett und gib nicht auf. Nicht hier. Nicht vor ihm.

Ich versuche das Flackern wegzublinzeln, aber es breitet sich aus, verschluckt mich. »Bitte, geh einfach!«, krächze ich, stolpere, suche ziellos mit den Händen nach etwas, an dem ich mich festhalten kann, erwische Metall, aber keinen Halt und dann sind da plötzlich Arme. Arme, die verhindern, dass ich auf den Boden krache. Und Miles' Stimme, ganz dicht an meinem Ohr.

»Hey, was hast du? … Scheiße, warte … Ich.« Er klingt gar nicht verächtlich, sondern … irgendwie besorgt. Zu besorgt, dafür dass wir uns gar nicht kennen.

Ich blinzle gegen die Schatten an und sehe … direkt in seine dunklen Augen. Wunderschöne abgrundtiefe Augen, in die ich falle. Einfach, weil ich eh schon dabei bin.

Dabei gehören sie zu einem Typen, der hier ist, um mich fertigzumachen. Also, warum hält er mich? Wieso hat er mich nicht fallen lassen und das Ganze gefilmt? Das wäre sicher der Renner im Netz. Die gerechte Strafe für eine eiskalte Bitch wie mich.

»Es geht schon wieder«, flüstere ich leise, winde mich zittrig aus seinen Armen, aber sobald er mich nicht mehr stützt, knicken meine Beine erneut weg. Muss mich mein verfluchter Körper ausgerechnet jetzt so jämmerlich im Stich lassen? Ich erwarte ja nicht, dass er noch zu einem Halbmarathon fähig ist, aber er könnte ja wenigstens so gnädig sein, dass ich es bis zurück in mein Zimmer schaffe.

»Scheiße, das reicht, ich bringe dich hoch.« Miles schlingt einen Arm um meine Mitte. Ein starker Arm, der sich warm gegen meine Haut presst und meine überreizten Nervenenden vibrieren lässt. Ich bin so durch. Und er?

Er klingt gestresst. Wahrscheinlich hatte er sich das so nicht vorgestellt. Jemanden online fertigzumachen ist schön anonym. Aber jetzt sieht er ganz real, was es mit mir macht, sieht, wie fertig ich bin, und auch wenn ich mich ihm lieber nicht so verletzlich gezeigt hätte, denkt ein trotziger Teil von mir, gut so. Soll er doch sehen, was passiert, wenn man so was mit einem Menschen macht.

»Oder vielleicht fahre ich dich besser zu einem Arzt«, sagt er in diesem Moment und nickt, als wäre es der beste Einfall ever.

Ist es nicht. Denn in dem Fall werden meine Eltern von der

Versicherung unterrichtet, dass ich zusammengeklappt bin, und wenn es eins gibt, was ich noch weniger will, als schutzlos in meinem Zimmer zu liegen, während Miles um mein Hotel schleicht, ist es, dass meine Eltern sich noch mehr Sorgen um mich machen. Außerdem kann kein Arzt dieser Welt wieder hinbiegen, was passiert ist.

»Auf keinen Fall«, stoße ich hervor. »Ich will auf mein Zimmer.« Ohne seine Hilfe. Weil es ihn zum Teufel noch mal nichts angeht, welches der vielen Zimmer meins ist. Aber bevor ich mir überlegen kann, wie ich das Ganze so nachdrücklich und beleidigungsfrei formulieren kann, dass selbst Dads Pressechef David Parker es abnicken würde, hebt Miles mich bereits hoch.

»Lass mich runter«, protestiere ich und klopfe gegen seine Brust, aber er rennt einfach los. Als würde er sich in einem Tunnel befinden und mich gar nicht wahrnehmen. »Lass mich, verflucht noch mal, sofort runter«, fahre ich ihn an und stemme mich gegen seinen Oberkörper.

Endlich reagiert er, aber nicht, wie ich mir das vorgestellt habe. »Du bist mich los, sobald ich dich irgendwo abgesetzt habe, wo du nicht mehr umkippen kannst.« Und dieser Plan scheint in seiner Welt nicht diskutabel zu sein. Wahrscheinlich ist ihm entgangen, dass es hierbei um mich geht und nicht um einen Sack Reis, über den er einfach bestimmen kann. Das ist so … grenzüberschreitend, anmaßend, aber auch … fürsorglich, dass es fast süß ist. Hallo, was genau stimmt denn nicht mit mir? Erde an Via. Er tut das nicht für mich, sondern um sein schlechtes Gewissen zu beruhigen. Ich sollte ihm die Hölle heißmachen, aber … ich bin so verdammt fertig, dass ich einfach gar nichts tue.

Miles erreicht den Poolbereich, setzt mich aber nicht auf einer der Liegen ab, sondern steigt zielsicher die Stufen zu meinem Zimmer hinauf. Er weiß, wo ich wohne. Oh mein Gott, definitiv nicht fürsorglich und ganz sicher nicht süß. Er hat mir tatsächlich nachspioniert.

»Warte hier«, murmelt er, lädt mich auf einem der Deckchairs vor dem Zimmer ab und entfernt sich.

Keine Ahnung, wieso er annimmt, ich würde auf ihn hören. Ich sollte in mein Zimmer kriechen und die Tür abschließen, solange er beschäftigt ist. So viel Distanz zwischen uns legen wie möglich, mich in Sicherheit bringen und Hilfe rufen. Aber mein Hirn kriegt es nicht hin, kriegt einfach gar nichts hin.

Vorsichtig drehe ich den Kopf, um zu sehen, was er hinter mir tut. Schwarze Flecken tanzen durch mein Sichtfeld, aber ich sehe genug, um sicher zu sein, dass er sich an der Tür des Nachbarzimmers zu schaffen macht. Er überwindet den Türmechanismus und verschwindet im Inneren. Was wohl im Allgemeinen unter Einbruch läuft. Und bedeutet, dass auch meine Tür kein Hindernis für ihn darstellen dürfte. Mich dahinter zu verstecken ist also zwecklos. In der Lobby ist niemand, aber irgendwo in dem Wäldchen neben der Lodge höre ich leisen Baustellenlärm. Da müssten also Menschen sein. Wenn ich es bis zu ihnen schaffe, könnte ich die Polizei rufen. Und ihnen was sagen? Dass Miles mir eine Cola und zwei Proteinriegel gebracht hat. Denn genau das hält er mir im nächsten Moment unter die Nase. Das ist nett, kein Straftatbestand.

»Okay, das sollte helfen, wenn es nur ein zu niedriger Blutzuckerspiegel ist.« Klingt, als würde er das nicht glauben und als würde es ihm etwas ausmachen, wenn mir ernsthaft etwas fehlen würde. Mit einem gequälten Gesichtsausdruck lässt er sich auf den Stuhl neben mir fallen und atmet geräuschvoll aus. So als hätte er, seitdem ich zusammengebrochen bin, die Luft angehalten. Er reibt sich über den Nacken, sieht, dass ich noch immer bewegungslos dasitze. »Kannst du das, verdammt noch mal, bitte trinken?«, fragt er und schenkt mir ein angestrengtes Viertellächeln.

Ich sehe von ihm zu der Cola in meiner Hand und schraube schließlich die Flasche auf. Nicht weil ich auf ihn höre, sondern weil er recht hat. Ich muss etwas trinken. Flüssigkeit, Zucker. Das wird hoffentlich helfen.

Mit winzigen Schlucken leere ich gut ein Viertel der Flasche und spüre, wie sich der Zucker in meinem System ausbreitet. Der Schwindel wird weniger und die schwarzen Flecken verschwinden.

Miles beobachtet jede meiner Bewegungen.

»Geht es dir besser?« Seine Frage wirkt so normal. Unendlich normal.

»Warum bist du nett zu mir?«

»Ähm, warum sollte ich nicht nett zu dir sein?« Er runzelt die Stirn. »Außerdem hat es nichts mit Nettigkeit zu tun. Wenn ich dich ohnmächtig auf dem Parkplatz liegenlasse, läuft das im Allgemeinen unter unterlassener Hilfeleistung. Passiert dir das öfter?« Zwischen den letzten beiden Sätzen macht er keine Pause. Das erste Mal seitdem er sich gesetzt hat, wendet er den Blick ab.

Ich schüttle den Kopf. Nur wenn ich mich auf leeren Magen verfolgt fühle, nachdem ich Morddrohungen bekommen habe. Ich atme durch, formuliere um. »Du hast mich nur erschreckt«, sage ich und wette, David Parker wäre stolz auf mich. Keine Emotion, kein vorwurfsvoller Unterton, geradezu nett. Ich hasse es, nett zu solchen … mir fällt leider kein David-Parker-Wort für Arschlöcher ein, zu sein.

Miles hebt eine Augenbraue. »Ich erschrecke dich, weil ich neben meinem Auto stehe?«

»Es geht nicht darum, dass du neben deinem Auto stehst«, erwidere ich genervt, »sondern darum, dass du es auf diesem Parkplatz tust, vor meinem Hotel.« Ich denke, ich kann mich aufsetzen, ohne Miles noch mal vor die Füße zu kippen, und rapple mich mühsam hoch.

Er sieht nicht aus, als würde er verstehen, worauf ich hinauswill. »Können wir bitte aufhören, so zu tun, als wüssten wir beide nicht, warum du hier bist?«, frage ich langsam echt wütend. »Als wüsstest du nicht, wovon ich rede oder wer ich bin?«

Er verschränkt die Arme vor der Brust. »Keine Ahnung, für wen du mich hältst«, sagt er amüsiert. »Ich kenne so ungefähr fünfeinhalb Menschen auf dem ganzen Planeten.« Er hebt die Hände. »Ich finde das absolut ausreichend. Aber du gehörst nicht zu diesem Kreis. Wenn du also 'ne große Nummer auf Social Media oder die Tochter von irgendeinem VIP bist, tut es mir leid, ich ...« Er zuckt die Schultern. »... kenne dich nicht. Kann mit so was nichts anfangen.«

Wenn das stimmt, dann ...? »Was machst du dann hier? Ausgerechnet hier vor meinem Hotel?«

Er lacht leise und seine Augen blitzen. »Du denkst echt, ich wäre wegen dir hier? Das ist so was von ... wow.«

Eingebildet? Egozentrisch? Paranoid? Vielleicht. Oder aber realistisch, vorsichtig, wachsam. Also halte ich seinem Blick stand.

»Okay, also gut, du willst echt eine Erklärung«, gibt er mit einem dunklen, leicht spöttischen Lachen nach. »Kannst du haben. Ich wohne hier.« Er zeigt über die Schulter zu der halb offen stehenden Tür.

»Und ich kann die Nationalhymne rückwärts singen«, entgegne ich, ohne darüber nachzudenken, was David Parker dazu sagen würde. Ich meine, das soll ich ihm glauben? Er fährt einen ziemlich ramponierten Kombi, jobbt als Uber-Fahrer und chauffiert sein gesamtes Zeug im Kofferraum herum. Man muss kein Genie sein, um sich auszurechnen, dass er sich die Zimmerpreise der Lodge nicht leisten kann.

»Du glaubst mir nicht«, stellt er seufzend fest.

Der Kandidat hat hundert Punkte. Ich verschränke die Arme vor der Brust.

»Fair enough.« Er schiebt den Unterkiefer vor. »Ein Zimmer in diesem Bunker kostet unter uns gesagt unverschämt viel Geld. Geld, das ich nicht habe, und hätte ich es, würde ich es vermutlich besser investieren. Aber wie du vielleicht mitbekommen hast, wird die Lodge renoviert.«

Ich nicke.

»Deswegen bin ich hier.« Er macht eine Verbeugung. »Der Juniorchef hat gerade ziemlich viel mit seinem anderen Hotel in South Lake Tahoe zu tun und kann selbst nur selten ein Auge auf die Arbeiten hier haben. Normalerweise wohnen die Angestellten in den Cabins weiter oben Richtung Straße.« Er deutet auf das kleine Wäldchen, das sich neben uns bis an den Highway erstreckt. »Aber auch die werden gerade renoviert. Die meisten Mitarbeiter haben deswegen frei und die wenigen, die hier sind, dürfen ein bisschen Luxus schnuppern.«

Das klingt plausibel, aber ich bin noch nicht ganz überzeugt. »Als was genau arbeitest du?«

Seine Mundwinkel zucken. »So wenig Vertrauen.« Dann wird er wieder ernst. »Ich mache die Bauaufsicht. Und repariere, was kaputtgeht. Der Job ist nichts Besonderes, aber gerade genau richtig.« Seine Kiefer zermahlen die Lässigkeit.

Und ich ertappe mich dabei, dass ich mich für den Moment nicht auf mein eigenes Drama konzentriere, sondern wissen will, warum er plötzlich so angegriffen aussieht. Warum er sich hier versteckt. »Du bist also wirklich nicht wegen mir hier?«

»Nope, Sad Eyes.« Er streckt sich auf dem Deckchair aus, als wäre es vollkommen normal, dass er mir einen Spitznamen gibt und innerhalb von fünf Minuten erfasst hat, wie es mir geht. Wirklich geht. Er hat die Augen geschlossen. »Aber so wie es aussieht, sind wir vorerst Nachbarn.«

Miles

Der chromglänzende, schweineteure, sehr edel wirkende, aber sterben wollende Kaffeevollautomat aus dem Frühstücksraum liegt in Einzelteilen um mich herum auf dem Holzboden des Sonnendecks. Seitdem Via in ihrem Zimmer verschwunden ist, habe ich mich bis zur Antriebswelle der Brühvorrichtung vorgearbeitet. Die Sonne knallt von einem azurblauen Himmel und ich schwitze. So kalt die Nächte bereits sind, tagsüber hat der Herbst eine Identitätskrise und hält sich für kotzheißen August. Der Pool ist nur wenige Schritte entfernt, die Außenduschen auch. Ich müsste nur aufhören die Kaffeemaschine besiegen zu wollen und könnte mich abkühlen, aber dann würde ich aufhören zu arbeiten. Und das ist ein Problem. Denn das Mistding zu reparieren ist das Einzige, was meinen Kopf davon abhält zu denken. An Hazel. An Via. Via mit den feinen Sommersprossen auf viel zu blasser Haut. Mit den roten Locken, die wild und irgendwie unzähmbar sind und scheinbar das Einzige an ihr, was unkontrolliert ist. Via, die so schwach in meinen Armen lag wie Hazel. Kurz vor ihrem Tod.

Greller Schmerz wirft mich zurück. Fuck, und schon geht es wieder los. Ich presse die Handflächen gegen das warme Holz, gegen meine geschlossenen Augenlider. Als könnte das die Bilder aufhalten, die Schuld kleiner machen. Sie schmeckt wie Kotze. Fühlt sich an wie Fieber. Nicht so normales, sondern irgendein richtig fieses. Denguefieber, vielleicht. So ist Trauer. Eine verdammte Rasierklinge, die sich durch meine Brust arbeitet.

Ich schraube die Antriebswelle aus, weil das vielleicht verhindert, dass es mich komplett zerlegt, ersetze sie durch das Teil, das ich Alex, der diesen Bunker für seinen Dad managt, in weiser Voraussicht habe bestellen lassen. Hinter mir öffnet sich Vias Tür und obwohl ich gerade die Welle zwischen Thermoblock und Brühgruppe reinfummle, sehe ich auf. Sehe hin. Kann nicht nicht bemerken, dass sie nur kurze Jeans trägt. Verdammt kurze. Weil ich auf dem Boden hocke und sich meine Augen nun mal genau auf Höhe ihrer nackten Schenkel befinden. Der Anblick ist definitiv effektiver als die Arbeit an der Antriebswelle.

»Morgen, Sad Eyes«, murmle ich, aber es kommt kein »Guten Morgen« zurück, nur ein ...

»Verf...« Sie bricht ab, schiebt dann ein gequetscht kontrolliertes »Verflucht noch mal« hinterher und hüpft auf einem Bein an mir vorbei zu den Deckchairs. »Was zum ... Was ist das hier?«, presst sie durch zusammengebissene Zähne, deutet mit dem Kopf auf das Chaos, das um mich herum herrscht und sich genau vor ihrer Zimmertür befindet.

»Eine Kaffeemaschine«, antworte ich lahm. Die ich ganz sicher nicht hier auseinanderbauen hätte dürfen, wo sie sich als Gast an den Einzelteilen verletzen könnte. Wenn sie das meldet, bin ich meinen Job los. Normalerweise erledige ich solche Arbeiten in der winzigen Werkstatt neben den Angestelltenunterkünften im Wald oder in meinem Zimmer. Heute nicht und ich kann tausend krass logische Erklärungen finden, wieso ich hier bin. So was wie ›das Hotel ist geschlossen und ich dachte, deswegen wäre es okay‹. Oder ›der Vollautomat wiegt eine halbe Tonne und wer hat schon Lust, so ein Monsterding in die Werkstatt zu schleppen?‹. Oder ›in meinem Zimmer war einfach kein Platz, weil bereits jeder Inch voll mit der zerlegten Klimaanlage aus Zimmer Sechs ist‹.

Aber das ist alles Bullshit. Ich hatte einfach das völlig unpassende Bedürfnis, hier zu sein, sollte Via Hilfe brauchen. Und ich kapiere echt nicht, wo das herkommt. Vielleicht stimmt was ernsthaft nicht mit meinem Kopf.

Alex würde einen Anfall bekommen, wenn er wüsste, dass ich dreckige Maschinen in einem seiner heiligen Zimmer zerlege. Und wenn er das hier sehen könnte, würde er mich vermutlich anbrüllen. Würde ich ihm stecken, dass Via der Grund ist, wäre ich auf jeden Fall gefeuert.

Alex ist nur ein paar Jahre älter als ich und leitet die Lodge und einen Hochhaus-Casino-Albtraum in South Lake Tahoe, der kurz vor der Eröffnung steht. Er hat mir diese Arbeit nur gegeben, weil ihm sein Hausmeister, der die Bauaufsicht machen sollte, zwei Tage vor Beginn der Renovierungen gekündigt hat, gerade als ich in die Lodge gestolpert kam und sowohl den Job als auch das Dach über dem Kopf bitter nötig hatte. Wem mache ich etwas vor? Er hätte jederzeit auch jemand anderen gefunden und er hat schon Menschen gekündigt, die schlechter aufgestellt waren als ich. Der einzige Grund, aus dem er mich eingestellt hat, ist Hazel. Alex mochte sie. Keine Ahnung, ob er es ihr je gesagt hat oder was da lief, aber die Art, wie er das jedes Mal betont, wenn er mich sieht, lässt keinen Zweifel zu, mich mag er nicht. Wahrscheinlich ist er der Einzige, der kapiert hat, dass ich sie auf dem Gewissen habe.

»Und du denkst ernsthaft, du könntest das reparieren?«, fragt Via jetzt und sieht zweifelnd zwischen mir und den Einzelteilen hin und her. »Dad kriegt auch immer so Anfälle.«

»Ich bin Maschinenbaustudent, also ja, ich denke, die Chancen stehen gut.« Ich lächle, lasse zu, dass mich das Gespräch mit ihr von den Erinnerungen an Hazel wegtreibt. Erinnerungen, die wie ein Scheißrhinozeros auf meiner Brust hocken. »Dein Dad schlägt sich nicht so gut?«

»Er ist Politiker.«

Mehr sagt sie nicht, zieht aber ihre Nase kraus, was wohl

Antwort genug ist. Ist wohl auch besser mit Worten als mit Händen.

»Das Chaos tut mir echt leid. Eigentlich haben wir geschlossen und ich hatte es nicht mehr auf der Platte, dass du angereist bist.« Ich deute auf ihre Tür. Wer's glaubt, wird selig. Als könnte ich vergessen, dass sie jetzt neben mir wohnt. »Tut es sehr weh?«

»Nein.« Sie sieht mich herausfordernd an. So als würde sie mir am liebsten etwas Fieses an den Kopf werfen, weil es in echt sauwehtut. Ihr Kinn zittert, aber sie zwingt sich zu einem Lächeln. »Schon okay.«

Ich rapple mich auf, will verstehen, warum sie nicht einfach rauslässt, was sie denkt. »Kann es sein, dass hinter dem ›Ist schon okay‹ ganz schön viel Schmerz steckt?«, frage ich scherzhaft, meine ihren Fuß, aber sie lächelt nicht. Kein Stück. Ihre Gesichtszüge verschließen sich. Ihre ganze Körperspannung verändert sich und, fuck, erst jetzt wird mir bewusst, wie blöd der Spruch ist. Natürlich denkt sie nicht an ihren Fuß. Irgendwas oder irgendjemand muss ihr Leben aus den Angeln gehoben haben und ich Idiot musste sie daran erinnern. Ausgerechnet ich. Als wüsste ich nicht, wie scheiße das ist. Ich fahre mir durch die Haare. »Sorry, das war ... Kann ich dir etwas zum Kühlen holen? Wäre das Mindeste.«

»Nicht nötig.« Sie steht auf, will gehen. Wahrscheinlich an einen ruhigen Ort, von dem aus sie Victor Reyes, Alex' Dad, anrufen kann, um sich über mich zu beschweren.

»Hey.« Ich halte sie am Arm zurück, lasse aber sofort los, als ich ihren Blick bemerke. Angsterstarrt wie ein Reh im Scheinwerferlicht. Ich gehe auf Abstand, obwohl ich sie lieber in meine Arme ziehen und gutmachen würde, was irgendein Arschloch ganz offensichtlich verkackt hat. Keine Ahnung, ob sie wirklich eine Beziehungskrise hat oder ganz andere Probleme. Sollte auch nicht meine verfluchte Sorge sein. Ich bin derzeit echt nicht in der Verfassung, mich mit den Katastrophen anderer Menschen rumzuschlagen, aber ich muss sie davon abhalten, dass sie mich feuern lässt. »Könntest du das hier vielleicht für dich behalten? Der Tag ist schon scheiße genug und ich brauche den Job«, murmle ich. Was ihr herzlich egal sein dürfte. »Bis du zurück bist, habe ich den Kram weggeräumt und ich verspreche, so was wird nicht wieder vorkommen.«

Sie sieht mich zweifelnd an, nickt aber. »Okay.«

Keine Ahnung, ob ich ihr glauben kann. Aber das muss ich, denn sie dreht sich steif um, geht zu einer der Teakliegen, streift sich Hose und Shirt ab und springt mit einem eleganten Kopfsprung in den Pool. Das Wasser kräuselt sich und ich starre wie hypnotisiert auf die Stelle, an der sie verschwunden ist. Erst als sie am anderen Ende des unregelmäßig geformten Pools wieder auftaucht, wende ich mich ab.

Egal wie gut sie in ihrem Bikini aussieht. Und, verdammt, sie sieht heiß aus. Egal wie sehr sich mein Helferkomplex getriggert fühlt, weil es ihr nicht gut geht. Egal wie sehr mich unsere Gespräche herausfordern, weil sie nie sagt, was sie eigentlich sagen will. Oder wie faszinierend ich diese verdammten Sommersprossen auf ihrer Haut finde, ich habe genug eigenen Scheiß zu bewältigen und absolut keine Kapazitäten mich auf irgendetwas einzulassen. Und schon gar nicht auf sie.

Also tue ich das einzi Richtige. Ich setze mich zurück auf den Boden und konzentriere mich auf den Kaffeevollautomat, darauf, das Chaos zu beseitigen, das ich beherrschen kann, setze jedes Teil, jedes Kabel, jeden Schalter zurück an seinen Platz. Motoren sind wie komplexe Puzzle. Es bringt mir Spaß sie zusammenzusetzen. Darin bin ich gut. Normalerweise. Würde mich das Glucksen von Wasser an Vias Haut nicht so verdammt ablenken. Ihr Atem, dessen Frequenz sich mit jeder Bahn beschleunigt, die sie durch den Pool zieht.

Via

Die komplette Uni und wahrscheinlich sämtliche Wassersportfans ganz Kaliforniens drängeln sich auf dem Strand des Sac State Aquatic Centers. Ich schlängle mich durch die Menschenmassen, recke mich, um River in dem Chaos zu finden, versinke in einer Flut aus Ellenbogen, Gerüchen und Stimmen. Ich kann ihn nirgendwo entdecken.

Dabei wollte ich ihm unbedingt noch Glück vor seinem Lauf wünschen. Auch wenn wir uns gestern gestritten haben. Auch wenn das nicht der erste Streit in den letzten Wochen war und er verschlossen wie der Tresor der Regional Fed in Manhatten ist. Ich weiß, wie viel von diesem Wettkampf abhängt. Nicht nur seine Sponsoren werden heute da sein, es soll auch ein Talentsucher des nationalen Wakeboardteams kommen. Das könnte sein Ticket in die Profiliga sein. Natürlich ist er da gestresst. Ich kann das verzeihen und über meinen Schatten springen, für ihn da sein, egal ob es gerade schwierig ist.

Nora, Bailey und Holly winken mir zu. Sie stehen am Strand unter einer bunten Wimpelkette und sind vollständig in den Farben der Uni, Grün und Weiß, gekleidet. Auf ihren Shirts prangt das Sac-State-Hornets-Logo.

»Hey, Queen V«, begrüßt Bailey mich. Sie nennt mich so, weil sie denkt, River wäre seit seinem Social-Media-Erfolg der König der Uni und ich damit zwangsläufig Königin. In Rivers Fall mag sie recht haben. Er ist beliebt, erfolgreich, im Begriff, ganz groß und ein Aushängeschild der Uni zu werden. Aber ich. Ich bin einfach nur Via.

Via, die lieber ihre Klappe hält, anstatt etwas Unangebrachtes zu sagen, das dann in der Presse zitiert wird, weil mein Dad Sacramentos Stadtrat ist. Via, die auf Partys lieber mit einem Buch in der Ecke sitzt und liest, anstatt zu feiern, weil ich es mag und so nicht riskiere unangenehm aufzufallen und das Ganze am nächsten Tag auf Social Media zu sehen. Von irgendwem, der die Kamera draufhält. Einer tut es immer.

Bailey nimmt mich in den Arm und mustert mich mit gerunzelter Stirn. »Was ist aus ›Go, Hornets‹ geworden?«

Wir hatten verabredet alle in den Vereinsfarben zu kommen, um unsere Unterstützung zu signalisieren, aber ich habe mein Shirt bei River gelassen und er war schon weg, als ich an seine Zimmertür geklopft habe. Was bedeutet, er müsste längst hier sein.

»Habt ihr Riv gesehen?«, frage ich, anstatt auf ihre Kritik einzugehen.

Holly zieht eine Augenbraue nach oben. »Seid ihr nicht zusammen gekommen? Gibt es etwa Ärger im Paradies?« Klingt so, als wäre ich für sie nicht mehr als eine Schlagzeile über die Campus Celebrities.

»Er musste schon früh hier sein. Deswegen sind wir getrennt gefahren.« Ich bin schlecht im Lügen und senke den Blick, damit Holly es mir nicht ansieht.

»Hey, ist doch nicht schlimm.« Bailey lacht. »Nach dem Streit ist der Versöhnungssex umso besser. Wobei ich wette, Sex mit River ist immer der Knaller.« Sie wackelt mit den Augenbrauen, schlägt mit Holly ein. Glaubt sie echt, dass es cool ist, wenn sie sich meinen Freund beim Sex vorstellt? Ist es nicht. So gar nicht.

Nora verdreht die Augen. »Ich glaube, ich habe ihn am Clubhaus gesehen«, flüstert sie mir zu und ich nicke dankbar.

»Bin gleich wieder da.«

»Komm wieder, Queen V«, ruft Bailey mir hinterher. »Wir

sind die dunkle Seite, wir haben zwar keine Kekse, dafür aber Tequila.«

Alle zehn Inches rempelt mich jemand an, aber je näher ich dem zweistöckigen weißen Clubhaus komme, das mittig auf der Landzunge steht, und mich damit weiter vom Wasser entferne, umso ruhiger wird es.

River ist nicht bei seinen Teamkollegen im abgetrennten Bereich, checkt nicht seine Ausrüstung oder bereitet sich mental auf den vielleicht wichtigsten Lauf seiner bisherigen Wakeboard-Karriere vor, was gar nicht zu ihm passt. Ich finde ihn hinter dem Haus. Er redet mit einem Typen. Hager, schlaksig und trotz der drückenden Temperaturen in eine dicke Sweatjacke gehüllt, die Kapuze hat er ins Gesicht gezogen. Sieht intensiv aus.

»Lass mich in Ruhe«, höre ich River sagen und da ist so viel Abwehr und Wut in seiner Stimme. Dabei ist er nie so zu seinen Followern. Das macht seinen Erfolg aus. Dass er immer für alle anderen da ist. Egal wie müde er ist, wie gestresst oder wie wenig passend der Moment sein mag.

River spricht nie über seine Kindheit. Sie ist wie ein großes schwarzes Loch, das zwischen uns klafft. Aber irgendwann ist ihm mal betrunken herausgerutscht, dass er nicht geliebt wurde, bevor er zu seiner Adoptivmom Addy kam. Da war so viel mehr, was er sagen wollte, was ich in der Stille danach hören, aber er nicht aussprechen konnte. Er hat mich umarmt und gemeint, dass er deswegen selbst Zuneigung, die Grenzen überschreitet, niemals als etwas Schlechtes sehen könnte.

Aber das hier sieht schlecht aus. Richtig schlecht. Rivers ganze Körperhaltung brüllt mir das entgegen.

Ich laufe an der Seite mit den Spinden entlang, werde schneller, weil ich instinktiv spüre, dass er meine Hilfe braucht.

»Riv?«, rufe ich, aber er reagiert gar nicht, schubst den anderen jetzt von sich weg. Schubst noch mal. Und noch mal.

»Verpiss dich endlich«, knurrt er und eine Gänsehaut breitet sich auf meinem Körper aus. Dieser Blick, starr und kalt. Das ist so überhaupt nicht River, dass es mir Angst macht.

Kurz bevor ich ihn endlich erreiche, dreht der Kapuzenkerl sich um und rennt los. Zur Straße, wo er zwischen den dicht geparkten Autos verschwindet.

»Riv?«, frage ich sanft, berühre seinen Arm, aber er reagiert gar nicht. Starrt an die Stelle, wo der Typ aus seinem Sichtfeld verschwunden ist.

»Riv?«, versuche ich es noch mal und endlich sieht er mich an, lässt den angehaltenen Atem entweichen, kniet sich hin und presst seine Handflächen gegen die Schläfen. Sieht aus, als müsste er sich übergeben, und ich weiß nicht, was ich tun soll.

Ich lege ihm meine Hand in den Nacken. »Was war das? Bist du okay?«

Er antwortet nicht, richtet sich aber auf und presst hart seine Lippen auf meine. Ganz kurz nur. Und der Kuss fühlt sich überhaupt nicht an wie er. Wie das zwischen uns.

Resigniert lässt er mich los.

»Riv, was wollte der Typ von dir?«, frage ich leise. Über Lautsprecher höre ich, wie sein Lauf angekündigt wird.

Er atmet tief durch, versucht sich zu sammeln, bereit zu sein für das, was von ihm erwartet wird. »Ich muss. Sie rufen mich auf«, erwidert er, anstatt meine Frage zu beantworten.

In meinem Magen kollidieren tiefschwarze Schmetterlinge. So kann er nicht aufs Wasser gehen. Er zittert und steht völlig neben sich.

Ich greife nach seiner Hand, halte ihn zurück. »Sag deinem Coach, dass du heute nicht antreten kannst«, flehe ich ihn an. »Und dann fahren wir irgendwohin. Nur wir zwei, und reden.« Darüber, wer das war und was der Typ von ihm wollte. Wieso ihn das so sehr aus der Bahn wirft. Was los ist. Wieso er so anders ist.

Aber er sagt nicht Ja und ich kann sehen, wie er dichtmacht. »Wer sagt, dass ich reden will?«, entgegnet er schroff und macht sich los, stolpert ein paar Schritte rückwärts. »Dass ich mit dir reden will?«

Die Worte tun weh. Er will mir wehtun. Aber warum? Ich starre ihn an, weil ich nicht verstehe, was hier gerade passiert. Was schon seit Wochen passiert. »Willst du das zwischen uns überhaupt noch?«, stelle ich die Frage, die ich schon lange hätte stellen müssen. Die Frage, die jetzt hier in diesem Moment nichts zu suchen hat und die trotzdem egoistisch und ätzend aus meinem Mund tropft. Obwohl ich ihm doch eigentlich nur Glück wünschen, ihn unterstützen und den Tag nicht noch härter für ihn machen wollte. Obwohl wir Via und River sind und ich unsere Zukunft noch nie infrage gestellt habe. Selbst, wenn es nicht immer leicht zwischen uns war.

»Natürlich!«, stößt er hervor, fährt sich durch die Haare und nimmt dem Wort damit die Überzeugungskraft. »Keine Ahnung, fuck, ich habe jetzt echt keine Zeit für so eine Scheiße, Via.«

Sie rufen ihn bereits das zweite Mal auf. River sieht mich noch eine Sekunde an, zwei, dann dreht er sich um, schlägt im Vorbeigehen mit der Faust gegen einen der Spinde. So stark, dass das Geräusch durch meinen Körper hallt. Fühlt sich an, als hätte er gerade eine verdammte Tür zugeschlagen, obwohl er gesagt hat, dass er das mit uns noch will. Und dann hat er »Keine Ahnung« hinterhergeschoben. Aber er hat es gesagt und das muss vorerst reichen. So lange reichen, bis dieser Tag vorbei ist, bis sein Stresspegel wieder auf einem normalen Niveau ist. Bis wir wieder wir sind und über alles reden können.

Ich sehe ihm nach, wie er steif zum Steg geht, sehe, wie er Hände schüttelt, für die Handykameras lächelt, obwohl er blass und angeschlagen wirkt, und kämpfe mit den Tränen.

Ich warte. So lange, bis ich mich wieder unter Kontrolle

habe, und gehe erst dann zurück. Die Menge jubelt und rastet komplett aus, als ich den Strand erreiche und mich zu Bailey, Holly und Nora durchschlage. Wahrscheinlich fährt River gerade raus. Meine Freundinnen stehen auf einem der Picknicktische, um besser sehen zu können, und ich klettere zu ihnen hoch. Nora umarmt mich von hinten. Sie trägt Chloé und der Duft mischt sich mit dem nach Strand und zu vielen Menschen.

Das Boot wird langsamer, setzt River ab. Ich erkenne seine neonfarbene Prallschutzweste, die zwischen den seichten Wellen hervorblitzt. Das Boot fährt an, die Leash spannt sich und River kommt gut aus dem Wasser. Ich kralle meine Finger in Noras Arm, bin so angespannt, als würde ich selbst auf dem Board stehen.

River macht ein paar leichte Sprünge über die Heckwelle des Bootes, das bereits auf das erste Hindernis zuhält, und erwischt es perfekt, dreht sich in der Luft und landet sicher. Das zweite und dritte Hindernis nimmt er ebenso selbstsicher, obwohl er den Schwierigkeitsgrad der Sprünge drastisch steigert und die Menge damit zum Ausrasten bringt. Bei ihm sieht das so lässig aus, als würde die Schwerkraft für ihn einfach nicht gelten. Es läuft gut. Obwohl alles so verdammt mies war. Gerade eben noch. Aber jetzt performt River wie immer. Und das drückende Gefühl in meinem Magen löst sich mit jeder Sekunde weiter auf. Ich schmecke Adrenalin, den Sieg, der greifbar nah erscheint, und denke, dass danach alles gut wird.

Das Boot fährt einen großen Bogen, um die letzten beiden Hindernisse frontal anzufahren. Die untergehende Sonne blendet mich und ich schirme meine Augen mit der Hand ab, verfolge River. Er ist viel zu nah an der Staumauer. Ein Raunen geht durch die Menge, die denkt, er wäre sich der Gefahr nicht bewusst, die Sorge hat, er würde die Distanz zum Beton durch die tief stehende Sonne falsch einschätzen. Aber ich weiß, er geht dieses Risiko bewusst ein. Weil er weiß, wie sehr ihn die Menge für so einen gefährlichen Stunt lieben wird, dass sie ihn feiern, wenn er wieder an Land kommt, und es die Sponsoren und Talentsucher umhauen wird. Ein kalkuliertes Risiko, Via. Ich erinnere mich an sein Lachen, als er das gesagt und mich dann vollgepumpt mit Adrenalin hochgehoben hat und mit mir über der Schulter den Strand raufgejagt ist. Ich lächle. Das ist alles Teil der Show. Alles nur Show. Bis auf das leise Popp, mit dem in diesem Moment die Leash reißt. Das Geräusch klingt wie ein schallgedämpfter Schuss, der Rivers Stabilität erledigt. Durch den plötzlich wegfallenden Zug verliert er das Gleichgewicht, stürzt. Nicht so, wie es schon tausendmal passiert ist, er wird über das Wasser geschleudert und prallt ungebremst gegen die Staumauer. Die Menge ist ein wogendes »Nein« und »Oh mein Gott« und ein Lichtermeer aus Kameras, die klicken und klicken und klicken.

Bailey reißt an meinem Arm, Nora brüllt mir etwas ins Ohr, ich höre jemanden schreien und begreife erst drei Herzschläge später, dass das ich bin. Kneife die Augen zusammen, will nicht sehen, wie River bewegungslos auf dem Wasser treibt. Will, dass er auftaucht und den Daumen nach oben reckt. Mit diesem Grinsen, das ich so liebe. Begreife, begreife, begreife nicht, dass es vorbei ist.

Ich schrecke hoch, brauche einen Moment, bis ich mich nicht mehr am Ufer des Lake Natoma mit seinem schlammdunklen Wasser befinde. Durch die Pinien blitzt das Azurblau des Lake Tahoe. Zitternd atme ich aus, wische die Tränen aus meinen Augenwinkeln, das Bild beiseite, wie sie River blutend und leblos an Land gebracht haben und über zwanzig Minuten stabilisieren mussten, bevor sie ihn mit dem Hubschrauber ins Mercy General bringen konnten.

Ich schiebe meine Beine über die Bettkante und sitze einen Moment unbeweglich da, sehe auf den See hinaus, kann das klamme Gefühl, das mein Herz zusammendrückt, aber einfach nicht abschütteln. Ich habe River an diesem Tag verloren. Nicht, weil er gestorben ist. Obwohl irgendwie schon. Er lebt, aber er ist jetzt jemand anderes. Nicht mehr mein River. Liebe ist stark, aber manchmal einfach nicht stark genug.

Es hat mich zerstört, dass er mich nicht mehr liebt. Aber mittlerweile fühlt es sich anders an.

Ich ziehe meine Handtasche auf das Bett und wühle darin herum, bis ich mein Portemonnaie ertaste und es herausziehe. Hinten bei den Scheinen steckt ein Bild von ihm und mir. Ich sehe es an, sehe Via und River. Aber nicht Via-und-River. Wir lächeln. River hat seinen Arm um mich gelegt. Wir sind vertraut, irgendwie glücklich. Aber ich sehe auch dieses winzige bisschen Distanz. Das, was fehlt. Und ich frage mich, wie ich das all die Jahre nicht bemerken konnte.

Das, womit River recht hatte: Ich vermisse ihn als meinen besten Freund. Ich trauere um die gemeinsame Zukunft, die wir jetzt nicht mehr haben werden. Es tut mir leid, so unfassbar leid, dass ich Mom und Dad enttäuscht habe. Und der Hass, der danach über mich hinweggeschwappt ist, ist abartig, aber unsere Trennung hat mir letztlich nicht das Herz gebrochen. Es schlägt stoisch weiter und verteilt Zweifel. Zweifel an uns.

»Ich bin fast gestorben, V.« River hat mich V genannt, nicht Via, und es klang kalt und fremd. »Das macht einem mit dem Holzhammer bewusst, dass das Leben zu kurz ist, um es mit dem falschen Menschen zu verbringen. Das mit uns ist falsch. Ich kann das nicht mehr.«

Vielleicht haben wir uns wirklich nur etwas vorgemacht. Vielleicht wollte ich zu sehr, was Mom und Dad haben. Eine Beziehung auf Augenhöhe, in der sie in allererster Linie beste

Freunde sind und erst dann Partner. Ich glaube, das macht ihre Ehe so unfassbar stabil und glücklich. Ich schüttle den Kopf, habe das Gefühl, der Raum wäre zu klein für so krass große Gedanken.

Ich trete vor die Tür, atme die klare Luft ein, den Geruch nach Pinien und warmem Holz, der mich erdet, beruhigt. Ein winziges Streifenhörnchen mit übergroßen Kulleraugen hüpft von einer Pinie auf das Geländer des Sonnendecks und schnuppert in meine Richtung, als wollte es herausfinden, ob ich kulinarische Schätze bei mir habe. Ich stehe ganz still, aber irgendetwas hinter mir verschreckt es und es saust davon. Ich drehe mich um, gehe davon aus, dass Miles es verscheucht hat, aber seine Tür ist geschlossen. Er scheint noch zu schlafen. Das ist gut, denn ich will gerade nicht daran erinnert werden, dass mein Herz die Trennung von River einfach wegsteckt, aber auf ihn irgendwie reagiert hat. Das liegt sicher nur daran, dass ich völlig überreizt bin und neben der Spur.

Ich sollte laufen gehen. Wenn mein Puls laut pocht und mein Atem denselben Rhythmus findet, bleibt kein Raum für solche dämlichen Gedanken. Das funktioniert immer, weswegen ich im letzten Jahr einen neuen Trainingsrekord der Sac-State-Crosscountry-Läufer aufgestellt habe. Ich streife mir die kurzen Sporttights über, die ich mit Nora in einer Boutique auf der South Street gekauft habe. Dazu ein eng anliegendes Muskelshirt und meine Laufschuhe. Vor der Kommode bleibe ich kurz stehen, habe die Hand schon an der Schublade, in der ich mein Handy vor Tagen begraben habe, halte aber inne. Ich würde mich sicherer fühlen, wenn ich es dabeihätte und die Navigationsfunktion nutzen könnte. Außerdem laufe ich nie ohne Musik. Aber ich weiß auch, was passiert, wenn ich es jetzt anschalte.

Ich lasse die Schublade los, als wäre sie heiße Lava, und verlasse das Zimmer, gehe über den Parkplatz und trabe dann den Wanderweg entlang, der das steinige Ufer des Sees säumt. Das Wasser ist so klar, dass man Baumstämme und Steine im Türkis ausmachen kann. Erst ist es merkwürdig, ohne Musik zu laufen, aber die Natur hat eine ganz eigene Playlist für mich, treibt mich ruhig und konzentriert vorwärts.

Unter meinen rhythmischen Schritten knirschen Nadeln und der sandige Boden. Vögel zwitschern und Insekten surren. Der See gluckst sanft gegen das Ufer und der Wind bewegt die Äste der Bäume. Obwohl ich seit dem Unfall nicht mehr laufen war und Sorge hatte, dass mich meine Kondition im Stich lassen würde, halte ich dieselbe Strecke durch wie vor meiner Zwangspause und biege fünf Meilen später von der Straße, die mich zur Lodge zurückgeleitet hat, auf den Parkplatz ein.

Ich bin völlig fertig und eklig verschwitzt, aber ich fühle mich besser, zufriedener, mehr wie ich, exklusive genug Flüssigkeit. Ich brauche dringend etwas zu trinken. Etwas Eiskaltes am besten.

Da sowohl Bar als auch Restaurant wegen der Umbauarbeiten geschlossen sind, werde ich wohl den Eiswürfelbereiter auf dem Weg zu meinem Zimmer bemühen und als Getränk Eau de Leitung oder eine Soda aus der Minibar nehmen. Ich schnappe mir ein Glas vom Mitarbeiter-Frühstücksbüfett, das schon für den nächsten Morgen aufgebaut ist, und laufe damit zum Automaten. Also dem, was früher mal ein wunderbar funktionierender Automat gewesen ist. Denn jetzt liegt er in Einzelteile zerlegt auf dem Hotelflur und Miles steckt leise summend bis zu den Schultern in dem Teil.

»Ernsthaft?«, stöhne ich und die Melodie von *Sure Thing* verstummt, als Miles aus den tropfenden Eingeweiden des Geräts auftaucht.

»Hi, Sad Eyes«, sagt er eine Spur zu gut gelaunt, legt den Kopf schief und umkreist mit seiner Hand mein Erscheinungsbild. »Siehst aus, als hättest du hart trainiert, um das mit dem

Nationalhymne-rückwärts-Singen hinzukriegen.« Mit einem Schritt kommt er mir so nah, dass ich seinen Geruch wahrnehme. Maschinenöl und Seife. Wie bei unserer ersten Begegnung. Und irgendein unzurechnungsfähiger Teil von mir bildet sich ein, dass es okay wäre, das sexy zu finden. Dabei bin ich gerade fünf Meilen um den See gerannt, um genau das nicht zu denken.

Er schnipst gegen eine meiner Haarsträhnen, die sich feucht neben meinem Gesicht bewegt. »Ich denke, du solltest einfach aufgeben und dich nicht weiter quälen.«

»Ich war laufen«, stelle ich klar und verdrehe die Augen. »Und rein zufällig mag ich das. Aber jetzt brauche ich dringend Eis.«

»Eis, hm?«, fragt er und seine Stimme ist so dunkel und rau, als würde er sich gerade jede Menge Dinge vorstellen, die man mit Eiswürfeln tun kann und die absolut nichts mit dem Glas in meiner Hand zu tun haben.

Ein heißes Ziehen fährt mir in den Unterleib. »Ja, Eis. Für mein Getränk«, sage ich ärgerlich. Ich streiche mir die Haarsträhne hinters Ohr, die er eben berührt hat, und bin fest entschlossen, mir nichts anmerken zu lassen. »Ist das eigentlich pathologisch, dass du jedes Gerät auseinanderbauen musst, das dir über den Weg läuft?«

»Ist mein Signature Move.« Er lacht leise und obwohl ich mich ärgere, dass ich noch immer schwitzend neben ihm stehe, anstatt längst mit einer Portion Eiswürfel auf dem Weg zur Minibar und unter die Dusche zu sein, zupft dieses Lachen an meinen Mundwinkeln.

»Und ich dachte, du wirst dafür bezahlt, dass du alles in Ordnung bringst, und nicht dafür, das komplette Hotel in seine Einzelteile zu zerlegen.«

Er zuckt die Schultern und lehnt sich gegen den Automaten, ohne den Blick von mir zu lösen. »Irgendwer hat mal behauptet, man muss Dinge auseinandernehmen, um zum Kern des Problems vorzudringen.«

Ich schlucke. So wie River uns auseinandergenommen hat. Und sosehr ich ihn dafür hassen will, es hat funktioniert. Ich sehe das Problem jetzt. Ich liebe River. Das tue ich wirklich, aber ich war nie verliebt in ihn. Und vielleicht reicht das nicht. Vielleicht will ich mehr. Vielleicht tickt mein Herz einfach anders als Moms.

»Hey.« Miles berührt meinen Arm und, verdammt, mein Herz will definitiv mehr. Will so etwas. Dieses Prickeln, das woah in meinem Kopf macht. Wie bei einem Comic, wo ein einziges Wort alles einnimmt. Grell und neonbunt. Will, dass mein Herz mitmacht, selbst wenn es am Ende bricht. Alles ist besser als unbeteiligt sein. Ich will Verlangen und Tiefe und Leichtigkeit. Ich will lachen, weinen, jeden Moment teilen und mit Haut und Haaren drinstecken. Ich will lieben. Richtig lieben. Aber nicht hier. Sicher nicht jetzt. Und ganz sicher nicht mit ihm.

»Ich habe das Ding leer gemacht, bevor ich es auseinandergeschraubt habe. Das Eis ist in meinem Zimmer. Was hältst du davon, wenn ich das hier fertig mache, du duschst und dann treffen wir uns draußen. Ich könnte auch eine Abkühlung vertragen.«

Er zwinkert mir zu und mein Herz folgt dem raschen Schlag seiner Augen. Ein Stolpern, als wäre es völlig egal, was ich gerade beschlossen habe. Das ist … Ich weiß nicht, was ich sagen soll. Will ihn nicht vor den Kopf stoßen, nur weil ich irgendwie auf ihn reagiere und damit nicht umgehen kann. Kann aber auch nicht zusagen und … drehe mich in einer Bilderbuch-Übersprungshandlung einfach um. Mein Gesicht ist heiß und bestimmt fleckig, weil das hier echt peinlich ist. Also renn ich zu meinem Zimmer, höre, wie er mir hinterherruft: »Ist das ein Ja? Dann in zehn Minuten auf unserem Sonnendeck? Ich bringe Eis und gekühlte Getränke mit.«

Unser Sonnendeck. Es gibt kein uns. Ich hasse diese Stimme in mir, die so verdammt präzise erfasst, was wirklich los ist, während sich mein dummes Herz wünscht, ich könnte einfach Ja sagen, zulassen, was er mir bietet, einen kleinen Flirt, ein wenig dringend benötigte Bestätigung, dass ich nicht unsichtbar oder hassenswert bin, ein gutes Gefühl. Aber ich kann nicht. Weil ich alle Menschen bestätigen würde, die eine herzlose Schlampe in mir sehen, wenn ich, gefühlt drei Minuten nachdem River und ich uns getrennt haben, wieder Spaß habe. Mit einem anderen Typen. Weil ich mir keinen weiteren Fehltritt erlauben kann. Weil es meine Familie belasten würde und weil ich so etwas nicht tue. Ich handle stets überlegt. Ich bin die gute Via und ganz sicher nicht bereit, das für den Typen aus dem Nachbarzimmer zu ändern.

Ich renne. Weg vom Wasser. Von den Menschen. Von River. Niemand nimmt Notiz von mir. So ist das, wenn man unsichtbar ist. Kann nützlich sein. Meistens ist es aber einfach nur scheiße. Als ich die Staumauer passiere, bleibe ich stehen. Unbeweglich. Den Blick auf den See gerichtet, wo River seine Show abzieht. Er sollte, verdammt noch mal, mit mir im Schatten stehen.

Ich verharre ganz still, als das Seil reißt, sehe, wie sein Körper gegen die Staumauer kracht. Höre das Raunen der Menge, Schreie, das Klick, Klick, Klick der Kameras, die Rivers Sturz einfangen.

Es hätte nicht so weit kommen müssen. Hätte er mich nicht weggeschickt, würde er jetzt nicht leblos im Wasser treiben. Er hätte nur zuhören müssen, aber stattdessen musste er sich ja krampfhaft an dieses idyllische Katalogleben klammern. Mit der perfekten Freundin, der angesehenen Uni, den Millionen Followern, die ihm bestätigen, dass er ein Goldjunge ist, kein Dreck aus der Gosse. Jetzt liegt er am Boden. Genau wie ich.

Via

Ich habe geduscht und stehe eine gefühlte Ewigkeit in den warmen Sonnensprenkeln, die durch die unordentlich zugezogenen Vorhänge fallen, bevor ich mir einen Ruck gebe und etwas Sinnvolles tue. Und nein, mich nach draußen zu setzen und auf Miles zu warten fällt ganz sicher nicht in diese Kategorie.

Ich öffne meinen Laptop und logge mich in meinen Uniaccount ein. Vorsichtig, als wäre das Postfach eine instabile Bombe, öffne ich es und atme erleichtert aus. Darin befinden sich nur drei Nachrichten von Nora. Keine Ausgeburten des Shitstorms.

Nachricht 1: Wie geht es dir, Süße? Ich bin immer hier, wenn du reden willst. Einmal blinzeln reicht und ich komme vorbei. Nora.

Nachricht 2: Ich verstehe, dass du erst mal Ruhe brauchst, um das alles zu verdauen. Melde dich, wenn du doch reden möchtest. Bailey und Holly habe ich übrigens eine Ansage gemacht. Ich meine, die ticken doch echt nicht mehr ganz richtig, sich auf Rivers Seite zu stellen. Nur fürs Protokoll, ich bin im Team V. Nora.

Nachricht 3: Hab's verstanden. Du willst nicht reden und bist abgetaucht. Das ist total okay, aber ich kenne dich, Via, dir ist die Uni wichtig. Deswegen schicke ich dir heute die Aufzeichnungen deiner Kurse, damit du den Anschluss nicht verlierst. Hab dich lieb. Nora.

Im Anhang befindet sich Material von den Politik-Vorlesungen, die ich verpasst habe. Selbst von den Seminaren zum kreativen Schreiben, das ich als Kompromiss mit meinen Eltern nur als Nebenfach belegt habe, weil Schreiben das ist, was mein Herz bewegt, und ich es später zum Verfassen von Reden im politischen Kontext nutzen kann. Nora ist in keinem dieser Kurse und ich will lieber gar nicht wissen, wie sie an die Mitschriften meiner Kommilitonen gekommen ist. Sicher nicht, indem sie gesagt hat, sie bräuchte sie für mich.

Ich antworte ihr mit einem Herz-Emoji und einem schlichten Danke. Ihre Unterstützung bedeutet mir die Welt, aber im Moment fehlen mir die Worte. Ich lächle und schniefe auch ein bisschen, weil das eben passiert, wenn man emotional durch den Mixer gedreht wird.

Draußen geht eine Tür. Ich vermute, es ist Miles. Er rückt einen der Deckchairs zurecht, dann ist es still. Sicher wartet er auf mich und es wäre nur fair, zu ihm zu gehen, es hinter mich zu bringen und ihm zu sagen, was ich schon vor dem Automaten hätte sagen sollen. Dass seine Einladung nett ist und ein Lichtblick, den ich aber derzeit weder annehmen kann noch verdient habe. Und dass er eine wandelnde Katastrophe wie mich besser in Ruhe lassen sollte.

Ich binde mir die noch feuchten Haare zu einem Knoten auf dem Kopf zusammen und schließe das Fenster mit dem Login, kaue auf meiner Unterlippe herum, anstatt den Laptop endlich zuzuklappen und nach draußen zu gehen. Denn mein Blick wird wie magisch von dem Logo meines privaten Mailaccounts angezogen. Vielleicht beschränkt sich der Shitstorm nur auf Social Media. Eine laute Blase, aber eben nur das. Eine Blase, nicht repräsentativ für die reale Welt. Sonst wäre mein Uniaccount sicher nicht sauber gewesen. Vielleicht ist es mein Mailpostfach auch, was bedeuten würde, ich hätte eine hassfreie Möglichkeit mit Nora zu kommunizieren, ohne mich jedes Mal bei der Sac State einzuloggen, und um Mom und Dad zu schreiben. Ich muss unbedingt wissen, ob es Neuigkeiten zu Dads Beliebtheitswerten gibt, die nach dem Shitstorm ins Bodenlose gefallen sind. Ich habe Angst vor der Antwort, aber ich weiß auch, dass Mom und Dad mich lieben und ich ihnen immer wichtiger sein werde als ein Amt. Und das zu hören, auch wenn es die Lage nicht verbessert, könnte ich echt gut gebrauchen. Ich vermisse sie. Gerade jetzt. So sehr, dass ich das Symbol auf dem Desktop anklicke und das Risiko eingehe. Das Fenster öffnet sich und ich zucke im selben Moment zurück. Meine Inbox hat vierhundertdreiundsechzig ungeöffnete Mails. Nachrichten, von denen ich nur einen Bruchteil sehe, und von denen nur die Vorschau. Aber das reicht.

So was wie dich will niemand. Geh sterben.

Wow, wie kann man so berechnend sein? Armer River.

Du bist so abartig.

Fotze, dir würde ich so lange in die Fresse schlagen, bis …

Schluchzend schlage ich den Laptop zu, rutsche vom Bett, komme auf dem Boden auf. Tränen laufen meine Wangen hinab. Meine Mundwinkel kribbeln. Alles fühlt sich taub an. Mein Herz schlägt viel zu laut. Ich krieche ins Bad und trete schluchzend die Tür hinter mir zu. Mit zitternden Händen schließe ich zusätzlich die Glastüren der Duschkabine zwischen mir und der Welt. Aber ich fühle mich noch immer ausgesetzt, bedroht, gesehen. Was, wenn mich jemand hier findet? Was, wenn das nicht nur Worte sind, sondern es ernst gemeint ist ist? Was, wenn …?

Der Gedanke stoppt, schafft es nicht über die Melodie von

All I See Is You hinweg, die plötzlich durch das angelehnte Fenster dringt. Das muss Miles sein. Er summt wie vorhin, als er die Eismaschine repariert hat. Ich schlage mir die Hand vor den Mund, schluchze. Vor Erleichterung, weil er mich durch das stete, dunkle Geräusch ein Stück weit aus der Panik zieht. Vor Schmerz, weil ich gleichzeitig denke, dass ich das nicht verdiene. Denn all diese Menschen können sich doch nicht kollektiv irren. Und weil ich nicht so auf Miles reagieren darf. Denn das würde bedeuten, ich bin wirklich gefühlslos und kalt und all diese Internettrolle hätten wirklich recht. Für einen Moment lasse ich den Gedanken erschöpft zu, weine, bis der Druck langsam von meiner Brust weicht und ich wieder klarsehe: Niemand verdient so etwas. Niemand.

Mein Herzschlag wird ruhig wie das Summen vor dem Fenster. Ich habe das Gefühl wieder atmen zu können. Wegen Miles. Das ist so absolut und total irrational. Die Panik. Denn hier am See bin ich sicher. Aber vor allem das in jeder Zelle sitzende Gefühl zu ihm nach draußen gehen zu wollen. Näher heran an dieses Summen, das mir wie ein Anker vorkommt.

Vor drei Tagen dachte ich noch, er würde mich stalken und jetzt bin ich überzeugt, er könnte mein Anker sein? Dass es mir bei ihm besser gehen würde als allein in der Dusche meines Hotelzimmers? Die Antwort ist Ja. Egal wie irre das ist. Wenn ich ehrlich zu mir bin, wollte ich ihm nur absagen, um die Meinung der Hater nicht zu bestätigen. Aber all diese hasserfüllten Mails zeigen doch, dass sie mich sowieso hassen. Egal was ich tue. Vielleicht sollte ich ausnahmsweise mal an mich denken. Nur an mich. An das, was ich will.

Umständlich rapple ich mich auf, spritze mir Wasser ins Gesicht und warte, bis die roten Flecken unter meinen Augen etwas verblassen, trockne mich ab, zögere und gebe mir dann einen Ruck.

Miles hat es sich auf einem der Deckchairs gemütlich gemacht, sieht über den See und dreht sich um, als er mich kommen hört, ein Lächeln auf den Lippen, das kippt. Natürlich sieht er, dass ich geheult habe. Wie könnte er es nicht sehen?

»Hey«, sagt er sanft und ich höre die Sorge in seiner Stimme. Ich erwarte, dass er fragen wird, was los ist. Aber er reicht mir nur wortlos ein Glas Limonade, während ich mich setze. Die Eiswürfel klirren leise, während er lächelt. Ein Lächeln, das es einfach so schafft, einen eigenen Platz in meiner Brust einzunehmen, wo es mich wärmt. Vermutlich, weil meine Emotionen frei liegen wie empfindliche Zahnhälse.

Einen Moment noch ruht sein Blick auf mir, dann legt er den Kopf gegen die Lehne und sieht wieder auf das Wasser. »Wir müssen nicht darüber reden.«

Ich nicke und entspanne mich. Er meint das ernst, er wird nicht nachfragen, er stellt keine Erwartungen an mich und das ist genau, was ich gerade brauche.

Kondenswasser perlt an meinem Glas hinab und sickert in den Stoff meines Tops. Die Kühle bringt mich etwas runter, während ein vibrierendes Inferno aus Farben am Himmel entsteht und die Sonne langsam hinter die Berggipfel kippt. Jeder Schritt der Sonne auf ihrem Weg hinter den Horizont taucht Wolken und Wasseroberfläche in noch beeindruckendere Farben. Es ist unwirklich schön. So wie die Mails unwirklich schrecklich sind. Ich wünschte, ich müsste nicht daran denken, könnte das hier einfach nur genießen, aber wie? Ich weiß einfach nicht, wie.

Miles scheint zu spüren, dass jedes Wort jetzt zu viel wäre, und schweigt. Als schließlich nur noch ein letzter Streifen Helligkeit über dem Wasser schwebt, stelle ich das Glas auf der Armlehne ab und stehe auf. Die letzte halbe Stunde hat mir mehr geholfen als die Gespräche mit Mom und Dad oder die Mails von Nora. Obwohl Miles ein vollkommen Fremder ist. Vielleicht genau deswegen. Mit ihm kann ich einfach nur ich sein. Nicht Rivers Freundin. Oder besser Ex-Freundin. Nicht die Tochter des Stadtrats, die sich immer und überall unter Kontrolle haben muss. Nicht Noras Freundin, der ich mich anvertrauen sollte, anstatt sie auszuschließen, oder das berechnende Miststück, das ich im Netz bin. Für Miles bin ich einfach nur Via.

Miles

Ich sitze noch immer unbeweglich auf dem Deckchair, höre, wie Via leise die Tür ihres Hotelzimmers hinter sich zuzieht, und kann nicht glauben, was für ein Idiot ich bin.

Sie hat geweint. Keine Ahnung, warum, aber sie war vollkommen fertig. Und ich habe nichts getan, als ihr ein Glas Limonade in die Hand zu drücken, zu sagen, dass wir nicht drüber reden müssen, was der verdammte Code für ›ich will's nicht wissen‹ ist und zu schweigen. Große Leistung, Bentley, wirklich. Ich fahre mir durch die Haare und würde am liebsten etwas kaputt schlagen. Aber damit würde ich nur mir selbst schaden. Denn ich bin der Typ, den Alex dafür angestellt hat, das Chaos wieder zu reparieren.

Seufzend kicke ich einen Tannenzapfen beiseite. Via muss denken, ich wäre ein gleichgültiger Penner. Das sollte mir vermutlich egal sein, aber ich bin uneitel genug zuzugeben, dass es das nicht ist. Schon seit dem Moment am Busbahnhof nicht mehr, als sie in mein verdammtes Uber gestiegen ist und mein Fahrtmenü ignoriert hat, mich ignoriert hat. Es ergibt null Sinn. Aber so ist es nun mal. Hazel würde sich scheckig lachen, weil ich ausgerechnet bei einem so aussichtslosen Sie-guckt-mich-nicht-mit-dem-Arsch-an-Fall wissen will, was sie denkt. Was sie so verdammt traurig macht, und weil ich mir echt wünschte, ich könnte es für sie besser machen. Kann ich nicht. Ich krieg ja nicht mal mich selbst wieder auf die Spur. Und trotzdem will ich ihr wieder so nah sein wie in dem Moment, als ich sie vom Parkplatz in die Lodge getragen habe.

Will es für sie besser machen. Fuck. Aber wenn ich schon mal ehrlich bin, will ich nicht nur das. Ich will, verdammt nochmal, ihren Atem an meinem Hals spüren, ihre Sommersprossen ansehen, sie küssen. Echt, ey? Das ist doch nicht normal. Ist das real oder einfach nur eine verzweifelte, abgefuckte Form von Helfersyndrom, weil ich versuche etwas wiedergutzumachen, was ich nie wiedergutmachen kann? Ihr zu helfen wird Hazel nicht wieder lebendig machen. Also wäre es vermutlich die weltschlechteste Idee, aufzustehen und bei ihr zu klopfen. Und wenn ich nicht riskieren will es trotzdem zu tun, sollte ich, verflucht noch mal, sehen, dass ich hier wegkomme.

Stöhnend stehe ich auf und gehe am Pool entlang zum Ufer, schlängle mich durch die riesigen Findlinge, die hier verstreut liegen und bis in den See ragen. Dazwischen befindet sich der private Bootsanleger der Lodge.

Niemand kriegt mit, wenn ich mir eines der Kajaks ausleihe, die eigentlich für die Gäste sind. Ich bin nicht sicher, ob Alex es Ausleihen oder Diebstahl nennen würde, aber er ist nicht hier und wird vor nächster Woche auch nicht zurück sein. Hazel und ich haben das früher immer getan und sind nachts zusammen auf den See hinausgefahren, wenn ich sie hier bei ihrem Urlaubsjob besucht habe. Ich lasse das Kajak ins Wasser, sehe mich um, ob es auch wirklich niemand mitbekommt, aber die Anlage hinter mir liegt ruhig, beinahe verlassen da und so beginne ich mit kräftigen Schlägen zu paddeln.

Die Anstrengung tut gut, lenkt mich ab. Ich folge dem Ufer, umrunde Felsformationen, weiche Baumstämmen aus, die ins Wasser ragen, paddle immer weiter. Mein Atem geht stoßweise und meine Muskeln brennen, aber ich höre nicht auf, erreiche schließlich die Emerald Bay. In der Mitte erhebt sich als dunkler Umriss Farnette Island. Ich bringe das Kajak so nah wie möglich an die felsige Böschung. Die Steine sind rutschig und ich habe Mühe, das Kajak umgedreht an Land zu zerren, damit es nicht abtreiben kann. Einen Fast-Beinbruch später habe ich es geschafft und folge dem Pfad zur Spitze hinauf.

Kaum jemand verliert sich auf diese winzige Erhebung in der Bay. Manchmal Jugendliche, um zu trinken, aber die sind so laut, dass sie schnell von den Parkrangern vertrieben werden. Mich wird keiner bemerken.

Ich erreiche das alte Tea House, von dem nur noch die Grundmauern stehen. Ein Überbleibsel aus der Zeit, als die Insel noch in Privatbesitz und kein State Park war. Ich lege mich auf den Boden der Ruine und sehe in den Sternenhimmel, jede Sekunde scheinen mehr Himmelskörper hinzuzukommen. Ich ziehe mein Handy aus der Hosentasche, entriegle es und blinzle, als der Startbildschirm hell aufleuchtet. Darauf befindet sich nur die Uber-App, mein Mailprogramm und das Telefonzeichen. Es gibt viele Menschen, die diese Seite übersichtlich gestalten und Apps, die Ernährung, Social Media, Bonusprogramme und Trainingsfortschritte verwalten, in einem Ordner unter Programme verbergen. Ich nicht. Ich hatte all diese Apps im Schnellzugriff, habe stundenlang nur auf dieses verdammte Display gestarrt. Bis Hazel gestorben ist und ich begriffen habe, wie viel Zeit ich durch diesen Mist verloren habe. Zeit, die mir heute mit ihr fehlt. Ich habe jede verdammte App gelöscht.

Fuck. Ich wähle Hazels Nummer, warte die obligatorischen drei Freizeichen. Dann höre ich ihre Stimme. Und das ist … alles.

Hey, Hazel Bentley, ihr wisst, wie es geht. Nachricht nach dem Piep, es sei denn, ihr seid mein kleiner Bruder, dann macht endlich die Wäsche. Ich schließe die Augen, wische mir eine Träne aus dem Augenwinkel, als Hazels typisches Lachen erklingt. Hab dich trotzdem lieb, M. Ein lang gezogener Piepton, dann Stille.

»Hey, Haze«, flüstere ich und klinge wie der Fünfjährige,

der, nachdem er heimlich ES geguckt hat, fast durchgedreht wäre vor Angst und heulend zu ihr ins Bett gekrochen ist. »Nur dass du es weißt, ich habe jetzt ein voll gutes Wäschesystem. Ich besitze nur noch weiße Shirts und Bluejeans. Spart echt Zeit. Kein Sortieren mehr und es minimiert das Risiko, Dinge rosa zu verfärben.« Ich beiße mir auf die Lippen, atme aus. Ich vermisse es wie bekloppt, ihr so unwichtige Dinge zu erzählen. »Ich könnte gerade echt gut einen deiner nervigen Große-Schwester-Tipps gebrauchen.« Es ist dämlich, auf eine Antwort zu hoffen. Das ist nur eine Bandansage. Ein Hazel-Echo, das ich einfach nicht abschalten kann, weswegen ich ihren Telefonvertrag weiter bezahle und mir einbilde, sie so nicht ganz zu verlieren. Fakt ist, ich bin allein mit all der Scheiße. Und als wollte das Universum ein Ausrufezeichen dahintersetzen, wird der Anruf mit der Ansage beendet, dass die Mailbox voll ist.

Ich lasse das Handy auf die Brust sinken und schlage den Hinterkopf leicht gegen den Boden. »Du solltest mir, verdammt noch mal, sagen, was ich tun soll, und nicht abhauen.« Das ist nicht fair. Hazel ist nicht freiwillig gegangen und sie kann auch nichts für das begrenzte Speichervolumen ihrer Mailbox. »Da ist dieses Mädchen. Via«, sage ich leise in die Dunkelheit. »Sie ist echt verschlossen und irgendwie traurig. Ich denke, sie hat Probleme. Also, nicht die Art, bei der ich eine Hilfe sein könnte, sondern Monsterprobleme.« Was eine Red Flag sein sollte. Ich habe schließlich genug eigenen Dreck an den Hacken. »Und sie ist nur als Gast hier, wird wieder gehen … aber, Haze, ich krieg sie nicht aus dem Kopf.«

Vielleicht bin ich einfach nur einsam, weil ich mich seit Wochen hier am See verkrieche und mit niemandem außer Alex und einer Toten rede. Riley ruft nur an, wenn er es einrichten kann, was manchmal Monate dauert.

Aber selbst wenn der Grund nur meine Einsamkeit ist, will

ich die verdammte Welt für Via wieder geraderücken, für sie da sein. Dafür sorgen, dass es ihr besser geht. Weil ich es bei Hazel nicht geschafft habe. Und genau das ist das Problem. Ich will sie aus den falschen Gründen. Was bleibt, ist, ich will sie. Obwohl ich ein verdammtes von Schuld zerfressenes Wrack bin. Niemand, der auch nur im Entferntesten in der Lage wäre, jemand anderen zu stützen. Das ist nichts, was ich derzeit hinbekomme. Oder in absehbarer Zeit. Also sollte ich zur Abwechslung mal nicht auf mein verdammtes Ego hören, sondern auf das, was sie braucht. Nämlich einen Freund. Und nicht jemanden, der die Sache für sie noch komplizierter macht.

River lebt. Keine Ahnung, wie. Aber er lebt. Ich muss zu ihm. Muss dafür sorgen, dass er verschwindet. Ich ziehe mir die Kapuze ins Gesicht, die Schultern hoch und husche durch die Drehtür der Rehaklinik. An der Anmeldung stehen mehrere Leute. Die Schwestern sind gestresst, auch wenn sie das mit einem Lächeln zu überdecken versuchen. Es ist der richtige Moment, vielleicht der einzige, um es ungesehen bis in den dritten Stock zu schaffen. Der Fahrstuhl ist nur ein paar Schritte entfernt. Niemand achtet auf mich. Aber dann pralle ich fast mit meinem Spiegelbild zusammen, das über einen abartig überdimensionierten Flachbildschirm im Wartebereich flimmert.

Die Nachrichten. Meine verdammte Fresse ist in den Nachrichten. Was diese Aktion zu einer Selbstmordmission macht. Dieser Bunker hat Security. Zwei bullige Typen, die am Eingang leise miteinander reden, sich wichtig umsehen, mich ansehen. Ich senke den Kopf, ziehe die Kapuze noch tiefer ins Gesicht, muss abbrechen, bevor sie mich einkassieren. Ich muss River erwischen, aber nicht so. Das Risiko ist einfach zu groß.

Via

Der Tag war gut. Richtig gut. Kein irritierender Nachbar. Keine neuen Katastrophen oder auseinandergebauten Geräte vor meiner Tür. Nur jede Menge Vitamin D am Pool, ein fertiges Gedicht, das düster ist, aber meine Seele ein bisschen heller macht, weil ich die Dunkelheit auf dem Papier lassen konnte. Und ich habe einen neuen Freund. Ich habe ihn PB&J getauft, weil mir das Streifenhörnchen den Rest meines Erdnussbutter-Marmelade-Sandwiches geklaut hat und dabei so süß aussah, dass ich ihm nicht böse sein konnte. Und so dick, dass ich vermute, es erleichtert mithilfe seiner Kulleraugen im großen Stil Touristen um ihr Essen.

Jetzt hocke ich auf dem Bett, eingekuschelt in eine übergroße Strickjacke, und logge mich in meinen Uniaccount ein. Nora hat geschrieben und ich freue mich. Nicht nur, weil ich sie vermisse, sondern auch, weil sie neue Aufzeichnungen im Anhang mitschickt, die ich sofort herunterlade und mit denen ich mich später beschäftigen kann. Ich mag es, mich mit etwas abzulenken, was das Leben der Menschen beeinflusst, und das tut Politik. Genau wie Literatur. Vielleicht macht es mich zu einem Nerd, aber ich finde Lernen mindestens so entspannend wie einen Netflix-Marathon. Nachdem ich die Anhänge gespeichert habe, lese ich Noras Mail.

Hey Via, Professor Carter ist ein totaler Sadist. Anbei schicke ich dir all seine gesammelten Gemeinheiten, mit denen er uns in den letzten Tagen gequält hat. Und alles, was ich sonst zusammentragen konnte. Ich hoffe, du kommst schnell wieder. Wobei ich nicht denke, dass das allzu bald passieren wird. Jetzt, wo klar ist, dass das mit River kein Unfall war. Du brauchst sicher Zeit, um das zu verarbeiten. Deine Eltern haben dir ja bestimmt schon alles erzählt.

Was zum Henker? Ich sehe auf den Zettel, den mir eine Angestellte heute Morgen gegeben hat. Eine Nachricht von Mom, dass ich sie dringend anrufen soll. Was ich nicht getan habe. Vielleicht habe ich geahnt, dass ich nicht hören will, was sie zu sagen hat. Aber damit hätte ich nicht gerechnet. Rivers Sturz soll kein Unfall gewesen sein? Was denn bitte sonst? Wer sollte ihm etwas antun? Und warum? River ist immer nur nett zu allen, geradezu besessen davon, sich für alle gleichermaßen einzusetzen, immer freundlich zu jedem, außer zu sich selbst. Meine Kehle ist trocken und ich verschlucke mich fast an meinem rasenden Puls, als die Erinnerung an den Typen hinter dem Clubhaus grell durch mein Bewusstsein zuckt. Den hätte er am liebsten geschlagen, hat ihn geschubst und verbal bedroht. Ich reibe mir über die Schläfen und lese Noras Nachricht weiter.

Die Gemüter kochen ziemlich hoch. Die Leute stellen total irrsinnige Theorien auf, du hättest was mit dem Anschlag zu tun. Hättest Rivers Pflegebruder bezahlt? Oder ihr hättet was miteinander gehabt und wolltet River aus dem Weg räumen? Einige behaupten sogar, ihr wärt zusammen untergetaucht. Wir sind doch nicht bei *Élite*. Das ist so bescheuert.

Sein Pflegebruder. Wow, das ist so krass. Ich wusste, dass River in wechselnden Pflegefamilien groß geworden ist, bevor er zu seiner Adoptivmom gekommen ist, aber er hat nie von jemandem erzählt, der ihm so nahestand, dass er ihn als Bruder bezeichnet hätte. Nie davon, dass ihr Verhältnis so schwierig war, dass der ihm schaden wollen würde. Ohne weiter darüber nachzudenken, beginne ich zu tippen.

Hi Nora, ich kriege hier nichts von den Entwicklungen in Sacramento mit und wusste noch nicht, dass es kein Unfall war. Ist es sicher, dass es sein Pflegebruder war? Wissen die, warum er es getan hat? Vielleicht habe ich den Typen gesehen. Kurz vor dem Unfall hat River sich mit jemandem hinterm Clubhaus gestritten. Das ist alles so furchtbar.

Und trotzdem werfen mich die schockierenden Neuigkeiten nicht völlig aus der Bahn. Ich mache mir Sorgen um River. Gigantische. Es trifft mich, dass die Leute mich noch immer verantwortlich machen für etwas, für das ich nichts kann. Aber ich breche nicht zusammen. Ich tippe weiter:

Wie ist es für dich? Hältst du durch? Wie läuft es mit Bailey und Holly?

Die beiden sind ihre besten Freundinnen. Sie kennt sie seit dem Kindergarten und auch wenn sie für mich gestorben sind, erwarte ich nicht, dass Nora sie aus Loyalität ebenfalls aus ihrem Leben streicht. Ich schicke die Nachricht ab, warte, knabbere an meiner Lippe, aber Nora ist nicht online. Ich öffne die Unterlagen, die sie mir geschickt hat, kann mich aber nicht auf die Informationen konzentrieren, weil mein Blick alle zwei Sekunden zu der Anzeige wandert, ob sie online kommt.

Da ich mich nicht länger verrückt machen will, klicke ich das Fenster klein und rufe stattdessen Netflix auf. Ich durchforste das unendlich große Filmangebot, klicke alles weiter, was auch nur zu einem Prozent Romantik enthält, und entscheide mich am Ende für *Fight Club*. Ein Klassiker, den Nora mir schon vor Monaten ans Herz gelegt hat, aber selbst Edward Norton und Brad Pitt schaffen es nicht, meine Gedanken von dem Tag des Unfalls fernzuhalten. Mein Hirn versucht sich an Details zu erinnern, aber da ist einfach nichts außer der Tatsache, dass der Typ, von dem ich annehme, dass er Rivers Pflegebruder gewesen sein muss, eine Kapuzenjacke trug und in Richtung Straße verschwunden ist. Wenn er die Leash wirklich manipuliert hat, muss er das vorher getan haben. Aber woher wusste er, welche River nutzen würde? Er entscheidet das immer erst kurz vor einem Lauf. Meistens sogar erst auf dem Boot, wenn er auf dem Wasser ist, und er besitzt ein ganzes Arsenal an Halteseilen. Vielleicht hat der Kerl einfach alle präpariert, sodass sie reißen mussten, wenn River lang genug Zug darauf bringt. Was zeigt, wie entschlossen er gewesen sein muss, River zu schaden.

Wieso habe ich mir nicht mehr Details eingeprägt? Wieso habe ich nicht versucht sein Gesicht zu sehen oder auf Tattoos oder Narben geachtet, womit ich ihn eindeutig identifizieren könnte? Dann könnte ich jetzt dafür sorgen, dass River in Sicherheit ist, und als Zeugin gegen den Täter aussagen. Und nicht nur das, River zu helfen würde mich auch rehabilitieren. So kann ich rein gar nichts tun. Weder für ihn noch für mich.

Es klopft und ich pausiere den Film. Das muss Miles sein. Er hat die letzten drei Abende gefragt, ob ich mich zu ihm nach draußen setzen will. Und obwohl ich jedes Mal ablehne, bleibt er hartnäckig. Ein Lächeln stiehlt sich auf meine Lippen, weil es ihm wichtig genug ist, um stur zu bleiben. Ich öffne die Tür und schlinge die grobe Strickjacke um meinen Körper, verberge die kurze Jerseyhose mit dem passenden Top darunter, die über und über mit total süßen Schwarzbären bedruckt sind. Dazwischen der Schriftzug *I'll be your Huckle-*

beary. Ich liebe es. Aber diese Liebe muss ich nicht unbedingt mit Miles teilen und mich deswegen aufziehen lassen.

»Hi, Sad Eyes.« Grinsend zieht er eine Augenbraue hoch, weil sich natürlich doch einer der Bären unter der Strickjacke vorgemogelt hat. »Nettes Outfit. Hast du heute Abend Lust mit rauszukommen?«

»Ich …« Sollte das wirklich nicht tun. Warum zögere ich dann überhaupt, sage nicht einfach Nein und schließe die Tür? So wie ich es die letzten Tage getan habe? Weil mir klar ist, dass Miles effektiver wäre als Fight Club in Kombination mit der nordamerikanischen Innenpolitik des 20. Jahrhunderts, um meine Gedanken endlich abzulenken.

»Komm schon.« Normalerweise hat er immer ein Bier und eine Limonade für mich bei sich. Aber heute hat er anstatt der Flaschen zwei Gläser in der Hand. »Ich habe uns auch was Besonderes mitgebracht.«

Ich lege den Kopf schief und versuche zu erschnuppern, was er da zwischen uns hochhält. Riecht fruchtig. »Mitgebracht?«

»Okay, aus der Bar geschmuggelt.« Er stellt die Gläser auf der Fensterbank ab und fährt sich durch die Haare. »Alex, der Besitzer, castet gerade Barkeeper und die schütten das Zeug weg, weil keine Gäste da sind. Totale Verschwendung. Also, was sagst du?«

»Eigentlich gucke ich gerade einen Film«, murmle ich und deute auf den Laptop, der auf dem Bett steht. Und ich trinke nicht. Nie. Weil ich es mir nicht leisten kann, die Kontrolle zu verlieren.

»Darf ich?«, fragt er und betritt mein Zimmer, was sich zu nah anfühlt. Er geht zu dem Gerät und dreht es zu sich. »Fight Club«, sagt er mit einem Hauch Verwunderung in der Stimme.

»Du klingst überrascht.« Ich stehe noch immer an der Tür, unbeweglich. Weil jeder Schritt ins Zimmer auch einer auf ihn zu wäre.

»Ist ein guter Film.«

»Aber?« Ich verschränke die Arme vor der Brust, versuche mir nicht anmerken zu lassen, dass mich diese Situation nervös macht. Dass er mich nervös macht.

»Aber ich hätte dich nicht unbedingt für die Sorte Mädchen gehalten, die sich anderthalb Stunden ansieht, wie sich ein paar Kerle verkloppen.« Er lächelt sanft und kommt mit dem Laptop in der Hand zu mir, bleibt so nah vor mir stehen, dass nur das Gerät zwischen uns passt.

Ich denke, er wird mir gleich die Haarsträhne aus dem Gesicht streichen, die sein Atem zwischen uns tanzen lässt. Aber er tut es nicht, sieht mich nur an. So eindringlich, dass meine Kehle herzschlaglaut eng wird und ich zu lange brauche, um Nora zu zitieren, die der Grund war, warum ich den Film überhaupt ausgewählt habe. »Eigentlich zeigt der Streifen viel mehr als das. Zum Beispiel, dass eine Veränderung der Gesellschaft nur möglich ist, wenn wir endlich das derzeit stereotype Rollenverständnis von Mann und Frau aufgeben. Dass wir im Kapitalismus kein Glück finden. Oder aber auch ein Paradoxon des Zorns.«

Jetzt lacht er. »Okay, lass mich raten, du studierst Sozial- oder Medienwissenschaften?«

Ich schüttle den Kopf. »Politik und kreatives Schreiben. Aber Nora hat als Nebenfach Sozialwissenschaft gewählt. Sie ist meine beste Freundin.« Nach der Sache meine einzige. »Und liegt mir seit Monaten in den Ohren, dass ich ihn mir endlich ansehen soll. Also …«

»… also sollten wir ihn uns ansehen.« Er verstummt kurz, als müsste er über das Uns in diesem Satz nachdenken. »Auf dem Deck? Der Abend ist total schön und …« Er stößt mich leicht mit dem Laptop an. »… Komm schon. Was hast du denn zu verlieren?«

Alles. Obwohl nein, das stimmt nicht. Ich habe bereits alles verloren. Weswegen die korrekte Antwort ist: Nichts. Absolut nichts. Vielleicht murmle ich deswegen ein wackliges »Okay«.

Miles nimmt eine völlig alberne Siegerpose ein, die mich zum Lachen bringt. Ich lache. Etwas, das in letzter Zeit nicht oft passiert. Aber mit ihm schon.

Er drückt mir den Laptop in die Hand und trägt die beiden Gläser von der Fensterbank zu den Deckchairs. »Gut zu wissen, dass man dich mit Alkohol und gesellschaftskritischen Actionfilmen aus dem Zimmer locken kann.«

Ich glaube nicht, dass mich irgendeiner meiner früheren Freunde so beschrieben hätte, aber mir gefällt das Bild, das er von mir hat. Ich sehe zu Miles, der die Stühle so zurechtrückt, dass wir den Laptop auf dem Geländer abstellen können und beide einen guten Blick haben. Seine Muskeln bewegen sich unter dem Shirt und ich zwinge mich, nicht länger hinzusehen, straffe die Schultern und gehe zu unserem provisorischen Open-Air-Kino hinüber.

Miles drückt mir eines der Gläser in die Hand und stößt mit mir an. »Auf die Rebellion gegen die bestehenden Geschlechterrollen und den Niedergang des Kapitalismus.« Er sagt es so spöttisch wie angebracht, wenn man so einen Satz auf dem Sonnendeck einer Luxus-Lodge von sich gibt.

»Auf Nora.« Ich nippe und unterdrücke nur mit Mühe ein Husten. »Was ist das?«, bringe ich atemlos hervor.

Miles hat einen deutlich größeren Schluck genommen und kämpft noch mit dem Inhalt seines Mundes. »Keine Ahnung«, würgt er schließlich hervor, während er versucht sich zu sammeln. »Aber ich denke, der Drink sollte *All that was in the bar* heißen.«

Zumindest alles Alkoholische. »In einem echt widerlichen Mischverhältnis«, füge ich hinzu.

Miles nickt, lächelt und ich nehme noch einen weiteren

Schluck, der sich meine Kehle hinabbrennt. Weil ich denke, dass Alkohol helfen könnte.

Wir setzen uns und er startet den Film ab da, wo ich ihn vorhin pausiert habe. Es scheint ihn nicht zu stören, dass ihm die ersten vierzig Minuten fehlen.

»Hucklebeary, hm?« Er tut so, als würde er sich auf den Film konzentrieren, aber seine Mundwinkel zucken.

»Der Bär ist süß«, verteidige ich mein Outfit.

»Definitiv.« Jetzt lacht er und ich kann nicht anders, als mitzulachen. Ich boxe ihm gegen die Schulter und bin absolut nicht darauf vorbereitet, wie sich seine Haut unter meinen Fingern anfühlt. Dass ich darauf reagiere.

Hastig ziehe ich meine Hand zurück und schlinge den Arm um mich. »Wo studierst du eigentlich? Maschinenbau, nicht wahr?« Die Fragen sind unverfänglich. Denke ich. Aber dann sehe ich seinen Gesichtsausdruck. Jegliche Fröhlichkeit weicht daraus und seine Kiefer mahlen.

Er nickt. »Maschinenbau, ja, aber derzeit nicht. Ich bin jetzt hier«, sagt er leise und wirkt irgendwie verloren. So verloren wie ich.

Was wohl bedeutet, dass wir beide so etwas wie Verbündete sind. Schiffbrüchige in der Welt da draußen, die sich hier verstecken. »Was ist passiert?«, frage ich leise.

Miles zuckt die Schultern, holt Luft, als wollte er mir antworten, und schüttelt dann den Kopf. »The first rule of Fight Club is«, zitiert er Tyler Burdens legendäre Worte, »you do not talk about Fight Club.«

Er will nicht darüber reden und ich verstehe wahrscheinlich besser als jeder andere, warum. Es ist okay. Ich werde ihn genauso wenig zum Reden drängen wie er mich an unserem ersten Abend auf diesem Sonnendeck. »The second rule of Fight Club is: you DO NOT talk about Fight Club«, setze ich das Zitat fort, um ihm genau das klarzumachen.

Miles grinst schief und stößt sein Glas gegen meins.

Die Anspannung weicht aus seinem Körper. Er legt den Kopf zurück und seine Hand direkt neben meine auf die Lehnen der Deckchairs. So nah, dass wir uns berühren würden, wenn ich meine Finger nur etwas strecken würde. Ich will es tun. So sehr. Verdammt, was ist nur los mit mir? Was passiert hier?

Ich suche nach einer logischen Erklärung. Und tadaa – ich hab's: Ich klammere mich einfach nur an das Einzige, dass dafür sorgt, dass es mir besser geht. Wie eine Ertrinkende an einen Rettungsring. Ich klammere mich an Miles. Damit ich nicht untergehe, aber das ist ganz sicher der weltschlechteste Grund, um die Hand eines Menschen zu halten. Doch es ist wie ein Reflex. Etwas, das ich nicht kontrollieren kann. Wie wenn man unter Wasser Luft holt, obwohl man weiß, dass man dadurch ertrinken wird.

Vielleicht macht mich der Alkohol, an dem ich weiter nippe und der warm durch meine Venen kriecht, auch nur irrsinnig mutig. Mit der Betonung auf irrsinnig. Aber gerade als meine Fingerkuppen gegen seine stoßen wollen, lässt mich ein Ping zusammenzucken. Im oberen rechten Bildrand des Laptops ploppt eine Nachricht von Nora auf und verdeckt für einen Moment Edward Nortons Gesicht.

Es war sein Bruder. Sie haben Beweise gefunden. Der Typ ist neidisch auf River und zu allem fähig. Wenn du ihn wirklich gesehen hast, musst du mit den Cops reden und helfen, ihn wegzusperren. Das ist alles so hart gruselig.

Mit einem Satz bin ich beim Laptop und knalle ihn zu, aber natürlich hat Miles die Nachricht längst gelesen. Und ich weiß nicht, was mich mehr aufwühlt – Noras Nachricht und was das für River bedeutet. Oder dass Miles sie gelesen hat. Ich wollte diese Sache nicht mit ihm teilen, wollte nicht, dass er diesen Teil von mir kennt, den schlechten, den, der nicht ich bin. Ich erwarte, dass er Fragen stellen wird, und bleibe auf der Kante des Deckchairs sitzen. Den Blick gesenkt.

»Hey.«

Er rutscht von hinten an mich heran, zögert und legt dann seine Arme um mich. Einfach so. Zieht mich an sich. Einfach so. Und mein Herz rastet aus. Einfach so.

»Das ändert nichts«, flüstert er.

Aber das tut es. Es ändert alles. Denn seine Stimme wühlt so viel Gefühlssediment auf.

»Wenn es das ist, was du brauchst, kann ich dein Fight Club sein.«

Ein Freund, der schweigen kann, wenn es nötig ist. Ich wische mir die Tränen aus den Augen, nicke erleichtert, denke, dass es sich nach mehr anfühlt, aber das ist nicht echt. Weil es nun mal nicht echt sein kann.

Miles gibt mich wieder frei und wir rutschen etwas unbeholfen zurück an die Lehnen unserer Deckchairs. Ich ziehe die Strickjacke enger um meinen Körper, weil sich der laue Sommerabend plötzlich kühl anfühlt, dort wo Miles mich nicht mehr berührt. Wir gucken den Film weiter. Miles tut es. Ich starre auf seine Hand, die wieder neben meiner liegt. Fast so wie vorhin, nur dass jetzt sein kleiner Finger über meinen geschoben ist.

Es fühlt sich an, als würde ich fallen und er ist der verdammte Boden, auf den ich zurase. Und trotzdem will ich bei ihm aufschlagen, wenn es schon unumgänglich ist. Dabei sollte ich wirklich nicht darauf vertrauen, dass er da ist, um den Aufprall abzumildern. Wenn mir die Sache mit River eins gezeigt hat, dann dass ich mir dieses Vertrauen nicht leisten kann. Das letzte Mal hat es mein Leben pulverisiert. Das ist einfach nichts, was ich noch mal wegstecken kann.

River hat sich in seinem Elfenbeinturm verschanzt. Da ist kein Rankommen. Hab's versucht. Noch zweimal, aber keine Chance. Bleibt nur die kleine Rothaarige. Seine Freundin. Denn den Scheiß mit der Trennung kauft ihm doch keiner ab. Sie ist aus Sacramento abgehauen. Sie zu finden wird trotzdem kein Problem sein. Menschen hinterlassen Spuren. Immer. Im Vorbeigehen greife ich nach dem Handy ihrer Mom, das achtlos auf der Tischkante im Restaurant liegt. Sie merkt es nicht einmal. Kein Passwort. Sie macht es mir verdammt leicht. Ich öffne die Nachrichten. Der dritte Chat von oben ist der mit Via. Ich scrolle über den emotionalen Supportscheiß hinweg und finde, was ich suche. Eine Nachricht, die am Tag der Trennung verfasst wurde.

Hi, Sweetie, ich hoffe, der Lake Tahoe hilft dir über die Sache mit River hinweg. Nimm dir so viel Zeit, wie du brauchst. Nach den Semesterferien erinnert sich bestimmt kein Mensch mehr an das alles. Ruf mich jederzeit an. Wir haben dich lieb. Mom.

Der Lake Tahoe. Ich reiche das Telefon über den Tresen und lenke damit die Konzentration von mir auf das Gerät. »Das muss jemand verloren haben«, sage ich, als wäre ich die Art Gutmensch, die sich moralisch verpflichtet fühlt, fremdes Eigentum zurückzugeben. Jedes andere Handy würde ich zu Kohle machen. Aber nicht dieses. Die Clarks sollen keinen Verdacht schöpfen. Ich will den Hasen nicht verschrecken. Ich wische mir mit dem Handrücken über die Nase, drehe mich um, gehe, bevor der Kellner mich mustern oder noch etwas sagen kann. Sollte er gefragt werden, ob er mich beschreiben kann, sollte ihm nicht mehr einfallen als weiß, durchschnittliche Größe, an das Gesicht kann ich mich nicht mehr erinnern.

Via

Mit jedem Schritt wird der Druck in meinem Magen größer. Die Haut in meinem Nacken kribbelt. Ich habe Angst. Richtig große, alles verschlingende Megaangst, aber ich gehe trotzdem weiter, biege um die Ecke des Clubhauses, wo ich River und diesen Typen streiten sehen habe. Alles ist still.

Sie streiten nicht mehr. River liegt auf dem Boden. Seine Haut ist unnatürlich blass. Blut läuft aus seiner Nase. Aus seinem Mund. Über ihm kniet der Kapuzentyp, die Hände um seinen Hals gelegt. In mir wird es kalt, taub. Er wird ihn umbringen.

»Lass ihn los«, stoße ich heiser hervor, aber der Kapuzentyp nimmt seine Hände nicht von Rivers Hals, drückt einfach weiter zu. Ich müsste Hilfe holen, brüllen, etwas tun, aber es ist, als wäre ich zu leer dafür. Ein brüchiges »Hör auf« ist alles, was ich hervorbringe.

Und tatsächlich reagiert er dieses Mal, dreht sich zu mir um, das Gesicht ein pulsierendes Schwarz, keine Konturen, keine Form, nur stumpfe Finsternis. Als hätte der Neid es weggefressen.

Er lässt von River ab, steht auf. Und dann kommt er auf mich zu, kommt mich holen.

Ich schrecke hoch, ringe nach Luft, taste nach dem gestärkten Hotellaken, das mich im Hier und Jetzt verankert. In der Realität, in der niemand außer meinen Eltern und Nora weiß, wo ich bin. In der niemand überhaupt weiß, dass ich den Täter gesehen habe. Dass ich gegen ihn aussagen könnte. Er kann das nicht wissen, mich nicht hier finden, mir nichts tun.

Mein Atem glaubt meinem Kopf noch immer nicht, dass es nur ein Traum war, rast genau wie mein Herz. Angst klammert sich an meine Zellen. Ich gehe ins Bad und spritze mir etwas Wasser ins Gesicht. Das wird nicht reichen. Ich bin komplett verschwitzt. Umständlich schäle ich mich aus meinem Bärenoutfit und steige unter die Dusche. Das Wasser befördert Schweiß und Bilder in den Ausguss, aber etwas davon bleibt zurück. Ich trockne mich notdürftig ab, schlüpfe in eine kurze Jerseyhose und ein Tanktop und binde mir die Haare hoch. Mein Blick fällt auf mein zerwühltes Bett. Ich werde sowieso nicht wieder einschlafen können. Also kann ich auch die kühle Nachtluft genießen, sie die restlichen Wassertropfen auf meiner Haut trocknen lassen und PB&J einen Mitternachtssnack bringen. Bewaffnet mit einer Tüte Nüsse aus der Minibar, trete ich nach draußen ans Geländer, drapiere zwei Nüsse auf dem noch warmen Holz und atme tief durch. Auf dem See leuchten die Positionslichter eines Bootes. Ansonsten liegt er dunkel und glatt da, als könnte ihm niemand etwas anhaben. Ich wünschte, ich wäre mehr wie der Lake Tahoe.

»Kannst du auch nicht schlafen?«

Ich zucke nicht mal zusammen. Als hätte ich erwartet, Miles um diese Zeit hier draußen zu treffen. Als wäre ich nur deswegen auf das Sonnendeck gekommen. Miles, der mehr in mir geraderückt als die Dusche, die Nachtluft oder der See.

»Fragt ein Schlafloser den anderen«, witzle ich und drehe mich zu ihm um. Er sitzt auf den Holzbohlen vor seinem Zimmer, die sich noch immer warm unter meinen nackten Füßen anfühlen, die Beine an den Körper gezogen. Die Arme hat er auf die Knie gestützt und betrachtet mich. Er sieht müde aus und trotzdem so weit entfernt von Schlaf, wie ich mich fühle.

»Ich wollte nur ein bisschen frische Luft schnappen.«

Er nickt. »Ich auch. Die Nächte hier sind der Hammer und total anders als in Sacramento.«

Wir kommen aus derselben Stadt. Und er hat mir etwas über sich verraten. Beides freut mich. Beides sollte mir egal sein.

Er steht auf und lehnt sich neben mich. »Fütterst du allen Ernstes die Streifenhörnchen?« Er deutet auf die Nüsse, die auf dem Geländer liegen, und klingt alles andere als begeistert.

»Nicht die Streifenhörnchen. Nur PB&J«, verteidige ich mich.

»Du hast diesem nervigen kleinen Vieh, das ständig auf unserem Deck rumlungert, einen Namen gegeben?«

»Es ist total süß, oder?«

Er grinst. Ein Grinsen, das die Sonne aufgehen lässt und alles wegschiebt, was eben noch dunkel war. »Du stehst also auch auf die Viecher.«

Ich weiß nicht, wieso er auch sagt, bemerke nur, wie das Strahlen in seinen Augen erlischt.

»So unkoordiniert, wie der Kleine ist, werden deine Nüsse ihm den Hintern retten«, sagt er rau und vergräbt die Hände in den Hosentaschen. Die Schultern zieht er ein Stück hoch. »Neulich hat er mich für einen Pfeiler gehalten und ist an mir hochgeklettert, nur um mich dann entsetzt anzuglotzen und beim Fluchtversuch abzustürzen.«

»Er ist süß«, bleibe ich beharrlich.

Mit einem Nicken stößt Miles sich vom Geländer ab, dreht sich um und lehnt sich mit dem Rücken wieder dagegen. »Ja, du bist nicht die Einzige, die den Kulleraugen erliegt.«

Und da ist sie wieder, diese Traurigkeit, die so tief ist, dass ich ihn umarmen will.

»Die Frage ist, was macht der kleine Racker, wenn dein Urlaub vorbei ist?«

»Ich … Das hier ist kein Urlaub.« Nicht im eigentlichen Sinn. Es ist eine Flucht, vielleicht ein Exil. Ich kann nicht zurück. »Vorerst werde ich bleiben«, sage ich leise. Dad hat gemeint, ich solle mir keine Sorgen wegen der Kosten machen, Victor hätte ihm einen Spezialpreis gemacht. Weil sie Freunde sind und die Lodge mitten in der Renovierung steckt.

»Wie lange?«

Ich denke, er fragt das nicht nur wegen des Streifenhörnchens. »Ich weiß es nicht.« Bis zum Ende des Semesters auf jeden Fall. Über die Semesterferien? Wahrscheinlich. »Am liebsten würde ich für immer bleiben.« Ich habe nicht darüber nachgedacht, sondern einfach ausgesprochen, was ich fühle.

»Der See hat dich erwischt«, sagt er.

Nicht der See. Er, denke ich. Er hat mich erwischt.

»Versuchst du es noch mal?« Er deutet zu meiner Zimmertür. »Einzuschlafen, meine ich?«

Ich schüttle den Kopf. »Das klappt nie.«

Er lächelt. »Same here. Deswegen fahre ich nachts oft Uber, aber im Moment ist so wenig los, dass es sich nicht lohnt. Also hänge ich stattdessen hier rum und heule ein wenig den Mond an.« Er zuckt die Schultern.

»Hört sich nicht wirklich verlockend an. Wir könnten noch einen Film zusammen gucken?«

»Ich glaub, ich habe eine bessere Idee.« Miles nimmt meine Hand. In seine. Und das ist so … so eigentlich nichts und gleichzeitig so verdammt unfassbar gut.

»Was hast du vor?«, frage ich leicht benommen.

Er antwortet nicht, zieht mich einfach hinter sich her. Am Pool vorbei, durch den Eingangsbereich bis in das geschlossene Hotelrestaurant. Erst dort lässt er mich los.

»Laut irgendeiner Umfrage haben Menschen, die durchmachen, nachts um zwei den größten Heißhunger.« Er hält sein Telefon hoch, dessen Display zeigt, dass es kurz nach zwei ist.

Tatsächlich habe ich seit dem Mittag nichts mehr gegessen und könnte einen Elch auf Toast verdrücken, was seine Theorie stützt. Eine gewagte Theorie. »Das liegt bestimmt daran, dass die nur Betrunkene oder Bekiffte befragt haben.«

Er überlegt kurz. »Könnte sein, aber ich bin sturznüchtern und habe trotzdem totalen Hunger. Erklär das mal.« Mit einem Lachen schwingt er sich über die Durchreiche in die Küche und hält mir seine Hand hin.

»Was soll das werden?« Ich verschränke die Arme vor der Brust, anstatt mir von ihm helfen zu lassen.

»Pancakes«, erwidert er schlicht. »Bestes Nachtessen der Welt.«

»Ich bezweifle, dass der Besitzer das genauso sieht, wenn du dich dafür in seine Küche schleichst und dich einfach an seinen Sachen bedienst.«

»Der Job ist inklusive Verpflegung. Und der Besitzer ist nicht hier. Alex ist nach dem Jobcasting der Barkeeper zurück nach South Lake Tahoe gefahren.« Miles sieht sich suchend um. »Die haben die Drinks wirklich alle weggekippt. Was für eine Verschwendung.« Er rümpft die Nase.

Nur weil der Besitzer nicht hier ist, bedeutet das nicht, dass die Regeln nicht gelten. Egal wie hungrig wir sind und wie verlockend Pancakes klingen. »Das mache ich nicht.« Und lasse mich dabei womöglich von einem anderen Angestellten oder einer Überwachungskamera erwischen. No way!

Miles streckt mir noch immer die Hand hin und sieht mich herausfordernd an. »Tust du nie Dinge, die dich in Schwierigkeiten bringen könnten?«

»Nie!«, stoße ich ohne zu überlegen aus. Jedenfalls nicht mit Vorsatz.

»Dabei sind schlechte Ideen immer die besten.« Er lacht. »Glaub mir, du hast nicht gelebt, wenn du noch nie unerlaubt Pfannkuchen in einer Hotelrestaurantküche gemacht hast.«

»Sagt wer?«

Er macht einen Schritt auf mich zu, bis ihn die Durchreiche an der Hüfte stoppt, und beugt sich vor. Seine Hand schwebt jetzt unmittelbar vor meiner. »Ich«, murmelt er leise und dieses eine Wort bringt all meinen Widerstand zum Bröckeln. »Komm schon, Sad Eyes.«

Ich überlege. Wieso überlege ich denn jetzt bitte? Das sollte ein klares eindeutiges Nein von meiner Seite sein. Aber, hey, eindeutig ist anscheinend schon schlafen gegangen. Ich habe so viel im Leben nicht getan, um es anderen recht zu machen. Habe immer das Richtige getan und so viel verpasst, mich so sehr selbst begrenzt. Was soll denn schon passieren? Es ist mitten in der Nacht, niemand ist hier und der Besitzer in einer anderen Stadt. Und selbst wenn uns jemand erwischt, wie hoch kann das Strafmaß für illegales Pfannkuchenbraten schon sein?

Ich mag das Kribbeln, das sich bei dem Gedanken in mir ausbreitet. Und ehe ich es mir anders überlegen kann, ergreife ich Miles' Hand und klettere zu ihm in die Küche. Das fühlt sich sehr kriminell an. Und sehr gut. Was definitiv nicht zusammenpassen sollte.

Leise schleichen wir durch die ausladende, chromglänzende und penibel saubere Küche zu den Kühlräumen. Also, ich schleiche. Miles bewegt sich selbstsicher, als würde er das jeden Tag machen. Er zieht die Tür auf und eine kühle von Essensgerüchen geschwängerte Wolke trifft uns.

»Nimm du die Eier.«

Ich sehe Miles an, als wäre das irgendein Geheimcode, und rühre mich nicht. Egal wie gut es sich anfühlt etwas Verbotenes zu tun, ich bin echt schlecht in der Umsetzung. Erst als er mir die Eier hinhält, nehme ich sie zittrig entgegen und trage sie fest gegen meine Brust gepresst zur Arbeitsfläche.

Miles holt noch Milch aus der Kühlung und die übrigen Zutaten aus dem Lagerraum. Dann balanciert er alles zu mir. Ich will ihm gerade zur Hilfe eilen, als das Mehl ins Rutschen kommt und mit einem nüchternen Puff auf dem Boden landet. Sekundenlang stehen wir in einer Mehlwolke.

»Scheiße«, stoße ich erschrocken hervor, huste und sehe Miles mit großen Augen an. Das Zeug ist überall. Wie sollen wir das je wieder so sauber kriegen, dass niemand Verdacht schöpft?

Das ist eine Katastrophe. Aber er lacht. Wieso lacht er denn bitte? Das ist nicht lustig. In aller Seelenruhe stapelt er die anderen Zutaten neben die Eier, zieht sich das Shirt zum Schutz vor der Wolke über Mund und Nase und bückt sich, um so viel vom Mehl zu retten wie möglich.

Ich versuche ihm zu helfen, habe aber das Gefühl, es nur noch schlimmer zu machen, und halte inne, weil er immer noch lacht. Und vielleicht auch wegen des Stücks straffer Haut, das durch die Aktion an seinem Bauch frei liegt.

»Das ist nicht komisch.«

»Doch sehr. Du siehst aus, als würdest du dir schon überlegen, welches Bett du im Knast wählen willst.« Er nimmt eine Handvoll Mehl, legt seine Hand auf meine Wange und verteilt das Zeug auf meiner Haut. »Besser«, stellt er dann sachlich fest.

Wie kann das besser sein? Er hat mir Beweismittel ins Gesicht geschmiert. »Bist du wahnsinnig? Wir müssen das aufräumen, bevor jemand kommt.«

»Müssen wir.« Er bringt sein Shirt wieder in Ordnung. »Aber nicht sofort. Denn erstens kommt niemand. Und zweitens steht dir das ausgezeichnet.« Er grinst, nimmt noch eine Handvoll Mehl und verteilt es auf meinem Arm, womit er ein verdammtes Gänsehautdomino auslöst.

Obwohl ich noch immer denke, wir könnten jeden Moment erwischt werden, muss ich etwas tun, um das Ziehen in meinem Inneren abzustellen, und greife, ohne weiter darüber nachzudenken, in die Masse, ziele und lande einen Volltreffer. Mitten in Miles' Gesicht und seinem Mund, den er zu einem schadenfreudigen Grinsen halb geöffnet hatte.

»Hah«, mache ich, während er prustend versucht das Zeug auszuspucken.

Ich stelle mich zu einer Siegerpose auf, weil ich dieses Battle definitiv gewonnen habe, muss aber im nächsten Moment flüchten, weil Miles zum Gegenangriff übergeht. Wir sprinten durch die Küche, bewerfen uns mit Mehl, bis wir beide über und über damit bestäubt sind und die Küche katastrophal aussieht. Und doch lache ich. So tief aus dem Bauch heraus habe ich zuletzt gelacht, als Dad Charlie Chaplin nachgemacht hat und mit dem Stuhl umgekippt ist. Da war ich noch in der Middleschool. Atemlos lehne ich mich gegen die Wand und Miles bricht seinen Angriff ab. Er bleibt unmittelbar vor mir stehen. »Gibst du auf?«, fragt er übermütig.

»Waffenstillstand?« Ich halte ihm meine Hand hin. Einen Augenblick sieht er sie nur an und ich füge leise hinzu: »Mir wurden Pancakes versprochen.« Und ich habe echt Hunger. So sehr, dass mein Magen knurrt.

Miles lächelt, lässt das Mehl aus seiner Hand fallen und klopft sie sich an der Hose ab, bevor er sie in meine legt. »Waffenstillstand«, murmelt er. »Bis wir das hier beseitigt haben.« Jetzt legt er seine Hand auf meinen rumorenden Bauch, als wollte er ihn beruhigen. Kurz nur. Dann nimmt er sie wieder fort und das heiße Ziehen mit, das er damit auslöst. Er dreht sich zur Arbeitsfläche und nimmt ein Ei in die Hand. »Okay, also, wie du die Eier aufschlägst, ist essenziell für das Gelingen der Pancakes«, sagt er mit einer Good-Morning-America-Kochshow-Stimme.

Ich setze mich neben ihn auf die Arbeitsfläche. Nicht weil ich lernen will, wie man die perfekten Pancakes macht. Ich will ihm nah sein. Das ist total selbstmörderisch, aber hier im Halbdunkeln der Küche, allein mit ihm, kann ich das zugeben.

Er gibt Milch, Zucker und schließlich das gerettete Mehl zu der schaumigen Masse. Dabei summt er vor sich hin und ich liebe jede Sekunde dieses Moments. Das tiefe Vibrieren seiner Stimme, die leisen, ganz alltäglichen Geräusche, die absolut nicht alltägliche nächtliche Stille. Den Geruch, als er Butter in der Pfanne zerlässt und dann Teig dazugibt.

Während er wartet, dass er den Pancake wenden kann, sieht er mich an. Hebt seine Hand und berührt meine Wange, schiebt sie an meinem Kiefer hinauf.

Seine Berührung rieselt durch mich hindurch, bringt alles in mir zum Vibrieren. Ich will, dass er mich an sich zieht, will den Kuss, der da ist und gleichzeitig nicht. Ich bin sicher, er würde nach Mehl schmecken und nach Leben. Nach Ausgelassenheit, obwohl wir beide trauern. So sehr trauern. Ich weiß nicht, was er verloren hat oder wen, aber ich weiß, dass er irgendwie genauso zerbrochen ist wie ich. Und ich kann sehen, dass es ihm besser geht, spüre, dass es mir besser geht, wenn wir zusammen sind. Ich schlucke. Das Gefühl herunter, dass das hier falsch sein muss. Denn es fühlt sich nach dem kompletten Gegenteil an, als er sich noch näher zu mir lehnt. Ich schmiege mich in seine Berührung, grabe meine Zähne in die Unterlippe. Die Lippe, die auf seine wartet. Mit einem sehnsüchtigen Ziehen. Und Herzklopfen. Und stockendem Atem. Mein Kopf brüllt, ich soll das nicht tun. Weil das gefährlich ist, so unfassbar gefährlich. Aber mein Herz, mein Herz will das hier so sehr. Weil es ohne ihn kaum atmen kann. Ich will die restliche Distanz überwinden, den ersten Schritt machen, weil ich es nicht aushalte zu warten. Zu lange zu warten und den Moment an die Vernunft zu verlieren, aber bevor ich etwas Dummes tun kann, streicht Miles über meine Schläfe. Mehl rieselt zu Boden.

»Du hattest da was«, sagt er rau und zieht sich im selben Moment zurück.

Ich hätte ihn um ein Haar geküsst. Dabei wollte er nur Mehl aus meinem Gesicht wischen. Wieso denke ich, dieser sanfte, fürsorgliche, tolle Mensch, dem ganz offensichtlich das Herz gebrochen wurde, würde mich küssen wollen? Ausgerechnet mich? Über die im Internet gesagt wird, dass sie genau das mit ihrem Ex gemacht hat. Auf die grausamste Art und Weise. Im schlimmsten Moment seines Lebens.

Miles hat mir gesagt, er wusste nicht, wer ich bin. Das glaube ich ihm. Aber er kann Google bedienen. Er wird sich mittlerweile informiert haben, wird wissen, wer ich bin, was ich getan habe, wieso ich hier untergetaucht bin. Er hat Noras Nachricht gelesen, also kann ich froh sein, dass er mich nicht hasst oder meidet, sondern mir das Gefühl gibt, nicht allein zu sein. Aber ganz sicher sollte ich mir nicht einbilden, dass er jemals mehr von mir wollen wird. Ich sollte nicht mehr wollen.

Miles

Ich hätte sie nicht anfassen und dadurch die Stimmung kippen sollen. Wir hatten Spaß, verdammt. Sie hat gelacht und ich Penner musste es kaputt machen, sie berühren. Fuck. Ich wollte sie küssen. So sehr, wie ich selten etwas gewollt habe. Was unerwartet ist. Und das Gegenteil von richtig. Verflucht, ich hatte mir vorgenommen ihr ein Freund zu sein. Wieso kann ich mich nicht ein Mal an den Scheißplan halten?

Natürlich hat sie zugemacht, sich weggedreht und begonnen das Mehlchaos zu beseitigen. Weil ihr im Gegensatz zu mir klar ist, dass keiner von uns bereit ist. Und auch wenn sie sich wünscht bleiben zu können, wird sie irgendwann gehen. Genau wie ich. Und dann muss ich zurück nach Sacramento. In ein Leben, in dem wir uns nie auch nur begegnet wären. Schweigend haben wir die ganze verdammte Küche auf Hochglanz poliert und das war kein gutes Schweigen wie im Auto. Weil ich es versaut habe.

»Ich glaube, das war es«, sagt sie, pustet sich die Haare aus dem Gesicht und dreht sich um die eigene Achse.

Die Küche sieht wieder aus wie vor unserer Invasion. Ich halte ihr die Hand zum Highfive hin. Sie sieht mich an, aber anstatt einzuschlagen, zieht sie sich auf die glatte Arbeitsfläche und setzt eine klare Grenze. Und dafür hätte sie das Highfive zehnmal verdient.

»Danke«, murmelt sie leise.

»Wofür? Dass du einen chromglänzenden Albtraum von

Großküche putzen durftest?« Ich strecke die Hand aus, nehme ihr den Lappen ab und werfe ihn in die Spüle.

Sie nimmt sich einen der mittlerweile kalten Pancakes vom Stapel. So schmecken sie eh am besten. »Ich putze eigentlich ganz gern. War eine ziemlich gute Ablenkung.«

Sie sagt nicht, wovon. Dem, was ihr den Schlaf raubt, oder meinen dämlichen Annäherungsversuchen. Vermutlich liegt beides gleichauf. Ich fische ebenfalls einen Pancake von dem dicht gepackten Teller und stoße den gebackenen Teig gegen ihren.

Sie lächelt und beißt ab, kaut und hält plötzlich inne.

»Ist alles okay? Hab ich Salz anstatt Zucker benutzt?« Mein Pancake schmeckt einwandfrei. Nicht so gut wie Hazels, aber auf jeden Fall nicht eklig. Das kann es also nicht sein und sie schüttelt im selben Moment den Kopf.

»Wieso fragst du mich nicht?«

Ich runzle die Stirn. »Was soll ich dich fragen?«

Sie lässt die Hand mit dem Pancake ganz sinken. »Wie meine Version der Geschichte aussieht?« Sie blinzelt die Tränen fort, aber eine stiehlt sich trotzdem über ihre Wange und sie wischt sie trotzig mit dem Handballen weg. »Ich wollte mich nicht mit dir … anfreunden, weißt du? Deswegen war es egal, was du über mich denkst oder ob du die Wahrheit weißt. Aber jetzt haben wir dieses Abends-auf-dem-Sonnendeck-sitzende-Fight-Club-Freunde-Ding am Laufen und …« Sie zuckt hilflos die Schultern. »Und backen nachts Pancakes zusammen und … jetzt ist es plötzlich nicht mehr egal, was du im Internet über mich gelesen hast. Oder was du denkst, was für ein Mensch ich bin, dass ich solche Nachrichten von meinen Freundinnen bekomme wie vorhin. Ich wünschte einfach, du würdest mich fragen, anstatt …« Sie bricht ab und macht eine unbestimmte Handbewegung, die die Distanz zwischen uns einfängt.

Eine Entfernung, die kommt und geht. Aber scheiße, nicht aus den Gründen, die sie annimmt. »Ich habe dir schon einmal gesagt, dass ich nicht weiß, wer du bist. Und das ist auch immer noch so.«

Sie verzieht das Gesicht. »Soll ich dir jetzt echt glauben, dass du mich nicht gegoogelt hast, nachdem ich auf dem Parkplatz auf dich losgegangen bin? Oder spätestens seitdem du Noras Nachricht gesehen hast und weißt, dass ich hier untergetaucht bin, weil mir mein Leben kolossal um die Ohren geflogen ist?«

Ich nicke. »Ich möchte wissen, was passiert ist. Das streite ich gar nicht ab. Weil ich gern für dich da wäre. Aber ich werde warten. Bis du bereit bist, es mir zu erzählen. Und zwar nicht, weil du denkst dich rechtfertigen oder wegen einer Nachricht von deiner Freundin erklären zu müssen. Oder weil du meinst, ich könnte nur dein Freund sein, wenn du irgendeinen Kram, der im Internet über dich steht, widerlegst. Und ganz sicher werde ich dich nicht googeln. Wenn du mir etwas über dich erzählst, dann weil du es möchtest. Wirklich möchtest.« Ich schlucke trocken. »Und solange reicht es mir völlig, wer du hier bist, jetzt.« Ich lege meine Hand auf ihre und drücke sie kurz, bevor ich sie in die Tasche meiner Jeans schiebe. Dorthin, wo sie keinen Schaden anrichten kann. Ich atme durch. »Ich mag dich, Via, nicht den Menschen, der du warst oder auch nicht. Dich und dass du nachts mit mir Pancakes backst.« Wenn ich nicht schlafen kann. Obwohl es sie Überwindung gekostet hat sich hierauf einzulassen. »Dass du *All-that-was-in-the-bar*-Drinks mit mir kippst.« Ohne mich zu fragen, warum ich das gerade brauche. »Dass du mit mir schweigen kannst. Oder wahlweise Fight Club zitieren.« Dass sie den Film überhaupt mag. Wie sie riecht, lächelt, mich ansieht oder über den See blickt. Dass sie alles in Listen quetscht und gründlich nachdenkt, bevor sie etwas sagt oder tut. Dass sie mit mir beginnt loszulassen, ohne diesen Teil von sich aufzugeben. Sogar, dass sie dem lebensunfähigen Streifenhörnchen einen Namen gegeben hat und es mit Nüssen versorgt. »Ich bin dein Freund, okay?« Denn mit allem, was darüber hinausgeht, würde ich ihr etwas versprechen, das ich nicht halten kann. Selbst wenn ich es möchte. So sehr möchte. Und es Hazels Wunsch entsprechen würde, dass ich nicht in Trauer versinke und mein Leben auf Pause stelle, sondern es lebe. Aber das ist gerade einfach alles zu viel.

»Okay«, sagt sie leise und mit einem Lächeln. »Freunde.« Und in diesem Lächeln liegt so viel Freude, Traurigkeit und alles dazwischen. Und, fuck, ich fühle jede Nuance davon. Weil sie mein verdammtes, kaputtes Inneres spiegelt.

Via

Es ist früher Nachmittag. Ich liege auf einer Liege am Pool, füttere PB&J, der in regelmäßigen Abständen zu mir auf die Liege gekrabbelt kommt und sich eine Nuss stibitzt, und kritzle Wortfetzen und Ideen für einen neuen Text in mein Notizbuch, als Miles aus seinem Zimmer kommt. Er ist erst vor zehn Minuten von der Baustelle zurückgekehrt. Seine Haare sind feucht und er trägt ein frisches Paar Jeans zu einem sauberen weißen Shirt.

»Hey«, sagt er, als er hinter mich tritt und mich der Geruch nach frisch geduschtem Miles einhüllt.

Ich klappe das Notizbuch zu, bevor er darin lesen kann.

»Was schreibst du da eigentlich immer?« Er setzt sich neben mich und sieht neugierig die angestoßenen Seiten an, in denen noch mein Stift steckt.

»Nur was für die Uni.« Was eine glatte Lüge ist. Dabei hasse ich Lügen. Er hat gesagt, dass er mein Freund ist, egal was vorgefallen ist. Egal wie viel ich bereit bin von mir preiszugeben. Das ist etwas, was ich mit ihm teilen kann, ohne dass sich die Erdachse verschiebt. »Ehrlich gesagt schreibe ich auf, was mich … na ja, was mich bewegt und was ich nicht anders loswerden kann.« Weil ich mich immer zusammenreißen muss, nicht aus der Rolle fallen darf. Deswegen bin ich die Streberin, die auf Partys in der Ecke hockt und liest oder in ihr Notizbuch kritzelt, anstatt einen draufzumachen.

»Darf ich mal sehen?«

Ich rolle das Notizbuch zusammen und krampfe meine

Hände darum. Die Texte und Gedichte sind nichts, was ich mit anderen teile.

»Oder darf dir nur das Streifenhörnchen über die Schulter gucken?«, fragt er und klingt fast ein bisschen eifersüchtig.

»Ich schreibe nicht, damit es jemand liest«, murmle ich. »Nur damit …«

»Damit es nicht mehr hier drinnen ist«, tippt er leise, während er meinen Brustkorb mit seinem Finger berührt. Eine Gänsehaut streift über meinen Körper. Sein Blick ruht auf mir und mein Herz klopft schneller, weil er mich versteht. Es einfach versteht. Das tut sonst niemand.

Er schüttelt den Kopf und grinst. Ein halbes Grinsen. Halb und perfekt. »Hast du auch deine blasphemische Tater-Tots-Abneigung darin verarbeitet? Falls ja, muss ich nämlich doch irgendwie an den Inhalt kommen, um herauszufinden, was wir dagegen unternehmen können.«

Seit dem Frühstück zieht er mich jetzt schon damit auf. Ich schlage ihm mit dem Notizbuch gegen den Kopf. »Niemand mag Tater Tots.«

»Ich mag Tater Tots. Jeder zivilisierte Mensch mag die Dinger.« Er steht auf. »Ich könnte dir später welche aus dem *Bits & Bites* mitbringen. Die haben die besten in ganz Kalifornien. Dann sehen wir, ob du therapierbar oder ein hoffnungsloser Fall bist.«

Die Frage kann ich ihm beantworten. Ich bin der aussichtsloseste Fall, der ihm jemals begegnet ist. »Wie lange fährst du heute?«

Er lässt den Schlüssel des Kombis in seiner Hand kreisen. »Nicht so lange. Außer den vorgebuchten Fahrten kommen jetzt außerhalb der Saison nicht viele Anfragen rein. Ich muss zwei Fahrten von South Lake Tahoe zum Flughafen machen und eine hoch nach Kings Beach und wieder zurück nach Edgewood.« Er überlegt kurz. »Dürften keine drei Stunden sein. Eher weniger. Wollen wir uns danach treffen? Du suchst einen sozialkritischen Film aus, ich bringe das Essen mit.« Er wackelt mit den Augenbrauen und weicht lachend einem Schlag von mir aus, weil er einfach nicht aufgibt, was diese blöden Tater Tots angeht. Ganz sicher sind frittierte Kartoffelquader keine vollwertige Mahlzeit. Weder zum Frühstück noch zu irgendeiner anderen Tageszeit.

»Was das Essen angeht, verzichte ich lieber. Und Nora hat noch nicht geantwortet, welchen Film ich als Nächstes gucken sollte, also ...«

»Klar, kein Ding.« Er macht einen Schritt zurück.

Ich lächle. »Aber kannst du mich vielleicht mit nach South Lake Tahoe nehmen und später zurück?« Ich habe mich so lange hier verkrochen und spüre das dringende Bedürfnis, mal rauszukommen, mehr zu sehen als den Ausschnitt des Sees, den ich zu Fuß erreichen kann, bummeln zu gehen, ein Eis zu essen, normale Dinge zu tun. Auch wenn mein Herz bei dem Gedanken an die Welt da draußen flattert.

Er nickt. »Wie lange brauchst du, um dich fertig zu machen? Ich müsste in spätestens zehn Minuten los.«

Ich springe auf, schiebe das Notizheft in meine Gesäßtasche, richte mein Shirt und sehe ihn dann fest an. »Fertig.«

Mit einem Lachen sieht er zu Boden und dann wieder mich an. »Okay«, raunt er mir zu. Er schiebt sich an mir vorbei und geht vor mir her zum Parkplatz, wo er auf den Fahrersitz rutscht, eine Wasserflasche und eine halb leere Cheetos-Tüte in das Handschuhfach schiebt und mir dann die Beifahrertür von innen öffnet. Er drückt sie ein Stück auf und macht eine einladende Geste.

Ich mache einen Knicks, lache und steige ein, erwarte, dass er losfährt, aber er macht keine Anstalten. Erwartungsvoll sieht er mich an. Dann das Menü, das vor mir am Armaturenbrett klebt.

»Ernsthaft?«

»Nicht verhandelbar«, sagt er. »Und wenn du nichts aussuchst, mache ich es. Auf keinen Fall sitzen wir bis South Lake Tahoe zusammen im Auto und schweigen.«

»Ich verstehe gar nicht, was du gegen den Awkward Ride hast«, bemerke ich mit einem unschuldigen Augenaufschlag und bringe Miles dazu, stöhnend auf dem Lenkrad zusammenzubrechen.

»Okay«, lenke ich ein. »Ist der Karaoke Ride besser?«

»Tausendmal besser.« Miles atmet auf, als hätte ich ihn begnadigt, fährt los und betätigt noch vor der Einfahrt auf den Highway den Sendersuchlauf. »Du sagst Stopp«, fordert er mich auf. Ich lasse die Hits der Achtziger, einen Channel mit dem Besten der aktuellen Charts und einen Rocksender durchlaufen, bevor ich bei *What's Your Country Song* von Thomas Rhett Stopp rufe und direkt in den Refrain einsteige. Leise, weil ich immer darauf achte, was andere von mir halten. Aber hier ist nur Miles. Und der brüllt den Songtext aus dem offenen Fenster über den Highway, als hinge sein Leben davon ab. Und gibt mir das Gefühl, es wäre okay, ebenfalls loszulassen. Einfach ich zu sein. Ich höre auf zu denken und lege den Kopf in den Nacken, singe die Countryhymne mit, bis ich glaube heiser zu werden, bis alles, was schwer ist, aus mir herausfließt und mit meiner Hand auf den Wellen warmen Fahrtwinds tanzt. Meine Brust ist leicht, mein Kopf noch leichter. Ich lache und fühle mich ein bisschen high.

Hätte mir jemand vor einer Woche gesagt, dass ich mich so schnell besser fühlen würde, so viel mehr wie ich als in den letzten Wochen. Sogar mehr als zuletzt mit River. Ich hätte laut gelacht. Ich war überzeugt mich verloren zu haben, weil ich River verloren hatte. Aber gerade fühlt es sich so an, als würde ich mich das erste Mal im Leben wirklich finden. Ich bin ein wenig verletzt, aber auch das erste Mal frei, kann ich selbst sein. Nur ich. Nicht die Via, die ich mit River, Nora oder meinen Eltern bin.

Ich sehe zu Miles hinüber, der lauthals Taylor Swifts *Shake It Off* singt und dazu hinterm Steuer tanzt. Mit seiner schlichten Bluejeans, die er in zig Varianten besitzt, und dem weißen Shirt, das sich eng um seinen Bizeps schmiegt. Er hat diese echte Version von mir gefunden, als ich es nicht konnte.

»Was?«, fragt er lachend und legt seine Hand über mein Gesicht, drückt mich spielerisch von sich weg, damit ich ihn nicht weiter anstarre.

»Ich habe mich nur gerade gefragt, ob es besser wäre, wenn ich fahre?« Ich sehe ihn an wie ein missglücktes Experiment. »Ich meine, nur solange du deine innere Taylor channelst.«

Anstatt sich in seiner Männlichkeit angegriffen zu fühlen, lacht er und tanzt weiter, singt so laut und schräg, so verdammt wundervoll den Text aus dem Radio mit.

Ich stütze die Arme im Fenster auf und lege den Kopf darauf ab, sehe hinaus, um nicht ihn anzusehen, und zitiere leise eines meiner Gedichte. Eins, das ich hier am See geschrieben habe. Über ihn. Darüber, wie ich mich mit ihm fühle. Wie auf dieser Autofahrt. Glücklich, obwohl längst nicht alles gut ist. Obwohl so viel in mir kaputt ist. Mit ihm zählen diese Dinge weniger. Und ich mehr.

Miles verstummt, dreht die Musik leiser, hört mir zu, und als ich fertig bin, stößt er die Luft aus. »Wow. Das sollte einen eigenen Punkt auf dem Menü bekommen.« Er sieht mich an. »Das war echt …«

Kitschig? Gefühlsduselig? Absolut waghalsig es ausgerechnet ihm vorzutragen?

»Schön«, sagt er leise und lächelt dieses Miles-Lächeln, das meine Brust wärmt. »Ich bin jetzt schon Fan vom Poetry Ride.«

Ich weiß nicht, was ich dazu sagen soll, und drehe wortlos die Musik lauter. Dann kuschle ich mich in den Sitz. Die Bebauung wird dichter, die Häuser höher und weniger traditionell und der Verkehr nimmt zu, je näher wir dem Zentrum von South Lake Tahoe kommen.

Auf der Mainstreet der Kleinstadt am südlichen Zipfel des Sees hält Miles den Wagen.

»Ich muss weiter. Kommst du klar, wenn ich dich hier rauslasse?«

Ich nicke, weil ich meiner Stimme nicht traue.

»Okay, dann hole ich dich um fünf wieder hier ab, okay?«

Er schlägt nicht vor, dass er mich anruft, sobald er mit seinen Fahrten fertig ist, obwohl das deutlich einfacher wäre und er damit verhindern würde, dass er warten muss, sollte er früher zurück sein.

Miles weiß, dass ich mein Handy nicht bei mir trage. Warum, weiß er nicht. Trotzdem ist das kein Ding für ihn. Und ich frage mich, ob das typisch für den Lake Tahoe ist? Oder typisch Miles?

Lächelnd sehe ich ihm nach, warte, bis sein Wagen in die Emerald Bay Road abbiegt und aus meinem Sichtfeld verschwindet. Dann blicke ich mich vorsichtig um. Die Hauptstraße ist von Cafés, Klamottenläden, Wassersportgeschäften und Hotels gesäumt. Ein buntes Durcheinander voller Menschen. Mein Herz klopft unstet. Ich fühle mich ausgesetzt, schutzlos. Fast erwarte ich erkannt zu werden, dass man mir Schlampe, Miststück oder Dreckshure hinterherruft, wappne mich dafür. Ich kann das aushalten. Hoffe ich. Kann es ertragen, wenn es selbst hier weit weg von Sacramento und meinem alten Leben Menschen geben sollte, die mich grundlos hassen.

Abstand zu bekommen hat mir eins klargemacht. Die Drohungen sind genau das – hässliche Worte, nicht mehr. Es ist einfach, solche Dinge anonym im Netz zu hinterlassen. Einfach und feige. Der Großteil der Hater hätte nicht mal den

Mumm, mir das Geschriebene ins Gesicht zu sagen. Es geht absolut keine Gefahr von ihnen aus, auch wenn ihre Kommentare verletzen. Aber was ist mit denen, die es ernst meinen? Wie die, die in mein Zimmer eingebrochen sind und Morddrohungen an meine Tür geschrieben haben? Ich kappe den Gedanken. Das war einer, vielleicht einige wenige wütende Anhänger von River, die sich unmittelbar nach dem Unfall nicht im Griff hatten, aber auch die sollten sich mittlerweile wieder beruhigt haben. Und ich, ich bin stärker als die Via, die nach der Trennung angeschlagen war und wegen ein bisschen roter Farbe zusammengebrochen ist. Zumindest fühle ich mich so. Sekunden vergehen. Minuten. Nichts passiert. Und das Flattern in meiner Brust legt sich.

Ich hole mir einen Iced Coffee im Bare Roots Coffee, einer privaten Rösterei, und werde von absolut niemandem beachtet, streife durch die Klamottengeschäfte und bin einfach nur ein Mädchen in Flip-Flops, das sich durch die Statement Tops des niedlichen Designerladens wühlt, in dem ich gerade stehe. Ich könnte einen Taylor-Swift-Song singen, so gut fühlt sich das an. Miles wäre entzückt. Ich kichere, lasse es aber lieber bleiben. Schließlich will ich nicht rausgeworfen werden.

Ich ziehe ein weißes Top mit neonpinker Schrift heraus, auf dem »Tater Tots Fanclub« steht und muss so laut lachen, dass ich die Aufmerksamkeit des Besitzers auf mich ziehe. Er grinst und kassiert mich lächelnd ab, als ich das Shirt zu ihm an den Tresen schleppe.

»Weiter so einen guten Tag, Miss«, wünscht er mir.

»Ihnen auch.« Mit der Papiertüte schlendere ich weiter, probiere Tops und Hosen an, entscheide mich dann aber im nächsten Laden nur für eine Cap, mit der ich meine Haare hochklemmen will. Ich habe mein Haargummi in der Lodge vergessen und es ist so warm unter meinen Locken. Ich will gerade zur Kasse gehen, als ich plötzlich einen Typen bemerke, der an einem der Klamottenständer steht und mich beobachtet. Er sieht mich nicht einfach nur an. Er bohrt seinen Blick in mich.

Die Haut in meinem Nacken kribbelt und mein Herz wird kalt. Kalt wie seine Augen, wie die Wut, die unter seiner Haut zu vibrieren scheint. Er senkt den Blick nicht, blinzelt nicht, starrt mich nur an.

Vorsichtig, als müsste ich verhindern ihn zu reizen, lege ich die Cap beiseite, entferne mich Schritt für Schritt von ihm. Als ich mit dem Rücken gegen die Tür des Ladens stoße, drehe ich mich um und flüchte, stolpere aus der Tür und hetze die Mainstreet hinauf. Ich muss mich beruhigen. Das war nur ein creepiger Typ. Nichts weiter. Er hat nicht mal was gesagt, mich nicht verbal angegriffen oder sonst was. Er hat einfach nur dagestanden, steht wahrscheinlich immer noch in dem Laden und kapiert nicht, was los ist.

Ich versuche ruhig zu atmen, meine Schritte zu verlangsamen, in der Masse unterzugehen, das Gefühl, etwas wäre nicht in Ordnung, hinter mir zu lassen, aber mein Körper stellt sich stur. Alle Zellen richten sich nach hinten aus, nach der Gefahr, die nur in meinem Kopf existiert. Wenn das stimmt, warum traue ich mich dann nicht mich umzudrehen, nachzusehen, ob er mir auch wirklich nicht gefolgt ist?

Weil ich nicht weiß, was ich tun soll, wenn er es doch getan hat. Ich muss weg. Nur weg. Ich haste weiter, remple eine Frau an, und als ich aufsehe, um eine Entschuldigung zu murmeln, nehme ich die verzerrte Reflexion des Typen in der Scheibe des Schaufensters wahr. Sein Spiegelbild. Der Mann aus dem Laden ist hier, ist mir gefolgt.

Ich lasse die Tüte mit dem Shirt fallen. Tränen in meinem Hals, Panik im Kopf. Ich werde schneller, immer schneller, renne, höre seine Schritte. Ein gehetzter Rhythmus, der die Distanz verringert und die Umgebungsgeräusche verdrängt.

Mir ist schwindelig, mein Sichtfeld schwankt. Ich muss atmen, rennen, mich wehren, aber nichts davon funktioniert.

Sollte jemals eine Zombieapokalypse eintreten, werde ich ganz sicher als Erste sterben. Ich lache hysterisch auf, drücke die Tür zum nächstbesten Laden auf und hinter mir wieder zu, widerstehe dem Drang abzuschließen. Erstens habe ich keinen Schlüssel und zweitens keine Zeit, mit der Besitzerin zu diskutieren. Ich renne vorbei an Cowboystiefeln, gestärkten Westernhemden und Jeans mit aufwendigen Verzierungen, erreiche den Verkaufstresen. Atemlos lasse ich mich dagegenfallen.

»Ist alles okay, mein Mädchen?« Die Besitzerin sieht mich besorgt an. »Möchtest du einen Schluck zu trinken? Ist heute aber auch heiß da draußen, da kann der Kreislauf schonmal verrücktspielen.« Sie tätschelt meinen Arm.

»Telefonieren«, bringe ich krächzend heraus. »Ich muss … Könnte ich bitte Ihr Telefon benutzen?«

»Oh. Ich dachte, ihr jungen Leute habt alle Handys.« Sie sieht mich mitfühlend an und reicht mir dann ein vollkommen veraltetes Schnurtelefon, das ich umklammere wie einen Schatz, wie eine Waffe. Ich drehe mich damit zur Tür um, wähle.

Der Kerl steht vor dem Schaufenster. Er sieht mich an. Aus wässrig blauen Augen. Blonde raspelkurze Haare und ein unscheinbares Gesicht, das wirkt, als hätte es zu viel erlebt. Er sieht älter aus, als er vermutlich ist. Ich durchforste meine Erinnerungen, überlege, ob ich ihn von der Uni kenne, von einem der Fantreffen, die River regelmäßig abgehalten hat, aber nein, da ist nichts. Ich habe den Typen noch nie gesehen, was nichts heißen muss. Ich kann nicht alle vier Millionen Follower von River kennen. Eins ist klar, er hasst mich, weil er meinen Ex-Freund verehrt. Ich präge mir jedes Detail ein, das ich ausmachen kann. Die feinen Aknenarben auf seiner Wange, die Form der Augenringe, das Ohrloch, in dem kein Stecker steckt. Die

Form seiner Hand, die er gegen das saubere Glas des Schaufensters legt. Wenn er mir etwas antut, werde ich ihn beschreiben können. Die feinen Haare in meinem Nacken stellen sich auf. Was, wenn das gar keine Rolle mehr spielt? Was, wenn ich nicht mehr aussagen kann? Ich keuche unterdrückt, atme Angst in jeden Winkel meines Körpers. Aber anstatt die Tür aufzureißen und sich auf mich zu stürzen, steht der Typ vollkommen starr auf dem Gehweg, fixiert mich, die Frau neben mir, das Telefon, das ich an mein Ohr gepresst halte. Starr wie der Tod.

»Bentley?«, meldet Miles sich. Miles, dessen Nummer ich nur deswegen auswendig kenne, weil sie fast identisch mit Noras ist. Nur eine Sechs am Ende, anstatt der Fünf. Miles, der mich schon einmal gerettet hat. Mehr als einmal. Auch wenn ihm das nicht bewusst sein dürfte. Ich würde gern sagen, ich bin stark genug, um meine eigene Heldin zu sein, aber Fakt ist, ich brauche Hilfe. Ich brauche Miles, damit er mich von hier wegbringt. Einfach nur weg. Von den Eiskristallen in meinen Adern, dem rasenden Puls in meinem Hals. Von dem Typen, der sich umdreht und in der Menschenmasse untertaucht. Wahrscheinlich denkt, er ich würde die Polizei rufen. Aber die können nichts tun. Weil er mir nichts getan hat.

»Hallo? Ist da wer?«

»V«, stoße ich mühsam hervor und benutze das erste Mal überhaupt die knappe Abkürzung meines Namens. Mehr als das ist nicht drin.

Aber dieser eine Buchstabe reicht aus und Miles klingt alarmiert. »Via? Was ist los? Woher hast du das Telefon? Wo zum Henker bist du?« Er atmet tief durch. »Geht es dir gut?«

»Nein.« Ich schluchze auf. »Es geht mir nicht gut.« Denn obwohl der Typ nicht mehr zu sehen ist, ist er dort draußen. Irgendwo da draußen wartet er auf mich.

»Okay, scheiße, wo genau bist du? Ich komme dich holen.« Er klingt ruhig, aber es ist dieselbe angespannte Ruhe, mit der er mich damals vollkommen versteinert vom Parkplatz zum Hotelzimmer getragen hat. Und es tut mir unendlich leid, dass ich ihn in meinen Mist mit reinziehe. Wir tun uns so verdammt gut, aber auch so weh und das ist das Letzte, was ich will. Keine Ahnung, was das für uns bedeutet, aber darüber kann ich mir jetzt keine Gedanken machen.

Leise nenne ich ihm die Adresse des Geschäfts und lege auf, nachdem er versprochen hat in zehn Minuten da zu sein.

»Ist alles in Ordnung, meine Kleine?«

Ich wische mir die Tränen aus den Augen, atme durch und drehe mich dann scheinbar gefasst zu der netten älteren Besitzerin des Ladens um. »Geht schon, danke. Es ist nur der Kreislauf, wie Sie sagten. Mein Freund holt mich gleich ab. Dürfte ich solange hier warten?« Denn raus kann ich beim besten Willen nicht. Da draußen ist er.

Sie umrundet den Tresen und zeigt auf ein Sofa, das für die wartende Begleitung der Shopaholics gedacht ist. »Natürlich, Liebes.« Sie zupft an einem Kissen. »Setz dich ruhig. Ich hole dir ein Glas Wasser.«

Bevor sie gehen kann, halte ich sie zurück. Auf keinen Fall bleibe ich allein hier im Laden, während sie im Lager nach etwas zu trinken sucht. »Das ist nett, aber würden Sie mir einfach Gesellschaft leisten?«

Ihr entgeht nicht, dass ich gehetzt zwischen der Ladentür und ihr hin- und hersehe. »Aber sicher«, sagt sie mitfühlend und nimmt meine Hand. »Diese Art von Mann gibt nie auf, Schätzchen. Du darfst ihm nicht vergeben, ihn nicht zurück in dein Leben lassen. Solche Menschen ändern sich nicht.« Sie nickt und drückt meine Hand noch fester.

Sie denkt, ich wäre das Opfer eines gewalttätigen Partners. Die Lüge drückt gegen meine Bauchwand, aber ich lasse sie in dem Glauben. Die Realität ist zu kompliziert, um sie in Worte zu fassen.

Miles hat gesagt, er bräuchte zehn Minuten. Nach sechs reißt er die Tür auf.

»Via«, stößt er erleichtert aus, als er sieht, dass ich unverletzt bin. Mit wenigen Schritten ist er beim Sofa und zieht mich in seine Arme. Und es ist mir egal, ob es angebracht ist, seine Nähe zu genießen. Ich fühle mich sicher. Mit ihm. Hier.

»Dein Herz rast«, flüstere ich und meine Lippen bewegen sein Shirt.

»Du hast mir ja auch eine Scheißangst eingejagt«, murmelt er und lacht leise. Aber es klingt eher, als würde er am liebsten vor Erleichterung weinen. Ich würde am liebsten weinen, schaffe es aber gerade noch so mich zusammenzureißen.

»Kannst du mich bitte von hier wegbringen?«, frage ich erstickt.

Er schiebt mich ein Stück von sich, sieht mich eindringlich an und nickt dann, legt seinen Arm um mich. »Danke«, wendet er sich an die Ladenbesitzerin und dirigiert mich nach draußen. Ich winke nur schwach zum Abschied.

»Das Auto steht einen Block entfernt«, raunt Miles mir zu. »Hier lang.«

Ein Block. Mein Atem geht hektisch. Das ist zu weit weg. Er könnte auftauchen, Miles überwältigen, mich erwischen. Ich zucke zusammen, als mich ein kleiner Junge anrempelt. Ein weiteres Mal, als ein Hund neben uns kläfft und jemand nach seiner Begleitung ruft. Und bei jedem Zucken wird Miles' Umarmung fester. Wir schaffen es ohne Zwischenfälle zum Wagen. Miles hilft mir auf den Beifahrersitz und schließt die Tür. Mit zittrigen Fingern drücke ich die Verriegelung zu und sinke so tief in meinem Sitz zusammen, dass ich von draußen kaum noch zu sehen bin.

Miles läuft um den Wagen, steigt ein und ich kann die Frage, was zum Teufel passiert ist, in seinen Augen sehen, aber anstatt sie zu stellen, fährt er los. Aus der Stadt hinaus. Er jagt den Wagen die kurvige Straße zur Emerald Bay hinauf. Ohne ein Wort zu sagen. Die Stille steht in so krassem Kontrast zu der ausgelassenen Hinfahrt, dass es mir die Tränen in die Augen treibt. Ich hoffe, ich schaffe es bis auf mein Zimmer, bevor ich sie nicht mehr zurückhalten kann. Hoffe es so sehr.

Aber dann stoppt Miles den Wagen am Sugar-Pine-Aussichtspunkt, anstatt zum Hotel zu fahren, und ich gebe auf, senke den Blick, damit er die Feuchtigkeit in meinen Augen nicht sieht.

Wir sind das einzige Fahrzeug auf dem Parkplatz. Miles stellt den Motor ab, sieht sekundenlang aus der Windschutzscheibe auf das aufgeraute Wasser der Rubicon Bay und dreht sich dann auf dem Sitz zu mir um. Vorsichtig nimmt er meine Hand und wischt mit der anderen eine Träne von meiner Wange.

»Ich weiß, ich habe dir gesagt, ich würde dich nicht drängen mir zu erzählen, was passiert ist, und das meinte ich ernst, aber … Fuck, Via, du siehst aus, als würdest du jeden Moment zusammenbrechen, und das macht mir echt Angst.«

Eine ganze Weile sage ich nichts, suche nach den richtigen Worten. Die Stille im Wagen drückt meine Brust zusammen.

»Ich bin's«, erinnert Miles mich leise und reibt mit seinem Daumen über meinen Handrücken. »Bei mir musst du es nicht hübsch verpacken, nicht darüber nachdenken, wie die Wahrheit ankommt. Ich bin's, okay?«

»Da war ein Typ«, krächze ich.

»Was für ein Typ?« Der Druck von Miles Hand um meine wird stärker.

»Ich weiß es nicht. Ich kenne ihn nicht. Er stand plötzlich in einem der Klamottengeschäfte vor mir und hat mich so komisch angesehen, mich nicht mehr aus den Augen gelassen. Ich kann es nicht beschreiben, aber ich habe mich … unwohl gefühlt.« Ich zucke kläglich die Schultern, weil das nicht einmal im Ansatz einfängt, was ich in dem Moment empfunden habe, und Miles weiß es. »Ich bin gegangen, dachte, das wäre es, aber er ist mir gefolgt. Ich hatte … Ich habe mich so ausgeliefert gefühlt. So hilflos«, gebe ich zu und Miles nickt. Seine Kiefer mahlen. Als wollte er den Typen am liebsten umbringen.

»Er hat mich verfolgt, kam immer näher. Bevor er mich erwischen konnte, bin ich in das Geschäft gerannt, wo du mich abgeholt hast, und habe dich angerufen.«

»Und der Typ?«

Ich atme ein. Wieder aus. »Er ist vor dem Laden stehen geblieben, aber nicht reingekommen. Als er gesehen hat, dass ich telefoniere, ist er verschwunden.«

»Er dachte bestimmt, du rufst die Cops.« Er sieht auf unsere Hände, dann mich an. »Warum hast du sie nicht gerufen?«, fragt er leise.

Ich schüttle den Kopf. »Wegen was denn? Er hat mich nur angesehen.«

»Du weißt, dass das nicht stimmt.« Miles zieht mich an seine Brust und drückt seine Lippen in mein Haar.

Unser erster Kuss. Niemals hätte ich gedacht, dass es dazu kommen würde. Dass er so sein würde. Und vor allem nicht, dass er trotzdem perfekt wäre. Ich schlinge meine Arme um seinen Körper und schmiege mich an ihn.

»Was wollte er von dir, Sad Eyes?«

Ich atme seinen Geruch ein, spüre seine Muskeln, das Klopfen seines Herzens, die Wärme seiner Haut. Und die Gewissheit, dass er auch dann noch da sein wird, wenn ich jetzt nicht antworte.

Ich überquere die Straße und sehe … sie. Passiert mir manchmal, wenn ich was brauche. So dringend was brauche, dass alles in mir zieht. Dann sehe ich Dinge, die nicht da sind. Aber Rivers Kleine … ist real. Denn sie reagiert auf mich, darauf, dass ich ihr folge, sie anstarre.

Das Schicksal mag mich nicht besonders. Ist okay. Aber gerade könnte ich ihm den Arsch küssen, denn wie groß war bitte die Chance, dass sie mir einfach über den Weg läuft?

Jetzt bloß keine Fehler machen. Aber es ist, als würde sie mich wittern. Sie entfernt sich vorsichtig und dann rennt sie. Wie ein Hase. Um ihr Leben. Und ich verfolge sie. Bis sie die Scheibe eines Ladens zwischen uns bringt. Via drinnen. Ich draußen. Sie umklammert ein Telefon und, fuck, das war's. Denn sie bestellt sicher keine Pizza. Sie ruft die Bullen und ich kann nicht riskieren, dass sie mich kriegen. Ich tauche in der regen Geschäftigkeit der Mainstreet unter, betrete irgendein Lokal, frage nach einem Telefonbuch und schlage mich damit zu den Toiletten durch. Dort schiebe ich mich in eine der Kabinen und drücke die Tür zwischen mir und dieser verdammten Welt zu. »Fuck!«, brülle ich die Kloschüssel an, trete dagegen, atme, aber mein Puls rast. Ich warte, bis mein Blick nicht mehr vor Wut flirrt, dann reiße ich die Seiten mit Hotels aus dem Telefonbuch, stopfe sie in meine Tasche und lasse beim Verlassen des Restaurants ein Handy mitgehen, das ich so einem Lackaffen aus der Tasche ziehe. Ich werde das Loch finden, in dem sie sich verkrochen hat.

Via

Wir fahren schweigend zurück in die Lodge. Es ist offensichtlich, dass Miles die Sache mit der Polizei anders gehandhabt hätte. Er hätte es angezeigt und vielleicht ist das richtig, aber ich habe das schon mal getan. In Sacramento. Und nichts erreicht, wurde belächelt. Mit diesem Bestimmt-hat-sie-selbst-Schuld-Lächeln, das Opfer viel zu oft trifft. Das könnte ich jetzt echt nicht ertragen und bin verdammt froh, dass er meine Entscheidung akzeptiert, ohne mich vom Gegenteil überzeugen zu wollen.

Miles lässt den Wagen auf dem Parkplatz ausrollen und zieht den Schlüssel ab. Er holt Luft, lässt seine Hände leise auf die Schenkel fallen, stößt geräuschvoll den Atem aus, bevor er die Wagentür öffnet. Ich schnalle mich ab und will gerade aussteigen, als Miles meine Tür aufzieht. Er hat den Wagen umrundet und hält mir seine Hand hin.

»Ich kann allein laufen«, murmle ich schwach.

»Ich weiß. Aber das musst du nicht.«

Weil er hier ist. Und ich nicht mehr allein. Ich lasse zu, dass er seinen Arm um mich legt und mich bis vor die Tür meines Hotelzimmers schiebt. Meine Nerven liegen blank. Das Sprichwort habe ich nie verstanden. Bis jetzt. Wo sämtliche Nervenenden von den Ereignissen des Tages überreizt sind und viel zu sehr auf Miles' Nähe reagieren.

»Da wären wir.« Er nimmt mir die Chipkarte ab, entriegelt meine Tür und legt sie drinnen auf den Mauervorsprung neben der Tür. Ich müsste reingehen, aber ich rühre mich nicht. Will mich nicht verabschieden, nicht allein sein und weiß gleichzeitig nicht, was ich sagen soll. Miles hat bereits genug getan. Ich kann ihn kaum bitten …

»Wenn du willst, kann ich heute Nacht bei dir bleiben.« Miles atmet geräuschvoll aus. »Falls du nicht allein sein möchtest, meine ich.«

Ich fahre mir nervös durch die Haare. »Das kann ich nicht von dir verlangen.«

»Du verlangst es nicht.« Er legt seine Hand an meine Wange und zwingt mich ihn anzusehen. »Okay?«

Ich nicke nur, obwohl das hier nicht richtig ist, nicht richtig sein kann. Aber ich bin viel zu fertig, um noch vernünftige Entscheidungen zu fällen.

Er nickt auch, lächelt, zieht mich ins Zimmer und drückt die Tür hinter uns zu.

Ich schließe die Augen. Er hier, in meinem Zimmer, das fühlt sich intim an. Zu nah. Ich schlucke. Könnte daran liegen, dass wir das erste Mal vollkommen allein sind. Ohne dass jemand vorbeikommen oder uns überraschen könnte. Niemand sieht, was wir hier drin tun. Dass ein Bett involviert ist und meine Gedanken sich, überreizt, wie sie sind, vorstellen, wie es sein wird, wenn er neben mir auf der Matratze liegt, wie es sein wird, wenn er näher rückt, seinen Körper an meinen schmiegt und seine Lippen gegen meinen Nacken presst, macht es nicht besser. Wie ich mich zu ihm umdrehe und er mich küsst. Okay, woah, stopp.

»Ich nehme den Boden.« Seine Worte sind die kalte Dusche, die ich gebraucht habe. Natürlich hat er nicht vor, mit mir in einem Bett zu schlafen, nur weil er zu nett ist, um mich in meiner Verfassung allein zu lassen. Er zupft eines der Kissen vom Bett, holt ein Ersatzlaken aus dem Schrank und breitet beides auf dem Boden aus. Dann zieht er seine Jeans aus und ich versuche echt nicht hinzusehen. Nicht seine schlanken Beine in den Boxershorts anzustarren, die muskulöse Leiste, die sich unter dem Bund verliert, die flache, harte Brust unter seinem engen Shirt. Er legt sich hin und schließt die Augen, während ich ihn noch immer anstarre wie etwas, das nicht hierhergehört. Und das ist im Grunde ja auch so. Er gehört nicht zu mir. Nicht in dieses Zimmer. Auch wenn ich so durch bin, dass ich wünschte, es wäre anders.

Ich lösche das Licht, ziehe mich im Dunkeln um und schlüpfe schließlich unter das Laken, liege mit klopfendem Herzen da. Mit diesem dummen Herzen, das wie von einer unsichtbaren Kraft zu Miles gezogen wird.

»Geht es?«, frage ich leise, als ich höre, wie er nach einer bequemeren Position sucht, weil er wegen mir auf dem harten Holzboden liegt.

»Ich habe schon deutlich schlimmer geschlafen.« Er hört sich sehr routiniert an und so, als würde er das Ganze wirklich null schlimm finden.

»Echt?« Wo? Und vor allem warum?

Er seufzt und ich denke schon, er wird nicht darauf antworten, aber dann tut er es doch. »Bevor ich an den See gekommen bin, habe ich so ziemlich alles verloren. Mein Zuhause. Hazel. Ich habe im Auto gepennt, wusste nicht, wohin.« Er bricht ab.

»Hazel?«

»Sie ist gestorben. Multiples Myelom. Danach bin ich hergekommen. Das war ihr Lieblingsort unter allen Lieblingsorten der Welt.« Er seufzt leise und ich denke, wenn Trauer ein Geräusch wäre, würde es genauso klingen. »Hier am See habe ich das Gefühl, ihr nah sein zu können, ohne kaputtzugehen«, schiebt er leise hinterher.

Ich rutsche an den Rand der Matratze, sehe Miles' Umrisse, dass er seine Hand über das Gesicht gelegt hat und schwer atmet. Er hatte eine Freundin. Und er liebt sie noch immer so, dass sein Herz brüllt. Er ist für niemand anderen bereit, nicht bereit, diesen Ort zu verlassen oder sein Leben in Sacramento weiterzuleben. Er ist nicht bereit für was immer ich mir einbilde in ihm zu finden. »Du hast sie sehr geliebt«, sage ich so fest wie möglich, als wäre das eine Tatsache, die unumstößlich ist und mit der ich umgehen kann. Ich will ihm das Gefühl geben, er könnte mit mir darüber reden. Ich will für ihn da sein, so wie er für mich da war.

Er lacht. Den Schmerz weg, aber er ist da. »Mehr als mein Leben«, gesteht er leise und mein Herz bricht für ihn.

Er hätte seine Freundin niemals so von sich gestoßen wie River mich, hätte im Leben nicht über ein Posting mit ihr Schluss gemacht. Er hätte gekämpft. Und in diesem Moment wünsche ich mir, nur einmal im Leben so geliebt zu werden, wie er Hazel geliebt hat. Aber er kann nicht dieser Jemand sein. Weil sein Herz noch immer Hazel liebt. Nicht mich.

Er sieht mich an und ich sehe Tränen in seinen Augen schimmern. »Ich habe sie mehr als mein Leben geliebt, weil sie ein Teil von mir war. Der letzte Rest Familie, den ich noch hatte.« Er lächelt. »Die beste große Schwester, die sich ein nerviger kleiner Bruder wünschen kann. Unsere Eltern sind gestorben, als ich zwölf war, und jetzt, wo sie weg ist, habe ich keine Familie mehr.«

Seine Schwester. Ich fühle mich schrecklich, weil ich für den Bruchteil einer Sekunde erleichtert bin, dass sein Herz nicht so vergeben ist, wie ich gedacht habe. Aber dann erreicht mich die Endgültigkeit seiner Aussage und ich strecke die Hand nach ihm aus. Weil das im Grunde noch viel schrecklicher ist – keine Familie mehr zu haben, wirklich niemanden mehr.

Das stimmt nicht. Er hat mich. Und auch wenn das nicht viel ist, es ist etwas. »Es tut mir so leid, Miles.«

Er nickt und schiebt zögerlich seine Hand in meine, verflicht die Finger miteinander und legt sie auf seiner Brust ab. Herzschlagsekundenlang liegen wir stumm da, bevor er leise fragt. »Vor was hast du solche Angst?«

Er bewegt seinen Daumen in winzigen Kreisen über meine Hand und ich will ihm alles sagen, von dem Shitstorm erzählen, den Drohungen und von River, aber er hat seine Schwester verloren, sein Zuhause, sein Leben. Dagegen kommt mir der Liebeskummer wegen meines Highschool Sweethearts und ein Social-Media-Shitstorm so dumm vor. So trivial, dass ich schweige.

Miles

Als ich am nächsten Morgen aufwache, tut mir jeder verdammte Knochen weh. Ich glaube, meine Schulterblätter haben sich im Parkettboden verkantet. Trotzdem stehe ich nicht sofort auf. Weil ich dann Vias Hand loslassen müsste. Ich kann nicht glauben, dass ihre Finger noch immer mit meinen verflochten sind. Das ist irre. Irre gut. Und irre schmerzhaft. Stöhnend versuche ich meine Position zu verändern, ohne sie zu wecken, aber das funktioniert nicht. Und ich kann echt nicht so liegen bleiben. Also löse ich mich doch, stehe leise auf und schleiche aus dem Zimmer. Ich bin total fertig und muss dringend unter die Dusche, bevor ich zur Baustelle losmuss. Sonst überstehe ich den Tag nicht. Trotzdem kann ich das Grinsen nicht aus meinem Gesicht wischen. Nicht mal, als ich mit Alex zusammenstoße.

Er mustert mich kritisch. Was daran liegen könnte, dass ich nur mit Shirt und Boxershorts bekleidet aus dem Zimmer eines Gastes komme.

»Ich wollte mit dir reden«, sagt er und zieht die Augenbrauen hoch.

Und ich duschen, aber das tut wohl nichts zur Sache. Denn wir sind keine Freunde und das ist kein Vorschlag, sondern eine offizielle Ansage zwischen Chef und Angestelltem. Mir ist klar, worüber er reden will. Und genauso klar ist, dass er angepisst ist.

»Zieh dir was über. Ich warte am Pool auf dich.« Er dreht sich um und steigt die Stufen vom Deck hinab. Wenn es Hosen bedarf, steht es schlimmer als gedacht. Ich drehe der sarkastischen Stimme in meinem Kopf den Saft ab und spritze mir im Zimmer angekommen etwas Wasser ins Gesicht, ziehe eine frische Jeans über und wechsle mein Shirt. Weiß wie das davor, aber nicht zerknittert. Dann betrachte ich mich im Spiegel. Nicht gerade vorzeigbar, aber für einen Rauswurf wird es reichen.

Seufzend fahre ich mir durch die Haare, mache das Chaos dadurch aber nur schlimmer, gebe auf und gehe zu Alex, der an einem der Tische sitzt, die um den Pool herumstehen. Perfekt gebügelte Chinos, die Haare ordentlich gegelt. Das Hemd tadellos und akkurat in die Hosen gesteckt. Kein Staubkorn an seinen überteuerten Schuhen. Ist nicht fair, dass er alles hat. Und ich nichts. Aber wenigstens ist er kein Arschloch, das sich etwas darauf einbildet, reich geboren zu sein. Er arbeitet trotzdem hart, ruht sich nie darauf aus und ist ein echt netter Kerl. In einem anderen Leben hätten wir vielleicht sogar Freunde werden können.

»Ich mochte deine Schwester wirklich sehr.«

In einem Leben, in dem er nicht jedes Gespräch so beginnt. Ich schlucke den Schmerz herunter, der sich durch meinen Brustkorb brennt.

»Aber so geht das nicht, Miles. Die Regeln für die Angestellten gelten auch für dich als Hazels Bruder.« Er faltet die Hände im Schoß, überlegt sich seine nächsten Worte genau. »Du weißt, dass die Restaurantküche videoüberwacht ist?«

Wusste ich nicht. Hätte ich mir aber denken können. Schließlich war das im Zuge der Renovierungsarbeiten angedacht. Scheiße. »Sie hatte nichts damit zu tun.«

Er nickt. »Das habe ich mir gedacht. Ich kenne die Clarks schon ewig und sie ist nicht der Typ Mädchen, der so was macht.« Er sieht zu Vias Tür hinauf. »Aber wie es aussieht, hatte deine romantische Geste Erfolg.« Für einen Moment scheint es, als würde er sich für mich freuen, aber dann wird seine Miene wieder ernst. »Ich gönne dir all den Spaß der Welt, Miles.«

Tut er nicht. Er denkt, ich wäre ein emotionsloses Arschloch, weil Hazel tot ist und ich mich amüsiere, anstatt um sie zu trauern. Fuck, ich trauere. Nur nicht so wie er.

»Aber sie ist ein Gast der Lodge. Und du weißt, was das heißt.«

Ich kann mich um den kompletten See huren, aber von seinen Gästen lasse ich die Finger. Sonst bin ich raus. Das hat er mir von Anfang an gesagt.

»Hast du überhaupt eine Ahnung, wer das Mädchen ist?«

Ich schüttle den Kopf, will es nicht wissen. Selbst wenn Via die Queen von England wäre, würde es keinen Unterschied machen. Und ich würde es von ihr hören wollen. Ganz sicher nicht von Alex.

»Sie ist die Tochter des Stadtrats von Sacramento, Miles.« Alex sieht aus, als würde er deswegen durchdrehen. »Wenn er rausbekommt, dass du ihre Situation ausgenutzt hast, um sie ins Bett zu kriegen, kastriert er dich und macht mir den Laden zu.«

»Dramatisierst du jetzt nicht ein bisschen über?« Vias Dad mag Einfluss haben, aber er kann sicher nicht einfach so dafür sorgen, dass Alex die Lodge verliert. Er ist schließlich nicht der Pate höchstpersönlich.

»Ich habe mexikanische Wurzeln«, erwidert er trocken. »Ich bin mit Telenovelas aufgewachsen, was erwartest du?«

War das etwa ein Witz? Von Alex? Ich lege den Kopf schief und betrachte ihn skeptisch, aber er verzieht keine Miene.

»Stadtrat Clark hat mich bekniet, sie trotz der Umbauarbeiten hier aufzunehmen. Sie musste dringend raus aus Sacramento. Und ich habe ihm versichert, dass wir uns um sie kümmern, aber doch nicht so. Verdammt, nicht so.«

»Ich schlafe nicht mit ihr.« Keine Ahnung, warum ich ihm das sage. Ist ja nicht so, dass ihn das was anginge oder es mir meinen Job retten würde. Das, was passiert ist, ist außerdem schlimmer. Weil es viel mehr als nur Sex war. Ich habe mich verknallt. Zum unpassendsten Zeitpunkt überhaupt. Aber so ist es. Ich mag, verdammt noch mal, wie lebendig ich mich in Vias Nähe fühle, obwohl ich lange dachte mich nie wieder so fühlen zu können. Ich mag, wie sie ihre Nase krauszieht, wenn sie in ihr Buch kritzelt. Die Dinge, die sie in dieses Buch schreibt und die so Via sind. Die Art, wie sie ihr Kinn vorschiebt, um tough zu wirken. Dass sie auf ein Streifenhörnchen steht und dem Kulleraugenvieh den Namen PB&J gegeben hat. Verflucht, darin ähnelt sie Hazel so sehr, dass es schmerzhaft ist und gleichzeitig gut. Weil ich dadurch anfange mich zu erinnern, ohne dass es fucking wehtut. Ich mag sogar, wie sie mir an den Kopf knallt, wenn ich mich ätzend verhalte. Was sie trotzdem in mir sieht, und das ist definitiv schmeichelhafter als das, was ich oder Alex denken. Vielleicht ist ihr Bild nicht besonders realistisch, aber es zeigt einen weniger fertigen Mistkerl. Und ich mag, wie sie sich anfühlt, wie sie riecht. Wie hart sie kämpft. Ich stecke echt in der Klemme. Seufzend fahre ich mir durch die Haare.

Alex glaubt mir nicht, dass da nichts ist. Kann ich ihm nicht verübeln. Er hat diesen Lügendetektorblick echt drauf. »Es ging ihr nicht gut«, erkläre ich. »Deswegen habe ich ihr angeboten auf dem Boden zu schlafen. Damit sie nicht allein sein musste, aber das war es. Da ist nichts gelaufen.«

»Nichts gelaufen, ja?«

»Jepp.«

Er mustert mich, nickt und steht auf. »Okay … Ich glaube dir kein Wort.« Er streicht sich das Hemd glatt, obwohl es tadellos aussieht. »Und selbst wenn ich dir glauben würde, darf so was nicht mehr vorkommen. Falls das nicht klar geworden ist, das hier ist deine erste offizielle Abmahnung. Bei der zweiten fliegst du. Ob nun Hazels Bruder oder nicht.« Normalerweise würde jetzt ein selbstbewusster Abgang folgen. Sehr würdevoll, kinoreif, alexmäßig eben, aber er bleibt stehen und reibt sich unsicher über das perfekt rasierte Kinn. »Sie hat nächste Woche Geburtstag.«

Er hätte mir auch gleich die Faust in den Magen rammen können. Ich habe das Gefühl, mich jeden Moment auf seine Designerschuhe übergeben zu müssen. Ich sage nichts. Was auch? Dass ich, verflucht noch mal, weiß, wann meine Schwester Geburtstag hat? Dass ich verrecke, wenn ich auch nur daran denke, dass es der erste Geburtstag ohne sie wird. Dass nicht mal Riley hier sein wird, um es besser zu machen. Es wird der erste Geburtstag sein, den wir nicht mit zu viel Tequila feiern, lachend, tanzend, ausgelassen. Dass ich deswegen das Gefühl habe, nicht mehr atmen zu können.

»Wenn du an dem Tag freihaben willst, sag Bescheid. Das wäre okay.« Seine Stimme ist dunkel, zu unstet für Alex' Verhältnisse. »Ich vermisse sie auch«, sagt er plötzlich leise und legt mir seine Hand auf die Schulter.

Als wären wir Verbündete. Trauer-Kumpels. Ich will sie wegschlagen. Was weiß er denn schon? Er vermisst sie auf keinen Fall so wie ich. Vielleicht hatten die beiden was am Laufen, aber Hazel war nicht alles für ihn. Nicht seine einzige Erinnerung an Kindheit, der letzte Rest Familie, der Mensch, auf den er sich blind verlassen konnte. Er ist nicht vollkommen allein auf dieser verfluchten Welt, seitdem sie fort ist. Alex hat liebevolle Eltern, einen Bruder. Er hat alles. Und ich habe nichts mehr außer diesem Druck auf meiner Brust. Reglos bleibe ich sitzen, ertrage seine Hand auf meiner Schulter, zähle die Sekunden, bis er sie fortnimmt, und stoße erleichtert die angehaltene Luft aus, als er mich endlich allein lässt. Ich rutsche vom Stuhl zum Rand des Pools und lasse mich mitsamt Klamotten ins Wasser fallen, tauche unter und sperre die Welt aus. Aber die Trauer lässt sich nicht mal von einer Wand aus Wasser aufhalten. Sie folgt mir unter die Oberfläche und drückt meine Brust zusammen. Aber, hey, hier unten hört wenigstens niemand den Schmerz, den ich herausbrülle. Er steigt als Luftblasen auf und zerplatzt lautlos an der Oberfläche.

Via

Die Sonne wärmt meine Haut und ich lächle. Ich wache auf und lächle, bewege meine Hand. Die Hand, die gestern Nacht in Miles' gelegen hat. Aber jetzt ist er fort und sie baumelt verlassen über dem zerknautschten Laken am Boden. Ich beuge mich vor, berühre es. Berühre denselben Stoff, den er um seinen Körper geschlungen hatte, und das ist irgendwie heiß. Auf eine creepige Art und Weise, aber definitiv heiß.

Seufzend drehe ich mich auf den Rücken und schlage die Hände vors Gesicht. Er hat nur hier geschlafen, weil ich völlig durch den Wind war. Was sehr fürsorglich ist, aber nichts bedeuten muss. Vielleicht wollte er einfach nicht, dass ich allein bin, was herzverschiebend süß ist, aber allein in seiner ausgeprägten sozialen Ader und seinem Pflichtbewusstsein begründet liegen könnte. Er wollte mich beschützen. Ich spare mir ein passendes Adjektiv dafür zu finden. Das macht es nur noch schwerer, mich nicht in meinen Gefühlen für Miles zu verstricken. Und das ist wirklich das Letzte, was ich in meiner jetzigen Situation tun sollte. Der letzte Mann, dem ich mein Herz geschenkt habe, hat mein Leben geschreddert. Und ich bin nicht stabil genug, um das noch mal zu überstehen.

Ich stehe auf und ziehe mir meinen Bikini an. Es ist früh genug, dass ich vor dem Frühstück ein paar Bahnen drehen kann. Mit dem Handtuch über der Schulter und einer Nuss für PB&J gehe ich nach draußen. Das winzige Streifenhörnchen wartet schon auf mich und nimmt die Nuss direkt aus meiner Hand entgegen, was mir ein Lächeln ins Gesicht zaubert. Glänzende Knopfaugen, wacher Blick, der zwischen mir und der Pinie neben dem Sonnendeck hin- und herhuscht, bevor es sich umdreht und seine Beute mit langen Sprüngen in Sicherheit bringt. Ich sehe ihm noch nach, als ich bereits zum Pool hinuntergehe, und entdecke Miles erst, als ich den Rand des Beckens erreiche.

Er treibt vollständig angezogen unter Wasser. Bewegungslos. Ohne weiter nachzudenken, lasse ich das Handtuch fallen und springe hinein, tauche zu ihm.

Er hat die Augen geschlossen, kleine Luftbläschen steigen von seiner Nase an die Oberfläche.

Ohne zu zögern, schlinge ich von hinten meine Arme um seinen Oberkörper und zerre ihn mit mir nach oben. Er wehrt sich, aber ich lasse nicht los. Ertrinkende schlagen oft um sich. Das habe ich mal irgendwo gelesen, aber ich werde ihn ganz sicher nicht ertrinken lassen, nur weil sein Körper die falschen Signale aussendet.

»Scheiße, Via«, prustet er, als ich es endlich mit ihm an die Wasseroberfläche geschafft habe. Unsere Körper kleben aneinander und mir ist mit einem Mal jeder seiner Muskelstränge überdeutlich bewusst, sein abgehackter Atem, der meinem hinterherjagt.

»Könntest du mich loslassen?«, fragt er mit einer Nuance Spott in der Stimme und jeder Menge zellenaufreibender Dunkelheit.

Ich lockere meinen Griff, schaffe es aber nicht, ihn ganz freizugeben. Wieso schaffe ich das nicht? Ist doch ganz einfach. Hand öffnen, loslassen, Abstand suchen.

Er dreht sich zu mir um, sodass meine Hand über seine Seite gleitet. Sein weißes Shirt klebt an seiner flachen, harten Brust und ich starre auf den halb durchsichtigen Stoff, die Muskeln darunter, seine gebräunte Haut.

»Was sollte das werden?«

»Ich …« Schaffe es, meinen Blick von seinem Oberkörper auf sein Gesicht zu richten. Wassertropfen hängen in seinen Wimpern, rinnen über seine mahlenden Kieferknochen. Und ich denke, er kämpft. Oder bin das nur ich? »Ich wollte dich retten«, murmle ich.

Ein halbes Grinsen huscht über sein Gesicht. »Hast du längst«, murmelt er, schluckt und tut dann so, als wäre das, was er da gerade gesagt hat, nicht wichtig, nicht von Bedeutung. Er schiebt sich die nassen Haare aus dem Gesicht und zuckt die Schultern. »Ich war nur schwimmen.«

»In Jeans?« Ich will ihn festhalten, als er sich von mir löst und zum Rand schwimmt, tue es aber nicht. »Unter Wasser?«

Er stemmt sich hoch, setzt sich auf den Rand und wischt sich das Wasser aus dem Gesicht. Die Sonne bricht sich in den Tropfen auf seinen Armen. »Hast du gut geschlafen?«

Er hat also nicht vor auf meine Frage einzugehen, warum er in voller Montur baden gegangen ist und wieso er so lange unter Wasser war.

Ich zucke die Schultern und lasse mich an ihn herantreiben. »War ganz okay. Ich hatte keine Albträume.« Das erste Mal, seitdem ich hier bin. Und ich denke, wir wissen beide, dass das kein Zufall ist.

»Alex hat mich aus deinem Zimmer kommen sehen.«

Ich sehe ihn erschrocken an. »Kriegst du jetzt Ärger?« Das will ich auf keinen Fall. »Ich kann mit ihm reden. Es ihm erklären.«

Miles winkt ab. »Nein, alles gut.«

Aber ich werde das Gefühl nicht los, dass er nicht die Wahrheit sagt. Dass Alex' Reaktion vielleicht der Grund ist, warum er in den Pool gesprungen ist. Ich will auf keinen Fall, dass er seinen Job verliert. Einen Job, den er dringend braucht. Weil er niemanden mehr hat, der ihn unterstützt. Den er braucht, um hierbleiben zu können, wo er seiner Schwester nah sein kann.

Ich ziehe mich aus dem Pool und setze mich neben ihn. Eine Weile schweige wir und lassen uns von den Sonnenstrahlen trocknen. Miles bewegt seine Beine und erzeugt ein glucksendes Geräusch, konzentrische Kreise, die mich erreichen und ich versuche wirklich nicht darauf zu reagieren, mich dagegen zu wehren, aber ich kann nicht anders und schiebe schließlich vorsichtig meine Hand über seine. Seine Muskeln zucken, als würden sie sich bewegen wollen, aber er bleibt vollkommen reglos sitzen, reagiert nicht, bis er es doch tut und seine Hände wie gestern Nacht mit meinen verflicht.

Miles

Ich habe den ganzen Tag auf der Baustelle verbracht, körperlich gearbeitet und müsste kaputt sein, aber mein Körper ist high. Wie auf Droge, nur weil Via und ich Händchen gehalten haben. Ich sollte wirklich die Notbremse ziehen, bevor ich mehr tue. Dinge, die wir nicht zurücknehmen können.

In ihrem Kopf sind Grenzen. Sinnvolle Grenzen. In meinem auch. Und als wäre das nicht ausreichend, setzt selbst mein Arbeitsvertrag welche.

Trotzdem bin ich nicht auf mein Zimmer gegangen, sondern sitze auf dem Deckchair vor ihrer Tür und warte darauf, dass sie rauskommt und den Sonnenuntergang mit mir ansieht, wie wir es vorhin am Pool besprochen haben. »Na, Flohzirkus, was meinst du, wo bleibt sie?« Ich habe mein Bier schon fast ausgetrunken und proste PB&J zu, der auf dem Geländer hockt und ebenfalls auf Via wartet. Hätte nie gedacht, dass ich je etwas mit diesem Streifenhörnchen gemeinsam haben würde.

Ich drehe mich um. In Vias Zimmer brennt Licht, aber ich kann ihre Umrisse nicht hinter den Gardinen ausmachen. Vielleicht lernt sie noch oder schreibt, verliert sich in den Worten, die sie in ihr Buch sperrt, damit sie ihre Seele in Ruhe lassen.

»Sie wird schon kommen«, lasse ich das Streifenhörnchen wissen, das vom Geländer auf den Deckchair neben mir springt und sich schnüffelnd auf die Hinterbeine stellt. »Sorry, Kumpel, aber wenn ich dich füttere, schmeißt Alex mich wirklich raus.« Er blinzelt, putzt sich und setzt sich dann so hin, dass er wie ich über den See guckt. Hazel würde sich kaputtlachen, wenn sie mich und den Nager in trauter Zweisamkeit sähe. Sie hätte PB&J noch vor Via adoptiert. Ich seufze, sehe mich noch mal um, überlege zu klopfen und sie zu fragen, was los ist, aber es ist ja nicht so, dass ich ein Anrecht auf ihre Zeit hätte. Das hier ist nur eine lockere Verabredung, die sie jederzeit canceln kann. Ein Treffen unter Zimmernachbarn. Unter Zimmernachbarn, die Händchen halten. Und, fuck, mein Herz kriegt es einfach nicht auf die Kette, darin nicht mehr zu sehen.

Ich nehme noch einen Schluck von meinem Bier und verscheuche damit PB&J, der sich beleidigt in eine der Pinien verzieht. Ich schließe die Augen. Warte. Sekunden, die mir wie Minuten vorkommen. Minuten, die zu Stunden, Tagen werden, ach scheiße, sie werden zu verdammten Ewigkeiten.

Ich leere mein Bier, überlege mir ein zweites zu holen, entscheide mich dann aber für eine Coke. Sicher ist sicher. Wenn mein Körper schon denkbar illoyal ist, sollte ich unbedingt dafür sorgen, dass mein Hirn klar bleibt, sonst fahre ich das gegen die Wand.

Ich leere auch die Coke und lasse den Flaschenboden auf der Lehne des Deckchairs kreisen, male mit dem Kondenswasser Muster auf das Holz, bis ich die Flasche mit einem Ruck absetze und aufstehe.

Nach allem, was gestern passiert ist, kann ich nicht ignorieren, wenn Via mich versetzt. Wer weiß, ob es ihr gut geht.

Ich klopfe. Einmal. Zweimal und mache mir jetzt ernsthafte Sorgen, denn sie antwortet nicht. »Via?«, rufe ich. »Ist alles okay?« Dämliche Frage. Dann würde sie vermutlich zur Tür kommen. »Kannst du aufmachen?« Ich schlucke gegen meine trockene Kehle an. »Ich komme jetzt rein, okay?«

Meine Karte öffnet alle Zimmer der Lodge. Ein Generalschlüssel, damit ich die nötigen Reparaturen durchführen kann. Ihn dafür zu nutzen, in Vias Zimmer einzudringen, fühlt sich grenzüberschreitend an. Aber darauf kann ich jetzt keine Rücksicht nehmen, denn irgendein Scheißinstinkt sagt mir, dass Via mich braucht. Das Zimmer ist leer. Das Bett zerwühlt. Die Schubladen der Kommode aufgezogen. Klamotten hängen halb heraus und sind auf dem Boden verstreut. Ihre Unisachen liegen neben dem Tisch. Gestern lagen sie noch ordentlich auf der Platte. Sieht aus, als hätte Godzilla hier drin gewütet. »Via?«, rufe ich und nähere mich jetzt dem Bad. Sie muss da drin sein. Vorsichtig schiebe ich die Tür auf.

Sie sitzt in der Dusche, die Füße gegen das Glas gestemmt, das mich von ihr trennt, die Arme um den Körper geschlungen. Sie ist blass. Ihr Blick gehetzt und sie zittert. Sie hat die Beine eng an den Körper gezogen. Die Arme sind um die Knie geschlungen und sie weint. Shit.

Mit zwei langen Schritten bin ich bei ihr, reiße die Glastüren der Duschkabine auf und ziehe sie an mich. Ohne sie loszulassen, setze ich mich, hebe sie auf meinen Schoß und schlinge meine Arme um sie, versuche auszublenden, wie nah sie mir ist. So nah, dass mein verdammtes Herz gegen meinen Brustkorb hämmert. Und obwohl es total unangebracht ist, fühlt es sich, verdammt noch mal, zu gut an, wie sie sich an mich presst und ihre Hände in meinem Nacken verschränkt.

Sie ist vollkommen fertig, also konzentriere ich mich darauf, ihr einfach nur durchs Haar zu streichen und beruhigend auf sie einzureden. Ich erzähle ihr von meinem Tag, Nonsense, den Pablo, der Zimmermann, heute von Schneemobilen gelabert hat. Von PB&J. Irgendwelchen Scheiß, der sie ablenkt, und es scheint zu funktionieren. Ihr Schluchzen wird schwächer, ihr Atem beruhigt sich langsam. Ich höre trotzdem nicht auf, rede weiter, bis Via sich schließlich vorsichtig aufrichtet. Dort, wo bis eben noch ihr Kopf auf meiner Brust lag, breitet sich Kälte aus.

»Ich … Es ist jemand in mein Zimmer eingebrochen.«

Ich merke, wie ich mich versteife, zweifle nicht an dem, was sie sagt. Keine Sekunde. Erst gestern hat sie ein Typ in South Lake Tahoe verfolgt. Außerdem hat sie das Chaos im Zimmer wohl kaum selbst verursacht. »Wurde etwas gestohlen?«

Sie schüttelt den Kopf, rutscht von meinem Schoß an die Wand und lehnt sich gegen die Fliesen. »Aber sie haben alles durchwühlt.«

»Wer sind sie?« Wenn sie es mir nicht sagen will, werde ich nicht weiterbohren, aber ich muss es versuchen. Denn, scheiße, wie soll ich ihr denn helfen, wenn ich nicht weiß, was eigentlich los ist?

»Ich habe keine Ahnung.« Sie zuckt verzweifelt die Schultern und wischt sich eine Träne von der Wange. »Menschen, die mich hassen.«

»Hassen?« Das ist ausgeschlossen.

»Alle hassen mich.« Sie klingt resigniert. »Deswegen bin ich hier am See.« Klingt, als würde sie sich schämen, weil ihr Grund nicht halb so gut ist wie meiner. Was für ein Bullshit. Ist ja nicht so, als könnte man Leid miteinander vergleichen. Das ist immer gleich scheiße.

»Willst du darüber reden?«

Sie zögert, nickt.

»Okay.« Ich nehme ihre Hand und presse meine Lippen sanft auf diese Stelle zwischen Daumen und Zeigefinger, die ich gestern so lange gestreichelt habe, bis ich eingeschlafen bin, atme tief ein, bevor ich unsere ineinander verschränkten Hände wieder sinken lasse und warte. Darauf, dass sie mir sagt, ich hätte kein Recht, meine Lippen auf ihre Haut zu legen. Darauf, dass sie Abstand sucht, solange das noch möglich ist.

Aber sie holt Luft und mit dem Ausatmen beginnt sie stockend zu erzählen. »River und ich kennen uns schon ewig. Seit der Middle School. Er wollte …« Sie bricht kurz ab. »Er war mein bester Freund und in der Highschool sind wir dann ein

Paar geworden. Wir wollten unser Leben miteinander verbringen.«

Ich sage nichts, weil ich mir selbst nicht traue. Ich bin kein besonders eifersüchtiger Typ, aber wie Via über diesen River spricht … Ich beiße die Kiefer aufeinander. Dabei sind wir nichts, was Eifersucht auch nur niedrigschwellig rechtfertigen würde.

»Er war auf dem Weg, Wakeboard-Profi zu werden, und eine große Nummer auf Social Media. Für seine Karriere war das unverzichtbar. Er mag die Anerkennung, das Im-Mittelpunkt-Stehen. Es macht ihm einfach Spaß.«

»Dir nicht.« Ich formuliere es nicht als Frage.

Sie schüttelt den Kopf. »Nein. Ich fand es immer gruselig, dass wildfremde Menschen so viel über mich wissen, aber ich habe es trotzdem unterstützt. Weil man das so macht – den Partner in dem unterstützen, was ihm wichtig ist. Es war River wichtig. Also war es okay.«

Bis es das nicht mehr war. »Was ist passiert?«

Tränen rinnen ihre Wangen hinab und sie zuckt unbeholfen die Schultern. »Er hatte einen Unfall beim Wakeboarden. Das dachten wir zumindest, aber wie es aussieht, war es doch Vorsatz. Auf jeden Fall war es richtig übel. Lange wussten wir nicht, ob er durchkommt. Sicher war nur, dass seine Karriere beendet ist und es Monate dauern wird, bevor er wieder laufen kann. Ich wollte für ihn da sein, aber er hat mich nicht gelassen. Wochenlang wollte er mich nicht sehen. Ich dachte, es läge daran, dass er Zeit braucht, um mit den Veränderungen klarzukommen. Vor dem Unfall hatten wir … Na ja, es lief nicht so super. Wir haben viel gestritten, aber ich dachte, das wäre nur eine Phase und wenn wir durchhalten, wird es schon besser. Aber als River mich dann irgendwann doch zu sich gelassen hat, hat er mir sehr deutlich zu verstehen gegeben, dass das Leben zu kurz ist, um einfach nur durchzuhalten.«

Das kann ich sogar nachvollziehen, wehtun will ich ihm trotzdem, weil es definitiv einen weniger arschigen Weg gegeben hätte, als sie hinzuhalten und dann so Schluss zu machen.

»Und weil ich nicht bereit war unser Ende einfach hinzunehmen, hat er es offiziell gemacht.« Sie schließt die Augen und Tränen stehlen sich unter den Lidern hervor. »Er hat unsere Trennung mit vier Millionen Followern geteilt, die danach überzeugt waren, ich hätte ihn verlassen, nicht er mich. Weil er jetzt ein Krüppel und nicht mehr der gefeierte Star ist.«

Ich balle die Hand zur Faust. Wie kann man nur so kacke sein? Was für ein Arschloch.

»Ich habe mich schlecht gefühlt, weil ich nicht für ihn da sein konnte, weil ich wütend auf ihn war und es nicht sein durfte, weil ich nicht nur meine Beziehung, sondern vor allem meinen besten Freund verloren habe und das Leben, das wir gemeinsam geplant hatten. Ich wollte um all das trauern, irgendwie damit klarkommen, aber dann hat sein Posting einen Shitstorm der Kategorie 5 ausgelöst. Hassnachrichten, Morddrohungen, Einbruch in mein Zimmer im Studierendenwohnheim, Vandalismus – das volle Programm. Irgendwann hatte ich nur noch Angst. Ich musste da weg und Dad hat seine Beziehungen spielen lassen, damit ich trotz der Umbauarbeiten hier unterkommen durfte. Und jetzt ...« Ihr Blick huscht zu der halb offenen Badezimmertür, hinter der ein Teil des verwüsteten Zimmers zu sehen ist. Sie schlägt den Hinterkopf leicht gegen die Wand hinter sich, bevor sie reglos sitzen bleibt.

Jetzt holt sie der Scheiß hier ein. »Und du hast keine Ahnung, wer das war? Wir könnten immer noch zur Polizei. Und wir müssen es Alex sagen.« Er muss wissen, wenn in sein Hotel eingebrochen wird. Und ich denke wirklich, sie sollte das den Cops melden. Alles. Die Sache in South Lake Tahoe und jetzt das hier.

Sie schüttelt den Kopf. »Es fehlt nichts. Und es gibt auch

keine Einbruchsspuren. Sie müssen eine Chipkarte gehabt haben. Die Cops werden mir nicht glauben. Dafür aber jede Menge Fragen stellen und stundenlang das Zimmer untersuchen, ohne etwas zu finden. Das schaffe ich einfach nicht. Und wenn wir es Alex sagen, wird er darauf bestehen, es der Polizei zu melden. Ich will das einfach nur vergessen.«

»Okay.« Sie sieht so unfassbar verletzlich aus, dass ich es einfach nicht schaffe ihr zu widersprechen. Aber es ist mehr als das. Viel mehr. Ich schlucke trocken und streiche ihr eine Haarsträhne hinters Ohr, weiß, ich sollte die verdammte Situation nicht ausnutzen. Sie ist emotional total durch. Ich sollte Alex nicht noch weiter gegen mich aufbringen. Das alles für uns beide nicht noch komplizierter machen, aber ich kann nicht anders, beuge mich vor, atme Via. Und sie mich. Unsere Lippen berühren sich nicht, aber, fuck, jede meiner Zellen reagiert auf das, was wir hier tun, nicht tun.

Mein Atem geht schwer und ich erzittere, als ihre Finger über meinen Hals streichen, meine Schultern berühren. Sie umklammert meinen Oberarm und mein Herz rast. So sehr, dass sie es spüren muss.

Ich bin echt scheiße darin, zu verbergen, wie sehr ich das hier, wie sehr ich sie will. Dabei ist das total bescheuert, denn sie hat mir gerade von ihrem Ex erzählt und davon, dass sie die Trennung noch null verarbeitet hat. Sie ist sauer auf ihn, aber da sind auch noch jede Menge anderer Gefühle, Erinnerungen an das Gute. Emotionen, die mir den Hals brechen werden, wenn Via es nicht schafft, sie hinter sich zu lassen. Und, verdammt, dafür bin ich nicht stabil genug. Nicht mal ansatzweise.

»Ich …«, flüstere ich heiser und streiche Vias Kieferlinie entlang, anstatt meine Hand einfach wegzuziehen. Immerhin schaffe ich es, meinen illoyalen Körper langsam auf Abstand zu bringen. »… du solltest heute Nacht nicht hierbleiben.« In einem Zimmer, in das eingebrochen wurde, aber ich kann auch nicht noch einmal neben ihr auf dem Boden pennen. Meine Selbstbeherrschung hängt schon jetzt an einem krass dünnen Faden. »Wir können die Zimmer tauschen.« Eine total gute und rationale Lösung, die den Teufel auf meiner Schulter ächzend zusammenbrechen lässt.

Sie nickt, räuspert sich und streicht sich die Haare nach hinten. »Danke, das wäre …« Sie lächelt. »Einfach danke.« Unsicher sieht sie mich an, dann wieder auf den Boden.

»Kein Problem.« Ich stehe auf. »Ich hole nur eben ein paar Sachen und komme dann wieder. Pack du auch das Nötigste zusammen, dann tauschen wir.« Mit langen Schritten verlasse ich das Zimmer und lehne mich draußen für einen Moment gegen die Mauer, atme tief den Geruch nach Pinien, Sand und See ein. Ich muss mich zusammenreißen. Verdammt noch mal zusammenreißen, denn ich bin ein Wrack, dabei unterzugehen und ich werde Via ganz bestimmt nicht mit mir unter Wasser ziehen.

Via

Ich liege wach. In Miles' Bett. Die Laken riechen nach seinem Duschgel und ganz schwach darunter nach ihm. Ich berühre meinen Kiefer, streiche mit den Fingern über dieselbe Stelle wie Miles vorhin und ein heißes Ziehen brandet durch meinen Körper. Sex mit River war sanft, vertraut, liebevoll. Nora hat mich immer damit aufgezogen, dass wir schon vor der Ehe langweiligen Hundert-Jahre-verheiratet-Sex hätten. Ich habe nie verstanden, was sie gemeint hat. Bis zu diesem Fast-Kuss mit Miles, der alles in mir durcheinandergeworfen hat. Ich fühle mich rau, übersensibel und sehnsüchtig. Und ich will nicht darüber nachdenken, zu was für einem Menschen mich das macht, so zu empfinden. Frustriert strample ich das Laken von meinen Beinen und stehe auf, knipse das Licht auf dem Nachtschrank an. Es erhellt das Zimmer gerade genug, um alles zu sehen, und ist doch nicht hell genug, um mich ertappt zu fühlen, als ich mit den Fingern über die Kommode streiche, auf der Miles' persönliche Dinge liegen. Ich hätte ihn nicht für einen Romanleser gehalten. Die Fachbücher der Uni daneben passen schon eher. Ich ziehe keines heraus, will nicht, dass er morgen sieht, dass ich geschnüffelt habe, und beschränke mich darauf, die Einbände zu lesen. Mechanik, Mechatronik und Maschinenbau – Fachliteratur. Daneben reihen sich Steine auf. Hübsche mit Einschlüssen, einfach graue, besondere Formen. Sie beschweren Bilder. Miles mit einem jungen Mann in Uniform. Beide lachen übers ganze Gesicht und wirken vertraut, wie Brüder. Ein anderes Bild zeigt dieselben Gesichter gut zehn Jahre oder mehr jünger, was diese These hinterlegt. Die Jungs sitzen an einem Tisch im Freien und knabbern an riesigen Wassermelonenstücken. Sie sind nicht allein. Ein Mädchen im Teenageralter steht hinter ihnen und verwuschelt beiden die Haare. Ich gehe näher heran. Sie hat dieselben braunen Augen wie Miles. Das muss Hazel sein. Sie ist auf vier weiteren Fotos. Auf einem sitzt sie auf einem umgestürzten Baumstamm, der in den Lake Tahoe hineinragt. Dann ein Selfie, lachend mit Miles im Schwitzkasten. Hinter dem Tresen einer Bar, wie sie demjenigen hinter der Kamera zwei Kurze entgegenhält. Das letzte Bild von ihr zeigt sie in einer Hängematte am Ufer eines Flusses. Sie lächelt, aber man sieht ihr an, wie viel Kraft es sie kostet. Ihr Körper ist ausgemergelt, aber sie hält Miles' Hand, die im unteren Bildrand zu erkennen ist. Miles' Verlust ist in jedem Pixel dieses Fotos zu spüren. Ich atme tief durch und sehe mir auch noch die letzten Fotografien an. Miles an der Uni mit irgendwelchen Kommilitonen. Ein zerknittertes Bild seiner Eltern. Und ein ebenso abgenutzter Zettel, auf dem *Promise me to live* steht. Das sind nicht dieselben klaren Linien, mit denen er das Uber-Menü geschrieben hat. Die Handschrift ist geschwungen, fast schon kunstvoll. Das muss Hazel geschrieben haben. Ich schlucke an wattedichten Tränen. Das ist das Schönste und gleichzeitig Traurigste, was ich jemals gesehen habe. Ich berühre das Papier, wünschte, ich hätte Miles' Schwester kennenlernen können, und bin sauer auf das Universum, das einen Menschen wie Hazel viel zu früh aus dem Leben reißt, während skrupellose Typen wie Rivers Pflegebruder leben dürfen. Das ist einfach nicht fair.

Schniefend gehe ich ins Badezimmer, ziehe mich aus und schlüpfe unter die Dusche. Das heiße Wasser tut gut. Ich berühre das Duschgel auf der gemauerten Ablage. Miles' Duschgel. Ich öffne es und schnuppere daran, schließe sekundenlang die Augen. Ohne weiter darüber nachzudenken, seife ich mich ein, bis ich nach ihm rieche. Und als ich ins Bett zurückkrabble, ist es, als läge er neben mir. Ich atme ihn, so wie vorhin, und stelle mir vor, er würde nicht aufstehen und den Moment zerbrechen, sondern mich küssen.

Miles

Ich habe mir den ganzen Tag Sorgen um Via gemacht und konnte sie nicht anrufen, um sicherzugehen, dass sie okay ist, weil sie kein verdammtes Handy hat. Um ein Haar hätte ich mein Auto am Dollar Point geschrottet, weil ich deswegen maximal unkonzentriert war.

Jetzt ist es früher Abend und ich klopfe gegen meine eigene Zimmertür, höre Schritte und dann öffnet Via die Tür. Sie trägt ein leichtes, weißes Sommerkleid mit zarten Blüten, das mich allein umhauen würde, aber zusätzlich riecht sie nach … fuck, nach meinem Duschgel. Ich stehe total drauf und klemme mir die Unterlippe zwischen die Zähne, um das Geräusch zu unterdrücken, das in meiner Kehle aufsteigt. Da ich gerade nichts rauskriege, halte ich den Karton zwischen uns hoch, den ich in South Lake Tahoe gekauft habe.

»Was ist das?« Sie greift danach und streift dabei meine Finger. Ätzende Finger, die diesen Kontakt unbedingt intensivieren wollen.

»Nur ein kleiner Lifesaver.« Ich zucke die Schultern und sehe zu, wie Via auspackt. Selbst bei etwas Profanem wie dem Öffnen eines Kartons ist sie so krass schön, dass ich es kaum ertrage.

Sie schüttelt den Kopf und streckt mir das Telefon, das zum Vorschein kommt, wieder entgegen. »Das kann ich auf keinen Fall annehmen.«

»Ist ja nicht das neueste iPhone. Nur ein kackhässliches Prepaid-Billigtelefon.«

»Du hast schon mehr als genug getan.« Sie blickt zu Boden, dann wieder mich an und schiebt ihr Kinn vor. »Weißt du, du musst mich nicht retten.«

»Ich rette nicht dich, sondern mich.« Ich lache leise und schiebe das Teil zurück vor ihre Brust. »Irgendwelche Idioten schreiben dir feige Hassnachrichten und brechen in dein Zimmer ein. Ich drehe durch, wenn du im Notfall keine Hilfe holen könntest. Also nimm es bitte, okay?« Ich warte, bis sie nickt. »Meine Nummer ist eingespeichert, falls du Skrupel hast, die Cops anzurufen.«

Sie will noch was sagen, holt Luft, stößt dann aber doch nur ein leises »Danke« hervor und schiebt das Handy in die versteckte Tasche an der Seite ihres Kleides.

»Sehen wir uns gleich draußen?«, fragt sie.

Ich fahre mir über den Nacken. »Mein Chef eröffnet heute sein anderes Hotel in South Lake Tahoe. Da muss ich mich leider blicken lassen.« Was mich von einem Sonnendeck-Date mit ihr abhält, und ich weiß, wo ich definitiv lieber wäre.

»Suchst du noch eine Begleitung?«

Sosehr ich mir wünschen würde den Abend mit ihr zu verbringen, gerade diesen speziellen, will ich auf keinen Fall, dass sie das nur anbietet, weil sie denkt, sie schuldet mir was. Hätte ich ihr das Telefon nicht gegeben, würde sie niemals vorschlagen nach South Lake Tahoe auf ein Event mit Hunderten von Leuten zu fahren, die sie vielleicht erkennen. Sie würde sich den Sonnenuntergang ansehen und PB&J füttern, der ihr mittlerweile aus der Hand frisst. Fühlt sich an, als hätten der Flohzirkus und ich gewisse Parallelen zu verzeichnen. »Du musst das nicht tun.«

Sie nickt. »Ich weiß. Und ich verstehe, wenn du nicht mit mir dort gesehen werden willst, weil ich … na ja, ich bin.« Sie verlagert das Gewicht und beißt sich auf die Lippe.

»Es gibt nichts, was ich mehr wollen würde, als mit dir dort gesehen zu werden. Gerade, weil du du bist.« Selbst wenn Alex mich danach feuern sollte. Ich vermute aber, dass der Streber viel zu eingespannt sein wird, um uns überhaupt zu bemerken. »Gib mir zehn Minuten.« Sie will das Zimmer verlassen, aber ich versperre ihr mit meinem Körper den Weg, mache noch einen Schritt auf sie zu, um die Tür hinter mir zuzudrücken.

Sie schluckt, hebt die Hand und legt sie auf meine Brust, um mich auf Abstand zu halten. Und, verdammt, ihre Hand dort, das ist das Gegenteil von Abstand. »Du solltest nicht allein drüben sein, Sad Eyes«, murmle ich. »Du kannst hier warten. Ich ziehe mich im Bad um. Ist kein Ding.«

Sie nickt, lässt sich auf das Bett sinken und sieht stumm zu, wie ich die einzige dunkelblaue Chino, die ich besitze, und ein weißes Hemd aus der Kommode fische und im Badezimmer verschwinde.

Ich dusche und verwandle mich innerhalb von fünf Minuten in eine leicht zerzauste Version von Alex, fake den Ich-bin-reich-geboren-Look, der auf solchen Veranstaltungen angesagt ist.

Via hat sich nicht bewegt, steht aber auf, als ich jetzt zu ihr vor das Bett trete. »Du siehst gut aus«, bemerkt sie mit einem Lächeln und zupft an meinem noch feuchten Haar.

Ich beiße die Kiefer aufeinander, ignoriere all die verdammten Zellen, die deswegen besoffen *I Love You, Baby* anstimmen, und warte steif, bis sie nickt.

»Ich sollte mir vielleicht etwas anderes anziehen, damit ich neben dir nicht underdressed bin.«

Ich schüttle den Kopf. »Du siehst …« Ich räuspere mich. »… das Kleid ist perfekt.«

Sie lacht, als wäre das ein Witz. Ist es nicht, verdammt. Ich lege ihr meine Hand in den Rücken, als sie nickt, und dirigiere sie aus dem Zimmer. Auf dem Parkplatz öffne ich ihr sehr gentlemanlike die Tür. Riley würde sich scheckig lachen, wenn er mich jetzt sehen könnte. So was ist eher sein Ding. Ich umrunde den Wagen und schiebe mich auf den Fahrersitz. »Bist du sicher?«

Via nickt und tippt auf den Bubble Ride, ohne dass ich sie auffordern muss, sich für einen Fahrttyp zu entscheiden.

Einen Augenblick sehe ich sie nur an, dann beuge ich mich über sie und mein Oberkörper berührt sekundenlang ihre warmen Schenkel, als ich das Handschuhfach öffne und die Seifenblasen herausziehe. Ich richte mich wieder auf, fahre mir durch die Haare, weil ich meinen Händen dringend eine Beschäftigung suchen muss, die nichts mit Vias Haut zu tun hat. »Wir sollten fahren«, murmle ich.

Via nickt und lässt die Scheibe herunter, während ich vom Parkplatz auf den Highway einbiege und beschleunige. Sie lehnt sich aus dem Fenster und der Fahrtwind pustet Seifenblasen in die Nacht. Fragile Gebilde, in denen sich das Abendlicht bricht. Und, fuck, ich will dieses Bild von ihr konservieren. Die Haare vom Fahrtwind verwirbelt, ausgelassen wie ein Kind, während sie versucht die Seifenblasen einzufangen, die sich hinter dem Wagen in der einbrechenden Dunkelheit verlieren, glücklich. Dieser Moment ist wie ein Schnappschuss von der Via, die sie ohne den ganzen Mist wäre, der ihr widerfahren ist. Wie ein flüchtiger Blick auf das, was wir sein könnten, wenn wir beide nicht kaputt wären.

»Was?«, fragt sie atemlos, als sie sich zurück in den Sitz fallen lässt und mein Grinsen bemerkt.

»Nichts.« Ich halte meine Hand aus dem Fenster und lasse sie über die laue Nachtluft gleiten. »Ich setze nur Seifenblasen auf die Liste der Dinge, die dich neben sozialkritischen Filmen und Alkohol verlässlich aus einem Tief befreien.«

Sie schraubt den Verschluss zu und verstaut die Flasche wieder im Handschuhfach. »Gleich unter Miles.« Sie senkt den Blick, zieht ihre Lippe ein und ihre Wangen erröten, was die Sommersprossen noch mehr zur Geltung bringt. Aber das alles befördert meinen Brustkorb nicht in die 0-G-Zone.

Ich gehöre für sie auf diese Liste. Scheiße, das ist wirklich absurd.

Via

Das *Tahoe Seasons* ist ein gigantischer, moderner Klotz. Viel Glas, viel Holz und schwarze Flächen mit indirekter Beleuchtung. Ein Casino mit angeschlossenem Hotel, Tagungsräumen, Sälen, einem Spa, das eine komplette Etage einnimmt, und unterschiedlichen Restaurants. Und es ist voller Menschen, die an der Eröffnungsfeier teilnehmen oder zu einer der gesonderten Feiern gehören, die den besonderen Flair der Eröffnungsfeier als Rahmen für ihre Veranstaltung gewählt und einen der Säle gebucht haben.

Miles parkt den Wagen in der Tiefgarage und wir fahren mit dem Aufzug nach oben. Stille Momente, bevor uns der Fahrstuhl in eine Welt voller Menschen, Gerüche, Licht und Musik spuckt. Kurz zögere ich, spüre aber Miles' Hand in meinem Rücken, das Summen, das sich von dort aus durch den ganzen Körper ausbreitet. Ich schaffe das. Mit ihm an meiner Seite ist es geradezu lächerlich einfach.

»Wenn es dir zu viel wird, können wir auch wieder fahren«, raunt er mir zu, aber ich schüttle den Kopf.

»Wohin zuerst?«, frage ich so leichthin wie möglich.

Miles fischt zwei Gläser Sekt von einem Tablett und reicht mir eines. Er stößt mit mir an und zieht einen Schein heraus. »Casino«, sagt er knapp. »Mal sehen, wie weit wir mit fünf Dollar kommen.«

Genau zwei Minuten an einem Roulettetisch weit. Dann haben wir alles verloren, was tragisch wäre, wenn Miles' verdutztes Gesicht nicht so verflucht lustig wäre.

»Lach du nur«, brummt er gekränkt. »Mein Traum, heute Abend als reicher Mann hier rauszugehen, ist gerade geplatzt. Du könntest ruhig etwas Mitleid zeigen.« Seine Stimme ist todernst, aber auch er kann sich ein Lachen nicht verkneifen und gemeinsam schlendern wir zurück zur Lobby, überlegen uns, aus welchem Grund die verschiedenen Menschen wohl hier sind. Dichten einem ungleichen Paar eine heimliche Affäre an, einer Gruppe Männer einen *Ocean's-Eleven*-Coup und mindestens einem halben Dutzend Männern und Frauen, dass sie nur hier sind, um das neu geliftete Gesicht spazieren zu tragen.

»Da vorn ist Alex.« Miles bleibt stehen. »Ich sage ihm nur kurz Hallo.«

»Ja, geh nur.« Ich wedle mit der Hand. »Ich hole mir in der Zeit noch so einen pinken Drink mit Schirmchen.«

Er lacht. »Wissen wir, was in dem pinken Drink mit Schirmchen drin ist?«

»Nein, aber er schmeckt sehr, sehr gut.« Und macht meinen Kopf angenehm leicht.

»Okay.« Er streicht mir sanft eine Haarsträhne hinters Ohr. »Ich kann dich ins Bett tragen, sollte es nötig werden, also go for it.« Dann dreht er sich um und lässt mich mit den Bildern allein, die seine Worte in mein Hirn gebombt haben.

Mit langen Schritten geht er zu seinem Boss, der nicht viel älter aussieht als er, und begrüßt ihn mit einem Handschlag. Alex' Blick trifft mich über Miles' Schulter hinweg und er runzelt die Stirn. Sieht nicht so aus, als wäre er begeistert mich hier zu sehen, und mit einem Mal fühle ich mich unwohl. Verdammt unwohl. Ich bin gar nicht eingeladen zu dieser Veranstaltung und auch wenn ich Miles glaube, dass ihm meine Geschichte egal ist, muss das nicht für seinen Boss gelten. Die beiden reden. Nein, eigentlich stimmt das nicht. Alex redet. Miles schweigt, aber er wirkt angespannt. Dann nickt er und kommt zurück zu mir.

»Komm«, sagt er und nimmt meine Hand. Nimmt einfach so meine Hand und zieht mich hinter sich her zu den Aufzügen. Sie ist warm und stark und passt perfekt in meine. Oder ich hatte zu viel Alkohol und kann nicht mehr klar denken.

Als sich die Fahrstuhltüren hinter uns schließen, lehnt Miles sich gegen die Wand und atmet tief durch. Er hat nicht den Knopf für die Tiefgaragen gedrückt, sondern den für die Etage mit dem Spa-Bereich

»Was ist los?«

Er schüttelt den Kopf und krempelt seine Hemdsärmel hoch. »Alex hatte mal was mit meiner Schwester«, stößt er dumpf hervor. »Ich glaube, er hat sie geliebt. Keine Ahnung, wie ernst das Ganze war, aber auf jeden Fall ernst genug, dass er mir nie verzeihen wird, dass sie tot ist und ich lebe.« Das ist doch nichts, was er ihm vorwerfen kann. Das ist …

Miles tritt gegen die blank polierte Wand des Fahrstuhls. »Ich wusste, es ist eine schlechte Idee herzukommen, aber er ist mein Boss. Ist also nicht so, als hätte ich eine Wahl gehabt.«

»Bei eurem Gespräch eben ging es um mich, oder?« Die Türen des Fahrstuhls gleiten lautlos auf, aber wir rühren uns nicht.

»Es geht darum, dass er es nicht erträgt, wenn es mir gut geht.« Er sieht mich eindringlich an. »Das hat nichts mit dir zu tun.« Er stößt sich von der Wand ab und geht über den Flur zum Poolbereich.

Und ich starre seinen Rücken an. Das hat nichts mit dir zu tun. Hat es sehr wohl, denn es geht ihm gut mit mir. Und das ist das schönste Kompliment, das er mir hätte machen können. Aber gleichzeitig bringt es Alex gegen ihn auf. Ich atme tief durch und folge ihm.

»Was hast du vor?« Der Pool ist zu dieser Uhrzeit geschlossen und die Etage nicht für die Gäste geöffnet.

Er zuckt mit den Schultern. »Ich probiere nur was aus.« Er

öffnet das Chipkartenlesegerät. Darunter kommt ein Tastenfeld zum Vorschein. Wahrscheinlich für Wartungsarbeiten. Miles drückt eine Zahlenfolge und das rote Lämpchen wird grün, die Türen gleiten auf und Chlorgeruch erfüllt plötzlich die Luft. »Alex ist der vorhersehbarste Mensch auf diesem Planeten. Er benutzt für alles denselben Code, obwohl ich ihm schon zigmal gesagt habe, dass er kreativer werden soll.« Miles schüttelt den Kopf und macht eine einladende Geste, damit ich den wunderschönen Spa-Bereich betrete.

Früher hätte ich ihn für verrückt erklärt, weil das ganz sicher nicht erlaubt ist, hätte mich umgedreht und wäre gegangen, hätte mich niemals der Gefahr ausgesetzt, erwischt zu werden. Jetzt sehe ich den edlen Pool, die Möglichkeit, mit Miles allein zu sein, die hohen Schuhe auszuziehen und meine Füße zu kühlen. Dinge, die mir guttun und die ich möchte. Ich will mich auf den Moment einlassen, auf das hier. Mit ihm.

Ich streife meine Schuhe von den Füßen, setze mich an den Rand des Pools und lasse die Beine ins Wasser gleiten.

Miles setzt sich im Schneidersitz neben mich, und während ich meine Beine träge durch das Wasser bewege, starre ich auf die hellen Haare auf seinem Unterarm, nehme jede Bewegung seiner Muskeln war, wenn er sein Gewicht verlagert, wünschte, er würde sich zu mir beugen.

»Seit wann kennst du Alex eigentlich?« Reden ist gut. Das legt Worte zwischen uns.

Miles überlegt. »Kennen tue ich ihn schon seit sechs oder sieben Jahren durch Hazel. Seit zwei Monaten arbeite ich für ihn. Sie war kurz zuvor gestorben und mir ist mein Leben um die Ohren geflogen. Um die Krankenhausrechnungen zu begleichen, musste ich das Haus verkaufen, habe die Zwischenprüfungen nicht gepackt, weil ich …« Er zögert, lehnt sich etwas vor und seine Schultern sacken nach unten. »Ich war ziemlich hinüber. Ich wollte sie nachholen, es irgendwie schaffen, selbst wenn ich vorerst im Auto hätte pennen müssen, aber …« Er fährt die Riefen der Natursteinfliesen nach. »Auf dem Weg zur Uni habe ich eine Panikattacke bekommen. Ich hab's einfach nicht geschafft hinzufahren und mich auf die Warteliste für ein Zimmer im Studierendenwohnheim setzen zu lassen und mich für die Nachholprüfungen einzutragen, konnte nicht einfach weitermachen. Ich dachte, ich krepiere auf diesem verdammten Seitenstreifen. Mir ist nur ein Ort eingefallen, an dem ich wieder Luft bekommen würde. Hazel hat früher jeden Urlaub und viele Wochenenden in der Lodge gearbeitet. Ich habe sie immer hier besucht. Alex war nicht begeistert mich zu sehen. Er … Keine Ahnung.« Er stößt die Luft aus.

»Aber ihm war gerade der Typ abgesprungen, der hier die Umbauarbeiten beaufsichtigen und kleinere Renovierungen übernehmen sollte. Die Umbaumaßnahmen sollten zwei Tage später beginnen. Es ist zeitsensibel, weil alles zur Wintersaison wieder einsatzbereit sein muss, und so bin ich an den Job gekommen, obwohl wir nicht gerade die besten Freunde sind.« Er schüttelt den Kopf. »Erzähl du mir was von dir«, sagt er leise und seine Stimme verrät, dass er eine Pause braucht.

»Mein Dad ist Stadtrat von Sacramento und ich studiere Politik, um in seine Fußstapfen zu treten.« Ich mache eine Handbewegung, die umfasst, wie unspektakulär mein Leben ist.

»Irgendwas, das sonst niemand weiß.«

Ich lache unsicher, verstumme, als er seinen kleinen Finger über meinen schiebt. »Okay«, flüstere ich rau, räuspere mich, überlege und sage dann etwas, das ich nicht mal Nora anvertraut habe. »Ich tue immer so, als würde mir alles so verdammt leichtfallen, aber ich habe echt wahnsinnig große Angst davor, meine Eltern zu enttäuschen.« Ich zucke die Schultern. »Es ist nicht so, dass sie Druck machen. Sie lieben mich. Egal was passiert, aber das ist fast schlimmer, als wenn sie kaltherzig wären oder mich zu etwas zwingen würden. Dann könnte ich wenigstens ohne schlechtes Gewissen rebellieren. So will ich sie unbedingt stolz machen und habe doch ständig das Gefühl, es nicht zu schaffen.«

Er sagt mir nicht, dass sie sicher nicht enttäuscht von mir sind und ich mir das nur einbilde. Er nimmt mein Empfinden ernst und nickt.

»Deswegen lerne ich ständig und verpasse zu viel. Und manchmal fühle ich mich so verdammt leer. Dann frage ich mich, wozu ich mich so sehr anstrenge und ob mich das wirklich glücklich macht. Und dann denke ich an all die Dinge, die ich verpasst habe, und fühle mich noch etwas leerer.«

Er zieht seine freie Hand durchs Wasser und legt sie sich dann in den Nacken. »Was bereust du verpasst zu haben?«

Ich überlege nicht, sage, was mir als Erstes in den Sinn kommt. »Meinen Highschool-Abschlussball zum Beispiel.« Ich zucke die Schultern. »An dem Abend habe ich das Essay für die Aufnahme an der Sac State geschrieben.«

Er grinst, steht auf und hält mir die Hand hin.

»Was hast du vor?«, frage ich, nicht bereit, dem unerlaubten Eindringen in den Spa-Bereich noch eine weitere Straftat an diesem Abend hinzufügen.

»Vertrau mir.«

Und, verdammt, das tue ich. Keine Ahnung, warum. Wir kennen uns zu kurz, nicht genug, um so ein Gefühl zu rechtfertigen, aber so ist es.

Ich stehe auf und folge ihm über den Flur, in den Fahrstuhl, wo ich meine Wedges wieder überziehe. Unten angekommen, dirigiert er mich zu dem kleinsten der Säle.

Er bleibt vor dem Schild stehen, auf dem die darin stattfindende Feier angekündigt ist, und verdeckt es mit seinem Körper. »Wir hatten echt kein Glück am Roulettetisch, aber wie sagt man so schön: Pech im Spiel, Glück in …« Er pausiert kurz, lächelt dieses halbe Lächeln, das mein Herz so mag, insbesondere, wenn es davon ausgeht, dass er gleich das Wort Liebe in den Mund nehmen wird. »Glück im Ball-Crashen«, beendet er den Satz so unüblich, dass ich lospruste.

Aber dann tritt er beiseite und gibt die Sicht auf das Schild frei, das den Homecoming-Ball der South Tahoe High ankündigt, und mir wird klar, dass das kein Scherz ist. Er will wirklich den Ball der Privatschule crashen, dessen Musik bis zu uns auf den Flur dringt.

»Das können wir nicht machen«, protestiere ich.

»Wieso nicht?« Er legt den Kopf schief, als würde er wirklich nicht verstehen, was dagegenspricht. »Wenn sie uns rausschmeißen, bleibt uns das Sonnendeck. Wenn nicht, ist das hier deine Chance auf einen waschechten Highschool-Ball.« Er hält mir die Hand hin. »Also, was sagst du?«

Ich kann nicht Ja sagen. Kann es einfach nicht, aber ich kann meine Hand in seine legen und zulassen, dass er mich mit sich in den Ballsaal zieht. Das kann ich tun und dabei die Unmengen Lametta bewundern und die Luftballonarmeen und Girlanden. Eine Liveband spielt auf der Bühne und wechselt zu einer langsamen Coverversion von Taylor Swifts *London Boy*, als Miles in der Mitte der gut gefüllten Tanzfläche stehen bleibt.

Die Jugendlichen gucken uns an, einige tuscheln. Natürlich bemerken sie, dass wir nicht hierhergehören, aber niemand sagt uns, dass wir gehen sollen.

»Darf ich um diesen Tanz bitten?« Miles legt seinen Arm um meine Taille und zieht mich an sich, während er unsere bereits miteinander verschränkten Hände gegen seine Brust legt.

Wir drehen uns langsam um uns selbst und ich entspanne mich mit jeder Note mehr, mit jeder Drehung, jedem Lichterflackern. Ich schmiege mich an Miles. Unsere Körper bewegen sich in völligem Einklang und da ist nur Wärme in mir und Herzklopfen und Miles. Ganz viel Miles, der macht, dass es mir besser geht.

»Danke«, flüstere ich an seinem Hals. »Das ist genau, was ich brauchte.« Um das Schlechte für den Moment zu vergessen und neue, bessere Erinnerungen zu schaffen.

Miles

Via hat sich bedankt, weil der Abend genau das war, was sie brauchte. Sie denkt, ich hätte das für sie getan, aber den Abend mit ihr zu verbringen war nicht selbstlos. Ich brauchte das mindestens so sehr wie sie.

Ich nehme einen tiefen Schluck aus der Flasche in meiner Hand und starre auf den Zettel mit Hazels Handschrift, schiebe ihn in meine Hosentasche, weil ich sonst ganz sicher etwas kaputt schlagen werde. Ich könnte mit meinem Schädel anfangen, der es nicht hinkriegt, einfach nicht hinkriegt das Versprechen an meine Schwester zu halten. Jeden verdammten Tag breche ich es. Ich schaffe es, verdammt noch mal, nicht, mein Leben zu leben.

Das Handy in meiner Hosentasche vibriert. Es ist nicht das erste Mal, dass es klingelt. Mit Sicherheit ist es Riley. Wie die vier Mal zuvor. Riley, der sich trotz Zeitverschiebung und seinen Verpflichtungen an diesem Tag meldet, aber für sein Mitgefühl musste ich erst betrunken genug sein. Blind taste ich nach dem Handy und drücke den grünen Hörer.

»Alter«, sagt er anstatt einer Begrüßung. Im Hintergrund sind Stimmen zu hören. »Wieso gehst du nicht ran, M? Ich versuche es schon den ganzen Tag.«

»Du weißt, wieso.« Ich trinke weiter, weil allein Rileys Stimme mich unangenehm nüchtern werden lässt.

»Wie geht es dir?«

»Hervorragend«, stoße ich sarkastisch hervor. »Rosig wie ein Plüschelefanthintern.«

»Elefanten sind grau«, bemerkt er trocken.

Ich seufze. »Wie sieht es bei dir aus?« Das hätte ich ihn gleich fragen sollen. Immerhin fliegen ihm im Einsatz täglich Kugeln um die Ohren. Ich muss nur das normale Leben hinbekommen und damit umgehen, dass Hazel nie wieder ihren verdammten Geburtstag feiern wird. Objektiv habe ich es also deutlich besser getroffen. Fick dich, Objektivität.

»Ist ruhig derzeit«, reißt mich Rileys Stimme aus meinen beschissenen Gedanken. Er hat sich direkt nach seinem Abschluss bei der Army verpflichtet. Wie sein Dad und dessen Vater davor. Für ihn stand es nie zur Debatte, diese Tradition nicht fortzusetzen, obwohl ihm seine Familie nie Druck gemacht hat. Er liebt dieses Leben, steht hinter dem, was er tut, auch wenn er sich durchaus kritisch mit den Einsätzen auseinandersetzt. Ich fahre mir mit dem Arm über die Augen und verschütte dabei um ein Haar den Inhalt der Flasche. »Bist du noch in Syrien?«

»Ja, wir halten die Stellung.« Er lacht. »Und du? Bist du noch am See?«

Ich nicke, auch wenn mir klar ist, dass Riley es nicht sehen kann, und blicke vom Sonnendeck aus über den Lake Tahoe. Der Abend ist fucking wunderschön. Dabei müsste er grau sein. Oder schwarz. Tiefschwarz.

»Komm schon, rede mit mir, Großer. Was gibt es Neues?«

Ich weiß, worauf die Frage abzielt. Bist du endlich fertig mit Trauern? Wann kriegst du dein Leben wieder in den Griff, wie Hazel es gewollt hätte? Es sind schon über drei Monate. Du musst weitermachen. Das ist nicht fair. Riley hat mir nie Druck gemacht oder so einen Bullshit von sich gegeben.

»Scheiße«, stöhne ich, und weil ich betrunken genug bin, gebe ich zu: »Via ist neu.«

»Via?« Riley klingt überrascht.

Tja, willkommen im Club. »Sie wohnt im Zimmer neben

mir und sie hat Sommersprossen«, sage ich und merke selbst, wie bescheuert das klingt. »'n ziemlich episches Lachen.« Ich schüttle den Kopf. »Und traurige Augen.«

»Oookay«, sagt Riley gedehnt. »Klingt, als würde sie dir gefallen, auch wenn du echt abgedrehte Maßstäbe hast.«

Ich proste der dunklen Wasseroberfläche zu, in der sich silbrig das Mondlicht bricht, trinke, weil das den Nagel auf den Kopf trifft und es mich echt fertigmacht. Ich darf sie nicht mögen. »Sie ist schlau«, murmle ich. »Und tough. Sie schreibt ziemlich cooles Zeugs und sie kann Fight Club zitieren.« Ich stelle die Flasche ab, warte, dass Riley einen blöden Spruch bringt, aber stattdessen sagt er:

»Hey Mann, ich freue mich für dich.«

»Fuck, Ry«, stöhne ich. »Das ist ganz sicher kein Grund sich zu freuen. Daraus wird nämlich nichts.«

»Und warum bitte nicht?«

Ich drehe die Flasche auf der Lehne des Deckchairs. »Weil ich mit einer verdammten Flasche Tequila auf dem Sonnendeck einer Luxuslodge hocke und ein verfluchtes Wrack bin«, spreche ich das Offensichtliche aus.

»Vielleicht solltest du gerade deswegen mal etwas machen, was dir guttut. Dir erlauben Spaß zu haben, zu leben.« Die Leitung knarzt und macht mir bewusst, dass mein bester Freund zigtausend Meilen entfernt ist. »Das ist, was du Haze versprochen hast, oder nicht?«

Ich setze die Flasche an die Lippen und trinke. Lasse den Alkohol weich spülen, was sich hart und kalt in meiner Brust verkantet. »Ich versuch's echt, Ry. Und hier zu sein hilft.« Wieso fühlt es sich dann, verfluchte Scheiße noch mal, gerade gar nicht danach an? »Aber das mit Via geht nicht. Haze wollte, dass ich mein Studium beende. Sie hat alles dafür gegeben.« Sogar ihr Leben. »Also werde ich das bisschen Kraft, das ich hoffentlich irgendwann zusammengekratzt bekomme, dafür nutzen, meinen traurigen Hintern zurück an die Uni zu bewegen, anstatt mich mit einem Mädchen abzulenken, das einen übergroßen Haufen eigener Probleme hat.«

Er sagt nichts, aber er atmet. Auf die Art und Weise, wie das nur Riley kann. Ich schwöre, er kann ganze Sätze atmen.

»Was?«, brumme ich.

»Was, wenn es kein Anstatt gibt? Was, wenn sie nicht das Problem ist, sondern die Lösung? Was, wenn sie dich nicht ablenkt, sondern dir wieder auf die Beine hilft? Könnte doch sein.«

Könnte sein. Wenn es ein verdammtes Märchen mit Happy End wäre. Aber das hier ist die verfickte Realität. »Vielleicht«, murmle ich lahm, seufze und rapple mich wankend auf. Aber das ändert nichts daran, dass es selbst dann noch die selbstmörderischste, egoistischste Sache wäre, die ich je getan habe.

Via

Als ich in die Lodge zurückkehre, schwimmt nur noch ein dunstblauer Schimmer über dem See. Die Sonne ist hinter den Bergen verschwunden und lässt sie wie dunkle Scherenschnitte vor einem blassgoldenen Firmament aufragen.

Ich habe den Nachmittag im *Bits & Bites* verbracht, den weltbesten Peacan Pie mit Vanilleeis gegessen und mit Nora telefoniert. Es hat gutgetan, mit ihr über alles zu reden, was in den letzten Wochen passiert ist. Über alles bis auf River, den Stand der Ermittlungen, die wir einfach ausgelassen haben, und Miles. Okay, es war nicht einfach. Wie kann so was schon einfach sein? Trotzdem war es schön und ich kann nicht fassen, dass ich nicht selbst auf die Idee gekommen bin, mir ein Prepaidtelefon zu kaufen, damit dem Shitstorm ausweichen und dennoch erreichbar sein kann.

Dafür hat Miles definitiv das Riesenstück Kuchen verdient, das ich in einer Pappschachtel vor meinem Bauch transportiere. Die dekorative Pekannuss, die mittig darauf geklebt hat, habe ich für PB&J abgepult, aber weder das Streifenhörnchen noch Miles sitzen auf dem Sonnendeck. Das ist ungewöhnlich. Also, nicht dass sie nicht zusammen hier sitzen, aber keiner von beiden? Vor allem Miles nicht? Dass er hier draußen auf mich wartet, ist so was wie meine Konstante geworden. Er ist immer da und ich fühle mich allen Ernstes unstet, weil das plötzlich anders ist.

Vielleicht musste er noch einmal ins *Tahoe Seasons*. Hoffentlich nicht, weil Alex von unserem Ausflug in den Spa-Bereich erfahren hat und Miles Ärger kriegt. Könnte aber auch sein, dass er eine Uber-Fahrt angenommen hat. Er braucht das Geld. In der Lodge verdient er nicht genug, weil ein Großteil der Bezahlung aus Kost und Logis besteht. Aber hätte er mir dann nicht geschrieben?

Ich ziehe das Telefon aus der Hosentasche und rufe unseren Chat auf.

Ich, gestern 23:53: Gute Nacht, Party Crasher.
Miles, gestern 23:54: Nacht, Sad Eyes. Schlaf schön und wehe, du lädst den Flohzirkus ein mit in meinem Bett zu schlafen. See you at sunset!

Das war seine letzte Nachricht. Ich stelle die Pappschachtel auf die Lehne des Deckchairs, lege die Nuss für PB&J auf das Geländer und weiß nicht so recht, was ich jetzt tun soll. Soll ich ihm schreiben? Oder einfach warten? Ich starre auf das Telefon, stecke es weg, ziehe es wieder hervor, tippe.

Hi, wo steckst du?

Klingt, als wäre ich ein Kontrollfreak und jemand, dem er Rechenschaft schuldig ist. Ich bin ja nicht seine Freundin, also lösche ich alles, tippe wieder.

Ich bin auf dem Sonnendeck und warte.

Das ist so fordernd, als wäre er verpflichtet den Abend mit mir zu verbringen. Obwohl wir gerade das nicht sind – zwei Menschen, die einander verpflichtet sind. Löschen und noch mal.

Hi, willkommen auf der dunklen Seite, PB&J und ich haben zwar keine Kekse, aber Kuchen für dich und sitzen auf dem Sonnendeck.

Nicht perfekt, aber es wird gehen. Ich sende die Nachricht ab, bevor ich sie weiter hinterfragen kann, und höre plötzlich ein leises Poltern aus meinem Zimmer. Genau genommen aus Miles' Zimmer, in dem ich wohne, seitdem sich jemand Zugang zu meinem verschafft hat.

Meine Hände krampfen sich um die Lehne des Deckchairs, als ich den schmalen Spalt bemerke, den die Tür offen steht. Ich will weg. Einfach nur weg. Da drinnen ist jemand. Kälte kriecht meine Wirbelsäule hinauf. Die feinen Härchen in meinem Nacken richten sich auf. Ich atme zu flach und die Kälte friert eine Zelle nach der anderen ein.

Vielleicht habe ich einfach nur die Tür nicht richtig verschlossen und PB&J hat das als Einladung aufgefasst, das Zimmer umzudekorieren. Oder Miles ist aus alter Gewohnheit in sein Zimmer gegangen, anstatt in meins. Das sind gute Erklärungen. Aber es ist einfach andere Menschen zu belügen, um Dinge weniger angsteinflößend zu machen. Sich selbst, das ist eine ganz andere Sache. Und deswegen schreit meine innere Stimme, dass es einer meiner Hater ist. Ganz sicher. *Dich Miststück sollte man aufschlitzen. Stirb, Schlampe. Du widerliches, herzloses Dreckstück, ich prügel dich ins Krankenhaus, dann weißt du, wie das ist.*

Ich schließe die Augen. Das ist das Internet. Nicht die Realität. Aber meine Zimmer im Studierendenwohnheim und hier waren nun mal auch die Realität. Ich schüttle den Kopf, lausche, zittere. Die Stille tut in meinen Ohren weh. Aber dann höre ich es wieder. Ein Geräusch, als würde etwas umkippen und über den Boden kullern. Ich will die Polizei rufen. Flüchten, aber ich bin wie erstarrt. Habe Angst. Angst, wieder von der Polizei belächelt zu werden. Angst, die Angst könnte ausschließlich in meinem Kopf sein.

Und da ist noch etwas. Das dumpfe Gefühl, ich würde schon wieder feige wegrennen und diese Arschlöcher gewinnen lassen. »Ich schaff das.« Ein Blick durch das Fenster. Nur einer. Um die Situation zu erfassen, sie zu kontrollieren. Sollte mir das nicht gelingen, könnte ich immer noch fliehen. Die Treppe zum Pool und dem Hauptgebäude liegt direkt hinter mir. Ich stoße mich von der Lehne ab, balle die Hände zu Fäusten, hole Luft, brauche drei verfluchte Anläufe, bevor meine Beine gnädigerweise mitspielen und ich mich Fußlänge um Fußlänge mit rasendem Herzen und angehaltenem Atem auf das Fenster zuschiebe.

Im Zimmer ist es dunkel, aber das Restlicht des Tages schält den zerfaserten Umriss eines Menschen aus dem konturlosen Grau. Eines Menschen, der zusammengesunken an der Wand lehnt. Und diesen Menschen würde ich selbst in absoluter Finsternis erkennen. Miles.

Aber da ist keine Erleichterung, nur Panik, ihm könnte etwas fehlen. Mit zwei Sätzen bin ich an der Tür, reiße sie auf, ohne mir Gedanken zu machen, ob es ihm recht ist, wenn ich einfach hereinplatze. Ihn so sehe. Fertig. Als wäre er der Gegenstand, der gefallen ist.

»Miles«, sage ich sanft und knie mich vor ihn. Er hat die Beine angezogen und einen Arm darauf abgelegt. Den anderen hat er in den Haaren an seinem Hinterkopf vergraben. Neben ihm liegt eine halb leere Flasche Tequila auf dem Parkett.

»Via.« Er sieht mich nicht an, wirkt orientierungslos. »Sorry, ich bin …« Er stöhnt leise. »… betrunken und im falschen Zimmer. Macht der Gewohnheit«, nuschelt er. »Ich gehe, dann kannst du …« Er macht eine unkontrollierte Handbewegung, die das Zimmer und mich einschließt, und will aufstehen, aber ich halte ihn zurück.

»Was ist passiert?«, frage ich leise und halte sein Gesicht in meinen Händen, damit er mich ansieht. Aber er weicht meinem Blick aus und ich denke schon, er wird mir nicht antworten, aber dann tut er es doch.

»Sie ist tot«, stößt er bitter hervor. »Wegen mir. Das ist passiert.«

Gefühle können das Beste sein. Oder aber so, so scheiße. Mir ist sofort klar, dass er von Hazel spricht und ich erinnere mich wieder an das, was er über Alex gesagt hat. Dass er Miles nie verzeihen wird, dass Hazel tot ist und er lebt. Er darf das nicht glauben. »Sie hatte Krebs, Miles.« Er kann das Schicksal dafür verantwortlich machen oder die Krankheit selbst, die schrecklich und unbarmherzig ist, aber doch nicht ... sich. »Du kannst nichts dafür.«

Er entzieht sich mir, schlägt den Kopf leicht gegen die Wand, hält sekundenlang ganz still, bevor er ausatmet und sagt: »Du hast doch keine Ahnung.«

»Dann rede mit mir.« Bevor all seine Gefühle aus ihm herausplatzen. Ich kenne mich da aus. »Rede mit mir«, wiederhole ich sanft.

»Was soll das bringen?« Er reckt das Kinn nach oben, als wollte er sich gegen jemanden behaupten. Aber hier ist niemand. Nur wir. »Was bringt es, wenn ich dir erzähle, dass sie drei Jobs gehabt hat? Drei, um das Geld für meine Studiengebühren zusammenzukriegen. Für meine verfickte Zukunft. Und um uns über Wasser zu halten, solange ich noch nichts verdiene. Wenn ich dir sage, sie hat darauf bestanden, dass ich mich auf mein Studium konzentriere. Dass sie auch Träume und eigene Wünsche hatte. Und sie das alles hintenangestellt hat. Für mich. Und ich ...« Er wischt sich eine Träne weg. »Fuck, ich habe einfach hingenommen, dass sie diese Scheißjobs erledigt, anstatt zu leben. Beschissene allerletzte Scheißjobs, bei denen sie nicht mal krankenversichert war.« Er schnaubt. »Als sie krank wurde, wollte sie nicht, dass ich alles schmeiße und arbeiten gehe, um für die Kosten der Behandlung aufzukommen. Also hat sie es mir verschwiegen und einfach weitergearbeitet. Sie hat geschuftet, bis es zu spät war. Für so ziemlich alles.« Die Ader an seiner Stirn tritt hervor, so sehr kämpft er mit sich, gegen die Tränen, gegen die Schuld, die ihn auffrisst. »Ich war deswegen so lange so scheißwütend auf sie. Aber sie ist vor meinen Augen draufgegangen, Sad Eyes.« Er beißt die Kiefer zusammen und schlägt sich gegen die Stirn. »Vor meinen Augen. Und ich …« Schlägt noch mal gegen seine Stirn, presst die Handfläche dagegen. »… ich habe es nicht mal gemerkt.« Er wird plötzlich ganz ruhig und sieht mich aus tränenfeuchten Augen an. »Schätze, der einzige Mensch, auf den ich jetzt noch sauer sein kann, bin ich.« Er rollt seinen T-Shirt-Ärmel ein Stück nach oben, sodass sein muskulöser Oberarm frei liegt. »Ich habe ihr versprochen, dass ich weiterlebe.«

Die Innenseite seines Arms ist heller als das gebräunte Äußere und dort dunkel auf milchig weißer Haut steht das Wort *live*. Lebe. Der Kontrast macht das Wort irgendwie schwerer, tiefer. Vielleicht denke ich das aber auch nur, weil ich die Handschrift als Hazels wiedererkenne und mein Herz wehtut. Richtig hart wehtut.

»Aber anstatt dieses Versprechen zu halten, verkrieche ich mich hier, studiere nicht. Ich stecke fest und, fuck, ich schaffe es noch nicht mal, mich an ihrem Geburtstag zusammenzureißen.« Er lacht tonlos auf. »Sie hat immer getanzt und gelacht und ein bisschen zu viel Tequila getrunken. Sonst wäre es kein richtiger Geburtstag, hat sie gesagt und dass ich das beibehalten soll, weil sie mir sonst aus dem Jenseits in den Hintern tritt.« Er gibt der Flasche einen Schubs, sodass sie gegen das Bett rollt. »Na ja, das mit dem Tequila habe ich zumindest hingekriegt.«

Ich ziehe ihn in meine Arme, fühle sein Gewicht, als er sich gegen mich sinken lässt, als würden seine Muskeln einfach aufgeben, fühle seinen unsteten Atem und vergrabe meine Finger in seinen Haaren, halte ihn. Halte ihn einfach nur fest, bis er sich wieder fängt und von mir abrückt. Nur so weit, dass seine Haare noch immer meine Stirn kitzeln.

Ich halte die Hand zwischen uns auf. »Gib mir dein Telefon.«

Er lacht, aber es klingt wie ein Husten. »Du hast jetzt ein eigenes«, erinnert er mich.

»Ich weiß.«

Seufzend entsperrt er das Gerät mit FaceID und legt es in meine Hand.

Die Seite mit den getätigten Anrufen ist offen. Dreizehn in der letzten Stunde, alle an Haze. Haze mit einem Teufelsmiley und einem Herzen dahinter. Ich möchte weinen. Für ihn. Aber das wird ihm nicht helfen, also schließe ich das Programm und öffne Spotify, suche nach einer ganz bestimmten Playlist und werde fündig. Nora und ich haben sie letzten Sommer zusammen angelegt.

»Was hast du vor, Sad Eyes?« Er klingt müde. So müde, dass sich der Klang in mein Herz bohrt, aber ich nehme seine Hand und zerre ihn auf die Füße. Ich weiß nicht, ob das hier eine gute Idee ist, aber es ist das Einzige, was mir einfällt. Also drücke ich auf Play und die ersten Takte von Kris Kross' *Jump* erklingen.

»Ich kann deine Schwester nicht zurückbringen. Und ich weiß auch nicht, wie man macht, dass es weniger wehtut«, sage ich, obwohl ich wünschte, es wäre anders, es so sehr wünschte. Ich steige auf das Bett. »Aber was ich weiß, es ist noch nicht Mitternacht. Es ist also noch genug Zeit, dein Versprechen wegen ihres Geburtstags zu halten.«

»Ich glaube nicht, dass ich d…«

»Komm schon«, unterbreche ich ihn. »Was hast du schon zu verlieren?« Ich benutze genau dieselben Worte wie er, als er mich überredet hat mit ihm auf das Sonnendeck hinauszugehen und Fight Club zu sehen oder Pfannkuchen zu backen, in das Spa des *Tahoe Seasons* einzubrechen oder den Ball zu crashen. Er sieht mich an, rührt sich nicht. »Ich ziehe dich auch nicht wegen deiner schrägen Tanzmoves auf. Pinky swear.« Ich halte ihm meinen kleinen Finger zum Schwur hin. Tatsächlich mag ich, wie er sich gestern auf dem Highschool-Ball bewegt hat. Selbstsicher, unbeschwert und ein bisschen durchgeknallt. Nicht so, als würden ihm hundertfünfzig entgeisterte Highschool-Schüler zusehen. Ich drehe die Musik laut, mache einen vorsichtigen Hüpfer auf der Matratze des ausladenden Kingsizebettes und entlocke Miles ein halbes Grinsen, gepaart mit einem verzweifelten Augenverdrehen. Wahrscheinlich, weil ich total bescheuert aussehend und zerzaust zu einem 90er-Jahre-Song auf dem Bett herumhüpfe.

Nach einigen Sekunden gibt er sich einen Ruck, murmelt so was wie »Ach, scheiß doch drauf«, verhakt seinen kleinen Finger kurz mit meinem und klettert aufs Bett.

Erst schwingt er nur im Takt meiner Hüpfer mit der Matratze mit, bis er die unwillkürliche Bewegung intensiviert und schließlich mitspringt, den Text mit mir in das Halbdunkle des Zimmers brüllt. Wir tanzen so wild zu den Liedern der Playlist, dass nach und nach die Bettdecke und sämtliche Kissen auf den Boden fallen und die Schwere von uns ab. Wir sind fast ausgelassen, so nah dran an glücklich, wie es nur geht, nachdem uns das Leben fallen lassen hat, ein bisschen traurig, ganz sicher vollkommen durch den Wind und irgendwann am Ende unserer Kräfte.

Miles wirft sich als Erster rücklings auf die Matratze. »Ich kann nicht mehr«, stößt er atemlos hervor, lächelt aber.

Ich mache noch drei immer schwächer werdende Hüpfer,

als müsste ich langsam abbremsen, weil der Aufprall sonst zu stark sein wird. Dann lasse ich mich neben ihn fallen.

Wir liegen da, Schulter an Schulter, die Hände zwischen uns. Und Miles dreht sein Gesicht zu mir, sieht mich an.

»Danke«, murmelt er und schiebt seine Hand über meine. Meine Finger unter seinen kribbeln. Als wären sie halb da und halb weg, betäubt von seiner Nähe und gleichzeitig hellwach.

Ich drehe meinen Kopf, sehe ihn auch an. Atme seinen Atem und fühle Miles. So intensiv, als würde er mich mit mehr berühren als nur seiner Hand. »Du bist nicht schuld«, flüstere ich.

Sein Brustkorb hebt und senkt sich. Zu schnell, zu hart, als würde er noch immer auf dem Bett herumspringen, aber sein Blick ist hier, bei mir. Und dann beugt er sich vor. Nur ein klitzekleines Stück, und legt seine Lippen auf meine, küsst mich. Und das ist alles. Anders, so himmelweit anders als alle Küsse zuvor. Aufregend und so intensiv, dass ich zu viel fühle. Viel zu viel. Meine Nervenfasern pulsieren. Mit einem Seufzen drehe ich mich ganz zu ihm um, rücke näher, drücke meinen Körper an seinen. Glühend heiße Haut, verschwitzt und perfekt. Und dieses Mal bin ich es, die ihn küsst. Fester und ein bisschen tiefer.

Ich spüre meinen Puls und wie er das Kribbeln durch meinen ganzen Körper schickt. Miles raubt mir den Atem. Nicht sinnbildlich, sondern so richtig. Ich höre einfach damit auf, Luft in meine Lungen zu ziehen, als er mit seiner Zunge gegen meine Lippen stößt und ein raues Geräusch zwischen uns legt. Hitze spült durch meinen Körper. Da ist Licht und Verlangen und seine Hand in meinem Nacken. Er, der mich näher zieht. Immer näher. Und dann dringt er in meinen Mund. Er küsst mich und ich küsse ihn. Küsse ihn, wie ich nie zuvor jemanden geküsst habe. Als wäre ich süchtig. Es ist wie ein Meteorschauer und mindestens so unglaublich. Ich keuche, höre auf zu denken, zu analysieren, zu vermissen. Weil ich endlich habe, was ich immer brauchte. Ich wusste es nicht, aber ganz tief in mir drin, an diesem stillen Ort, dem ich viel zu selten zuhöre, war mir immer klar, dass etwas gefehlt hat. Und dieses Etwas war vielleicht Miles, war womöglich diese Art von Küssen. Wild und fordernd. Tief, als wäre es viel mehr als nur zwei Münder, die aufeinandertreffen, Atem, der abgehackt gegeneinanderstolpert. Zähne, die sich in Lippen graben, Zungen, die tasten, schmecken und sich ineinander verschlingen, Hände, die im Gegensatz dazu sanft verharren. Das hier ist herzumkrempelnd. Zellentflammend. Ich spüre Miles von meiner prickelnden Kopfhaut bis in meinen kleinen Zeh.

Ich vergrabe meine Hände in seinen Haaren, will nie wieder aufhören, will immer nur mehr und mehr. Vielleicht weil klar ist, dass mein Herz gerade durchdreht und das hier nicht rational ist. Die Welt aber schon. Und dass dieses Gefühl nicht bleiben wird, wenn er mich loslässt.

Aber dann tut er genau das. Er lässt mich los, richtet sich auf und die Muskeln seiner Arme treten hervor, weil er sich darauf stützt. Um Abstand zu bekommen. Abweisend starrt er ins Leere. Und ich denke, dass er das hier nicht will, sich vielleicht nur hat mitreißen lassen, weil er betrunken ist und nicht ganz Herr seiner Sinne. Und ich denke, dass es verdammt wehtut. Mehr, als es das sollte. Ich meine, es waren doch nur ein paar Tage, nette Gespräche, ein Ball und ein Kuss.

Und trotzdem will ich meine Lippen auf die weiche, warme Innenseite seines Arms drücken. Dort, wo das Tattoo seine Haut dunkel färbt, und herausfinden, ob es nicht doch mehr ist. Ob er sich noch einmal mitreißen lässt. Nur noch einmal. Und dann noch einmal. Mir ist klar, dass ich kein Auf-immer-und-ewig mit ihm erwarten kann, aber ich könnte mehr Momente gebrauchen. Mehr Momente mit ihm. Denn viele kleine Momente sind schließlich auch so etwas wie Ewigkeit.

Aber ich traue mich nicht, will ihn nicht drängen und bleibe bewegungslos liegen. Weil es einfach dumm wäre, schon wieder einem Menschen, der mich nicht liebt, das Gegenteil beweisen zu wollen und mir am Ende das Herz brechen zu lassen. Wie mit River. Anders. Schlimmer. Weil das hier so viel mehr ist.

»Hast du das gehört?«, fragt er angespannt in die Stille und jetzt richte ich mich auch auf. Verwirrt, weil er unseren Kuss aus vollkommen anderen Gründen unterbrochen hat, als ich und mein Hasenherz angenommen haben. Denn er hat recht, auf dem Sonnendeck sind Geräusche zu hören. »Vielleicht ist das PB&J. Ich habe ihm eine Nuss hingelegt.«

Draußen fällt etwas zu Boden. Könnte die Kuchenschachtel sein. Vielleicht war das Streifenhörnchen nicht zufrieden mit seinem Anteil, aber dann glaube ich ein leises Fluchen zu hören.

Miles schüttelt den Kopf. »Da ist jemand.« Er gleitet vom Bett und schleicht zur Tür. »Ich gehe nachsehen. Wenn du Angst hast, schließ dich im Bad ein, okay?«

Miles

Via sieht mich aus schreckgeweiteten Augen an. Die Lippen noch geschwollen vom Küssen und die Haare von meinen Händen durcheinander. Ich will zurück auf dieses Bett, will sie wieder küssen und wieder, bis sie vergisst, dass da draußen jemand ist. Aber … ich kann das nicht ignorieren, und auch wenn ich bezweifle, dass wir wirklich in Gefahr schweben, muss irgendjemand diesen Feiglingen aus dem Internet mal klarmachen, was sie Via mit diesen bescheuerten Aktionen antun. Dass sie ein Mensch ist, der Gefühle hat und ein Recht darauf, die Geschichte ganz allein zu verarbeiten und wenn überhaupt mit River zu klären, mit ihm allein. Ohne die Öffentlichkeit und irgendwelche selbst ernannten Rächer, die keinen Plan haben, wer sie überhaupt ist und was wirklich vorgefallen ist.

Und dieser Jemand bin ich. Nicht weil ich denke, sie müsste generell beschützt werden. Aber in diesem Moment ist sie wie versteinert und ich werde sie dem nicht aussetzen, ich werde ihr helfen, weil sie in diesem Moment meine Hilfe braucht.

Ich bin echt froh, dass das Tanzen und Via zu küssen den Alkohol in meinem System zu einem guten Teil weggebrannt hat. Ich würde nicht sagen, dass ich nüchtern bin, aber ich komme klar, stehe ohne zu wanken neben der Tür und warte, dass sie sich im Bad verbarrikadiert. Aber auf halbem Weg bleibt sie plötzlich stehen. »Tu das nicht«, flüstert sie und ich hasse die Angst in ihrer Stimme. Angst, für die diese Typen da draußen verantwortlich sind, und obwohl ich echt eine pazifistische Lebenseinstellung habe, spüre ich das dringende Bedürfnis, ihnen dafür wehzutun. Richtig wehzutun.

»Wir können die Polizei rufen«, stößt sie kläglich hervor.

»Die machen nichts«, murmle ich und benutze damit ihr Argument. »Außerdem will ich sichergehen, dass Alex nicht jemanden der Crew beauftragt hat ein Auge auf uns zu haben. Wenn wir die Polizei rufen, hat er seine Bestätigung. Wenn ich mit meinen Kollegen sprechen kann, halte ich sie vielleicht davon ab, ihm zu stecken, dass wir nicht artig waren.«

Sie errötet leicht und zieht die Unterlippe zwischen die Zähne. Und, fuck, das ist zu viel. Leise und scheinbar nichts, aber zu viel. Ich lasse den Türknauf los, will die Distanz überwinden und, ja, was? Was will ich? Was ist das zwischen uns? Wie viel Chance hat etwas ganz zu werden, wenn man zwei zerkratzte, halb zerbrochene Teile zusammenklebt?

Ich habe keine Antwort darauf. Mein Herz schon, aber das ist auch trotzig und stur und unzurechnungsfähig.

Wir sehen uns an und einen Atemzug später dreht Via sich um und verschwindet im Badezimmer.

Ich warte, bis sie abgeschlossen hat, und öffne dann die Tür, erwische PB&J kopfüber in einer Schachtel und erschrecke ihn so sehr, dass er mitsamt der Verpackung losrast. Auf halbem Weg verliert er seine Kopfbedeckung und verschwindet mit drei mehr oder weniger zielsicheren Sprüngen in der Pinie neben dem Sonnendeck. »Kulleraugen hin oder her, du hast mich erschreckt«, schimpfe ich und für einen Herzschlagmoment denke ich, das war es. Nur ein blödes Streifenhörnchen. Aber dann nehme ich eine Bewegung wahr. Ein Schatten, der sich eilig entfernt. Durch den Pinienhain in Richtung Wasser und mein Hals wird trocken. Mein Herz rast. Also doch. Barfuß springe ich die Treppe zur Pool-Area hinab, verfluche die Nadeln auf dem Boden, als ich mich der Uferlinie vom Anleger aus nähere, renn trotzdem weiter. So müsste ich es schaffen, dem Typen den Weg abzuschneiden. Nördlich sind die Felsen zu hoch, sodass er hier vorbeikommen muss, wenn er sich am Ufer entlang von der Lodge entfernen will. Und tatsächlich stolpert mir im nächsten Moment ein schlaksiger Typ in die Arme, bemerkt mich erst, als er gegen mich prallt, weil er gehetzt hinter sich blickt.

Ich gebe ihm einen Schubs, der ihn unsanft gegen die Felsen befördert.

»Woha, Bro«, nuschelt er und wischt sich mit dem Handrücken die Nase ab.

Sieht aus, als wäre er drauf. Und zwar so was von. Keine Ahnung, auf was, aber auf jeden Fall drauf. Seine Pupillen sind nicht mal mehr stecknadelkopfgroß und er wirkt wie eine übergroße Marionette, der man die Strippen gekappt hat.

»Was willst du hier?«, fahre ich ihn an. »Was willst du von Via?«

»Muss sie sehn.« Er hält schützend die Arme vor die Brust, streitet es aber nicht ab. Kein Stück. Und das macht mich wütend. Nicht einfach nur sauer, sondern verdammt wütend.

»Wozu?« Ich bohre ihm meinen Finger in die Brust. Eine knöchrige Brust. »Geht dir einer ab, wenn du ihr Angst einjagst? Ich meine, das ist so was von krank. So verdammt erbärmlich.« Ich lege meine Hand um sein unrasiertes, fleckiges Kinn und drücke ihn gegen den Stein. »Lass sie gefälligst in Ruhe, verstanden? Verschwinde und komm ja nie wieder.«

Andere Menschen einzuschüchtern gehört nicht zu meinen Kernkompetenzen, aber dieser Mistkerl hat eine Scheißangst. Würde mich nicht wundern, wenn er sich in die Hose pinkelt. Und weil ich das sowohl für ihn als auch für mich verhindern will, lasse ich ihn los. »Verzieh dich.« Ich drehe mich um, aber der Kerl hat offenbar Todessehnsucht.

»Geht nich«, nuschelt er und klingt beharrlich, umklammert seine hagere Gestalt und weicht zurück, als ich mich wieder ihm zuwende, den Kopf schräg lege und ihn mit meinem Blick erdolche. »Ich muss sie sehn«, wiederholt er. »Is wichtig.«

»Auf keinen Fall.« Nur über meine Leiche. Und dieser ausgemergelte Penner ist nicht in der Lage, mich in eine zu verwandeln.

Er rutscht an dem Felsen zu Boden. »Bitte.« Seine Stimme klingt dünn und verzweifelt und das erste Mal frage ich mich, ob so wirklich ein Stalker aussieht. Jemand, der anderen wehtut. Scheint eher so, als hätte ihm jemand übel mitgespielt.

Ich hocke mich vor ihn hin. »Was willst du von ihr?«

Er wischt sich schon wieder die Nase ab, wirkt fahrig, aber ich sehe zerschlissene Hoffnung in seinem Blick aufblitzen. »Nur mit ihr redn. Ich muss. Is quasi so 'n Auf-Leben-und-Tod-Ding.«

Ich bin fertig, brauche dringend was. Irgendwas, das stärker ist als das Tylenol, das ich in einer Bar abgegriffen habe. Mein Kopf dröhnt und mein Blickfeld flimmert. Vielleicht auch, weil mich der Typ, der aus Vias Zimmer gekommen ist, gegen den verdammten Felsen gehauen hat. Fuck. Scheint zu denken, er könnte bei ihr landen. Weil River nicht hier ist. Was für ein Arschloch.

Aber ich brauche ihn. Via und er sind meine einzige Chance, an River ranzukommen.

Via

»Via?« Das ist Miles' Stimme. Seine raue, warme, Ich-habe-zu-viel-gefeiert-Kuscheldecken-Stimme und ich atme erleichtert aus, lasse die Angst entweichen, die in meinem Brustkorb eingesperrt war. Ihm ist nichts passiert. Wir sind in Sicherheit, aber als ich mich aufrapple, die Tür entriegle und einen Atemzug später öffne, ist er nicht allein.

Seine Faust umschließt das Shirt eines schlaksigen Typen, den er vor sich herschiebt, und ich fühle mich, als würde ich kopfüber in eine Lawine auf dem East Peak geschubst werden. Meine Körpertemperatur fällt unter den Nullpunkt, Eiskristalle in den Venen. Das ist der Kerl, der mich in South Lake Tahoe verfolgt hat. Ganz sicher. Ich habe mir jedes Detail gemerkt. Da sind die feinen Aknenarben auf seiner Wange, die Augenringe, die ihn kränklich erscheinen lassen. In seinem Ohrloch steckt kein Stecker. Seine Hand wirkt irgendwie geschwollen und zu rot. Er hat mich gefunden, denke ich. Und dann hysterischer: Wie konnte er mich finden?

»Du hast zwei Minuten«, knurrt Miles, ohne ihn loszulassen.

Der dreht sich zwar nach der Faust in seinem Nacken um, konzentriert sich dann aber auf mich. »Äh, also, ich bin Seth.«

Und das hier kein Blinddate. Glaubt der Kerl allen Ernstes, dass mich sein Name interessiert? Dass er irgendetwas sagen könnte, was die Aktion neulich entschuldigt? Ich verschränke die Arme vor der Brust, verberge das Zittern meiner Hände und sage nichts.

»River …« Er bricht ab, holt Luft. »River is mein Pflegebruder.«

Da ist ein Geräusch. Es kommt aus meiner Brust und ist gleichzeitig weit weg. Genau wie ich. Die Angst hat mich aus meinem Körper katapultiert. Ich taumle rückwärts gegen die Badezimmertür. Rutsche daran herunter.

Miles sieht, wie ich falle. Nicht nur körperlich, und lässt Seth los. Lässt ihn los, weil er mir helfen will und nicht ahnt, zu was der Kerl fähig ist. Miles will mich in die Arme ziehen, aber ich wehre ihn ab, will ihm sagen, dass er Seth festhalten muss, bevor er uns auch etwas antut, aber meine Stimme funktioniert nicht. Blind taste ich nach meinem Handy, kriege es zu fassen und tippe die Nummer des Notrufs ein.

»Bitte, nur zwei Sekundn. Nur zwei«, fleht Seth und macht einen Schritt auf mich zu. »Wenn du willst, kannst du die Cops dann immer noch rufen.« Er bleibt stehen und hebt die Hände, um zu signalisieren, dass keine Gefahr von ihm ausgeht.

Aber ich weiß es besser, weiß, was er River angetan hat. Dass er in South Lake Tahoe war, um auch mich zu erwischen, weil ich ihn gesehen habe. An diesem Tag hinter dem Clubhaus. Dass ich gegen ihn aussagen könnte. Er ist kaltblütig, von Neid zerfressen und durchgedreht.

»Ich setz mich einfach hierhin. Dein Freund kann aufpassn«, murmelt er, als würde er ein verstörtes Pferd beruhigen. Ungelenk lässt er sich auf den Hintern fallen. »Okay?«

Ich nicke, das Telefon noch immer in der Hand, den Daumen über dem grünen Hörer, aber ich nicke, anstatt zu wählen. Vielleicht hoffe ich auf Antworten, auf irgendeine Art von Geständnis, das Sinn in diese verfluchte Sache bringt. Ich will das alles verstehen. Ich muss.

Miles tritt zwischen uns und schiebt Seth mit dem Bein gut drei Fuß von mir weg über das Parkett, bis das Bett die Bewegung stoppt. Erst dann nickt er zufrieden und kommt zurück zu mir.

Tatsächlich entspanne ich mich etwas, jetzt wo mehr Abstand zwischen uns liegt.

»Ich weiß, sieht schlecht aus für mich. Die Cops suchn mich wegn der Sache mit ihm. Alle glaubn, ich wär das gewesn.«

Er wischt sich mit dem Ärmel seiner Kapuzenjacke über die Nase. Sie ist schmutzig und am Saum zerlöchert.

»Aber ehrlich, wär ich dann hier?« Er deutet auf das Telefon und sieht zu Boden. »Du weißt ja, wie das is, wenn einen alle für schuldig haltn.«

»Es …« Seine Situation ist ganz sicher nicht vergleichbar mit meiner, denn im Gegensatz zu ihm habe ich kein Verbrechen begangen. Ich bin das Opfer. Er Täter. »Es gibt Beweise«, sage ich frostig.

Er nickt. »Ich weiß. Sind gründlich. Deswegen sollst du River ja warn.«

»Warnen? Vor wem? Und wieso?« Miles hat nicht mehr versucht mich zu berühren, aber das muss er auch gar nicht, um mir zu helfen. Er sorgt dafür, dass ich mich beruhige, einen klaren Kopf bekomme, indem er neben mir sitzt und ich die Wärme seines Körpers spüre, die Zuversicht, dass er mich beschützen würde, wenn nötig, und indem er die richtigen Fragen stellt.

Seth sieht mich an, nicht ihn. »Hat River dir überhaupt was erzählt? Von seinem Leben vor der Adoption?«

Ich fahre mir mit der Zunge über die Lippen. »Nicht wirklich. Bruchstücke, aber … er wollte das hinter sich lassen.«

»Na super.« Er schnieft. »Dann hab ich wohl die ehrenvolle Aufgabe.« Seth zuckt die Schultern. »Wär besser, er hätt's selbst gemacht, aber da ich ihm damit vielleicht den Arsch rette, geht's wohl klar.«

Ich bin nicht sicher, ob ich hören will, was er zu sagen hat.

Ohne zu wissen, was ich wirklich glauben kann. Ohne Rivers Einverständnis, und obwohl ich lieber nicht mehr an meinen Ex denken möchte. Aber da sind auch all die guten Momente, die Tatsache, dass wir Freunde waren, beste Freunde. Schon bevor wir ein Paar wurden. So was geht nicht einfach weg, nicht mal, wenn man es will, weil es so viel einfacher wäre. Und wie dumm wäre es, Seth nicht zuzuhören, wenn es River retten könnte? Wie egoistisch wäre das bitte?

Seth schwitzt, obwohl es durch die Klimaanlage kalt im Zimmer ist. Er reibt sich über den Unterarm und sieht aus, als hätte er üble Schmerzen.

»Hey, bist du okay?« Miles sieht ihn besorgt an.

»Habt ihr vielleicht 'ne Schmerztablette? Oder zwei, drei?« Er grinst entschuldigend. »Bin nich in der bestn Verfassung grad.«

Was er nicht sagt. Sieht aus, als hätte er krasse Entzugserscheinungen.

Miles steht auf, geht zum Nachtschrank und zieht ein Plastikfläschchen mit Advil heraus und wirft sie Seth zu. Der sieht auf das Etikett und lacht tonlos. »Babytabletten, ernsthaft?« Als Miles nicht reagiert, seufzt er. »Is ein Anfang.« Er schüttet sich einen ganzen Haufen auf die Handfläche und wirft sie sich in den Mund. Dann nimmt er die Tequilaflasche, die neben ihm auf dem Boden liegt, und spült die Tabletten damit hinunter. Für einen Moment schließt er die Augen und lehnt den Kopf gegen die Matratze.

»Deine Zeit läuft, Kumpel«, erinnert Miles ihn daran, dass er nicht hier ist, um sich auszuruhen.

Seth nickt, ohne die Lider zu heben, wischt sich über die Nase und atmet tief ein. »Ich und mein Bruder Tyler sind mit sechs zu den Loughlins auf die Ranch gekommn. Die Ranch is 'ne Kurzzeitpflegestelle für Kinder und Sitz der Loughlin Adoption Agency. Sie nehmn Kinder auf und vermitteln sie weiter. Tyler und ich sind nach dem Tod unserer Eltern dorthin gekommn. River war ’n bisschen älter als ich und schon ’ne Ewigkeit da. Seine Mom wollt ihn nich.« Er zuckt die Schultern. »Hat irgend ’nen reichen Sack geheiratet und ihn aussortiert. Hat nie wieder was von ihr gehört. Aber gehofft hat er immer, sie würd zurückkommen und ihn holn.«

Seine Worte drücken mir die Kehle zu. Wieso hat River mir nie genug vertraut, um mir davon zu erzählen? Ich habe diesen Menschen geliebt, wollte mein Leben mit ihm verbringen und jetzt wird mir klar, dass ich ihn gar nicht kannte. Ich habe keine Ahnung, wer River Stanton eigentlich ist.

»Zuerst dacht ich, die Ranch wäre voll Hammer. Tyler und ich hattn schon zwei Pflegefamilien durch und … na ja …« Er rümpft die Nase. »Wenig Platz, wenig Geld, viel zu viele Menschen. Immer laut. Purer Stress. War nich zum Aushalten.« Der Schmerz in seinem Blick zeigt, dass noch mehr passiert sein muss. »Auf der Ranch war’s schön. Echt wie so ’ne verfickte Form vom Himmel, oder so. Aber es ist nich der Himmel. Is die stinkende, verflucht morastige Hölle.« Er reibt über die Naht seiner Hose, als müsste er sich an etwas festhalten und dieser Stoffwulst wäre alles, was ihm geblieben ist. »River hieß da noch Travis und hat Tyler und mir geholfn. Sonst wärn wir schon in der ersten Woche dort verreckt. Er war stärker, wusste, wo man sich versteckn konnte, wenn’s übel wurd, und hat sich vor uns gestellt, wenn versteckn nich mehr funktioniert hat.«

Er hat zugegeben, dass er als Kind nicht geliebt wurde. Aber das … ist so viel schlimmer. Tränen kratzen in meinem Hals.

»Er hat sein Essen mit uns geteilt, Dinge gemacht, die uns von dem ganzen kranken Zeug abgelenkt habn. Trotzdem hat uns die Ranch abgefuckt. Ich wollt immer nur weg, aber hätt ich gewusst, was dann kam, hätt ich Peter Loughlin höchstpersönlich den Arsch geküsst, um bleibn zu dürfn.« Er beißt sich auf die Lippen. »Sie haben uns vermittelt. Ganz legal, voll hochoffiziell. Am Arsch.« Er schnaubt. »Die uns adoptiert habn, hättn niemals Kinder bekommen dürfen. Gibt Gutachten, die das belegn. Hat den Richter nich interessiert. Hat seine Unterschrift trotzdem auf die Papiere gesetzt, 'n hübsches Sümmchen eingestrichen. Der Sozialarbeiter auch. Und die Loughlins. Die habn uns verkauft.« Er holt Luft. »Die habn uns einfach so verkauft«, wiederholt er leiser und seine Stimme bricht. »Ty hat es nich überlebt. Kam nich drauf klar, was sie in der Familie mit uns gemacht habn. Hat sich das Leben genommn. Dachte, er hätt die Scheiße verdient. Dass es an ihm gelegen hätt, nich an diesn Arschlöchern.« Er wischt sich wieder mit dem Ärmel über das Gesicht, aber dieses Mal nicht wegen der Nase. »Die solln dafür zahln. Nich nur meine Adoptiveltern. Die Loughlins, die sich 'ne scheißgoldene Nase verdient habn. Die machn immer noch so ihr Geld. Richtig viel Kohle.«

»Und du wolltest, dass River dir dabei hilft.«

Er nickt. »Aber nich so, wie du denkst. Ich würd dem alten Loughlin am liebsten die Beine brechn, aber ich weiß, dass River nix Illegales macht. Hätt ich nie von ihm verlangt. Ihm scheint ja jetz die Sonne ausm Arsch. Das sollt er nich aufs Spiel setzn.« Er verzieht das Gesicht. »Schien.«

»Was wolltest du dann von ihm. Hinter dem Clubhaus?« Ich nehme meinen Mut zusammen und werfe die Wörter über den hoch schlagenden Puls in meinem Hals. »Ich habe dich gesehen. Direkt vor dem Unfall.«

Er sieht nicht überrascht aus. »Ich hatt ihm Beweise gegebn. Papiere. Die wollt ich wieder. Oder dass wir damit zusammn an die Öffentlichkeit gehn. Er hat vier Millionen verfickte Follower. Das wär viral gegangn. Niemand hätt uns dann noch ignoriern könn, aber er hat den Schwanz eingezogn, gesagt, dass er da nich mit reingezogn werdn will. Er hatte Schiss, dass er nich mehr der Golden Boy für euch alle wär. Wollt euch ums Verreckn nich zeign, durch was für ein Scheißbecken er gewatet is, um dahin zu gelangn.«

Er wollte sich nicht outen. »Und weil du sauer warst, wolltest du ihn umbringen?«

»Scheiße, nein.« Er schüttelt den Kopf. »Ich war voll hart sauer. Das streit ich nich ab, aber ich hätt ihm höchstens die Nase gebrochn, nich die Beine oder den Hals.«

Wie beruhigend.

»Das warn die Loughlins. Sie habn es irgendwie rausgefundn. Könnt sein, dass meine Ex-Höllenfamilie gequatscht hat. Die sind nich doof und dürftn gecheckt habn, dass ich Sachen geklaut hab, als ich noch mal bei ihnen war. Könnt allen den Hals brechn, die mit drinhängn. Also habn sie River gegn die Staumauer geklatscht und habn im Chaos die Scheißbeweise an sich genommn.«

»Und?«

»Sie habn alles«, antwortet er dumpf und hoffnungslos.

»Das ergibt keinen Sinn. Was wollen sie dann jetzt noch von euch?«

Er lächelt müde. »Sie glaubn, wir hätten Kopien von dem Kram. Auf irgend ’nem Scheißstick oder so. Aber River hat keine gemacht. Genialer Schachzug«, fügt er sarkastisch hinzu. »Wir könn gar nix mehr beweisen. Nicht mal, dass wir absolut scheiße nichts habn. Und sie werden nich aufgebn. Erst das mit River. Dann deine Bude aufm Campus.«

Seine Antwort sickert in mich hinein wie flüssiger Teer, der alles verklebt und verhärtet.

»Mein Zimmer? Der Einbruch, das waren diese Leute.« Keine ausgeflippten Fans, denen Hasskommentare auf Social Media nicht ausgereicht haben.

Seth sieht mich entschuldigend an und zuckt die Schultern.

»Du warst seine Freundin. Wär also möglich, dass du sein Zeug versteckst. Hab es selbst gedacht, aber jetzt nich mehr. Sorry für das Zimmer. Ich wollt dir keine Angst einjagn, aber ich musste sichergehn.«

»Wie hast du mich gefunden?«

Er zuckt die Schultern. »Ich bin in nix wirklich gut, aber unsichtbar sein kann ich. Jahrelange Erfahrung. Hab deiner Mom das Handy abgenommn, so getan, als hätt sie es im Restaurants verlorn. Hab rausgefundn, wo du bist, es dem Barkeeper übergebn und bin weg. Als ich dich in South Lake Tahoe gesehn hab, dacht ich, das Schicksal hätt endlich mal was für mich übrig.« Er macht eine wegwerfende Handbewegung. »Aber das war nix. Konnt nicht riskieren, dass du die Bullen rufst und die mich einbuchtn. Also habe ich mich versteckt und mit 'nem geklautn Telefon die Hotels rund um den See nach meiner Cousine abtelefoniert.«

Er hatte Erfolg. Er hat mich gefunden. Und in meinem Magen verklumpt Angst zu einem klebrigen Haufen. Wenn Seth mich gefunden hat, kann Rivers Pflegefamilie das erst recht. »Was tun wir jetzt?«

Er richtet sich auf. »Habe zigmal versucht mit River Kontakt aufzunehmn, aber er reagiert nich. Auf gar nix. Und hinfahrn kann ich nich. Ich werd von den Cops gesucht.« Er zuckt die Schultern. »Das musst du machn. Hinfahren und ihn warn, dass die noch immer an ihm klebn wie Fliegen an 'nem verschissenen Kamelkackhaufn, mein ich.«

Mein erster Gedanke ist: Ich will das nicht. Mein zweiter: Ich muss das tun, selbst wenn ich innerlich schreie. Auch auf die Gefahr hin, dass River mich nicht zu sich lassen wird. Ich muss es versuchen, denn egal wie es zwischen uns steht, ich werde mir nie verzeihen, wenn ihm etwas zustößt und ich es hätte verhindern können.

Ich werfe Miles einen vorsichtigen Blick zu. Er lehnt an der

Wand, die Beine gekreuzt, die Arme vor der Brust verschränkt und mein Herz wird schwer. Das mit uns ist zu frisch, zu noch gar nichts, um etwas zu werden, wenn ich jetzt nach Sacramento fahre. Zu River.

Miles

Was für eine Scheiße. Das ist echt übel und könnte Via in Gefahr bringen. Und zu allem Überfluss habe ich mit einem Mal so was wie Mitleid mit River. Dem Typen, der ihr so übel mitgespielt hat, dass sie ihr Leben auf Eis legen musste, und der allein deswegen auf der schwarzen Liste stehen sollte. Aber ihm wurde noch viel übler mitgespielt. Das entschuldigt zwar nichts, aber erklärt einiges. River wollte sie mit dem Beenden der Beziehung nur beschützen. Das war kein Dick-Move. Es war das einzig Richtige.

Und wenn Via das kapiert, wird sie sehen, dass er nicht das Arschloch ist, das sie in ihm gesehen hat. Sie wird sich an ihre Gefühle erinnern und ihm noch eine Chance geben. Wenn sie reden, richtig reden, über alles, dann werden sie wieder zueinanderfinden

Tja, Miles Bentley, komm damit klar. Ist ja nicht so, als wärt ihr ein Paar. Es war ein Kuss. Kein Versprechen auf ein Happy Ever After. Nicht mal auf ein Wir-gucken-mal-ob-mehr-draus-wird. Ich sehe auf und mein Blick trifft Vias. Und, fuck, nein, ich komme kein Stück klar damit. Ich stehe komplett neben mir. Vielleicht, weil neben dem Gefühl von Eifersucht einfach kein Platz mehr für mich in meinem Körper ist.

Ich werde sie verlieren. River und sie verbindet ein halbes Leben, uns nur lose Momente. Und das ist einfach zu wenig. Ich weiß das. Genauso, wie ich weiß, dass wir vermutlich nicht mal eine Chance hätten, wenn River keine Rolle spielen würde. Einfach weil wir beide an einem Punkt stehen, an dem wir nicht bereit sind, uns auf irgendwas Neues einzulassen. Aber ich kann auch nicht aufgeben. Nicht einfach hier sitzen und zusehen, wie sie nach Sacramento fährt. Allein mit Seth, der sie nicht beschützen kann. Zu River, der das in seiner aktuellen körperlichen Verfassung noch weniger hinbekommt. »Du solltest das machen. Das ist wichtig.« Er ist ihr wichtig, das kann ich sehen, weil sie erleichtert wirkt, dass ich scheinbar fine damit bin.

Und weil das nicht schon Folter genug ist, rede ich weiter. »Wenn du willst, kann ich euch fahren. Dich.« Ich blinzle und sehe, wie Via nickt. Sie will zu River. Bis gerade war mir nicht klar, dass ich gehofft hatte, es wäre anders. Aber die winzige Kopfbewegung zerlegt mich.

»Vorher brauche ich allerdings zwei, drei Stunden Schlaf.« Ich werde vermutlich alles tun, außer zu schlafen, aber ich muss ausnüchtern, bevor ich mich hinters Steuer setze, und ich brauche Zeit, um mir zu überlegen, wie ich damit umgehen will, dass ich Via zurück zu ihm fahre.

»Okay, vor morgen früh können wir sowieso nicht zu ihm. Danke, Miles.« Sie kommt zu mir und umarmt mich. Ihre Hand rutscht in meinen Haaransatz und ich wünschte, sie würde sie nicht zurückziehen. Denn für mich ist das alles, aber ich spüre, dass es für sie anders ist. Anders als noch vorhin. Ich will irgendwen dafür hassen. Seth vielleicht, weil er sie finden musste. Diese Loughlins, weil sie echt krank sind. River, der noch in ihrem Herzen steckt. Wie ein verdammter Virus, gegen den ich machtlos bin. Ich könnte versuchen Alex zu hassen, weil er den Empfang nicht angewiesen hat geheim zuhalten, dass Via in der Lodge untergetaucht ist. Die Einzige, die ich nicht hassen kann, ist Via. Nicht mal, wenn ich es versuche. Also schlinge ich meine Arme um sie und atme tief ihren Geruch ein. Klammere mich an sie, obwohl Seth eine Augenbraue hochzieht und mir das Gefühl gibt, ich wäre ein Arschloch, weil ich viel zu vertraut mit der Freundin seines Bruders bin. Und ich will ihm Ex ins Gesicht schreien, bleibe aber stumm.

Via

Dreieinhalb Stunden, null Schlaf und eine heiße Dusche später trete ich mit meiner Reisetasche auf das Sonnendeck, wo Miles und Seth schon auf mich warten. Ich habe nur eine Handvoll Klamotten mitgenommen, für den Fall, dass wir heute nicht zu River durchgelassen werden. Sie rutschen unstet in meiner Monstertasche herum. Da haben sie etwas mit meiner Gefühlslage gemeinsam.

»Morgen«, murmle ich, gehe zu Miles und umarme ihn kurz, streiche ihm durch das kurze Haar im Nacken und gebe ihn viel zu schnell wieder frei. Außer einem knappen »Hi« sagt er nichts, nimmt mir aber die Tasche ab und geht voraus zum Wagen. Seth brummt nur.

Wir verstauen das Gepäck im Kofferraum. Seth hat nichts bei sich. Die Klamotten, die er trägt, gehören eindeutig Miles. Blendend weißes, zu großes Shirt und eine etwas zu weite Jeans, die um Seths dürre Beine schlackert. Er hat sich geduscht, rasiert und sieht besser aus.

Ich steige ein und warte, bis Miles hinters Steuer rutscht und den Schlüssel ins Zündschloss steckt. »Du musst das nicht machen«, sage ich und wünschte, Seth würde uns nicht zuhören.

Er sieht auf. »Ich weiß.«

»Können wir aufhörn zu quatschn und einfach los?« Seth sitzt auf der Rückbank, sieht zwischen Miles und mir hin und her und trommelt ungeduldig auf die Lehnen.

Ich ignoriere ihn. »Seth und ich können auch den Bus nehmen.« Es wäre unangenehm, mit Rivers Pflegebruder allein zu sein, aber ich schaffe das.

Miles beugt sich vor und öffnet das Handschuhfach. Dabei berührt sein Arm meinen Schenkel und ich halte für eine Millisekunde die Luft an. Er zieht einen Stift heraus und streicht sich die Haare aus der Stirn. Ein halbes Lächeln umspielt seine Lippen. Mit dem Kugelschreiber schreibt er etwas auf das Menü und setzt sich dann wieder gerade hin.

Tränen treten mir in die Augen, aber ich lache. In all dem Mist lache ich, weil direkt unter dem Therapy Ride und dem Poetry Ride jetzt in Miles' ordentlicher Handschrift Partner-in-crime Ride steht.

»Häh? Versteh ich nich.«

Für eine Sekunde hatte ich vergessen, dass Seth auf der Rückbank hockt. Für eine Sekunde hatte ich vergessen, wo wir hinfahren wollen und was oder besser wer dort auf mich wartet, und ich würde Miles am liebsten küssen, weil er das einfach so für mich hinbekommen hat.

Aber er hält Abstand. Wir sind zurück in der Friendzone. Und auch wenn ich gern kämpfen würde, verstehe ich, warum Miles sich zurückzieht. Erst gestern ist er völlig zusammengebrochen. Er hat neben seiner Trauer keine Kapazitäten für mehr als eine Freundschaft mit jemandem wie mir. Jemanden mit jeder Menge eigener Probleme. Er versucht sich zu schützen und das ist, was ich auch will, ihn nicht verletzen. Also werde ich diese Grenze akzeptieren, egal wie schwer es mir fällt. Es ist richtig. Auf eine verdrehte, falsche Art.

»Okay, dann lass uns los«, sagt er leise und es klingt wie ein Abschied. Wie ein Abschied von uns.

Wir erreichen Sacramento gegen sechs Uhr morgens. Zu früh, um direkt zu der Reha-Einrichtung zu fahren, in der River derzeit untergebracht ist. Deswegen lotse ich Miles zum Stadthaus meiner Eltern im Zentrum von Sacramento. Hier übernachten sie, wenn sie zu Veranstaltungen in der Stadt eingeladen sind und danach nicht bis nach Fair Oaks rausfahren wollen. Oder wenn sie selbst Dinnerpartys oder Barbecues für wichtige Leute und Freunde geben. Ich mag das Stadthaus, das alt und erhaben wirkt und durch die modernen Elemente edel. Aber mein Zuhause ist Fair Oaks. Jede gute Erinnerung an mein Leben liegt an diesem Ort. Ich beiße mir auf die Lippe. Weil das nicht mehr stimmt. Einige werden für immer mit dem Lake Tahoe verbunden sein.

Miles hält den Wagen in der Auffahrt und beugt sich über das Lenkrad, um durch die Windschutzscheibe an der Fassade hinaufzublicken.

Seth stößt einen lang gezogenen Pfiff aus. »Cool. Will gar nich wissn, wie sauteuer die Hütte is.«

»Gut.« Miles wirft ihm einen finsteren Blick zu. »Denn es geht dich nichts an.« Er wendet sich mir zu. »Ich kann mit ihm 'ne Runde durch die Gegend fahren, während du deine Eltern besuchst. Vielleicht ist es keine gute Idee, wenn du ihnen einen Junkie ins Haus schleppst. Außerdem könnten sie ihn erkennen. Das Foto, das durch die Presse ging, ist zwar in ziemlich schlechter Qualität und alt, aber man kann nie wissen. Wir sind rechtzeitig zurück, versprochen.«

»Nein.« Ich schüttle den Kopf. »Ihr solltet mit reinkommen.« Ich hatte ehrlicherweise gehofft, Mom und Dad wären nicht hier, aber Miles hat schon mehr getan als nötig. Er sollte nicht die nächsten zwei Stunden durch die Gegend fahren, damit ich meine Eltern in dem Glauben lassen kann, alles wäre gut. Er ist todmüde und braucht dringend einen Kaffee, der den Namen auch verdient. Keine Plörre wie die aus dem Seven

Eleven an der Interstate 80. »Ich glaube kaum, dass sie ihn erkennen.« Ich habe das Bild auch gesehen und der frisch geduschte, rasierte Seth in Miles' sauberen Klamotten hat kaum noch etwas mit dem abgerissen Typen aus den Nachrichtenseiten im Internet gemein. »Wir sollten uns alle ein wenig ausruhen.«

»Okay.« Dass er so schnell nachgibt, zeigt, wie fertig er sein muss. Miles streckt sich und schiebt die Wagentür auf. Etwa im selben Moment, als sich die Haustür öffnet und Mom im Rahmen erscheint.

»Via?« Sie sieht mehr als überrascht aus. Schockiert trifft es vielleicht eher, aber nur für den Bruchteil einer Sekunde, dann breitet sich ein Strahlen auf ihrem Gesicht aus und sie kommt mit offenen Armen auf mich zugelaufen. In ihrem japanischen Morgenmantel, den sie so liebt, und den Plüschpantoffeln, die Dad immer an rosa Kaninchen erinnern. Sie drückt mich an sich.

»Wie schön, dich zu sehen, mein Schatz. Geht es dir besser? Was tust du hier? Warum hast du nicht angerufen, dass du kommst? Dann hätte Dad sich bestimmt freigenommen. Er ist heute schon ganz früh ins Büro. Der Wahlkampf«, schiebt sie als Letztes hinterher, als wäre das Erklärung genug. Und das ist es. Ich weiß, wie aufreibend diese Phase vor den Wiederwahlen sein kann und wie viel es Dad bedeutet. So viel, dass er fünfhundert Prozent gibt, um sein Amt nicht zu verlieren. Weil ihm wirklich etwas an der Stadt und den Menschen liegt, die hier leben.

»Es war eher eine spontane Idee.«

Miles tritt hinter mich. Was ich weder höre noch sehe, da ich noch immer in Moms Umarmung feststecke. Aber ich fühle ihn. Fühle, wie jede meiner Zellen auf ihn reagiert und mich dazu bringt, mich von Mom zu lösen. Nicht weil er es einfordert, etwas sagt, einfach, weil ich lieber in seinen Armen liegen möchte als in ihren. »Mom«, murmle ich. »Das ist Miles. Er hat mich hergefahren. Miles, das ist Mae Clark, meine Mom.«

»Mrs Clark, freut mich«, sagt er und schüttelt ihre Hand.

»Es war sehr nett von dir, Via zu fahren.« Sie mustert ihn, seinen Wagen und die Gestalt auf der Rückbank. Alles im Bruchteil einer Sekunde mit ihrem Mom-Detektorblick, und wendet sich dann wieder mir zu. »Und wer ist das?«

Ich weiß nicht, was ich sagen soll. Wieso habe ich mir darüber keine Gedanken gemacht? Seth eine Geschichte gegeben, die ihn mindestens so sehr verändert wie sein Aussehen? »Das ist ... ähm, Seth.« Ich stocke. »Miles' Cousin«, stoße ich hervor, weil mir nichts anderes einfällt. Miles' Blick trifft mich und ich erröte. Lügen waren noch nie meine Stärke. Aber die hier ist so was von zum Scheitern verurteilt. Wenn Miles mich nicht verrät, was ich ihm nicht mal verübeln könnte, wird spätestens Seth sich verplappern.

Miles zuckt entschuldigend die Schultern. »Ja, er ist mein Cousin.« Er stöhnt, als wäre das eine echte Belastung, gegen die er nichts tun kann, weil Seth nun mal Familie ist. »Er hat derzeit ein paar Probleme. Deswegen kümmere ich mich um ihn.« Er beugt sich zu Mom. »Man kann ihn nicht allein lassen.« Er sieht mich an und ich bin so erleichtert, dass er mitspielt.

Mom lächelt mitfühlend. »Wir alle straucheln mal, nicht wahr? Wie wäre es, wenn du deinen Cousin ins Haus bittest? Ich war gerade dabei, Frühstück zu machen.«

»Danke, sehr gern.« Miles geht zurück zum Auto, öffnet die hintere Tür und lehnt sich zu Seth in den Innenraum. Wahrscheinlich setzt er ihn in Kenntnis, dass sie ab sofort Cousins sind, und nordet ihn ein, wie er sich zu verhalten hat. Ich befürchte, Seth wird allerhöchstens die Hälfte davon umsetzen.

»Miles also, ja?« Mom sieht mich forschend an.

»Was, Mom?« Ich puste mir die Haare aus dem Gesicht und senke meine Stimme. »Er hat mich nur gefahren.«

»Okay.« Sie hat diesen Blick, auf den immer ihre Meinung folgt.

»Was, Mom?«, wiederhole ich mich.

»Nichts. Ich frage mich nur, ob du dir das gut überlegt hast, dich direkt in etwas Neues zu stürzen. Ich meine, er scheint ein netter junger Mann zu sein, aber das mit dir und River ist …« Sie sucht nach den passenden Worten. »… zu frisch und auch noch gar nicht richtig geklärt, nicht wahr.«

Keine Frage, eine Feststellung und es ärgert mich, dass sie die Sache so sieht. Fühlt sich irgendwie an, als wäre sie illoyal, weil sie denkt, ich sollte ihm noch eine Chance geben. Nach allem, was er getan hat. »Miles ist nur ein Freund, Mom. Nicht mehr.«

»Da wären wir.«

Ich zucke zusammen, als Miles' Stimme meinen Nacken streift, schließe die Augen, hoffe inständig, dass er nicht gehört hat, was ich gesagt habe, aber so wie er mich ansieht, kann ich das ausschließen. Ich fühle mich einfach nur schrecklich, weil ich diese Monsterlüge so überzeugend rübergebracht habe, als wäre sie tatsächlich wahr.

Kurz darauf sitzt Mom mit Seth und Miles beim Frühstück. Sie unterhalten sich über das Haus, die Ideen, die Mom hier hat umsetzen lassen. Eigentlich unterhält nur Miles sich. Seth schweigt und stopft Croissants mit Bergen von Marmelade in sich hinein.

Ich habe mich damit entschuldigt, dass ich mich frisch machen müsste und noch ein paar Klamotten einpacken wollte, die ich mit an den Lake Tahoe nehmen will. Mein Zimmer im Stadthaus ist ähnlich eingerichtet wie das in Fair Oaks, Pastelltöne, viel Weiß, schlicht und gemütlich, aber es ist unpersönlicher. Hier hängen keine Fotos umgeben von Lichterketten über dem Bett. Es stehen zwar Bücher auf der Kommode, aber es sind nicht meine. Ich habe keins davon gelesen. Und im Schrank hängen nur eine Handvoll Klamotten, fast ausschließlich Kleider, die ich auf offiziellen Anlässen tragen kann. Mit Sicherheit ist nichts dabei, was ich mit an den See nehmen werde. Ich setze mich auf das Bett, lasse mich hintenüberfallen und schließe für drei Atemzüge die Augen, ziehe die taupefarbene Strickdecke halb über meinen Körper und das Telefon aus meiner Hosentasche. Darin sind nur Miles' Nummer, die von meinen Eltern und Noras abgespeichert. Ich wähle Noras und sie geht nach dem zweiten Klingeln mit einem verschlafenen »Ja« ran, obwohl es mindestens zwei Stunden zu früh für sie ist, um schon wach zu sein.

»Ich bin es«, sage ich schuldbewusst, weil ich sie so früh wecke. »Natürlich schläfst du noch.« In Nora-Zeit ist es mitten in der Nacht. »Tut mir leid. Ich kann später …«

»Quatsch«, sagt Nora und ich weiß, dass sie dabei die Augen verdreht. »Jetzt bin ich sowieso wach, also untersteh dich aufzulegen. Was gibt es?«

Ich zucke die Schultern, was sie natürlich nicht sehen kann.

»Via?«

»Ja, ich bin noch dran.« Und weiß nicht, wo ich anfangen soll. Das wäre vielleicht anders, wenn ich sie sehen würde, wir bei einem Kaffee im *Chocolate Fish* sitzen und mindestens zwei Tage Zeit hätten, um über alles zu sprechen. »Ich bin in Sacramento.«

»Ernsthaft?« Sie klingt jetzt hellwach und scheint sich aufrichtig zu freuen.

»Ich muss River besuchen«, dämpfe ich ihre Freude, mein

Besuch würde bedeuten, ich wäre zurück und über all das hinweg, was passiert ist.

»Du willst ihn besuchen?« Eine Weile ist es still. »Ich kann mir freinehmen, wenn du Unterstützung brauchst, auch wenn ich denke, du solltest den Arsch einfach für die nächsten drei Leben ignorieren.«

Das ist leider keine Option, auch wenn es das Einfachste wäre. »Ich kann ihn nicht ignorieren und deswegen brauche ich dich«, sage ich leise und knabbere an meiner Lippe herum. Ich brauche Nora. Denn mit Miles kann ich nicht über River sprechen, über diesen Druck in meinem Magen, wenn ich daran denke, ihn später zu sehen. Er würde wahrscheinlich das Gegenteil behaupten, dass er für mich da ist, und das stimmt wahrscheinlich, aber wir haben uns geküsst. Und River ist mein Ex. Ich würde ihm damit ganz sicher wehtun.

Ich höre, wie Nora sich in ihrem Bett aufsetzt und die Decke von sich strampelt. »Ich kann in einer halben Stunde bei dir sein.« Sie braucht keine Erklärungen. Keine Vorlaufzeit. Sie ist einfach da.

Ich atme erleichtert auf. »Ich könnte dich an der Uni einsammeln.« Das spart etwas Zeit.

»Okay, dann schmeiß ich mich mal in meine Sachen, damit du nicht warten musst.«

Sie will auflegen, aber ich sollte sie vorwarnen, dass ich nicht allein kommen werde. »Nora?«

»Ja.« Sie wühlt in ihrer Kosmetiktasche herum. Ich höre es poltern, dann ihr leises Fluchen, weil bei der Suche nach einem bestimmten Utensil wie immer die Hälfte aus der vollgequetschten Tasche fällt.

»Ich habe jemanden kennengelernt.«

»Jemanden?« Nora klingt kein Stück wertend, aber neugierig genug, um innezuhalten.

»Miles«, konkretisiere ich. »Er hat mich vom Busbahnhof ins Hotel gebracht und wohnt im Zimmer nebenan.«

»Ein heißer Zimmernachbar.« Sie macht ein Geräusch, als hätte ihre Lieblingsmannschaft gerade einen Touchdown erzielt.

»Es geht nicht darum, dass er …« Ich knibble an dem Saum meiner Hose herum. »… also, ich meine, wir sind so was wie Freunde.« Denke ich. Freunde, die sich geküsst haben. »Und er hat mich hergefahren.«

»Nach Sacramento?«, nuschelt Nora, weil sie sich nebenbei die Zähne putzt. »Das ist meganett. Gibt es von der Sorte am See noch mehr? Dann will ich nämlich dringend mit dir zurück.«

»Du hast Uni«, erinnere ich sie. »Und wenn wir beide nicht mehr hingehen, fallen wir durch.«

»Das schaffe ich sogar, wenn ich hingehe«, seufzt sie, ist aber im nächsten Moment schon wieder die unbeschwerte Nora, die alles hinkriegt. Selbst einen Kurs, der ihr nicht liegt. »Ich wollte dort nicht wie du untertauchen, sondern nur ein Wochenende verbringen, damit ich nicht allein und lernend in der Bibliothek rumgammle. Seit du weg bist und Holly und Bailey zu Oberzicken und River-Rächerinnen mutiert sind, ist es hier sterbenslangweilig.«

Es wäre toll, wenn wir ein wenig Zeit zusammen hätten. »Du wärst die perfekte Ablenkung.«

»Von deinem heißen Nachbarn?« Ich kann das Grinsen in ihren Worten hören.

»Nora«, stöhne ich. »Er ist süß, aber das ist nicht …« Das Problem? Ja. Das ist eindeutig größer.

»Oha, es hat dich ja echt erwischt, was mich zu der Frage bringt, was wir bei River wollen, wenn du über ihn hinweg bist und mit einem anderen Typen hier?«

Bin ich das? Über River hinweg? Über uns als Paar vielleicht, über das, wie die Sache gelaufen ist, definitiv nicht. Aber das war nicht Noras Frage. Sie wollte wissen, was ich von River will, was mich daran erinnert, dass ich ihr nicht gebeichtet habe, dass der Hauptverdächtige des Anschlags ebenfalls am Frühstückstisch sitzt und ich mich von ihm dazu überreden lassen habe, River vor einer Gefahr zu warnen, die so surreal klingt, dass es lächerlich ist. Menschen, die Kinder misshandeln, die staatliche Gelder für sie einstreichen, ohne auch nur einen Cent für ihr Wohl auszugeben, menschenverachtende Zustände, die angeblich keiner je gesehen oder dokumentiert hat, weil Schmiergelder geflossen sind und so Menschenhandel unter dem Deckmantel einer Adoptionsagentur stattfinden kann. »Ich erkläre dir alles, wenn wir uns sehen, okay?« Denn wenn ich ihr das so sagen würde, könnte ich Nora noch nicht einmal böse sein, wenn sie denken würde, ich hätte den Verstand verloren, und umgehend die Cops ruft. Seth würde festgenommen werden. Und auch wenn ich nicht weiß, was von seinen Ausführungen wirklich stimmt, glaube ich, dass er unschuldig ist. Wenn er verantwortlich wäre, wäre er doch nicht das Risiko eingegangen, mich trotz aller Umstände am Lake Tahoe zu suchen, nur um mich davon zu überzeugen, River zu warnen. Oder doch? Er könnte es geplant haben, den Verbündeten spielen, um River aus der Einrichtung zu locken und ihn dann anzugreifen. Okay, wow, das wäre so was von krass.

»Ich lege jetzt auf. War gestern feiern und muss mir dringend ein Gesicht malen. So kann das nicht bleiben, wenn ich mit euch schönen, heißen Menschen mithalten will«, dringt Noras Stimme durch meine Eiskristallgedanken.

Sie hat es gar nicht nötig, sich mit irgendwem zu messen. Und wenn, bräuchte sie kein Make-up, um hübsch auszusehen. Sie ist wunderschön, zart und gleichzeitig tough und kampflustig. Wir legen auf und ich gehe ins Bad, sehe mich im

Spiegel an und schnipse schließlich gegen das Bild dieser unsicheren, blassen Person, die mich planlos anguckt. »Wie bist du bitte innerhalb eines Monats von der langweiligen Via, die auf Partys liest und genau weiß, wie ihre Zukunft aussieht, zu Rivers Ex-Freundin geworden, die nicht nur von allen gehasst wird und ihn vor dem organisierten Verbrechen retten will, sondern sich auch noch in einen Jungen verknallt hat, den sie kaum kennt?« Ich stöhne unterdrückt und ziehe eine Grimasse, die in ein Lächeln kippt. Ich bin verknallt in Miles.

Nora hat mir geschrieben, dass ich nicht zum Wohnheim kommen soll. Sie holt noch Kaffee und erwartet uns vor dem Rehazentrum, das nicht weit vom Campus entfernt liegt. Vielleicht will sie wirklich nur sichergehen, dass ich genug Koffein im Blut habe, um das Aufeinandertreffen mit River zu überstehen, aber ich denke, sie versucht mich vor allem vor fiesen Blicken zu beschützen, vor verbalen Angriffen, die auf dem Campus wesentlich wahrscheinlicher wären.

Das Gebäude der Rehaklinik hebt sich dunkel und mächtig gegen den azurblauen Himmel ab. Nora ist der einzige Farbklecks davor. Pinkes Shirt, gelber geblümter Rock mit den Taschen, die schon Begeisterungsstürme bei ihr ausgelöst haben, als wir das Teil bei einer gemeinsamen Shoppingtour gefunden haben. Eine Hand hat sie in besagter Tasche vergraben. Mit der anderen hält sie eine Vierraumwohnung für Kaffeebecher fest, in der drei gleich große Mehrwegbecher mit dem Logo des *Chocolate Fish* stehen.

Ich zapple unruhig herum, spüre Miles' Blick auf mir und springe auf den Gehweg, sobald er den Wagen neben Nora hält. Weil ich nicht erklären kann, wieso ich so unruhig bin. Weil er weiß, warum. Oder auch nicht, keine Ahnung. Und weil das alles ein riesiger Haufen stinkender Mist ist. Ich falle Nora um den Hals, aber sie macht sich los und äugt neugierig nach Miles. Sie braucht sich nicht zu bemühen. Er steigt gerade aus.

»Du hast behauptet, er wäre süß. Der Typ ist nicht süß. Scheiße, der ist Death-Valley-heiß, Via.« Sie lacht, hüpft auf ihn zu und drückt ihm einen Kaffee in die Hand. Miles nimmt ihn entgegen, obwohl er bei Mom schon drei Liter in sich hineingekippt hat.

»Du bist also Miles«, stellt Nora fest.

Er nickt. »Und du Nora.«

Sie dreht sich um die eigene Achse, damit er sie von allen Seiten bewundern kann. »Und wer ist das?« Sie deutet auf die Rückbank, wo Seth eingepennt ist. Den Mund offen, den Kopf auf der Rückenlehne. Sieht aus, als hätte er sich das Genick gebrochen.

»Mein Cousin?«

Nora mustert ihn irritiert. »War das eine Frage?«

»Das ist Seth«, gehe ich dazwischen, weil ich nicht will, dass Miles noch mal für mich lügt. Und weil ich es Nora in Ruhe erklären will. »Ich erzähle dir alles, wenn wir drinnen warten.«

Ich sehe Miles an, dass er am liebsten mitkommen würde, aber wir haben auf dem Weg hierher darüber gesprochen. Seth kann die Reha-Einrichtung auf keinen Fall betreten. Und er kann auch nicht allein im Auto warten. Das wäre zu gefährlich. Er könnte entdeckt werden. Oder er haut mit dem Wagen ab, der Miles' wertvollster Besitz ist.

Miles war dagegen, dass ich allein gehe, mich River ohne jegliche Unterstützung stelle, aber jetzt bin ich nicht mehr allein. Nora wird mich begleiten. Trotzdem scheint es ihn nicht kaltzulassen. Überhaupt nicht. Was süß ist und gleichzeitig nichts, womit ich mich gerade befassen kann.

»Okay, dann lass uns gehen. Ich brenne nämlich darauf, das hier zu verstehen«, sagt Nora und stößt mich an.

Miles hat sich gegen die Kühlerhaube gelehnt und die Beine lässig überkreuzt. Aber seine Gesichtszüge sind versteinert. Ich strecke die Hand aus, lege sekundenlang meine Hand auf seinen Arm. Warme Haut, straffe Muskeln, die sich unter meinen Fingern anspannen, und goldblonde Härchen, in denen sich die Sonne bricht.

»Alles wird gut«, murmle ich, auch wenn es sich nach einer dicken fetten Lüge anfühlt.

Er nickt und ich drehe mich um. Weil ich bleiben und das Ganze abblasen werde, wenn ich nicht jetzt sofort gehe. Weil Nora wartet. Und weil ich es nicht nicht tun kann. Denn zu was für einem Menschen würde mich das machen? Dann wäre ich kein Stück besser als diese ganzen Idioten im Netz, die billigend in Kauf nehmen, dass jemand zu Schaden kommt.

Ich straffe die Schultern und laufe durch die Schiebetüren, die sich vor uns öffnen, uns verschlucken und in ein stilles Halbdunkel spucken. Der Empfang sieht aus wie in einem Luxushotel. Dahinter steht ein nett aussehender junger Typ. Unter Garantie ein Student, der sich hier etwas Geld dazuverdient.

»Guten Morgen«, sagt er gut gelaunt. »Willkommen im Placerville Rehab Center. Wie kann ich helfen?«

Indem er nicht so tut, als wäre dieser Morgen der beste in seinem ganzen Leben. Als ich nicht antworte, springt Nora ein. »Meine Freundin wollte River Stanton besuchen.«

Er lächelt nachsichtig, als er hört, zu wem wir wollen. »Gehören Sie zur Familie?«

Ich schüttle den Kopf.

»Dann tut es mir leid. Er bekommt sehr viel Besuch, will aber niemanden außer seiner Familie sehen. Wir müssen alle anderen wegschicken.«

Früher war ich das – seine Familie. Aber das war, bevor er … Ich denke den Satz nicht zu Ende. Aber in meinem Kopf formen sich die Worte, die er damals in seinem Posting benutzt hat, um uns zu beenden.

Ich habe immer alles mit euch geteilt. Also schätze ich, es ist nur fair, auch das mit euch zu teilen: Via und ich sind seit heute Morgen kein Paar mehr. Liebe ist stark, aber manchmal einfach nicht stark genug, also lasse ich sie ihren Weg gehen. Via verdient jemanden, der ihr ein fucking gutes Leben bieten kann. Und das bin nicht mehr ich. Nicht so, wie ich jetzt bin. Bitte versteht, dass ich Zeit brauche, um wieder gesund zu werden und das alles zu verarbeiten. Riv

»Alles okay, V?« Nora sieht mich besorgt an.

Ich habe alles unter Kontrolle. Easy. Mal abgesehen von meinem Atem.

»Sie ist seine Freundin«, behauptet Nora, weil ich noch immer nichts sage. Genau genommen ist das eine Lüge.

»Sorry, Mädels, aber das behaupten jeden Tag irgendwelche Frauen. Der Typ ist ein verdammter Rockstar.«

»Wakeboard«, murmle ich. »Er kann gar nicht singen.«

Nora macht eine Handbewegung in meine Richtung. »Da sehen Sie es. Könnten Sie nicht wenigstens versuchen ihn zu erreichen? Wenn er Nein sagt, stören wir Sie nicht weiter.«

Er sieht von Nora zu mir und offenbar sehe ich nicht wie die üblichen Groupies aus. »Name?«

»Via.« Ich räuspere mich. »Olivia Clark.«

»Und Nora Grey.«

Er nimmt den Hörer von einem Telefon, das durch ein Kabel an den Schreibtisch gefesselt ist und überhaupt nicht in das hochmodere Ambiente passen will, und redet leise mit einem seiner Kollegen, nennt unsere Namen, wartet und nickt dann.

»Sie können zu ihm.« Er sieht Nora an. »Nur Ihre Freundin. Sie müssen hier warten.«

»So viel dazu, dass du mich auf den neuesten Stand setzen wolltest.« Sie seufzt. »Aber aufgeschoben ist nicht aufgehoben. Ich warte hier auf dich und dann erzählst du mir alles.« Sie lässt sich auf einen weißen Designerstuhl plumpsen. »Vorher rühre ich mich nämlich nicht vom Fleck.«

»Danke«, flüstere ich, während ich mit halbem Ohr zuhöre, wo ich hinmuss. Dritter Stock. Dann rechts halten. Das Zimmer am Ende des Flurs. Mein Herz klopft mir bis in den Hals und irgendwie ist da keine Spucke mehr in meinem Mund, also nicke ich nur und gehe zu den Aufzügen, die mich in den dritten Stock bringen. Der Flur ist nicht lang genug. Ich bin nicht bereit. So absolut nicht bereit. Aber ich klopfe. Eine alltägliche Sache. Wie oft man wohl in seinem Leben durchschnittlich an Türen klopft? Und wie oft man sich danach wünscht, man hätte es besser gelassen?

Als ich den Raum betrete, sitzt River auf dem Bett. In einer Calvin-Klein-Jogginghose, einem schlichten Shirt und einer Sweatshirtjacke. Beides ist ein wenig an seinem Rücken hochgerutscht, wo er sich gegen das Bett lehnt. Seine Haare sind verwuschelt. Der Blick müde, aber er lächelt. Die Schatten unter seinen Augen weg. Er lächelt fort, wie fertig er ist. »Hey.«

In mir ist alles und gleichzeitig nichts.

Ich habe so sehr versucht River aus meinen Gedanken zu vertreiben. Nicht mehr ständig River, River, River zu denken und warum, warum, warum? Aber die Frage ist da. Und sie wird nicht weggehen, solange ich keine Antwort habe. Das wird mir in diesem Moment klar.

»Warum hast du das gemacht?«, frage ich tonlos, obwohl ich doch wegen etwas vollkommen anderem hier bin. »Warum musstest du mein Leben zerstören, anstatt einfach nur daraus zu verschwinden? Hat es nicht gereicht, dass du Schluss gemacht hast?« Die Wörter strömen aus mir heraus, jetzt, wo ich einmal begonnen habe. »Musstest du wirklich vier Millionen Menschen mit diesem Posting auf deine Seite ziehen und mir den Rest geben?« Meine Stimme zittert. Das ist, was mich am meisten verletzt hat. Nicht, dass er mit mir Schluss gemacht hat, sondern dass ich ihm nicht wichtig genug war, das zwischen uns zu lassen, mir Zeit zu geben, damit klarzukommen. Er hätte mich beschützen müssen, einfach weil wir immer Freunde bleiben wollten. Das hatten wir uns mal geschworen.

River sieht betreten zu Boden. Er soll mich, verdammt noch mal, ansehen und sich beschissen fühlen. Aber dann tut er es und die Verzweiflung in seinem Blick bringt meine Wut zum Einstürzen. Und ich habe keine verfluchte Ahnung, wer ich ohne diese Wut bin. Ob ich überhaupt noch irgendwas bin.

»Es tut mir leid, Via.« Er blinzelt und fährt sich durch die Haare. »Dieses Posting ... scheiße. Ich war echt in keiner guten Verfassung.« Er zieht die Luft ein. »Ist keine Entschuldigung, aber es ist alles, was ich habe.«

»Ich will das nicht hören, River.« Meine Finger krampfen sich ineinander. Das Weiß der Knöchel tritt hervor. Das reicht nicht. Verdammt noch mal, das ist doch kein Grund, alles zwischen uns niederzubrennen.

»Ich dachte, was ich geschrieben habe, wäre endgültig genug, damit du nicht wiederkommst, und so neutral, dass niemand verletzt wird. Ich habe null damit gerechnet, dass es solche Reaktionen auslösen würde.«

»Du hättest es richtigstellen können.« Hätte er gemusst, aber er hat seit diesem Tag nichts mehr gepostet. Gar nichts.

»Hätte ich.« Er schüttelt den Kopf. »Aber ich habe mich hier eingegraben, war überhaupt nicht online. Und als ich davon erfahren habe ...« Er stöhnt. »... da konnte ich es nicht mehr aufhalten.«

Ich hole Luft, will etwas sagen, aber er unterbricht mich. »Und ich wollte es auch nicht. Weil ...« Er schüttelt den Kopf und beißt sich auf die Lippe. »Ich muss dir was erzählen.«

Ich ihm auch. Sonst wäre ich längst weg. Raus aus diesem Zimmer mit zu wenig Sauerstoff und zu vielen Erinnerungen.

Er atmet schwer ein. »Willst du dich nicht setzen?« Seine Stimme klingt flehend. »Bitte, Via.«

»Nein.« Ich stehe. Auch wenn mir schwindlig ist und ich mich fühle, als würde der Nebel des Grauens in meinem Kopf herrschen. »Ich höre zu.« Mehr habe ich nicht zu bieten.

»Okay.« Er reibt sich mit der Handfläche über die Stirn. »Also, ich weiß nicht, ob sie es dir gesagt haben, aber irgendwer war am Tag des Sturzes an meinem Zeug und wollte, dass ich …« Er bringt den Satz nicht zu Ende, fügt aber leise hinzu. »Es war kein Unfall. Und ich weiß, wer es war.«

»Die Loughlins«, murmle ich und River sieht überrascht auf. Fassungslos.

»Woher …?«

»Seth.«

River setzt sich ruckartig auf und verzieht im selben Moment das Gesicht vor Schmerzen. »Seth? Weißt du, wo er ist?« Und obwohl er am Tag des Unfalls so sauer auf seinen Pflegebruder war, ist da jetzt nichts als Sorge in seiner Stimme.

»Unten. Es geht ihm gut. Er schläft.«

River schließt die Augen, atmet erleichtert aus, bevor sich seine Gesichtszüge verhärten. »Er ist es nicht gewesen. Das ist totaler Bullshit.« Er krallt seine Hand in die monströse Kunststoffschiene an seinem Bein, die sein Knie von außen fixiert, damit es heilen kann. »Fuck, Via, sie dürfen dich nicht mit ihm sehen.« Er sieht gehetzt aus. »Wie hat er dich überhaupt gefunden? Verdammt, ich habe ihm gesagt, er soll sich, verfickt noch mal, von dir fernhalten.« Er fährt sich über das Gesicht.

»Hat er nicht. Er hat Moms Handy geklaut und dann die Hotels rund um den See abtelefoniert, um mich zu finden.«

»Was hat er dir erzählt? Ich meine, von … früher?«

»Alles, was du mir hättest sagen müssen.«

Er presst die Lippen aufeinander und sagt schwere Atemzüge lang nichts, bevor er die Schultern zuckt. »Ich wollte das hinter mir lassen, es vergessen. Das, was auf der Ranch geschehen ist, ist Travis passiert. Nicht River. Und ich wollte, dass es so bleibt, wollte, dass Seth mich mit der Scheiße in Ruhe lässt. Ich wusste, wozu sie fähig sind. Fuck. Ich wusste, dass so etwas passieren würde. Der Penner hätte ihnen niemals ans Bein pissen dürfen.« Sein Puls rast, das kann ich selbst auf die Entfernung sehen.

River hat nie vor irgendetwas Angst. Vor diesen Menschen schon und das ist beunruhigender als all die bruchstückhaften Informationen, die ich habe.

»Ich habe sogar … das mit dir …« Er verstummt, sieht mich für einen Augenblick fest an, senkt dann den Blick und da ist sie, die Antwort, auf die ich so lange gewartet habe. Die Antwort, auf die Frage, warum er uns beendet hat. Wir haben uns so lange blind verstanden, dass er die Worte nicht aussprechen muss. Ich kapiere es auch so. Er hat sich von mir getrennt, um mich zu beschützen. Deswegen hat er auch keine Richtigstellung gepostet. Er wollte seine Pflegeeltern von mir fernhalten und was wäre dafür besser geeignet, als wenn sie annehmen mussten, wir würden einander hassen? Was fange ich jetzt damit an? Den Grund zu kennen macht nichts wieder heil, auch wenn ich das gehofft und mir so lange gewünscht habe. Und es macht auch nicht ungeschehen, was seitdem passiert ist. Es löscht Miles nicht aus meinem Herzen. Löscht nicht aus, wie ich auf ihn reagiere.

»Du hättest es mir sagen müssen, River.«

Seine Kiefer mahlen, aber er schüttelt nur den Kopf. »Ich würde es wieder so machen.«

Wie kann er das sagen? Hätten wir geredet und eine andere Lösung gefunden, wäre alles anders gelaufen. Mein Leben wäre noch intakt. River womöglich nicht verletzt. Und ich hätte Miles nie kennengelernt. Ich hätte ihn nie kennengelernt.

»Was willst du jetzt tun?«, frage ich und lenke mich von der bösen Stimme in meinem Kopf ab, die all das in Kauf nehmen würde. Wieder und wieder, wenn es bedeutet, Miles dafür in meinem Leben zu haben.

Achselzuckend nimmt River eine Trinkflasche vom Nachttisch, setzt sie aber nicht an die Lippen. »Mich irgendwo verkriechen und hoffen, dass sie aufgeben.«

Dasselbe, was ich getan habe. »Aber ... dein Bein.« Er muss noch hierbleiben, wenn er nicht riskieren will, dass er bleibende Schäden behält.

»Es geht schon wieder.« Er klopft gegen die Schiene. »Sie wollten mich schon vor einer Woche in die ambulante Therapie entlassen, aber ich hatte Angst, dass die Loughlins mich da draußen erwischen.« Er lacht tonlos, senkt den Blick und schließt seine Faust um das Ende seiner Bettdecke. »Ich dachte, hier wäre ich sicherer, aber ...« Er verzieht das Gesicht. »Es ist eben nur eine Rehaklinik, nicht Fort Knox. Sie sind reingekommen. Zum Glück haben die Sicherheitsleute sie rechtzeitig aufgehalten.« Er reibt sich den Oberarm und sieht verloren aus. »Dieses Mal. Aber sie werden es wieder versuchen und dann habe ich vielleicht nicht so viel Glück. Ich kann nicht hierbleiben und darauf warten.«

»Wohin willst du denn gehen? Nach Hause?« Seine Adoptivmom ist sein einziger Anlaufpunkt, aber sie sehen sich nur superselten. Seitdem er nicht mehr bei ihr lebt, hat Addy andere Kinder aufgenommen, denen sie genauso hilft wie damals River. Sie hat also weder Platz noch Kapazitäten.

»Nein.« Er lächelt tapfer. »Ganz sicher werde ich sie und die Kids nicht in deren Fokus schieben. Mir fällt schon was anderes ein.«

Was denn? Er kann sich kaum bewegen. Seine Freunde

wohnen auf dem Campus und haben kaum genug Platz, um ihren eigenen Kram in den Gemeinschaftszimmern unterzubringen. Ganz sicher passt da kein angeschlagener River im Rollstuhl rein. Sein eigenes Zimmer ist im dritten Stock, ohne Lift. Außerdem werden die Loughlins ihn an der Uni vermutlich als Erstes suchen. Und ohne Hilfe in einem anonymen Hotelzimmer ist er aufgeschmissen. »Was ist mit Seth?« Ich kann seinen Bruder nicht in meinem Hotelzimmer verstecken.

Er zieht die Unterlippe zwischen die Zähne und zuckt die Schultern. »Ich weiß es nicht, Via. Scheiße, ich weiß es nicht.«

Es gibt eine Lösung. Auch wenn sie mein Leben nur noch komplizierter machen wird. »Wie wäre es, wenn ihr beide mit an den Lake Tahoe kommt?« Unruhig verschränke ich die Hände, plappere nervös weiter. »Seth könnte dir im Alltag helfen. Beim Duschen, Anziehen, Kochen. Und ich übernehme den Rest. Wie Fahrten zu Ärzten oder Physiotherapeuten. Durch die Nähe zum Skigebiet gibt es am See viele echt gute. Ich weiß natürlich nicht, wie schnell wir einen Termin bekommen, aber ich denke, das sollte jetzt außerhalb der Saison kein Problem sein.«

»Via«, grätscht River mitten in meinen Redefluss.

Ich kann nicht aufhören, muss mich selbst davon überzeugen, dass das funktionieren kann. »Niemand wüsste, wo du bist.« Weil sie nicht wissen, wo ich bin, und selbst wenn, würde ihn niemand in meiner Nähe vermuten. »Eigentlich ist es ideal.« Bis auf die Tatsache, dass es das nicht ist.

»Via«, unterbricht River mich noch einmal. »Hör auf. Ich weiß, was ich dir angetan habe. Und das kann ich nach der ganzen Scheiße ganz sicher nicht von dir verlangen. Das alles ist nicht dein Problem. Du bist nicht verpflichtet, dich um mich zu kümmern.«

Nein, das bin ich nicht. Ich wische mir eine Träne aus dem Augenwinkel. Aber egal was River getan hat, wie bitter ich den Abstand nötig habe, er wird immer der erste Mensch sein, dem ich etwas Selbstgeschriebenes von mir gezeigt habe. Dem ich geglaubt habe, dass ich gut bin und dass meine Worte etwas bewegen können. Er wird immer derjenige sein, der mich, egal wie traurig ich war, zum Lachen bringen konnte. Der so oft mit mir auf dem Dach des Studierendenwohnheims gelegen hat, während unten die krassesten Partys abgingen. Er wird immer der Junge sein, der es geschafft hat, mich das erste und einzige Mal zum Schwänzen zu überreden, um an Karten für Taylor Swift zu kommen. Mit ihm habe ich meine Zahnspange bekommen und bin sie wieder losgeworden. Wir haben unsere Sommerferien auf dem Sacramento River verbracht. Ich lesend auf dem Boot. Er auf dem Wakeboard. Bevor wir ein Paar wurden, waren wir Freunde, und obwohl ich es mir bisher nicht eingestanden habe, habe ich immer gehofft, dass wir dahin zurückfinden werden. Nicht so bald. Nicht jetzt. Aber irgendwann. Ich kann ihn nicht hängen lassen. »Selbst wenn wir kein Paar mehr sind, bist du immer noch ein Freund. Ein Freund, der Hilfe braucht«, sage ich leise.

Eine Weile ist es totenstill im Raum. Dann stößt River ein resigniertes Seufzen aus. »Das ist so verfickt falsch, dass es einen Preis verdient hat, aber ich weiß nicht, was ich sonst tun soll. Also … scheiß drauf, ja.«

Mein erstes Gefühl ist Erleichterung, weil er damit vorerst außer Gefahr sein wird. Das zweite ist freier Fall. Mein Herz fällt, weil ich Miles durch diese Sache verlieren werde.

»Okay«, flüstere ich trotzdem erstickt. »Ich sage den anderen Bescheid und du kümmerst dich um den Papierkram.«

Miles

Sie ist seit einer verfluchten Ewigkeit da drin. Wie lange kann es dauern, ihrem Ex zu sagen, dass er auf sich aufpassen soll und dann zu verschwinden? Solange es eben dauert, Idiot. Sie haben Dinge zu klären. Und auch wenn mir nicht gefällt, was vielleicht dabei herauskommt, habe ich kein Recht, deswegen am Rad zu drehen. Seth hängt noch immer auf der Rückbank und sabbert. Wer weiß, wann der Kerl das letzte Mal geschlafen hat oder womit sein Körper kämpft.

Ich sitze auf dem Fahrersitz und knabbere an dem Fingernagel meines Daumens herum. Etwas, das ich seit der Middle School nicht mehr getan habe.

Ich zwinge mich aufzuhören und öffne im nächsten Moment die Autotür, weil Via aus dem Gebäude tritt. Ich steige aus, knalle die Tür zu und es ist mir egal, dass Seth vermutlich davon aufwacht.

Via bleibt mit etwas Abstand vor mir stehen. Und dieses eine Yard Asphalt fühlt sich an wie der Scheiß-Mariannengraben.

»Hey«, sagt sie und schlingt ihre Arme um sich. Nicht um mich.

»Hey.« Die Art, wie sie meinem Blick ausweicht, ist wie ein Strudel, der alles aus meiner Brust in die Tiefe zieht.

»Ich kann ihn nicht hierlassen«, flüstert sie erstickt. Ich müsste sie fragen, was genau das heißt, ihr versichern, dass es okay ist, egal was es bedeutet. Aber das kriege ich gerade nicht hin. Ich starre sie einfach nur an.

»Sie haben schon einmal versucht ihn umzubringen.« Sie sieht sich gehetzt um. »Und sie werden es wieder versuchen.«

»Das weißt du nicht«, widerspreche ich lahm.

»Sie waren hier. In der Klinik. Und wenn ihm etwas passiert …«

Wird sie sich das nie verzeihen. Ich versuche nicht zu viel in diese Aussage hineinzuinterpretieren. Das würde ihr bei jedem Lebewesen so gehen. Das bedeutet nicht, dass River etwas Besonderes für sie ist. Fuck, natürlich ist er das.

Ich fahre mir durch die Haare und stoße die Luft aus. »Okay.« Als wäre irgendwas hier dran okay. »Und jetzt?«

»Ich habe ihm angeboten, dass er erst mal mit uns an den Lake Tahoe kommen kann. Dort werden sie nicht nach ihm suchen. Die Lodge hat genug freie Zimmer. Das sollte kein Problem sein.«

Kein Problem. Dass ich nicht lache. Alex wird durchdrehen.

»Ich erwarte nicht, dass du es verstehst. Oder gut findest«, flüstert sie und weicht meinem Blick aus.

Tue ich. Irgendwie. Auch wenn ich gleichzeitig denke, dass es eine Scheißidee ist.

»Und ich kann auch nicht verlangen, dass du uns fährst.«

Das »uns« in dem Satz filetiert meine Brust.

»Wir brauchen vor Ort sowieso ein Auto, damit ich ihn zur Physio fahren kann. Sein Pick-up steht auf dem Unigelände. Ich hole ihn und fahre selbst.«

Nur über meine Leiche. Offenbar ist mein Eifersuchts-Ich eng mit einem Neandertaler verwandt. Aber immerhin gelingt es mir, diese gequirlte Macho-Scheiße nicht laut auszusprechen, auch wenn ich dafür meine Lippen so fest aufeinanderpressen muss, dass kein Blut mehr darin ist.

»Wir sehen uns am See«, murmelt sie leise und legt mir ihre Hand auf den Arm. Als würde sie sich verabschieden. Nicht nur für zwei Stunden, sondern für immer.

Ich muss irgendwas tun, etwas sagen. »Und wie genau willst du ihn in den Pick-up kriegen?«, stoße ich hervor. Die Dinger sind so hoch gebaut, dass einzusteigen einer Bergbesteigung gleicht, und er ist sicher nicht umsonst in einer Reha-Einrichtung. »Dürfte schwierig werden mit seinen Verletzungen.«

Sie beißt sich auf die Lippe, dreht sich um, weil Nora in diesem Moment mit einem Typen aus der Klinik kommt, den sie vor sich herschiebt. Durchtrainiert, blondes kurzes Haar, verdammt gut aussehend, wenn man mal von den Augenringen absieht.

»River, das ist Miles. Er ist ein Freund und hat mich hergefahren. Miles, das ist River.«

Keine Ahnung, wie ich ihn begrüßen soll. Ihm in den Hintern zu treten ist wohl nicht angebracht. Aber ich bringe es auch nicht über mich, ihm die Hand zu schütteln und ihn dazu zu beglückwünschen, dass er Via erst das Herz gebrochen und sie davon überzeugt hat, ihn mitzunehmen. Zum Glück platzt Seth in die schwerelose Stille, die sich zwischen uns ausbreitet.

Er sagt nichts, fällt River einfach um den Hals und drückt ihn verdammt lange an sich, ohne dass River die Umarmung auch nur irgendwie erwidert. »Du lebst, Bro«, murmelt er, als er sich wieder aufrichtet.

»Und ich hätte sogar noch gesunde Beine und ein verficktes Leben, wenn du mich in Ruhe gelassen hättest.« River atmet tief durch. »Sorry, das …« Er atmet noch mal. Tief ein und wieder aus und schiebt hinterher. »Das war nicht fair.«

»Aber wahr«, entgegnet Seth viel zu heftig, geht ein paar Schritte und kickt einen Tannenzapfen mit solcher Wucht über den Boden, dass er zersplittert. Dann setzt er sich auf den Bordstein und kauert sich zusammen.

»Okay, Jungs, wie auch immer.« Ich nehme die Sporttasche mit Rivers Kram drin, die er auf seinen Knien balanciert, und werfe sie über die Rückbank in den Kofferraum. »Wir sollten los. Hier kann uns jeder sehen.«

River runzelt die Stirn. Wahrscheinlich fragt er sich, wie viel ich weiß, oder er findet es einfach dreist, dass ich seine Sachen in meinen Wagen werfe, ohne ihn vorher zu fragen.

»Via und ich wollten mit dem Dodge fahren. Hab ihn hinter dem Hornets Commons geparkt«, macht er seinen Standpunkt klar.

Via zögert. »Miles hat recht, du kommst in deinem Zustand nicht in den hohen Wagen. Du solltest mit ihm fahren.« Sie tippt Seth an. »Und ich sollte dabei sein. Was bedeutet, dass du den Pick-up nehmen musst.«

»Äh, nee.« Seth schüttelt den Kopf. »Also, ich … äh …«, er wischt sich die Nase mit dem Handrücken ab und senkt den Blick. »Ich kann nich fahrn. Bin total drauf.«

Das erklärt, warum er die letzte Stunde geschlafen hat wie ein Toter.

Ungläubig sieht Via ihn an. »Wie? Wann?«

»Deine Eltern hattn Vicodin im Bad.« Er zuckt die Schultern, spart sich aber eine Entschuldigung. Weil er süchtig ist und es jederzeit wieder so machen würde.

»Ich hätte nicht zulassen dürfen, dass er dein Elternhaus betritt«, murmle ich Via zu und reibe mir unbehaglich über den Nacken.

»Bist du eigentlich total bescheuert?«, fährt River Seth zeitgleich an. »Du gibst die Scheißtabletten sofort her, sonst liefere ich dich höchstpersönlich bei den Cops ab.«

Das ist unerwartet, aber mir gefällt, wie kompromisslos er sich vor Via und damit gegen seinen Pflegebruder stellt. Wenn er ihr nicht gerade das Herz bricht. Und, zack, ist der Moment vorbei, in dem ich River für eine Millisekunde leiden konnte.

Seth zögert, aber da River nicht mal blinzelt und echt bedrohlich angepisst aussieht, händigt er ihm die Pillendose aus.

»Okay, und jetzt kommen alle mal wieder runter«, mischt sich Nora ein. Sie klatscht in die Hände und lacht, als würde ein Nora-Lachen ausreichen, um die Spannung zwischen allen Beteiligten aufzulösen. »Ihr fahrt alle zusammen mit Miles' Wagen und ich nehme den Pick-up. Wollte den Dodge schon ewig mal fahren. Du hast mich nur nie gelassen, aber ich schätze, jetzt bleibt dir nichts anderes übrig.« Sie hält ihre Hand vor Rivers Gesicht. »Schlüssel!«, fordert sie ihn auf.

Er mustert sie skeptisch. »Was willst du denn am Lake Tahoe? Du hast Uni.«

»Netter Versuch, das Unausweichliche zu verhindern, Riv. Sieh es als kosmischen Arschtritt für das, was du mit Via gemacht hast. Und zu deiner Frage …« Sie legt den Kopf schief. »Mal sehen, was will ich am Lake Tahoe? Neben meiner Funktion als 1A-Puffer zwischen euch zwei Alphamännchen und meiner besten Freundin, moralischer Support und Gute-Laune-Garant will ich die Uni vielleicht einfach mal für ein paar Tage vergessen, weil ich gerade durch sämtliche Kurse rausche. Ich kann Sonntagabend den Bus zurücknehmen.«

In all dem Chaos hat keiner von uns gefragt, wie es Nora eigentlich geht und ob sie eigene Probleme hat.

»Tut mir leid, das mit deinen Kursen.« River zieht seinen Schlüssel aus der Tasche seiner Sweatjacke und legt ihn in ihre Hand.

»Ist okay«, sagt sie großzügig. »Du warst mit Nicht-Sterben beschäftigt.« Sie dreht sich um, drückt Via einen Kuss auf die Wange. »Und du mit der Trennung und einem Shitstorm.« Sie lächelt und geht. »Wir sehen uns nachher«, ruft sie über die Schulter. »Und schick mir noch die Adresse, damit ich diese *Hidden Woods Lodge* auch finde.«

»Mache ich.« Via winkt ihr nach und dreht sich dann zu uns um. Zu River und mir. Und ich würde tausend Dollar zahlen, um zu wissen, was sie in diesem Moment denkt, bei wem ihr Herz schneller schlägt oder ob sie für so was einfach keine Kapazitäten hat.

»Kümmere du dich um Seth«, murmle ich. Der ist schon wieder eingeschlafen. Sitzend auf einem betonierten Gehweg. »Dann helfe ich River.« Der deutlich schwerer ist und gestützt werden muss, während sie Seth nur wach bekommen muss.

»Okay.« Sie geht zu Rivers Pflegbruder, während ich den Rollstuhl hinten neben das Auto schiebe und die Bremsen feststelle.

Mir ist klar, dass ich River gerade behandle wie Vias Monstertasche. Wie einen Gegenstand, den ich auf die Rückbank schaffen muss. Nicht wie einen Menschen, der ein Mitspracherecht haben sollte, wo er gern sitzen möchte. Aber ich bin nicht sein Freund. Und ganz sicher werde ich nicht vorn neben ihm sitzen, damit er es bequemer hat, während Via mit seinem Junkie-Bruder auf der Rückbank hockt. »Fertig, Hornet?«

Er wirkt angepisst, weil ich ihm den Namen seines Sportteams als Spitznamen verpasst habe. Sein Problem. Ich stelle mich vor ihn, stütze die Hände auf den Lehnen des Rollstuhls ab und beuge mich zu ihm runter, sodass er die Arme um meinen Nacken legen kann. Mit der Technik habe ich Hazel zum Schluss immer vom Sofa ins Bett getragen.

»Was soll das denn werden? Willst du jetzt kuscheln, oder was?« River rührt sich nicht. »Denn, weißt du, für verficktes Löffelchen müsste ich erst mal wissen, wer du bist.«

Und was ich hier tue. »Ich bin der Typ, der deinen Hintern an den See schafft.« Ich halte seinem Blick stand. »Und ich will von diesem Parkplatz verschwinden, damit Via in Sicherheit kommt, und das ist der schnellste Weg, also, was ist jetzt?« Ich packe seinen Arm und lege ihn mir um den Hals.

Er knurrt, legt den zweiten aber selbst an die richtige Stelle, weil der Wunsch Via zu schützen vermutlich das Einzige ist, was uns verbindet.

»Auf drei«, sage ich knapp und hieve ihn hoch, indem ich meine Arme um seine Taille lege. Sekundenlang denke ich, wir packen uns hin, weil River zu halten eine ganz andere Hausnummer ist als Hazel. Hazel, die der Krebs ausgezehrt hatte und die nur noch Haut und Knochen war.

Er stöhnt und seine Muskeln zittern. Muss sauwehtun. Was mir leidtäte, wenn ich nicht denken würde, dass er es ein kleines bisschen verdient hat, für das, was er Via angetan hat. Irgendwie schaffe ich es, ihn auf die Rückbank zu kriegen. Als ich ihn loslasse, ist River blass und sein Atem geht abgehackt. Er hat die Augen geschlossen und seine Kiefer mahlen. Okay, so starke Schmerzen hat selbst er nicht verdient.

»Geht es? Sonst nimm eine von den Tabletten.«

»Nicht nötig, Florence Nightingale«, presst er hervor.

Sein Bier, wenn er den Dicken markieren muss. Ich schlage die Tür zu und bugsiere den Rollstuhl vor den Kofferraum. Via hat Seth wach bekommen oder zumindest etwas, was nah dran ist. Er tastet sich an der Karosserie entlang, braucht eine gefühlte Ewigkeit, um die Tür aufzubekommen, und plumpst völlig fertig auf die Rückbank. Die Bewegung des Wagens lässt River vor Schmerz zusammenzucken. Er hätte die verfluchte Tablette nehmen sollen.

Via kommt zu mir und sieht zu, wie ich den Rollstuhl zusammenfalte und im Kofferraum verstaue. Ich werfe die Klappe zu, gehe aber nicht zur Fahrertür, sondern bleibe mit ihr hinter dem Wagen stehen. Nur wir zwei und die laue Sommerluft. Ich brauche das hier. Nur noch ein paar Sekunden, bevor wir in dieses verdammte Auto steigen. Zu ihrem Ex. Seinem Pflegebruder und all den verdammten Problemen.

»Wie geht es dir?«, frage ich leise.

Via sagt nichts, atmet nur und ich sehe, wie sie mit den Tränen kämpft, weiß, dass es schlimm sein muss, wenn sie nicht mehr spricht. Ich schwöre, ich stecke hier nicht mein Territorium ab. Das ist kein kranker Versuch, River eifersüchtig zu machen. Sie in meine Arme zu ziehen ist einfach das Einzige, was ich gerade für sie tun kann.

Sekundenlang rührt sie sich nicht, steht einfach da, lässt es geschehen, ohne meine Umarmung zu erwidern, und ich denke, so fühlt sich das also an, wenn man verliebt ist und der andere einen nicht zurückliebt.

Doch dann legt sie zögerlich ihre Hände an meine Seiten. Schiebt sie über den Rücken nach oben, atmet aus und presst sich an mich. Und ich denke, so fühlt es sich also an, wenn man verliebt ist und zurückgeliebt wird.

Ich streiche über ihre Haut, vergrabe meine Lippen in ihrem Haar und will sie, verdammt noch mal, nicht loslassen. Aber als ich es doch tue, begegne ich Rivers Blick und ich schwöre, wenn Blicke töten könnten, würde ich in dieser Sekunde mitten in Sacramento auf einem Bürgersteig verrecken.

Via

»Wir müssen los«, murmelt Miles und schiebt mich von sich. Auf die Art, die klarmacht, er will es nicht, muss aber. Ich lächle, komme wieder in der Realität an und folge seinem Blick zu River, der im Wagen sitzt und uns durch die Heckscheibe anstarrt.

»Ja, wir sollten fahren«, sage ich. Nicht weil ich Angst vor Rivers Angreifern habe. Es ist helllichter Tag und wir sind zu viert, sondern, weil ich River wehtue. Zusätzlich wehtue. Vor zwei Stunden dachte ich, er hätte es verdient, emotional durch die Hölle zu gehen. Aber ich bin erstens nicht der Zahn-um-Zahn-Typ und zweitens stimmt es nicht. River wollte mich nur beschützen und auch wenn es bessere Wege gegeben hätte, wollte er nur das Richtige tun und hat nichts hiervon verdient. Und da ich die einzige Komponente bin, die sich verändern lässt, will ich es wenigstens nicht noch schlimmer für ihn machen.

Ich lege Miles für einen Herzschlag meine Hand auf die Brust, streiche mit dem Daumen über sein Shirt, bevor ich sie fortziehe. »Dann los.« Ich lächle, als wäre es das Einfachste der Welt, mich in dieses Auto zu setzen.

Und er lächelt zurück, als wäre es kein Problem für ihn. Wir sind beide elende Lügner.

Wir steigen ein, Miles wendet den Wagen und lenkt ihn vom Zentrum in Richtung Highway. Keiner spricht und die Stille ist schwer wie Morgendunst, der die Wasseroberfläche des Lake Tahoe niederdrückt.

River hat den Kopf gegen das Fenster gelehnt. Sein Blick ruht unverwandt auf mir, was sich merkwürdig anfühlt. Weil wir kein Paar mehr sind und weil es Miles nicht entgeht.

Er krampft die Hände so fest um das Lenkrad, dass das Weiß seiner Knöchel hervortritt.

Ich würde ihm gern sagen, dass er sich keine Sorgen machen muss. Dass er weit mehr ist als ein Freund, wie ich den ganzen Tag behauptet habe. Dass River und ich kein Thema mehr sind. Aber er sitzt mit uns im Wagen und fühlt sich an wie ein übergroßes, verletztes Thema, das meine Hilfe braucht. Also wäre es wohl nicht fair irgendetwas davon zu behaupten.

»Hey, V«, durchbricht River plötzlich die Stille. »Wie machst du das eigentlich mit der Uni, wenn du die ganze Zeit am Lake Tahoe bist?« Er verlagert sein Gewicht und kneift kurz die Augen zu. Aber bevor ich ihn fragen kann, ob er genug Platz für sein verletztes Bein hat, redet er schon weiter. »Ich meine, Professor Davis ist superstreng und toleriert, was, drei Fehltage, bevor er dich durchfallen lässt? Du brauchst den Kurs, um nächstes Semester zum Praktikum zugelassen zu werden, oder nicht?«

»Den Kurs werde ich wiederholen müssen«, murmle ich. Und diese Tatsache macht es verdammt schwer nicht wütend auf ihn zu sein. Selbst jetzt, wo ich weiß, warum er das getan hat.

»Ich könnte die Behindertenkarte ausspielen und vielleicht erwirken, dass er ein Auge zudrückt, wenn wir zurück sind.« Er lächelt und klopft gegen seine Schiene.

»Er hasst dich«, erwidere ich schulterzuckend. Weil River seinen Kurs nicht ernst genug genommen und trotzdem eine hervorragende Abschlussnote verdient hatte, was Davis zu Tode gewurmt hat.

Er seufzt. »Hast recht. Wahrscheinlich müsste ich über den

Rand der Erde kippen, damit er genug Mitleid mit mir hätte, dass ich etwas für dich drehen kann. Aber ich würde es versuchen, V.«

»Hey, Hornet.« Miles tippt gegen Punkt vier des Uber-Menüs. »Mein Auto, meine Regeln, also könntest du einfach deine Klappe halten.« Er fixiert River im Rückspiegel, der abwehrend beide Hände hebt, aber verstummt.

»Der Creepy Ride«, bemerke ich mit einem Lächeln und stupse Miles an, weil ziemlich offensichtlich ist, warum er ihn lieber die ganze Fahrt über schweigend im Rückspiegel anstarren will, anstatt weiter zuzuhören, wie vertraut River mit mir spricht.

»Gilt nur für die Rückbank«, murmelt er. »Du darfst dir eine eigene Fahrt aussuchen.«

Ich angle den Stift aus der Mittelkonsole, mit dem er Partner-in-crime Ride ganz unten auf die Liste geschrieben hat. »Darf ich?«

Er nickt.

Ich überlege, was ich schreiben kann, das zeigt, wie viel mir unsere gemeinsame Zeit bedeutet, wie wenig ich ihn verlieren will, und das Ganze, ohne dass es River verletzt. PB&J Ride, setze ich schließlich mit zittrigen Fingern darunter und schreibe dazu: Die Fahrt, bei der wir nur Dinge snacken, die unser Lieblingsstreifenhörnchen abnicken würde.

Miles hält an einer Ampel und liest, was ich geschrieben habe. Sekundenlang mustert er mich und verzieht keine Miene. Was erwarte ich denn auch? Ist ja nicht so, als wäre ein Streifenhörnchen besonders romantisch. Aber dann zucken seine Mundwinkel und er lacht. Rau und ein bisschen wild. Und das Geräusch löst ein heißes Ziehen in mir aus. Er öffnet das Handschuhfach, zieht zwei Minibar-Tüten mit Nüssen heraus – und zwar die gleichen, die ich immer für PB&J ausgelegt habe. Die muss er aus dem Vorratslager des Hotels gemopst haben. Er reicht mir eine und stößt dann seine Tüte gegen meine.

»Fight Club«, formt er lautlos mit den Lippen und richtet den Blick wieder auf die Straße, weil die Ampel auf Grün springt.

Und weil man nicht über den Fight Club spricht, aber für immer ein Teil davon ist, nicke ich nur, lächle und schiebe mir eine Nuss zwischen die Zähne. Denn genau das will ich, ein Teil von Miles sein. Soweit das eben geht.

Miles

Wir erreichen die Lodge gegen Mittag. River hat tatsächlich kein Wort mehr gesagt. Die gesamte Fahrt über, was, denke ich, weniger mit meiner Ansage zusammenhängt, sondern mehr damit, dass es ihm echt dreckig geht. Er ist so blass, dass ich ihn lieber zu einem Arzt bringen würde, als ihn in eines der Zimmer im Erdgeschoss der Lodge zu verfrachten, das er sich mit Seth teilen wird.

Als ich ihn auf dem Bett absetze, keucht er vor Schmerz. »Fuck«, schimpft er leise und krallt die Hand in den Stoff seiner Jogginghose.

»Du solltest echt überlegen was zu nehmen«, erinnere ich ihn an die Pillendose, die er in der Hosentasche mit sich rumträgt. Vermutlich der einzige Ort, wo sie vor Seth sicher ist.

Er schüttelt den Kopf und ich kapiere es nicht. »Warum weigerst du dich so vehement etwas gegen die Schmerzen zu nehmen?«

Er lacht trocken auf. Draußen höre ich Seth und Via näher kommen. Sie haben das Gepäck und den Rollstuhl ausgeladen, während ich River gestützt habe. »Ich bin Sportler«, stößt er angestrengt hervor. »Verträgt sich nicht damit, sich mit so einer Scheiße vollzupumpen.«

War. Er war Sportler. Das ist doch bescheuert. Aber dann sehe ich, wie er Seth ansieht, der das Zimmer betritt und schon jetzt wieder eindeutige Entzugserscheinungen zeigt, und denke, seine Ablehnung hat wahrscheinlich null mit dem Sport zu tun, sondern eher damit, dass er Angst hat abzurutschen wie sein Bruder, gerade jetzt, wo das Ist ein War geworden ist und die Realität ätzend scharfkantig.

»Krasser Scheiß, der Bunker.« Seth öffnet die Minibar und zieht ein Bier heraus, das er aufdreht. Den Deckel lässt er achtlos auf den Boden fallen.

»Heb das auf«, stößt River hervor, die Augen noch immer geschlossen, aber er bekommt langsam wieder Farbe. »Sofort.«

Seth zögert, hebt dann aber brummend den Müll auf und wirft ihn in den Papierkorb. »Chill mal, echt«, brummt er und setzt dann seine Tour durch das Zimmer fort.

Aus dem Bad kommt Sekunden später: »Voll Luxus, Bros. Die habn hier übelst weiche Bademäntel. Die geb ich ganz sicher nich zurück.«

River strafft die Schultern. Er sieht gestresst aus. »Wenn du hier irgendwas mitgehen lässt, bringe ich dich eigenhändig um.«

Seth taucht im Türrahmen auf und sieht beleidigt aus. »Ich wollt die nich ausraubn. Fuck, ich sprech von verficktn Bademänteln. Die steckt doch jeder ein.«

Eigentlich nicht. Weil es genau genommen Diebstahl ist. Die Dinger sind Eigentum der Lodge und ich könnte in Teufels Küche kommen. Nicht nur weil ich die beiden hier einquartiert habe, ohne Alex vorher zu fragen. Vor allem, weil ich seine Antwort kenne. Insbesondere wenn es darum geht, einen Junkie in die frisch renovierten Zimmer zu lassen.

»Du steckst gar nichts ein«, stöhnt River und fährt sich verzweifelt durch die Haare. »V, für eine Nacht ist das hier okay. Ich zahl es dir zurück, aber für länger kann ich mir das nicht leisten. Und auch nicht sicherstellen, dass Seth sich benimmt.«

Via will widersprechen, aber River unterbricht sie vorher.

»Ich brauche so schnell wie möglich eine kleine Wohnung oder so. Was Billiges, wo ich keine Sorge haben muss, dass unser Timothée Chalamet als Beautiful-Boy-Verschnitt hier das Inventar versetzt.«

Ich könnte sagen, dass keiner von den beiden bezahlen muss, er sich also keine Gedanken um die Kohle machen muss, weil sie offiziell gar nicht hier sein dürften.

Aber da das auf Dauer nicht geht, ohne dass ich meinen Job verliere. Da River nicht auf Dauer neben Via wohnen kann, ohne dass ich sie verliere. Und weil ich ein egoistischer Mistkerl bin, der zu nichts davon bereit ist, sage ich: »Ich wüsste da vielleicht was. Ist nichts Dolles, aber es wäre billig.«

River sieht mich erwartungsvoll an, während sich Seth auf sein Bett wirft und nachfedert, als wäre es ein Scheißtrampolin.

»Ich nehme alles.« Er verdreht die Augen.

»Über dem *Bad Habits* ist letztens eine kleine Wohnung frei geworden. Ich glaube nicht, dass sie sie schon neu vermietet haben. Da sie über einer Bar liegt und ein ziemliches Loch ist, ist sie auf jeden Fall billig. Aber …« Ich deute auf seine Beine. »Sie liegt im ersten Stock. Kein Fahrstuhl, nur eine steile Außentreppe.«

River stöhnt. »Ich bin kein verdammter Krüppel.«

»Nein, aber krank«, entgegne ich trocken.

»River, das geht nicht.« Via klingt so mitfühlend, dass er trotzig das Kinn vorschiebt.

»Die Treppe ist kein Problem.« Er tut so, als wäre es das wirklich nicht, ist aber nicht besonders überzeugend. »Ich muss sowieso trainieren. Das kriege ich hin.«

Wem will er das weismachen? Er hat es kaum vom Parkplatz hierher geschafft und da hatte er mich als menschliche Krücke. Niemals schafft er es allein über eine wacklige, steile Holztreppe in den ersten Stock. Und Seth dürfte eine eher unzureichende Hilfe sein. Allerdings bedeutet das auch, er wäre dort sicher verwahrt. Nicht in Vias Nähe, hätte keine Chance sie hier zu überfallen und wieder gemeinsamen Grund mit ihr zu suchen. Ich sollte Skrupel haben, so berechnend zu sein und ihn, angeschlagen, wie er ist, dort abzuladen, aber ich bin auch nicht Mutter Theresa. Wenn River sich sein eigenes Grab schaufelt, werde ich ihn sicher nicht aufhalten.

»Okay, ich rufe an und versuch einen Termin für morgen zu kriegen.«

Via

Letzte Nacht habe ich nicht geschlafen und bin emotional ausgedörrt wie die Mojave-Wüste. Aber gleichzeitig bin ich so aufgekratzt, dass ich unmöglich noch länger im Bett hätte liegen können. Vielleicht habe ich auch gehofft Miles auf dem Sonnendeck bei seinem Morgenkaffee zu begegnen, aber er war schon los zur Arbeit. Später ist der Besichtigungstermin für Rivers Wohnung, und da er rechtzeitig Schluss machen will, hat er sicher früher angefangen als üblich. Vielleicht konnte er aber auch einfach nicht schlafen, genau wie ich.

Ich kritzle einige lose Worte in mein Notizbuch und klappe es dann zu, weil ich mich sowieso nicht konzentrieren kann. Ich tauche die Beine ins Poolwasser, lasse sie kreisen, befeuchte meine Hand und lege sie mir in den Nacken. Obwohl es noch früh am Morgen ist, ist es bereits drückend heiß.

»Hey, V.«

Ich blinzle gegen die Sonne zu Nora auf. »Du bist schon wach?« Das entspricht so ganz und gar nicht ihrer Morgenmuffel-Gewohnheit. Zumal wir die halbe Nacht über Seth, River, den Unfall und Rivers Vergangenheit geredet haben, damit sie über alles informiert ist.

»Ich war uns sogar schon Kaffee holen.« Sie hält mir einen Pappbecher hin und setzt sich im Schneidersitz neben mich. »Könnte sein, dass ich dabei dem Chef von dieser krassen Lodge begegnet bin.« Sie sieht nicht alarmiert aus, während mein Herz augenblicklich schneller schlägt. Wenn Alex mitbekommt, dass Miles drei weitere Gäste im Hotel einquartiert hat, ohne das abzuklären oder dafür Geld zu verlangen, wird das Ärger geben. Selbst wenn es nur für eine Nacht ist.

»Der Typ ist ein echter Stiesel, wollte wissen, was ich in seinem Hotel zu suchen habe. Und wer erlaubt hätte, dass ich hier bin.« Sie zuckt die Schultern. »Hab ihm nichts von den Jungs erzählt, nur dass ich dich übers Wochenende besuche und er ja sicher nichts dagegen hat, weil du genau genommen ein Doppelzimmer bezahlst.«

»Er war sauer?« Ich hätte Miles nicht seinen Schlüssel benutzen und Seth und River ein Zimmer geben lassen dürfen. Ich hätte darauf bestehen sollen, die beiden ganz offiziell am Empfang anzumelden und für sie zu bezahlen.

Aber gestern schien es irgendwie plausibel, dass niemand wissen sollte, dass River hier ist. Und dass wir nur schlafende Hunde wecken würden, wenn Miles Alex angerufen und mit ihm gesprochen hätte.

»Nicht lange.« Nora grinst. »Ich habe meinen Charme spielen lassen.«

Und der bringt selbst Gewitterwolken dazu, sich zu verziehen. Alex' schlechte Laune dürfte keine Chance gehabt haben. »Danke.«

Nora spritzt mit Wasser nach mir. »Ist nicht so, dass ich ein großes Opfer bringen musste. Ich stehe ja auf Streber. Und dieser Alex ist verdammt Streber-sexy.«

»Nora«, bringe ich prustend hervor.

»Ganz ehrlich, hier am See muss was im Wasser sein, wenn ich mir angucke, wie gut aussehend die Jungs sind. Ich meine, da hätte wir diesen Alex, dann Miles …«

Mein Lächeln verrutscht und ich senke den Blick. »Miles kommt genau genommen nicht von hier«, murmle ich.

»Nebensächlichkeiten. Reden wir lieber darüber, was da zwischen euch läuft?«, fragt Nora und dreht sich zu mir. Das Thema haben wir letzte Nacht ausgeklammert. »Ich meine, ich sehe doch, wie du ihn anguckst, wann immer er in deiner Nähe auftaucht.«

Ich beiße mir auf die Lippen. »Wie sehe ich ihn denn an?«

Nora überlegt. »Wie Blueberry Cheesecake. Oder nein, das ist mein Guilty Pleasure. Du siehst ihn an wie den Pumpkin Spice Latte von Starbucks mit zwei Shots Karamell, den du so liebst.« Sie vergewissert sich, dass wir noch immer allein sind, und senkt ihre Stimme. »Du siehst ihn an, wie du River nie angesehen hast.«

Es stimmt und versetzt mir einen Stich. Ich fühle mich so verdammt schuldig für mein dummes Herz, das River einfach nicht so geliebt hat, wie er es verdient, und sich jetzt ohne Umschweife Miles zuwendet. Und ich mache mir Sorgen, Nora könnte deswegen dasselbe Bild von mir bekommen wie das, das Rivers Follower haben. »Ich wollte das nicht«, flüstere ich und Nora drückt mir den Arm, sodass ich weiterrede. Einfach immer weiter. Denn das hier ist Nora. Meine Freundin. Die einzige, die in der schlimmen Zeit vorbehaltlos zu mir gehalten hat. Und ich muss mit irgendwem darüber sprechen, sonst platze ich. »River und ich kennen uns schon so lange, waren immer die besten Freunde und ich dachte, das ist eine gute Basis. Ich dachte, das reicht. Ich dachte wirklich, dass es ausreichen kann, dieselben Pläne zu haben, dieselben Freunde, dieselben Werte. Ich dachte, wenn Mom und Dad so glücklich sind, könnte ich es auch. Ich dachte, ich wäre glücklich gewesen.«

»Könnte es sein, dass du zu viel denkst?« Sie lacht leise und drückt meine Hand. »Liebe oder Glück passieren nicht hier.« Sie tippt sich gegen den Kopf. »Sondern hier.« Sie legt die Hand auf ihre Brust. »Das ist nichts, was du beeinflussen kannst, V.«

Ich nicke. »Ich hätte das mit River trotzdem nie aufgegeben, habe nie auch nur einen anderen Mann angesehen.«

»Hab's mitbekommen«, wirft Nora trocken ein und entlockt mir ein winziges Lächeln.

»Aber dann hat er Schluss gemacht und ich war hier. Und Miles war hier.« Ich mache eine unbestimmte Handbewegung, die zeigt, dass wir unumgänglich waren. »Wir haben uns geküsst, Nora, und das war …« Ich habe keine Worte dafür. Ich, die immer alles in Worte packt.

»Anders«, bietet Nora an.

»Anders«, stimme ich zu, auch wenn das nicht mal im Ansatz umreißt, dass Miles mich mit hundertachtzig Meilen die Stunde erwischt hat. »Das hätte nicht passieren dürfen. Ich dürfte nicht so für ihn empfinden.«

»Und warum nicht?«

Ich sehe Nora entgeistert an und schnaube. »Vielleicht weil ich erst seit drei Minuten getrennt bin. Von dem Mann, mit dem ich meine Zukunft geplant hatte und der nur mit mir Schluss gemacht hat, um mich zu beschützen. Dem ich das verzeihen müsste, weil es das Richtige war. Weil er jetzt hier ist und meine Hilfe braucht, was das Ganze episch kompliziert macht. Und kompliziert etwas ist, was Miles gerade nicht stemmen kann. Außerdem würde ich jedem recht geben, der mir vorgeworfen hat, ich hätte River nicht geliebt.«

»Du liebst ihn doch.« Nora deutet hinter sich zur Tür seines Hotelzimmers. »Sonst wäre er nicht hier. Aber du bist eben nicht verliebt in ihn. Und mal ganz nebenbei geht das nur euch etwas an. Niemanden sonst, also scheiß auf die ganzen Idioten im Netz.«

Es tut gut, das so deutlich aus Noras Mund zu hören, aber mein Pflichtbewusstsein gibt noch nicht auf. »Kann schon sein, aber selbst wenn das stimmt, bin ich nicht bereit für eine neue Beziehung. Und Miles ist es noch weniger.« Er hat gerade erst seine Schwester verloren und sein gesamtes Leben liegt auf Eis, weil er nicht klarkommt. Ich sollte es wirklich nicht noch schwerer für ihn machen.

Nora nickt. »Hör endlich auf alles zu zerdenken, Via. Er mag dich. Genug, um die gesamte Nacht durchzufahren, nur um deinen Ex vor irgendwelchen Bösewichten zu warnen. Er hat ihn an den See kutschiert und riskiert seinen Job, um ihn hier einzuquartieren, weil er weiß, wie wichtig dir das ist. Er tut dir gut. Du leuchtest, sobald er in deiner Nähe ist, und du magst, wie er dich küsst. Sehr sogar. Also, was sagt dir das?«

»Arrrg«, stoße ich hervor und verziehe das Gesicht. »Ich weiß es nicht.

»Okay, ich schon. Also, du magst ihn. Er mag dich. Ihr tut einander gut. Ja, die Situation ist verquer und wahrscheinlich wird es eher kein Happy-End-Ding, weil alles megaverworren ist, aber das bedeutet doch nicht, dass du den Moment nicht genießen kannst. Erlaub dir glücklich zu sein. Sieh ihn als kleine Insel in all dem Chaos, in das River dich gestoßen hat. Das ist, wie Reeses Buttercream Drops in einem Kurs von Prof Davis zu essen. Die heirate ich auch nicht, aber sie helfen und machen mich glücklich genug, um die dunklen Stunden zu überstehen.«

Ich starre wortlos ins Wasser. »Ich glaube, ich kann das nicht.«

»Was spricht dagegen?« Nora nimmt meine Hand und bringt mich dazu, sie anzusehen.

Ich zögere. »Ich habe Angst um mein Herz«, gebe ich flüsternd zu. Ich habe mich schon jetzt viel zu sehr in der Sache mit Miles verstrickt.

»Dann halt dein Herz aus der Sache mit ihm raus. Hab eine nette Zeit, nimm mit, was er bereit ist zu geben, knutsch rum, hab atemberaubenden Sex. Nicht alles muss so wahnsinnig ernst sein und gleich für immer.«

Bei Nora hört sich das so einfach an. Vernünftig irgendwie

und total plausibel. Und mich erfasst ein warmes Prickeln bei dem Gedanken daran, Miles wieder zu küssen, ihm nah zu sein. Dass es okay wäre, Miles als meinen Rückzugsort zuzulassen. Als meine Therapie. Das Heilmittel, das ich so dringend brauche. Und wenn ich dasselbe für ihn sein kann, hat Nora vielleicht recht und das ist, worum es geht. Wir könnten einander guttun, bis wir zurückkehren müssen in unsere alten Leben.

River wiederzusehen ist gut. Irgendwie. Und so verdammt scheiße, weil es diesen ganzen dunklen Sumpf aufwühlt. Und meine Seele jetzt stinkt und sich windet, um nicht im verfickten Morast zu versinken. Ich reibe über mein Brustbein, aber das wird nichts ändern. Die Tabletten in Rivers Hosentasche würden helfen, aber er bewacht sie wie ein Scheiß-Staffordshire.

River liegt auf dem Bett. Die Augen zu, aber er schläft nicht mehr. Hat vielleicht gar nicht geschlafen. Was weiß ich. Sieht auf jeden Fall fertig aus. So als bräuchte er Amph genauso dringend wie ich. »Ich geh raus.«

Er richtet sich etwas auf. »Wir fahren gleich, um uns die Bude anzugucken, die Miles klargemacht hat. Die Bude, in der du mit mir zusammenwohnen willst.«

»Ich brauch was.« Ich könnte ihn auch anlügen und behaupten, ich wollte nur frische Luft schnappen oder mir den Luxusschuppen ansehen, aber er weiß längst, dass ich ein verfickt hoffnungsloser Fall bin.

»Nein.« Der sture Bock setzt sich auf und platziert seine Krücke zwischen mir und der Tür. »Du bleibst hier und hörst auf mit dem Dreck.«

»Sonst?« Sie haben ihn zu einem Krüppel gemacht. Er kann mich nicht aufhalten, selbst wenn er wollte. Ich schiebe die Krücke beiseite und öffne die Tür. »Bin rechtzeitig wieder da«, murmle ich. Zumindest mein Körper. Denn den Rest werde ich auf eine Reise sehr weit weg schicken. So verdammt weit weg von dieser Welt, dass die Loughlins keine Rolle mehr spielen.

Miles

Ich habe mich abgehetzt, um rechtzeitig hier zu sein, nur um jetzt neben dem Wagen zu stehen und auf River zu warten, der nicht auftaucht. Via hat er gesagt, wir sollen auf dem Parkplatz auf ihn warten. Vom Bett in den Rollstuhl und auf den Parkplatz würde er es mit Seths Hilfe schon schaffen.

»Okay, das reicht. Ich gehe ihn holen.« Ich fahre mir durch das noch feuchte Haar. Wir werden den Besichtigungstermin der Wohnung nicht verpassen, weil River sich etwas beweisen muss.

»Soll ich mitkommen?«

Via sieht mich entschuldigend an. Sie muss aufhören sich für Rivers Sturkopf und seine Entscheidungen verantwortlich zu fühlen. Wir warten nicht auf sie, sondern auf ihn. »Nein, ist okay. Ich schaffe ihn schon her.« Mit langen Schritten gehe ich durch die Lobby und zu seinem Zimmer, klopfe und höre ein Fluchen hinter der Tür. »Hey, alles klar?«

»Fuck, ja.«

Klingt gar nicht so. »Ich komme jetzt rein.« Ich halte meine Schlüsselkarte gegen das Schloss und drücke die Tür auf, als das grüne Licht aufblinkt. Vielleicht ist es nicht fair einfach reinzuplatzen, aber Privatsphäre können die Jungs in der neuen Wohnung haben. Wenn Jason sie ihnen überhaupt vermietet, nachdem wir uns verspäten. Und das werden wir, denn River sitzt noch auf dem Bett und hat seine Ich-hasse-die-Welt-Fresse aufgelegt. Von Seth keine Spur.

»Hey«, brumme ich. »Via und Nora warten schon. Bist du fertig? Und wo ist Seth?«

Er rutscht an den Rand des Bettes. »Nicht da.«

Hört sich an, als wäre das auch gesünder für ihn, weil River ihn sonst mit einer Felge des Rollstuhls erdrosseln würde.

Ich verschränke die Arme vor der Brust. »Bedeutet was?« Ganz sicher werde ich den Typen nicht allein im Hotel lassen, wo er am Ende über Alex stolpert oder was mitgehen lässt.

»Dass er nicht da ist.« River funkelt mich an und stößt dann die Luft aus. »Ist weg, was besorgen«, schiebt er sanfter hinterher.

Deswegen ist er also so unausstehlich. Seth hat sicher nicht von Jolly Ranchers gesprochen und River konnte ihn nicht aufhalten, weil er ein Wrack ist. Muss sich scheiße anfühlen so hilflos zu sein. »Und wann wird er wiederkommen?« Wir müssen echt los.

River zuckt die Schultern. »Er sollte eigentlich längst zurück sein, aber ...«

Aber wenn er konsumiert hat, wird er kaum die Uhr im Blick haben. Ich nicke. »Okay, dann fahren wir ohne ihn.« Ist ein Risiko, aber es lässt sich nicht ändern. »Er weiß, wo wir sind, oder?«

River nickt. »Er kann nachkommen.« Er greift nach der Lehne des Rollstuhls und ich mache einen Schritt auf ihn zu, um ihm zu helfen. Aber er lässt es nicht zu. »Ich schaff das«, presst er durch zusammengekniffene Kiefer hervor.

Er will nicht von mir abhängig sein, mir vertrauen. Ausgerechnet mir, weil sein Bruder ihn für ein paar Pillen im Stich gelassen hat.

Er stemmt sich mit den Armen hoch, strauchelt, gleicht die Bewegung mit seinen Beinen aus und stöhnt vor Schmerz auf.

Ich bezweifle, dass er überhaupt schon mehr als ein paar Kilo Belastung auf das zerschmetterte Bein bringen darf, und das hier dürfte tödlich für den Heilungsprozess sein, aber, hey, ich bin weder sein Dad noch sein Arzt.

Heftig atmend schafft River es in den Stuhl, schließt sekundenlang die Augen.

»Bist du okay, Mann?« Er nickt. »Okay, dann lass uns endlich los, bevor Jason die Bude an jemand anderen vermietet.« Ich will ihn anschieben, aber er stoppt die Räder mit seinen Händen.

»Ich weiß das hier alles echt zu schätzen. Auch wenn wir, denke ich, beide wissen, dass du es nicht für mich, sondern für sie tust.« Er verzieht kurz das Gesicht, als würde die Tatsache, dass er Via in meine Arme getrieben hat, mehr wehtun als seine Verletzungen. »Aber ich schaffe es allein diesen bekloppten Rollstuhl vorwärtszubewegen. Meine Arme sind in bester Ordnung.« Er gibt sich mit beiden Händen Anschwung und ist erstaunlich schnell, bis er die erste Kurve kriegen muss, eine von Alex' frisch gestrichenen Wänden rammt und sich festfährt.

»Fuck.« Er versucht den Rollstuhl loszubekommen, kriegt es aber nicht hin und lässt schließlich widerstrebend zu, dass ich ihn befreie und um die Ecke und über den Steg zum Parkplatz schiebe, bevor er wieder übernimmt. Dabei wechseln wir kein Wort. Was sollten wir auch sagen? Die Situation ist beschissen. Für alle Beteiligten.

»Hey, alles klar bei euch?« Via sieht zwischen uns hin und her, während wir beide nicken. »Und wo habt ihr Seth gelassen?«

»Kommt später nach. Er hat die Adresse«, antworte ich und helfe River auf den Beifahrersitz. Hat was von einem eingespielten Team. Ein Team, in dem sich die Mitglieder nicht ausstehen können.

»Hattet ihr Bro-Time da drinnen?« Nora stößt mich lächelnd an. »Hat ja ewig gedauert.« Sie zieht den Schlüssel von Rivers Pick-up aus der Hosentasche. »Ich sehe euch dann da.«

»Du kannst bei uns mitfahren«, protestiert River, aber Nora wirft ihm nur einen Luftkuss zu. »Du hast viel wiedergutzumachen, mein Lieber. So schnell gebe ich den Wagen nicht wieder her. Außerdem willst du ihn sicher dort haben, solltest du die Wohnung nehmen.«

Ich schiebe mich hinter das Steuer, ignoriere River, der leise vor sich hin flucht, und fahre los.

Die gesamte Fahrt zum *Bad Habits* starrt River das Uber-Menü an. Die letzten Zeilen, die Via und ich gemeinsam daruntergesetzt haben. Als wollte er sie mit seinem Blick weglasern. Mich würde er vermutlich auch gleich mit auslöschen. Aber vielleicht erst, nachdem ich ihn die Treppe zur Wohnung raufgeschafft habe.

Ich halte den Wagen auf dem Parkplatz hinter der Bar. Seth ist nirgendwo zu sehen. Hatte ich auch nicht angenommen. River auch nicht, so resigniert wie er ausatmet.

»Warten wir noch auf deinen Bruder?« Nora ist aus dem Pick-up gestiegen, lehnt sich in mein heruntergelassenes Fahrerfenster und streckt den Nacken, als hätten wir einen Achtstundentrip hinter uns. Dabei liegt das *Bad Habits* keine zehn Minuten von der Lodge entfernt.

River schüttelt den Kopf, schließt die Augen und stößt die Luft aus. »Er kommt nicht.«

»Das weißt du nicht, River.« Via legt ihm ihre Hand auf die Schulter, streicht ihm vertraut über das Shirt und ich versuche echt nicht darauf zu reagieren. Funktioniert nicht, wenn ich Noras Blick richtig deute, die mich mitleidig ansieht. Keine Ahnung, wie ich damit umgehen soll, dass ich von Ich-bin-wieder-glücklich-wegen-Via zu Man-muss-Mitleid-mit-mir-haben-wegen-Via innerhalb weniger Stunden gelangt bin.

Jason, der Besitzer, kommt aus der Bar und ich steige aus, um ihn zu begrüßen. Und um nicht mehr länger mit meinen Gedanken, River und Via in einem Auto eingesperrt zu sein.

»Hey, Jay.« Ich schlage mit ihm ein. Die ersten Wochen habe ich mich regelmäßig in seiner Bar abgeschossen und mehr als einmal hat er mich in der Wohnung darüber pennen lassen, die er jetzt River zur Miete anbietet. Er hat nie gefragt, wieso ich so fertig war. Genauso, wie er jetzt nicht gefragt hat, warum River von einem Tag auf den anderen eine Bleibe braucht oder wieso das mein Problem ist.

»Danke, dass du so schnell Zeit hattest.«

»Immer. Ist er das?« Er deutet auf River, der den Kopf gegen den Sitz gelehnt hat, sich aber jetzt abstößt und die Tür öffnet.

»Hi, ich bin Riv.« Er steigt nicht aus. Wie auch? Aber er dreht sich mühsam auf dem Sitz und hält Jason seine Hand hin.

Jason bemerkt natürlich, dass River seine Beine kaum bewegen kann, sieht die Schiene und schüttelt den Kopf. »Jungs, ich helfe gern, aber seid ihr sicher, dass meine Bude das Richtige ist? Ich meine …« Er sieht zu der Treppe, die ihren Schatten auf den Asphalt und die Müllcontainer darunter wirft.

River lacht. Ein Mir-scheint-die-Sonne-aus-dem-Arsch-Lachen. »Das pack ich schon. Kein Ding. Hauptsache, ich kann irgendwo pennen.«

»Okay, wie du meinst.« Jason hebt die Arme. »Ich muss wieder an die Arbeit. Guckt euch alles in Ruhe an.« Er legt River den Schlüssel in die Hand. »Den könnt ihr nachher bei mir in der Bar abgeben. Und dann gibst du mir einfach die Tage Bescheid, ob du die Wohnung haben willst, okay? Falls ja, wären das 300 Dollar pro Monat, zahlbar immer am Ersten, keine Kaution. Ich vertraue darauf, dass du ein Freund von Miles bist und keinen Blödsinn machst.«

»Eigentlich …«, River hält ihm seine Hand hin. »… können wir direkt einschlagen.«

»Du hast sie doch noch nicht mal gesehen.« Nora lehnt sich gegen den Kotflügel und senkt den Blick, weil ihr klar wird, dass es keine Alternativen gibt. River muss die Wohnung nehmen. Selbst wenn sie klein und schmuddelig ist, mit zu wenig Fenstern, zu viel Lärm durch die Bar und einer Treppe, die ihn zu einem Gefangenen in den eigenen vier Wänden machen wird.

Jason mustert River und runzelt die Stirn. »Du bist aber nicht in irgendwelche krummen Sachen verwickelt, oder?« Die Frage geht in meine Richtung, obwohl er River nicht aus den Augen lässt.

»Er ist in Ordnung.« River ist vielleicht mein größter Konkurrent, schlecht gelaunt as fuck, was ich ihm nicht mal verübeln kann, aber kriminell ist er sicher nicht. Die Typen, mit denen er es zu tun hat, schon, aber die wissen nicht, dass er hier ist, weswegen ich den Gedanken beiseiteschiebe. River ist nur ein Typ, dem das Leben um die Ohren geflogen ist. Was wir dann wohl gemeinsam haben. Aber das ist nicht der Grund, aus dem ich ihm helfe. Ich tue das für Via. Und weil Jason noch immer skeptisch guckt, lege ich noch einen drauf. »Wie du ja siehst, hatte er ’nen ziemlich krassen Unfall. Hat sein Leben ordentlich durchgeschüttelt. Er muss einfach mal raus. Den Kopf frei kriegen, ohne dass ihm die Leute auf die Nerven fallen.«

»Okay, gut.« Jason nickt. »Die erste Miete kannst du mir im Laufe der Woche geben. Komm einfach in der Bar vorbei. Dann gebe ich dir auch ein Bier zum Einstand aus.« Damit dreht er sich um und verschwindet im Inneren der Bar.

River müsste erleichtert sein, aber er sieht einfach nur wütend aus. Nora und Via tragen Rivers Tasche und den Rollstuhl nach oben und schließen die Wohnungstür auf, während ich ihn die Treppe hochschleppe.

»Benutz nie wieder meine fucking Beine für einen Mitleidsbonus«, zischt er mir zu. »Nie wieder.«

Das ist also sein Problem. »Sonst was?«, ächze ich. Will er

mir verbieten ihn weiter irgendwelche Treppen rauf- und runterzuschleppen? Kein Problem. Soll er doch in seinem Elfenbeinturm versauern. »Weißt du, ein einfaches Danke hätte es auch getan.«

»Dafür, dass du dich als Held aufspielst, um meine Freundin rumzukriegen?«

Wir haben den mittleren Treppenabsatz erreicht.

»Deine Freundin?« Ich lache kurz und hart. »Ich denke nicht, dass sie das noch ist, nachdem du ihr das Herz gebrochen und die komplette Uni dazu gebracht hast, sie zu hassen.« River würde mich am liebsten loslassen oder, noch besser, gegen die Wand klatschen. Ich weiß das, weil ich dasselbe tun möchte. Aber das geht nicht. Also stütze ich den Idioten, zerre ihn stöhnend Stufe für Stufe weiter nach oben, während er sich mit einem Arm am Geländer abstützt.

»Ich wollte sie nur beschützen«, knurrt er.

Und das Problem ist, egal wie sehr ich River hassen will, egal wie sehr mich die Situation ankotzt, ich weiß, dass er recht hat und kein schlechter Typ ist. In einem anderen Leben, in dem wir nicht Gefühle für dasselbe Mädchen hätten, wären wir vielleicht sogar Freunde geworden. Aber wir reden hier über mein Drecksleben.

Mein Kopf tut weh. Es ist dunkel, riecht nach Exkrementen. Stöhnend taste ich ins Schwarz. Gitter. Das sind Gitter. Ich muss hängen geblieben sein. Auf einem schlechten Trip. Denn das hier kann nicht die verfickte Realität sein. Die Stille. Die Dunkelheit. Der Geruch. Das darf nicht echt sein. Ich schlage meinen Kopf gegen die Stahlstreben des Käfigs und der Schmerz explodiert tausendprozentig real hinter meiner Stirn, lockert Erinnerungen. An ein Drecksloch. Die Art von Drogen, die ich mir leisten kann, gibt es nicht in hübschen Sommerhäusern oder in den Hochglanzstädten rund um den See. Man muss suchen, und zwar in der Gosse.

Eine weitere Erinnerung knallt durch mein Gehirn. Wie ich zwischen versifften Wänden wach werde. Von Stimmen, die was von Razzia faseln. Das Gefühl, es würde etwas nicht stimmen, das durch meinen benebelten Kopf wabert. Meine Hand, die nach dem geklauten Telefon tastet, als wäre die Hosentasche auf einem anderen Planeten. Jede Ziffer von Rivers Nummer ein Marathon, den ich nicht packe. Dann seine Stimme. Er will wissen, wo ich bin. Und, verdammt, ich will es ihm sagen, will, dass er mich holen kommt. Selbst wenn er mir dann einen Scheißvortrag hält. Ich will hier weg, aber … die Erinnerung bricht. An demselben Schmerz, der jetzt durch meinen Kopf wütet. Ich taste in meine Haare. Blut. Da ist Blut und verschlossene Dunkelheit und Schmerz. Wie früher.

Via

River hat kein Wort gesagt, seitdem wir die Lodge verlassen haben. Er sieht fertig aus, blass und kaputt. Aber da ist mehr als nur die körperliche Anstrengung oder die Schmerzen, die er haben muss.

Es macht ihm zu schaffen, dass Seth weg ist und niemand weiß, wann er wiederkommen wird. Vielleicht auch, dass er in einer Wohnung hockt, die bestenfalls als deprimierendes Loch bezeichnet werden kann. Dunkles Holz, windschiefe Einbauschränke, eine zerschlissene Couch, direkt neben einer winzigen Küchenzeile. Den Großteil des Zimmers nehmen kahle Holzbohlen und das Bett ein, auf dem River sitzt und verloren aussieht. Das Bad liegt hinter einer Tür, die zu eng für den Rollstuhl ist. Ganz davon abgesehen, dass der Raum kaum größer ist als die Badezimmer in einem Camper, wo man sich auf der Toilette sitzend duscht und gleichzeitig die Zähne über dem Waschbecken putzen kann.

»Okay, ist doch ganz hübsch.« Nora schiebt den Einbauschrank auf und verschließt ihn mit einem theatralischen Seufzen wieder.

»Nora, du brauchst nicht lügen.« River verschränkt die Arme vor der Brust. »Es ist ein feuchter Traum für Kakerlaken, aber das spielt keine Rolle. Es ist billig, ich habe ein Dach über dem Kopf und niemand findet mich hier. Der Rest ist egal.«

River lügt. Er braucht einen Ort, an dem er sich zu Hause fühlen kann. Hat er schon immer. Vielleicht weil er als Junge so lange keinen solchen Ort hatte. Und diese Wohnung ist alles andere als das. Es macht ihn fertig hier zu sein und doch überspielt er es mit einem halben Lächeln, klatscht in die Hände und deutet auf die offen stehende Tür. »Ihr solltet fahren. Ich komm klar.«

Tut er nicht. Er steht kurz davor, in Tränen auszubrechen, und es zerreißt mir das Herz, ihn so zu sehen. Ich stehe auf und gehe mit Nora und Miles zur Tür, ziehe sie halb hinter mir zu, folge den beiden aber nicht die Treppenstufen hinab.

»Was ist?« Miles bleibt stehen und blinzelt mich gegen das Sonnenlicht an.

»Fahrt ihr ruhig zum Supermarkt, aber ich …« Ich deute hinter mich auf den Spalt, der in die Wohnung führt.

»Du kommst nicht mit?« Nora runzelt die Stirn.

»Ich sollte mit River reden.« Ich beiße mir auf die Lippen. »Es geht ihm nicht gut.«

Ein gezwungenes Lächeln huscht über Miles' Gesicht. »Du hast recht.« Er atmet geräuschvoll aus, versucht sich an einem Lächeln, das auf halber Strecke verendet. »Er braucht dich jetzt.«

Kein Sarkasmus, kein spitzer Unterton. Miles meint das todernst. Obwohl es ihm unendlich schwerfallen muss.

»Wir holen dich dann später ab.« Er legt seine Hand an meine Wange und meine Zellen drehen durch, weil sein Blick zu meinen Lippen stolpert, ganz kurz nur, und ich denke, er wird mich küssen, doch dann drückt er sie doch nur gegen meine Stirn. In der einen Sekunde ist da sein Atem auf meiner Haut und in der nächsten ist er fort, dreht sich um und läuft die Treppe hinab, ohne sich noch einmal umzusehen.

Nora steht noch immer auf der Treppe und wirft mir einen langen Blick zu. Einen Was-tust-du-denn-Blick, weil ich mich für den Mann entscheide, der mir das Herz gebrochen hat. Nicht für Miles. Den Miles, der für mich da war, als ich dachte, nichts geht mehr. Der mich wieder zum Lachen gebracht hat, der alles in mir zum Vibrieren bringt, mit dem ich mich so viel besser fühle. Ich lasse mich auf die Stufen sinken, versuche das Gefühl, dass ich alle einfach nur enttäusche, wegzuatmen. Inklusive mir selbst. Es funktioniert nicht, also warte ich stattdessen, bis Miles' Wagen um die Ecke biegt und aus meinem Sichtfeld verschwindet, bevor ich mich stöhnend aufrapple und zu River gehe.

Er sitzt noch genauso auf dem Bett, wie ich ihn zurückgelassen habe. Als hätte er nicht mal geblinzelt, seitdem ich das Zimmer verlassen habe. Es ist richtig, dass ich hier bin. Wir sind Freunde und er kann jetzt nicht allein sein.

»Hey«, sage ich leise und lasse mich neben ihn plumpsen.

»Hey.« Er grinst schwach. »Du bist nicht gefahren.«

»Nein.« Ich lege ihm meine Hand auf den Arm und drücke leicht zu. »Ich bin hier. Wie geht es dir?«

Er macht ein unbestimmtes Geräusch, das alles oder auch nichts bedeuten kann.

»Was ist mit Seth?« Er ist nicht aufgetaucht. Es wäre einfacher, wenn ich wüsste, dass River nicht allein sein wird, wenn ich später fahre.

»Er hat angerufen«, sagt River. »Vorhin, als ihr mit Jason die Verträge holen wart.«

»Was hat er gesagt?«

River legt nachdenklich den Kopf schief. »Gar nichts.«

»War er zu zugedröhnt?«

»Möglich.« Er verzieht das Gesicht, nickt, schüttelt dann aber den Kopf. »Gut möglich. Es ist nur, er war nicht allein. Da waren Stimmen im Hintergrund.«

»Spricht dafür, dass er in einer Bar oder einem Club ist.« Ich überlege. »Gibt nicht viele, die um diese Zeit schon aufhaben. Ich könnte ihn suchen.«

Aber River schüttelt den Kopf und schließt die Augen.

»Klang anders als in ’ner Bar. Dafür war es im Hintergrund zu still. Keine Musik, kein Gläser- oder Flaschenklirren. Aber am Ende …« Er sieht mich an. »Es klang irgendwie nach einem Handgemenge und dann ist das Gespräch einfach abgebrochen.«

»Und jetzt machst du dir Sorgen, dass er in Schwierigkeiten steckt? Dass es dieselben Typen sein könnten, die deinen Unfall verursacht haben?«

Er zuckt die Schultern. »Ich würde lügen, wenn ich Nein sagen würde, aber wesentlich wahrscheinlicher ist, dass er sich eine stille Ecke gesucht hat, um sich abzuschießen, er einfach nicht mehr in der Lage war zu telefonieren und ich mir ganz umsonst ’nen Schädel mache.« Er lässt die Schultern kreisen. »Es wird alles gut sein. Du brauchst also wirklich nicht bleiben und den Babysitter spielen. Ich werde mich einfach etwas ausruhen. Dabei kannst du sowieso nicht helfen.«

»Die anderen sind einkaufen. Solange komme ich nicht von hier weg. Also könnten wir die Zeit auch nutzen, deine Sachen einräumen und die Möbel so umstellen, dass du mit dem Rollstuhl überall rankommst.« Ich beuge mich zu ihm rüber und schnüffle. »Und wir sollten dich unter die Dusche schaffen. Du riechst wirklich schrecklich.« Seth muss schon gestern Abend abgehauen sein, ohne River vorher im Bad geholfen zu haben.

Er fährt sich über das Gesicht. »Das musst du nicht und nur zur Info, es ist nicht besonders nett, jemandem ins Gesicht zu sagen, dass er stinkt.« Er zieht das Shirt halb über seinen Kopf, atmet tief ein und verzieht das Gesicht. »Okay, du hast recht. Das ist echt widerlich. Ich …« Er deutet zu dem winzigen Bad. »… sollte dringend ins Bad.«

Ich stehe auf und sehe ihn erwartungsvoll an.

»Was wird das?«

»Ich helfe dir.« Das meiste kann ich nicht besser machen für ihn, aber das schon.

»Okay, pass auf, Seth hat mich belogen, als er sagte, er würde wiederkommen, ich mache mir Sorgen, ich stinke und das Leben ist echt scheiße, aber so verzweifelt bin ich noch nicht.« Er hievt sich in den Rollstuhl und fährt damit direkt bis vor die Badezimmertür. »Außerdem ist das Badezimmer so klein, dass ich da drin gar nicht umfallen kann.«

Ich muss lachen und auch Rivers Mundwinkel zucken. Aber dann stemmt er sich hoch und der Anflug eines Lächelns verschwindet. Er zittert vor Anstrengung, schafft es bis zum Waschbecken, scheitert aber an dem Versuch sich zu drehen. Aber das muss er, um sich auf den Toilettendeckel setzen zu können. »Fuck«, presst er durch zusammengebissene Zähne. Ihm geht die Kraft aus.

Das ist doch bescheuert, dass er sich nicht helfen lässt. Wie überzogen stolz kann man bitte sein? Ich ziehe den Rollstuhl weg, schlüpfe durch die Tür und unter seine Armbeuge, bevor er hinfällt. Ganz langsam drehe ich mich mit ihm, bis er sich rückwärts auf den Toilettendeckel setzen kann, aber anstatt das zu tun, hält er für einen Moment inne, versucht seinen Atem zu kontrollieren und mir wird bewusst, wie nah wir einander sind. Wie wenig Raum uns in dem winzigen Bad bleibt. Wie tief er mich ansieht. Wie seine Kiefer mahlen und wie warm und vertraut sich sein Körper an meinem anfühlt. Aber da ist kein Sehnen, kein Kribbeln, das sich durch meinen Körper schleicht und Zelle um Zelle infiziert, kein Ziehen in meinem Magen, kein Pochen. Ist es merkwürdig ihm so nah zu sein? Ja, definitiv. Spült es Erinnerungen an früher hoch? Auf jeden Fall. Bringt es mich in Versuchung, ihn küssen zu wollen, mehr zu wollen? Glasklar nein. Ich lade ihn auf der Toilette ab.

Schwer atmend streift sich River das Shirt über den Kopf, wischt sich den Schweiß damit aus dem Gesicht und legt es über den Waschbeckenrand. Seine Haare sind zerzaust, seine Wangen gerötet.

»Okay, ich helfe dir mit der Hose«, sage ich und hocke mich vor ihm hin. Wenn er sich mit den Armen hochstemmt, kann ich die Jerseyhose herunterziehen.

River lässt zu, dass ich den Stoff an den Seiten umfasse, aber als ich die Hose ausziehen will, stoppt er mich. »Ich mache das selbst«, stößt er rau hervor.

»Riv, es ist okay.« Er muss sich nicht für seine Narben schämen.

»Ist es nicht.« Er hat die Lippen fest zusammengepresst und weicht meinem Blick aus. »Glaub mir, es ist nicht okay.«

Ich sehe an seinem Körper hinab, bleibe an seinem Schritt hängen und, oh mein Gott, die Narben sind nicht der Grund, aus dem er mich das nicht machen lassen will. Und er hat recht, es ist absolut nicht okay, dass er noch immer so auf mich reagiert. Ich lasse ihn los, als hätte ich mich verbrannt, drehe mich um und denke, verdammt, verdammt, verdammt, was soll ich denn damit anfangen? »Ich bin … Ich gehe besser mal und räume deine Tasche aus«, murmle ich. »Ruf mich, wenn was ist.« Und dann stakse ich aus dem Bad, schließe die Tür hinter mir und lasse mich auf das Bett sinken.

Miles

Ich habe Nora an der Lodge abgesetzt, zusammen mit mehreren Boxen chinesischen Essens und einem ganzen Arsenal an Essstäbchen. Sie wollte duschen und dann alles vorbereiten, damit wir essen können, sobald ich mit Via zurück bin.

Ich parke den Wagen hinter dem *Bad Habits*, direkt neben Rivers Pick-up, und trage die Einkäufe und eine Box mit Chop Suey, laut Nora Rivers To-go-Food, die Treppe zur Wohnung hinauf, damit er nicht verhungert, wenn Nora und Via ihren letzten gemeinsamen Abend mit mir in der Lodge verbringen. Aus der Bar unten schwappen Gelächter und Musik auf die Straße. Irgendein harter Rocksong. Ich klopfe und drücke die Tür auf, als Vias »Ja« durch das Holz dringt.

Aber, scheiße, auf den Anblick von River, der nackt auf dem Bett hockt, nur mit einem Handtuch um die Hüften geschlungen, und Via, die um ihn herumwuselt, bin ich nicht vorbereitet. So überhaupt nicht. Sie verstaut seine Sachen im Schrank, blödelt mit ihm herum, lacht. Das ist zu vertraut, um gut zu sein. Und dann ist da noch ihr Shirt. Es ist an mehreren Stellen feucht und ich bilde mir ein, Rivers verfluchten Bizeps, seine Haare, seine Hände in den Abdrücken wiederzuerkennen. What the fuck.

Ich beiße die Zähne zusammen, atme tief durch, lade die zwei Einkaufstüten mit den nötigsten Sachen auf dem Tisch ab. Snacks, Toilettenpapier, Getränke. Ich habe dem Kerl Bier besorgt, während Via mit ihm unter der Dusche stand. Denn es ist ausgeschlossen, dass er das allein geschafft hat. Ich unterdrücke mühsam ein Knurren. Ist ja nicht so, als hätte ich das Recht, deswegen eifersüchtig zu sein. Aber, fuck, ich bin es. So eifersüchtig, dass mir schwindlig wird und meine Zunge am Gaumen klebt, meine Handflächen vibrieren und mein Herz ein pochender schwarzer Stern wird.

Via taucht neben mir auf, berührt meinen Arm und ich rieche sein Duschgel an ihr. Gestern hat sie noch nach mir gerochen. Heute nach ihm. Scheiße. Ich fahre mir durch die Haare. »Können wir los?«

Ich sehe es an ihrem Blick, bevor sie auch nur ein Scheißwort sagt. Sie wird nicht mitkommen.

»Fahr ruhig schon. Ich komme später, wenn ich hier fertig bin, nach. Riv gibt mir seinen Pick-up.«

Er gibt ihr seinen Scheißwagen. Ich nicke, schüttle den Kopf, drehe mich in derselben Bewegung um und gehe steif zur Tür.

»Alles okay, Miles?« Sie ist mir auf den Treppenabsatz gefolgt. »Du hast selbst gesagt, dass ich für ihn da sein sollte.«

Ich halte inne, drehe mich aber nicht zu ihr um. Weil ich sonst Sachen sagen werde, die ich später bereue. Keine netten Sachen. »Nora wollte am Pool essen. Sie bereitet gerade alles vor. Ist ihr letzter Abend. Du solltest sie nicht allzu lange warten lassen.«

Via ist immer noch nicht da. Und sie hat nicht nur mich, sondern vor allem Nora versetzt, die dafür mit mir und meiner schlechten Laune zu Abend essen musste. Sie schiebt die leere Pappbox vom Lieferdienst mit einem zufriedenen Stöhnen von sich.

»Das war echt lecker, aber ich bin pappsatt.«

Ich nicke, lächle gezwungen und gebe es wieder auf, schiebe

aber ebenfalls meine Schachtel von mir. Mit dem Unterschied, dass ich kaum etwas gegessen habe.

Ich hätte darauf bestehen sollen, sie mitzunehmen. Spätestens, als sie ihn Riv genannt hat, nicht mehr River. Scheiße, ich werde sie verlieren. Habe es vielleicht schon und das dürfte nicht so scheiße wehtun. Denn im Grunde hatte ich sie nie. Ich meine, man kann Menschen nicht besitzen wie ein paar Turnschuhe, zehn Paar gleiche Jeans oder einen altersschwachen Wagen. Irgendwann verliert man sie. Immer. Mein Kopfkino hat echt einen Oscar verdient für die äußerst kreative Vorstellung davon, wie das gerade passiert, was in der Wohnung zwischen den beiden abgeht. Ich strecke die Beine aus und fahre mir stöhnend über das Gesicht.

»Du siehst aus, als hätte dir das Streifenhörnchen ins Bier gepinkelt«, stellt Nora trocken fest.

»So ähnlich.«

»Muss krass sein, Via mit ihrem Ex zu sehen.« Sie verzieht mitleidig das Gesicht.

»Wir sind nur Freunde«, stoße ich hervor. Ganz sicher werde ich Nora nicht stecken, dass es mich killt, nur damit sie es Via erzählt.

»Klar.« Nora nimmt einen Schluck aus ihrer Bierflasche. »Und Riv ist nur ihr Ex.«

Das Nur kann sie streichen. Er ist ihr Ex, mit dem sie verdammt viel verbindet, eine Trennung, die eigentlich keine war, und ein ganzes Leben. Damit kann ich nicht konkurrieren.

»Wenn sie sich für einen von euch entscheiden müsste, würdest du gewinnen.« Nora ist aufgestanden und stellt die leeren Pappschachteln zusammen.

Am liebsten würde ich schnauben, aber ich reiße mich zusammen, sage nichts. Was auch? Dass ich das nicht glaube? Dass ich es mir wünsche? So sehr wünsche? Das ist nichts als zerkratzte, sich niemals erfüllende, absolut erbärmliche Hoffnung.

Ich verfrachte den Müll in die Tüte und verschließe meine Essensbox, stelle sie auf die unangerührte von Via und drücke beides Nora in die Hand. »Nimm das für sie mit aufs Zimmer, okay? Sie kann es später essen.« Das ist das Gute an chinesischem Essen. Das Zeug schmeckt kalt fast noch besser.

Sie berührt meine Schulter und nickt. »Okay. Miles, ich meinte, was ich eben gesagt habe. Sie mag dich.«

»Okay.« Nur reicht mögen nicht. Verdammt.

»Okay«, seufzt sie. »Ich haue mich hin. Du solltest vielleicht auch …« Sie macht eine umständliche Bewegung in Richtung der Zimmer, der den Turm aus chinesischen Pappboxen gefährlich ins Wanken bringt.

Schlafen? Ich nicke. Nora hat da auf jeden Fall einen Punkt. Letzte Nacht habe ich so gut wie kein Auge zugemacht und bin völlig fertig. Wäre also durchaus sinnvoll. Ich werfe den Müll weg, nehme mir einen Moment, um durchzuatmen. Den Moment, den Nora braucht, um im Zimmer zu verschwinden. Und jetzt ist da niemand mehr, der mich davon abhält, mich auf das Sonnendeck zu hocken und stattdessen auf Via zu warten. Mich kaputt zu machen, weil ich mich an diesen Strohhalm-Gedanken klammern will, es gäbe einen guten Grund dafür, dass sie nicht hier ist. Ein Grund, der nicht River heißt. Dass es okay ist, überhaupt auf diese Art und Weise an sie zu denken, obwohl ich andere Prioritäten haben sollte.

Ich lasse mich auf einen der Deckchairs fallen und lege den Kopf in den Nacken. Was tue ich hier eigentlich? Ist ziemlich offensichtlich. Ich reite mich immer tiefer in die Scheiße. Und ich hasse mich echt dafür. Hazel ist nicht gestorben, damit ich einer Sache hinterherrennen kann, die zum Scheitern verurteilt ist, die es immer war und vermutlich längst ist.

Hazel. Ich habe nicht mehr an sie gedacht, seitdem ich Seth

bei den Felsen gestellt habe, und das schlechte Gewissen gräbt einen dunklen Tunnel in meine Brust. Vielleicht ist das der Lauf der Dinge. Das Leben verdrängt die Erinnerungen. Erst nur für Stunden. Dann Tage. Irgendwann für Wochen, Monate und nach Jahren verschwinden die Details, bis nichts mehr übrig ist. Nach Mom und Dad habe ich mir geschworen, dass es mit Hazel anders sein würde, aber das war eine fette Lüge. Ich bin längst dabei sie zu vergessen. Für ein Mädchen.

Stöhnend sehe ich auf mein Handy. Es ist nach elf. Keine Nachricht von Via. Kein Anruf. Was muss sie denn noch tun, damit ich es kapiere? Eine Abrissbirne schwenken?

PB&J taucht schnuppernd auf dem Geländer auf. »Und das ist mein Stichwort«, murmle ich, den Blick fest auf den Nager gerichtet. Ich räume das Feld, bevor mir Mister Kullerauge zu nahe kommt. Nur noch einen Moment. Sobald ich genügend Kraft gesammelt habe, um meinen traurigen Hintern vom Deckchair zu heben.

Via

Als ich den Pick-up neben Miles' Wagen auf dem Parkplatz der Lodge ausrollen lasse, ist es kurz vor Mitternacht und mein schlechtes Gewissen, weil ich Nora versetzt habe, ist mindestens so groß wie der Twin Peak, dessen Gipfel das ganze Jahr über schneebedeckt sind und der sich im Westen dunkel gegen den Nachthimmel erhebt.

Ich sitze hinter dem Steuer. Der Motor ist aus, die Nacht gespenstisch still. Ich müsste reingehen, aber dann werde ich erklären müssen, wieso ich den Abend mit River verbracht habe, nicht mit Nora und Miles. Und ich habe keine Ahnung, wie ich etwas erklären soll, was ich selbst nicht verstehe. River hat sich entschuldigt. Dafür, dass er Schluss gemacht hat, wie er es getan hat. Dafür, dass er sich danach nicht schützend vor mich gestellt hat. Selbst für das, was im Bad passiert ist. Wir haben gesprochen, vor allem über Seth und früher. Das erste Mal überhaupt, und er war so aufgewühlt, dass ich es einfach nicht über mich gebracht habe ihm zu sagen, dass ich gehen muss.

Und jetzt muss ich mit den Kollateralschäden dieser Entscheidung zurechtkommen. Nora wird es vielleicht verstehen, aber Miles … eher nicht. Und das kann ich ihm kaum verübeln.

Seufzend schäle ich mich aus dem Anschnallgurt, rutsche aus dem hohen Wagen und knalle die Tür zu. Ein hallendes Geräusch in dem Vakuum der schlafenden Welt.

Ich nehme nicht den Weg durch die Lobby, die um diese Uhrzeit dunkel daliegt, sondern umrunde das Hauptgebäude der Lodge, indem ich durch das kleine Wäldchen stapfe und dann am Pool entlang zu unserem Sonnendeck laufe. Ich will mich in mein Zimmer schleichen, aber mein Blick bleibt an Miles hängen. Er sitzt auf einem der Deckchairs. Und das Bild ist so vertraut. Weil er jeden Abend so auf mich gewartet hat.

Er hat auf mich gewartet. Und diese Tatsache breitet sich warm in mir aus, verdrängt alles andere. Da ist nichts anderes außer ihm, ihm, ihm.

Sein Atem geht ruhig, ganz regelmäßig. Er trägt wie immer ein weißes Shirt, das das Tattoo seiner Schwester halb verdeckt und seine Muskeln zeigt. Die Bluejeans ist ihm im Schlaf etwas zu weit heruntergerutscht und fällt über seine zerfransten Chucks, denen man das Leben ansieht.

Ich gehe zu ihm, ziehe das Notizbuch aus meiner Tasche, dann den Stift, der darin steckt, und male ein winziges Herz auf das Weiß seiner Sohle. Keine Ahnung, warum. Das ist ganz bestimmt nichts, was ich tun sollte.

Er bewegt sich und ich verberge den Stift in meiner Gesäßtasche, aber er verändert nur ein wenig seine Position, seufzt leise und schläft weiter. Sein Shirt ist verrutscht und zeigt einen Streifen sonnengebräunter Haut, die sich über harte, flache Muskeln spannt. In meinem Inneren breitet sich eine prickelnde Hitze aus. Echt jetzt? Das ist nicht gut. Ganz und gar nicht gut. Ich sollte verschwinden, einfach gehen. Aber anstatt vernünftig zu sein, fahre ich ihm sanft durch die Haare, rede mir ein, dass ich ihn nur wecke, damit er in sein Zimmer geht und sich nicht die Knochen auf dem Deckchair ruiniert.

Schlaftrunken nimmt er meine Hand, zieht sie an seinen Mund und presst seine Lippen gegen meine Handfläche. Weiche, warme Lippen und ein gemurmeltes »Hi« an meiner Haut.

Hitze brandet durch meinen Körper und sammelt sich in meinem Unterleib und ich schließe die Augen, erwarte, dass er mich loslassen wird, Distanz zwischen seine Lippen und meine Haut bringen wird, sobald er richtig wach ist, aber er verharrt genau so. Zwischen uns breitet sich eine angespannte Stille aus. Ich müsste gehen. Miles sollte gehen. Keiner von uns tut es.

Miles hat die Augen noch immer geschlossen, aber er ist wach. Sein Atem geht schwer, seine Kiefer mahlen und ich kann spüren, wie er kämpft. Wie sich jeder Muskel in ihm wehrt und verliert, als er mich Sekunden später wortlos auf seinen Schoß zieht.

Sein Herz klopft hart gegen den Brustkorb und es fühlt sich irre an, ihm so nah zu sein, dass ich es fühlen kann. Die Hitze seiner Haut fühlen kann. Ich lehne meine Stirn gegen seine, schmecke seinen Atem. Will das hier. Will ihn. »Wir … ich …«

»Wenn ich aufhören soll, … dann sag es«, flüstert Miles und seine Hände gleiten an meinen Seiten hinab, treffen auf nackte Haut, dort wo mein Shirt endet und meine Hose beginnt. Ich drehe mich auf seinem Schoß, sodass meine Schenkel links und rechts von ihm auf dem Holz des Deckchairs aufliegen, was meine Mitte unweigerlich gegen seinen Schoß drängt. Er ist hart und ich keuche leise auf.

»Fuck«, stößt er rau hervor und im nächsten Moment küsst er mich. So tief, so fordernd, so verzweifelt, dass ich nach Luft schnappe.

Ich vergrabe meine Hände in seinen Haaren, öffne meine Lippen, spüre seinen heißen Atem in meinem Mund, seine Zunge, die mich erobert und Stromstöße zwischen meine Beine schickt. Ich kann nicht anders und bewege mich an ihm, reibe mit meiner Mitte über seine Erektion.

Miles stöhnt. Ein tiefer, dunkler Laut, der über meine Lippen prickelt und meine Atmung beschleunigt. Aber vielleicht sind das auch seine Hände, die er unter mein Shirt schiebt.

Ich sollte das hier beenden. Der Gedanke kreist auf einer zu weit entfernten Umlaufbahn, aber Miles ist hier, küsst, reizt, knabbert, leckt über meine Lippen, den Hals. Ich kann nicht aufhören, will es nicht. Sein heißer Atem prallt gegen meine Haut, dringt durch den Stoff und trifft auf meine Nippel, die sich hart zusammenziehen.

»Miles«, keuche ich und vergrabe mein Gesicht an seinem Hals. Ich schwöre, das ist mein neuer Lieblingsort. Weil er nach Miles riecht und er mit diesem tiefen, ganz eigenen Laut darauf reagiert, wenn ich meine Lippen dort gegen seine Haut presse.

Aber plötzlich versteift er sich, hält inne und bringt mich dazu, mich aufzurichten. Kühle Nachtluft schlüpft zwischen unsere erhitzte Haut.

»Was zum Teufel machen wir hier?«, fragt er heiser. Sein Blick ist hungrig und er beißt sich auf die Lippen, als wäre es der einzig sichere Weg, mich nicht weiter zu küssen und einen Mount-Everest-großen Fehler zu begehen.

Ich schüttle den Kopf. Ich weiß es nicht. Ich weiß, verdammt noch mal, gar nichts, außer dass ich ihn brauche. Ich streiche ihm durchs Haar, folge mit dem Finger seiner Kinnlinie und berühre seine Lippen. Sorge dafür, dass er aufhört seine Zähne hineinzugraben. Er seufzt leise.

»Ich will nur einmal tun, was ich will«, flüstere ich. Und ich will ihn. Mit allem, was ich bin. »Ohne alles zu zerdenken.« Ich lege meine Lippen auf die Stelle, wo eben noch mein Daumen lag. Ich küsse ihn nicht, verharre nur Mund an Mund, atme Miles. Und er mich.

»Keiner von uns ist bereit für eine Beziehung.« Seine Worte reiben über meine Lippen.

Right person, wrong time. Das ist so scheiße. Das Schicksal lacht sich wahrscheinlich tot. »Aber da ist etwas.« Ich zucke unsicher die Schultern. »Zwischen uns, meine ich. Etwas, das wir nicht wirklich ignorieren können, solange wir uns ständig begegnen«, sage ich und blicke auf unsere erhitzten Körper. Ich erinnere mich an das, was Nora mir geraten hat. »Wir könnten es zulassen. Ganz locker und unverbindlich.« Als hätte mein Herz je begriffen, wie locker funktioniert oder unverbindlich. »Nur solange ich hier bin. Und unsere Herzen halten wir einfach da raus.«

Er lacht dunkel auf und der Ton löst ein heißes Ziehen in mir aus. »Einfach, hmm?« Er verzieht das Gesicht.

So etwas ist nie einfach und wir begeben uns auf verdammt dünnes Eis, aber dann streift seine Zunge meine Lippen. »Okay, scheiß drauf, Sad Eyes«, murmelt er rau, bevor er in meinen Mund dringt und mich hochhebt. So als würde einfach alles davon abhängen. Mit langen Schritten trägt er mich zu seiner Zimmertür, fummelt die Chipkarte aus der Tasche, ohne seine Küsse zu unterbrechen. Er klatscht die Karte gegen das Schloss und Sekunden später stolpern wir ins Innere seines Zimmers.

Ich bin wie weggetreten, atemlos von allem, nicht nur seinen Küssen. Und in meinen Venen tobt Verlangen, sammelt sich in meinem Unterleib zu einem heißen, flammenden Knoten.

Miles' Berührungen sind fest, einnehmend, sein Atem flach und schnell.

Mir ist heiß und schwindlig und da ist so viel Sehnsucht, so viel prickelnde, alles verzehrende Lust, dass ich denke, ich werde platzen. Einfach so, in Miles' Armen. Er legt mich auf dem Bett ab, will sich aufrichten, um sein Shirt über den Kopf zu ziehen, aber meine Beine umklammern noch immer seine Hüften und bringen ihn zu Fall. Ich mag das Gefühl seines Gewichts auf meinem Körper, wie sein Atem gegen meine Haut prallt, während er sich mit einem leisen Lachen den Stoff über den Kopf zerrt und im nächsten Moment seinen Mund gegen meinen Hals drückt.

Ich stöhne und helfe ihm, auch mein Oberteil loszuwerden.

Keine Ahnung, wo er es hinwirft. Ich spüre nur seine Haut auf meiner. Seine Lippen, die die Spitze meines BHs berühren. Seine Zunge, die sich unter den Rand schiebt. Er zieht den Stoff beiseite und schließt seinen Mund um meinen Nippel.

Ich kralle mich in die Laken, hebe mein Becken an und werfe den Kopf zurück, als Miles der Aufforderung nachkommt und sich an meiner pulsierenden Mitte reibt. Ich verbrenne, will mehr, so viel mehr. Dabei bin ich niemand, der loslässt oder jemals aufhört zu denken. Nie. Aber hier mit ihm denke ich nicht nach, was richtig und was falsch wäre, was er über mich denken könnte. Das ist einfach nicht nötig. Nicht mit Miles. Mit ihm tue ich einfach, was sich richtig anfühlt, und schiebe meine Hand hinten in seine Hose, fühle den Bund seiner Boxershorts, die Muskeln seines Hinterns, die sich unter meinen Händen bewegen. Weil er sich an mir bewegt.

Ich spüre sein Stöhnen an meiner Brust, der dunkle Laut reizt meinen Nippel. Weil er ein bisschen zu herb ist. Ein bisschen zu schön. Ein bisschen zu viel.

Die Spannung in meinem Körper ist heiß und flüssig, alles in mir ist flüssig. Ich bin feucht. So verdammt feucht und bereit. Ich will Miles, aber er trägt noch immer seine Jeans und ich meine Shorts. Er scheint das nicht ändern zu wollen.

»Miles«, flüstere ich und jeder Buchstabe ist ein frustriertes kleines Stöhnen, das er mit seinem Mund erstickt. Er küsst mich heiß und tief, drückt sich immer schneller und härter gegen mich, reibt mit seinen Fingern über meine Brustwarzen, bis sich alles in mir zusammenzieht, in einem vibrierenden Tosen auflöst und ich komme. Die Welt ist halb weg und halb da. Wie ein Hintergrundrauschen, während ich mich zuckend gegen Miles presse, ihm ihn die Schulter beiße, weil ich die Lust irgendwo lassen muss und nicht schreien will. Und dann liege ich ganz still unter ihm, an ihn gepresst. Er bewegt sich noch ein paarmal, platziert winzige, zarte Küsse auf meinem

Gesicht und rollt sich dann von mir runter, bleibt rücklings neben mir liegen. Sein Arm ruht auf meiner nackten Brust und er reibt mit dem Daumen Kreise über meine Haut. »Das war …« Er lächelt und verbirgt dann sein Gesicht unter dem anderen Arm.

Und in mir regen sich plötzlich Zweifel. Nur weil es mir gefallen hat, bedeutet das nicht, dass es für ihn auch gut war. Er ist nicht gekommen. Ich war so weg, dass ich nicht mal darauf geachtet habe, was er braucht. Ich habe nur an mich gedacht, zugelassen, dass er sich um mich kümmert und selbst nichts davon hat. Ich drehe mich zu ihm, starre seinen Brustkorb an, der sich noch immer schwer hebt und senkt, die Beule in seiner Hose, wo sich seine Erektion gegen den Stoff presst, und rücke näher an ihn heran, berühre seine Bauchmuskeln, seine Leiste, folge der Gänsehaut bis zum Knopf seiner Jeans, aber bevor ich ihn öffnen kann, hält Miles mich auf.

»Was machst du?«, fragt er mit belegter Stimme.

»Du bist nicht …« Ich komme mir doof vor, ungelenk.

»Nicht gekommen?« Er zieht meine Hand auf seine Brust und mich an seinen Körper. »Das bedeutet nicht, dass es nicht schön für mich war.« Er lacht leise. »Sehr schön.« Er presst mir seine Lippen gegen die Stirn. »Wir müssen nichts überstürzen.«

Wenn das hier nur Sex ist, sollten wir dann nicht genau das tun? Sex haben, meine ich? Ich löse mich aus seiner Umarmung. Er hat gesagt, dass wir nichts überstürzen müssen. Aber was, wenn ich genau das will, mich in ihn stürzen?

Ich zupfe an seiner Lippe und entlocke ihm ein unstetes Stöhnen, das zeigt, er würde warten, wenn nötig, und gleichzeitig, wie unbedingt er das hier will, mich will.

Ich schaffe es irgendwie meine Hose loszuwerden und seine zu öffnen. Ohne meinen Blick von ihm zu lösen, schiebe ich meine Hand in seine Boxershorts. Dorthin, wo ein feuchter

Fleck den Stoff dunkel färbt, berühre samtig warme Härte, bewege meine Hand über seine Eichel und sorge dafür, dass sich Miles' Blick verdunkelt.

»Via«, stößt er hervor und ich glaube, noch nie hat jemand meinen Namen so ausgesprochen. Gequält, sehnsüchtig, zusammen mit einem Laut, der mich erneut feucht werden lässt. Ich lege meine Hand fester um seinen Penis, bewege mich schneller und Miles vergräbt sein Gesicht in meinem Haar, sucht meinen Mund und küsst mich so intensiv, dass ich glaube zu verglühen. Verdammt, wie kann ich immer noch hungrig sein, nachdem ich gerade erst gekommen bin?

Ich weiß nur, dass es so ist. Dass mein Slip feucht ist, als er seine Hand hineinschiebt, und dass mir das bei River immer unangenehm war, wenn er meine Lust so unverhohlen gespürt hat. Mit Miles ist das anders. Es macht ihn an. Und mich irgendwie stolz. Das ist verrückt, aber so ist das mit uns.

Ich keuche, als er mit zartem Druck meine Klitoris umkreist und einen Finger in mich schiebt, ihn halb wieder herauszieht und wieder in mich gleitet. Ich passe mich seiner Geschwindigkeit an und genieße das kehlige Stöhnen, das Miles von sich gibt. Er hat die Augen geschlossen und ich sehe hin, sehe, wie sein Adamsapfel zuckt, wie sich seine Muskeln zusammenziehen und er sein Becken vorschiebt, um in meine Hand zu stoßen. Wie die Muskeln seines Arms arbeiten, weil er in mir ist. Und in diesem Moment will ich nichts mehr, als dass er das wirklich ist. In mir.

»Hast du was hier?«

Er öffnet die Augen und sein Blick ist hungrig. Er nickt und zieht seine Hand aus meinem Slip, greift über mich hinweg und wühlt drei Atemzüge lang in der Schublade, bevor er ein Kondom herauszieht und zu mir zurückkehrt. Er zögert, sieht mich fest an.

»Bist du sicher?«

Ich nicke. Ich war mir noch nie sicherer als jetzt in diesem Moment. Keine Ahnung, ob ich es morgen noch sein werde. Was die Realität mit uns anstellen wird. Aber das spielt jetzt keine Rolle. Er reißt das Kondom auf und wirft die Verpackung achtlos auf den Boden. Dann rollt er es sich über. Meine Hände berühren seine, legen sich erneut um seine Erektion und Miles beißt sich auf die Lippen, zieht scharf die Luft ein, als ich meine Hand mit sanftem Druck an ihm auf- und abgleiten lasse. Er lässt es einen Moment geschehen, bevor er sich aufrichtet, seine Finger in meinen Slip hakt, ihn herunterzieht und hinter sich wirft. Er küsst meinen Unterschenkel, zieht mit der Zunge eine feuchte Spur über die Innenseite meines Oberschenkels. Zitternd erwarte ich, dass seine Zunge als Nächstes meine sensibelste Stelle treffen wird, aber stattdessen platziert er Küsse auf meiner Leiste, meinem Rippenbogen, dem Hals, beißt sanft in meine Haut. Sein Penis drückt sich heiß gegen meinen Bauch. Ich atme unregelmäßig. Meine Muskeln ziehen sich zusammen. Ich will ihn in mir spüren, aber Miles umfasst mein Gesicht, sieht mich an und lächelt, bevor er mich ganz sanft und quälend lange einfach nur küsst. Mich so lange küsst, bis ich es einfach nicht mehr aushalte.

Mein Griff um seine Hüfte wird fester, ich schlinge meine Beine um ihn, dränge mich ihm entgegen, spüre ihn endlich da, wo ich feucht bin, heiß und bereit, und dann schiebt er sich in mich.

Und das ist, wie ich es erwartet habe, nur besser. Tausendmal besser. Intensiver. Ich verliere die Kontrolle, will sie nicht mehr, wenn Loslassen so ist.

Miles' Bewegungen werden schneller, härter, fester. Und ich erzittere, wölbe mich ihm entgegen, nehme jedes Stöhnen in mich auf, fülle die Hitze in meinem Körper mit Miles und Lust und Verlangen und Liebe. Ja, verdammt, Liebe. In diesem Moment, verschlossen in meinem Kopf, lasse ich den Gedanken zu, dass ich Miles liebe, frage mich, wie das sein kann. Wie so etwas Schönes aus so etwas Furchtbarem entstehen kann. Wie ich das aushalten soll. Gar nicht. Die Antwort ist: gar nicht. Also lasse ich es, zersplittere, komme, eng an Miles gepresst.

Sein Atem geht abgehackt, als ich mich um ihn zusammenziehe, die Wellen zuckend über mir zusammenschlagen und ihn mitreißen. Wir keuchen, stöhnen, vergessen zu atmen, vergessen, was gewesen ist, vergessen uns, vergessen, vergessen, vergessen. Bis nur noch verschwitzte Haut an verschwitzter Haut bleibt. Hände, die einander berühren und einfach nicht loslassen. Klopfende Herzen, die nicht mehr empfinden dürfen als Sex.

Miles

Ich wache auf, als Via sich bewegt. Die Spitzen ihrer Haare kitzeln meine Brust und ihr Atem streift warm meinen Hals.

Blinzelnd öffne ich die Augen. Draußen wird es bereits langsam hell. Fuck, ich muss eingeschlafen sein, was ganz sicher nicht unter die irrwitzige Abmachung fällt, das zwischen uns wäre nur Sex. Sex mit einem Verfallsdatum wie Milch. Als könnte ich uns einfach wegwerfen, wenn wir irgendein bescheuertes Datum erreichen und unsere Zeit um ist.

Ich drehe meinen Kopf, atme Vias Geruch ein, spüre ihr Bein, das über meinem liegt, ihre Hand auf meiner Leiste, reagiere auf sie. Normalerweise hasse ich diesen Moment zwischen Wachsein und Schlaf am Morgen, wenn die Traurigkeit mich kalt erwischt. Mit roher Gewalt, weil mein Hirn noch nicht wach genug ist, um etwas dagegen zu unternehmen. Aufstehen ist immer eine Flucht vor mir selbst, raus aus diesem Bett, dem Zimmer, hin zu etwas, das mich ablenkt.

Aber mit Via ist das anders. Es ist abgefahren. Zu krass, als dass es Einbildung sein könnte. Und gleichzeitig zu gut, um echt zu sein. Und ich will nirgendwo anders sein als hier, jetzt und weiß doch, dass ich, verdammt noch mal, gehen müsste. Dringend, denn ganz sicher will ich nicht sehen, dass sie letzte Nacht bereut, weil ich noch hier bin und es nicht auf die Kette bekommen habe, mich an unser Affäre-auf-Zeit-Ding zu halten. Sie hat von Anziehung gesprochen. Davon, unsere Herzen rauszuhalten. Nicht von Gefühlen oder Pärchenzeugs, wie morgens miteinander aufzuwachen, zu kuscheln oder sie verliebt anzustarren. Aber genau das tue ich, liege ganz still, brauche nur noch einen Moment, um mich loszureißen. Ein paar Atemzüge Via.

Sechsunddreißig. Sechsunddreißigmal hebt und senkt sich mein Brustkorb, bevor ich es schaffe, endlich unter Vias Körper hervorzurutschen und aus dem Bett zu gleiten. Leise ziehe ich frische Klamotten aus dem Schrank und streife sie über. Dann schnappe ich mir meine Chucks und schiebe mich aus dem Zimmer, lehne mich von außen gegen die Tür, atme tief durch und schlage mit der Faust gegen die Wand neben mir.

PB&J flüchtet mit zwei langen Sprüngen in die Pinie neben dem Sonnendeck und sieht mich vorwurfsvoll an.

»Echt jetzt?« Vorwürfe. Als bräuchte ich dafür den gestreiften Flohzirkus.

»Sollte ich mir Sorgen machen, weil du dich mit einem Streifenhörnchen unterhältst?« Alex steht am Geländer des Sonnendecks, die Hüfte lässig dagegengelehnt, und nimmt einen Schluck Kaffee, den er auf dem Weg zur Lodge im *Bits & Bites* geholt haben muss. Zumindest prangt das Logo des Cafés auf dem Becher.

»Die Viecher entwickeln sich echt zu einer Plage. Wenn das so weitergeht, müssen wir was dagegen unternehmen.«

»Sie haben Kulleraugen. Was willst du da schon machen?« Ich streife mir meine Schuhe über und halte irritiert inne. Da ist ein winziges Herz. Schwarz auf weißer Sohle. War das Via?

Wer sonst? Und mein bescheuertes Herz nimmt natürlich sofort an, dass sie mich vielleicht doch mehr mag.

Aber mein Kopf, der sagt, das muss nichts bedeuten. Vielleicht war ihr langweilig und sie hat rumgekritzelt. So wie sie ständig in ihr Notizbuch schreibt.

»Hätte dich gar nicht für einen Nagerfan gehalten. Hazel meinte, du hasst alles, was Kabel durchfressen kann, egal wie niedlich.« Alex lacht und reißt mich aus meinen Gedanken.

»Kann schon sein«, brumme ich und lasse meinen Schuh los. Hazel. Ihr Name ist wie ein Schlag in den Magen. Stöhnend reibe ich mir die Augen und steige die Treppe zum Pool hinab, lotse Alex weg von meinem Zimmer. Er sollte besser nicht mitbekommen, dass Via in meinem Bett liegt. Ich frage mich, was er überhaupt hier macht. Geplant war, dass er das nächste Mal zur Bauabnahme in zwei Wochen kommt und sich bis dahin voll auf den erfolgreichen Start des *Tahoe Seasons* konzentriert.

»Wie geht es dir?« Und da haben wir den Grund, aus dem er hier ist und mir bis in die Werkstatt folgt, die neben den Angestelltenunterkünften im Wald liegt, und wo er Gefahr läuft, sich seinen schweineteuren Armani-Anzug schmutzig zu machen. »Wir haben seit Hazels Geburtstag nicht mehr gesprochen.«

Vielleicht würde Via nackt in meinem Zimmer ihn davon abhalten, mir solche Fragen zu stellen. Ich bin gewillt es auszuprobieren. Nur die Tatsache, dass auch Via dadurch in Schwierigkeiten geraten könnte, hält mich ab. »Was willst du hören?«, brumme ich genervt und mache mich mit zusammengebissenen Zähnen daran, eines der Klimageräte wieder zusammenzusetzen.

»Was hast du an ihrem Geburtstag gemacht?«

Um meine Schwester zu ehren. Nichts. Einfach gar nichts, auf das sie stolz gewesen wäre. Ich recke das Kinn hoch und halte Alex' Blick stand. »Hab mich volllaufen lassen.«

Er kann mir gern erzählen, wie scheiße das ist. Weiß ich selbst. Dass ich auf der Anlage keinen Alkohol in mich reinzukippen habe. Schon gar nicht, solange die Tochter von Sacramentos Stadtrat hier ist und mich sehen könnte. Sie hat mich nicht nur gesehen, Alex. Was sagst du dazu? Sie hat mich, verdammt noch mal, gerettet.

Alex verlagert unsicher sein Gewicht. Dabei ist er nie unsicher. Liegt nicht in seiner DNA. Oder vielleicht hat es auch mit seinem Bankkonto zu tun oder damit, dass ihm schon sein Leben lang die Sonne aus dem Arsch scheint, aber dieser Typ weiß normalerweise nicht mal, wie man das Wort unsicher schreibt.

»Ich sollte jetzt wohl so was sagen wie, das ist keine Lösung oder es gibt andere Wege, aber …« Er zuckt die Schultern. »Ich denke, ich hätte mich auch lieber abgeschossen, anstatt …«

Den Verlust zu fühlen. Scheiße. Was weiß er denn schon?

Alex fährt sich über den Nacken. »Wenn du mal reden willst. Egal worüber, nicht nur über Hazel.« Er macht eine Pause, die wohl bedeuten soll, dass ich dann zu ihm kommen könnte, was sich nicht so abwegig anfühlt, wie es das sollte. Wenn ich nicht aufpasse, werden wir am Ende noch Freunde.

»Okay, also dann.« Er klopft mir gegen die Schulter, geht und ich will gerade erleichtert ausatmen, als er im Türrahmen stehen bleibt und sich noch einmal zu mir umdreht. »Wie geht es eigentlich unserem einzigen Gast?«

Ich drehe mich nicht um, weil ich echt kein Pokerface habe. Früher habe ich sogar gegen Dad verloren. Gut, da war ich auch noch ein Kind, aber ich glaube nicht, dass ich Alex täuschen könnte, dass er mir nicht ansehen würde, was ich für sie empfinde, dass ich mit ihr geschlafen habe. »Falls das eine subtile Frage ist, ob ich noch mal bei ihr im Zimmer übernachtet habe.« Ich stoße die Luft aus, dehne die Wahrheit, bis sie knirscht. »Hab ich nicht.«

»Gut.«

Die Schuppentür fällt hinter ihm ins Schloss und ich fühle mich wie ein verdammter Lügner. So als hätte ich nicht nur Alex, sondern Hazel direkt ins Gesicht gelogen. Sie mochte den Kerl, er war immer nur nett zu mir und ich kann nicht mal ehrlich sein. Ja, ich habe nicht mehr bei Via geschlafen, aber sie bei mir, mit mir und das sollte ganz sicher kein bescheuertes Lächeln in mein Gesicht treiben.

Via

Ich wache auf und alles an mir fühlt sich schwer an, müde und zufrieden. Bis auf mein Herz. Das hüpft, hüpft, hüpft. Von einer Erinnerung an letzte Nacht zur nächsten. Ich drehe den Kopf zur Seite, vergrabe das Gesicht in den Laken, atme Miles' Geruch ein, taste nach seinem Körper, aber das Bett neben mir ist leer und kalt.

Blinzelnd öffne ich meine Augen und das Lächeln auf meinen Lippen zerfällt. Mein Herz kracht in den Abgrund zwischen zwei lächerlich perfekten Erinnerungen. Wie der Avatar bei einem Jump-and-run-Spiel, der den Sprung nicht schafft, aus dem Bildschirmausschnitt ins Nichts fällt und am letzten Speicherpunkt wieder auftaucht, blass und flackernd.

Mein Herz flackert. Weil Miles gegangen ist. Nachdem er gestern eng umschlungen mit mir eingeschlafen ist und es sich angefühlt hat, als wäre da mehr. So viel mehr. Egal ob wir dafür bereit sind. Egal was wir vereinbart hatten.

Aber wahrscheinlich war er einfach nur todmüde. So erschöpft, dass er nach dem Sex nicht mehr hochgekommen ist und heute Morgen seinen Fehler wiedergutgemacht hat, indem er verschwunden ist. Das ergibt Sinn. Er hält sich an die Regeln. Genau wie ich es wollte. Wie ich es auch tun sollte.

Ich strample das Laken von meinen Beinen. Ich kann das nicht. Dabei war ich der Yedi der Selbstkontrolle. So was verliert man doch nicht einfach, nur weil irgendein Typ in das Leben stolpert und alles durcheinanderbringt.

Nicht irgendein Typ. Miles. Und mit ihm bin ich unkontrolliert, alles ist zu heiß und zu intensiv, zu viel, um es nicht zu wollen.

Da kann ich mir tausendmal vornehmen, mich zusammenzureißen, das zwischen uns zu beenden, noch bevor es begonnen hat, um mich zu schützen. Am Ende wird er vor mir stehen und alle rationalen Gründe gegen uns werden hinter seinem Blick verschwinden, seinen Berührungen, seinem Lachen. Aber vielleicht drehe ich auch nur durch. Denn so zu denken ist doch absolut lächerlich nach so kurzer Zeit.

Es klopft und ich rutsche vom Bett, sammle hastig meine Klamotten vom Boden auf. Wer ist das? Miles? Eher nicht, der hat eine Chipkarte für das Zimmer. Die er vielleicht nicht benutzen will, weil wir zwar Sex hatten, aber eben nicht mehr daraus wird und er meine Privatsphäre nicht stören will? Oder es ist Alex, der überprüfen will, ob Miles und ich Abstand und uns damit an die Regeln der Lodge halten. Falls er es ist, sollte ich mir besser eine gute Geschichte einfallen lassen, warum ich mich in Miles Zimmer befinde. Oder es ist Nora? Nein. So früh steht sie an einem freien Wochenende sicher nicht auf. Seth? Das könnte sein. River hat ihm zwar die Adresse seiner Wohnung gegeben, aber wenn er sie verloren hat, würde er sicher hierher zurückkommen. Die Lodge hat er schon einmal gefunden, weiß, dass Miles und ich hier sind.

»Komme gleich«, rufe ich durch die geschlossene Tür, schlüpfe auf einem Bein hüpfend in meine Hose und streife mir das Shirt über. Meine Klamotten sind zerknautscht, meine Haare struppig und irgendwie chaotisch. Auf dem Weg zur Tür fasse ich sie zu einem Knoten auf dem Kopf zusammen und hoffe, dadurch annehmbar auszusehen. Keine Ahnung, wo mein Haargummi hin ist, also halte ich sie einfach fest und ziehe die Tür auf. Mit einem erleichterten Ausatmen lasse ich die Haare fallen.

»Nora.«

»Natürlich ich. Wen hattest du denn erwartet?« Sie sieht sich neugierig in Miles Zimmer um, ohne einzutreten. »Du bist letzte Nacht nicht aufgetaucht. Und wie es aussieht, hattest du einen guten Grund.«

»Es tut mir so leid.« Ich habe mich erst um River gekümmert, dann die Nacht mit Miles verbracht und Nora einfach vergessen, obwohl sie mich sicher gebraucht hätte. Was für eine Freundin tut so was?

Sie winkt ab. »Ich wusste ja, wo du bist. Und ich habe dein Take-away gefrühstückt. Zusammen mit Alex. Am Pool.«

Moment mal.

»Er ist echt so was von süß. Wenn du mir jetzt noch von letzter Nacht erzählst, sind wir quitt.« Sie grinst breit.

So breit, dass ich den Kopf schief lege und sie eingehend mustere. »Alex?«, frage ich gedehnt.

»Miles?«, kommt prompt die Retourkutsche und ich muss lachen. Das nennt man wohl Galgenhumor.

»Was hältst du davon, wenn wir in dieses kleine Café fahren, von dem du mir erzählt hast, und wir bei irgendetwas verboten Süßem, Kalorienreichem reden?« Sie lacht. »Wir können uns auch die Nägel mit Glitzer lackieren und kichern, wenn ich dafür endlich erfahre, was zwischen dir und Mister Sexy läuft.«

Miles

Ich habe den ganzen Tag über alle zwei Minuten auf mein bescheuertes Telefon gesehen und gehofft, Via würde mir schreiben. Den ersten Schritt machen, mir sagen, dass sie es nicht bereut. Dass sie uns nicht bereut.

Aber nichts und ich habe echt keine Ahnung, was ich jetzt tun soll. Ich weiß nur, was ich tun will und was absolut bescheuert ist. Frustriert stelle ich das Wasser der Dusche ab und angle mir ein Handtuch vom Haken, trockne mich ab und ziehe mir die Hilfiger-Jogginghose über, die Hazel mir vor zwei Jahren geschenkt hat. Ich glaube, das einzige graue Kleidungsstück, das ich besitze. Dazu streife ich mir ein eng anliegendes weißes Shirt über und will zum Bett gehen, mich hinlegen, schlafen, aber dann sehe ich das Herz auf meinem Schuh, der neben der Tür liegt. Eigentlich kann nur Via es dorthin gemalt haben. Und weil ich das denke, weil ich will, dass es wahr ist, gehe ich nicht ins Bett, sondern schiebe mich nach draußen und eine halbe Minute später stehe ich vor ihrer Tür. Ohne einen Plan, was ich sagen soll. Oder tun. Scheiße, was für eine verfickte Selbstmordaktion.

Ich zapple herum, will umdrehen, tue es nicht. Stattdessen klopfe ich. Vielleicht hätte ich mir meine Haare nach dem Trockenrubbeln kämmen sollen. Ich hätte was anderes anziehen müssen. Irgendwas, das nicht Bett schreit. Verdammt, als wäre das unser Problem und nicht, dass ich vor ihrem Zimmer stehe und das der letzte Ort ist, an dem ich gerade sein sollte.

Aber dann öffnet sie mir, zieht die Tür halb auf und da ist

keine Spur mehr von Unsicherheit. Nur ihr Lächeln und mein Herzschlag.

»Hi, Sad Eyes«, murmle ich.

»Hi.« Sie macht einen Schritt nach vorn und dreht sich so, dass sie mit dem Rücken die Türzarge berührt. Ich stütze meine Hand direkt neben ihrem Kopf gegen das Holz und lehne mich nach vorn.

Anscheinend sind wir nichts, was ich in Einzelteile zerlegen und reparieren kann wie die Maschinen in der Werkstatt. Vielleicht sind wir kaputt. Bleiben es, weil es keinen Kleber gibt, der uns wieder hinkriegt. Aber wer sagt, dass das etwas Schlechtes sein muss?

Die Hand nach ihr auszustrecken, sie an ihren Hals zu legen und Via zu küssen kann nicht falsch sein. Ist unmöglich. Die Realität kann uns ernüchtern, soviel sie will, gegen das hier kommt sie nicht an.

Nicht gegen ihren Atem, ihre Zunge, die meine findet, ihre Hände, die über mein Shirt fahren, darunter gelangen, irgendwie überall sind und mich zum Stöhnen bringen.

Sie berührt nur meine Scheißbauchmuskeln, aber ich verliere bereits den Verstand. Bin nicht mehr richtig hier, nicht weg. Sondern irgendwo dazwischen, hebe sie hoch, trete die Tür achtlos mit dem Fuß zu und trage sie zum Bett. Vorsichtig lege ich sie darauf ab, schiebe mich nicht halb so vorsichtig über sie. Weil Vorsicht Kontrolle voraussetzen würde und, hell, wie soll meine Selbstkontrolle bitte ihre heiseren Laute überleben?

Ich küsse die Innenseite ihres Oberarms, sauge an der zarten Haut. Ich war noch nie besitzergreifend, aber gerade denke ich, ich will ihr einen Knutschfleck verpassen und damit ein Statement setzen. Für River, bei dem sie bis eben gewesen sein muss.

Via krallt die Hände in das Bettlaken, in meine vom Duschen noch nassen Haare und ich presse meine Lippen auf ihren rasenden Puls. Mein Körper pulsiert im selben Rhythmus. Ich brauche das hier. So sehr, dass mir schwindlig ist. Brauche, dass sie mich will. Trotz kaputtem Herzen.

Sie keucht leise, zerrt an meinem Shirt und ich helfe ihr es über meinen Kopf zu ziehen. Sie erkundet meine nackte Haut mit den Fingern, der Zunge, den Lippen, den Zähnen und, fuck, ich muss dafür sorgen, dass sie langsam macht, denn sonst ist das hier gleich vorbei. Und dann muss ich gehen. So sind die Regeln. Verfluchte Scheißregeln.

Ich beiße die Kiefer aufeinander, als sie sich an meiner Leiste hinabküsst, an meinem Körper tiefer rutscht und mein Schwanz pochend darauf reagiert. Und dann ist da heißer Atem, der durch den Stoff meiner Jogginghose auf meine Härte trifft. Ich stöhne, müsste sie aufhalten, aber wie? Wie soll ich das bitte anstellen, wenn sie meine Hose nach unten schiebt und im nächsten Moment Haut auf Haut trifft. Ich stöhne unkontrolliert, als sie meinen Schwanz küsst, leckt und schließlich ihre Lippen um meine Eichel legt. Ihre Hände liegen an meiner Hüfte und ich atme gegen den Bizeps meiner aufgestemmten Arme. Meine Muskeln zittern. »Via«, flehe ich und muss mich von ihr lösen, sonst, schwöre ich, ist das hier in zwei Sekunden vorbei.

Vorsichtig drehe ich mich auf die Seite, ziehe sie zu mir hoch, presse sie an mich, jeden heißen, vibrierenden Inch von ihr. Ihre Haare sind zerzaust, die Lippen geschwollen und feucht von unseren Küssen. Und ich wünschte, sie wüsste, was ich gerade fühle.

»Miles«, flüstert sie und legt ihre Hand an meinen Kiefer. Und vielleicht spürt sie es. Alles, was ich nicht sagen kann.

Ich vergrabe mein Gesicht in ihren Locken und eine Weile liegen wir einfach nur still da. Zwei Körper mit Lust zwischen uns, die langsam wieder erträglich wird.

Ich lasse meine Hand über ihren Rücken kreisen, über ihren Po, und denke, ich war ein Idiot zu glauben, hier wäre auch nur irgendetwas weniger geworden.

Die kleinen Laute, die winzigen Bewegungen eng an meinem Körper holen das Feuer zurück.

Via tastet hinter sich, wo der Nachttisch steht, wühlt in der Tasche, die dort liegt. Irgendwas fällt zu Boden. Ich kriege es kaum mit. Da ist nur Via. Welcome to the party, selektive Wahrnehmung. Ich höre es knistern, dann sind ihre Hände an meinem Bauch, zwischen unseren Körpern, an meinem Penis, streifen mir ein Kondom über, bevor sie wieder ihre Arme um mich schlingt und mit mir den Rekord aufstellt, wie eng man zwei Körper aneinanderpressen kann, ohne dass es wehtut. Wie viel man sagen kann, ohne einen Ton herauszubringen. Stirn an Stirn. Lippen an Lippen, Arme, die drängen. Beine, die sich ineinander verschlingen. Und dann dringe ich in sie ein, halte den Atem an. Weil das so verdammt intensiv ist, dass ich nicht mehr kann. Weil sie mich ansieht und ich sicher bin, ihr geht es genauso. Und weil ich denke, das da in ihrem Blick könnte Liebe sein.

Dieser tiefe Atemzug, den sie an meinen Lippen macht, der könnte Liebe sein. Wie sie meine Wange streichelt und sie ihre Hände in meinen Haaren verkrallt, wie sich ihr Puls beschleunigt. Das Zittern ihres Unterleibs, als ich mich in ihr bewege. Erst langsam, dann schneller, eng an sie gedrückt.

Via keucht. Ich flüstere heiser ihren Namen und sie keucht noch ein bisschen mehr, drückt sich noch fester gegen meine tiefen Stöße und dann lässt sie los. Fast lautlos, den Mund an meiner Haut und, fuck, ich stöhne tief, komme in ihre Lust. Es ist drängend und intensiv, nah, so nah. Schwer atmend sinke ich auf ihr zusammen, presse mich an sie und mein Herz schlägt hart gegen meinen Brustkorb, als würde es brüllen: Ich liebe dich auch. Ich liebe dich, Via. Verdammt, ich liebe dich. Ich kriege irgendein Stück Haut zu fassen und presse meine Lippen dagegen, um es nicht laut auszusprechen, denn, hey, wir haben ein Verfallsdatum.

Via

Nora ist weg. Und ich vermisse sie. Aber genauso deutlich spüre ich, dass mich nichts mit ihr zurück nach Sacramento zieht. Was am Lake Tahoe liegen könnte. An Miles. Oder daran, dass mein altes Leben an der Sac State einfach nicht mehr meins ist und sich auch nicht anfühlt, als könnte es das je wieder werden.

Vielleicht stehe ich deswegen auf dem Parkplatz der Sierra Nevada University, die im Norden des Lake Tahoe liegt, inmitten eines Pinienwaldes, mit einem eigenen Bootsanleger. Geschwungene Wege verbinden die einzelnen Gebäude miteinander. Studierende sitzen in kleinen Gruppen auf den Rasenflächen dazwischen. Ein typischer Campus, nur etwas kleiner, idyllischer, was wohl daran liegt, dass die vier Studierendenwohnheime, das Hauptgebäude, die Bibliothek und diverse Fakultätsgebäude wie die Lodge aus Natursteinen und Holz gebaut sind, mit viel Liebe zum Detail, offen und naturverbunden. Keine schlichten Hochhäuser, die ihre Hälse anonym in den Himmel Sacramentos recken wie an der Sac State.

Ein Skateboarder cruist in lässigen Wellenlinien um mich herum und kickt das Board vor dem Hauptgebäude an. Er hält seinen Studierendenausweis gegen das Türschloss und zieht die Glastür auf. »Willst du mit rein?

Ich … »Ich weiß nicht«, gebe ich ehrlich zu.

Er lacht. »Die Türen öffnen sich nur mit so einer Chipkarte. Alle Türen. Wegen der Bären, die sonst auf der Suche nach etwas Essbarem hier einsteigen würden. Und wie es aussieht, hast du keine.« Während er spricht, deutet er auf ein Schild, das von innen an der Tür befestigt ist und einen Schwarzbären zeigt, der seine Nase an einer Glastür platt drückt. Daneben steht: Wir sind keine Studierenden. Daher bitte Zugänge zu den Gebäuden zu jeder Zeit geschlossen halten.

»Wenn du also reinmöchtest, wäre jetzt ein guter Zeitpunkt. Sonst musst du klingeln und auf Miss Burgess warten.« Er beugt sich zu mir. »Und im Vertrauen, du willst sie nicht stören, bevor sie das Kapitel ihres aktuellen Romans beendet hat.« Er sieht mich abwartend an, die Tür noch immer in der Hand, und ich schlüpfe tatsächlich an ihm vorbei in das kühle Foyer. Die hohen Decken und dicken Mauern halten die Temperaturen im Inneren konstant.

»Danke«, murmle ich und erwarte, dass er weitergehen wird, aber er bleibt neben mir stehen, beobachtet mich, während ich mich umsehe und versuche mich zu orientieren.

»Wo willst du denn hin?« Der Skateboarder zieht sich seine dünne Beanie vom Kopf. »Vielleicht kann ich dir weiterhelfen. Ich bin übrigens Knox.« Er hält mir seine Hand hin und ich schüttle sie zögerlich.

»Olivia.« Und für den Bruchteil einer Sekunde blitzt die alte Angst auf, er könnte meinen Namen, könnte mich erkennen und sich angewidert abwenden. Aber dann wird mir klar, dass selbst dann die Welt nicht untergehen wird. Was will ich schon mit Menschen, die meine Seite der Geschichte nicht interessiert? Und wie viele tolle Begegnungen werde ich verpassen, wenn ich mich ständig zurückziehe und auf Nummer sicher gehe? Ich lächle mein offenstes Lächeln und komischerweise fühlt es sich nicht fake an, sondern ganz leicht. Ich könnte an diesen Ort passen. Das habe ich vom ersten Augenblick am See gefühlt.

»Ich wollte mich nur mal umsehen und herausfinden, ob die Uni was für mich sein könnte. Ich überlege …« Ein tiefer

Atemzug, dann werfe ich meinen Mut voraus. »Ich überlege zu wechseln.« Nora hat mich auf die Idee gebracht und ich kapiere nicht, wieso ich nicht längst von selbst darauf gekommen bin. Ein Wechsel zum nächsten Semester ist auf jeden Fall möglich und würde all meine Probleme beseitigen. Na ja, nicht alle. Da wären immer noch River und seine Pflegefamilie. Und Miles, der nicht ewig am See bleiben wird und den ich dadurch verlieren könnte. Aber für mich wäre es das Beste. Und ich will die Entscheidung für meine Zukunft nie wieder von jemand anderem abhängig machen.

»Wo studierst du bisher?«

»Sac State.« Ich überlege nicht, ob die Information das Puzzlestück sein könnte, das Knox verrät, wer ich bin, sage es einfach und siehe da, die Welt dreht sich weiter, es fegen keine apokalyptischen Reiter durch das Foyer und es regnet auch keine Heuschrecken.

»Bevor ich letztes Semester herkam, war ich an der Berkeley. Schöne Uni, aber kein Vergleich zu hier. Mein Professor hat gewechselt und mich als seine studentische Hilfskraft gefragt, ob ich mit ihm gehen will. Hab's keinen Tag bereut.«

Wir haben uns langsam durch die Eingangshalle bewegt, aber jetzt bleibt Knox stehen und deutet auf ein ganz in Glas gehaltenes Büro. »Die Studienberatung. Die können dir alle nötigen Infos geben. Und wenn du noch mehr Entscheidungshilfe brauchst, komm doch heute Abend am Bootssteg vorbei. Die Jungs der Rudermannschaft schmeißen eine Party.« Er lacht und sieht aus, als würde er sich aufrichtig über jede weitere Person freuen, die eine gute Zeit mit ihm hat. »Okay, ich muss leider los. Kurse.« Er verzieht das Gesicht. »Überleg es dir. Du kannst auch ruhig jemanden mitbringen.«

»Ich überlege es mir.« Und das sage ich nicht nur so. Ich habe wirklich Lust.

Blut, Dunkelheit, Schmerz. Wie früher. Und Fallon. Auch wie früher. Nur dass er jetzt mehr Grund hat, mir wehzutun. Früher war ich nur ein Kind. Jetzt bin ich ein Teil des Problems. Er hockt vor dem Zwinger. Ein Teller mit Essen in der Hand. Eine Flasche Wasser. Beides unerreichbar.

»Wo sind die Beweise?«

»Wir haben nichts.« Das ist nicht, was er hören will. Ich weiß das. Aber ich kann auch nichts anderes sagen. Weil es die verfluchte Wahrheit ist. Wir haben nichts gegen ihn oder seinen Bruder in der Hand. »Alles, was wir hatten, habt ihr.«

Er tritt gegen den Käfig und lässt das Wasser aus der Flasche auf den Boden rinnen. »Du kannst mir nicht erzählen, dass es keine Kopien gibt.« Er fixiert mich. »Ich will wissen, wo sie sind.«

»River hat keine gemacht«, sage ich und schlage gegen den Draht. »Er ist nicht dazu gekommen, verfluchte Scheiße.« Ich hätte River unsere einzigen Beweise nie geben dürfen. Hätte ihn nie um Hilfe bitten sollen. Dann wäre er gesund und ich nicht hier. »Ihr habt gewonnen. Wir geben auf.«

»Du sagst mir jetzt sofort, wo sich die andere Schabe verkrochen hat, denn ich glaube dir nicht. Hörst du mich, Seth, ich glaube dir nicht.«

Ich krümme mich zusammen, mache mich klein, denn wenn Fallon Loughlin einem nicht glaubt, wird man, verfickt noch mal, besser unsichtbar.

Via

Zwanzig Minuten später befinde ich mich auf dem Weg zum *Bad Habits*. Neben mir auf dem Beifahrersitz liegt ein ganzer Stapel Broschüren, Kursangebote, Kosten, Wohnheimoptionen auf und außerhalb des Campus und ich platze fast vor lauter Hochgefühl, das sich in mir anstaut. Das erste Mal seit Langem habe ich das Gefühl, mein Leben wieder in die Hand zu nehmen, nicht nur zu reagieren.

Ich kurble das Fenster herunter, lasse meine Hand über den Fahrtwind tanzen und brülle meine Freude über die friedlich und verlassen daliegenden Straßen Tahomas. Natürlich konnte mir die Frau von der Studienberatung keine definitive Zusage geben, aber sie war zuversichtlich, dass bei meinen Noten und der finanziellen Absicherung durch meine Eltern nichts gegen einen Wechsel zum kommenden Semester sprechen sollte.

Der Parkplatz des *Bad Habits* ist leer und der Kies unter den Rädern des Pick-ups knirscht, als ich ihn im Schatten des einzigen Baums parke, der der grauen Asphaltfläche trotzt. Ich kontrolliere mein Aussehen im Spiegel. Gerötete Wangen, leicht von der Sonne geküsst, abenteuerlustiger Blick. Ich wirke glücklich. Und mir ist klar, wie sehr sich dieses Bild von dem an meinem ersten Tag hier am See unterscheidet. Einen Tag, bevor ich vor Miles zusammengeklappt bin. Ich grinse und mein Herz macht einen kleinen Hüpfer, als ich daran denke, wie es sich angefühlt hat, als er mich getragen hat, wie besorgt er um mich war. Heute weiß ich, dass ihn mein Schwächeanfall an die Krankheit seiner Schwester erinnert hat.

Ich klappe die Sonnenblende hoch und mein Blick fällt auf einen Geländewagen, der auf der anderen Straßenseite steht. Am Straßenrand, obwohl der Parkplatz leer ist. Mit laufendem Motor. Die Scheiben sind getönt, was den Wagen böse und unergründlich wirken lässt. Die Haare in meinem Nacken stellen sich auf. Ich beiße mir auf die Unterlippe, warte. Darauf, dass der Fahrer wegfährt, dass er den Motor ausmachen und aussteigen wird, um sich nach dem Weg zu erkundigen oder in die Bar zu gehen, sobald sie öffnet. Aber er steht einfach da. Ist ja nicht verboten. Das muss nichts heißen. Nichts. Werde jetzt bloß nicht hysterisch, Via. Ich zwinge mich ruhig zu atmen, die Gänsehaut auf meinem Nacken zu vertreiben.

Ich rutsche vom Fahrersitz in den Sonnenschein und die Wärme killt den Schauder, der meine Wirbelsäule hinabkriecht. Mein Instinkt rät mir zu River zu laufen, ihm zu sagen, dass hier unten jemand steht und seine Wohnung beobachtet, ihn stalkt. Aber wie gemein wäre das? Wie gemein ihm in seiner Situation Angst einzujagen, ohne überhaupt zu wissen, ob ich mir das alles nicht nur einbilde?

Ich straffe die Schultern und zwinge mich, dem *Bad Habits* den Rücken zuzukehren, auf das Auto zuzulaufen. Meinem Instinkt entgegen. Der Motor röhrt im Leerlauf wie ein verwundetes Tier. Ich kneife meine Augen zusammen, versuche etwas zu erkennen, durch die Fenster ins Innere zu blicken, aber dafür muss ich noch näher ran. Mein Hals kratzt, ich schwitze, aber dennoch laufe ich weiter, den Blick starr auf mein Ziel gerichtet, erreiche die Straße. Silhouetten. Da sitzen zwei Typen im Wagen. Noch ein Stück, dann kann ich vielleicht ihre Gesichter erkennen. Aber dann ein plötzliches Hupen, Bremsen quietschen.

Benommen taumle ich rückwärts. Mein Herz pumpt Übelkeit durch den Körper. Um ein Haar hätte mich ein zerbeulter Pick-up erwischt. Der Fahrer macht sich nicht die Mühe, anzuhalten und sich zu erkundigen, wie es mir geht. Er beschleunigt wild gestikulierend und im selben Moment setzt sich auch der Geländewagen in Bewegung. Hart, als würde der Fahrer das Gaspedal voll durchdrücken.

Die Nummernschilder. Ich muss sie mir einprägen. Aber vorn fehlt es komplett und das am Heck ist so dreckig, dass es nicht lesbar ist. Nur dass es im Colfax County ausgestellt wurde, kann ich erkennen. Dort leben die Loughlins. Und ich denke, das kann kein Zufall sein. Oder? Bitte, lieber Gott, lass es Zufall sein. Aber mit jeder Faser meines Herzens spüre ich, dass das nicht die Wahrheit ist.

»Du bist still heute?« River sitzt in seinem Rollstuhl und sieht aus dem Fenster. Als ich nicht antworte, dreht er den Kopf zu mir und schenkt mir ein erschöpftes Lächeln.

»Ich denke über Seth nach.« Er ist der Einzige außer uns, der weiß, wo River jetzt wohnt. Der Einzige, von dem die Loughlins die Adresse haben könnten, wenn sie das waren in diesem Wagen. »Hast du noch mal was von ihm gehört?«

River zuckt die Schultern und reibt sich über die Schläfen. »Nein. Ist aber nicht ungewöhnlich. Er ist süchtig und denkt nur daran, wie er sich abschießen kann. Gerade nach dem, was alles passiert ist, und jetzt, wo er annehmen muss, dass die Sache verloren ist.«

Klingt nachvollziehbar. Und weitaus logischer als mein Verdacht, die Loughlins könnten ihn in die Hände bekommen haben. Ich sehe Gespenster, was nur zeigt, wie sehr meine Nerven blank liegen. Ich kann River unmöglich von dem Wagen erzählen. Ihm noch mehr aufhalsen, ohne zu wissen, ob das wirklich etwas war. »Hast du geschlafen?«, wechsle ich deswegen das Thema, spüle den Lappen aus, mit dem ich die Küche gewischt habe, und hebe dann die Schmutzwäsche vom Boden auf.

Dieses Mal ist es River, der nicht antwortet. Ich stopfe zwei Jogginghosen, diverse Shirts, Boxershorts und Socken, die als Haufen am Boden liegen, in den Wäschesack, den ich aus der Lodge mitgebracht habe, um sie später in den Waschsalon zu bringen. Klamotten vom Training mit dem Physiotherapeuten, der zu ihm in die Wohnung kommt. Schlafshirts, die er mehrfach die Nacht wechselt. Vermutlich weil er Albträume hat und nass geschwitzt wach wird. Gesagt hat er es nicht, aber ich kenne ihn und kann eins und eins zusammenzählen. Ich werfe den Sack vor die Tür und gehe zu River, der seinen Rollstuhl bewegt. Zwei Inches vor, zwei zurück.

»Du musst dich gesund schlafen«, sage ich leise und fahre ihm durch die Haare, wie ich es früher immer gemacht habe, ziehe meine Hand abrupt zurück, weil jetzt nicht früher ist und das zu vertraut.

»Gesund«, schnaubt er. »Achtzig Prozent. Wenn ich Glück habe, kriege ich achtzig Prozent im rechten Bein zurück, sagen die Ärzte. Da kann ich schlafen, so viel ich will, das ist …«

Nichts, womit er leben kann, was auch nur annähernd ausreicht für einen Menschen wie River, der sich über seine Leistung definiert. Ich ziehe mir einen Stuhl heran. »Du bist nicht dein Bein, Riv.«

»Es ist ein Teil von mir.«

»Ein Teil, ja, aber nicht alles. Du hast so viel mehr zu bieten.« Ich stoße ihn leicht an. »Ich erzähle dir jetzt nicht, wie schlau du bist, dass du die besten Cocktails überhaupt mixt, dass du andere zum Lachen bringst und immer für alle da bist.«

»Außer für dich.« Er beißt sich auf die Lippen. »Als du es am meisten gebraucht hättest.«

Ich sehe zu Boden.

»Aber er war für dich da, oder? Als ich es nicht konnte?«

Ich nicke. Es ist klar, dass er von Miles spricht.

»Und du magst ihn?«

Wieder nicke ich.

»Ich mag, dass er das für dich getan hat. Aber ich hasse ihn wirklich dafür, dass er mehr für dich sein will als ein Freund.«

Ich will River nicht wehtun, aber ich will auch nicht mehr lügen. »Das ist er längst – mehr als ein Freund«, sage ich leise. Vielleicht führt es nirgendwohin, aber das sind die Fakten.

Ein schmales Lächeln. Ein Nicken. Kein Wort. Vielleicht kann ich nicht mehr erwarten. Diese ganze Situation ist für keinen von uns einfach.

Ich stehe auf und stoße die Luft aus den Lungen. »Brauchst du noch was? Sonst fahre ich jetzt los, die Wäsche machen.«

Er winkt ab. »Hab alles, was ich brauche.« Er dreht mir in seinem Rollstuhl den Rücken zu und ich weiß nicht, was ich tun oder sagen soll, hoffe, dass er etwas sagt. Etwas, das mir das Gefühl gibt, es wäre okay, aber da kommt nichts und so schleife ich den Wäschesack aus der Tür und nehme das Schweigen mit.

Miles

Nach meiner letzten Uber-Fahrt habe ich mir mit Käse überbackene Tater Tots im *Bits & Bites* geholt und mir mit einem einzigen Dinner vermutlich sämtliche Arterien verstopft.

Aber das war es wert. Denn das Zeug erinnert mich an Hazel. An gute Momente, wie ihr genießerisches Augenverdrehen, wenn sie sich mitten in der Nacht nach einer anstrengenden Schicht zu mir auf das Bett gesetzt und den ersten Tater Tot in den Mund geschoben hat. Oder ihre Stimme, wenn sie jede noch so abgefuckte Geschichte über ihre Gäste so erzählt hat, als wäre sie ein Stand-up-Comedian und ich das Publikum im *The Comedy Store*. Oder an ihre Hand, die sie immer in meine Armbeuge gelegt hat. Ganz locker, und nur wenn sie gelacht hat, so sehr gelacht, dass sie den Kopf in den Nacken warf, hat sie ganz leicht Druck ausgeübt.

Ich halte an der Ampel, die die Tillery Road im Herzen von Tahoe City vom West Lake Boulevard trennt, und trinke einen Schluck Coke aus dem Becher in der Mittelkonsole. Mehr Eis als Getränk, aber immerhin kalt.

Mein Blick gleitet vom North Lake Tahoe Visitor Center zum Outdoorshop, der direkt neben dem winzigen Grocery Store im Dunstblau der einsetzenden Nacht liegt, und bleibt an dem Pick-up hängen, der auf dem Seitenstreifen vor den Gebäuden steht. Das ist Rivers Wagen.

Es wird grün, hinter mir hupt so ein Idiot. Ich zeige ihm den Mittelfinger und rolle langsam an dem Dodge vorbei, fädle mich in die nächste Parklücke ein und sehe mich suchend um.

Vielleicht erledigt Via den Einkauf für River. Aber dann wäre sie wohl eher zum Wholemart in Incline gefahren, der günstiger ist als Spencers Touristenfalle und wo es mehr Auswahl an Lebensmitteln gibt als Lake-Tahoe-Hoodies, peinliche Touristenshirts und Kaffeebecher.

Ich steige aus und drücke die Autotür zu, während mein Blick suchend über die wenigen Geschäfte gleitet, die sich hier wie eine Blockhüttenkolonie aneinanderschmiegen. Vor dem Lost Socks Laundromat flattern Wimpel im Wind und hinter dem Tagesangebot, das mit Neonmarker auf die Scheibe gekritzelt wurde, entdecke ich sie. Via. Sie tanzt. Völlig selbstvergessen vor einer Reihe Waschmaschinen und Trocknern, die sie aus ausdruckslosen Bullaugen anglotzen. Via, die in der Öffentlichkeit immer so sehr darauf bedacht ist, nicht aufzufallen, was nebenbei bemerkt ein Ding der Unmöglichkeit ist, tanzt allein über den Linoleumboden des Waschsalons. Das Handy in der Hand, ein Kabel führt von da zu den Kopfhörern in ihren Ohren und schwingt bei jeder ausschweifenden Bewegung mit.

Ich bleibe mitten auf dem Gehweg stehen und sehe ihr zu. Zu lange. Was mich unumstritten und hochoffiziell zum Creep macht, aber ich liebe, verdammt noch mal, dass sie aufhört diese Seite von sich zu verstecken. Dass sie sie selbst ist. Und irgendwann halte ich es nicht mehr aus. Halte es nicht aus hier zu stehen, während sie dort drinnen ist.

Ich öffne die Tür. Über mir ertönt eine Klingel und dann noch mal, als sie zurückschwingt. Via hört es nicht. Sie tanzt mit dem Rücken zu mir, wackelt mit dem Po, den Hüften und schlackert mit den Armen. Was weder grazil ist noch ein richtiger Tanz, aber … perfekt. Ich räuspere mich, was sie natürlich nicht hören kann, also hebe ich die Hand und mache große Armbewegungen, die an ihrem Sichtfeld kratzen.

Als sie mich bemerkt, hört Via ruckartig auf zu tanzen,

dreht sich zu mir um und, mein Gott, ist sie schön. Wild um ihren Kopf tanzende Locken, gerötete Wangen und so außer Atem, dass es mich an gestern Nacht erinnert. Daran, wie sie heiß und schnell an meiner Schulter geatmet hat, als sie gekommen ist. Und es erinnert mich daran, dass mir diese gestohlenen Stunden mit ihr längst nicht mehr reichen.

»Hi«, sage ich und lasse meine Hand sinken.

Hastig zieht sie die Ohrstöpsel heraus und schlingt sie verlegen um ihre Hand. »Hi … Was machst du hier?«

»Was machst du hier?«, gebe ich die Frage zurück und lächle.

»Für meine zweite Karriere als Tänzerin üben. Nicht.« Sie schlägt sich die Hände vors Gesicht und lacht. »Das ist so peinlich.« Sie räuspert sich. »Eigentlich wasche ich nur Rivers Sachen und dachte, um die Uhrzeit wäre ich allein und könnte ein bisschen Dampf ablassen.« Sie schluckt. »Wie lange hast du mir zugesehen?«

»Lange genug, um dir sagen zu müssen, dass ich für deine Zweitkarriere schwarzsehe.« Ich grinse breit und mache einen Schritt auf sie zu. »Und ich habe Beweise.« Ich schwenke das Handy, auf dem ihr Foto zu sehen ist. »Was wohl bedeutet, du gehörst ab jetzt ganz mir, Sad Eyes.«

Ihr Atem beschleunigt sich, das Rot auf ihren Wangen nimmt noch etwas zu und ihr Augenaufschlag killt mich. Weil ich denke, sie will vielleicht genau das – zu mir gehören.

Und weil es wesentlich wahrscheinlicher ist, dass ich Dinge sehe, die nicht da sind, einfach weil ich will, dass sie wahr sind. »Was hörst du?«, frage ich mit belegter Stimme.

»Taylor Swift.« Sie zuckt die Schultern und zieht sich auf eine der Maschinen hoch. Ich stelle mich neben sie und nehme einen der Ohrstöpsel, stecke ihn mir ins Ohr und warte, dass Via dasselbe mit dem anderen tut.

Sie lächelt vorsichtig, als sie auf Play drückt und Taylors

London Boy durch die Kopfhörer brüllt. Der Song, zu dem wir gemeinsam getanzt haben. In einer Intensität, die erklärt, warum sie mich nicht gehört hat. Sie reduziert die Lautstärke etwas und ich lehne mich gegen die Maschine neben ihrer. Unsere Arme berühren sich und ich brauche nichts anderes in diesem Moment. Nichts außer diesem sterilen Waschsalon, den leichten, beiläufigen Berührungen, der Musik und Vias Mund, der sich ab und an zu einem Lächeln verzieht. Ihren Blicken, die sie auf ihre Hände richtet und manchmal auf mich. Sie wechselt die Playlist zu einem Mix aus Country und Singer-Songwriter-Musik. Ich knicke das Kabel der Kopfhörer, fange Vias Knöchel ein, ziehe ihren Schuh zu mir heran. Weiße Sneaker. Ich taste in meiner Hosentasche nach dem Bleistift, mit dem ich vorhin bei der Arbeit in der Lodge Markierungen zum Sägen gesetzt habe, und ziehe ihn heraus.

Via formt unstete Kabelgebilde, während ich ein winziges Herz auf die Seite ihrer Schuhsohle male. Sie sieht mich an. Ich sehe sie an und, fuck, dann lächelt sie und das ist, als hätte sie »Ich liebe dich auch.« gesagt.

Something in the Orange erklingt und ich drehe mich über ihr Knie zwischen Vias Beine. Troy Ramey hat, verdammt noch mal, recht. Alles Gewicht der Welt verschwindet, als ich meinen Kopf zwischen Kiefer und Schlüsselbein an Vias Hals lege. Sie vergräbt ihre Finger in meinem Haar, streicht immer wieder hindurch, während ich meine Arme um sie schlinge und ganz still verharre. Und dieser Moment ist so fucking schön. Friedlich. Ich will nirgendwohin. Nicht vor. Oder zurück. Da ist kein Drängen, kein Zerren. Ich bin einfach. Hier. Mit Via.

Ich seufze leise, wüsste genau, wie mein Leben aussehen sollte, wenn es nur uns gäbe, ohne die Welt da draußen.

»Miles?«, flüstert Via.

»Hm.« Ich will nicht reden, nur fühlen, aber Via versteift

sich. An eine Waschmaschine gelehnt die Kopfhörer zu teilen und zu kuscheln fällt nun mal nicht wirklich unter unverbindlichen Sex und wir-halten-unsere-Herzen-da-raus. Scheiße, ich habe ihr ein verdammtes Herz auf die Schuhsohle gemalt. Wie könnte ihr das nicht zu eng werden?

Ich will mich resigniert zurückziehen, aber Via hält mich fest.

»Da draußen steht ein Geländewagen«, flüstert sie in mein Ohr und ihr gehetzter Tonfall bringt die winzigen Härchen in meinem Nacken dazu, sich aufzustellen. Ich will mich umdrehen, hinsehen, aber Via verhindert es. »Nicht gucken«, flüstert sie und gibt mir einen Kuss. Einen, der nur Mittel zum Zweck ist und sich auch genauso anfühlt.

»Was zum Henker, Via?«, flüstere ich an ihren Lippen.

»Denselben Wagen habe ich heute auch schon vor Rivers Wohnung gesehen. Ich wusste nicht, ob ich mir das nur einbilde, aber es sah aus, als würde jemand seine Wohnung beobachten. Und als ich nachsehen wollte, sind sie einfach weggefahren.«

Meine Muskeln vibrieren. Mein Schädel summt. Wenn das stimmt … »Warum hast du nichts gesagt?«

Sie zuckt hilflos die Schultern. »Es hätte nichts sein können.«

Oder alles. Das könnten die Mistkerle sein, die fast ihren Ex umgebracht haben und jetzt an ihren Hacken kleben. Auch wenn ich nicht verstehe, wie sie uns hier gefunden haben sollten, müssen wir etwas tun. Denk nach Bentley! Denk nach!

»Bleib du hier.« Ernsthaft, Hirn? Das ist dein fucking Plan? Dass ich mich allein einer Bande von Menschenhändlern entgegenstelle? »Ich tue so, als würde ich zu meinem Wagen gehen, und schleiche mich von hinten an sie ran. Dann kann ich vielleicht sehen, wer das ist, und wir haben Gewissheit.« Oder ich gehe drauf, weil das ganz sicher eine Nummer zu groß für mich ist.

Via schüttelt den Kopf. »Nein.« Ihre Augen sind geweitet und sie krallt sich in meinem Shirt fest. »Das ist ein Scheißplan. Lass uns die Polizei rufen.«

»Und was sollen die tun?« Ist ja nicht verboten vor einem Waschsalon oder einer Bar zu parken und den Motor laufen zu lassen. »Ich gehe nur nachsehen.« Ich hebe ihr Kinn an und küsse sie. »Mir passiert schon nichts.« Ich wünschte, ich würde mir selbst glauben. Dann würde mein Herz vielleicht nicht rasen wie ein verdammter Güterzug. Ich trete nach draußen und atme die kühle Abendluft ein, gehe zu meinem Wagen, als hätte ich Via gerade verabschiedet und würde mich einfach nur auf den Heimweg machen, aber als ich mich im toten Winkel des Geländewagens befinde, husche ich von hinten an ihr Fahrzeug heran, erreiche das Heck. Es sind zwei Männer, aber mehr kann ich nicht erkennen. Dafür spiegeln sich die Lichter zu sehr in den dunkel getönten Scheiben.

Eine Hand auf dem kühlen, glatten Lack, schiebe ich mich näher heran, obwohl ich keine Ahnung habe, was ich anfangen soll, wenn ich die verdammte Beifahrertür erreiche.

Meine Brust ist zu eng, mein Atem zu schnell, das Herz hämmert von innen gegen meine Rippen. Und doch gebe ich mir einen Ruck, reiße die Wagentür auf, will etwas sagen wie: Was wollt ihr Scheißkerle hier? Lasst Via in Ruhe. Verpisst euch. Aber die Worte bleiben mir im Hals stecken. Ich habe mit so ziemlich allem gerechnet, aber nicht mit einem Cop, der mich aus zusammengekniffenen Augen anstarrt.

»Könnten Sie mir sagen, was das hier wird?«

Ich nicke, schüttle den Kopf. »Sorry«, stottere ich. »Meine Freundin und ich dachten …« Ja, was haben wir gedacht? »… dass Sie … ich … dass Sie uns beobachten.« Ich holte tief Luft. »Warum beobachten Sie uns?« Vielleicht gibt es eine ganz einfache Erklärung. Vielleicht sind die Cops längst an der Sache mit Rivers Pflegefamilie dran und ich funke gerade in ihre Ermittlungen. Aber warum sollten sie dann uns beschatten? Vielleicht hat Vias Dad nach dem Einbruch in ihr Wohnheimzimmer dafür gesorgt, dass die Polizei ein Auge auf sie hat, und ihr nichts davon erzählt.

Der Polizist steigt aus, zieht seine Taschenlampe aus dem Gürtel und leuchtet mir damit in die Augen. »Haben Sie getrunken?«

»Nein.« Ich schüttle den Kopf.

Sieht trotzdem so aus, als wollte er mich jeden Moment in Handschellen legen. Er macht einen Schritt auf mich zu, schnuppert und bewegt sich exakt den Schritt wieder zurück. »Dann frage ich mich, wieso Sie denken, ich müsste Ihnen irgendwelche Fragen beantworten.« Er seufzt. »Können Sie sich ausweisen?«

Ich nicke und nestle mein Portemonnaie aus der Gesäßtasche, ziehe meinen Führerschein heraus und reiche ihn herüber. Er leuchtet das Dokument mit seiner Taschenlampe an und alles hieran fühlt sich falsch an. Ich habe kein Problem damit, von der Polizei kontrolliert zu werden, aber diese Kerle sind Via gefolgt und rücken nicht mit der Sprache heraus, wieso. Wenn das eine schräge Form von Personenschutz ist oder irgendwelche Ermittlungen wegen des Anschlags auf River, könnten sie es doch einfach sagen. »Warum sind Sie uns gefolgt?«, wiederhole ich meine Frage.

Der Polizist sieht auf und mein Blick gleitet zu der Stelle, wo sich sein Namensschild befinden sollte. Nichts. Nur nackter Klett. Er muss es abgezogen haben. Die Erkenntnis drückt von innen gegen meinen Schädel. Ich präge mir seine Dienstnummer ein, um überhaupt etwas zu haben. 2371. Silberne Ziffern auf dem metallenem Grund seiner Marke, die er an der Brust trägt. Der Abnäher auf seinem Oberarm verrät außerdem, dass er Officer im Colfax County ist. Das hier ist nicht mal sein Zuständigkeitsbereich und bestätigt, wie off das hier ist.

»In Ordnung.«

Er gibt mir meinen Führerschein wieder und ich denke schon, das war es. Er wird wieder in das Auto steigen und wegfahren, ohne dass ich auch nur irgendetwas herausgefunden hätte. »Was wollen Sie von Via und mir?«

Er hält inne. Den bulligen Nacken mir zugewandt. Aber dann dreht er sich noch mal um. »Von dir will ich gar nichts. Absolut nichts.«

Er hat einfach so zum Du gewechselt und die fehlende Distanz drückt meine Kehle zusammen.

»Und von deiner kleinen Freundin …« Er legt den Kopf schief und es ist klar, er ist nicht hier, um zu schützen und zu dienen. Er ist auch nicht hier, weil Vias Dad ihn gebeten hat, auf sie aufzupassen. »… solange sie nicht mit River Stanton gemeinsame Sache macht, passiert ihr nichts.«

Fassungslos sehe ich ihn an. Ist das eine Drohung? Fühlt sich so an, aber es könnte auch einfach bedeuten, dass die Polizei ein Auge auf den Typen hat und wir mit in den Fokus rutschen, sollten wir ihm helfen.

Ich lasse den Blick ins Wageninnere gleiten. Zu seinem Kollegen. Er trägt keine Uniform, Jeans, speckiges Shirt. Der Typ ist nie im Leben Polizist. Der Kerl vor mir vielleicht, aber nicht in diesem County.

»Haltet euch einfach von River fern, sonst steckt ihr mit in der Scheiße.« Er steigt in den Wagen, lässt seinen Arm aus dem heruntergelassenen Fenster baumeln, schlägt gegen die Karosserie und gibt dem anderen Typen damit das Signal loszufahren.

Und ich tue nichts, um sie aufzuhalten, stehe einfach auf dem Asphalt, sehe, wie die Rücklichter langsam in der Dunkelheit verschwinden, und unternehme nichts. Was sollte ich auch tun? Die Polizei steckt mit drin.

»Miles?« Via berührt meinen Arm und ich zucke zusammen. »Ist alles okay?«

Ich nicke. Ganz sicher werde ich ihr nicht erzählen, dass ich kurz vor einem Herzinfarkt stehe, weil die Typen megagruselig waren, und ihr damit noch mehr Angst einjagen. »Es waren zwei. Und du hattest recht, sie haben uns beobachtet«, stoße ich tonlos hervor.

Ihre Augen weiten sich. »Ich hatte recht«, wiederholt sie meine Worte ungläubig.

Ich fahre mir über die Augen und ziehe Via dann in meinen Arm. »Der eine war ein Cop. Und er hat uns gedroht. Wir sollen uns von River fernhalten oder wir stecken mit drin.« Was auch immer das bedeuten mag.

Via

River sitzt auf der schmalen Couch, das schlimme Bein hat er nach der Physio, die er vor einer halben Stunde beendet hat, hochgelegt. Ein Eisbeutel kühlt die Stelle, die ihm nach der Belastung zu schaffen macht. Er ist der Typ Mensch, der auf- und abrennt, wenn ihm etwas zusetzt, aber da er das derzeit nicht kann, trommelt er ohne Unterbrechung gegen die Schiene, die sein Bein stabilisiert.

»Wie läuft es mit der Reha?«

River sieht auf. »Gut. Es wird.« Er zuckt die Schultern. »Tut scheiße weh und ich laufe wie ein Zweijähriger, aber ich laufe wieder. Zum Glück. Ich meine, ich sollte besser wieder auf die Beine kommen und in der Lage sein, mich zu verteidigen, jetzt wo sie mich hier gefunden haben.«

Wie sie das angestellt haben, klammern wir aus dem Gespräch aus. Es ist so schon schwer genug, auch ohne darüber zu sprechen, dass Seth ihn verraten haben könnte.

Miles tritt hinter mich und legt mir seine Hand in den Nacken. Mit dem Daumen malt er winzige Kreise auf meine Haut und ich muss an gestern denken. Wie er im Waschsalon vollkommen still zwischen meinen Beinen gestanden hat, das Gesicht an meinen Hals gepresst, während wir dieselbe Musik gehört haben. Jeder aus einem Kopfhörer. Das Kabel zwischen uns. Ich habe gespürt, wie es sich in meine Haut gedrückt hat, aber ich bin trotzdem nicht von ihm abgerückt. Ich tue es auch jetzt nicht, obwohl sich Rivers Blick verdüstert, als er sieht, wie Miles mich berührt.

»Wenn du recht hast und es sind wirklich diese Typen, kapiere ich nicht, worauf sie warten. Deine Wohnung ist ja nicht gerade Fort Knox. Sie hätten sich längst Zugang verschaffen können, um an die Kopien zu kommen, die sie hier vermuten. Solange du noch nicht wieder ganz fit bist, bist du auf jeden Fall ein leichtes Ziel, also, was hält sie ab?«, fragt Miles nachdenklich.

»Ich nehme an, dass sie kleine Brötchen backen, weil sie die Polizei hier nicht wie zu Hause in der Tasche haben. Wenn sie es außerhalb des Colfax Countys übertreiben, könnten sie in echte Schwierigkeiten geraten. Es geht ihnen wahrscheinlich sowieso nur darum, mich einzuschüchtern, damit ich ihnen freiwillig überlasse, was wir haben.«

»Also, nichts.« Miles rauft sich die Haare. »Vielleicht solltest du ihnen einfach sagen, dass Seth und du keine Kopien gemacht habt. Dass es nichts gibt, womit du ihnen ans Bein pinkeln kannst.«

River schnaubt. »Und das glauben sie mir natürlich, weil wir ja schließlich alle eine große, liebevolle Familie sind?« Er legt den Kopf auf der Lehne der Couch ab. »Echt, Miles, das mag in deiner heilen Welt so laufen, aber nicht mit diesen Leuten.«

»Du weißt einen Scheiß über meine heile Welt, Hornet.« Er legt so viel Druck in das Wort, dass River aufsieht.

»Okay«, brummt er und hebt beschwichtigend die Hände. »Scheint, ich habe einen wunden Punkt bei unserem Ritter in silberner Rüstung getroffen. Was ist es? Hat Mommy dir keinen Gutenachtkuss gegeben?« River starrt noch immer auf Miles' Hand in meinem Nacken.

»Riv«, versuche ich meinen Ex zu stoppen, aber er ignoriert mich.

»Oder hat Daddy dir den Geldhahn zugedreht, weil du dich hier am See verkriechst und als Handlanger arbeitest? War der einzige Sohn am Ende etwa eine Enttäuschung?«

»River«, fahre ich ihn an und erreiche, dass er endlich die Klappe hält.

Miles lässt die Hand an meinem Rücken hinabgleiten, löst schließlich ganz den Kontakt und ich spüre mehr, als dass ich höre, wie er schwer die Luft ausstößt. »Du hast mich vollständig erfasst. Glückwunsch, Hornet«, presst er hervor, verharrt kurz und sagt dann nur zu mir: »Ich muss hier raus. Vermutlich soll ich nicht auf dich warten, weil du seinen Pick-up nimmst?«

Als ich nicht sofort antworte, nickt er mit einem bitteren Zug um die Lippen und knallt Sekunden später die Tür hinter sich zu.

»Da hab ich wohl einen Nerv getroffen?« River zuckt die Schultern, als wäre es nicht seine Schuld. Es ist so was von seine Schuld.

»Was stimmt nicht mit dir?«, presse ich wütend hervor und fahre mir über die Augen. Ich will Miles folgen. Aber noch viel mehr will ich River schütteln. Miles startet unten bereits den Wagen und beschleunigt so hart, dass ich den Motor bis hier oben heulen höre.

»V …«

»Nein.« Ich funkle River an. »Wage es nicht, mich zu ven. Miles war immer nur nett zu dir. Und das, obwohl er keinen Grund gehabt hat, es zu sein.« Ich klopfe gegen meine Brust. »Er war für mich da, als du mich weggeworfen hast, und du hast nichts Besseres zu tun, als ihn so anzugehen?«

»Ich habe doch nur das Offensichtliche ausgesprochen.«

Ich sehe ihn fest an. »Seine Eltern sind gestorben, als er vierzehn war. Autounfall. Seine Schwester war alles, was er noch hatte. Sie ist vor drei Monaten an Krebs gestorben. Der See war ihr Lieblingsplatz, also ist er hergekommen und schlägt sich mit zwei Jobs durch, damit er bleiben und ihr nah sein kann.« Ich blinzle die Tränen weg. »Er hat alle verloren. Und zwar nicht, weil er das so wollte.« Wie River bei mir.

»Fuck.« River schlägt beide Hände vor das Gesicht und atmet geräuschvoll in die Handflächen. »Er ... Es macht mich einfach fertig euch zusammen zu sehen, und wenn ich wütend bin ... Das war ... scheiße von mir.«

»Total scheiße«, bestätige ich. »Ich fahre auch.« Miles hinterher, um für ihn da zu sein.

River nickt. »Klar.« Er zuckt unbeholfen die Schultern. »Du glättest die verfickten Wogen, die ich ins Wasser gepflügt habe. Wie immer.«

»Das war mal so.« Ich klaube den Schlüssel von der Arbeitsplatte und sammle meine Jacke auf. »Aber jetzt nicht mehr, Riv. Ich fahre ihm nicht hinterher, um es für dich auszubügeln.« Ich tue das nur für Miles. Und ertrage, dass es River verletzt.

»Können wir noch kurz über etwas sprechen, bevor du gehst?«

Ich sehe von River zur Tür und zurück und seufze ergeben. »Was?«

»Ich habe darüber nachgedacht, wie ich an neue Beweise gegen die Loughlins herankommen könnte. Genau genommen habe ich seit Sacramento an nichts anderes gedacht.« Er macht eine unbestimmte Handbewegung, die das Apartment umfasst. »Hab eine Menge Zeit, jetzt wo ausgedehnte Spaziergänge, Crosscountryläufe oder auch nur das Überwinden der Treppe ausfallen.«

Ich setze mich auf den Stuhl ihm gegenüber. »Du willst sie nicht besänftigen, sondern sie noch weiter gegen dich aufbringen?« Wieso sollte er so bescheuert sein?

Er schweigt eine Weile, öffnet den Mund, schließt ihn wieder, bevor er den Blick senkt und leise sagt: »Ich war eines von den Kindern auf dieser Ranch, Via. Ich weiß, verdammt noch mal, was dort passiert. Immer noch passiert. Jetzt in dieser verfickten Sekunde.« Er schließt die Augen. »Ich habe das so lange verdrängt, habe gedacht, wenn ich mich nicht erinnere, existiert diese ganze Scheiße nicht und ich wäre normal. Je erfolgreicher ich wurde, umso weiter schien das alles weg zu sein. Aber dann kam Seth, der Unfall und jetzt fucking Fallon Loughlin.«

»Der Cop?«

Er nickt. »Der Bruder meines Pflegevaters. Ein sadistisches Arschloch.« Er wischt sich mit dem Handrücken über die Augen. »Und das Problem ist, ich kann es nicht mehr wegschieben. Ich erinnere mich«, flüstert er. »Ich kann nicht zulassen, dass er dieselben beschissenen Dinge noch mehr Kindern antut. Und da ist noch was.« Seine Kiefer mahlen und seine Stimme klingt flach, als er weiterspricht. »Ich habe damals jemanden in dieser verfickten Hölle zurückgelassen. Ich habe ihr versprochen, sie immer zu beschützen, aber dann haben sie mich da rausgeholt und ich habe sie nie wieder gesehen. Keine Chance, egal was ich versucht habe, und irgendwann habe ich aufgegeben. Alles verdrängt. Total erbärmlich.« Er beißt sich auf die Unterlippe. »Fuck, Via, weil es leichter war sie zu vergessen, als sich so zu fühlen, wie ich mich jetzt fühle. Aber ich muss wissen, ob sie es da rausgeschafft hat. Wie es ihr geht. Ich muss …« Er bricht ab und seine Schultern sacken nach vorn.

»Riv«, sage ich leise. »Du warst noch ein Kind.«

»Vielleicht. Aber ich hätte mehr tun können. Mehr tun müssen.« Er schiebt das verletzte Bein von dem Kissen, auf dem es lagert, und wirft den Eisbeutel auf den Tisch. »Ich werde Beweise finden und das beenden. Ich werde sie finden.«

Ich kenne diesen Ausdruck in Rivers Gesicht. Er wird sich nicht davon abbringen lassen. »Wie?«

Er richtet sich mithilfe der Krücken auf, humpelt zwei Schritte zu einem Karton, der auf dem Bett steht, und zieht mehrere Blatt Papier heraus. »Ich habe recherchiert.«

Ich nehme ihm die Blätter ab. Darauf stehen Namen, einige

wenige mit Adressen. Alle notiert in Rivers sauberer Handschrift. »Was ist das?«

»Kinder, die mal auf der Ranch gelebt haben und an deren Namen ich mich noch erinnere. Adoptiveltern, die Kinder über die Loughlin Adoption Agency vermittelt bekommen haben. Mütter, die ihre Kinder in deren Obhut und damit in die Vermittlung gegeben haben. Ehemalige Angestellte.«

»Wie bist du da drangekommen?«

»Es ist wirklich langweilig hier rumzusitzen.« Er verzieht das Gesicht. »War eine Menge Arbeit. Hab stundenlang im Netz gesucht. Alles ausgegraben, was ich über die beschissene LAA finden konnte. Auf der Liste steht jeder Name, der in Verbindung mit den Loughlins auftaucht. Es gab schon mal Untersuchungen gegen die Adoptionsvermittlung. Offiziell war ihnen nichts nachzuweisen. Alles sauber, aber das kann man alles nachlesen.« Er schüttelt den Kopf. »Es muss einfach etwas geben, womit man sie drankriegt.«

»Beweise«, murmle ich. »Aber wo willst du die finden?«

Er nimmt mir die Zettel wieder ab. »Keine Ahnung, denn nach der Sache mit Seth werden sie noch vorsichtiger sein. Deswegen dachte ich, ich versuche es stattdessen mit Zeugen. Irgendeiner dieser Namen muss bereit sein, gegen die Loughlins auszusagen.«

»Du willst sie alle abtelefonieren?«

Er schüttelt den Kopf. »Am Telefon werde ich nichts erreichen. Ich muss persönlich hinfahren, ihnen zeigen, dass ich auch betroffen bin und sie mir vertrauen können.«

Und er erzählt mir das, weil er allein keine Möglichkeit hat, diesen vollkommen irren Plan umzusetzen. »Du brauchst mich als Fahrerin.« Was ungefähr hundert Meilen davon entfernt ist, keine gemeinsame Sache mit River Stanton zu machen, wie es die Typen gefordert haben.

»Ich brauche dich als Unterstützung. Als Freundin.« Er lächelt. Dieses gewinnbringende Lächeln, das ihm früher jede Tür geöffnet hat. »Ich weiß, es ist viel verlangt, aber, scheiße, ich bitte dich, V.«

Wie könnte ich Nein sagen? Nicht wegen dieses Lächelns, sondern weil er ein Freund ist. Denn obwohl er keine Sekunde zögert, mich da mit reinzuziehen, fühle ich mich ihm deswegen noch immer verpflichtet. Und selbst wenn es nicht so wäre, sind da immer noch die Kinder, die auf der Ranch misshandelt, gebrochen und verkauft werden. Verflucht, das ist eine abgrundtief schlechte Idee, aber ich kann nicht Nein sagen. »Ich bitte Miles um seinen Wagen«, sage ich zögernd. Egal wie viel Angst ich habe.

»Fuck, das musst du nicht.« Er stöhnt leise. »Wir haben den Pick-up.«

»In den du nicht reinkommst und in den ich dich nicht heben kann. Ich spreche mit Miles und hole dich morgen früh nach deiner Physio ab.«

Miles

Ich bin wütend. Scheißwütend. Auf River, der mich genau da getroffen hat, wo es wehtut. Bei meiner Familie. Dunkel pochender Schmerz. Auf mich, dass ich auf diesen Idioten reagiere, anstatt über den Dingen zu stehen. Und auf Via, die seine Seite gewählt hat, als sie geblieben ist und mich hat abziehen lassen.

Mein Hals wird eng. Sie ist jetzt bei ihm, ist mir nicht gefolgt. Ich versuche nicht an der Vorstellung, was gerade zwischen den beiden laufen könnte, zu krepieren. Ich sollte echt nicht darüber nachdenken, dass sie sich für ihn entscheiden könnte. Denn ohne Witz, ich habe keine Ahnung, wie ich dann klarkommen soll.

Ich habe die letzten drei Monate funktioniert. Mehr war das nicht. Und das war okay. Ich hatte nicht unbedingt das Gefühl, ich hätte mehr verdient. Aber jetzt ... jetzt will ich mehr. Ich will sie. Und das ist verdammt viel Wollen für etwas, auf das ich absolut keinen Einfluss habe und für das wir ganz klare Regeln aufgestellt haben.

Angezogen liege ich auf dem Bett und starre an die gegenüberliegende Wand. Sie ist nicht spektakulär genug, um mich abzulenken. Das Herz auf meinem Schuh schon. Es macht irgendwas mit meiner Brust. Fühlt sich an, als würde ein verdammter Panzer darauf parken. Ich habe Via nie gefragt, ob sie es dorthin gemalt hat. Habe es einfach angenommen. Und das Gegenstück auf ihrer Schuhsohle hinterlassen. Aber ich hätte fragen müssen, sichergehen, dass ich mich nicht zum kompletten Idioten mache. Ich wünschte, ich hätte es getan, bevor River Via an all das erinnern konnte, was sie immer wollte und dachte verloren gehabt zu haben. Ich ziehe den Schuh aus und pfeffere ihn durch das Zimmer. Natürlich bleibt er so liegen, dass mich das Herz noch immer ansieht. Es brennt und kribbelt und ... lässt mich einfach nicht los. Ich spanne all meine Muskeln an, presse den Rücken gegen die Matratze und balle die Hände zu Fäusten. »Fuuuuck«, stöhne ich unterdrückt und zucke zusammen, weil es zwischen U und CK klopft.

Ich weiß, dass es Via ist. Als hätte sie ein Fingerabdruckklopfen, das meinem Herz einen Bodycheck verpasst. Ich wühle mich aus dem Bett hoch, ein Schuh an, einer aus, und schlurfe zur Tür.

»Hey«, sagt sie leise.

»Hey, Sad Eyes.« Ich lasse sie herein und schließe die Tür hinter ihr. Im Zimmer ist es nicht dunkel, aber auch nicht hell. Schatten jagen Vias Konturen. Ich mache einen Schritt auf sie zu. Dann noch einen. Wir müssten reden. Ich müsste ihr sagen, dass dieses ganze Herz-raushalten-Ding nicht funktioniert. Nicht für mich. Aber ich habe Schiss, dass ich sie mit so einer Beichte überfordere. Gerade jetzt.

Und ich bin einfach nicht bereit sie zu verlieren, also überfordere ich lieber mich und halte die Klappe, lege meine Lippen auf ihre, küsse sie, tief und drängend. Das ist nicht gesund. Es ist nicht durchdacht, aber es ist alles, was ich gerade schaffe.

Und Via erwidert meinen Kuss, schiebt ihre Hände an meinem Kiefer hinauf, bis in meinen Nacken und seufzt leise in meinem Mund.

Und allein für dieses Seufzen würde ich mich mit Alex, River und dem ganzen Loughlin-Clan anlegen, aber dann drückt Via mich von sich. Ihre Lippen sind feucht und leicht geöffnet.

Ihr Haar zerzaust. Von mir. Und ich mag, dass ich wenigstens dort einen sichtbaren Impact habe.

»Ich muss dich um einen Gefallen bitten.«

Ich nicke. »Okay.«

»Es geht um River.«

Ich nehme es zurück. Sie kann nicht alles von mir haben. Nicht wenn es mit ihm zu tun hat.

»Er will nach Zeugen suchen. Und ich werde ihm helfen.«

»Warum?« Das Wort poltert hart und kantig aus meinem Mund und ich wünschte, ich hätte es nicht zwischen uns geworfen. Nicht so.

Sie fährt sich durch die Haare, dreht sich halb weg, sieht mich wieder an. »Weil ich denke, dass es das Richtige ist.«

»Und warum musst du immer tun, was für andere das Richtige ist? Was für ihn richtig ist? Und dich dadurch in Gefahr bringen?« Ich krieg es einfach nicht hin Verständnis zu zeigen. Nicht bei dieser Sache. »Ich meine, er hat dich fallen gelassen, verfluchte Scheiße. Er hat dich auf die schlimmstmögliche Weise abserviert. Bis heute hat er die Sache mit der Trennung nicht klargestellt, seine Follower nicht zurückgepfiffen. Er hat …« Ich breche ab, stemme die Hände in die Seiten und atmet tief durch. Ich werde nicht wiederholen, was er mir vorhin an den Kopf geworfen hat. »Ich kapier es einfach nicht.«

Sie geht zum Bett und setzt sich im Schneidersitz darauf, reibt über das Herz auf ihrer Sohle, mein Herz, reibt daran herum. Ich hätte keinen Bleistift nehmen sollen. Dann könnte sie uns jetzt nicht einfach wegwischen.

»Er ist trotz allem noch mein Freund, aber es geht dabei nicht nur um ihn.« Sie befeuchtet ihre Lippen, indem sie mit der Zunge hastig darüberfährt. »Da sind noch immer Kinder auf dieser Ranch. Ich könnte nicht damit leben, nichts zu tun, jetzt wo ich weiß, was dort passiert.«

»Das verstehe ich, aber muss es denn so sein?« Er und sie in einem Wagen, über Stunden, allein. Auf einer Mission, die saugefährlich ist. »Du hast gehört, was die Typen gesagt haben. Wenn du River hilfst, hängst du mit drin.« Sie hat die Drohung nicht gehört, aber sie war definitiv ernst gemeint. »Das kannst du nicht wollen. Die Loughlins haben hier keinen Einfluss auf die zuständigen Behörden. Was spricht dagegen, alle Informationen der Polizei zu geben und die ihren verfluchten Job machen zu lassen? Wir reden hier von Menschenhändlern, Via. Die uns bereits gedroht haben. Das ist ernst.«

»Ich weiß.« Sie gräbt ihre Zähne in die Unterlippe. »Aber wir haben zu wenig, eigentlich nichts. Wenn wir jetzt zur Polizei gehen, wird nichts passieren und sie sind gewarnt. Sie werden uns dazu bringen aufzugeben und dann machen sie einfach weiter – mehr Kinder, mehr Leid. Wir brauchen Zeugen, Beweise, irgendetwas, um sie zu stoppen. Wenn wir vorsichtig sind, werden sie es gar nicht mitbekommen.«

Ich sehe sie an und, verdammt, wenn das überhaupt geht, liebe ich sie in diesem Moment noch ein bisschen mehr. Dafür, dass sie diese Kinder retten will. Für ihre Entschlossenheit. Und dafür, wie unfassbar wunderschön sie aussieht, wenn sie das Kinn so kämpferisch anhebt. Und gleichzeitig frisst es mich auf, dass sie sich entschieden hat. Vielleicht nicht für River, aber für seinen Kampf. Und sich damit in Gefahr bringen wird.

»Wenn du das wirklich durchziehen willst, dann …« Anscheinend stehe ich auf Folter, sonst würde ich nicht weitersprechen. »… helfe ich euch.« Und hänge damit genauso drin wie sie. Aber ich kann sie das unmöglich allein tun lassen, selbst wenn es einem Albtraum gleichkommt demnächst über Stunden mit River und ihr in einem Auto eingepfercht zu sein. »Wenn dieser Clan nur halb so schlimm ist, wie River behauptet, solltet ihr auf keinen Fall allein losziehen.« Ist ja nicht so, als könnte River sie in seinem Zustand beschützen. Als wäre das der einzige Grund, aus dem ich mich anbiete. Es ist nicht mal der beschissene Hauptgrund. Ich kann ihm schlicht und ergreifend nicht kampflos das Feld überlassen und zulassen, dass sie sich bei dieser Mission wieder näherkommen. Als könnte man wirklich um Gefühle kämpfen. Die machen, was sie wollen. Bin der beste Beweis dafür.

Via rutscht vom Bett und schiebt ihre Hände an meinen Seiten nach hinten, drückt sich an mich und flüstert ein leises »Danke« in mein Shirt. Einige Herzschläge lang bleiben wir so stehen, aber dann löst sie sich von mir. »Morgen?«

Ich nicke. Lässt kaum Raum, mich darauf vorzubereiten, aber vielleicht ist das gut so. Ich sollte nicht zu viel Zeit haben, darüber nachzudenken, was wir vorhaben.

»Dann gehe ich jetzt rüber und schreibe River, dass es morgen früh losgeht.« Sie vibriert. Im besten Fall vor Tatendrang. Oder vor Vorfreude auf die Zeit mit ihrem Ex?

Und ich nicke. Fuck, weil ich mir selbst nicht traue. Denn wenn ich den Mund aufmache, werde ich ihr alles vor die Füße kotzen, was sich in meinem Herzen stapelt.

Der nächste Morgen ist grau und trist. Ich habe schlecht geschlafen. Genau genommen gar nicht, und habe die Morgendämmerung mit PB&J, feinem Nieselregen und einem heißen, starken Kaffee auf dem Sonnendeck verbracht und mir Sorgen gemacht. Via ist ebenfalls schweigsam. Und ich hätte nicht gedacht, dass sich Stille zwischen uns so schwer anfühlen kann.

Ich würde gern ihre Hand halten, aber stattdessen umklammere ich das Lenkrad. Müsste etwas sagen und presse doch nur die Lippen aufeinander und bin irgendwie froh, als ich den Wagen wenig später vor dem *Bad Habits* abstelle und aussteige, um River die Treppe hinunterzuhieven. Was echt bedenklich ist.

»Ich hole ihn.«

Via nickt. »Ich füttere schon mal das Navi.« Sie hält ihr Handy hoch und ich erhasche einen Blick auf den Chatverlauf zwischen River und ihr, in dem er ihr die Adressen geschickt hat. Aber es sind nicht nur Adressen, sondern auch zig Sprachnachrichten, die sich übereinandertürmen. Ich schlucke die Eifersucht hinunter, springe die Treppe hinauf, klopfe und drücke die Tür auf, als ein »komm rein« von drinnen erklingt.

Rivers Gesicht verdüstert sich, als er sieht, dass es nicht Via ist, sondern ich.

Er sitzt auf einem der zwei Stühle am Esstisch und dreht einen Kaffeebecher in der Hand. Die Krücken lehnen neben ihm an der Tischkante. Der Rollstuhl steht zusammengeklappt an der Wand. Er scheint Fortschritte zu machen.

»Hatte nicht damit gerechnet, dass Via mit ›sie organisiert einen Wagen‹ fucking dich meinte«, brummt er und schiebt die Ärmel seines O'Neill-Hoodies hoch. Das Ding betont seinen muskulösen Oberkörper. Ich sollte ihn vielleicht zwingen ein schlabbriges Shirt überzuwerfen. Irgendetwas, in dem er nicht aussieht wie ein verfluchter Hochglanzmagazin-Sportstar.

»Mit deinem Bein schaffst du es nicht in den Pick-up.« Ich zucke die Schultern. »Du ziehst sie da mit rein, aber wenn was passiert, kannst du sie nicht beschützen, ihr null helfen. Natürlich komme ich mit.«

Der saß. River ist nicht der Typ, der damit klarkommt, unnütz zu sein. Kein Mitleid, eine Tatsache. Ich meine, ehrlich, wer kommt mit so was schon klar?

Er beißt die Zähne zusammen. »Ist nett, dass du hilfst.«

Klingt wie ein »Fick dich«.

»Ich tue das nicht für dich«, stelle ich knapp klar und fühle mich wie das Arschloch, zu dem Hazel mich ganz sicher nicht erzogen hat. Sie hat Menschen geholfen, einfach weil sie Hilfe brauchten. Ich versuche wie sie zu sein, aber das hier ist nicht irgendein Mensch. Es ist River, verdammt.

»Du machst das für Via. Schon kapiert.« Er seufzt resigniert und ich frage mich das erste Mal, ob sich diese Sache für ihn vielleicht genauso scheiße anfühlt wie für mich. Ob diese ganze verdammte Selbstsicherheit, er und Via würden zusammengehören, egal was ich mir einbilde, nur gespielt ist und er in echt genau wie ich an dem Scheißgefühl erstickt sie zu verlieren.

Ich nicke. »Und für die Kids.« Für die wir uns beide zusammenreißen sollten. Denn diese Sache ist größer als irgendwelche Gefühle für ein Mädchen. Selbst wenn es Via ist.

Er rappelt sich auf, indem er sein Gewicht auf die Tischplatte stützt und dann stöhnend erst eine Krücke, dann die andere unter seine Achselhöhle schiebt. »Bis zur Treppe schaffe ich es allein.«

Unter Schmerzen. Sonst würde er vermutlich nicht die komplette Zeit leise vor sich hin fluchen und dreimal auf der kurzen Strecke bis auf den Treppenabsatz haltmachen.

»Gib mir zwei Minuten«, murmelt er außer Atem, als ich hinter ihn trete und die Tür schließe.

»Schlüssel?«

Er reicht ihn mir und ich schließe ab, bevor ich ihm den Schlüsselbund in die Hoodietasche stopfe. Beim letzten Mal habe ich ihn schon kaum die Treppe raufgekriegt. Die Krücken könnten helfen. Oder sie sorgen dafür, dass wir komplett abschmieren. »Okay, ich nehme dich Huckepack.«

»Du machst was?« River sieht mich ungläubig an und schüttelt dann den Kopf. »Ganz sicher nicht. Ich lasse mich doch nicht von dir tragen.«

»Ich trage dich sowieso. Ist nur die Frage, ob wir es schnell hinter uns bringen oder uns Zeit lassen.« Mit einem Schritt schiebe ich mich auf die Stufe unter ihm und gehe etwas in die Knie, damit er seine Arme um meinen Hals legen kann. »Wenn dir bei so viel Körperkontakt einer abgeht, lasse ich dich fallen.«

»Danke für die Vorwarnung, Penner. Aber du bist nicht mein Typ.«

Ich kann mir ein Grinsen nicht verkneifen, hake meine Hände in seine Ellenbeugen, lehne mich vor und wuchte ihn hoch. Er ist echt schwer, wiegt bestimmt zehn Kilo mehr als ich, besteht nur aus Muskeln oder der Kerl hat Bleiknochen. Auf jeden Fall habe ich echt Mühe, ihn die Treppe runterzukriegen.

Via schiebt das Handy in die Halterung, die ich am Lüftungsschlitz befestigt habe, steigt aus, während ich noch damit beschäftigt bin, das untere Drittel der Treppe zu schaffen, und öffnet uns die Wagentür. »Kann ich irgendwie helfen?«

»Nein«, presse ich angestrengt hervor und spüre, wie River ebenfalls den Kopf schüttelt. »Halt still, verdammte Scheiße.«

»Ist ja gut.«

»Ich hole schon mal die Krücken.« Via läuft an uns vorbei nach oben, hält aber auf unserer Höhe kurz inne. »Du bist raus aus dem Rollstuhl. Glückwunsch, Riv. Darauf kannst du echt stolz sein.« Sie drückt seinen Arm, lächelt ihn an und, ich schwöre, für eine Sekunde überlege ich ernsthaft, ihn die letzten Stufen runterzuwerfen.

Aber wir erreichen das Auto ohne Zwischenfälle. Selbstkontrolle und so. Ich drehe mich und River rutscht direkt von meinem Rücken auf den Rücksitz.

»Brauchst du Hilfe?« Ich sehe auf seine Beine, die in einer Jogginghose stecken. Eins in der monströsen Schiene. Das andere wirkt fast normal, bewegen tut er beide nicht.

»Nein, von hier aus schaff ich es allein«, murmelt er und

hebt das gesündere Bein mithilfe seiner Arme in das Auto. Wahrscheinlich haben die Muskeln nach der Treppenaktion komplett zugemacht. Er schnauft, zerrt an dem anderen Bein herum und kriegt es nicht hin.

Verdammte Scheiße, wenn er denkt, ich würde warten, bis Via kommt und ihm zur Hand geht, hat er sich geschnitten.

Vorsichtig packe ich seinen Unterschenkel. »Okay so?« Ich will ihm nicht wehtun, weil ich ihn irgendwie falsch anfasse.

Er nickt und gemeinsam schaffen wir das verletzte Bein in den Innenraum. River bedankt sich nicht. Ich glaube, er ist damit beschäftigt, mir nicht in den Fußraum zu kotzen. Er ist blass und seine Kiefer mahlen. Keine Ahnung, ob das die Schmerzen sind oder ob sich einfach nur sein Stolz am Boden wälzt. Er rückt auf die andere Seite der Rückbank und legt das geschiente Bein hoch. Via lädt die Krücken ein und streift meine Seite, als ich auf Höhe des Kofferraums an ihr vorbeigehe. Es ist eine zarte Berührung, fast schon beiläufig, aber sie schafft den Ausgleich.

Via

Das Haus der Holloways liegt einsam inmitten von Weideflächen und Äckern, nur durchzogen von schnurgeraden Straßen. Die Auffahrt ist geschottert und drei Schilder weisen darauf hin, dass der Zutritt verboten ist und man beim nicht erlaubten Betreten damit rechnen muss, erschossen zu werden. Drei Schilder. Nicht eins.

Ich bin gewillt ihnen zu glauben. Miles hat den Wagen trotzdem vor dem Tor geparkt. Es ist die sechste Adresse auf unserer Liste. Bisher wollte niemand mit uns reden. Entweder es war niemand zu Hause oder die Adresse nicht mehr gültig und die Menschen, die wir suchen, unbekannt verzogen. Wir sind alle frustriert und kaputt. River ist nach jedem Stopp schweigsamer geworden, seine Lippen gleichen einer Linie und sein Blick ist dunkel, als würde er ins Bodenlose stürzen.

»Näher kann ich mit dem Wagen nicht ran.« Miles späht durch die Windschutzscheibe nach draußen, wo das Haupttor mit einer rostigen Kette versperrt ist. Ein Windrad erzeugt ein surrendes Geräusch, das ist alles. Ansonsten ist es totenstill.

River beugt sich zwischen den Sitzen nach vorn und riskiert ebenfalls einen Blick auf das flache L-förmige Gebäude, das mehr an einen aufgebockten Wohnwagen als ein tatsächliches Haus erinnert, und rund fünfzig Yards hinter dem Tor liegt. Es ist schlicht, aber gepflegt. Eine alte, etwas baufällige Schaukel ist Zeitzeuge, dass hier Kinder gelebt haben müssen. Zwei, um genau zu sein, wenn Rivers Recherchen stimmen. Beide von der Loughlin Adoption Agency aus einer ihrer eigenen Pflegestellen vermittelt. Felix und Kaitlyn, die damals mit River zusammen auf der Ranch gelebt haben und heute siebzehn und neunzehn sein müssten.

»Ich klingle und gucke, ob überhaupt jemand da ist.« Miles lässt den Schlüssel stecken und schnallt sich ab. Er will nicht, dass River die Strecke umsonst läuft. Und ich will nicht, dass er wegen uns in den Lauf eines Gewehres gucken muss.

»Nein, ich mache das.« Ich schiebe bereits die Beifahrertür auf. »Eine Frau pusten sie weniger wahrscheinlich über den Haufen als einen Typen, der plötzlich unangemeldet auf ihrer Veranda herumschleicht.« Hoffe ich zumindest.

»Einen Krüppel erschießen sie am allerwenigsten.« Mit den Worten öffnet River die hintere Tür des Kombis. Er ist nach dem Tag auf der Straße am Ende seiner Kräfte, auch wenn er so tut, als wäre er okay.

Miles beeilt sich, ihm beim Aussteigen zu helfen, anstatt ihm zu widersprechen. »Sicher, dass du allein gehen willst?«, ist alles, was er fragt.

»Bietest du mir gerade an, Händchen zu halten?« River grinst leer und ich sehe, wie sehr es ihn anstrengt. »Mach mir einfach nur auf, ja?«

Ich schiebe die schmale Pforte neben dem Haupttor auf, weil ich näher dranstehe als Miles, und setze mich dann auf die Kühlerhaube. River schleppt sich mit den Krücken zum Haus, während Miles sich neben mich an den Wagen lehnt und wir schweigend zusehen, wie River klingelt, wartet, noch mal klingelt.

Ich spüre Miles Hand neben meiner, wie er sanft seinen kleinen Finger über meinen schiebt, ohne mich anzusehen. Ich schließe die Augen und mein Herz leuchtet auf, flackert und erlischt, als ich meine Hand fortziehe. »Nicht«, flüstere ich brüchig. Ich bin River nichts schuldig und irgendwie bin ich es doch, bringe es einfach nicht über mich ihn zu verletzen, indem ich vor ihm mit Miles Händchen halte.

Miles schluckt. Seine Kiefer mahlen. Und sein Blick wandert zu River. Er weiß, dass er der Grund ist. Und zieht doch die falschen Schlüsse. Ich will etwas sagen, es ihm erklären. Aber wie sage ich ihm, dass ich mich zum absolut falschesten Zeitpunkt dieses Planeten in ihn verliebt habe? Obwohl ich versprochen habe, es nicht zu tun. Ich suche noch nach Worten, die genug sagen und nicht zu viel, als Miles sich vom Wagen abstößt.

»Den Rückweg packt er nicht. Ich hole den sturen Esel.« Er bringt Abstand zwischen uns. Abstand, den ich provoziert habe und dennoch hasse. Und der mich rettet.

River steht noch immer auf der Veranda und sieht aus, als würde er jeden Moment zusammenbrechen. Aber er gibt nicht auf, klingelt noch einmal, klopft gegen die Tür, ruft. Mit so viel Frustration in der Stimme.

»Ich komme mit.«

Miles schüttelt den Kopf. »Tu dir das nicht an. Du weißt, wie er ist.«

River schlägt um sich, wenn es ihm dreckig geht.

Und gerade ist er total angepisst.

Miles ist es lieber, dass Riv sich an ihm abreagiert, als dass er mir wehtut, was süß ist, aber unnötig. Er tut bereits genug. Weit mehr als genug, aber bevor ich ihn aufhalten kann, läuft er bereits mit langen Schritten die Auffahrt hinauf und ich bleibe zurück.

»Wir sollten fahren, River«, höre ich ihn rufen, noch bevor er die Veranda erreicht.

Riv dreht sich nicht mal um, denn im selben Moment schiebt sich die Tür einen Spaltbreit auf.

»Ja«, höre ich eine barsche Stimme über das Surren des Windrads.

Ich richte mich auf, lausche, höre, wie River sich vorstellt. Mit genau denselben Worten wie bei den vorherigen Adressen.

»Guten Tag, entschuldigen Sie die Störung. Ich bin River Stanton, ein ehemaliges Pflegekind der Familie Loughlin.« Es macht mich fertig, dass er wirklich denken könnte, das wäre alles, was ihn ausmacht. Er ist so viel mehr.

»Ich suche derzeit nach anderen Kindern, die damals mit mir zusammen auf der Ranch der Loughlins gewohnt haben. Um über die Erfahrungen dort zu reden.«

Die Frau verschränkt ihre Arme vor der Brust. »Und was wollen Sie da von mir?«

River verlagert sein Gewicht und ich kann von hier aus sehen, dass er die Schmerzen in den Beinen kaum noch aushält. »Ihre Kinder Kaitlyn und Felix ...«

»Was ist mit denen?«, unterbricht die Frau ihn und geht zum Angriff über. »Wir haben nichts mit den Loughlins zu tun. Das hier ist Privatgrund. Sie haben kein Recht, hier aufzutauchen und Fragen zu stellen. Lassen Sie uns und unsere Kinder in Ruhe.«

River fährt sich über die Stirn und sieht aus, als würde er zusammenbrechen. Oder der Frau wahlweise an die Gurgel gehen, weil sie zurück ins Haus weicht.

Miles springt die zwei flachen Stufen der Veranda hinauf und verhindert das, indem er ihr die Hand mit einem 100-Kilowatt-Lächeln hinstreckt. »Darf ich mich vorstellen? Ich bin Miles Bentley, ein Freund von River.«

Tatsächlich ist sie so perplex, dass sie ihren Rückzug vergisst, Miles' Hand ergreift und schüttelt.

»Wir wollen Ihnen keine Unannehmlichkeiten bereiten. River sucht nur nach seinen Pflegegeschwistern. Er hat sie damals aus den Augen verloren und würde sie einfach gern wiedersehen, ein bisschen über alte Zeiten reden.« Miles lächelt freundlich.

»Ich kann Ihnen nicht helfen. Tut mir leid.« Die Frau klappt die Fliegentür zwischen sich und den Jungs zu. »Wenn Ihr Freund nach einer Familie sucht, dann woanders! Sonst rufe ich die Polizei.«

Immerhin hat sie nicht gedroht die beiden zu erschießen. Das ist der einzige Sieg, den wir hier erreichen werden. River steckt eine Visitenkarte mit seiner Nummer und der Bitte, ihn anzurufen, in den Schlitz zwischen Fliegentür und Holzverschalung. Die Karten hat er drucken lassen, als er für das Sac State Team ausgewählt wurde. Damit ich den Talentsuchern, die bald Schlange stehen, etwas in die Hand drücken kann. Ich erinnere mich an sein Lachen und wie er mich hochgehoben, durch die Luft gewirbelt und anschließend geküsst hat. Damals war alles gut. Nein, dieses Gut war nichts als eine Illusion. River hat auch da schon mit einer Vergangenheit gekämpft, von der ich nichts geahnt habe. Die Kinder haben gelitten und niemand hat ihnen geholfen. Und die Loughlins haben an ihrem Leid verdient. Das hier ist die Realität und sie hat mir Miles geschenkt, also weigere ich mich sie zu hassen.

Die Frau stößt die Fliegentür auf, greift nach der Karte und zerknüllt sie, dann fliegt die schwere Holztür krachend ins Schloss. Das war es. Die letzte Adresse für heute und wieder haben wir absolut nichts erreicht.

Miles will River stützen, aber der entreißt ihm seinen Arm, obwohl ihn das fast zu Fall bringt. »Kann ich nur zwei verfickte Sekunden für mich haben?«, fährt er Miles an.

Ungerührt schüttelt der den Kopf und hievt sich Rivers Gewicht auf die Schulter. »Nicht solange wir uns in Reichweite ihrer Schrotflinte befinden.«

Miles

Der Tag war übel. Anstrengend für uns alle, aber River killt die Wand, gegen die wir seit Beginn dieser Mission rennen, noch mal ganz anders als Via und mich. Seit über einer Stunde starrt er schweigend aus dem Fenster. Wir befinden uns kurz vor Tahoma an einem Truckstop. Ich habe den Tank vollgemacht, während Via auf die Toilette gegangen ist. Auch wenn wir es nicht mehr weit bis nach Hause haben, musste sie so dringend, dass sie sich in die Schlange vor den Damentoiletten eingereiht hat. Unschlüssig sehe ich mich um und entscheide mich, nicht zu River ins Auto zu steigen und das Wer-kann-am-tiefsinnigsten-schweigen-Spiel mitzuspielen, sondern besorge stattdessen kalte Getränke und Snacks im Shop der Texaco. Keiner von uns dürfte noch Lust haben, ewig auf Take-away-Essen zu warten oder zu kochen.

Als ich wenig später zurückkehre, ist Via noch immer nicht da. Ich werfe River eine eiskalte Sprite zu. Das Zeug hat er sich auch in die Wohnung bringen lassen. Sollte also seinen Geschmack treffen.

Er fängt sie nicht, zuckt nicht mal zusammen, als sie in seinen Schoß knallt. Er reibt sich mit der Hand über die kurzen Haare im Nacken und sieht aus, als wollte er etwas loswerden, schließt dann aber nur die Augen und legt den Kopf auf der Rückenlehne ab.

»Tut mir leid, dass es so scheiße läuft«, sag ich und klatsche ihm auch noch eine NicNac's-Tüte gegen die Brust. Auch sie rutscht ohne eine Reaktion zu erzeugen in seinen Schoß.

»Dachte eher, dir würde das hier gefallen«, brummt er und legt den Snack neben sich.

Ich nehme einen tiefen Schluck Coke und schüttle den Kopf. »Ich bin kein Arschloch und nicht dein Feind.«

Jetzt sieht er auf, nickt und schüttelt dann den Kopf. »Aber auch nicht mein Freund.« Langsam öffnet er die Sprite und schlürft das überschäumende Getränk auf, sieht in den Fußraum und sagt gar nichts mehr.

Ich sage auch nichts. Was denn schon? Dass er recht hat? Dass ich ihm nur helfe, weil ich zu eifersüchtig bin, es nicht zu tun? Oder dass ich ihm nie verzeihen werde, was er Via angetan hat, selbst wenn ich ihn ansonsten mögen könnte? Dass ich es nicht abwarten kann ihn in seine Wohnung zu bringen und mit Via allein zu sein? Das sind ganz sicher Gedanken, die ein Freund nicht hätte.

»Wieso sind vor den Frauentoiletten eigentlich immer elend lange Schlangen?« Via lässt sich zusammen mit einem theatralischen Seufzen und einem aufdringlichen Geruch nach Lavendelseife ins Auto plumpsen. Ihre Haare sind eingeflochten, aber über den Tag haben sich verschiedene Haarsträhnen aus dem Zopf gestohlen und stehen jetzt wirr von ihrem Kopf ab. Ihr Shirt ist verschwitzt und sie sieht abgekämpft aus. Und trotzdem denke ich, dass ich, verflucht noch mal, noch niemand gesehen habe, der so wunderschön ist. Ich begegne Rivers Blick im Rückspiegel und weiß, er denkt dasselbe.

»Ihr wascht euch im Gegensatz zu den meisten Typen die Hände. Das dauert eben.« River zuckt die Schultern und trinkt seine Sprite weiter.

»Du wäschst dir nicht die Hände?«, frage ich und ziehe die Augenbrauen hoch, während ich den Wagen starte und mich in den Verkehr einfädle. Immerhin habe ich ihn heute zweimal in Tankstellentoiletten und zurück getragen.

Er lacht. »Du solltest dein Gesicht sehen, Tahoe. Haben wir zufällig eine verfickte Keimphobie?«

»Ich stamme nicht von hier. Also nenn mich nicht Tahoe. Und Keime lehne ich nur ab, wenn sie mit deinen Ausscheidungen zu tun haben. Das ist echt widerlich.«

River seufzt. »Keine Angst, ich bin kein Neandertaler. Ich weiß, was Seife ist, du Penner.«

»In Verbindung mit Wasser schäumt sie sogar«, füge ich trocken hinzu.

»Was? Echt?« River unterdrückt ein Lachen. Das erste an diesem Tag. »Warum hat mir das nie jemand gesagt?«

»Vielleicht wollte niemand dein Weltbild ins Wanken bringen.« Via grinst und sieht mich an und plötzlich lachen wir alle drei. Lachen den Druck und das Scheitern weg. Ich halte den Wagen vor dem *Bad Habits*, das nur einen Steinwurf von der Tankstelle entfernt liegt, und ziehe noch immer lachend den Zündschlüssel. Mit dem Motor stirbt auch die Leichtigkeit im Wagen. Der Parkplatz ist voll und die Musik aus der Bar ist bis hierher zu hören.

»Okay, sehen wir zu, dass wir dich nach oben kriegen«, brumme ich, klopfe auf meine Oberschenkel und steige aus. River die Treppe nach diesem anstrengenden und absolut beschissenen Tag hochzubringen ist schwerer als runter. So viel steht fest. Via hilft mit, aber wir brauchen trotzdem drei Etappen, bis wir es geschafft haben und River vollkommen fertig auf dem Bett abladen. Wir verabschieden uns, was er nur mit geschlossenen Augen und einem Nicken erwidert. Trotzdem warte ich, bis wir unten im Schatten der Treppe ankommen, bevor ich mich zu Via umdrehe, ihr meine Hand in den Nacken schiebe und sie küsse. Nicht zärtlich, sondern drängend und so besitzergreifend, wie ich mich frustriert fühle. So ungezügelt, als wäre meine Selbstkontrolle nach diesem Tag einfach am Ende.

Via ringt nach Luft, aber sie schiebt mich nicht von sich, flüstert nur meinen Namen. »Miles.« Und dann noch mal »Miles.« Und dabei umschließt ihre Faust mein Shirt.

Selbst wenn das mit uns nirgendwo hinführt, dieser Moment ist alles. Wie sich ihre Lippen an meinen anfühlen, ist alles. Ist es wert, den Rest meines Lebens mit River in einem Wagen eigesperrt zu sein.

Via

Der Campus ist leerer als bei meinem letzten Besuch, was sicher damit zusammenhängt, dass das Semester fast vorüber ist. Am liebsten würde ich jeden einzelnen Menschen, der mir begegnet, umarmen, so aufgedreht und glücklich bin ich. Eben gerade habe ich meinen Antrag für den Uniwechsel abgegeben, und auch wenn das noch keine Zusage ist, fühlt es sich an, als würde ich nach einer Ewigkeit unter Wasser die ersten Schwimmzüge an die Oberfläche machen. Mit meinem Notizbuch setze ich mich auf den Rasen in die Sonne und notiere Gedanken, Wortfetzen, die sich langsam zu einem Gedicht zusammenfügen, das so hell ist, wie ich mich gerade fühle.

»Hey, da ist sie ja, die längst verschollen geglaubte, einzigartige Olivia.«

Ich sehe auf und entdecke Knox, der das Skateboard in die Hand flippt und lachend über den Rasen auf mich zukommt. Wie letztes Mal trägt er trotz der warmen Temperaturen eine Beanie auf dem Kopf. »Das ist ja ein Zufall«, sage ich, unschlüssig, ob ich mich freuen oder es besorgniserregend finden soll, weil ich nicht an Zufälle glaube.

Zur Begrüßung nimmt er mich kurz in den Arm und lässt sich dann neben mich plumpsen. »Eigentlich nicht.« Er lacht. »Zufall, meine ich. Der Campus ist winzig. Man läuft sich hier echt ständig über den Weg.« Er lächelt. »Wirst schon sehen, wenn du erst hier zur Uni gehst.«

Eine feine Gänsehaut breitet sich von meiner Wirbelsäule

über den ganzen Körper aus. »Woher weißt du, dass ich mich hier beworben habe?«

»Na ja, die Meldefrist beginnt heute.« Knox grinst. »Du kommst mir einfach nicht so vor wie der Typ, der bis zum letzten Tag wartet oder irgendwas dem Zufall überlässt. Und da du hier bist …«

Er ist einfach nicht auf den Kopf gefallen und hat eins und eins zusammengezählt. Es ist echt schwer, alte Gewohnheit abzulegen und Knox unvoreingenommen gegenüberzutreten.

»Du bist damals nicht zu der Party gekommen.« Er stützt seine Hände hinter dem Rücken ins Gras.

»Nein, bin ich nicht.« Und ich habe keinen Gedanken daran verschwendet, dass er vielleicht auf mich gewartet hat. Weil ich damit beschäftigt war, mit meinem Ex und dem Typen, an den ich ungeplanter Weise mein Herz verloren habe, Pläne gegen eine kriminelle Vereinigung zu schmieden. »Tut mir echt leid. Aber mir ist was Wichtiges dazwischengekommen«, murmle ich, weil ich das unmöglich sagen kann.

Knox hält sich die Brust. »Aua, das tut weh. Und wie heißt dieser Jemand, der wichtiger ist als eine Hammer-Party mit mir?«

Ich sehe ihn an, zögere. Flirtet er etwa? Das ist das Letzte, was ich jetzt gebrauchen kann. »Es ist kompliziert.«

»Kompliziert ist meine Kernkompetenz.« Knox' Gesicht ist mit einem Mal warm und zerknittert. »Faye«, nennt er mir den Namen der Frau, die dafür verantwortlich ist, ohne dass ich ihn danach gefragt hätte. Er hat also eine Freundin. Ich entspanne mich.

»Hast du Lust auf einen Kaffee?« Knox wartet meine Antwort nicht ab, springt auf und läuft zu dem Kaffeestand direkt neben dem Haupteingang. Es dauert nicht lange und er ist mit zwei Bechern zurück und reicht mir einen.

»Danke.« Ich nehme einen tiefen Schluck und verziehe das Gesicht.

»Ist wirklich schlimm, oder? Aber noch der beste auf dem Campus.«

»Der beste?« Das ist wirklich übel. Ich widerstehe gerade so dem Drang, das Zeug auf den Rasen zu spucken. »Schmeckt wie Teer«, stoße ich angewidert hervor und mein Blick streift das Handydisplay. Ich bin viel zu spät dran. River wartet auf mich. »Ich muss dringend los«, stoße ich hervor und rapple mich auf.

»Du musst nicht flüchten.« Er lacht. »Du darfst den Kaffee auch einfach wegkippen und mir verraten, wo es besseren gibt.«

»Im *Bits & Bites.* Geheimtipp«, sage ich mit verschwörerischer Stimme.

»Da arbeiten, glaube ich, ein paar meiner Kommilitonen. Du auch?« Er dreht gedankenverloren an den Rollen seines Boards, während er mir zum Parkplatz folgt.

»Ich stille nur meine Koffeinsucht in dem Laden. Ich habe noch keinen Job.« Eines der vielen Dinge, die auf meiner To-do-Liste stehen. Ich bin zwar durch Mom und Dad abgesichert, aber ich fühle mich besser, wenn ich selbst etwas zu meinem Lebensunterhalt beitragen kann und ihnen nicht komplett auf der Tasche liege. Bevor die River-Bombe geplatzt ist, habe ich in einem kleinen Café auf dem Campus der Sac State ausgeholfen, aber in den letzten Wochen war es einfach nicht drin, mir hier was zu suchen. »Ich muss los, um einem Freund zu helfen.«

Knox nickt. »Dem komplizierten Freund?«

Ich schüttle den Kopf. »Riv ist nicht …« Ich muss lachen. »Mit ihm ist es auch kompliziert, aber nicht auf dieselbe Weise. Er ist mein Ex.«

»Es gibt also einen Ex und einen Typen, in den du dich verguckt hast, der aber nicht damit klarkommt, dass dein heißer Ex noch immer Teil deines Lebens ist«, fasst Knox zusammen.

Volltreffer ins Schwarze. Wie macht er das? »Wer sagt, dass River heiß ist?«, murmle ich.

Er zuckt die Schultern. »Sein Name. Wie du über ihn sprichst. Er ist dein Ex und du hast Geschmack. Es gibt das ein oder andere Anzeichen.«

Wir haben Rivers Pick-up erreicht und ich lehne mich gegen den hohen Radlauf.

Knox deutet auf den Kaffeebecher in meiner Hand, auf dem neben seinem Namen eine Nummer notiert ist. »Falls du mal Redebedarf hast. War schön dich zu sehen, Via.« Er tippt sich gegen die Stirn, dreht sich um und schlendert davon und mir wird klar, dass er ein Freund werden könnte, wenn ich es nur zulasse. Und ich werde Freunde brauchen. Ich tippe seine Nummer in mein Handy, rufe ihn an und lege auf, bevor er drangehen kann, nur damit er meine Nummer hat.

Er dreht sich um und ich halte mein Handy hoch. »Falls du mal jemanden zum Reden brauchst«, rufe ich ihm nach. »War auch schön dich zu sehen, Knox.«

Wir sitzen uns in Miles' Blockhütte, seiner frisch fertig renovierten Angestelltenunterkunft, auf der winzigen Küchenzeile gegenüber. Hier ist so wenig Platz, dass seine Füße neben meinem Hintern stehen und meine neben seinem. Unsere Beine sind miteinander verknotet und die Knie ragen zwischen unseren Körpern auf. Der Wasserhahn bohrt sich in meine Seite und Miles sitzt leicht schrägt, weil sich unter ihm die abgedeckten Gasherdplatten befinden. Unsere Rücken werden von halbhohen Küchenschränken gestützt. Seit Stunden sitzen wir einfach nur da, schweigen, genießen die Nähe des anderen, sehen auf den See hinaus, den man durch das Fenster erspähen kann, und sperren die Realität mit all ihren verdammten Problemen aus.

Neben dem offenen Wohnraum und der winzigen Küchenzeile, die wir gerade zweckentfremden, gibt es noch eine Hochebene, auf der sein Bett unter einem verglasten Giebel steht. Es riecht gemütlich nach Holz und Wald. Durch das große Fenster kann man zwischen den Baumstämmen den See erahnen, auch wenn man von hier keinen direkten Blick hat wie von der Lodge.

Im schwindenden Tageslicht male ich die Lichtreflexionen auf Miles' Haut nach, nehme wahr, wie er auf mich reagiert, wie sich die feinen Härchen unter meinen Berührungen aufstellen. Er streicht mir ebenso schweigsam eine Haarsträhne hinter das Ohr, lässt seine Hand weiter bis in meinen Nacken gleiten und streicht dann gegen den Strich durch meine Locken. Gänsehaut breitet sich auf meinen Armen aus und Miles küsst sie mit einem Lächeln weg. Nur ein flüchtiger Kuss. Das ist es. Und gleichzeitig alles.

»Woran denkst du?«, fragt er leise.

Ich würde gern sagen, an nichts. Aber man kann nicht an nichts denken, also wäre es eine Lüge. »Daran, dass sich alles verändert«, flüstere ich vage und zucke die Schultern. Er wird sein Zimmer räumen und wieder hier einziehen. Dann sind wir keine Nachbarn mehr. Und das fühlt sich an wie der erste Schritt vom Ende. Denn wir sind kein Paar. Spätestens wenn er nach Sacramento zurückzieht und ich hierbleibe, ist das mit uns vorbei. Und er wird zurückgehen. Er ist nur hier am See, um genügend Kraft dafür zu finden, das Versprechen an seine Schwester zu erfüllen.

»Hey.« Er umfasst mein Gesicht und zwingt mich, ihn anzusehen. »Wir haben jetzt.«

Ich drehe den Kopf, weil ich nicht will, dass er die Tränen

sieht, die in meinen Augen schwimmen und die Bäume zu grünbraunen Tupfen verblenden, weil das nicht reicht. Das reicht, verdammt noch mal, nicht. Ich habe nie richtig zugehört, was meine innere Stimme wollte oder nicht wollte, habe immer nur dafür gelebt, was alle anderen brauchten. Aber mit Miles ist es anders. Mit ihm will ich egoistisch sein.

Ich beuge mich etwas vor und lege meine Lippen auf seine, will Momente wie diese abspeichern, wenn das das Einzige ist, was wir kriegen können.

»Was machst du?«, flüstert er.

»Weiß nicht«, bringe ich atemlos hervor und streiche mit meiner Zunge über seine Unterlippe.

Sein Atem beschleunigt sich. »Wir können nicht ... hier ... ist ... kein ... Platz.« Jedes Wort ist ein winziges Stöhnen. Trotz seines Einwands schiebt er seine Hand unter mein Oversizeshirt, trifft erhitzte Haut, streicht über meine Rippen und die Wölbung meiner Brust.

Ist vielleicht nicht der bequemste Ort, aber ich kann nicht warten. Obwohl kaum Platz ist, um mich zu bewegen, rutsche ich noch näher an ihn heran. Miles schlingt einen Arm um meine Taille und hilft mir mit einem dunklen Knurren auf seinen Schoß. Er ist hart und meine Mitte reagiert mit einem heißen, bebenden Ziehen darauf, als ich über seinen Schwanz reibe.

Mit dem Daumen reizt er meine Brustwarze, während sein Atem rau unseren Kuss entert. Ich will ihn so sehr, dass mein ganzer Körper vor Verlangen zittert. Eine quälende Hitze breitet sich in meinem Unterleib aus, als er seine Hände an meinen Schenkeln hinauf- und unter meinen Rock schiebt. Mein Slip ist feucht, als er sanft darüberstreicht und ihn dann beiseiteschiebt. Ich keuche leise auf, schlinge meine Arme um seinen Nacken und presse mich an ihn, als er seine Finger in mich schiebt. Das ist so gut, so verdammt heiß.

Seine Augen sind halb geschlossen und sein Atem schwer. Ich suche seinen Mund, den Knopf seiner Jeans, nestle unter wilden, atemlosen Küssen daran herum, suche stöhnend nach dem Kondom, das ich in die Tasche meines Rocks geschoben habe. Seine Finger sind noch immer in mir, aber jetzt zieht er sie zurück. Der Stoff meines Höschens rutscht zurück an seinen Platz und ich atme frustriert aus.

Miles nimmt mir die Verpackung ab und ich rieche mich selbst an seiner Haut. Er öffnet die Folie und streift sich das Kondom hastig über, schlingt seinen Arm um meine Taille und zieht mich mit einem Ruck über sich. Sein Penis berührt meinen Slip. Er zieht ihn beiseite und dann ist er in mir. Er stöhnt dunkel und ich verkralle mich in seinem Haar, als Miles abgehackte Küsse auf meinem Schlüsselbein platziert. Seine Hand legt sich an meinen Hals, fixiert mich, sodass er mich tief und besitzergreifend küssen kann.

Lust sammelt sich in meiner Mitte. Flüssig, heiß, pulsierend, und ich kann nicht länger stillhalten. Es ist, als würde mein Körper ein Eigenleben entwickeln. Ich bewege mein Becken, erst langsam, dann immer schneller.

»Zeig mir, wie du es willst, Via«, flüstert Miles rau und entlockt mir ein Keuchen. Ich habe das Gefühl, die Welt verschwindet, da ist nur noch Miles, seine Berührungen, sein Atem, sein rasender Herzschlag unter meinen Fingerkuppen.

»Sieh mich an.« Miles legt seine Stirn an meine, verhakt seinen Blick mit meinem. »Fuck, ich will dich ansehen, Via.«

Ich keuche, stöhne, weil sein Blick den Sex so viel intensiver macht, herzraubender. Fast zu viel. Aber nur fast. Und doch nicht genug. Ich will mehr und immer nur mehr. Mein Stöhnen verliert sich in seinem. In meinem Kopf ist kein klarer Gedanke mehr, nur Nervenbahnen, die heiß pulsieren, und Miles.

Ich presse mich an ihn, sehe, wie er sich auf die Unterlippe beißt. Er fixiert meinen Körper an seinem und jetzt ist er es, der sich unter mir bewegt, mitten in meine aufbrechende Lust stößt. Ich keuche, stöhne, sehe hin, sehe, wie auch er kommt. Und gemeinsam gehen wir unter. In greller Lust, Drängen, chaotischem Atem, zitternden Muskeln. Unsere Herzen hämmern gegeneinander. Alles wird schwer und ruhig. Miles sieht mich noch immer an und ich ihn. Ein Lächeln huscht über seine Lippen, als er sich die verschwitzten Haare aus der Stirn streicht und dann wieder mich ansieht, mich zärtlich küsst, sanft und so, dass mein Herz springt und springt, zerspringt. Weil er mich freigibt und ich denke, so, nur noch viel schlimmer wird es sich also anfühlen, wenn das hier endet.

Aber anstatt sich ganz zurückzuziehen, lässt er den Kopf erschöpft auf meine Schulter sinken. Seine Lippen liegen an meinem Schlüsselbein. »Wir haben nicht nur jetzt, Via«, sagt er so leise, dass die Worte mehr ein Gefühl sind als ein Geräusch. »Wir haben uns.«

Miles

Ich stehe in der winzigen Empfangshalle des Lake Tahoe Airports. Nur eine Startbahn, eine kleine Abfertigungshalle, kein Schnickschnack. Aber dafür eine enorme Geräuschkulisse. Ich habe mir noch nie Gedanken gemacht, wie viele Menschen mit dem Flieger an den See kommen. Vielleicht weil ich das selbst nie in Betracht gezogen habe.

Riley schon. Er fliegt überallhin. Weil er keinen Bock hat, Zeit zu verlieren. Liegt vielleicht daran, dass er ein Leben führt, bei dem er nie weiß, wann es ihn erwischen könnte.

»Hey, Kleiner.« Riley hat sich unbeobachtet an mich herangeschlichen, obwohl ich die Tür der Zollabfertigung die ganze Zeit im Auge hatte. Dachte ich.

»Ich bin eins fünfundachtzig«, brumme ich in unsere Umarmung, und damit nur fünf Zentimeter kleiner als er.

»In deinen Träumen, Wicht.«

Ich lasse zu, dass er sich meinen Kopf unter den Arm klemmt und mir die Haare durchwuschelt. Riley ist der einzige Mensch auf diesem Planeten, der das darf. Und Hazel, als sie noch gelebt hat. Lügner. Es gibt noch jemanden. Vias Hände finden ständig wie automatisch mein Haar und ich bin süchtig danach, wie sie es durchwühlt. Beim Sex. Davor. Danach. Wenn sie mich begrüßt. Oder verabschiedet. Wenn sie in Gedanken ist und mich als ihren Antistressball missbraucht. Selbst wenn sie schläft und sich dabei eng an mich schmiegt, vergräbt sie ihre Hand darin. Fuck, wir schlafen nicht nur miteinander, sondern auch beieinander. Jede Nacht in der letzten Woche. Und, ja, verdammt, ich weiß, das ist nicht gut.

»Alles okay?« Riley mustert mich skeptisch. »Du warst gerade gaaaanz weit weg, mein Freund.«

»Ja, ich habe überlegt, wie ich mich dafür rächen kann, dass du mich Wicht genannt hast.«

»Du bist ein schlechter Lügner.« Er schlägt mir gegen die Brust. »Ich wette, es hat mit diesem Mädchen zu tun, von dem du mir erzählt hast und dann kein Sterbenswort mehr, was im Übrigen überaus verdächtig ist.« Er fährt sich über den Dreitagebart und stößt mich mit der Schulter an. Da er die Statur eines Grizzlys hat, taumle ich und reibe mir über die Schulter. Ist vermutlich gebrochen.

»Okay, du erzählst mir also nicht freiwillig von ihr. Fair enough.« Er zuckt mit den Schultern. »Ein bisschen Schonfrist lasse ich dir noch, bevor ich meine überaus effizienten Verhörtaktiken auspacke. Fahren wir direkt ins *Bad Habits*? Ich verhungere.«

Dort haben wir früher immer zusammen mit Hazel abgehangen, wenn er seine Heimatbesuche in die Zeit legen konnte, in der sie hier am See gearbeitet hat. Aber jetzt wohnt River über der Bar und ich habe keinen Bock, ihm auch noch außerhalb unserer Fahrten quer durchs Colfax County zu begegnen. »Du hast immer Hunger.«

Er zuckt die Schultern, als würde er sich keine allzu großen Sorgen darüber machen, dass er ein Wildschwein auf Toast verdrücken kann und immer noch Platz für eine komplette Packung Oreo findet.

»Wollte dich heute in einen neuen Laden bringen. Ist näher dran. Bis Tahoma unterzuckerst du mir am Ende.« Das *Tahoe Seasons* hat eine ziemlich coole Rooftop-Bar, liegt nicht unter Rivers Wohnung und ich kriege Drinks und Essen zum Mitarbeitertarif, was in Anbetracht der Mengen, die Riley in sich reinschaufelt, überlebensnotwendig werden könnte.

Er lacht und schultert seinen Matchsack, in dem sein halbes Leben steckt. Die andere Hälfte befindet sich im Keller seiner Mom, zu der er schon morgen weiterfahren wird. »Na dann, los.«

Ich gehe voraus. Der Parkplatz ist größer als das Flughafengebäude, fast voll besetzt und doch habe ich keine Probleme Rivers Pick-up zu finden. Bullig überragt er die meisten normalen Autos. Ich steuere darauf zu und entriegle die Türen mit einem Knopfdruck.

»Du hast ein neues Auto?« Riley lacht und greift in den Bund meiner Jeans, zieht sie vom Körper ab und tut so, als würde er mir in die Hose gucken. »Wusste gar nicht, dass du eine Schwanzverlängerung brauchst.«

»Idiot.« Ich gebe ihm einen Schubs, der ihn gegen den Pick-up wirft, und kann mir ein Grinsen nicht verkneifen. Mir gefällt die Vorstellung, dass River den Wagen tatsächlich nötig hat, obwohl mir klar ist, dass er ihn vermutlich gekauft hat, um seinen ganzen Wakeboardkram auf die Ladefläche werfen zu können. Ich nehme Riley den Matchsack ab und schiebe ihn auf das Truckbett. »Ist nur geliehen.«

»Wer leiht dir sein Auto?«

Ich weiß, worauf er hinauswill. »Ich habe einmal einen verfluchten Mülleimer übersehen. Ein Mal«, brumme ich und klettere auf den Fahrersitz. Und da war ich sechzehn.

»Du hast ihn quer über den Parkplatz geschoben, weil du in Panik geraten bist.« Riley lacht dreckig und steigt ebenfalls ein.

»Wärst du das gewesen, hättest du auch Panik vor Hazels Reaktion auf ein zermatschtes Auto gehabt.« Ich verziehe das Gesicht, fahre los und beschleunige, sobald ich auf den Highway einbiege, der uns vom Flughafen ins Zentrum von South

Lake Tahoe bringt. Damals habe ich nicht verstanden, wieso sie so ausgerastet ist. Hab nicht kapiert, dass der Schaden unsere finanzielle Lage beinahe zum Kollabieren gebracht hat. Ich fand Hazels Reaktion einfach nur nervig. Wäre ich nur nicht so ein ignoranter Idiot gewesen, hätte ihr mehr geholfen ... »Ich wünschte, sie würde mir nur noch einmal so den Arsch aufreißen«, murmle ich.

Riley schweigt, legt mir seine Hand auf die Schulter und drückt sie. »Wenn nötig, schafft Haze das sogar von da oben.« Riley legt den Kopf in den Nacken und streckt das Gesicht aus dem Fenster und in den Fahrtwind.

»Wie geht es deiner Mom?«, wechsele ich das Thema, denn ich habe nicht vor die wenige Zeit, die wir haben, mit dunklen Gedanken zu verbringen. Sie hat nach der Trennung von Rileys Dad ziemlich gekämpft und dann noch mal mehr, als Riley sich beim Militär verpflichtet hat und klar war, dass er nach Übersee gehen würde.

»Ist stur wie immer.« Er lächelt. »Aber sie ist sesshaft geworden.«

Das ist etwas Neues. Rileys Dad war auch bei der Army. Er ist sein Leben lang von Basis zu Basis gezogen. Als Riley neun war, ist er mit der ganzen Familie auf die McClellan-Militärbasis versetzt worden und Ry kam an meine Highschool. Kurz darauf haben sich seine Eltern getrennt. Sein Dad zog weiter. Er und seine Mom sind in Sacramento hängen geblieben. Finanziell war es ein Albtraum, weswegen sie ständig von einem Loch ins nächste gezogen sind. Ich glaube, seine Mom hat es einfach nie lange an einem Ort ausgehalten. Riley war in der Zeit viel bei uns. Wir wurden beste Freunde. Laut Hazel eine unzertrennliche Katastrophe. Das haben selbst zig weitere Umzüge, sein Eintritt in die Army nach dem Highschoolabschluss und die Stationierung in Syrien nicht geändert. »Wie hast du das angestellt?« Ich hätte gedacht, man müsste seine

Mom fesseln und knebeln, um sie länger als ein paar Monate an einem Fleck zu halten.

Er wiegt den Kopf hin und her. »Vielleicht war ich ein gutes Vorbild.«

Mir entfährt ein lautes Lachen, als ich den Pick-up hinter dem *Tahoe Seasons* auf dem Mitarbeiterparkplatz ausrollen lasse. »Du? Ein Vorbild in Sachen Häuslichkeit?« Das ist der Witz des Jahrhunderts. »Willst du mir jetzt erzählen, dass du ein Eigenheim mit weißem Zaun gekauft hast, einen Labrador besitzt und eine Beziehung führst?« Wenn er nur bei einem Punkt Ja sagen würde, würde das mein komplettes Weltbild umschubsen.

»Bin allergisch gegen Hunde. Und gegen Beziehungen. Ach, und ich mag keine Zäune. Aber ich habe eine Wohnung gekauft. Was machen wir hier?«

»Rooftop-Bar«, erkläre ich knapp. Ich diskutiere die Wahl der Location nicht mit ihm oder das Warum, sondern konzentriere mich auf das, was er davor gesagt hat. »Du hast eine Wohnung gekauft?« Ich öffne den Mitarbeiterzugang mit meiner Chipkarte und lotse ihn in einen der Fahrstühle, der uns direkt bis zur Rooftop-Bar bringt.

Er hält mir sein Handy hin. Die Fotogalerie ist offen und zeigt ein stylisches Loft, offen, hell, rau und kantig wie Riley. »Passt zu dir.« Auch wenn es sich merkwürdig anfühlt, dass er so eine Verbindlichkeit eingeht.

»Sag ich ja.«

Er folgt mir zu einem Tisch an der Glasumrandung der Dachterrasse. Noch ist es leer hier oben, aber das wird sich später ändern.

»Ich habe Mom eine Wohnung in der Nähe besorgt und ihr gesagt, sie muss meine Blumen gießen und sich um alles kümmern, solange ich weg bin. Also hat sie zugestimmt, einen Frank gefunden und …« Er zuckt mit den Schultern. »… sie ist, glaub ich, echt glücklich. Und wenn es mal knapp wird, kann ich ihr aushelfen, weil ich es als Bezahlung für das Housesitting deklarieren kann.«

Sonst würde seine Mom niemals Rileys Geld nehmen. »Clever.« Ich schlage mit ihm ein. »Freut mich echt zu hören, dass es so gut läuft.« Riley war immer der Chaot von uns beiden. Derjenige, der sein Leben mit guter Laune und noch mehr Charme regelmäßig gegen die Wand manövriert hat. Nicht beruflich, aber privat. Tja, das Blatt hat sich wohl gewendet. Er besitzt ein Scheißloft, während ich obdachlos bin.

Eine Kellnerin taucht neben unserem Tisch auf, stellt Oliven und einen Dip mit etwas Brot zwischen uns und nimmt unsere Bestellung auf. Coke und Burger für mich. Bier und Burger für Ry.

»Und wie sieht es in Sachen Liebe aus?«

»Schön unkompliziert. Genauso, wie ich es mag. Sex, jede Menge unverbindlichen Sex, und bevor es ernst werden kann, bin ich wieder weg.« Er stopft sich zwei Oliven auf einmal in den Mund und mustert mich. »Das mit den Beziehungen überlasse ich dir. Für mich ist das nichts.«

»Ist vielleicht auch besser. Wer mit dir zusammenwohnt, verhungert über kurz oder lang.« Gerade verschwinden die letzten Appetizer-Oliven in seinem Mund.

»Das war ein Gnadenakt. Du magst keine Oliven. Aber du magst dieses Mädchen.«

Ich nicke. Er kann sich aussuchen, welcher Aussage ich damit zustimme.

»Und im Gegensatz zu mir bist du genau der Typ für dieses ganze Happy-End-und-für-immer-Zeug. Also?«

»Also, was?« Er hält meinem Blick, ohne mit der Wimper zu zucken, stand. Riley wird nicht aufgeben. Hat er schon damals nicht, als er sich in den Kopf gesetzt hat das Geländer vor dem Haupteingang unserer Schule mit dem Skateboard zu bezwingen. Er hat sich den Arm gebrochen und dann den Gips, weil er es wieder versucht hat. Beim dritten Anlauf hat er es gepackt. Ich sollte vielleicht nicht warten, bis irgendjemandes Knochen zu Bruch gehen. »Was willst du wissen?«

»Ist der Wagen ihrer?«

Ich lache. »Nein.«

Riley ballt die Hand zur Faust und macht eine Handbewegung, die wohl so viel bedeutet wie: Verdammt, ein Mädchen mit dem Autogeschmack, das wäre es gewesen.

»Du wirst sie trotzdem mögen.«

»Du magst sie«, sagt er mit einem Nicken. Als würde das ausreichen. Er lehnt sich etwas zurück, weil das Essen kommt, und steckt sich eine Pommes in den Mund. »Weil sie tough ist, Fight Club zitieren kann.« Er denkt nach. »Ein episches Lachen hat, schlau ist und cooles Zeug schreibt.«

»Ich war besoffen«, erwidere ich schwach.

»Hmm.« Er beißt von seinem Burger ab und tut es schon wieder. Sätze atmen, die er nicht ausspricht.

»Was?«

»Betrunkene sagen immer die Wahrheit. Just saying.«

Was für ein dämlicher Spruch.

»Also, was ist mit ihr?«, fragt er noch immer kauend.

»Ich habe dir gesagt, es ist nicht so einfach.«

Riley lässt die Hand mit einer Pommes darin sinken. »Und ich habe dir gesagt, dass das Schwachsinn ist. Jetzt sag nicht, dass du immer noch einen auf hart zu kriegen machst.«

Ich schiebe den Teller von mir. »Tue ich nicht. Aber wir … wir haben eingesehen, dass keiner von uns an einem Punkt ist, an dem es Sinn macht, eine Beziehung einzugehen. Also …«

Riley starrt mich fassungslos an. »Also was?«

»Also haben wir eine gute Zeit, aber es wird eben nicht mehr daraus.« Ich verziehe das Gesicht. Fühlt sich nicht so an, als würde mein Herz sich an die Scheiße halten.

Riley bricht über seinem Teller zusammen und lacht so laut, dass sich die Gäste am Nachbartisch zu uns umdrehen.

»Könntest du vielleicht damit aufhören?«

»Sorry, aber du hast das Konzept von unverbindlichem Sex so absolut nicht gecheckt. Unverbindlich bedeutet nicht gebunden. Man bindet sein fucking Herz nicht an so jemanden.«

»Wer sagt, dass ich das habe?«

»Dein Gesicht.« Riley umkreist es mit seinem Finger.

Ich fahre mir mit der Hand über den Hinterkopf und seufze ergeben. »Das ändert rein gar nichts.«

»Wieder falsch, junger Jedi.« Riley beugt sich über den Tisch und legt mir seine Hand an die Wange, bevor er leicht dagegenschlägt und sich zurück auf seinen Stuhl sinken lässt. »Das verändert alles. Und bedeutet, du musst es ihr sagen.«

»Der Wagen gehört ihrem Ex.« Das sollte ausreichen, um die Idee aus Rileys Kopf zu kriegen, das mit Via und mir wäre eine gute Idee.

Riley hört auf zu kauen. Er beachtet sein Essen gar nicht mehr, was wirklich bedenklich ist. »Wieso fährst du mit dem Auto ihres Ex herum?«

»Weil ich ihm helfe, die verdammte Mafia zu zerschlagen.« Ich sehe, dass Riley denkt, ich wäre irgendwie gestört oder so, weil ich so etwas sage. Klingt sicher krass für jemanden, der die Hintergründe nicht kennt. Okay, es ist krass.

Riley starrt mich stumm an und irgendetwas verändert sich. Er wirkt ernster, mehr wie der Soldat, der mit so einer Situation umgehen kann, weniger wie Ry. »Was zum Henker, Miles?« Er wischt sich den Mund mit der Serviette ab und wirft sie auf den halb aufgegessenen Burger. »Erklärst du mir mal bitte, was zum Henker das bedeuten soll?«

Ich setze Riley ins Bild, erzähle ihm alles. Na ja, fast. Den Moment, wo ich mein verdammtes Herz auf Vias Schuhsohle gemalt habe, lasse ich aus. Überhaupt alle Details, die sie und mich betreffen. Aber ich erzähle ihm von den Loughlins, der Adoptionsagentur, der Ranch, von Rivers Unfall, den Typen, die ihn, Via und mich verfolgt und beobachtet haben, von Seth, der wie vom Erdboden verschluckt ist, und unseren Versuchen weitere Zeugen oder Beweise zu finden, die bisher gescheitert sind. Er wird immer stiller. Zu Beginn fragt er noch ab und zu nach. Am Ende sagt er gar nichts mehr. Seine Kiefer mahlen und die Stille breitet sich zwischen uns aus.

»Könntest du was sagen?« Ich drehe eine Pommes auf meinem Teller, ohne sie anzurühren. Mir war nicht klar, wie sehr ich Rileys Input bei dieser Sache brauche. Seine Hilfe.

»Was soll ich denn sagen?« Riley stößt geräuschvoll die Luft aus. »Dass du total irre bist? Bitte. Du bist total irre.« Er sieht mich finster an.

So viel zum Thema Unterstützung. »Als dürftest du dich über irre Aktionen beschweren.« Ich deute auf sein Armyshirt, das in der Hochglanzatmosphäre des Hotels deplatziert wirkt. Er riskiert jeden Tag sein Leben für etwas, das er noch nicht mal für das Richtige hält. Einfach weil ihm jemand sagt, dass er es tun soll.

»Wenn ich Operationen durchführe, habe ich ein Team. Ein funktionierendes. Wir sind dafür ausgebildet und bewaffnet, verflucht.« Er schiebt hart den Stuhl zurück, sodass einige Leute zu uns herübersehen. »Ich lass nicht zu, dass du dich in Gefahr bringst. Wir gehen jetzt zur Polizei.«

Ich bleibe sitzen. »Das ist nicht meine Entscheidung.«

»Gut.« Riley verschränkt die Arme vor der Brust. »Fahren wir zu Via und River und überzeugen sie. Wollte die Frau sowieso kennenlernen, für die du so eine lebensmüde Kacke abziehst.«

»Ry, ich lieb dich echt, aber wenn du so drauf bist, stelle ich sie dir ganz sicher nicht vor.«

»Es ist mein Job, meilenweit durch die Gegend zu rennen,

Menschen ausfindig zu machen und zur Not Türen einzutreten.« Er funkelt mich kampflustig an. »Wäre also einfacher, wir fahren hin und reden mit ihnen, aber zur Not geht es auch ohne dich.«

Ich kenne Riley gut genug, um zu wissen, dass er nicht blufft. Seufzend stehe ich auf und gehe zum Tresen, um zu bezahlen, und Riley folgt mir.

»Irgendjemand muss hier mal vernünftig sein«, sagt er, als wir auf den Aufzug warten. »Und nur fürs Protokoll, ich hasse dich echt dafür, dass ich den Part übernehmen muss.«

Via

Knox ist gerade los. Er ist heute mit River und mir gefahren, weil Miles keine Zeit hatte. Ein Freundschaftsdienst, den River lieber abgelehnt hätte, auch weil er niemanden in unsere Mission einweihen wollte, aber ich habe mich für Knox verbürgt und am Ende blieb River auch gar nichts anderes übrig. Ich bin nicht stark genug, ihn die Treppen hinunterzubekommen. Und River braucht nach wie vor Hilfe, auch wenn sein Bein jeden Tag etwas besser wird. Zum Glück haben die beiden sich von Sekunde eins an total gut verstanden, sodass wir nach einem erfolglosen Tag auf der Straße noch gemeinsam gegessen haben. Knox hat River sogar eingeladen mal mit ihm auf den See rauszurudern. Ich weiß, dass River das Wasser vermisst. Aber anstatt Knox' Angebot anzunehmen, hat er dichtgemacht. Ich verstehe, warum. Es würde ihm vor Augen führen, was er verloren hat und nie zurückbekommen wird. Jetzt sitzt er auf der Couch und sieht durch das Footballspiel, das über den Bildschirm flackert, hindurch ins Leere, während ich den Tisch abräume und die Verpackungen vom Lieferservice entsorge.

Es klopft und wir sehen beide irritiert zur Tür.

»Bestimmt nur Knox, der was vergessen hat«, versucht River mich zu beruhigen.

Knox hatte nur sein Skateboard dabei und damit ist er gerade in lässigen Schwüngen die Straße hinabgecruist. Und Miles kann es auch nicht sein. Der ist mit seinem Kumpel unterwegs, den er vom Flughafen abholen wollte. Er meinte, es würde sicher später werden. Und ich wollte ihnen Zeit zu zweit geben, weswegen wir abgemacht haben, dass wir uns heute nicht sehen. Wir sind erst morgen früh zu einem gemeinsamen Frühstück im *Bits & Bites* verabredet, sodass ich Riley kennenlernen kann, bevor er nach Sacramento weiterfährt.

Mein Atem beschleunigt sich. Die Typen aus dem SUV. Wir haben sie nicht mehr gesehen, aber das muss nichts heißen. Sie könnten trotzdem mitbekommen haben, dass wir nach Beweisen suchen.

Ich zucke zusammen, als es wieder klopft. Härter dieses Mal. Draußen sind Stimmen zu hören. Von mindestens zwei Männern, die leise miteinander reden.

River ist blass und wühlt in seiner Hosentasche nach seinem Handy. Meins liegt unten im Kombi.

River kriegt das Telefon zu fassen und wählt hastig die Notrufnummer. Ein Leerzeichen. Ewig lang. Ein weiteres. Und dann plötzlich mein Name. Es dauert eine Sekunde, bis ich kapiere, dass er durch das Holz der Tür dringt, nicht aus dem Hörer. Und dass es Miles' Stimme ist.

»Fuck«, stöhnt River erleichtert und legt auf, bevor jemand in der Notrufzentrale abnimmt.

Ich öffne die Tür. Miles lehnt am Rahmen und lächelt mich an, als gäbe es River nicht, der hinter mir leise flucht. Oder den Hünen in Armyshirt und Cargohose, der neben ihm steht und mich finster anblickt. Raspelkurze dunkle Haare, markantes Gesicht.

»Hi«, sagt Miles und seine Stimme klingt zu warm für den gequälten Ausdruck in seinen Augen.

Der Blick seiner Begleitung gleitet ungeduldig von mir zu Miles, bevor er den Kopf schüttelt und offenbar beschließt die Begrüßung selbst in die Hand zu nehmen. »Ich bin Ry«, stellt er sich vor. »Der beste Freund dieses Idioten.«

»Via.«

»Ich weiß. Nett dich kennenzulernen«, sagt er knapp, gibt mir aber nicht die Hand. »Und du musst River sein.« Er betritt die Wohnung, obwohl ihn niemand hereingebeten hat, steuert auf River zu und setzt sich auf den winzigen Couchtisch, auf dem River sein Bein abgelegt hat.

Bevor Riley überhaupt etwas sagen kann, wirft River die Fernbedienung mit so viel Wucht in die Sofaecke, dass sich das Batteriefach verabschiedet. »Er weiß Bescheid? Dein Ernst, Tahoe?«

Miles hätte seinem Freund nicht alles erzählen dürfen, nicht noch mehr Menschen mit da reinziehen sollen. Es reicht, dass wir Knox einweihen mussten – auch wenn wir ihm verschwiegen haben, warum genau River all diese Pflegegeschwister sucht. Aber dennoch verstehe ich, wieso er es getan hat. Und River hat kein Recht, ihn deswegen anzubrüllen.

»Miles stammt nicht vom See«, entgegnet Riley frostig. »Aber das ist dir vermutlich genauso egal wie die Gefahr, der er sich für euch aussetzt.«

»Ry«, geht Miles scharf dazwischen und streift meinen Arm, als er sich vom Türrahmen abstößt und sich an mir vorbeidrückt. Das Echo der Berührung flammt noch über meine Haut, als er sich bereits neben River setzt. »Du hast gesagt, wir reden. Also reden wir.«

Riley atmet tief durch. »Gut, reden wir.«

»Wüsste nicht, worüber? Ich kenne dich nicht mal.« River verschränkt die Arme vor der Brust.

»Darüber, dass es absolut irre ist, sich dieser ganzen Sache allein zu stellen, vielleicht.« Riley steht auf und tigert durch das Zimmer. Vom Esstisch zum Bett zur Couch und zurück. Jede Distanz nur wenige lange Schritte »Habt ihr irgendeine Ahnung, wie gefährlich es ist, sich mit solchen Typen anzulegen?« Er deutet auf Rivers Beinschiene. »Du bist fast draufgegangen und willst das trotzdem durchziehen?«

»Ich will das durchziehen, weil ich fast draufgegangen bin«, korrigiert River ihn.

»Geht, verdammt noch mal, zur Polizei.« Rileys Haltung ist klar. Sonst wird er es tun.

Ich befeuchte nervös meine Lippen. »Das geht nicht.« Alle drei sehen mich an. »Wenn wir etwas verändern wollen, müssen wir erst mehr in der Hand haben, sonst erreichen wir rein gar nichts.«

Riley stoppt unmittelbar vor mir. »Ihr erreicht, dass ihr nicht draufgeht.«

»Dafür sterben dann andere Menschen. Solltest du als Soldat nicht gerade verstehen, dass das keine Option ist?«

Er nickt. »Das Problem ist, ihr seid keine Soldaten. Ihr seid null vorbereitet auf das, was da auf euch zukommen könnte. Also überlasst das, verflucht noch mal, den Profis.«

»Auf keinen Fall, und wenn du mit denen sprichst, mach ich dich fertig.«

Rivers Drohung entlockt Riley nur ein müdes Lächeln. »Das hier ist kein Film, Rambo. Du kannst mich nicht fertigmachen und das organisierte Verbrechen schon gleich gar nicht. Und du musst es auch nicht. Die Polizei schläft nicht. Sie macht ihre Arbeit. Ihr müsst sie nur lassen.«

»In welcher Welt?«, schnaubt River. »Die Cops waren regelmäßig auf der Ranch der Loughlins. Sie haben gesehen, was da abging, und keiner hat was unternommen. Solange wir nichts in der Hand haben, wird genau das passieren – nichts. Ich sage, wir gehen auf keinen Fall zur Polizei, bevor wir Beweise haben.«

Ich nicke, obwohl Angst unter meiner Haut kribbelt. »Auf keinen Fall.«

Riley sieht Miles an, erwartet, dass wenigstens er auf seiner Seite ist. Genug Gegengewicht erzeugt, um die Entscheidung noch zu kippen, aber Miles senkt nur den Blick. »Du hast sie gehört, Ry. Ist nicht meine Entscheidung und ganz sicher nicht deine.«

In meiner Brust breitet sich Wärme aus. Miles stellt sich auf unsere Seite. Auf meine, obwohl ich weiß, dass er eigentlich Rileys Meinung ist.

Riley wischt sich über das Kinn, das vor Anspannung leicht vorgeschoben ist. »Ich will dich echt mögen, Via«, quetscht er hervor. »Und ich bin sicher, dass du toll bist. Sonst würde Miles das alles nicht für dich tun, aber das hier ...« Seine Arme fallen an seinen Seiten hinab und sein Blick kippt zwischen wütend und resigniert hin und her. »Das ist echt scheiße. Wenn ich ihn wegen dir verliere, wie ich schon Haze verloren habe ...«

Dann wird er mich für immer hassen. Er beendet den Satz nicht. Muss er auch nicht, denn wenn das passiert, werde ich den Job höchstpersönlich für ihn übernehmen.

»Fuck«, seufzt Riley und zuckt ein letztes Mal die Schultern. »Das ist zwangsjackenirre.« Er dreht sich um, läuft nach draußen, knallt die Tür so gegen die Wand, dass sie zurückschlägt und ihn an der Schulter trifft, und poltert die Treppe hinab.

»Hey.« Miles ist aufgesprungen. »Ry, jetzt warte doch mal. Er läuft seinem Freund nach, dreht sich an der Tür kurz um und sieht mich einen Atemzug lang entschuldigend an. »Ich rede mit ihm und melde mich dann.« Und schon ist er fort.

Miles

Riley und ich haben noch ewig geredet. Es war hitzig, leise, eindringlich, dann wieder laut. Er hat mich gebeten mein verdammtes Leben nicht für ein Mädchen aufs Spiel zu setzen, von dem ich nicht mal weiß, ob es Gefühle für mich hat. Ich bin stur geblieben. Er hat mich bekniet im Hintergrund zu bleiben. Ich bin stur geblieben. Ich werde Via nicht allein in den Kampf ziehen lassen. Er hat auf mich eingeredet, dass ich mir erst sicher sein soll, was das zwischen uns ist. Ich bin stur geblieben, weil ich es mir selbst dann nicht anders überlegen werde, sollten meine Gefühle einseitig sein. Sie muss mich nicht lieben, damit ich das tue. So was nennt man wohl bedingungslose Liebe.

Er hat für die Zusammenarbeit mit der Polizei argumentiert und gegen den wahnwitzigen Plan, sich dem allein zu stellen. Ich bin ganz seiner Meinung, habe ihm aber unmissverständlich klargemacht, dass das nicht ich entscheide. Oder er. Am Ende hat Ry mich angefleht es sein zu lassen. Wenn nicht um meiner selbst willen, dann für ihn. Er ist wie ein Bruder für mich und das war der Punkt, an dem er mich fast hatte. Aber nur fast. Irgendwann haben wir einfach schweigend dagelegen. Ich auf dem Bett. Er auf einer Matratze auf dem Boden und es gab einfach nichts mehr zu sagen.

Das ändert sich auch nicht, als wir aufstehen, nicht als Ry duschen geht und danach seine Sachen zurück in den Matchsack stopft. Ich kippe ihm etwas Kaffee in einen Becher und fülle den Rest mit Milch auf. So wie er seinen Kaffee schon immer trinkt. »Hey, hier, zum Wachwerden«, murmle ich und nippe an meinem eigenen. Ich fühle mich, als hätte ich einen epischen Kater.

Riley rührt das Getränk nicht an. »Ich hab mir ein Uber bestellt. Kommt in zehn Minuten.«

Seine Mutter erwartet ihn. Danach will er sicher in sein Loft und irgendein Mädchen treffen, das er vögelt und dann nie wieder anruft. So läuft das immer. Er bleibt nie lang, aber wir wollten zusammen frühstücken, bevor er fährt. Dass er jetzt schon loswill, fühlt sich nach Flucht an. Als würde er wegrennen. Vor dem einzig richtigen Streit, den wir je hatten. Vor dem Schweigen, das sich ausbreitet und uns Stück für Stück frisst. »Du weißt schon, dass ich Uber-Fahrer bin«, witzele ich, klinge aber einfach nur angespannt.

Er schüttelt den Kopf. »Ich wollte dich nicht damit stressen, mich zum Flughafen zu bringen. Du hast genug um die Ohren.«

»Hätte mich nicht gestresst.«

»Ich weiß.« Riley wendet sich ab.

»Ich glaub's immer noch nicht, dass du von hier einen Flieger nimmst.« Vom See nach Hause sind es nur schlappe zwei Stunden. Ich lache leise, aber das Geräusch passt nicht. Passt so null zur Situation und fällt mir aus dem Gesicht.

Er kratzt sich am Kopf und lehnt sich gegen den Pfeiler der Hochebene. »So staube ich vielleicht noch die Nummer einer heißen Stewardess ab. Wer weiß?« Er lächelt gezwungen und schultert seine Tasche.

»Hey, Ry.« Ich schiebe meine Hände in die Taschen der Jeans und ziehe die Schultern hoch. »Ist zwischen uns alles okay?«

Er legt sich die Hand in den Nacken, öffnet den Mund, als müsste er dringend noch etwas loswerden. Aber dann seufzt er nur und nickt. »Ja, natürlich.«

»River hat alles«, sagt das feige Arschloch in mir. Der Teil, der heult und dem Rotze aus der Nase läuft. Der, der keine Schmerzen mehr erträgt. »Er hat die Kopien.«

»Na endlich. Gut. Wo?« Fallon wischt sich die Hände mit einem Lappen ab und gibt Peter ein Zeichen, ihm eine Flasche Wasser rüberzuwerfen. »Wo hat er das Zeug?«, fragt er dieses Mal freundlich und reicht mir das Getränk.

»In seiner Wohnung, denke ich.« Ich trinke gierig, schlucke die Lüge hinunter, die River das Genick brechen wird.

Fallons Telefon klingelt und ich leere die Flasche, solange er abgelenkt ist. Er nickt, brummt, nickt wieder. Ein knappes Danke, dann legt er auf. »Deine Freunde haben Todessehnsucht. Sie haben uns die Bullen auf den Hals gehetzt. Die sind auf dem Weg hierher.«

Peter scheint das nicht zu beunruhigen. »Sie werden nichts finden. Wie immer.«

»Was ist mit ihm?« Fallon deutet auf mich.

»Wird nicht mehr da sein, wenn sie hier aufschlagen. Bring ihn in den Wald.«

Angst drückt meine Blase zusammen. Im Wald verschwindet man, wenn man es sich auf der Ranch verscherzt. Sobald man über vierzehn ist, interessiert es keinen Cop der Welt, wenn man verschwindet. Sie suchen nicht nach angeblichen Ausreißern, nach Kindern, für die sich niemand interessiert. Die Loughlins streichen weiter das Pflegegeld ein und alle sind glücklich. Bis auf die Jugendlichen. Die sind im Wald und werden es für immer bleiben. Und so wie es aussieht, werde ich ab heute einer von ihnen sein.

»Du hast es gehört, Seth, aufstehen.« Fallon verdreht mir den Arm und schubst mich dann vor sich her. Die Waffe in seinem Holster ist das Einzige, was ich sehe, als wir ins grelle Sonnenlicht treten. Weil sie schwarz ist wie der Raum, in dem ich die letzten Tage verbracht habe.

»Du wartest hier, während ich pissen gehe.« Er winkt einen schlaksigen Jungen heran. »Pass auf, dass er nicht abhaut.«

Es ist still, bis auf das Zirpen der Grillen und dem weit entfernten Bellen eines Hundes. Wir stehen uns gegenüber. Der Junge fixiert mich, sieht weg. Wahrscheinlich ahnt er, was sie mit mir vorhaben.

»Tut mir leid, Kleiner«, murmle ich und gebe ihm einen Bodycheck, der nicht nur ihn, sondern fast auch mich umhaut. Und dann renne ich. Ich renne, um mein Leben.

Via

Die Dämmerung kämpft noch mit der Dunkelheit, als es am Abend an meine Zimmertür klopft.

Ich muss eingeschlafen sein, nachdem ich in der Nacht kaum ein Auge zubekommen habe. Was meinen Körper zu der trügerischen Annahme verleitet hat, es gäbe wenigstens jetzt ausreichend Schlaf. Falsch gedacht. Ich blinzle und rutsche zwischen den Laken hervor. Auf dem Weg zur Tür schlüpfe ich in einen von Miles' Hoodies. Der Stoff riecht nach ihm und das ist besser als Kaffee oder Adrenalin-Shots. Ein leises Prickeln stiehlt sich über meine Haut. Denselben Pullover zu tragen wie er ist, wie von ihm umarmt zu werden. Mit einem Lächeln öffne ich die Tür.

Miles. In Jogginghose. Mit einem engen Longsleeve, der seine muskulösen Arme betont. Er hat sich an dem Querbalken der Türzarge eingehängt. Mit diesem Blick, der wie ein schwarzes Loch ist, wenn ihn wie jetzt etwas quält. Mit diesem Lächeln, das er trotzdem auf seine Lippen zwingt. Für mich.

Ich stelle mich auf die Zehenspitzen und küsse ihn, einfach nur, weil er versucht mir das Gefühl zu geben, alles wäre gut. Ich vergrabe meine Hände in seinem Haar, spüre seine warmen Lippen, unseren heißen Atem, der einen scharfen Kontrast zu der kühlen Morgenluft bietet. Tannenzapfen fallen irgendwo auf den Waldboden. Unter uns geht eine Tür. Ich höre Stimmen und im selben Moment löst Miles eine Hand vom Türrahmen und schiebt sie in meinen Nacken, teilt meine Lippen. Seufzend öffne ich den Mund für ihn und fühle seine

Zunge, schiebe mit ihm die beschissene Welt und all ihre gottverdammten Probleme weg. Ich will nicht aufhören, will nur Miles und mich und diesen Moment.

Er lehnt seine Stirn gegen meine und macht ein Geräusch, das meine Brust gefangen nimmt und heiß zwischen meine Schenkel fließt. Halb Knurren, halb Stöhnen, verzweifelt um Beherrschung bemüht. »Wir …« Er erhöht den Druck gegen meine Stirn, schließt die Augen und zieht die Unterlippe mit den Zähnen ein. »… wir müssen reden.«

Ich bin verwirrt, weiß, dass er recht hat. Und gleichzeitig macht es mir Angst, was er sagen wird. Riley und er haben sicher die ganze Nacht geredet. Was, wenn er ihn vor die Wahl gestellt hat? Die beiden sind wie Brüder und Riley mag mich nicht. Ich kann es ihm nicht mal verübeln. Er macht sich Sorgen um Miles. Und deswegen mache ich mir Sorgen um uns. Miles vertraut ihm mit Sicherheit mehr als mir. Nervös lecke ich mir über die Lippen und drehe mich weg.

Miles' Hand rutscht aus meinem Nacken und fällt gegen seinen Oberschenkel. »Ich weiß nicht, wie ich am besten anfangen soll«, sagt er leise und zuckt mit den Schultern.

»Ich habe einen Studienplatz an der SNU«, stoße ich hervor. Zu schnell, zu hastig. Aber es verlagert das Gespräch weg von dem möglichen Ende, das ich nicht hören will. Die Zusage der Uni war heute Morgen in meinem Postfach.

»Hier am See?« Er geht die paar Schritte bis zu meinem Bett und setzt sich auf die zerwühlen Laken, als müsste er das erst mal verdauen.

Ich nicke. »Mir ist schon länger klar, dass ich nicht zurück an die Sac State will. Dort würde mich nur alles an die Zeit nach Rivers Unfall erinnern.« Die echt stockschwarz war. »Ich will den Menschen, die mich enttäuscht haben, nicht begegnen. Nicht wieder zum Gesprächsthema werden oder Hassnachrichten bekommen. Und ich mag es hier.« Ich mag es hier mit ihm. Wie dieser Ort wohl ohne Miles sein wird? Denn er wird gehen. Zurück nach Sacramento. Und schon trudelt das Gespräch wieder auf das Ende zu.

»Ist eine gute Uni. Die nehmen nicht jeden.« Er lächelt. »Darauf kannst du echt stolz sein. Herzlichen Glückwunsch, Sad Eyes.« Es gelingt ihm nicht sich zu freuen. Aber er bemüht sich. Versucht es wirklich, was ich ihm hoch anrechne.

Uns ist beiden klar, was das bedeutet. Für uns. Und ein winziger Teil von mir dreht apokalyptisch durch, weil es ihm nicht egal ist. Ich bin ihm nicht egal. Das hier ist nicht nur Sex. »Ich weiß, wir haben gesagt, wir würden unsere Herzen da raushalten«, beginne ich vorsichtig.

Er nickt, senkt den Blick.

»Ich glaube, ich kann das nicht.«

Sein Kopf zuckt ruckartig hoch und sein Blick erwischt meinen. »Das war die mieseste Idee, die wir je hatten, oder?«, fragt er rau und schiebt seine Hand über meine.

»Die mieseste Idee ever.« Mein Herz pocht laut. Ich denke, er wird sehen, dass es für ihn schlägt. Aber das reicht nicht. Ich muss es aussprechen. »Ich …« Jetzt sei kein Schisser, Via. »Ich mag dich, Miles. Sehr.«

Ein leises Lächeln, das wieder in sich zusammenfällt.

Meine Zunge klebt am Gaumen und mir ist schwindlig. Wieso sagt er nichts, verdammt. Ich beiße die Zähne so fest aufeinander, dass ich Sternchen sehe, hole Luft und spreche weiter. Immer weiter. Weil es längst kein Zurück mehr gibt. »Ich mag dich nicht nur. Ich …«

»Was ist mit River?«, unterbricht er mich, bevor ich aussprechen kann, dass ich mich verliebt habe. Auf eine Art, die ich nicht kannte. Herz über Kopf. Mit allem, was ich, verdammt noch mal, habe.

Ich zögere, überlege, suche nach den richtigen Worten. »Ich werde River immer lieben, auf die ein oder andere Art.« Ich will nur ehrlich sein. Aber ehrlich ist nicht gut, denn Miles' Daumen stoppt, liegt still auf meinem Handrücken. »Wir kennen uns ewig und haben so viel miteinander erlebt«, schiebe ich hastig hinterher, versuche das Chaos in mir zu erklären. »Das verschwindet nicht.« Nicht mal nach allem, was er getan hat. »Aber das mit uns … Das ist anders.«

Er sieht mich an und es liegt etwas Herausforderndes in seinen Augen. »Inwiefern anders?«, fragt er und atmet tief durch.

»Ich weiß es nicht, okay?«, stoße ich lauter hervor als beabsichtigt. »Ich weiß nicht, wo es hinführt, aber ich würde es gern ausprobieren. Denn mein Herz schlägt schneller, wenn ich dich sehe.« Ich reibe mir nervös über die Stirn. »Das mit uns ist mein Licht in all dem Mist und ich kann das, kann dich nicht verlieren.« Ich wische mir eine Träne aus dem Augenwinkel und ziehe trotzig die Nase hoch. Ich werde nicht weinen. Selbst dann nicht, wenn er mir jetzt sagt, dass er nicht so empfindet.

Miles rutscht näher an mich heran. Zieht mich in seine Arme. »Du verlierst mich nicht, okay«, flüstert er, legt mir seinen Daumen unters Kinn und hebt meinen Kopf an. »Ich bin hier. Bei dir.«

Ich nicke leicht. »Die Frage ist, wie lange noch?«

»Ich weiß es nicht, aber, scheiße, Via, ich …« Weiter kommt er nicht, weil das Telefon auf dem Nachtschrank vibriert und Miles' Aufmerksamkeit auf sich zieht. Nein, verdammt. Hör nicht auf zu reden. Ich muss wissen, was er noch sagen wollte. Ob sein Herz vielleicht genauso regelresistent ist wie meins und sich einfach so verliebt hat. So als wäre es nichts. Obwohl es alles ist.

Aber er verstummt und reicht mir das Handy, auf dessen Bildschirm Rivers Name aufblinkt, und der Moment ist vorbei. Ich gehe ans Telefon und Miles schluckt runter, was auch immer er sagen wollte.

Miles

River. Immer wieder River. Fuck. Ich wollte Via gerade gestehen, dass mein Herz bereits sautief mit drinsteckt. Dass es das ehrlich gesagt schon seit damals am Busbahnhof tut. Und dann ruft ausgerechnet er an und funkt dazwischen.

Und jetzt läuft sie mit dem Telefon am Ohr unruhig auf und ab, anstatt mit mir auf dem Bett zu sitzen. Was immer er ihr steckt, es sind keine guten Neuigkeiten, denn sie ist blass und hat einen Erdrutsch an Sorgen im Gesicht. Aus ihren Antworten kann ich keine Infos ziehen. Nur hier und da ein knappes »Ja« oder »Ich verstehe«. Und am Ende dann »Wir sind gleich da«.

Ich stehe auf, als sie auflegt und das Telefon sinken lässt. »Was ist passiert?« Er sollte besser einen verdammt guten Grund haben, um uns ausgerechnet jetzt zu sich zu beordern.

»Jemand hat bei ihm eingebrochen.«

Okay, der Grund ist beschissen gut. Meine Muskeln spannen sich an und mein erster Gedanke ist, dass Via nicht hinfahren darf. Dass ich sie beschützen muss. Der zweite ist, sie wird es sowieso tun. In dieser Situation lässt sie River nicht allein.

Ich reibe meinen Nacken, gebe mir einen Ruck, berühre zaghaft ihren Ellenbogen und, scheiße, ihre Reaktion macht mich fertig. Sie fährt zusammen und sieht mich aus großen Augen an. Sie hat Angst und ich kann sie nicht anlügen, ihr nicht sagen, dass alles gut wird und wir sicher sind. Wir haben mit der Suche nach Beweisen in ein verdammtes Wespennest gestochen. Und das Ganze fliegt uns jetzt um die Ohren, genau wie Riley es prophezeit hat.

»Lass uns fahren«, sage ich sanft. Denn das ist das Einzige, was ich tun kann. Bei ihr sein und das Beste hoffen.

Polizeiwagen werfen blau-rote Lichter in die Nacht. Ich parke den Pick-up am Straßenrand, weil der Zugang zum Parkplatz gesperrt ist. River steht auf seine Krücken gestützt neben der Treppe zu seinem Apartment. Bevor ich den Motor ausgestellt habe, ist Via bereits aus dem Wagen gesprungen und rennt zu ihm. Ich wende den Blick ab, als sie ihn umarmt. Und schlucke schwer, weil sie ihn erst wieder loslässt, als ich zu ihnen stoße.

»Hey«, murmle ich und nicke River zu. Er sieht fertig aus.

»Hi.« Er hüpft halb auf die Krücken gestützt, halb das einigermaßen gesunde Bein belastend auf mich zu. »Danke … für das hier … denke ich.«

Denkt er? Er sollte meinen verfluchten Hintern küssen. Nicht für das, was ich tue, sondern was ich nicht tue. Den Cops alles erzählen zum Beispiel. Ihm an den Kopf knallen, wie scheiße egoistisch das hier ist. Ihm sagen, dass er Via in Gefahr bringt. Dass er sie für immer verloren hat, weil sie jetzt mich liebt. Ich habe das Gefühl, mich so weit aus dem Fenster zu lehnen, dass ich falle, nur weil ich das denke. Sie hat nicht von Liebe gesprochen. Nur davon, dass sie es mit uns probieren will. Dass ich ihr Licht in all dem Morast bin. Ich lächle, weil das fast besser ist. Und es ist mir egal, dass ich vermutlich total dämlich aussehe. »Schon gut.« Ich klopfe River auf die Schulter. Er hat verloren. Auch wenn sie ihn umarmt, er hat verloren und ich bin kein Mensch, der noch nachtritt. »Was sagen die Cops?«

»Nichts«, entgegnet er frustriert. »Sie sagen, verflucht noch mal, gar nichts.«

Das könnte sich jetzt ändern. Denn einer der Polizisten hält direkt auf uns zu. »Mister Stanton?«

River nickt.

»Wir hätten noch ein paar Fragen an Sie.« Mit einem Blick auf uns fährt er fort. »Wir können das hier machen oder Sie begleiten uns auf das Revier, wo wir mehr Ruhe haben.«

»Sie wollen mich mitnehmen? Mich?« River lacht. Fassungslos. »Wie wäre es, wenn Sie stattdessen einfach die Wichser einkassieren, die hierfür verantwortlich sind?«, schnaubt er.

»Es gibt keine Hinweise auf die Täter. Keine Einbruchsspuren an der Tür. Dinge von Wert wie Fernseher oder Stereoanlage wurden nicht entwendet. Denen ging es nur darum, Chaos anzurichten.« Der Polizist deutet auf die Tür der Bar. »Am wahrscheinlichsten ist, dass jemand zu viel getrunken und sich in Ihrem Apartment ausgetobt hat. Vandalismus. Ärgerlich, aber wir werden kaum herausfinden, wer das war.«

»Und wie sind die volltrunken durch die verfickte Tür gekommen, ohne Spuren zu hinterlassen?«, stößt River wütend hervor. »Ich hatte abgeschlossen.«

Der Beamte hebt beschwichtigend seine Hand. »Beruhigen Sie sich, Mister Stanton. Sie waren mit einem Freund unterwegs.« Er überlegt kurz. »Knox Gains, richtig?«

River sieht ihn aus zusammengekniffenen Augen an, nickt aber. Knox hat ihn heute mit zum Ruderclub genommen. Nicht mit aufs Wasser, aber es ist ein Anfang.

»Er kann sich nicht erinnern, dass Sie abgeschlossen haben, als er Sie abholte. Wir haben ihn gefragt. Wahrscheinlich haben Sie es vergessen. So was kommt vor.«

»Er kann sich nicht erinnern? Das hat er gesagt?« River atmet wütend aus. »Ich habe abgeschlossen. Klar!« Er schüttelt den Kopf. »Und was ist mit der Kamera des *Bad Habits*?«

»Die ist laut dem Besitzer schon seit ein paar Tagen kaputt.« Je lauter River wird, umso ruhiger wird der Polizist. Ruhig, aber fokussiert, die Aufmerksamkeit auf jede seiner aufgebrachten Bewegungen gerichtet, um einschreiten zu können, sollte er ausflippen.

»Natürlich haben sie auch daran gedacht. Sie haben alles geplant, verflucht.« River schlägt mit der Krücke gegen die Treppe. »Sehen Sie denn nicht, was hier läuft? Das waren die verfluchten Loughlins.«

»Riv, das wissen wir nicht.« Via berührt seinen Arm, aber er entzieht sich ihr mit einem Ruck.

»Natürlich wissen wir das. Fuck.«

»Wenn Sie sich jetzt nicht beruhigen, setze ich Sie in einen der Polizeiwagen, bis Sie runterkommen, also reißen Sie sich zusammen.« Der Cop macht einen Schritt auf ihn zu.

Rivers Hände zittern, er schwitzt, obwohl es so spät am Abend bereits empfindlich kalt ist und er nur ein Shirt trägt. »Ich will mich nicht beruhigen.«

»Alles klar hier?« Ein zweiter Polizist kommt zu uns.

»Nichts ist in Ordnung«, brüllt River ihn an. »Die tun es wieder und wieder und wieder, zerstören Leben und niemand unternimmt etwas, verfickte Scheiße. Niemand.« Er schleudert eine seiner Krücken über den Parkplatz. Nicht in die Richtung einer Person. Er tut niemandem weh, aber den Polizisten reicht es. Mit geübten Griffen fixieren sie ihn, zwingen ihn in eine Haltung, in der er vor Schmerzen stöhnt.

»Sein Bein.« Via will dazwischengehen, aber ich werde ganz sicher nicht zulassen, dass sie etwas tut, was sie mit Handschellen auf den Rücksitz eines Polizeiwagens befördert.

Ich halte sie zurück und fühle mich wie ein Arschloch, weil ich nichts tue, um River zu helfen.

»Sie tun ihm weh, Miles.« Tränen rollen über ihre Wangen. »Hören Sie auf ihm wehzutun!«, fleht sie die Polizisten an, die River auf die Rückbank eines der Streifenwagen verfrachten.

Er wehrt sich. Da ist so viel Frust, Schmerz, Angst, die jetzt aus ihm herausquillt wie Blut aus einer Wunde. Er schlägt den Kopf von innen gegen die Scheibe und brüllt. Bis ihm die Kraft ausgeht und sich die verschwitzten blonden Haare gegen das Glas der Scheibe pressen, weil er zu fertig ist, um weiterzumachen.

Die Polizisten entfernen sich etwas, behalten ihn aber im Auge.

»Warum ist der Kleine so ausgerastet?«

Sein Kollege zuckt die Schultern. »Komischer Zufall. Heute Morgen kam ein anonymer Anruf rein, dass die Familie Loughlin Dreck am Stecken hätte. Die Rede war von Kindesmisshandlung, Vorwurf des Menschenhandels, Betrug, Bestechung. Die betreiben oben im Colfax County eine riesige Adoptionsvermittlung und auf der familieneigenen Ranch bieten sie Pflegekindern ein vorübergehendes Zuhause. Die Kollegen waren heute Morgen dort. Sah alles gut aus. Kein Anhaltspunkt für irgendeine Unregelmäßigkeit. Aber jetzt das hier.«

Der andere kratzt sich am Kopf und senkt seine Stimme. »Du meinst, der Kleine hat was mit dem Anruf zu tun und hat das hier inszeniert, um denen ans Bein zu pinkeln?«

Das kann doch nicht deren Ernst sein.

»Miles?«

Ich presse Via enger an mich. »Psst.« Ich muss wissen, was sie sonst noch sagen.

»Er war auf jeden Fall mal bei denen untergebracht. Das ist ganz offensichtlich nicht spurlos an ihm vorbeigegangen. Adoptionen und der ganze Kram sind hochemotional. Egal wie viel Mühe sich solche Leute mit ihnen geben, es kann schiefgehen.«

Ein mitleidiger Blick fliegt zu River, dann kommt der Typ auf uns zu. »Sie sind mit ihm befreundet?«

Via löst sich von mir. »Ja. Wir sind ... zusammen.«

Das Wort sticht wie ein Hornissenstich, lässt meine Kehle zuschwellen. Meine Zellen arbeiten nicht mehr richtig, auch wenn sie das hoffentlich nur gesagt hat, um River zu helfen.

»Freunde«, krächze ich.

»Ihr Kumpel ist ziemlich durch. Eigentlich müssten wir ihn mitnehmen, aber wenn Sie sich bereit erklären, ein Auge auf ihn zu haben, und sicherstellen, dass er sich mit weiteren Anschuldigungen zurückhält und sich ab jetzt ruhig verhält, sehen wir davon ab. War eine toughe Nacht für ihn.« Er nickt uns zu.

»Wir passen auf ihn auf.« Vias Stimme klingt dünn. Sie schenkt den Polizisten ein trauriges Viertellächeln.

Der Cop nickt uns zu. »Wir sprechen noch kurz mit ihm, dann können Sie ihn nach oben bringen.« Er geht zum Wagen und öffnet die vordere Tür.

Der Funk knackt und fühlt sich an wie ein statisches Flimmern auf der Haut. Was, wenn die Polizisten recht haben und das alles einfach zu viel für River war? Wenn seine Version der Ereignisse sich zwar mit Seths deckt, einem Junkie, der wie vom Erdboden verschluckt ist, aber nicht mit der Realität? Die beiden könnten so kaputt sein, dass sie sich die ganze Scheiße ausgedacht haben, um mit ihrem Trauma zurechtzukommen. Und in Rivers Fall, um Via zurückzugewinnen.

Ich glaube ihm, dass die Ranch die Hölle für ihn war, aber die Frage ist, ob sie das wirklich wegen der Loughlins war oder ob dieses Gefühl mehr damit zu tun hat, dass seine Mom ihn nicht wollte. Wie verlässlich sind seine Erinnerungen an die Adoptionsprozesse der vielen anderen Kinder, die durch die Pflegestelle auf der Ranch vermittelt wurden, während er nicht in Betracht gezogen wurde? Und Seth, der adoptiert wurde, hat bestimmt eine schlimme Familie erwischt, aber bedeutet das echt, dass die Loughlins nicht alles getan haben, um das zu verhindern? Ich sehe zu River, der noch immer an der Fensterscheibe lehnt. Das Glas beschlägt im Rhythmus seines Atems. Sein Blick ist leer. Es wäre kein Problem für ihn gewesen das Halteseil selbst zu manipulieren und damit seinem Erfolg ein Ende zu setzen. Einem Erfolg, dem er mental vielleicht nicht gewachsen war. Fuck, wer ist so etwas gewachsen, selbst ohne seine Vergangenheit? Zu dem Zeitpunkt hat Seth wieder Kontakt zu ihm aufgenommen. Könnte etwas in ihm aufgebrochen haben. Zwei Traumata und boom. Da kam bestimmt richtig mieser Kram hoch.

Der Anruf heute Morgen bei der Polizei war anonym. Das hätte jeder sein können. Auch er. River war danach mit Knox beim Ruderclub, aber niemand weiß, ob die Zerstörung seiner Wohnung vor seiner Rückkehr erfolgt ist oder ob er genug Zeit gehabt hätte, das selbst zu tun, um später die Loughlins zu beschuldigen. Ich fahre mir durch die Haare. Wäre das echt möglich? Das wäre … einfach nur krass.

Aber der Cop vor dem Waschsalon, von dem hat River mir nicht berichtet. Ich habe ihn selbst gesehen. Habe auf das Rechteck aus Klett gestarrt, wo sein verfluchtes Namensschild sein sollte. Er hat mir und Via gedroht. River war überzeugt, es wäre sein Pflegeonkel gewesen. Erst vor ein paar Tagen habe ich Via nach dem Namen gefragt, wollte ihn googeln, aber dann ist so viel anderer Kram passiert. Jetzt ziehe ich mein Handy aus der Tasche, gebe den Namen ein. Fallon Loughlin. Google spuckt mit einem Klick 23 742 Ergebnisse aus. Ich klicke die Bildersuche an. Und da ist er. Derselbe Typ. Strahlendes Lächeln, perfekte Uniform. Ein Scheißorden für besondere Verdienste an seiner Brust. Ich zoome die Stelle heran, den Orden, der genau neben der Dienstnummer baumelt. 2371. Das hier ist nicht Rivers Show. Er hat sich nichts hiervon ausgedacht. Ich habe das Gefühl, mich übergeben zu müssen. Mein Schädel summt und ich reibe über meine Brust, um etwas anderes zu spüren als dieses Scheißgefühl, diesen Kerlen ausgeliefert zu sein.

Die Polizisten winken uns zu sich. Und alles, woran ich denken kann, ist, ob sie davon wissen. Ob sie ihren Kollegen decken? Zu was wären sie bereit, um einen aus den eigenen Reihen zu schützen? So fühlt sich also Paranoia an. Bitter, wie Kotzereste auf der Zunge. Diese Sache nimmt mich komplett auseinander. Ich atme durch die Nase, setze mich in Bewegung, bin schon vor Via am Wagen. Der Cop öffnet die Tür für mich und ich beuge mich zu River nach drinnen. »Sie denken, du warst es.«

River nickt. »Ich weiß.« Er kämpft um Fassung. »Und du?«

»Ich denke, wir sollten dich aus diesem Auto bekommen und nach oben schaffen, bevor diese Typen es sich anders überlegen und dich mit aufs Revier nehmen.« Ich sehe River fest an und warte, bis er nickt. Dann helfe ich ihm von der Rückbank.

Via reicht ihm die Krücken und gemeinsam gehen wir nach oben. Auf der Treppe stütze ich River, aber er hat entweder genug Adrenalin, um den Schmerz auszublenden, oder er hat deutliche Fortschritte gemacht, denn er schafft es mithilfe der Krücken fast allein.

Die Wohnung ist ein Schlachtfeld, das mich zurückzucken lässt, als wir durch die Tür treten. Die Klamotten sind aus dem Regal gerissen. Lebensmittel vermischen sich mit zerschlagenen Möbeln am Boden. Mehrere Spriteflaschen sind zerplatzt. Der Inhalt hat einen See auf den Holzdielen gebildet und weicht die zerfetzten Zeitschriften auf, die Via und ich River gegen die Langeweile mitgebracht haben. Ein Haufen Shirts saugt den Softdrinksee auf und verhindert, dass er sich in der ganzen Wohnung ausbreitet. Die Sofapolster und die Matratze sind aufgeschlitzt und der Inhalt im ganzen Zimmer verstreut.

»Haben die überhaupt was heil gelassen?«

River tippt gegen den Fernseher, sagt aber nichts. Er lässt sich auf das zerstörte Sofa fallen, zerrt ein Knäuel Füllung unter seinem Hintern hervor und wirft ihn auf den Boden. »Sie haben die Liste«, sagt er mit leerer Stimme.

Die Liste mit Namen, die wir zum größten Teil bereits abgefahren sind. Ohne Erfolg. Und doch ist diese Liste unser einziger Anhaltspunkt.

»Ich hätte sie besser verstecken müssen.«

»Wir können sie rekonstruieren.«

»Nicht nötig. Ich habe sie abfotografiert.« River hält sein Telefon hoch, aber er sieht nicht aus, als würde er sich darüber freuen.

»Das ist gut, oder nicht?«

River schiebt bitter das Kinn vor. »Was hieran sieht gut für dich aus, V? Was?«

»Sie wissen, wo du wohnst. Und der Einbruch war eine klare Ansage«, stimme ich ihm zu. Sie halten sich nicht mehr zurück.

»Ja, weil irgendjemand ihnen die Bullen auf den Hals gehetzt hat.« River lehnt sich stöhnend zurück.

Und da ich das nicht war, Via, was diese Sache angeht, auf Rivers Seite steht und er selbst es nicht gewesen ist, bleibt nur einer. »Riley«, stoße ich dumpf hervor.

»Vermutlich, ist aber auch scheißegal.« River kratzt sich über den Oberarm. »Sie sind gewarnt. Sie wissen jetzt, dass wir sie drankriegen wollen und wo wir auftauchen werden.« Seine Miene verdüstert sich. »Ihr kommt nicht mehr mit«, sagt er entschlossen.

Äh, ist das sein Ernst? »Keiner von uns sollte vorläufig da rausfahren.« Auch er nicht. Alles andere wäre Selbstmord.

»Am besten wäre es, wenn du woanders unterkommst. Irgendwo, wo sie dich nicht finden, und da hältst du deine Füße so still, dass du nicht mal eine Winzwelle erzeugst.«

River schüttelt den Kopf. »Ich laufe nicht mehr weg. Wo sollte ich auch hinlaufen? Ich meine, falls es dir nicht aufgefallen ist, das gehört nicht mehr zu meinen Stärken. Und ich will mich nicht mein Leben lang verstecken.«

Das verstehe ich, aber … Ich hole Luft, doch River lässt mich nicht zu Wort kommen.

»Sie waren hier und ich lebe noch. Beten wir einfach, dass es so bleibt. Denn ich werde nicht wieder den Kopf einziehen. Das habe ich viel zu lange. Aber ihr seid raus. Das hat nichts mit euch zu tun.«

Via stemmt sich auf die Arbeitsfläche und fegt mit ihren Schenkeln einige Cheerios auf den Boden. »Glaubst du echt, wir lassen dich das allein machen?«

Sie sieht mich an und ich nicke. »Via hat recht, ich überlasse dir ganz sicher nicht den ganzen Spaß allein.« Ich tue so locker, dass es wehtut, weil ich mir, scheiße noch mal, ganz unlocker Sorgen mache. Um Via. Um mich. Sogar um River, den Idioten.

Via

Miles ist zur Lodge gefahren, um ein paar frische Laken und Klamotten aus seiner Bude zu holen. Sonst könnte River heute Nacht nicht mal trocken schlafen.

Ich versuche in der Zeit so viel Ordnung in das Chaos zu bringen wie möglich, indem ich alles, was unwiderruflich zerstört ist, in einen schwarzen Müllsack stopfe.

River sitzt auf dem zerfetzten Sofa und schiebt Cheerios in eine andere, etwas kleinere Mülltüte.

»Ich brauche einen Job«, platzt es plötzlich aus ihm heraus. »Ich meine, hätte mir eh was suchen müssen. Ich dachte, ich könnte mich noch eine Weile so über Wasser halten und erst loslegen, wenn ich wieder fitter bin, aber …« Er zuckt mit den Schultern und stößt einen kaputten, auf der Seite liegenden Stuhl mit dem Fuß an.

»Ich kann dir erst mal was leihen.« Damit er sich neue Möbel kaufen kann und ein paar Kleidungsstücke, denn viel von seinen Sachen ist definitiv nicht mehr zu gebrauchen.

»Nein, du hast schon mehr als genug getan.« Er presst die Lippen aufeinander. »Und du hast genug eigenen Kram an den Hacken.«

Mit spitzen Fingern hebe ich ein zerrissenes, mit Sprite vollgesogenes Shirt auf und lasse es in den Müllsack fallen. »Du solltest dich schonen und auf die Reha konzentrieren, anstatt arbeiten zu gehen«, beharre ich.

»Du solltest auf sie hören«, ächzt Miles, der in diesem Moment eine Matratze durch die Tür hievt. Er klopft dagegen.

»Ist kleiner als deine alte, aber da das Bett sowieso hinüber ist. Alex hat sie ausrangiert, kostet dich also nichts.« Er lehnt die Matratze gegen die Wand und kratzt sich am Kopf. »Das alte Bett muss raus.« Mit einem Zwinkern dreht er sich zu mir um. »Eigentlich wollte ich dich irgendwann mal in einen Rage Room mitnehmen, Sad Eyes. Loslassen üben und so.« Er grinst. »Aber sorry, Riv, deine Bude eignet sich gerade hervorragend. Wir machen das einfach hier.« Er tritt so gegen das Bett, dass Fuß- und Seitenteil ächzend nachgeben.

»Tut euch keinen Zwang an, Mann.«

»Vielleicht sollten wir nicht …« Ich deute zu River, der total fertig den Kopf auf die zerstörte Sofalehne legt. Wenn er noch nicht mal mehr in der Stimmung ist, sich mit Miles zu kabbeln, muss es schlimm sein.

»Das Zeug muss hier raus. So oder so.« Mit schief gelegtem Kopf sieht Miles mich an. »Die Situation ist scheiße.« Er zupft sanft an einer meiner Haarsträhnen. »Wir könnten wenigstens versuchen das Beste draus zu machen.«

»Da hat er 'nen Punkt«, sagt River, ohne die Augen zu öffnen. »Ich mache gleich mit, gebt mir nur zwei Minuten.«

Miles' Gesichtsausdruck schreit »Na, siehst du« und ich muss lachen, trete zaghaft gegen die andere Seite des Bettes.

»Das war echt erbärmlich.« Miles zieht die Augenbrauen hoch. »Mehr hast du nicht drauf?«

Ich laufe fast jeden Tag. Natürlich hätte ich die Kraft, den Rahmen umzutreten, aber … »Vielleicht kann man es noch retten?« Was mich jedoch wirklich abhält meine Emotionen gegen das Holz zu knallen, ist die Angst, jemand könnte wirklich sehen, wie es in mir aussieht, und es verurteilen.

Miles setzt einen weiteren gezielten Fußtritt und seine Seite des Bettes bricht auseinander, kommt mit einem Knall auf den Holzdielen auf. »Da ist nichts mehr zu retten«, sagt er zufrieden und fügt leise hinzu. »Es ist niemand da. Lass los, Via.«

Aber es ist mir selbst vor ihm und River unangenehm. Und was ist, wenn ich nicht nur die Kontrolle verliere, sondern auch mich? Wer will denn so was?

Miles verbindet Rivers Bluetoothbox mit seinem Handy und stellt einen harten Rocksong an. So laut, dass die Bässe mein Trommelfell pulsieren lassen. Er geht zu River und zieht ihn auf die Beine. »So, jetzt machen alle mit!«, brüllt er über die Musik und beginnt gegen das Holz zu treten. Da ist so viel Wut, so verdammt viel Trauer, ungefilterte Emotionen, die etwas in mir bewegen, die mich bewegen. Auf das Bett zu. Ich mache mit, lasse alles, was sich in mir stapelt und verkantet, an dem Möbelstück aus, an den Matratzen, die ich aufreiße und anschreie, an den Lattenrosten, die unter meinen Tritten zersplittern. Und irgendwann brülle ich nicht mehr, ich lache, fühle mich befreit und so, als wäre in mir plötzlich wieder Platz zum Atmen. Ich sollte regelmäßig in einen Rage Room gehen. Das ist mega. Das Bett liegt in seine Einzelteile zerstört am Boden und ich sehe Miles schwer atmend, aber lächelnd an, drehe mich zu River um.

Er steht noch immer an derselben Stelle, unbeweglich. Tränen rinnen über seine Wangen. Als er realisiert, dass ich ihn anstarre, dreht er sich abrupt um, wischt sie mit dem Ärmel seines Shirts weg und humpelt auf seine Krücke gelehnt zur Tür. »Riv?«, flüstere ich, aber meine Stimme wird von der Musik verschluckt, und bevor ich ihm folgen kann, hält Miles mich am Arm zurück.

Er reduziert die Lautstärke, indem er über das Display seines Handys wischt. »Lass ihm 'ne Minute«, sagt er leise. »Wir räumen in der Zeit auf.«

Ich nicke und fühle mich gleichzeitig verantwortlich. So sehr, dass ich zwei Sekunden später mit mehreren Holzstücken in der Hand innehalte.

Miles sieht mich besorgt an. »Alles okay?«

»Ich …« Nichts ist okay. Weil mein Herz etwas anderes will als mein Kopf. Weil ich immer jemand war, der sein Herz zum Schweigen gebracht hat. Aber seit Miles ist es so verdammt viel schwerer. »Ich sollte heute Nacht bei ihm bleiben«, sage ich dennoch. Obwohl ich nichts mehr will, als mit Miles zurück zur Lodge zu fahren und endlich zu hören, was er mir vorhin sagen wollte. Ich muss es hören, will die Nacht mit ihm verbringen, verliebt sein, schwerelos, ohne all diesen Dreck, der durch River an mir klebt.

»Du hast den Cops versprochen nach ihm zu sehen und er ist total durch«, stimmt Miles zu, anstatt mir zu widersprechen. Ich wünschte, er würde meine Moral untergraben. Und gleichzeitig liebe ich ihn dafür, dass er es nicht tut.

»Alex kommt morgen früh. Baustellenabnahme mit dem Bauleiter.« Er atmet geräuschvoll aus. »Ich sollte also in der Lodge schlafen.«

Enttäuschung flutet meinen Körper. Keine Ahnung, was ich mir ausgemalt habe. Dass er Bock hat, mit mir und meinem Ex in einem Zimmer zu schlafen? Auf dem Boden, denn wir haben nur eine Matratze. Eine Matratze, die wir beide anstarren, dann wieder uns. Ich werde mit River darauf schlafen und wir werden uns zwangsläufig nah kommen.

Miles' Kiefer mahlen. Er sieht zur Tür, durch die River verschwunden ist, macht einen hastigen Schritt auf mich zu. Seine Hand findet meine Taille. Er umfasst den Stoff meines Shirts, zieht mich an sich und presst seine Lippen hart auf meine.

Mit einem »Mhmmm«, das durch mein Inneres prickelt, unterbricht er den Kuss, bevor er so tief wird, dass wir uns darin verlieren. Seine Stirn presst sich warm und leicht verschwitzt gegen meine, aber ich will trotzdem ums Verrecken nicht, dass er diesen minimalen Kontakt löst. Will unbedingt diese Verbindung spüren. Nur noch einen kurzen Augenblick.

Ist doch total irre. Alles in mir vibriert, nur weil seine Stirn an meiner liegt.

»Ich verstehe, warum du für ihn da sein musst«, murmelt er, macht aber im selben Moment einen Schritt rückwärts. »Aber es gefällt mir nicht.« Er stößt gegen das zersplitterte Seitenteil und flucht leise. Vielleicht weil es wehgetan hat. Vielleicht weil ich ihm wehtue.

Die Haut an meiner Stirn ist verlassen, kühlt rasch aus und ich reibe darüber.

Miles räuspert sich. »Ich bringe das mal runter.« Er wuchtet ein langes Holzstück auf seine Schultern und geht damit zur Tür.

Drei weitere Fuhren später befindet sich das Bett im Müllcontainer hinter der Bar und Miles Lippen suchen meine für einen stummen, fast verzweifelten Kuss, bevor er in den Pick-up steigt und zur Lodge aufbricht.

Ich gehe die Treppen zum Apartment hinauf und streiche mit dem Daumen über meine Lippe, schmecke Miles und friere abrupt mein seliges Grinsen ein, als ich den Raum betrete, aber River ist im Bad und bemerkt es sowieso nicht. Der Raum wirkt größer ohne das wuchtige Gestell im Zentrum. Aber auch unpersönlich und kalt.

»Wo hast du Miles gelassen?«, fragt River und streckt seinen Kopf aus dem Bad. Er trocknet sich das Gesicht ab und schiebt dann den Rest seines Körpers hinterher. Seine Augen sind gerötet, aber ich kommentiere es nicht.

»Er muss morgen früh arbeiten und ist schon los.«

River nickt und wirft mir unaufgefordert den Schlüssel des Pick-ups zu, der auf der Arbeitsplatte lag. »Danke für …« Er zuckt die Schultern. »… für alles, denke ich.«

Ich fange die Schlüssel und lege sie auf den einzigen heilen Stuhl im Raum. »Ich finde, du solltest heute Nacht nicht allein sein.«

Er kneift die Augen zusammen, als hätte er Mühe, meine Worte richtig einzusortieren. Und mit einem Mal denke ich, er wird es falsch auffassen. »Wir sind Freunde«, schiebe ich eilig hinterher. »Bei dir wurde eingebrochen. Das Mindeste, was ich tun kann, ist dich in so einer Situation nicht allein zu lassen.«

»Okay.« Er lächelt. Das erste Mal heute Abend. »Ist Miles deswegen abgehauen?«

»Nein.« Ich atme aus. »Er fand, es wäre eine gute Idee.«

»Okay.« Er zuckt die Schultern. Sieht nicht so aus, als würde er mir glauben.

Ich betrachte das Chaos um uns herum, weil ich etwas tun muss, um der Stille zu entgehen, die sich zwischen uns ausbreitet. Mit Miles konnte ich sogar schweigen, als wir uns noch gar nicht richtig kannten.

Die Sprite-Lache habe ich zwar aufgewischt, aber der Boden klebt, als würde er aus aufgeweichten Twizzlers bestehen. Und die Küche sieht noch immer schlimm aus. Seufzend will ich mich darum kümmern, aber River hält mich zurück.

»Es reicht für heute, meinst du nicht?«

»Oh, äh ja, klar, du bist sicher müde.« Natürlich ist er das. Für River ist wegen seiner Verletzungen alles doppelt und dreifach so anstrengend. Und ich bin schon erschöpft. Wie muss es da erst ihm gehen? »Lass uns schlafen gehen. Den Rest machen wir dann morgen.«

Mein Blick fällt auf die Matratze, die auf dem Boden liegt. Der Holzboden ist hier etwas heller, weil das Bett vermutlich nie bewegt wurde.

River sieht die Matratze ebenfalls wie etwas an, das schlimmer ist als die Zerstörung drum herum. »Ich würde lieber unten noch was trinken gehen, bist du dabei?«, fragt er und lacht angestrengt. In der Bar, die ihre Bässe durch die Holzdielen bis in Rivers Wohnung drückt. »Schlafen ist gerade das

Letzte, was ich will.« Sein Blick verdunkelt sich. Er hatte früher schon Albträume und ich vermute, das ist nicht besser geworden, seitdem seine Vergangenheit tagtäglich grüßt wie das verfluchte Murmeltier. Vielleicht liegt es aber auch an der Vorstellung von uns beiden auf einer Matratze, die ihn und mich überfordert.

»Bist du sicher?« Dafür muss er die Treppe runter und später wieder nach oben. »Ich kann uns auch was zu trinken hochholen.«

River schiebt einige Scherben auf der Arbeitsfläche zusammen. »Lass uns runtergehen.« Er lächelt zuversichtlich. »Ich will meinen ersten Drink seit … einer Ewigkeit nicht zwischen zermatschten Cheerios trinken.« Mit Nachdruck schiebt er sich die Krücke unter den linken Arm, um das geschiente Bein zu entlasten.

»Bist du sicher, dass das in der Bar so viel anders sein wird?«

Er lacht leise. »Ehrlich gesagt nein, aber ich habe Hoffnung, dass es dort Erdnüsse anstatt Cheerios sind.« Er wackelt mit den Augenbrauen.

»Und das ist besser, weil?«

Wir haben den Treppenabsatz vor seiner Wohnung erreicht. River zieht die Tür hinter uns zu, will abschließen, lässt es dann aber. Wer immer heute eingebrochen ist, hatte kein Problem, das Schloss zu überlisten. Also, was hätte das für einen Sinn? »Erdnüsse und Bier auf feuchtem Holzboden. Das ist der feuchte Traum vieler Männer.«

Seiner nicht, aber das sage ich nicht. Schweigend überwinden wir die Treppe. Ich passe mich seinem Tempo an, helfe, wenn ich kann, aber die meiste Zeit sehe ich hilflos zu, wie er sich Stufe für Stufe abwärtsquält. Andererseits ist es enorm, was er innerhalb kürzester Zeit geschafft hat. Das rechte Bein kann er schon wieder fast normal belasten. Das linke verweigert die Mitarbeit wenigstens nicht mehr komplett.

»Beeindruckend, oder?«, fragt er sarkastisch und verdreht die Augen, als er unten ankommt und kurz verschnauft.

»Sehr.« Und das meine ich so ernst, dass er mich an sich drückt und mir einen Kuss auf die Schläfe gibt.

Ich mache mich los, lächle unsicher und drücke die Tür der Bar auf. Laute Musik erfasst mich wie eine Welle und zieht mich hinein in das schummrige Licht der Bar. Ich halte River die Tür auf, aber er kommt nicht sofort. Erst zieht er ein Schild von der Tür, auf dem steht, dass sie Hilfe hinter der Bar suchen. »Ich brauche einen Job. Das hier ist ein Job«, sagt er mit einem Schulterzucken. »Und der Arbeitsweg ist unschlagbar kurz.«

»Du kannst nicht so lange stehen, geschweige denn schwere Kisten schleppen oder was sonst noch so anfällt.«

»Hey, ihr beiden.« Jason wischt sich den Tresen entlang auf uns zu und wirft sich das Tuch über die Schulter, als er uns erreicht. »Hast dir aber Zeit gelassen mit dem Einstandsbier.« Er zwinkert River zu. »Das mit dem Einbruch tut mir echt leid. Ist das erste Mal.«

»Nicht deine Schuld«, brummt River und sagt nichts zu seiner Theorie. »So was passiert.«

»Was kann ich euch anbieten? Der erste Drink geht auf mich.«

»Ich nehme ein Five Years From Now IPA.« River klopft auf die Theke und sieht mich an. »Dasselbe wie immer?«

Ich verlagere mein Gewicht, nicke.

»Und eine Coke für meine Begleitung.«

Jason öffnet Rivers Bier einer kleinen Brauerei aus Washington. Dann reicht er mir ein Glas mit Cola. »Wie hast du dich eingelebt, mal abgesehen von dem Zwischenfall?«

»Abgesehen von dem Zwischenfall, der meine letzten Reserven auffrisst?« Er schiebt Jason das Help-wanted-Schild zu. »Ganz gut. Aber ich brauche einen Job und dieses Schild sagt mir, dass du mein Mann bist.«

Jason sieht ihn ungläubig an, deutet auf die Krücke. »Hör zu, mir tut das alles echt leid, aber das hier ist eine Bar, keine Reha-Einrichtung. Ich kann leider nichts für dich tun.«

»Ich bin fast wie neu.« River lehnt seine Krücke gegen den Tresen und steht auf. Er zuckt zusammen, als er das Gewicht auf das verletzte Bein bringt, aber er zieht es durch, humpelt ohne Krücke um den Tresen herum und hält Jason seine Hand hin.

»Okay, du kannst ohne das Ding gehen. Aber wie sieht es damit aus, die ganze Nacht zu stehen?« Er sieht River zweifelnd an.

Wortlos zieht River einen Barhocker hinter den Tresen und stützt einen Teil des Gewichts darauf, ohne sich ganz zu setzen.

»Wirklich nicht, Kumpel. Sorry.« Jason klopft River gegen die Schulter und nimmt das Schild in die Hand, um es erneut an der Tür anzubringen.

»Lass mich einen Cocktail mixen.« River versperrt ihm den Weg. »Nur einen und entscheide dann. Ein Drink ist alles, worum ich dich bitte.«

Jason zögert und nickt ergeben. »Ein Cocktail, aber ich verspreche nichts. Denn egal wie gut du bist, das Problem mit deinem Bein bleibt.«

River hört ihm gar nicht mehr richtig zu, sondern sucht sich verschiedene Flaschen zusammen und füllt den Inhalt in unterschiedlichen Mischverhältnissen zusammen. Seine Bewegungen sind präzise und schnell und schon verschließt er den Shaker, mixt alles durch, wirft den Blender hinter dem Rücken nach oben und fängt ihn lässig wieder. Für Außenstehende sieht es leicht aus, als hätte er Spaß, aber er hat Schmerzen. Denn da ist diese winzige Falte zwischen seinen Brauen und sein Atem stockt bei jeder abrupten Bewegung. Aber er zieht es durch. Weil er etwas braucht, das ihn ablenkt und seine finanzielle Lage verbessert. Er stellt zwei Gläser vor uns auf den

Tresen, lässt die Flüssigkeit aus dem Mixer gleichmäßig hineinlaufen, dekoriert das Ganze mit einem Stück Drachenfrucht, die er in etwas Zucker wälzt. Dann schiebt er das Resultat vor Jasons Brust.

»Schnell«, ist dessen Urteil. Er hebt das Glas an und schnüffelt an dem Inhalt. »Was für ein Cocktail ist das?«

»Keiner der gängigen.« River zuckt die Schultern. »Ich will dich überzeugen, Mann, nicht langweilen. Das Ding habe ich Haut-dich-um-bevor-sie-es-tut getauft.«

Jason nippt und zieht anerkennend die Augenbrauen hoch. »Lecker. Verdammt gut. Hast du noch mehr solcher Spezialrezepte drauf?«

River wischt sich die Hände an einem Handtuch ab, das hinter dem Tresen liegt. »Jede Menge.«

Neben dem Studium hat Riv in einer Bar gearbeitet, wo er ziemlich freie Hand hatte und viel experimentieren durfte. Er war so gut, dass sein Chef ihn sogar bei Wettbewerben angemeldet hat.

»Und die Klassiker hast du auch drauf?«

River füllt ein Glas mit Crushed Ice und schüttet dann locker aus dem Handgelenk in gleicher Menge weißen Rum, Tequila, Cointreau und Gin zusammen. Dann fügt er Limettensaft und schließlich Cola hinzu, rührt alles um. »Tadaa.«

»Long Island Ice Tea«, murmelt Jason und schnuppert auch an diesem Glas, nippt. »Du hast kein Barmaß benutzt.«

»Nope.«

»Birgt die Gefahr, dass du zwar ein ganz gutes Auge hast und Glück, aber das Resultat nicht reproduzierbar ist. Wir arbeiten hier alle nach Rezept und mit Jiggern.«

»Und wie lange müssen die Leute auf ihre Drinks warten, wenn es brechend voll ist?«

»Lange.« Jason grinst. »Aber sie bekommen immer, was sie bestellen, und haben keinen Grund, sich zu beschweren.«

Wortlos nimmt River ein weiteres Glas und füllt es auf die gleiche Weise nach Augenmaß, ohne den Edelstahl-Jigger anzurühren, der neben den Zutaten auf seinen Einsatz wartet. Auch das Glas schiebt er über den Tresen zu Jason.

Der nimmt einen Schluck und nickt dann. »Okay, überzeugend. Aber das Problem mit deinem Bein bleibt.«

»Noch hast du sowieso niemanden anderen. Lass mich arbeiten und wir sehen, ob ich durchhalte.« Er hält Jason seine Hand hin. »Du hast nichts zu verlieren.«

Er schon. »Riv …«, will ich dazwischengehen, aber Jason kommt mir zuvor.

»Ohne Stuhl? Wenn es voll ist, wäre der nur im Weg.«

Das ist Selbstmord. River riskiert all die Fortschritte der letzten Wochen, wenn er sich jetzt übernimmt. Aber bevor ich ihn abhalten kann, schlägt er schon mit Jason ein.

»Ohne Stuhl«, bestätigt er. »Wann fange ich an?«

Miles

Ich denke nicht, dass etwas zwischen River und Via läuft. Aber das bedeutet nicht, dass es mich nicht ankekst, dass wir die letzte Nacht nicht zusammen verbringen konnten. Dass ich sie vermissen muss. Dass ich es überhaupt tue. Sie war nur eine Nacht weg. Das ist keine Zeitspanne, wegen der ich durchdrehen dürfte.

Aber genau das ist der Fall. Vielleicht auch, weil wir das Gespräch von gestern Abend noch immer nicht beendet haben, weil ich nicht weiß, wie ich es beenden soll. Bei dem Termin mit Alex heute Morgen war ich deswegen superhart unkonzentriert und abwesend. Während der Arbeit war es nicht viel besser, obwohl ich Via vorher wenigstens kurz im Frühstücksraum der Lodge gesehen habe. Zeit zu reden war aber auch da nicht.

Vor gut einer Stunde hat sie mir eine Nachricht geschrieben, dass sie in der Lodge auf mich wartet, damit wir reden können. Und ich will echt nichts mehr als auf direktem Weg dorthin zu fahren, doch bevor ich das tue, biege ich in Richtung des *Bad Habits* ab, um zu checken, ob River okay ist. Dabei bin ich krank vor Sorge um Via, die solange allein in meiner Blockhütte wartet.

Und schuld daran ist der Mensch, dem ich am meisten vertraut habe. Ich halte den Wagen in einer Haltebucht und zerre mein Telefon aus der Halterung, wähle Rileys Nummer.

Er geht nach dem dritten Klingeln ran. Im Hintergrund höre ich Musik und Stimmengewirr. »Warte eben, ich gehe raus.«

Die Geräusche werden leiser und verstummen schließlich ganz. »Miles?«

»Ja«, knurre ich, fahre mir durch die Haare und lasse die Hand im Nacken liegen. »Warum?«, frage ich hart und kicke mit derselben Intensität gegen einen Stein, der über den sandigen Untergrund kullert und gegen die Natursteinmauer prallt.

»Weil …«

»Weißt du was?«, unterbreche ich ihn. »Ist mir scheißegal.« Ich stoße geräuschvoll die Luft aus. »Du glaubst, du weißt alles. Du bist so verdammt selbstgerecht, Mister Purple Heart.« Er hat eins. Wir haben so hart gefeiert nach der Zeremonie. Weniger wegen des Ordens, sondern weil er noch lebte und ich das erste Mal begriffen, wirklich so richtig begriffen habe, dass ich ihn verlieren könnte. Aber wie es aussieht, brauchen wir dafür kein Schlachtfeld. »Der Helfer der Armen und der Schutzbedürftigen«, ätze ich weiter, würde lieber heulen, aber dazu bin ich zu wütend. »Aber ich bin keines deiner Projekte. Sie sind keines deiner Projekte. Ich bin dein beschissener Freund. Zumindest dachte ich das. Aber weißt du was, wären wir das wirklich, Freunde, dann hättest du meine Entscheidung akzeptiert. Du hättest nicht hinter meinem Rücken die Cops angerufen und uns alle in Gefahr gebracht. Du hättest zugehört, verdammte Scheiße, und nicht ohne Rücksicht auf Verluste deine Rambo-Nummer durchgezogen. Du hast keine verfickte Ahnung, was du angerichtet hast.«

Riley hat bis jetzt nichts gesagt und wenn ich ehrlich bin, will ich nicht, dass sich das ändert. Ich drücke auf den roten Hörer, stütze mich auf der Steinmauer ab und ertrage die Stille. Nach einer Minute beginnt das Handy zu vibrieren. Es ist Riley. Ich drücke ihn weg. Das Vibrieren setzt wieder ein. Ich halte es aus, indem ich die Schultern hochziehe und gegen das Bedürfnis anatme, ranzugehen und mich zu vertragen. Ein Ping signalisiert den Eingang einer Nachricht.

Kannst du bitte rangehen?

Ich reagiere nicht.

Miles, ich bin dein Freund, verdammt. Lass uns das klären.

Ich presse das Handy gegen die Stirn.

What the fuck, geh an dein beschissenes Handy, Miles!!!

Ich werfe es mit solcher Wucht durch das offene Fenster des Wagens, dass es von der Mittelkonsole abprallt und unter den Beifahrersitz schlittert. Da liegt es gut. Ich sehe die Nachrichten nicht mehr, die Riley schickt, und ich komme nicht dran, um einzuknicken. Aufgebracht steige ich zurück in den Pick-up und fahre viel zu schnell über die kurvige Straße, ersetze den Zorn durch Adrenalin, das hart von innen gegen meinen Hals schlägt.

Als ich das *Bad Habits* gegen halb neun erreiche, will ich zumindest nicht mehr den Hydranten aus dem Boden reißen, neben dem ich parke. Rivers Wohnung ist dunkel. Er scheint nicht da zu sein, aber die Tür ist verschlossen, also hoffe ich mal, dass alles in Ordnung ist. Der dunkle SUV ist nirgends zu sehen. Alles ruhig. Ich will gerade wieder fahren, als ich eine Gestalt am Fuß der Treppe hocken sehe. Ich öffne die Wagentür, gleite hinaus und drücke sie wieder zu, ohne den Blick von der Person zu lösen. Es ist River.

»Was machst du da?«, frage ich ihn. Er trägt ein verschwitztes Shirt, keine Jacke. Und um diese Uhrzeit zu dieser Jahreszeit ist es deutlich zu kalt dafür.

Er zuckt die Schultern. »Habe gerade meine erste Schicht in der Bar hinter mir und meine Beine weigern sich noch die Treppe raufzuwollen.«

Er überspielt es mit einem lässigen Grinsen, aber er hat Schmerzen. Die von der üblen Sorte, die dich kotzen lassen. Jepp, genauso sieht er aus, als würde er sich jeden Moment übergeben.

»Und du?«, fragt er schwach. »Was treibt dich her?«

Ganz sicher werde ich ihm nicht stecken, dass ich mir Sorgen um ihn mache und wie eine Glucke nach meinem Küken sehe. »Ich wollte ein Feierabendbier trinken, aber dann habe ich dich hier sitzen sehen und dachte, ich sage Hallo.«

Er mustert mich stirnrunzelnd.

Weil ich Scheiße labere. Ich bin nicht der Typ, der nach Feierabend in eine Bar geht und seine Zeit dort verplempert. Oder mit River abhängt. Schon gar nicht, wenn Via zu Hause auf mich wartet.

»Bier gibt es oben, wenn du mir raufhilfst.« Er beißt die Kiefer zusammen und sieht weg.

»Deal.« Ich mache keine große Sache draus, dass er mich um Hilfe bittet, ziehe ihn hoch und übernehme den Großteil seines Gewichts. Trotzdem knickt er zweimal weg und ist total blass, als wir oben ankommen. Ich reiche ihm auch die zweite Krücke und er verschwindet, ohne ein Wort zu sagen, im Badezimmer. Selbst mit geschlossener Tür höre ich ihn würgen. Aber als er kurz darauf wieder rauskommt, sieht er besser aus. Erschöpft, aber nicht mehr wie Caspers Zwilling.

Ich reiche ihm ein Bier und er lässt sich neben mich auf die völlig zerstörte Couch sinken. Leise klickt er seine Flasche gegen meine. »Danke.«

Ich könnte etwas sagen wie: Der Job in der Bar ist nichts für dich? Oder: Sieh es ein, du hast dich übernommen. Aber ich halte meine Klappe. Schweigend trinken wir. Eine ganze Weile, bevor er mich mit dem Ellenbogen anstößt und zu dem Spritefleck auf den Holzdielen zeigt. Die Limonade hat das Holz versaut, auch wenn es nicht mehr klebt, sieht man deutlich, wo das Zeug überall hingelaufen ist.

»Die Diele ist lose.«

Ich brauche einen Augenblick, um zu begreifen, was er von mir will. Umständlich rapple ich mich auf, stelle mein Bier ab und gehe zu der Stelle, auf die er gezeigt hat, wippe mit meinem Gewicht und tatsächlich gibt eine der Dielen etwas nach. Ich trete ganz am Ende darauf und sie neigt sich so weit, dass ich sie packen und herausziehen kann. Darunter ist ein Hohlraum, in dem Papiere und Fotos liegen.

River nickt mir zu. Ich fische den Stapel heraus und kehre damit zurück zur Couch. »Wie lange ist das Zeug da schon drin?«

»Seit gestern Abend.« Er rümpft die Nase. Ich hatte den ganzen Scheiß auf dem Handy und habe dann gedacht, was, wenn sie mich erwischen und das Ding an sich nehmen. Das sind, was, zwei Klicks und alles ist weg. Wenn ich eins gelernt habe, ist es, von allem Kopien zu machen. Hätte ich das damals gleich gemacht, hätte ich jetzt etwas, um uns Sicherheit zu ertauschen. Oder zumindest etwas gegen die Loughlins in der Hand. In jedem Fall war es saudämlich, keine Kopien zu ziehen. Den Fehler mache ich nicht noch mal.« Er fährt sich über das Gesicht und breitet die Papiere und Fotos auf dem Boden vor uns aus. »Derzeit leben vierzehn Kinder auf der Ranch.« Er zählt ihre Namen auf, ihr Alter und tippt dabei auf die jeweiligen Fotos.

»Woher hast du die Informationen?«

Er kaut auf seiner Unterlippe herum. »Wir müssen sie retten.«

Offenbar hat er nicht vor mir das zu sagen. Ich meine, ich verstehe ihn. Was immer er mir anvertraut, landet womöglich bei Riley und damit bei den Cops.

»Was genau passiert auf der Ranch?«

Er seufzt, zögert, atmet aus und mit dem nächsten Atemzug beginnt er zu sprechen: »Die Kinder haben Aufgaben. Bevor sie die nicht erledigt haben, bekommen sie nichts zu essen. Viele Aufgaben. So viele, dass sie manchmal abends das erste Mal etwas bekommen oder auch gar nichts. Wenn sie sich beschweren, gibt es Prügel oder Sanktionen. Die Sanktionen sind schlimmer. Nichts gehört ihnen. Nichts. Alles ist ein Privileg, das ihnen genommen werden kann. Kleidung, Essen, Trinken, Schlaf, der Kontakt zu anderen.«

River sieht mich kurz an, dann weg. Er spricht über die Kinder, aber, fuck, ich weiß, er hat diese Scheiße selbst erlebt.

»Du meinst Isolation?« Kein Plan, wie so was aussehen soll. Wer so etwas tut. »Aber wie, also wie machen die das, wenn da so viele Menschen wohnen?«

Er zuckt die Schultern und schlingt die Arme um den Körper. »Die Ranch ist groß. Es gibt Nebengebäude, Zwinger für die Hunde.« Seine Stimme bricht und River räuspert sich.

»Wenn adoptionswillige Paare kommen, ist das das Beste. Nicht weil die Kinder glauben, sie würden vielleicht ausgewählt, denn niemand kann sagen, ob es dann nicht schlimmer wird.«

Ich erinnere mich an Seth, der erzählt hat, sein Bruder hätte sich das Leben genommen, weil sie in so katastrophale Verhältnisse vermittelt wurden. Seth, der verschwunden ist und dem Gott weiß was zugestoßen sein kann. Und egal ob aktiv oder passiv, auch das ist die Schuld der Loughlins.

»Aber Besucher bedeuten Pause. Kein Brüllen, keine Schläge. Die Kids dürfen duschen. Es gibt frische Kleidung, etwas Anständiges zu essen.« Er schließt die Augen. »Kate Loughlin hat immer Kekse gebacken, wenn Besuch kam. Wir durften ihr manchmal helfen.«

»Wir?« Zum ersten Mal spricht er nicht über die anderen Kinder. Er spricht über seine Vergangenheit.

River zuckt zusammen. Es scheint ihm unangenehm zu sein, dass er etwas von sich preisgegeben hat. »Ja, ich … und ein Mädchen, das auch so lange dort war wie ich.«

Das ist alles, was er sagt, aber da ist so viel mehr. Ein Mädchen. Irgendwann werde ich ihn nach ihr fragen. Aber vorerst akzeptiere ich, dass er dichtmacht. »Deine Mom, sie lebt noch, oder?«

River nickt. »Macht aber keinen Unterschied.« Sein Muskeltonus verändert sich. »Hör zu, Tahoe, lass uns das Thema wechseln.«

»Warum hat sie dich abgegeben?« Keine Ahnung, ob es überhaupt einen guten Grund gibt, sein Kind zu verlassen.

»Eine Laune. Ein neuer Ehemann, der keine Lust auf alten Ballast hatte, aber genug Kohle. Eine Luxushütte in der nobelsten Gegend South Lake Tahoes. Eine adrette Tochter.« Er zuckt die Schultern. »Such dir was aus.«

Wow. Das ist … Ich weiß nicht, was ich sagen soll. Also schweige ich und trinke einen Schluck. »Du hast eine Schwester?« Das ist nicht das Krasseste, aber vielleicht das einzig Positive, was er gerade erzählt hat.

»Halb«, knurrt er. »Sie ist meine Halbschwester und ich kenne sie nicht.«

Hört sich nicht so an, als würde er das je ändern wollen. Was irgendwie verständlich ist. Dieses Mädchen hat das Leben gelebt, was er hätte führen sollen. Sie hat alles bekommen. Er nichts als Jahre bei den Loughlins. Das ist einfach nicht fair.

»Ist kein Thema mehr.«

Und wie das ein Thema ist, das brüllt mir jede wutummantelte River-Zelle entgegen, aber ich denke, für heute hat er genug. »Wir kriegen die Loughlins dran, Riv, und dann können sie das niemandem mehr antun.«

»Du kennst sie nicht.« River rafft die Zettel und Fotos zusammen. Das Papier wirft Falten unter seinen Fingern. »Sonst wärest du nicht so scheißoptimistisch. Sie finden immer einen verfickten Weg.«

Ich drücke seine Schulter. »Dieses Mal nicht.«

Mir ist kalt. Ich bin hungrig und müde und mein Körper rebelliert. Ich will mich verstecken, mich abschießen und an nichts mehr denken, nichts mehr fühlen. Aber ich kann nicht. Ich habe River verraten. Ihnen nicht nur gesagt, wo er wohnt, sondern auch dass er Beweise besitzt. Beweise, die es gar nicht mehr gibt.

Glückwunsch, du Creep, du hast deinen Arsch gerettet und ihn ans Messer geliefert. Er ist mein verfickter Bruder. Der einzige Mensch auf diesem Planeten, der mich nie aufgegeben hat. Nicht ganz zumindest. Ich hasse mich echt. Ich denke, die Welt macht das schon richtig, dass sie mir unaufhörlich in den Arsch tritt. Ich denke, Tyler hatte am Ende recht. Vielleicht verdienen wir alles, was uns passiert ist. Vielleicht sollte ich es einfach beenden. So wie er. Aber das würde bedeuten, River mit der Scheiße alleinzulassen, die ich ihm eingebrockt habe. River, der ein gutes Leben hatte, bis ich mit einer Arschbombe hineingeplatzt bin. Vielleicht kann ich ihm nie wieder unter die Augen treten. Ganz sicher hasst er mich. Aber weg kann ich trotzdem nicht. Nicht bevor ich weiß, dass für ihn alles gut wird. Also stehe ich in der Dunkelheit. Unbeweglich. Ohne Plan. Ohne Ziel.

Miles

Was River mir erzählt hat, dreht finstere, hässliche Kreise in meinem Kopf. Wie kann es sein, dass niemand diese Leute aufhält und jeder, der es versucht, scheitert? Und wieso bilden wir uns ein, wir könnten das schaffen?

Weil es gelingen muss, verdammt. So einfach. So aussichtslos. Ich parke den Wagen und will einfach nur zu Via. Sie küssen. Ihr nah sein. Ihre Hände in meinem Haar spüren. Aber vor allem mit ihr reden. Über das, was sie gestern gesagt hat. Was ich daraufhin nicht gesagt habe.

Aber ich komme nur bis zum Eingang der Lodge und bevor ich zu den Angestelltenunterkünften abbiegen kann, schält sich Alex aus dem Schatten des Gebäudes.

»Miles«, lallt er.

Ein total besoffener Alex, was an sich ein Paradoxon ist. Alex ist immer kontrolliert und der Inbegriff tadellosen Auftretens. Keine Ahnung, ob er in den eigenen vier Wänden je anders ist, aber ich bezweifle es. Muss anstrengend sein. »Alex, was zum Teufel?« Ich fange ihn gerade noch auf, bevor er Bekanntschaft mit dem Kiesboden macht, was er für eine Umarmung hält, die er fest erwidert.

»Hab auf dich … gewartet«, sagt er schleppend.

»Okay.« Wir sind vom Empfangstresen aus zu sehen und der ist besetzt. Wahrscheinlich schlagen sich Alex' Mitarbeiter noch mit dem neuen Buchungsprogramm rum und legen eine Nachtschicht ein. Ich sollte zusehen, dass ich ihn hier wegbekomme, bevor sie uns bemerken. »Wie wäre es, wenn ich dich in deine Suite bringe?« Das Penthouse, in dem er wohnt, wenn er nicht nach Tahoe City in seine Bude zurückfahren will.

»Du bist ein guter Junge«, nuschelt Alex und streicht mir unsanft mit der Handfläche über die Wange.

Klingt, als wäre er dreißig Jahre älter als ich. »Okay, komm schon, wir gehen.« Normalerweise braucht man keine drei Minuten bis zu den Penthousesuiten. Es gibt vier Stück, die wir an besonders betuchte Gäste vermieten. Eine wird nur von Alex genutzt. Wir brauchen dreimal so lange und sind nicht halb so unauffällig, wie ich es gern wäre, aber irgendwie schaffe ich es, Alex ins Penthouse zu kriegen. »So«, stoße ich angestrengt hervor und lege ihn auf dem Bett ab. »Schuhe aus.« Ich streife ihm die eleganten Lederschuhe von den Füßen. »Und jetzt wird geschlafen. Am besten, bis du wieder nüchtern bist. Ich stelle dir noch einen Eimer neben das Bett.«

Ich suche etwas, öffne zwei Türen, bevor ich das Bad finde. Aber der Mülleimer ist in das schlichte Schieferdekor eingelassen. Dann muss es eine Schüssel aus der Küche tun. Am Ende wird es ein originalverpackter Wok. Don't judge me. Ich kann nichts dafür, dass der Kerl offenbar noch nie gekocht hat.

Als ich mit dem Teil zu Alex zurückkehre, hat der die Arme hinter sich aufgestützt und sieht mir unkoordiniert entgegen. »Weißt du, was heute ist?«

»Nein, aber du wirst es mir sicher gleich sagen.« Ich stelle den Wok ab. »Falls du kotzen musst.«

»Das ist ein Wok«, bemerkt er trocken.

»Dann kotz eben auf den teuren Teppich.« Ich zucke die Schultern und will gerade gehen, als Alex sagt:

»Heute wären wir zwei Jahre zusammen gewesen.«

Ruckartig drehe ich mich um und starre ihn an. Ist klar, von wem er redet. Hazel. Und irgendetwas daran macht mich verdammt wütend. Vielleicht die Tatsache, dass er sich nicht ein Mal blicken lassen hat, als es ihr so richtig dreckig ging. »Ihr wart zusammen?«, frage ich fassungslos. Und trotzdem war ich es, der ihre Kotze aufgewischt und sie getragen hat, als sie zu schwach zum Laufen war. Ich habe mit ihr bei diesem Scheißarzt gesessen und mir angehört, dass es das war. Dass sie nichts mehr für meine Schwester tun konnten. »Du elender …« Alex ist mein Chef, aber das ist mir in diesem Moment egal. »… verfluchter Bastard«, presse ich mühsam hervor.

Er schließt die Augen und atmet leise aus. Wie ein Luftballon, der lautlos schrumpft. »Ich wollte bei ihr sein. Ich wäre bei ihr geblieben bis zum Ende, aber sie hat mich nicht gelassen.« Jetzt sieht er mich an. »Sie hat mich nicht gelassen, hörst du?«

Und wenn Hazel etwas nicht wollte, war das endgültiger, als wenn sie etwas wollte. »Zwei Jahre?«, wiederhole ich tonlos und da ist so viel Schmerz. Weil sie es vor mir geheim gehalten hat. Weil sie immer mein Anlaufpunkt war, aber ich nie ihrer.

Alex legt mir seine Hand auf den Arm. »Ich hätte ihren Wunsch niemals respektieren dürfen. Dann hätte ich die wenige Zeit mit ihr, die wir noch gehabt hätten, nicht verpasst. Ich würde mich nicht dafür hassen, dass ich nicht für sie da war, als sie mich brauchte.« Er schüttelt den Kopf und fährt sich unkoordiniert über das Gesicht. »Wirklich brauchte.« Sein Blick ist leer. »Ich hasse mich dafür und, Scheiße, manchmal will ich wegrennen, wenn ich dich sehe. Weil du mich daran erinnerst, dass du für sie da warst und ich nicht. Weil du ihr so verdammt ähnlich bist und ich sie so sehr vermisse. Und weil ich mir manchmal wünschte, du wärst draufgegangen, nicht sie.«

Nett. Aber ich verstehe ihn. Ich mag Alex, aber ich würde ihn, ohne mit der Wimper zu zucken, gegen Vias Leben eintauschen. Er hat meine Schwester geliebt. Mir war nicht klar, wie sehr, aber das zwischen ihnen war ernst. So viel steht fest.

»Schätze, allein für den Gedanken gehöre ich in die Hölle. Vielleicht bin ich längst da, verdammt ... So schlecht, wie mir ist ... könnte echt sein.« Er stöhnt unterdrückt und ich schiebe den Wok mit dem Fuß näher zu ihm.

»Du gehörst nicht in die Hölle.« Nicht dass ich an das Konzept von Himmel und Hölle glauben würde, aber wenn, wäre Alex sicher niemand, der eine Fahrkarte nach unten gebucht hat. »Und dass du kotzen musst, ist ganz sicher keine Strafe Gottes. Das ist einfach nur die logische Konsequenz, wenn man was weiß ich wie viel Alkohol in sich reinkippt.«

Er geht gar nicht drauf ein. »Sie wollte, dass ich mich um dich kümmere, wenn sie nicht mehr ...« Seine Stimme bricht und er sieht mich verwaschen an. »Wusstest du das?«

Ich schüttle den Kopf. »Aber mir war immer klar, dass du mir den Job nur wegen ihr gegeben hast.«

»Ich habe ihr versprochen, mich um dich zu kümmern, und hatte keine Ahnung, wie und ob du das überhaupt wollen würdest. Wie ich das anstellen sollte. Aber dann standest du plötzlich vor mir und ich dachte, hey, das ist meine Chance, wenigstens das richtig zu machen. Aber das tue ich nicht, oder? Es richtig machen?«

»Ich habe dank dir einen Job, ein Dach über dem Kopf.« Ich weiche seinem Blick aus, kämpfe noch immer mit der Frage, ob ich wirklich will, dass uns mehr verbindet, nur weil meine Schwester das so beschlossen hat.

»Die Hütte ... Du kannst so lange drin wohnen, wie du willst. Auch wenn du nicht mehr für mich arbeitest.«

Ich denke, er ist betrunken und wird sich morgen nicht mehr daran erinnern, dass er mir einen Schlafplatz auf Lebenszeit angeboten hat.

Er schüttelt den Kopf. »Brauchst du Geld? Wenn du je Geldsorgen hast, frag mich, ja?« Er lässt sich zurück auf den Rücken sinken und starrt an die Decke.

Ich nicke. »Okay, ja, danke.« Ich werde in seinem Zustand sicher nicht anfangen darüber zu diskutieren, ob ich das annehmen kann.

»Aber das reicht nicht.« Er kneift die Augen zusammen, sieht mich eindringlich an und ich fühle mich ertappt. Wie früher, wenn Hazel mich erwischt hat, wenn ich mich zu spät in mein Zimmer schleichen wollte. »Irgendetwas stimmt nicht, das kann ich fühlen.« Er klopft sich theatralisch gegen die Brust. »Also sprich mit mir und lass mich helfen. Ich muss dieses verfluchte Versprechen einhalten, auf dich aufpassen, wenigstens das für sie tun.«

»Es ist alles okay«, murmle ich beruhigend und bringe ihn mit sanftem Druck gegen seine Schulter dazu, sich endlich hinzulegen. »Mir geht es gut. Du bist nur betrunken.« Ich kann ihm nicht von diesem ganzen Mist erzählen und riskieren, dass er am Ende gegen uns arbeitet wie Riley. »Und, hey, du hast dein Versprechen längst gehalten. Ich bin hier, anstatt obdachlos in meinem Auto zu pennen.«

»Hm«, brummt Alex, die Augen geschlossen. Sein Atem wird regelmäßig.

Ich warte, bis er leise schnarcht, bevor ich mich aus der Suite schleiche. Das Licht lasse ich an. Nicht, dass er den Wok verfehlt oder sich die Beine bricht, sollte er versuchen es bis ins Bad zu schaffen. Die Tür ziehe ich hinter mir ins Schloss und atme tief durch. Geschafft. Endlich kann ich zu Via, mit ihr reden, Klarheit und hoffentlich eine Insel aus uns und dem Rest der Nacht schaffen.

Neben dem Pool hockt PB&J und starrt mich vorwurfsvoll an. »Wenn du dich nicht an einer Nuss verschluckt hast und reanimiert werden musst, bist du jetzt nicht dran, Kullerauge.«

»Du findest also doch, dass er supersüße Kulleraugen hat?« Via steht auf dem Sonnendeck und sieht lächelnd zu uns hinunter.

»Er nutzt das als Waffe. Das ist nicht süß, sondern manipulativ.« Ich nehme die Stufen zu ihrem Teil der Terrasse mit zwei Sprüngen und schließe sie in meine Arme. »Endlich«, murmle ich rau und atme den Geruch ihrer Haare ein, presse meine Lippen auf ihre Schläfe, den Rand ihres Auges, ihren Mund.

»Wir haben uns heute schon gesehen«, erinnert sie mich mit einem leisen Lachen, streicht sich die Haare hinter die Ohren und blinzelt mich an.

Heute Morgen, als sie von River nach Hause kam und ich zur Arbeit losmusste. Im Frühstücksraum der Lodge. »Da waren wir nicht allein.«

»Du willst also mit mir allein sein?« Sie küsst mich, streicht mit ihrer Zunge über meine Unterlippe und, fuck, das fährt mir direkt in den Schwanz. Trotzdem schiebe ich sie etwas auf Abstand, setze mich und ziehe sie auf den Deckchair mir gegenüber.

»Wir müssen dringend reden.« Und bin deswegen so nervös, dass ich mit ihren Fingern spiele.

Sie versteift sich. Ihre Finger folgen nicht mehr lässig jeder meiner unruhigen Bewegungen. »Ja, sollten wir«, sagt sie angespannt.

Ich nicke. »Über gestern Abend. Über das, was du mir gesagt hast.« Und vor allem darüber, was ich nicht gesagt habe, weil dieses verfluchte Telefon dazwischenfunken musste. »River hat angerufen und ich konnte nichts dazu sagen. Und dann bist du dort geblieben und …« Das ist einfach kein Gespräch fürs Telefon oder Rivers Bude oder den Frühstücksraum.

Sie beißt sich auf die Lippen, ihrem Gesicht entweicht die Farbe. Das Funkeln in ihren Augen ist fort, der dichte Wimpernkranz senkt sich wie die Nacht über ihre Wangen. Sie zieht ihre Hand zurück und mein Herz sinkt.

»Via?«

Sie schüttelt den Kopf, macht damit klar, was ich eigentlich längst weiß. Sie will keine Liebeserklärung von mir hören. Ich bin ein Idiot, weil ich dachte, sie würde genau das wollen. Hier. Jetzt. Dieses Zuviel, das in meiner Brust hämmert. Etwas, was sie gerade nicht zurückgeben kann. Nicht jetzt mit allem, was gerade um uns herum passiert.

Alles, was sie gesagt hat, war, dass sie das zwischen uns nicht einordnen kann. Dass sie gern mehr Zeit hätte, um herauszufinden, was sein könnte. Und dass sie nicht will, dass ich gehe. Von Liebe hat sie nicht gesprochen. Und das sollte ich auch nicht. Denn das wäre egoistisch und überfordernd. Und wofür? Um mich besser zu fühlen?

Ich lege meine Hand über ihre. Versuche nicht zu zeigen, dass ich innerlich durchdrehe. So richtig. Das volle Programm. »Alex hat mir angeboten zu bleiben«, sage ich und klinge ruhig. Außen Ordnung. Innen Chaos. »Dauerhaft. In meiner Hütte. Auch wenn mein Job hier erledigt ist. Wie sich rausgestellt hat, waren Hazel und er ein Paar und er fühlt sich jetzt verantwortlich für mich.«

Sie blickt auf. Und, hey, das winzige Lächeln in ihrem Mundwinkel stellt mindestens hundert Streifenhörnchen in den Schatten. »Und willst du das? Hierbleiben, meine ich?«

»Definitiv.« Reiß dich zusammen, Bentley. »Ich meine, ich habe mich heute lange mit River unterhalten«, krame ich einen der guten anderen Gründe zusammen, wegen denen ich bleiben muss. Gründe, die nicht Via sind. »Was ihr da macht, ist wichtig. Und ich möchte helfen.« Ich sehe auf unsere Hände. Ihre schmale unter meiner breiten. Fast verdeckt. Nur ihr Daumen guckt raus und streicht über die empfindliche Haut zwischen meinem Daumen und Zeigefinger, löst ein Summen aus, als wäre es die Saite einer Violine. »Und wir hätten so auch mehr Zeit miteinander.« Ich nicke, will so viel mehr sagen und lasse es.

»Was ist mit deinem Studium?«, wispert sie. »Du hast es deiner Schwester versprochen.«

»Ich denke, es wird mir leichterfallen, hier am See weiterzustudieren. Als an die Sac State zurückzukehren, das …«

»… ist mit zu vielen Erinnerungen verbunden«, beendet sie meinen Satz.

Niemand versteht das so wie sie. Unsere Erfahrungen sind vollkommen unterschiedlich, aber das Resultat ist dasselbe.

Ich fahre mir über die Augen.

»Du bist müde.« Sie streichelt meine Wange, schiebt ihre Hand in mein Haar und ich lasse den Kopf in diese Bewegung sinken.

»Todmüde«, gebe ich zu. Von all dem, was ich heute erfahren habe. Durch River. Durch Alex.

Via beißt sich auf die Lippe. »Willst du allein sein?«

Ich schüttle den Kopf. »Du?«

Sie lächelt. »Nein.«

Ohne weiter zu sprechen, gehen wir zu ihrem Zimmer. Via öffnet mit ihrer Karte die Tür. Keiner von uns macht das Licht an. Das Mondlicht reicht. Es fällt durch die Vorhänge und erhellt Vias Haut, als sie sich das Shirt über den Kopf zieht. Ich tue dasselbe. Wir sehen uns an, streifen dabei unsere Hosen aus. Nur in Unterwäsche legen wir uns ins Bett. Via schmiegt sich eng an mich. Ihr Rücken an meiner Brust. Ihr Po an meinem Unterleib und das ist wie ein Feuerwerk für meine Synapsen. Ich seufze leise, lasse es verglühen, ohne mehr zu tun, als sie fest in meine Arme zu schließen, meine Finger vor ihrem Bauch mit meinen zu verschränken. Ihre Haarspitzen streicheln meine Lippen und ich vergrabe mein Gesicht ganz in ihren Locken. Unser Atem wird schwer und ich kann nicht anders. »Via«, flüstere ich in die Wärme zwischen unseren Körpern.

Sie antwortet nicht und ihr Atem ist tief und regelmäßig.

»Ich glaube, ich habe mich in dich verliebt«, flüstere ich in ihr Haar, weil ich die Worte unbedingt aussprechen muss. Jetzt, wo sie schläft, weil ich sicher bin, sie würden alles kaputt machen, wenn sie sie hören könnte. »So richtig verliebt.«

Via

Ich stehe halb hinter Miles, sodass River nicht sehen kann, wie ich kurz meine Hände mit seinen verschränke, während wir darauf warten, dass uns jemand die Tür öffnet. Ich liebe, wie er erst unsere Hände ansieht und dann mich. Das Lächeln, das dabei um seine Mundwinkel zuckt.

Es ist die fünfte Tür, an der wir heute klingeln. River sitzt im Auto, schont sein Bein, das durch die Arbeit und unsere Fahrten vollkommen überlastet ist, und zermahlt seine Frustration mit den Kiefern.

»Sieht so aus, als wäre niemand da.« Miles löst seine Hand aus meiner und schiebt eine von Rivers Karten in den Rahmen der Fliegentür. Hintendrauf steht in seiner klaren, schnörkellosen Schrift, wer er ist und dass er nach anderen Kindern sucht, die in derselben Zeit auf der Ranch der Loughlins gelebt haben. Die Anfrage ist vollkommen wertfrei, um niemanden zu verschrecken. Bis jetzt hat sich allerdings keiner der zig Menschen gemeldet, denen wir so eine Karte hinterlassen haben. Die Bewohner dieses Hauses werden da wahrscheinlich keine Ausnahme bilden. Trotzdem müssen wir es versuchen. Ich klingle ein letztes Mal, aber uns schlägt nur Stille entgegen, obwohl ein Familienvan in der Einfahrt steht. Und Fahrräder auf dem Rasen liegen. Miles macht ein paar Schritte rückwärts, beugt sich nach hinten und versucht um die Hausecke in den Garten zu gucken.

»Was machst du?« Ich will ihn zum Auto ziehen, aber er reagiert gar nicht.

»Ich glaube, dahinten ist jemand. Vielleicht geht die Klingel nicht.«

Selbst wenn, wir haben kein Recht, quer über Privatgrund zu stolpern. »Lass uns einfach gehen.«

»Nur zwei Minuten.« Miles sieht mich nicht an, bedeutet mir aber mit einem sanften Druck am Oberarm auf ihn zu warten. Er geht ein paar Schritte um die Hausecke und winkt. »Hey, kann ich dich kurz sprechen?«

Ich bin Miles gefolgt und sehe ihn jetzt auch. Einen Jungen, vielleicht zwölf, dreizehn Jahre alt, der auf einer Schaukel sitzt und uns anstarrt. Dunkle Kleidung, blasses Gesicht, das halb von einem tief in die Stirn hängenden Pony verdeckt ist. Ausgelatschte Skaterschuhe kratzen über die aufgeraute Erde unter der Schaukel.

Miles nähert sich ihm, die Hände immer noch leicht erhoben, als wollte er den Jungen nicht verschrecken. Aber er ist nicht schreckhaft, wirkt eher müde. Vom Leben.

»Hey, bist du Xander?«

Er schüttelt den Kopf.

»Nicht?« Miles mustert ihn prüfend.

»Wer will das denn wissen?«

Er weicht mit der Schaukel zurück. Sieht nicht so aus, als würde er Menschen vertrauen. Wahrscheinlich weil ihm nicht besonders viel Anlass dazu gegeben wurde.

»Wir sind auf der Suche nach Xander, weil unser Freund Travis zusammen mit ihm auf der Loughlin Ranch gewohnt hat.«

Der Junge gerät kurz aus der Fassung. Nur einen Wimpernschlag lang, den er stolpert. Ein Atemzug, den er abbricht, aber Miles und ich bemerken es beide. Er wirft mir einen vielsagenden Blick zu.

»Er nennt sich heute River. Wie ist denn dein neuer Name, Xander?«

Er schüttelt den Kopf. »Ist doch egal.« Er bohrt seine Schuhspitze in die Erde.

Miles hockt sich hin, sodass er mit dem Jungen auf Augenhöhe ist. »Mir ist das nicht egal. Ich wüsste gern, mit wem ich mich unterhalte.«

»Wer sagt denn, dass ich mich unterhalten will, Alter?«

Miles wartet einfach nur ab.

Der Junge seufzt, verdreht die Augen. Seufzt wieder, tiefer dieses Mal und so schlecht gelaunt, dass es für den halben Globus reicht. »Mann, ey, du nervst echt hart.« Er streicht sich den Pony aus der Stirn, der sofort zurückfällt und kluge Augen versteckt, traurige Augen.

»Tate«, rotzt er Miles vor die Füße. »Ihre Wahl, nicht meine.« Dabei deutet er auf das Haus.

»Okay, Tate. Wärest du vielleicht bereit mit unserem Freund zu sprechen?«

»Nee.« Er schüttelt den Kopf. »Wozu denn?«

»Weil ich denke, dass du Travis kennst.« Wieder flammt kurz Erkennen in Tates Augen auf, dann erlischt es und macht dieser ätzenden Gleichgültigkeit Platz.

»Ich bin hier, seitdem ich klein bin. Ich erinnere mich nicht an deinen Freakfreund oder an den ganzen Rotz davor.«

Miles setzt sich und rupft etwas Gras ab. »Du erinnerst dich daran, dass es Rotz war. Und er erinnert sich auch daran.«

»Und wenn schon.« Er drückt die Ketten der Schaukel zusammen und lässt sie wieder zurückspringen.

»Wenn du uns hilfst, könnten wir etwas gegen diese Leute ausrichten, stoppen, was da auf der Ranch passiert. Immer noch. Du könntest den Kindern helfen, die jetzt dort sind und dasselbe durchmachen müssen.«

Er zuckt die Schultern, aber es wirkt nicht mehr überzeugt. »Und wer hat mir damals geholfen?« Seine Stimme bricht und er wischt sich über den Mund, als könnte das verstecken, was in ihm vorgeht.

»Niemand.« Miles' Stimme ist sanft. »Dir hat niemand geholfen und das ist, verdammt noch mal, ungerecht und hätte anders sein müssen. Aber Travis hat es immerhin versucht, oder? Und er versucht jetzt einen Unterschied zu machen. Aber das geht nur mit deiner Hilfe.«

»Tate?« Eine rundliche Frau tritt halb aus der Seitentür und wischt sich die Hände an einem Geschirrtuch ab. »Wer ist das?« Sie wirkt alarmiert.

Miles sieht sich nach ihr um. »Sie sieht nett aus.«

»Sie lieben mich.« Er sagt das, als wäre es supereklig, aber es ist klar, wie sehr er das braucht und wie glücklich es ihn macht. Sie wird uns vom Hof jagen, wenn Tate auch nur eine Andeutung macht, dass wir hier nichts zu suchen haben. Miles und ich tauschen angespannte Blicke, machen uns bereit auch diese Adresse zu den Nieten zu zählen, obwohl sich Tate erinnert.

»Das sind nur Freunde aus der Schule, Mom.«

Er hält dicht.

Sie bleibt in der Tür stehen und runzelt die Stirn. Natürlich glaubt sie das nicht. Wir sind viel älter als ihr Adoptivsohn.

»Hi«, sage ich und winke möglichst natürlich. »Ich bin Olivia und das …« Ich deute auf Miles. »… das ist Miles. Wir sind Seniors an Tates Highschool und seine Paten im Anti-Mobbing-Programm.«

Sie nickt uns skeptisch zu. »So was gibt es an der Northwestern?« Es irritiert sie nicht, dass Tate bei einem solchen Programm mitmachen muss, nur dass die Schule so etwas ins Leben ruft. Schöne verkehrte Welt, aber es bestätigt meine Annahme, dass er vermutlich schon immer ausgegrenzt wurde, und das nur weil er nicht dieselben Ausgangsvoraussetzungen im Leben hatte wie seine Mitschüler. Das ist nicht fair und absolut asozial. »Ist ganz neu«, murmle ich und fühle mich schlecht, weil ich wegen so etwas lüge und ihr Hoffnung ins Gesicht zaubere.

»Okay, dann …« Sie schwenkt das Geschirrtuch, das sie in der Hand hält. »Möchtet ihr beide etwas trinken oder essen?«

»Wir brauchen nichts, Mom.« Tate sieht mich an, wartet, bis seine Mom im Haus verschwunden ist, und sagt dann zu Miles: »Sie ist schlauer als du.«

»Jepp.« Miles lacht leise und blinzelt zu mir hoch. »Und hübscher. Aber deswegen sind wir ja zum Glück nicht hier.«

»Ich erinnere mich echt nicht an viel.« Er kaut auf seiner Unterlippe herum. »An Travis schon. Er hat uns Jüngere oft beschützt und ist ständig deswegen im Käfig gelandet.« Er stößt die Luft aus. »Wieso ist er nicht hier?«

»Er ist im Auto.« Miles deutet zur Straße, wo der Kombi neben wogendem Präriegras parkt. »Sein Bein ist verletzt, aber er wird sich sicher freuen mit dir zu reden. Wir laden dich auf einen Milchshake oder Pommes ein und besprechen, wie du uns helfen kannst.«

»Hmm.« Tate nickt. »Aber meine Eltern werden misstrauisch, wenn ich jetzt abhaue. Hab noch Hausaufgaben und später Training. Wie ist es morgen? Ihr könnt mich ja nach der Schule abholen. Dann spare ich mir das Bus-Hoppen.«

»Okay.« Miles sieht enttäuscht aus, weil wir nicht gleich heute mit Tate sprechen können. »Dann also morgen.«

»Ich kann versuchen bis dahin meinen Eltern die Adoptionspapiere aus dem Kreuz zu leiern. Alles, was sie zu dem Thema noch haben. Ich sag einfach, dass es für ein Schulprojekt ist.«

»Das wäre …«

»… gigantisch«, beende ich Miles' Satz. Wir machen eine Uhrzeit aus und verabschieden uns dann von Tate. In mir vibriert alles. Wie Insekten flattern die Endorphine durch meinen Magen. Ich nehme Miles' Hand und drücke sie. Nur so lange, bis der Wagen in Sicht kommt, dann lasse ich ihn los und renne zu River, um ihm von Tate zu erzählen.

Miles

Wir haben in einem Diner ganz in der Nähe von Tates Wohnhaus haltgemacht und River beim Lunch alles erzählt. Jetzt ist die Stimmung im Wagen so ausgelassen und gut wie … ja wie eigentlich noch nie. Selbst River grinst und zieht Via damit auf, dass sie wie ein Flummi auf dem Beifahrersitz herumhüpft. Wir haben diesen Sieg gebraucht. So, verdammt noch mal, gebraucht. Tate wird uns Papiere besorgen. Keine Ahnung, ob etwas Brauchbares dabei sein wird, aber er ist bereit auszusagen. Das ist der Hammer. Wir haben einen Zeugen. Und wo einer ist, werden andere folgen. Hoffentlich.

Ich drehe die Musik lauter und brülle den Refrain von Miley Cyrus' *Flowers* mit. Via zögert nicht mal, singt einfach mit und stupst River an, damit auch er mitmacht. Er schüttelt den Kopf und ich kann sehen, dass es ihn irritiert, wie frei Via ist. Dass sie nicht mehr jeden ihrer Schritte überdenkt und einfach ausgelassen ist. Sie lässt nicht locker, bis er widerstrebend einstimmt. Allerdings eher auf die Art, wie viele Kerle auch tanzen. Halbherzig und an der Bar festgeklammert.

Ich sehe in den Rückspiegel, um den Anblick, wie sehr er sich windet, ein bisschen zu genießen, aber mein Blick bleibt nicht an River hängen, sondern an dem Polizeiwagen, der hinter uns schnell aufholt. Die Lichter auf dem Dach werfen unruhiges Rot und Blau zwischen uns.

Ich drehe die Musik runter. Via hört im selben Moment auf zu singen und nur Rivers Stimme braucht drei Akkorde länger, bevor er schlingernd stoppt. Mein erster Gedanke ist, verdammt, River kann singen. Hört sich echt nicht schlecht an. Der zweite ist, shit!

Via dreht sich auf ihrem Sitz um. »Wollen die was von uns?«

Außer uns ist niemand hier, verdammt.

River schüttelt den Kopf. »Kann nicht sein. Miles war nicht zu schnell. Die haben sicher nur einen Einsatz. Geh vom Gas und lass sie vorbei.«

Das ungute Gefühl will gerade mit dem Wagen an uns vorbeiziehen, als er abbremst und sich vor uns setzt. »Ich muss anhalten.«

»Nein!« River hört sich panisch an und so, als würde er zur Not von der Rückbank auf meinen Schoß krabbeln, um mich davon abzuhalten. »Das ist Fallon.«

Fallon, wie sein Pflegeonkel Fallon? Mein Kopf summt und ich wische mir fahrig über das Gesicht, werde aber gezwungenermaßen langsamer, weil mich der SUV mit dem Sheriff-Schriftzug ausbremst.

»Gib, verflucht noch mal, Gas, Tahoe.«

»Ich bin nicht Paul Walker«, presse ich durch die Zähne. Ganz sicher werde ich mir keine Verfolgungsjagd mit den Cops leisten.

»Das wäre auch schlecht. Dann wärst du nämlich tot.«

Was nicht ist, kann noch werden. Wenn River recht hat und das wirklich Fallon ist, taucht er sicher nicht zufällig genau jetzt auf, wo wir unseren ersten Zeugen gefunden haben.

»Was will er denn, verflucht?« Via beißt nervös auf ihrer Lippe herum und ich lege meine Hand auf ihre. Ist mir egal, ob River was dagegen hat. Fallons Drohung vor dem Waschsalon war eindeutig und wir haben sie ignoriert. Ganz offensichtlich, denn wir hocken mit River in einem Auto und haben nach Zeugen gegen ihn und seine Familie gesucht. Das wird dem Kerl nicht schmecken. Und selbst wenn ich nur die Hälfte von dem glauben würde, was River über seinen kranken Pflegeonkel erzählt hat, ist das hier übel.

Unsere Wagen rollen auf dem Seitenstreifen aus. Angespannte Sekunden passiert gar nichts. Dann steigt Fallon Loughlin aus seinem Auto, schiebt sich die Sonnenbrille auf die Nase und rückt seine vom Fahren zerknitterte Uniform gerade. Er mustert unseren Wagen. Vielleicht lacht er sich auch innerlich kaputt, weil wir ihn alle drei anstarren, als wäre er Pennywise höchstpersönlich – und kommt dann gemächlich auf uns zugeschlendert.

»Scheiße«, flüstert Via und ihr Griff um meine Finger verstärkt sich. Das Weiß ihrer Knöchel sticht hervor. »Scheiße, scheiße, scheiße. Was machen wir denn jetzt?«

»Ich regle das.« River klingt entschlossen, aber er bleibt sitzen, atmet. Drei tiefe Atemzüge lang, bevor er sich quietschend über das Leder des Sitzes schiebt und die hintere Tür öffnet.

»Riv, nein.« Via sieht ihn erschrocken an. Dann mich. Ihr Puls rast und, verdammt, ich hasse, dass sie Angst hat. Um ihn. Dass ich dasselbe empfinde. Wann ist mir der Kerl denn bitte so ans Herz gewachsen?

»Setz dich auf deinen Arsch und schließ die verdammte Tür«, knurre ich ihn an und kurble mein Fenster herunter.

Fallon steht für einen Augenblick neben dem Wagen, ohne nach den Papieren zu fragen, und geht dann weiter zum Heck.

Ein Schlag. Zerberstendes Glas, das klirrend auf dem Asphalt landet. Der Typ hat mir das Rücklicht kaputt geschlagen.

»Sie haben da ein kaputtes Rücklicht«, bemerkt er mit einem breiten Lächeln. »Sind Sie sich dessen bewusst?«

Er will uns provozieren. Good Luck. »Nein, das wusste ich nicht, aber ich lasse es beheben, sobald ich zu Hause bin«, antworte ich scheinbar ruhig und spiele das Spiel mit, in dem er so tut, als wüssten wir nicht beide, worum es hier wirklich geht.

»Du mieser Scheißkerl.«

Okay, das Memo, sich nicht provozieren zu lassen, hat River anscheinend nicht bekommen. Verdammt. Er ist aus der Tür, bevor ich ihn zurückhalten kann. Auf eine der Krücken gestützt, humpelt er wutentbrannt auf Fallon zu.

Der verliert augenblicklich das Interesse an mir. Das ist genau, was er beabsichtigt hat. »River ist so ein verdammter Idiot«, zische ich und schnalle mich ab. »Versprich mir, dass du im Wagen bleibst.« Die beiden treffen vor der Kühlerhaube aufeinander und starren sich mordlustig an. »Egal was passiert.«

Via nickt. Sie ist so blass wie die Quellwolken am Himmel und ihre Augen sind geweitet vor Angst.

»Via?«

Sie reißt ihren Blick von den beiden Männern los und er irrt zu mir.

»Alles wird gut.« Wer's glaubt, wird selig. Dann würde sich Aussteigen nicht nach der weltbeschissensten Idee anfühlen. Ich tue es trotzdem und erreiche River, als Fallon ihm erklärt, dass er Tate abschreiben kann.

»Weißt du, seine Eltern verdanken uns ein Kind, nachdem sie zwölf Jahre vergeblich versucht haben selbst eines zu bekommen. Sie würden sich niemals gegen uns stellen und riskieren ihn wieder zu verlieren. Ich bin das Gesetz. Ihr nur eine Horde Betrüger mit einer herzergreifenden Lügengeschichte, die sich an ihr einziges Kind ranzecken und versuchen seine alten Wunden wieder aufzureißen. Sie werden den Kontakt nicht zulassen oder erlauben, dass er aussagt. Dafür habe ich gesorgt.« Fallon scheint sehr zufrieden, als ein Laut aus Rivers Kehle bricht, der an ein angeschossenes Tier erinnert. »Und was die Papiere angeht, sie haben sie mir ausgehändigt, damit sie nicht in falsche Hände gelangen.«

Ich halte River an der Schulter zurück, spüre, wie sich seine

Muskeln anspannen und vorwärtswollen, um Fallon eine reinzuhauen, aber das kann er vergessen.

Fallon mustert ihn. »Hör auf! Hör auf uns ans Bein pissen zu wollen mit diesem ganzen Kindergarten-Zeugensuch-Scheiß und gib mir endlich die Kopien, die du gemacht hast, dann siehst du mich nie wieder.«

River zerfurcht sein Haar. »Ich habe nichts, was euch belasten könnte. Würde ich sonst quer durchs County kurven?«

Fallons schnalzt mit der Zunge, dann schüttelt er den Kopf. »Da sagt Seth aber ganz was anderes.«

River reibt sich über die Brust. »Seth?« Seine Muskeln zittern und seine Lippen sind blutleer. Sein komplettes Gesicht ist schneeweiß. »Was hast du mit ihm gemacht?«

Fallon lächelt breit. »Das weißt du.«

Ganz offensichtlich, denn River reißt sich im selben Moment los und stürzt sich auf seinen Pflegeonkel. Ich müsste ihn aufhalten, aber die Bilder, die mein Verstand als Antwort auf Rivers Frage splattermäßig in meinem Kopf verteilt, verhindern das, machen mich bewegungsunfähig.

Er schafft es, einen Treffer zu landen, bevor Fallon ihm erst die Krücke und dann die Beine wegtritt. Mit einem Schmerzensschrei landet River auf dem Boden.

»Du hast mich geschlagen«, sagt Fallon mit Verwunderung in der Stimme und reibt sich über das Kinn. »Du kleiner Scheißer hast mich geschlagen.« Seine Stimme wird dunkler, dicht wie dunkler Ton und dann holt er aus und tritt River in den Magen. Einmal, zweimal. Dann gegen den Kopf. Seine Haut platzt auf und Blut rinnt über sein Gesicht. Ich will ihm helfen, aber Fallons geknurrtes »Wag es nicht« pinnt mich auf dem Asphalt fest.

Er wird ihn umbringen. Und ich kann nichts tun. River wird auf dieser beschissenen Landstraße sterben. Er ist kaum noch bei Bewusstsein und Fallon tritt immer weiter auf ihn ein. Schnauft, tritt, schnauft, lächelt, tritt.

»Die Kopien …«, brülle ich ihn an. Ohne einen Plan, wie der Satz weitergehen soll. Alles, was ich weiß, ist, dass ich River retten muss. River, der stöhnend zusammengekrümmt am Boden liegt und versucht seinen Kopf zu schützen.

Fallon holt noch mal aus, lässt das Bein dann aber locker ausschwingen, anstatt den Stiefel wieder gegen River krachen zu lassen. Er sieht mich an und mein Verstand sucht fieberhaft nach dem Ende des Satzes. Findet ihn nicht, weil mein Kopf voll ist. Voll mit Rivers Stöhnen, dem metallischen Gestank nach Blut. Fallons selbstgefälliger Visage. Und mit dem Gedanken, was er mir antun wird. Was er Via antun wird, wenn er erst mit River und mir fertig ist. Die Sekunden dehnen sich aus, eine kalte, dunkle Ewigkeit, in der die Sicherheit widerhallt, dass er weitermachen wird. Selbst wenn wir ihm geben, was er haben will, wird er weitermachen. Weil er das hier genießt. Und weil River ihm eine runtergehauen hat, was er niemals auf sich sitzen lassen wird.

Ich stelle die Welt auf stumm, sehe Via an, die sich am Armaturenbrett abstützt, als würde sie sich für einen Aufprall wappnen. Ich habe Hazel gesagt, dass alles gut werden würde, und gelogen. Via habe ich dasselbe versprochen und, fuck, dieses Mal wird es keine Lüge sein. Also komm, verdammt noch mal, runter, Bentley. Denk nach! Du musst dir, verflucht noch mal, was einfallen lassen. »Die Kopien sind auf einem USB-Stick …«, murmle ich. »… und der ist sicher verwahrt.« Könnte funktionieren. »Und sollte uns hier draußen etwas passieren, wird er an jeden verdammten Nachrichtensender gesendet.« Ich halte Fallons Blick stand, mit dem er mich vierteilt. »Und glaub mir, vielleicht haben wir nicht genug, um euch aus dem Weg zu räumen, aber es reicht definitiv, um es ungemütlich für euch werden zu lassen.«

Er stößt sich vom Wagen ab und kommt mir ganz nah. »Ich will den Scheiß-Stick.«

Und ich will, dass es keine Arschlöcher auf der Welt gibt, aber das Leben ist ja bekanntlich kein Wunschkonzert. »Ich gehe jetzt zu River und wir fahren.« Innerlich scheiße ich mir in die Hose, aber ich darf es mir nicht anmerken lassen. Typen wie Fallon riechen Angst und ziehen daraus ihre Kraft. Tatsächlich wie Pennywise. Ich muss einen Bogen machen, um ihm auszuweichen. »Komm schon«, presse ich durch zusammengebissene Zähne und zerre River irgendwie hoch. Er taumelt und es ist gar nicht so einfach, eine wankende Schrankwand festzuhalten und auf die Rückbank des Kombis zu verfrachten. Fallons Blick kribbelt in meinem Nacken und ich denke, er wird mich jeden Moment anspringen. Mir einfach hier auf der Straße das Genick brechen, weil er checkt, dass ich geblufft habe. Ich habe nicht mal Dad mit meinem nicht vorhandenen Pokerface täuschen können.

Aber ich schaffe es ohne weitere Zwischenfälle, die Tür zuzuschlagen, auf den Fahrersitz zu hasten und den Motor zu starten.

»Miles«, flüstert Via und da sind Tränen in ihrer Stimme. »Du blutest.«

»Ist nicht mein Blut.« Hört sich an, als wären wir Schauspieler in einem drittklassigen Agentenfilm. »River?«, rufe ich nach hinten.

»Es geht mir …« Er spart es sich gut zu sagen. Weil es eine verdammte Lüge wäre. Er sieht aus, als wäre er in einen Fleischwolf geraten. Er stöhnt. »Warum hast du wegen der Beweise gelogen, verfickte Scheiße?«

»Dein Ernst?« Ich sehe immer wieder in den Rückspiegel, aber Fallon folgt uns nicht. »Ein einfaches Danke reicht.« Ich schlage gegen die Sonnenblende. »Ich habe gerade deinen Arsch gerettet, weil du auf einen verdammten Psychopathen losgehen musstest.« Ohne darüber nachzudenken, dass er uns alle damit in Gefahr gebracht hat.

»Er hat Seth.« River hat den Kopf auf seinen Oberschenkeln abgelegt, atmet in den Stoff seiner Sweathose und seine Arme baumeln im Fußraum. Ich denke, vielleicht heult er. Vielleicht versucht er auch nur den Schmerz wegzuatmen. Die Aktion hat ihn sicher ein paar Rippen gekostet.

»Er hat bestimmt gelogen, was Seth angeht.« So wie ich gelogen habe, um uns da wieder rauszubringen.

Via hat die Beine auf den Sitz gezogen und ihre Arme darum geschlungen. Sie zittert. »Und was, wenn nicht? Was, wenn sie Seth wirklich haben?«

Via

Wir sitzen in der Polizeistation von South Lake Tahoe. Ein flaches Gebäude, das aus viel Glas besteht und damit wohl so zerbrechlich ist, wie ich mich fühle.

Der Beamte vor uns ist bemüht und notiert sich genau, was wir ihm erzählen. Wir erzählen ihm nicht alles. Dann würde er vermutlich an unserem Verstand zweifeln. Nur von dem Zwischenfall heute mit einem Beamten aus dem Colfax County, der übertriebene Härte gezeigt hat.

»Sie sollten auf jeden Fall ins Krankenhaus gehen. Um sicherzugehen, dass nichts Schlimmeres ist, und um die Verletzungen zu dokumentieren.« Er sieht River mitfühlend an. Ihre Anzeige habe ich aufgenommen und werde sie an die Kollegen in Raton weiterleiten.«

River lässt das Handtuch mit dem Eis darin sinken, das er sich bis jetzt gegen die Schläfe gepresst hat. »Sie bearbeiten das nicht selbst?«

Er schüttelt den Kopf. »Der Übergriff hat sich auf der 49 in südlicher Richtung kurz hinter Higgins ereignet. Damit ist das Sache der Kollegen im Colfax County.«

Das kann nicht sein Ernst sein. »Die Anzeige richtet sich gegen den dortigen Sheriff.« Glaubt er wirklich, Fallon würde so etwas nicht unter den Teppich kehren?

»Ich verstehe Ihre Bedenken, aber so ist nun mal das Prozedere. Und bei so einer Anschuldigung wird es auf jeden Fall ein internes Ermittlungsverfahren geben. Egal auf welcher Stufe der beschuldigte Beamte auch stehen mag. Seien Sie sicher, dass die Kollegen das gründlich untersuchen und keine anderen Maßstäbe anlegen werden, nur weil es sich um ihren Vorgesetzten handelt.«

Wer's glaubt, wird selig. Wir denken alle drei dasselbe. Um das zu wissen, müssen wir nicht sprechen. Es reicht ein Blick. River müht sich als Erstes von seinem Stuhl hoch und gibt dem Beamten die Hand. »Danke.«

»Gehen Sie ins Krankenhaus, ja? Lassen Sie sich untersuchen.«

So leise, dass nur Miles und ich es hören können, sagt er »Was auch immer«, gibt der Frau am Empfang das provisorische Kühlpack zurück und humpelt nach draußen. Würde mich nicht wundern, wenn er auf dem Parkplatz seine Wut herausbrüllt. Das würde ich selbst gerne tun.

»Lass uns gehen.« Miles nimmt meine Hand und zieht mich vom Stuhl hoch. Für den Moment lasse ich das warme Gefühl seiner Finger um meine zu, aber als wir die Tür erreichen und zu River auf den Parkplatz treten, ziehe ich meine Hand zurück. Es fällt ihm auf. Es gefällt ihm nicht. Aber er respektiert meine Entscheidung, dass River nicht bereit ist uns so zu sehen. Nicht nach heute. »Ich bringe euch ins Krankenhaus. Du kannst bei ihm bleiben. Ich frage Alex, ob er mich zur Lodge bringt.«

Er muss noch arbeiten. Auch wenn mir schleierhaft ist, wie er das anstellen will. Ich fühle mich wie betäubt und wäre ganz sicher nicht in der Lage, jetzt zum Alltag überzugehen. Aber für Miles hängt sein Job daran. Ich nicke. »Okay.«

»Du musst nicht mit hochkommen.« River deutet auf die Treppe, die zu seiner Wohnung führt. »Scheiße, Via, ist echt nicht nötig. Ich habe Knox angerufen. Der kommt gleich noch vorbei und kann mich ablenken.«

Von der Angst, die in seinen Augen flackert. »Dein Bein hat etwas abbekommen, du hast drei angebrochene Rippen, eine Gehirnerschütterung.« Außerdem haben sie die Platzwunde an seiner Augenbraue mit zwei senkrechten Pflasterstripes geklebt. »Und ich nichts Besseres zu tun, als dich zu pflegen«, beende ich den Satz und stupse ihn sanft an. Ich kenne River gut genug, um zu wissen, dass er sich in der Sekunde selbst zerfleischen wird, in der ich ihn allein lasse.

»Komm schon. Außerdem tust du mir einen Gefallen. Miles hat erst in ein paar Stunden Feierabend und ich kann jetzt nicht allein sein.«

»Okay«, seufzt River erschöpft und erklimmt die erste Stufe. »Aber nur fürs Protokoll, ich brauche keinen Babysitter.«

»Gegen einen Babysitter in Knox-Form, der mir hilft dich hier raufzuschaffen, hätte ich jetzt nichts einzuwenden«, ächze ich. Denn ich bin einfach nicht stark genug, um ihm eine Hilfe zu sein. Schweigend kämpfen wir um jede Stufe und erreichen schließlich die Tür.

Ich sperre auf, während River sein Bein entlastet und versucht seinen Atem zu regulieren. In der Wohnung ist es wieder ordentlich, aber kahl und ungemütlich, weil er die alten Möbel noch nicht ersetzt hat. Auf dem Sofa verdeckt eine Wolldecke die zerfetzten Sitzpolster. River lässt sich darauf fallen und schließt die Augen.

Ich lege ein Kissen auf den Tisch und bette sein Bein darauf. Dann hole ich ein Kühlpack und uns Wasser. Ich stürze mein Glas hinunter, während River seins unangerührt wegstellt. Sein Gesicht ist angespannt. Die Kiefer mahlen. »Du solltest das ausziehen.« Ich zupfe an seinem Kapuzenpullover, der voller Dreck und Blut ist.

Er reagiert gar nicht. »Komm schon. Arme hoch.« Ich hebe

seinen rechten Arm an und er lässt ihn oben, hebt endlich auch den anderen und ich zerre ihm das Ding über den Kopf. »Okay«, sage ich leise. »So ist es gut.« Ich will das dreckige Teil in die Wäsche bringen, aber River lässt mich nicht. Wie ein Ertrinkender klammert er plötzlich seine Arme um meine Taille, presst sein Gesicht gegen meinen Bauch und alles, was ich denken kann, ist: Nein, das ist falsch. Was tut er denn da? Doch dann bemerke ich, wie seine Schultern beben, und keiner dieser Gedanken ist mehr wichtig. Es geht hier nicht um das, was wir hatten, sondern um das, was wir noch immer sind – Freunde.

Ich lasse den Pullover auf den Boden fallen, lege meine Arme um seinen Körper und halte ihn ganz fest. So lange, bis er sich beruhigt und sich mit einem schiefen Lächeln von mir löst. Beschämt wischt er sich die Tränen weg und lacht leise. Es ist ein tonloser, kratziger Laut, der eigentlich nur unterstreicht, wie fertig er ist und wie wenig er klarkommt.

Ich setze mich neben ihn, streiche ihm wortlos die verschwitzten Haarsträhnen aus der Stirn und lächle. »Alles wird gut«, flüstere ich.

River mustert mich eindringlich. »Alles wird gut«, wiederholt er meine Worte, aber es klingt nicht so, als würde er sich oder mir glauben. Es klingt nach wie? Wie, V, soll das bitte gehen? Er senkt den Blick, hebt ihn wieder und sieht mich an, als wäre ich das Einzige, was ihn in diesem Moment vorm Untergehen bewahrt. Und dann liegen mit einem Mal seine Lippen auf meinen. Vertraute Lippen. Aber ich fühle … nichts. Und dann denke ich an Miles und fühle … alles.

River schiebt seine Hände an meine Wange, lässt den Kuss in Verzweiflung stürzen. Sein Atem beschleunigt sich. Aber ich falle nicht mit. »Riv«, sage ich fest und löse seine Hände von meinem Gesicht. »Nicht!«

»Shit.« River schreckt zurück, als hätte er sich verbrannt.

Oder noch schlimmer, als hätte er mich verbrannt. »Tut mir leid. Tut mir so leid, V. Das war …«

»Schon gut, heute war ein verrückter Tag.« Er steht total neben sich. Es ist keine große Sache. Vielleicht, wenn ich es mir nur oft genug sage, wird es wahr. Ich wünsche es mir so sehr, denn wenn River mich noch liebt, ist das nach Fallon Loughlin die größte Scheiße, die heute passiert ist.

»Hey, ihr beiden.« Knox poltert fröhlich in die Wohnung und prallt an der angespannten Atmosphäre ab. »Hab ich euch bei was unterbrochen?« Er stößt die Rolle seines Boards an und grinst. »Ich kann noch mal raus und in zwei Minuten wiederkommen.«

Ich streiche mir die Haare hinter die Ohren, straffe die Schultern und stehe auf. Abstand. Knox ist hier. Ich kann gehen. »Nicht nötig«, murmle ich. »Ich wollte gerade los.« Ich wische mir über die Lippen, die sich geschwollen anfühlen, als wollten sie der ganzen Welt mitteilen, was hier gerade passiert ist. »Er ist ja jetzt in guten Händen.« Ich berühre Knox im Vorbeigehen kurz an der Schulter und hoffe, er ist mir nicht böse, weil ich flüchte, anstatt noch zu bleiben wie sonst immer.

Ich verkrieche mich. Seit Wochen schon. Wie eine Schabe unter einem fauligen Stein. In Mauerritzen. In der Dunkelheit. Ich wollte weg. Einfach nur weg. Aber ich kann es nicht. Kann River nicht alleinlassen. Nicht jetzt. Nicht solange ihm Fallon an den Hacken klebt. Solange er so naiv ist und glaubt jetzt noch etwas erreichen zu können. Und einfach nicht lernt, dass er Menschen nicht vertrauen darf. Damit schaufelt er sich noch sein eigenes Grab und, egal wie viel Angst ich habe, dann wird er mich brauchen.

Miles

Als ich von der Arbeit komme, bin ich völlig erledigt. Nicht nur, dass ich Alex erklären musste, warum ich zu spät, blutverschmiert und in South Lake Tahoe ohne Auto gestrandet war – wie erklärt man so was? –, musste die Arbeit ausgerechnet heute die Hölle sein. Wir haben die reparierte Klimaanlage wieder eingesetzt und nichts wollte passen. Ein Rätsel, das sonst meinen Ehrgeiz getriggert hätte, mich heute aber einfach nur unfassbar genervt hat.

Ich stoße die Tür der Blockhütte auf, streife mir beim Eintreten die Stiefel von den Füßen und bleibe dann wie angewurzelt stehen. Mit Wärme im Bauch und Scheißherzklopfen, weil da Vias Sneaker stehen. Einfach so, als würden sie in diese Hütte gehören. Ich bin davon ausgegangen, dass sie noch bei River ist und so bald nicht wiederkommt. Aber sie ist hier.

»Via«, rufe ich leise, bekomme aber keine Antwort. Ich spare es mir Licht zu machen, auch wenn es in der einbrechenden Dämmerung echt dunkel im unteren Bereich ist. Ich klettere auf die Hochebene, auf die nur mein Bett passt. Unter dem verglasten Giebel der Hütte, der das verblassende Licht des Tages auf Via wirft. Ich bleibe stehen, um das Bild von ihr in meinem Bett wirken zu lassen. Es stellt irgendwas mit meiner Brust an. Lässt meine Haut kribbeln. Ich wünschte, sie würde immer so daliegen, wenn ich nach Hause komme. Für den Rest unseres Lebens. »Via?«, krächze ich leise, aber sie rührt sich nicht. Kein Wunder, sie muss vollkommen erledigt sein nach dem Tag. Wir sind alle durch. Trotzdem sage ich noch einmal ihren Namen. »Via?« Weil ich es mag, wie er hier klingt. In meiner Hütte. Ich ziehe mir die Hose aus und schlüpfe nur in Boxershorts und Shirt zu ihr unter die Decke. Vorsichtig rutsche ich an sie heran und schlinge meinen Arm um sie. Ihr Atem stockt. Nur eine Millisekunde lang, aber sie reicht aus, um mir zu zeigen, dass Via nur so tut, als würde sie schlafen.

»Wenn du nicht reden willst, ist das okay«, murmle ich an ihrem Ohr. Sie muss mir nichts vormachen. »Fight Club, schon vergessen? Wir können einfach nur hier liegen.«

Sie zögert und dreht sich dann langsam zu mir um. Und krass, wie schön sie ist. Einfach so krass. Wie von selbst finden meine Finger den Weg in ihre Haare und massieren sanft ihre Kopfhaut.

Sie gibt einen wohligen Laut von sich, der echt Folter ist. Ich beiße die Zähne zusammen, um nicht im nächsten Moment meine Lippen auf ihre zu pressen. Das ist nicht, was sie im Moment braucht.

»Du meinst so was wie einen Awkward Bed Ride?«

Ich lache leise. »Es war nie merkwürdig mit dir zu schweigen, Sad Eyes.« Der Spitzname hat eigentlich nicht mehr zu ihr gepasst. Jetzt tut er es wieder. Und ich hasse Fallon Loughlin dafür. Ich hasse mich dafür, dass sie vorhin eine Scheißangst hatte, dass sie dank mir die Bilder, wie dieser Psychopath auf River eintritt, für immer im Kopf behalten wird. Hätte mein Körper nicht kurzfristig die Mitarbeit eingestellt, wäre mir die Idee mit dem Bluff nur etwas früher gekommen … Ich hätte das verhindern müssen. »Ich bin verdammt gut darin, einfach nur hier neben dir zu liegen und meine Klappe zu halten, aber …« Ich streichle über ihre Wange. »Aber wenn du reden willst, bin ich hier. Ich bin für dich da. Okay?«

Sie nickt, beißt sich auf die Lippe, holt Luft und öffnet den

Mund, aber es kommt kein Ton heraus. Via schluckt ihn runter, bevor er über ihre Lippen kriechen kann. Ich streiche ihr in sanften Kreisen über den Rücken, warte geduldig ab, aber was immer sie loswerden will, es scheint nicht in Worte zu passen.

Sie lehnt ihre Stirn an meine Brust und ich spüre ihren warmen Atem durch das Shirt. Fühle ihn in jeder verdammten Zelle. Fühle die Schwere, die darin mitschwingt, und denke, vielleicht beschäftigt sie nicht nur die Erinnerung an Fallon Loughlin. Denke, da ist noch etwas anderes. Aber vielleicht sehe ich auch nur Gespenster. Ich streiche ihr das Haar aus dem Gesicht und hebe ihr Kinn an, sodass sie mich ansehen muss. »Hey«, sage ich leise.

»Hey.«

Sie senkt den Blick und küsst meinen Daumen, der dadurch den Kontakt mit ihrem Gesicht verliert, aber endlich redet sie. »Meine Eltern kommen morgen zu Besuch.«

Bei ihr klingt das, als wäre morgen meine Hinrichtung. Oder als würden ihre Eltern PB&J als lebende Opfergabe bringen, sobald sie hier auftauchen. »Und du freust dich nicht darüber?« Eigentlich müsste sie vollkommen aus dem Häuschen sein. Sie liebt ihre Eltern.

Sie zupft an meinem Shirt herum und ich verschränke meine Finger mit ihren, um die unruhige Bewegung zu stoppen.

»Es ist kein zufälliger Besuch. Ich habe sie angerufen und gebeten zu kommen. Ich muss mit ihnen reden.«

Ich stütze meinen Kopf auf und nicke. »Über den Uniwechsel?«

Sie nickt.

»Du hast Angst, sie könnten nicht begeistert sein?«

Sie dreht sich auf den Rücken und stöhnt. »Du denkst auch, dass sie es nicht gut finden werden?«

Ich gebe ihr einen flüchtigen Kuss. »Nein, aber du scheinst

das zu denken. Und ich frage mich, wieso?« Die Uni ist eine der besten des Landes.

Mit einem Stöhnen kuschelt sie sich wieder an mich. Ihre Haarspitzen kitzeln meinen Hals und sie bewegt unsere Hände in der schwindenden Helligkeit. »Die Sac State ist Mom und Dads Alma Mater. Sie haben sich auf dem Campus kennengelernt und ihr Leben dort gegründet. Das ist, was sie immer auch für mich wollten.«

Was wohl so viel bedeutet wie, sie wollten River für sie. Mit ihm hätte sich ihre Geschichte in Via wiederholt. Was für eine Scheiße. »Hätte fast geklappt«, murmle ich. Aber wäre sie dann wirklich glücklich gewesen? Glücklicher als jetzt? Mit mir? Die Möglichkeit, dass es so sein könnte, brennt Löcher in meine Brust. Ich bin mir sicher, dass wir in unseren guten Momenten fantastisch sind, besser als gut. Aber da ist so viel, was gegen uns spricht. Ein Leben mit River würde ihr ihr altes Leben zurückgeben. Ein Leben, in dem sie glücklich war.

»Was denkst du?«, fragt sie leise.

Dass es nicht stimmt. Vielleicht war sie glücklich mit River, aber er ist auch derjenige, der sie verletzt und einen ganzen Campus dazu gebracht hat, sie zu hassen, um es endgültig zu machen. Weil er sie beschützen wollte. Das ist nichts, was ich ihm vorhalten kann. Nichts, was Via ihm noch vorhält. »Dass ich froh bin, dass du hier bist. Bei mir.« Nicht bei ihm, wo ihre Eltern und River sie haben wollen.

Sie lächelt.

»Wenn du willst, kann ich dich morgen begleiten.« Mein Territorium markieren wie ein Hund. Das ist so erbärmlich.

Sie schüttelt den Kopf. »Das ist lieb. Aber ich glaube, das ist keine gute Idee. Ich will nicht, dass sie denken, ich treffe die Entscheidung hierzubleiben deinetwegen. Das würden sie sicher boykottieren.«

Und sie ist darauf angewiesen, dass ihre Eltern für die Studiengebühren aufkommen. Ich nicke, auch wenn ich sie lieber begleiten würde.

»Wenn sie mir glauben, dass es mir um meine Ausbildung geht und darum, mich auf dem Campus sicher und wohlzufühlen, werden sie sich eher damit arrangieren.«

»Okay.« Sanft puste ich ihr eine Haarsträhne aus dem Gesicht. »Kein Ding. Ich verstehe das.«

Sie vergräbt ihre Finger in meinem Haar, streicht hindurch und mich überläuft eine Gänsehaut. »Ich hatte heute Angst um dich«, gibt sie leise zu.

Sie hatte nicht einfach nur Angst. Sie hatte Angst um mich. Das ist ... Ich grinse breit, auch wenn das sicher nicht die adäquate Reaktion darauf ist. »Meine Rippen sind heil.« Im Gegensatz zu Rivers.

»Es hätte auch anders ausgehen können.« Ihre Stimme zittert, sie zittert und ich ziehe sie fester in meine Arme.

»Aber es ist so ausgegangen.« Wir sind beide hier. Unverletzt. Und vorerst werden wir, dank meines Bluffs, hoffentlich Ruhe vor den Loughlins haben.

Sie küsst meinen Hals, den Kiefer, erreicht meine Lippen. Ihre Zunge dringt zwischen meine Lippen, spielt zart mit meiner. Der Griff ihrer Hand an meinem Shirt wird fester. Alles an ihr wird fest, als sie sich gegen mich drängt und im selben Moment erleichtert ausatmet.

Ein leises Lachen kippt von meinem Mund auf ihre Lippen. »Sieht aus, als hättest du den Kuss ziemlich dringend gebraucht.« Ich presse meine Lippen noch mal sanft auf ihre, um ihr zu zeigen, dass es mir genauso geht.

»Du hast keine Ahnung, wie sehr.«

»Es reicht, wenn du mir sagst, was du brauchst, Sad Eyes.« Ein Wort und ich gebe es ihr.

Sie sieht mich an und dann küsst sie mich wieder und wieder und wieder. Und unsere Haut wird ganz warm vom vielen

Küssen und Berühren und Aneinanderpressen. Vom Sternegucken durch das riesige Fenster in endlose Höhe, ohne die Finger voneinander zu lassen. Vom Immer-mehr-und-mehr-und-mehr-Wollen. Bis wir irgendwann erschöpft und eng aneinandergekuschelt einschlafen. Das heißt, Via schläft ein. Ich nicht, weil das bedeuten würde, sie nicht länger anzusehen. Sie und nicht den Sternenhimmel über uns, der, verdammt noch mal, nicht das Schönste in dieser Nacht ist.

Via

Ich weiß, dass Miles mich gern begleitet hätte. Ein Wort von mir und er wäre mitgekommen. Stattdessen sitze ich allein mit Mom und Dad im Edgewood, dem noblen Restaurant des noch teureren Lake Tahoe Resorts in Stateline, und vermisse ihn. Sein sanfter Abschiedskuss kribbelt noch immer auf meinen Lippen und ich berühre sie unwillkürlich, sehe gedankenverloren über den See, während Mom und Dad ihre Bestellung aufgeben.

»Ist alles in Ordnung, Kleines?« Mom berührt meine Hand und ich zucke ertappt zurück.

»Ja, es geht mir gut.« Ich klemme die Hände zwischen die Oberschenkel, damit ich sie ruhig halte. »Aber ich muss etwas Dringendes mit euch besprechen.« Ich atme tief durch. Jetzt nicht feige sein. »Ich weiß, dass euch immer wichtig war, dass ich meinen Abschluss an der Sac State mache. Ihr habt dort studiert, euch ineinander verliebt, die Abschlüsse gemacht. Es war mir wichtig, aber …« Das war in einem anderen Leben. »Ich möchte nicht mehr dorthin zurück.« Es ist raus und ich starre auf die gestärkte Serviette, weil ich es nicht ertrage, sollte meine Entscheidung Enttäuschung in Mom und Dads Augen treiben. »Nicht nach allem, was passiert ist«, füge ich leise hinzu. »Ich möchte gern an die SNU wechseln. Sie haben ein verdammt gutes Undergraduate-Programm und ich kann meinen Bachelor dort machen, ohne Zeit zu verlieren.«

Dad lacht leise. So wie er es tut, wenn man ihn beim Kartenspielen besiegt und er den Ausgang hat kommen sehen. »Der

Dekan hat mir schon erzählt, dass du dich mit dem Gedanken trägst zu wechseln.«

Fassungslos sehe ich ihn an. Ich hätte wissen müssen, dass die Information in der Sekunde bei Dad landet, in der ich die Informationsbroschüren aus dem Studierendenbüro der SNU mitnehme.

Er schüttelt seine Serviette aus, scheint aber null verärgert zu sein. »Die SNU ist eine ausgezeichnete Wahl.«

Sein Ernst? Mom sieht genauso entspannt aus. Keine Spur einer Krise, weil ich den vorgezeichneten Pfad verlassen habe.

»Es ist uns nicht wichtig, dass du an der Sac State studierst, sondern dass du das tust, was dich glücklich macht.«

Würde ich ihr jetzt offenbaren, dass es mich glücklich macht, in eine Künstlerkommune zu ziehen, um mein Krafttier zu finden, würde sie sicher ausrasten. So ganz stimmt das also nicht, aber ich bin trotzdem erleichtert. »Ich habe die Zusage vor ein paar Tagen bekommen und wollte euren Segen haben, bevor ich sie annehme.«

Mom hebt ihr Glas und stößt erst mit mir, dann mit Dad an. »Ich freue mich, dass es dir besser geht. Das ist alles, was zählt.« Sie runzelt die Stirn ein wenig. »Was mich allerdings erschreckt, ist, dass du offensichtlich dachtest, du könntest nicht mit deinem Vater und mir darüber reden. Hast du wirklich gedacht, unsere Vorstellungen wären uns wichtiger als deine Wünsche?« Sie nimmt meine Hand. »Es ist unser Job als Eltern, dir zu helfen, nicht dir Steine in den Weg zu legen.«

Und ich fühle mich schlecht, weil ich an ihnen gezweifelt, weil ich ihnen Dinge verschwiegen habe. Dinge wie meinen Entscheidungsprozess. Dinge wie Miles. »Es gibt da noch etwas …« Aber bevor ich weitersprechen und ihnen von Miles erzählen kann, nehme ich eine Bewegung neben mir wahr. Eine leicht abgehackte Bewegung, weil sich die Person, die sie ausführt, auf eine Krücke stützt.

»River?«, frage ich ungläubig. Was tut er hier?

Er nickt und zuckt entschuldigend mit den Schultern. »Deine Eltern haben mich eingeladen.« Er trägt eine Jeans. Die Schiene hat er darübergezogen. Dazu ein sauber gebügeltes Hemd. Seine Haare sind ordentlich zur Seite gegelt, nicht zerzaust wie die kompletten letzten Wochen, was ihm besser steht. Nur sein lädiertes Gesicht will absolut nicht zu seinem Outfit oder dem noblen Ambiente passen.

Ich bin zu verwirrt, um ihm zu sagen, dass er gehen soll. Dass er nicht mit Mom, Dad und mir zusammen essen kann. Nicht nach dem, was passiert ist. Nicht wenn er mich genauso ansieht wie gestern, bevor er mich geküsst hat.

»Ich wollte erst nicht kommen. Das hier ist immerhin ein Familientreffen und ihr habt euch so lange nicht gesehen …« Und doch setzt er sich. Wieso setzt er sich? Neben mich und ergreift meine Hände, während Mom ihm versichert, dass er ein Teil der Familie ist und jedes Recht hat, hier zu sein. What the fuck? Er hat mich verlassen, Mom.

Ich schlucke, starre auf unsere Hände.

»Via?«

Ich schrecke zusammen, als River zu sprechen beginnt.

»Ich weiß, dass ich nach meinem Unfall alles falsch gemacht habe. Einfach alles und es tut mir so unfassbar leid. Ich hätte mit dir reden müssen. Dich nicht ausschließen dürfen. Das weiß ich jetzt. Mir ist klar, dass ich uns damit kaputt gemacht habe, und die einzige Entschuldigung, die ich dafür habe, ist, dass ich wirklich dachte, es wäre das Richtige. Ich wollte nie, dass du deswegen leidest oder es dir schlecht geht. Aber das hast du.« Er hält kurz inne und räuspert sich. »Du hast gelitten und es ging dir schlecht. Das werde ich mir mein Leben lang vorwerfen. Es wird viel Zeit brauchen, um das zu reparieren. Keine überstürzten Dickmoves wie gestern. Alles, worum ich dich bitte, ist, dass du uns diese Zeit gibst. Lass mich um uns kämpfen, Via. Das hätte ich von Anfang an tun sollen.« Er drückt meine Hand.

Ich höre ihn. Und meine Brust schmerzt. Weil ich mir genau das so lange gewünscht habe. Ich wollte so, so sehr, dass er um uns kämpft, aber jetzt, wo er es endlich tut, fühle ich überdeutlich, dass es zu spät ist. Ich liebe River nicht mehr. Nicht so, wie er sich das wünscht. Keine Ahnung, wann ich damit aufgehört habe. Ob ich ihn je genug geliebt habe. Auf jeden Fall reicht es nicht mehr. Weil ich jetzt weiß, wie es ist, Miles zu lieben. Ich liebe ihn, wie ich noch nie jemanden vor ihm geliebt habe. Egal wie viel gegen uns spricht, das kann ich nicht wegschieben, um irgendwelche Erwartungen zu erfüllen. Nicht einmal die meines besten Freundes.

Ich will River genau das sagen, aber meine Stimme versagt. Weil es zwar die Wahrheit ist, aber auch unfassbar schwer ihm so wehzutun, wie er mir wehgetan hat. Ihn für ein Gefühl zu verletzen, das nur mir gehört. Ist das nicht total egoistisch? Will ich wirklich so sein?

Ich entziehe River meine Hand und schiebe den Stuhl zurück. »Tut mir leid«, flüstere ich. »Ich brauche einen Moment.« Mir ist schlecht und meine Gedanken sind so laut, dass sie wehtun. Ich brauche Ruhe, muss mich sammeln. Die Toiletten liegen am Ende des Flurs. River steht halb auf, aber ich bin schon an ihm vorbei, steure auf die rettenden Räumlichkeiten zu und weiß doch, dass ich die Antworten wohl kaum im Waschraum des Edgewoods finden werde.

Miles

Ich zerlege den Motor des Fensterhebers, kann mich aber nicht auf diese total simple Aufgabe konzentrieren. Dabei muss ich noch ein paar Stunden rumkriegen, bevor Via den Job wieder übernehmen kann, mich von Fallon Loughlin, Rivers Selbstmordaktion und der Ungewissheit abzulenken, ob die Loughlin meinen Bluff geschluckt haben und uns vorerst in Ruhe lassen werden oder ihn als Kampfansage verstehen.

Als die Tür aufgestoßen wird, zucke ich zusammen, erwarte für den Bruchteil einer Sekunde, dass Fallon wie Clint Eastwood im Rahmen auftauchen wird und mich aus dem Weg räumt, aber es ist Via.

»Das ging schnell«, murmle ich überrascht und werfe einen Blick auf mein Handy. Sie war nur knapp über eine Stunde weg. Scheint nicht gut gelaufen zu sein, sonst wäre sie nicht schon hier und sähe vor allem nicht so aus, als hätte sie etwas fünf Meter aus der Bahn katapultiert. Ein unangenehmer Druck macht sich in meinem Magen breit. »Was ist los? Haben sie scheiße reagiert?« Ich nehme sie in den Arm und bugsiere sie auf einen freien Stuhl. Die SNU ist eine gute Uni. Und Via ist auf Anhieb angenommen worden. Ihre Eltern sollten stolz sein, anstatt sich aufzuregen, weil sie dafür die Sac State verlassen will.

»River«, sagt sie dumpf.

»Ist ihm etwas zugestoßen?« Verdammte Scheiße. Panik flammt durch mein Innerstes. Was hat der Idiot jetzt wieder angestellt? Aber dann schüttelt sie den Kopf und ich lasse erleichtert den Atem entweichen. Bis mir klar wird, dass trotzdem etwas passiert sein muss. »Was hat er getan?«

Tränen schwimmen in ihren Augen. »Er war mit beim Essen und hat mir gesagt, dass er mich liebt.«

»Er war dort?« Bei dem Essen, bei dem sie mich nicht dabeihaben wollte. Hello, Eifersucht.

»Er will um mich kämpfen.« Ihre Stimme bebt und sie sieht so scheiße aufgewühlt aus.

Er hat sie aufgewühlt und auch wenn ich wünschte, es wäre nicht so, war mir immer klar, dass er noch dazu in der Lage ist.

»Er hat das vor meinen Eltern gemacht, die total gerührt waren.« Sie pustet sich eine Haarsträhne aus dem Gesicht. »Ich weiß nicht, was ich jetzt tun soll. Er hat sich entschuldigt, will uns und unser altes Leben zurück.«

Warum erzählt sie mir das? Will sie etwa meinen Segen? Hören, dass ich fine damit bin? Bin ich nicht. So überhaupt nicht.

»Miles, ich …«

»Nein, schon gut, Via, wirklich«, würge ich hervor. Alles, was sie jetzt sagt, wird ein rechter Haken sein. Einer, den ich verdiene. Was habe ich mir denn bitte eingebildet? Ich starre auf das verwischte Herz auf ihrer Schuhsohle. Vielleicht sind wir wie dieses verdammte Bleistiftherz. Für den Moment das Schönste, was es gibt, aber eben nicht von Dauer. Weil sie vielleicht Gefühle für mich hat, aber eben auch für River. Und ich immer gegen ein gemeinsam verbrachtes Leben und die Chance, dieses Leben zurückzubekommen, verlieren werde. Ich kann ja nicht mal kämpfen, weil ich es verstehe. Ich würde alles geben, um mein Leben mit Hazel zurückzubekommen. Alles. Wie könnte ich ihr so eine Chance also kaputt machen, weil ich meine Gefühle nicht im Griff habe?

»Ich wusste immer, dass es irgendwann so kommt«, sage

ich so ruhig, wie es eben geht, wenn einem gerade die Brust zerfetzt wurde. »Das ist deine Chance, dein Leben zurückzubekommen.« Und wir werden nicht mehr sein als eine Erinnerung. Ein verwischtes Herz auf einer Schuhsohle.

»Miles. Das ist nicht …«

Sie braucht es mir nicht zu erklären. Wirklich nicht. »Ist okay«, unterbreche ich sie. »Wirklich. Das ist der Grund, aus dem wir von Anfang an Regeln aufgestellt haben, oder nicht?« Ich nicke, wende ihr den Rücken zu und tue so, als müsste ich meine Hände an einem Lappen abwischen. »Damit wir nicht zu tief drinstecken, wenn das hier passiert.«

Ich lasse den Lappen fallen und drehe mich wieder um, schiebe meine Hand an ihrem Kiefer nach oben. Komme ihr so nah, dass ich ihren Atem auf meinen Lippen spüre, und, verdammt, es zerlegt mich, dass wir nie eine Chance hatten. Dass ich nicht um sie kämpfen kann, obwohl das alles ist, was ich will. Aber das wäre einfach nur scheiße egoistisch.

»Es ist okay, Sad Eyes«, flüstere ich, wische ihr mit dem Daumen eine Tränen weg, die über ihre Wange kullert, und reiße mich dann los, quetsche mich an ihr vorbei, weil ich hier rausmuss. Ich muss weg, denn sonst werde ich meine Selbstlosigkeit zum Teufel jagen. Und das darf nicht passieren.

Ich stolpere aus der Tür, entferne mich von ihr und das tut weh. Scheiße, tut das weh. Ich atme, ohne dass Sauerstoff in meine Lunge fließt, stolpere vorwärts, ohne zu wissen, wohin. Nur weg. An einen Ort, an dem ich nicht daran denken muss, dass ich für Via bald nur noch eine Erinnerung sein werde. Denn, fuck, für mich wird sie immer mehr sein als das. Sie ist, verdammt noch mal, alles.

Ich erreiche den Bootsanleger, schnappe mir eines der Kajaks und paddle mit wütenden, harten Bewegungen auf den See raus. Meine Muskeln brennen, ich schwitze, aber ich höre erst auf, als mich nur noch spiegelglattes Wasser umgibt. Ich wünschte, es wäre rau und so verwüstet wie ich. Ich lege mich nach hinten, bis mein Kopf die Kohlefaserhaut des Rumpfes berührt, ziehe mein Handy heraus und wähle Hazels Nummer.

Die Mailbox der angerufenen Nummer ist voll. Bitte versuchen Sie es später wieder.

Die Ansage gibt mir den Rest. Ich hätte die verfluchte Mailbox leeren müssen, aber ich war zu beschäftigt damit, mich in etwas zu verrennen, das nie eine Zukunft hatte. Wütend feure ich das Telefon weg. Mit einem unspektakulären Glucksen geht es unter. Aber das reicht nicht. Es reicht einfach nicht, um mich auch nur ein winziges bisschen besser zu fühlen. Mit der Faust schlage ich gegen die Bootswand, wieder und wieder, trete, und als das nichts bringt, lasse ich das Kajak kentern. Das Wasser schlägt kalt über meinem Kopf zusammen, raubt mir den Atem, jeden klaren Gedanken und das ist … gut. So gut etwas sein kann, wenn alles scheiße ist. Der See friert mein Herz ein. Mein Hirn und alles Tobende, Schmerzende dazwischen. Und ich lasse los. Weil es nichts anderes mehr zu tun gibt.

Via

Ich sitze auf dem Stuhl in Miles' Hütte. Dort, wo er mich zurückgelassen hat. Ich weiß das. Und doch fühlt es sich an, als würde ich in einen Abgrund fallen. Immer schneller. Immer tiefer.

Er ist weg. Ist einfach gegangen. Hat uns beendet, als wäre es nichts. Ich weiß, wieso er das tut. Er hat mit Hazel sein komplettes Leben verloren. Und ich habe die Chance, meines zurückzubekommen. Er denkt bestimmt, es wäre irgendwie heroisch mich freizugeben. Aber es ist einfach nur abgefuckt, dass er nicht genug für mich empfindet, um zu kämpfen. Vielleicht empfindet er etwas für mich, ganz bestimmt sogar, aber er liebt mich nicht. Nicht so wie ich ihn. Sonst würde ich jetzt in seinen Armen liegen und er hätte mir ganz sicher nicht gesagt, dass ich River wählen und ohne ihn glücklich werden soll. Dabei bin ich hergekommen, um ihm zu sagen, dass ich mich für ihn entscheide. Um ihn zu fragen, wie ich auf Rivers Offenbarung reagieren soll, damit ich ihn nicht als Freund verliere.

Stattdessen habe ich eine Antwort erhalten, auf die ich nie die Frage gestellt habe. Jetzt weiß ich auch, warum ich sie nie stellen wollte. Weil ich Angst hatte, er könnte mir das Herz brechen. So sehr, dass ich nicht mehr atmen kann. Nicht denken. Nicht fühlen. Denn diese klumpige, undefinierbare Masse, die nach der Detonation noch in meiner Brust übrig ist, kann gar nichts mehr.

Ich reibe über meine Kehle, aus der raue Schluchzer quellen.

Tränen strömen über meine Wangen und mein ganzer Körper bebt, als ich zur Tür wanke. Ich kann nicht hierbleiben. Miles wird wiederkommen und dann darf ich nicht mehr hier sein. Er soll mich nicht so sehen. Und ich ertrage es auch nicht, mit den Erinnerungen an uns eingesperrt zu sein, die hier in der Hütte und auch überall in der Lodge sind. Erinnerungen, die einmal gut waren und jetzt nicht mehr. Küsse. Berührungen. Lake-Tahoe-tiefe Blicke. Die Wärme seiner Haut. Sein Summen, wenn er sich auf irgendwas konzentriert und das an der Haut vibriert. Sein Lachen. Ich will mich nicht erinnern. Ich will nicht daran denken, wie sehr ich ihn geliebt habe. Denn das darf ich nicht mehr. Weil er mich und mein dummes, dummes Herz nun mal nicht auf dieselbe Weise zurückliebt.

Ich schlüpfe in meine Schuhe und schaffe es irgendwie in mein Zimmer, wo ich wahllos meine Klamotten in die Monstertasche werfe. Als ich fertig bin, ist das Zimmer, in dem ich so glücklich war, nur noch ein Zimmer. Unpersönlich und leer.

Ich zerre die Tasche hinter mir her zum Parkplatz, wische mir die Tränen aus den Augen, hieve sie auf die Ladefläche, brülle sie an, weil sie so verdammt unkooperativ ist und dreimal runterfällt, bevor ich sie verstaut bekomme. Es ist mir absolut egal, ob mich jemand so sieht. Schniefend rutsche ich hinters Lenkrad und streiche mir mit zitternden Fingern die Haare aus dem Gesicht, will den Schlüssel ins Zündschloss stecken, treffe aber das Loch nicht, lege vollkommen fertig die Stirn gegen das Lenkrad und sehe den Tränen zu, wie sie auf Rivers Armaturenbrett tropfen. »Bitte, bitte, bitte«, flüstere ich, atme durch und im nächsten Anlauf kriege ich es endlich hin, starte den Motor und beschleunige den Wagen. So hart, dass der Kies aufspritzt.

»Ich hatte gehofft, dass du kommst.« River öffnet mir die Tür, aber sein Lächeln verblasst, als er mein verheultes Gesicht sieht und ihm klar wird, dass ich nicht wegen seiner Liebeserklärung hier bin oder um ihm zu eröffnen, dass ich ihn zurückwill. Trotzdem streckt er die Hand nach mir aus.

Ich ignoriere sie. »Ich wusste nicht, wo ich sonst hinsollte«, flüstere ich kläglich und schleife die Tasche an ihm vorbei ins Innere. Neben seiner Matratze lasse ich sie fallen, werfe mich daneben und rolle mich zusammen, ziehe die Beine in den übergroßen Kapuzenpullover, Miles' Pullover. Ich hätte ihn in der Hütte lassen müssen, aber ich habe es einfach nicht über mich gebracht, schaffe es auch jetzt nicht ihn auszuziehen. Weil ich so die Augen schließen, seinen Geruch einatmen und mir einbilden kann, dass er noch da ist. Wie erbärmlich.

River breitet eine Decke über mir aus. »Ist es …« Er zögert. »… wegen dem, was ich im Restaurant gesagt habe?«

Definitiv, aber nicht so, wie er denkt, also schüttle ich schwach den Kopf.

»Willst du darüber reden?«

Ich glaube kaum, dass er über meine Gefühle für Miles reden möchte.

Als ich nicht antworte, seufzt er. »Dann vielleicht eine Umarmung?« Er legt sich bereits hinter mich, zögert jedoch. »Lass mich, verdammt noch mal, wenigstens ein Freund sein«, schiebt er leise hinterher.

Ich weiß, dass er mehr will. Und dass ich sein Angebot deswegen nicht annehmen sollte, aber ich brauche eine tröstliche Umarmung. So dringend, dass ich nicke und zulasse, dass er mich fest in seine Arme schließt.

Es fühlt sich fremd an. Und ein bisschen falsch. Aber auch vertraut. Ich drehe mich zu ihm um, kuschle mich an seine Brust und weine. So wie ich noch nie geweint habe. So lange, bis keine Tränen mehr übrig sind und mein Körper trotzdem noch ein bisschen weitermacht. Einfach, um es mir so richtig zu zeigen.

River liegt die ganze Zeit still da, obwohl ihm längst der Arm eingeschlafen sein muss und ihn sein Bein bestimmt umbringt. Trotzdem beschwert er sich nicht und ich bin zu erschöpft, um selbstlos zu sein und ihm zu sagen, dass er mich loslassen kann. Ich habe zu viel Angst, was passiert, wenn er geht und die Wärme mitnimmt.

Miles

Das Kajak ist abgetrieben und ich musste ohne das Teil zurück zur Lodge schwimmen. Alex wird einen Anfall kriegen. Meine Muskeln zittern so unkontrolliert, dass ich es kaum auf den Steg schaffe. Ich bereue es trotzdem nicht. Solange sich mein Körper im Überlebensmodus befindet, konzentriert er sich wenigstens nur darauf, mein Herz am Schlagen zu halten und zu atmen. Und das verbannt Via vorerst auf Platz drei der Prioritätenliste, was gut ist.

Eine Hand taucht in meinem Blickfeld auf und ich ergreife sie, ohne nachzusehen, wer dranhängt. Das hole ich blinzelnd nach, als ich rücklings auf den noch leicht warmen Holzbohlen des Stegs liege und das Wasser aus meinen Klamotten durch die Ritzen in den See tropft. »Riley«, sage ich und verberge nicht, dass es mir lieber gewesen wäre, wenn mich jemand anderes aus dem Wasser gefischt hätte. Sogar Alex, der mir den Arsch wegen des verschollenen Kajaks aufreißt.

»Du gehst ja nicht an dein Handy, also …«, erklärt er sein Auftauchen.

»Hab ich verloren.« Ich wünschte, es würde sich befriedigender anfühlen, ihn zu schneiden. »Und im Allgemeinen bedeutet Funkstille, dass du es verkackt hast und ich nicht mit dir reden will.«

Er setzt sich neben mich und deckt mich mit seiner Sweatshirtjacke zu. Sehr fürsorglich. Die Ader hätte er mal entdecken sollen, bevor er das organisierte Verbrechen gegen mich aufgebracht hat.

»Willst du darüber reden, warum du mit Klamotten durch einen schweinekalten See schwimmst? Warum du überhaupt in dem Eiswasser rumplanschst?«

»Nope.« Ich setze mich auf, ziehe die Beine an den Körper, schlinge die Arme darum und lasse den Kopf dazwischen baumeln.

»Dann rate ich einfach mal wild und sage, die Sache mit dir und Via ist schiefgegangen?«

Ich atme zischend aus. »Was willst du, Ry?« Denn ganz sicher werde ich nicht das Ende von Via und mir mit ihm diskutieren.

Er hält mir einen Zettel hin. »Mich entschuldigen. Ich habe die Cops angerufen und das war nicht cool. Hab's kapiert. Aber zu meiner Verteidigung, ich dachte, irgendwer müsste Hazels Part übernehmen, und sie hätte dir für die Aktion den Arsch aufgerissen.« Er zuckt die Schultern. »Vielleicht können wir es unter einem plötzlichen Anfall von Klugscheißerei verbuchen.« Als ich nicht reagiere, seufzt er. »Es ist mir ernst, Miles. Es tut mir leid. Und da große Gesten besser wirken als Worte ... tadaa.« Er nickt zu dem Zettel in meiner Hand, der die Feuchtigkeit meiner Finger aufsaugt.

Ich falte ihn auseinander. Ein Name. Eine Telefonnummer samt E-Mail-Adresse. Kate Baker. »Wer ist das?«

»Eine Journalistin. Ich habe sie in Syrien kennengelernt.« Bei seinem Grinsen ist mir sofort klar, dass sie sich nicht nur die Hand gegeben haben. »Sie hat dort eine Dokumentation für die BBC über die Zustände im Flüchtlingslager Al-Hol gedreht. Sie setzt sich für Menschenrechte und insbesondere für Kinder ein. Ich habe mit ihr gesprochen und sie hat ihre Hilfe angeboten. Sie wäre eine starke Partnerin. Sobald ihr genügend Informationen zusammengetragen habt, kann sie euch die nötigen Kontakte vermitteln, um die Story weit genug zu verbreiten.«

Ich starre den Zettel in meiner Hand an, dann Riley, sage nichts. Weil mein Hirn es einfach nicht auf die Kette kriegt. Das könnte tatsächlich eine Möglichkeit sein, um die Loughlins dranzukriegen. »Das ist … Danke«, murmle ich. Ich bin ihm wirklich dankbar, aber das ändert nichts daran, dass Ry unserer Freundschaft mit dem Anruf bei der Polizei einen gewaltigen Arschtritt verpasst hat.

»Ich weiß, dass du Zeit brauchst. Würde mir reichen, wenn du sagst, dass du uns die gibst.« Er sieht mich fragend an und atmet rileytypisch ganze Sätze zwischen uns. Ich liebe dich, Bruder. Lass das jetzt nicht wegen eines Scheißfehlers kaputtgehen. Fuck, Miles, du und ich gegen den Rest der Welt, erinnerst du dich?

Und verdammt, ich bin zu müde, mir ist schweinekalt und ich habe heute schon zu viel verloren, um hart zu bleiben. »Ich muss mir was Trockenes anziehen«, murmle ich. »Kommst du jetzt mit, oder was? Ich hab noch Bier im Kühlschrank.«

Riley lächelt und stößt mich mit der Schulter an. »Eigentlich bin ich auf dem Sprung, aber ein Bier schaffe ich, bevor ich losmuss. Sie erwarten mich zurück auf dem Stützpunkt.« Er rappelt sich auf und hält mir wie eben die Hand hin, um mich hochzuziehen. Aber als ich vor ihm stehe, lässt er mich nicht sofort los. »Du solltest um sie kämpfen.«

Natürlich ist ihm klar, dass Via der Grund ist, aus dem ich wie eine Wasserleiche aussehe und es ihm ungewöhnlich leicht mache. »Das hat keinen Sinn«, quetsche ich durch meine klappernden Zähne. Denn das wäre einfach nur egoistisch und so zu lieben kann auf Dauer nur schiefgehen.

Riley legt den Kopf schief und zieht mir die Kapuze seiner Jacke über die nassen Haare. »Und wer ist hier jetzt der Idiot?«

Via

Wir müssten reden. Mir ist klar, dass River sich Hoffnungen macht, wir würden wieder zurück in unsere alten Rollen rutschen, wenn ich nur lange genug bei ihm bin. Manchmal denke ich, ich muss verrückt sein, weil ich dagegen ankämpfe. Es wäre so viel einfacher. So verdammt verlockend. Denn jeder Tag, an dem sich mein Herz störrisch für Miles entscheidet, fühlt sich an wie ein verfluchtes Nagelbrett. Aber ich kann nicht zurück. Ich bin nicht mehr Rivers Via. Das ändert sich nicht, nur weil ich auch nicht mehr Miles' Via bin.

Die 100.000-Dollar-Frage ist, wer bin ich dann? Ich stöhne. Im Moment bin ich definitiv die Ich-liege-seit-drei-Tagen-nur-im-Bett-und-heule-Via, die ich echt nicht leiden kann. Ich wäre so gern wie diese starken, unabhängigen Frauen, die sich bei einer Trennung auf die Chancen und sich selbst konzentrieren. Die nicht weinen und trotz Liebeskummer aussehen, als wären sie gerade vom Cover der *Vogue* geklettert. Ich bin eher so das Modell Trauerkloß in Jogginghose und alles, was ich tue, ist mich verkriechen. Krasse Leistung.

»Hey?« Jemand hebt die Bettdecke. River linst in meine stinkende Selbstmitleidhöhle. »Es gibt so eine neumodische Erfindung, die nennt sich Dusche. Da kommt Wasser aus einer Brause an der Decke und man wird innerhalb von Minuten wieder zu einem menschlichen Wesen.« Er zwinkert mir zu. »Eine gute Freundin hat mir dieses Wunderding nahegebracht, als ich ungefähr wie du gerochen habe.«

»Ja, ja, schon gut, hab's verstanden«, brumme ich, stehe auf und verheddere mich dabei in der Bettdecke. Um ein Haar knalle ich auf den Boden und schleudere River die Decke entgegen, weil er so verdammt dreckig lacht. Aber er lacht und damit scheint es zumindest einem von uns besser zu gehen. Ich mag das Geräusch. Aber ich mag derzeit alles, was nicht Hölle schreit.

Zehn Minuten später sitze ich frisch geduscht und angezogen am Tresen der Küche und schiebe das Rührei, das River zubereitet hat, auf meinem Teller herum.

»Was hast du heute vor?«

River fragt mich das jeden Morgen und die Antwort ist immer dieselbe. Mein Blick wandert zu meiner zerwühlten Bettseite.

»Fuck, nein, nein, nein.« Er zwingt mich mit der Hand am Kinn dazu, den Blick vom Bett abzuwenden. »Kommt gar nicht infrage. Du legst dich nicht wieder hin.«

»Warum nicht?«

Er runzelt die Stirn, denkt kurz nach. »Vielleicht weil die Sonne scheint.«

»Verursacht Hautkrebs.«

»Es ist verfickt warm und superschön draußen.«

»Was uns die Folgen der globalen Erwärmung schonungslos vor Augen führt«, sage ich mit einem Schulterzucken.

»Die verdammten Vögel singen?«

»Das tun sie nur, weil sie sich paaren wollen. Und an Sex will ich echt nicht erinnert werden.« An Sex mit Miles, der mein Herz schneller schlagen lässt.

»Okay, fuck«, sagt er lachend. »Ich gebe auf.« Er legt seine Hand auf meine und drückt sie. »Bringst du mich trotzdem gleich zur Physio?«

Ich zerre meine Hand unter seiner hervor. Er schafft das mittlerweile sehr gut allein. Es ist zwar beschwerlich, aber er braucht mich nicht, um zur Praxis zu kommen. Andererseits lässt er mich hier wohnen. Da ist es wohl das Mindeste, wenn ich es ihm etwas leichter machen kann. Mit einem ergebenen Seufzen nicke ich. »Ich muss sowieso noch die Zimmerkarte zurückbringen.« Dad sollte nicht weiter für ein Zimmer bezahlen, in dem ich gar nicht mehr wohne, weil die gesamte Lodge Heiße-Lava-Gebiet ist. Ich kaue nervös auf meiner Lippe herum bei dem Gedanken, trotzdem dorthin zu fahren. Was, wenn ich Miles dort begegne? Was, wenn ich ihm nicht begegne?

Miles

Ich bin auf dem Weg zu Alex, als ich die offene Tür von Vias Zimmer bemerke. Und PB&J, der sich an die Türschwelle heranschleicht. Ich rede mir ein, dass ich nur auf die Treppe zusteuere, um den Nager davon abzuhalten, es sich auf dem schweineteuren Bett gemütlich zu machen. Aber natürlich ist das Quatsch. Ich gehe auf die beschissene Tür zu, weil ich hoffe, dass Via dort ist, nicht nur jemand, der das Zimmer putzt. Dabei sollte ich das, verflucht noch mal, nicht tun. Wie schwer will ich es mir denn machen? Ich sollte schnellstmöglich verschwinden. Aber wie? Wie soll ich das hinkriegen, wenn sie so neben dem Bett steht, wie sie es gerade tut? Die Haare hochgebunden. Mit großen Augen und so total zerbrechlich. Weil ihr das mit uns wehtut. Was irgendwie das Beste ist, weil es zeigt, dass sie etwas für mich empfindet. Und das Schlimmste, weil ich es besser machen wollte für sie. Nicht schwerer. Es ist beides auf einmal. Zu viel und nicht genug.

»Ich …« Sie macht eine verlorene Handbewegung und an ihren Fingern baumelt eine feine silberne Kette. »Die hatte ich liegen lassen.« Sie sieht auf den Boden. »Ich bin nur hier, um auszuchecken.«

Ist der nächste logische Schritt. Ich nicke. Voll souverän, während ich die Kiefer so fest aufeinanderpresse, dass ich Sternchen sehe. »Ich muss noch ein paar Sachen für Alex erledigen, dann bin ich auch weg. Ich gehe zurück nach Sacramento. Mein Studium beenden. So, wie Hazel es gewollt hätte.« Keine Ahnung, ob ich dazu in der Lage sein werde, aber ich kann nicht bleiben und solche Situationen wie diese hier riskieren.

Sie beißt sich auf die Unterlippe und Tränen schwimmen in ihren Augen. Das ist das Ende. Der Abschied. Sie weiß es. Ich weiß es.

Wenn es das Richtige ist, müsste es sich dann nicht auch so anfühlen? Wenigstens ein bisschen? Aber das hier ist einfach nur unfassbar falsch und total unwirklich. Nicht machbar. Ich schaffe es einfach nicht mich umzudrehen und zu gehen, vernünftig zu sein. Weil mein Herz nicht vernünftig sein will. Nicht, wenn es um Via geht.

Unaufhaltsam treibe ich auf sie zu, strecke meine Hand nach ihr aus, flüstere »Via«. Nur ein Wort, in dem alles liegt und mit dem ich es so viel schwerer für sie mache. So viel schwerer für mich.

Und als wäre das noch nicht genug, überwinde ich die Distanz und lege meine Lippen vorsichtig auf ihre. Will sie nur noch einmal schmecken, berühren, diese Wärme spüren, die fehlt, seitdem sie fehlt. Will einen Abschied, der sich richtig anfühlt, wenn das überhaupt geht. Selbst wenn es danach noch schlimmer ist.

Das ist ganz sicher masochistisch, aber vielleicht ist Liebe so. Irrational und schmerzhaft. Aber sie ist auch so fucking gigantisch wie dieser winzige Moment, den ich mir erlaube, bevor ich mich zwinge den Kuss zu beenden und mich von ihr zu lösen. Ich ziehe die Unterlippe zwischen meine Zähne, senke den Blick. »Tut mir leid«, murmle ich. Grenze. Du überschreitest schon wieder die verdammte Grenze, Bentley. Eine, die ich aus den richtigen Gründen gezogen habe und aus den falschen einreißen will.

Aber ich bin anscheinend nicht der Einzige, denn im nächsten Moment stellt Via sich auf die Zehenspitzen und küsst mich zurück. So ganz und gar unvorsichtig.

Ich sollte das nicht zulassen, ihre Nähe, diesen Kuss, dass mein verfluchtes Herz ausrastet. Denn das hier ist kein Mehr, kein Anfang, kein Schritt aufeinander zu. Es ist das verfluchte Ende und je länger wir es hinauszögern, umso mehr wird es wehtun. Aber, fuck, meine Nervenenden pulsieren, sehnen, wollen Via. Nur noch einmal.

Sie unterbricht ihren Kuss nur, um mir mein Shirt über den Kopf zu zerren, und ich tue dasselbe bei ihr, während ich meine Schuhe von den Füßen kicke. Auf dem Weg zum Bett schiebe ich die Tür mit einem Rumms zu, fische das Kondom aus meiner Tasche und werde die Hose irgendwie los, Vias fliegt daneben. Und dann ist sie unter mir, wimmert und presst sich noch enger an mich, obwohl ich sie bereits mit meinem vollen Gewicht auf die Matratze presse. Ihr Atem prallt heiß und abgehackt gegen meine Lippen und dann küsst sie mich, verzweifelt und hart.

Ich kann das. Nur Sex mit ihr haben, anstatt sie zu lieben, uns diesen Moment schenken und alles andere wegschieben, das Danach ignorieren. Ich lege ihr meine Hand an den Hals, fixiere sie und erobere ihren Mund, schiebe meine Hand unter ihren BH und erwische ihren Nippel, löse diesen Laut aus, der mich wahnsinnig macht und sie feucht. Diesen gequälten Laut, der irgendetwas zwischen »das ist so gut, dass ich sterben will« und »so schlimm, dass ich es wirklich tue« bedeutet, und ich … ich höre nicht auf, reize sie weiter und weiter und weiter, lecke, knabbere, küsse, schiebe meine Boxershorts ein Stück herunter und streife mir das Kondom über, halte mich nicht damit auf, Via das Höschen auszuziehen. Ich schiebe einfach den feuchten Stoff beiseite und dann bin ich in ihr, verfluche mich, weil ich das hier überhaupt tue. Uns das antue. Das ist definitiv nicht richtig oder überhaupt nur in der Nähe von okay.

Ihre Finger verschwinden in meinem Haar und ich stöhne

zerklüftet. Wie etwas, das auseinanderbricht. Und, hey, vielleicht tue ich das. Genau hier. Genau jetzt.

Mein schwerer Atem streift ihr Ohr und ihre Muskeln spannen sich an. Sie keucht und ich fühle ihren Herzschlag, der gegen meinen schlägt, wie sie ihr Becken noch etwas weiter vorschiebt, damit meine Stöße noch tiefer dringen. Spüre die Spannung, die in Wellen ihren Körper durchläuft, als sie kommt und mich ins Chaos stürzt. Grelles, flammendes Chaos, das über mir zusammenschlägt und ihren Namen trägt.

Und dann ist da nur noch atemlose Schwere und Stille, Muskeln und Gefühle, die etwas anderes wollen, als sie dürfen, zu viele Gedanken. Gedanken, die ich hasse, Rileys Stimme, die sagt, ich soll um Via kämpfen. Aber ich habe keinen Plan, wie ich das anstellen soll.

Via

Das hier hätte nicht passieren dürfen. Und doch ist genau dieser Moment hier mit Miles' Gewicht auf mir, mit ihm in mir und seinen Armen, die mich halten, der erste Augenblick seit Tagen, in dem ich mich wieder wie ich fühle. Ganz.

Aber dann rollt er sich von mir herunter, liegt wortlos neben mir und erinnert mich daran, dass ich so nicht empfinden darf. Erinnert mich daran, dass alles gesagt ist. Miles hat Gefühle für mich, aber sie reichen nicht für eine gemeinsame Zukunft. Er hat sich entschlossen zu gehen. Und ich werde bleiben. Das war es.

Ein unangenehmes Kribbeln breitet sich in mir aus. Er will mich nicht mehr, sonst würde er jetzt etwas sagen. Oh, wie sehr ich gehofft habe, er würde mir sagen, dass er ein Idiot war und das alles ein verdammtes Missverständnis. Aber er liegt einfach nur da und ich habe das Gefühl zu ersticken. Ich fühle mich scheiße. So verdammt scheiße. So sollte sich das zwischen uns nicht anfühlen. Und dieses Schweigen, das, zum ersten Mal seitdem ich Miles kenne, awkward ist, killt den letzten Rest Wärme in meiner Brust.

Ich schmecke Tränen, rutsche bis zur Bettkante, setze mich auf und fische Shirt und Hose vom Boden, schaffe es irgendwie, sie mir überzustreifen.

Ich höre, wie Miles sich ebenfalls anzieht, obwohl ich ihm den Rücken zugekehrt habe, spüre, wie die Matratze nachgibt, als er aufsteht.

»Hey«, sagt er leise, als er an meiner Bettseite stehen bleibt.

»Hey.« Ich stehe auf und wische mir mit dem Handballen die Feuchtigkeit von den Wangen. Ich will ihn nicht gehen lassen. Und weiß, ich muss es. Er hat sich entschieden. Gegen mich. Das ändert auch kein Next-Level-Sex. Im Gegenteil, das hat es nur schwerer gemacht. Und das ist allein meine Schuld. Er hat nach dem Kuss aufgehört. Ich nicht.

»Es tut mir leid«, sage ich leise. »Ich hätte das nicht tun sollen, aber ich musste …« Ich beiße mir auf die Lippen. »Ich wollte dich nur noch einmal spüren.« Mein Herz verkrampft sich, weil Miles nickt.

»Ein letztes Mal«, sagt er rau. »Gibt keinen verdammten Grund, sich dafür zu entschuldigen, Sad Eyes.« Er streicht mir eine Haarsträhne aus dem Gesicht und lächelt dieses Ich-bereue-nichts-Lächeln, das flackert und dann erlischt. »Das hier hat keiner von uns geplant. Aber es war gut, es war …« Er beißt sich auf die Unterlippe, beendet den Satz aber nicht.

»Es war der falsche Zeitpunkt«, flüstere ich. Egal wie besonders es sich für mich anfühlt, wie groß und bedeutend? Ich halte das nicht länger aus, gebe ihm einen letzten Kuss, einen zu flüchtigen, drehe mich um und gehe. Während mich jede Faser meines Körpers anbrüllt, dass ich das nicht tun, ihn nicht verlieren kann. Aber ich beschwöre den inneren Jedi herauf. Vielleicht habe ich mein Leben lang für diesen einen Moment trainiert, in dem ich die Selbstbeherrschung über mein Herz gewinnen lassen muss.

»Okay.« Nora stellt eine Tüte mit verschiedenen Eisbechern auf dem Tisch ab und schiebt River zur Tür. »Das hier ist für die nächsten Stunden männerfreie Zone.

Er hebt die Hände. »Ich gehe freiwillig. Noch einen Liebesfilm und ich kotze einen verfickten Regenbogen. Außerdem muss ich los zur Arbeit.« Er wirft mir einen besorgten Blick zu. »Bin nachher wieder da, V.«

Ich mache eine Handbewegung, die ausdrücken soll, dass er mich nicht stören soll, während Ryan Gosling gerade seine große Liebe davon überzeugt, sich für ihn zu entscheiden, und mir einen absolut nachvollziehbaren und legitimen Grund gibt, wie ein Schlosshund zu heulen.

»Hey, Süße.« Nora setzt sich neben mich und nimmt mich in den Arm. »Salted Caramel oder Cookie Dough?« Sie ist extra aus Sacramento gekommen und hat meine beiden Lieblingseissorten mitgebracht. Das ist so süß. Miles liebt Cookie Dough. Fuck. Wieso kann er Eis lieben und mich nicht? Neue Tränen tropfen auf die Wolldecke, in die ich mich eingewickelt habe. »Beides?«, schluchze ich.

»Beides«, bestätigt Nora. »Kommt sofort.« Sie öffnet die Eisboxen und holt uns extragroße Löffel aus der Küche. Eine Weile schaufeln wir Eis in uns rein, kriegen Hirnfrost, ich beruhige mich etwas, wir seufzen Ryan Gosling an und halten uns an der Hand. Ganz kurz denke ich sogar, fünf Kilo Eis, Nora und Liebesfilme könnten ausreichen, um die Leere zu füllen. Aber Eis schmilzt und am Ende ist der hohle Raum in mir immer noch da. »Danke, dass du gekommen bist«, nuschle ich trotzdem.

»Immer.« Sie streicht mir das wirre Haar aus dem Gesicht, was mich nur noch mehr zum Weinen bringt. »Aber ich muss heute Abend wieder zurückfahren, also sollten wir uns etwas beeilen. Was ist passiert, dass River ausgerechnet mich anruft und einen Notruf absetzt?«

»Ich denke, ich mache ihm Angst.« Ich verziehe das Gesicht.

»Das verstehe ich. Die Frage ist: Wieso siehst du aus wie ein Romance-Zombie mit Netflix-Abo?«

»Weil ich total scheiße in dieser oberflächlichen-Sex-ohne-

Gefühle-Sache bin«, murmle ich kläglich und dann erzähle ich Nora stockend alles. Bin zeitweise nicht mehr als Tränen, Eis und Liebeskummer.

Sie runzelt die Stirn, nickt ab und an, legt den Kopf schief, seufzt, unterbricht mich aber nicht. Als ich fertig bin, atmet sie tief durch. »Okay, dir ist schon klar, dass du als Erstes mit River reden musst. Vollkommen egal, was aus dir und Miles wird, du musst dafür sorgen, dass er sich keine Hoffnungen mehr macht. Und du ... du brauchst diesen Strich unter eurer Beziehung auch. Das mit euch ist durch. Und das sage ich nicht nur, weil ich im Wir-hassen-Riv-Club bin, seitdem er das damals abgezogen hat. Du liebst ihn nicht.«

»Aber er ist mein bester Freund. Und das ist mehr als die Grundlage vieler Ehen im Mittelalter«, gebe ich zu bedenken, obwohl ich weiß, dass sie recht hat und ich nur ein Feigling bin, der sich vor dem Gespräch drückt, das noch einen Menschen aus meinem Leben werfen könnte.

»Das ist schön sicher und man landet nicht Eis futternd und heulend auf dem Sofa, weil man das Herz gebrochen bekommen hat, aber das hier ist nicht das Mittelalter, V. Und Liebe nun mal nichts Rationales. Verdammt, du weißt, dass ich recht habe. Womit wir zu Miles kommen. Wie kommst du auf den Trichter, er würde dich nicht lieben?«

Die Traurigkeit ist wie eine Welle, die mich unter Wasser zieht. »Er hat mir gesagt, dass ich mit River glücklich werden soll.« Ich proste ihr mit dem Eisbecher zu und denke, vielleicht bräuchte es Alkohol anstatt Zucker.

»Du warst es, die damals vorgeschlagen hat, nur Sex zuzulassen, ohne Gefühle. Das ist nicht auf seinem Mist gewachsen.«

»Eigentlich war es deine Idee.« Ich stopfe mir noch mehr Eis in den Mund.

»Okay, ja«, gibt sie zu. »Aber das ist nicht der Punkt. Der

Punkt ist, du hast ihm kein Memo geschickt, dass sich die Spielregeln verändert haben. Selbst wenn er sich in dich verknallt hat, hätte er eine Grenze überschritten, wenn er es dir gesagt hätte oder eifersüchtig gewesen wäre oder mehr gewollt hätte. Er hatte keine verdammte Chance, es richtigzumachen.« Sie bindet sich die Haare hoch. »Und dann kommst du plötzlich emotional vollkommen neben der Spur bei ihm an, weil River dir seine ewige Liebe gestanden hat und du die Möglichkeit hast, dein altes Leben zurückzubekommen. Natürlich denkt er, das ist, was du willst. Und da er kein egoistisches Arschloch ist, steht er dem nicht im Weg. Er will, dass du glücklich bist. Das ist nicht die schlechteste Eigenschaft, die ein Typ haben kann.«

Ich stelle den Eisbecher auf den Tisch und schüttle den Kopf. »Was macht dich so sicher, dass ich mich irre und er mich liebt?«

»Er hat ein Streifenhörnchen als Haustier akzeptiert.« Sie lacht und stößt mich dann an. »Ich glaube, es gibt keinen größeren Liebesbeweis, als selbstlos zu sein. Du solltest um ihn kämpfen, Via, sonst ertränke ich dich höchstpersönlich in Salted-Caramel-Eis.«

Ich will mir nicht erlauben zu hoffen, dass Nora recht haben könnte, aber mein dummes Herz tut genau das. Es hofft und schlägt ein kleines bisschen schneller. Ich halte mir die Hände vor das Gesicht, atme in die Handflächen. »Was, wenn du unrecht hast?«

Nora lächelt. »Liebe bedeutet nicht, auf Nummer sicher zu gehen, Süße, sondern um jemanden zu kämpfen, selbst wenn du dich dabei verletzt.«

River stößt die Tür auf, durch die Nora vor einer halben Stunde die Wohnung verlassen hat. Er ist verschwitzt. »Was gibt es?« Er sieht mich fragend an und atmet erleichtert aus, weil sowohl ich als auch die Wohnung noch in einem Stück sind. »Ich habe fünf Minuten. Jason hat mich die Pause vorziehen lassen, als ich ihm gesagt habe, dass es dringend ist.« Er hält sein Handy hoch. »Es ist doch dringend? Denn wenn du mich diese fucking Treppe umsonst hochgejagt hast, ziehe ich die Kordel deiner Lieblingsjogginghose einseitig in den Bund.«

Seine Drohung lässt mich schwach lächeln. »Können wir uns kurz hinsetzen? Ich muss mit dir reden.« Die Schwere des Grunds sickert zwischen uns, verzögert Rivers Reaktion. Aber dann nickt er, wirft Schlüssel und Handy auf die Kommode neben der Tür und kommt zu mir. »Also?«, fragt er, nachdem er sich gesetzt hat.

Ich hole Luft, kämpfe, aber dann nimmt er meine Hand und schüttelt den Kopf. »Ich denke, ich weiß, was du sagen willst.« Er seufzt. »Du hättest Nora nicht gebraucht, wenn du ihn nicht lieben würdest, habe ich recht?« Er klingt müde. So unendlich müde und verletzt und ich will es ihm erklären. Ihm klarmachen, dass das mit Miles keine Rache ist. Keine trotzige Reaktion, um es ihm heimzuzahlen.

»Es ging mir echt schlecht, als ich aus Sacramento weg bin«, beginne ich stockend. »Miles war für mich da. Bei ihm konnte ich ich sein. Vielleicht sogar das erste Mal in meinem Leben. Er hat nichts von mir erwartet. Ich musste ihm nichts vorspielen.«

»Hast du echt all die Jahre das Gefühl gehabt, du müsstest mir etwas vorspielen?« River klingt gekränkt und, verdammt, ich verstehe, wieso. Es ist nicht fair, dass ich so empfinde.

»Das ist nicht deine Schuld. Ich habe mich über die Jahre selbst verloren. Stück für Stück und es ist mir nicht mal aufgefallen. Aber bei ihm habe ich mich wiedergefunden.« Ich schüttle den Kopf. »Er hat mich zum Lachen gebracht. Er sieht etwas Besonderes in meinen Schwächen.« Ich zögere. »Das mit ihm und mir. Das ist irgendwie … magisch.«

River schluckt hart, nimmt seine Hand fort und nickt. Ein bitterer Zug liegt um seine Lippen. »Und was sind wir?«

Ich weiß es nicht. Hoffentlich irgendwann einfach wieder Freunde? »Ich habe das nicht geplant, Riv. Ich wollte dir nie wehtun. Und ich habe wirklich versucht nicht so für ihn zu empfinden, aber ich kann nicht …« Ich versuche die richtigen Worte zu finden. »Ich kann ihn nicht nicht lieben.« Rivers Brustkorb hebt sich hart, als würde er gegen einen scharfen Schmerz anatmen. Ich tue ihm das an und es treibt mir Tränen in die Augen. »Ich habe es versucht, aber ich kann ihn nicht vergessen.« Weil ich dann vergessen müsste, wie es ist, Sonne zu schmecken und Herzklopfen zu atmen. Wie es ist, wenn sein Lachen alles in mir wärmt und ich ganz bin. »Deswegen muss ich ehrlich zu dir sein.«

»Empfindet er genauso?« River sieht starr geradeaus.

»Das spielt keine Rolle«, flüstere ich. »Ich liebe ihn, selbst wenn er es nicht tut.« Meine Stimme zittert, weil es mich fertigmacht, auch nur daran zu denken, dass Nora unrecht haben und ich recht behalten könnte. »Ich kann nicht zurück.«

Wortlos steht River auf und zieht den Arm weg, als ich ihn aufhalten will, humpelt nach draußen und knallt die Tür zwischen uns zu. Seine Schritte entfernen sich ein Stück. Dann ist es bis auf die dumpfen Bässe aus der Bar leise.

Und ich weiß nicht, was ich tun soll. Ihm Zeit lassen? Ihm folgen? Ich entscheide mich für Variante zwei. Weil er mir zu viel bedeutet, um es so zwischen uns stehen zu lassen.

River sitzt mit dem Rücken zu mir auf der obersten Treppenstufe, als ich in die kühle Abendluft trete. »Hey«, sage ich und setze mich neben ihn.

»Hey.« Sein Lächeln bröckelt, dann gibt er es ganz auf.

»Wirst du okay sein, Riv?« Werden wir okay sein?

Er zuckt die Schultern und presst die Handflächen gegeneinander. »Ich kann meine Gefühle nicht einfach abstellen. Also, fuck, keine Ahnung, ob ich okay bin, V. Oder ob ich je werde damit umgehen können. Das Einzige, was ich weiß, ist, dass ich dich nicht ganz verlieren will. Dich und auch deine Familie. Ein Teil davon zu sein bedeutet mir echt was.«

Es wird sicher nicht leicht unsere Freundschaft zu retten und dabei nicht über unsere Vergangenheit zu stolpern, aber ich will das schaffen. »Du wirst uns nicht verlieren«, sage ich fest und stoße ihn an. »Dad erspart dir ganz sicher nicht diese todlangweiligen Monologe über geschichtliche Großereignisse, deren Einflüsse unsere heutige Welt maßgeblich mitbeeinflussen.«

»Du hörst ja doch ab und an zu, wenn er was erzählt. Weißt du, da ist echt verfickt spannendes Zeug bei.«

Ich verdrehe die Augen und lache leise. »Und das ist genau der Grund, aus dem sie dich mehr lieben als mich.«

Ich spüre, wie River gluckst, wie viel es ihm bedeutet, dass ich das sage, und lächle. Ich werde alles dafür tun, um das zu retten, was schon da war, bevor wir ein Paar wurden, und was ich einfach nicht verlieren kann. »Freunde?«

River verzieht das Gesicht. »Keine Ahnung, ob ich das so bald hinkriege, aber … ja, irgendwann.«

Miles

Ich kann nicht länger hierbleiben und riskieren, dass Via und ich uns noch mal über den Weg laufen, sie mir ein paar gestohlene Momente schenkt, nur damit es danach umso härter wehtut.

Ich streife mir meine Jacke über, sehe mich ein letztes Mal in der leer geräumten Hütte um. Mein Blick fällt auf die Kochnische, auf der wir uns geliebt haben. Auf die Hochebene, wo wir uns geküsst haben, immer wieder geküsst, bevor wir ineinander verschlungen eingeschlafen sind. Auf den Küchenstuhl, auf dem sie immer gesessen hat. Ein Bein angezogen, den Stift zwischen die Lippen geklemmt, während sich in ihrem Kopf die krassesten Wortkombinationen geformt haben. Im Eingangsbereich standen ihre Sneakers mit unserem Herz auf der Sohle. Auf der Couch haben wir getanzt und uns mit Chips beworfen. Jeder verdammte Fleck hier schreit Via. Jedes einzelne Bild fühlt sich so real an. Wie Scheiß-Stroboskobflackern, das einen Kollaps in meinem Hirn erzeugt. Mir ist schlecht und mein Brustkorb fühlt sich an, als wäre darin was grundlegend kaputt. Stöhnend schultere ich die zwei Taschen und ziehe die Tür hinter mir zu.

Auf nach Sacramento. Yeah. Alles in mir sträubt sich dagegen, aber ich werde mein Studium weiterführen, es beenden und Hazel, verdammt noch mal, stolz auf mich machen. Das ist der einzige Plan, den ich habe. Das ist alles, was mir bleibt.

Alex weiß Bescheid. Ich werde ihm schreiben, dass ich keine Zeit mehr hatte, mich zu verabschieden, sobald ich weit genug vom See weg bin, dass ich wieder atmen kann. Aber eine Sache muss ich noch machen, bevor ich fahre. Ich nehme den Weg durch die Lodge, nicht durch das Wäldchen, und ziehe, auf dem Sonnendeck angekommen, eine Tüte mit Nüssen aus der Hosentasche, drapiere sie auf dem Geländer und warte, aber PB&J taucht nicht auf. »Okay, verflohtes Kullerauge, mach's gut und versuch nicht zu sterben, weil du von irgendeinem Baum fällst«, sage ich und klopfe zum Abschied einmal gegen das Holz. Dann wende ich mich um und gehe mit langen Schritten durch die Empfangshalle zum Parkplatz.

Der Kombi steht in der Abenddämmerung, die eine echte Dramaorgie auf den Himmel gießt. Ich werfe die Taschen in den Kofferraum und steige ein. Alltägliche Handgriffe, die sich total unwirklich anfühlen. Ich starte den Motor, aber ich kriege es einfach nicht hin loszufahren. Stattdessen starre ich die Lodge an und frage mich, wann dieses verdammte Hotel bitte mein Zuhause geworden ist. Ich beiße die Zähne so fest zusammen, dass sich ein dumpfes Pochen durch meinen Schädel gräbt. Vielleicht passiert das ja automatisch, wenn der Mensch, der Zuhause ist, darin wohnt. Oder es ist die logische Konsequenz, wenn man ansonsten obdachlos ist. Die nächsten Wochen werden hart. Riley hat mir angeboten in seiner Bude unterzukommen, bis ich etwas anderes finde. Das ist gut, besser als das hier. Egal wie gut es mal war, jetzt ist es einfach nur Folter.

Hinter mir hält ein Wagen und ich will gerade ärgerlich hupen, weil mich das Ungetüm von Pick-up zuparkt, als die Beifahrertür aufgerissen wird. Via, denke ich erleichtert. Und dann denke ich, scheiße, Via, verfluchte Scheiße, was will sie hier?

Sie rutscht auf den Sitz neben mir. Mein Hoodie, den sie trägt, reicht ihr so weit über die Hände, dass nur die Fingerspitzen rausgucken. Und, verdammt, ich liebe alles daran.

Dass sie hier ist. Dass sie meine Klamotten trägt. Wie sie dabei aussieht. Und genau das ist das Problem. »Via«, sage ich gequält. »Steig bitte aus.« Mein Herz pumpt Sehnsucht durch meinen Körper. Wenn sie nicht in den nächsten drei Sekunden verschwindet, werde ich sie an mich ziehen und sie küssen und das geht nicht. »Warum musst du es uns so verdammt schwer machen?«

»Gib mir zwei Minuten.« Sie lächelt und knibbelt die Klebestreifen ab, mit denen ich das Uber-Menü auf dem Armaturenbrett fixiert habe. »Ich verspreche, ich bin nicht hier, um es für irgendwen schwerer zu machen.«

»Via, bitte.« Zweiwortsätze. Wunderbar. So weit ist es also schon. Ich habe definitiv keine zwei Minuten, bevor meine Selbstbeherrschung den Geist aufgibt.

Sie hält mir das Menü unter die Nase. Ich brauche es nicht zu lesen. Ich weiß, was draufsteht. Also starre ich sie an und versuche zu kapieren, was das werden soll.

»Ich weiß, dass du denkst, ich sollte River wählen. Und ich habe lange gedacht, du sagst das, weil du einfach nicht genug für mich empfindest.« Sie holt tief Luft. »Das … das wäre echt scheiße, aber vielleicht willst du auch nur selbstlos sein und mir etwas ermöglichen und für den Fall solltest du wissen, dass das falsch ist, denn da ist was, was du wissen musst.« Sie beißt sich auf die Unterlippe, lächelt. »Also, ich … ich will, verdammt noch mal, Seifenblasen mit dir im Auto steigen lassen, Miles. Ich will mit dir durch die Gegend fahren und Karaoke singen, mir keine Gedanken machen, was andere über mich denken, Gedichte zitieren. Ich will Small Talk mit dir halten, mir all deine peinlichen Geschichten und Flachwitze anhören«, zählt sie einen Punkt des Uber-Menüs nach dem anderen auf. »Ich will mir deine Ratschläge anhören und herausfinden, ob sie wirklich so verdammt klug sind.« Ihre Wangen sind gerötet. »Oder einfach nur still neben dir sitzen, während du mich im Rückspiegel anstarrst. Ich will mit dir schweigen, ohne dass es merkwürdig ist. Und ich will dein Partner-in-Crime sein. Ich will all das mit dir Miles. Nur mit dir.«

Wieso muss sie solche Dinge sagen? So verdammt wunderschöne Dinge, die mich komplett zerlegen, und dabei behaupten, sie würde es uns nicht schwerer machen?

Ich atme tief durch. Atmen. Ich kann atmen. Nur weil sie neben mir sitzt. Mein Körper ist so ein mieser Verräter und mein Herz ist noch schlimmer. Denn es flippt komplett aus. »Du kannst nicht alles für uns aufgeben«, widerspreche ich leise. »Du hast die Chance, dein Leben zurückzubekommen.«

»Ich will es nicht. Verdammt, ich will es nicht, Miles. Ich will uns.«

»Via, nicht.« Sie darf das nicht tun. »Was, wenn es nicht klappt?«

»Wird es.« Sie nickt, als müsste sie sich selbst überzeugen. »Und wenn nicht, haben wir es wenigstens versucht. Wenn dein Herz nur halb so sehr drinhängt wie meins, dann ist das mit uns … Es könnte groß sein, Miles. Richtig groß.«

Sie hat keine verdammte Ahnung, wie sehr ich drinhänge. »Das mit uns …« Ich beuge mich zu ihr. »… das ist nicht groß.« Tränen treten in ihre Augen und ich kann sehen, wie ihr Atem stockt. »Das mit uns, Via, das ist nicht groß, es ist alles. Und nur fürs Protokoll, mein verfluchtes Herz hing von dem Moment am Busbahnhof mit drin, als du in meinen Wagen gestiegen bist.« Und dann küsse ich sie. Und diese Art von Kuss hat definitiv einen Punkt auf dem Uber-Menü verdient. Der Du-bist-alles-für-mich Ride.

River

Via und Miles sind so verdammt scheißglücklich, dass ich überlege den Cocktail, den ich gerade mixe, nach ihnen zu benennen. Fucking hell, vielleicht einen Sucht-euch-einen-anderen-Planeten-sonst-kotze-ich-Mojito. Oder einen Wenn-ihr-mein-Herz-schon-filetieren-müsst-nicht-so-scheißrücksichtsvoll-Long-Island-Ice-Tea.

Das ist nicht fair. Sie versuchen echt es nicht raushängen zu lassen, aber das ist fast das Schlimmste. Weil es zeigt, dass ich null damit klarkomme und jeder, verfickt noch mal, wirklich jeder es mitbekommt.

»Hier.« Ich stelle zwei Mojito vor Via und Knox und den Long Island Ice Tea vor Miles und dekoriere sein Glas mit einem rosa Schirmchen. Nicht, dass der standardmäßig zu einem Long Island Ice Tea gehört, aber, hey, Rache und so. In geringen Dosen ist sie ganz hilfreich, um den Druck von meiner Drecksbrust zu kriegen.

Miles lächelt, zieht das Schirmchen aus dem Getränk und wirkt absolut nicht erschüttert. Fuck. Es nervt hart, wie gelassen er ist, seit Via sich für ihn entschieden hat.

Manchmal würde ich ihm dafür echt gern eine reinhauen, aber die meiste Zeit bin ich froh, dass ich nicht allein mit meinem zerschrammten Ego sein muss. Und mir ist klar, dass Vias Wahl für ihn eigentlich nicht wirklich eine gegen mich war. Wir waren sowieso schon tot. Und ich Pisser bin schuld daran.

Ich hätte sie vielleicht nicht meinen Followern zum Fraß vorwerfen sollen, dann wäre jetzt alles anders. Besser? Was weiß ich. Für mich vielleicht schon. Für Via nicht unbedingt. Sie ist jetzt mehr sie selbst. Und megahappy. Glücklicher, als sie es mit mir je war, also … sollte ich mich wohl nicht so total erbärmlich verzweifelt an ihr festklammern.

Zum Glück ruft Jason von der anderen Seite der Theke und durchbricht die pseudointellektuellen Gedanken zu meiner verreckten Beziehung. »Bin gleich wieder da.« Ich gehe zu meinem Boss und ignoriere die Schmerzen in meinem Bein. Das rechte hat sich mit den Schichten im *Bad Habits* arrangiert. Das linke bringt mich hingegen um. Manchmal gehe ich auf die Toilette, sitze einfach nur fünf Minuten in der stickerverklebten Kabine und atme den Scheißschmerz weg, hoffe, dass es irgendwie besser wird, wenn ich Pause mache. Wird es nie. Und dann wieder hochzukommen, weiterzumachen ist der Horror.

»Was gibt es?«, frage ich Jason.

Er drückt mir den Schlüssel in die Hand. »Ich muss nach Incline.« Dort liegt seine zweite Bar. Das *Bad Pattern.* »Wenn ich jetzt fahre, komme ich vielleicht zu einer annehmbaren Uhrzeit ins Bett. Ist ruhig heute, du machst zu.«

Ist das eine Frage? Wohl eher nicht. Dafür, dass er mir den Job am Anfang nicht geben wollte, verlässt er sich jetzt ziemlich oft auf mich. Aber, hey, er bezahlt gut, also … Ich nicke. »Klar. Kein Ding.« Und, fuck, ich sage das nicht nur aus Pflichtbewusstsein. Es ist erbärmlich, aber ich bin stolz darauf, dass er mir vertraut.

»Gut, dann.« Er klopft mir gegen die Schulter und macht sich auf den Weg, während ich zurück zu den anderen humple.

Knox erzählt gerade die Story, wie er am Wochenende den Rekord an der Rudermaschine gebrochen hat. Er übertreibt so, der Angeber. »Pass bloß auf. Nicht mehr lange.« Seit einiger Zeit trainiere ich mit ihm und da er im Gegensatz zu mir noch ein Leben hat, habe ich ziemlich schnell aufgeholt. Erst wollte ich gar nicht, aber im Club interessiert es niemanden, was mit meinen Beinen ist. Und mich an den Geräten für Arme und Oberkörper voll auszutoben macht wieder wett, dass ich mich für die Beine immer nur hübsch an den Therapieplan halten darf. Vielleicht bin ich etwas manisch, aber, hey, wen interessiert es?

»Träum weiter«, gluckst Knox.

Ich schlage ihm das Geschirrtuch gegen die Seite und will gerade etwas erwidern, als mein Blick auf ein Mädchen fällt, das die Bar betritt. Sie sieht sich suchend um.

Via bemerkt meinen Blick und dreht sich ebenfalls um. Die Kleine ist hübsch. Langes schwarzes Haar, zerrissene Jeans, Lederjacke, jede Menge Schminke und ein tougher Ausdruck auf dem Gesicht. Aber der Look täuscht nicht darüber hinweg, dass sie zu jung ist, um sich in einer Bar rumzutreiben. Sechzehn, siebzehn vielleicht.

Ich habe so gar keine Lust, jetzt den Verantwortungsbewussten raushängen zu lassen. Aber Fakt ist, ich gerate in fucking Schwierigkeiten, wenn sie ihren hübschen minderjährigen Hintern nicht hier rausbewegt. Stöhnend stoße ich mich vom Tresen ab und bewege mich auf sie zu. »Komm schon«, sage ich. »Sparen wir uns die Gefälschter-Ausweis-Nummer. Wir wissen beide, dass du nicht einundzwanzig bist, also …« Ich drehe meine Cap mit dem Schirm nach hinten und mache eine unmissverständliche Handbewegung in Richtung Tür.

Aber sie geht nicht. »Würdest du bitte die Bar verlassen?«

»Ähm, nee.«

Sie macht eine Blase mit ihrem Kaugummi und reckt das Kinn kämpferisch vor. Aber ihre Augen, die zittern. Keine Ahnung, ob das möglich ist, aber jepp, das tun sie.

»Bist du River Stanton?« Sie beißt sich auf die Lippe und mustert mich kritisch, als würde ich die Fotos aus dem verfickten Netz nicht matchen. Mädchen, das ist das Internet, nichts daran ist echt, also komm damit klar. Und vor allem verschwinde.

»Hör zu, ich habe echt keinen Bock, dir ein Autogramm zu schreiben oder dir für deine Schülerzeitung zu erzählen, wie das mit dem Unfall war.« Oder wie kaputt mein Leben seitdem ist. »Also, geh bitte.«

Sie denkt gar nicht daran. Stattdessen will sie an mir vorbei Richtung Tresen stolzieren.

Äh, spreche ich undeutlich? »Stopp.« Ich erwische ihren Arm und halte sie mitten in der Bewegung auf. »Falsche Richtung.«

Sie wirkt kein Stück eingeschüchtert. Eher so, als würde sie mir eine reinhauen, wenn ich sie nicht auf der Stelle loslasse. Ich bin echt zu fertig für so einen Mist. Ist ja nicht so, dass mich meine verfickten Träume schlafen lassen würden. Verfickte Albträume in verficktem 3D. Von Seth und all den Kids, die ich im Stich gelassen und verloren habe. Von Fallon, der mich jede Nacht mindestens dreimal umbringt. Mein Kopf ist echt gut darin, sich verdammt hässliche Methoden auszudenken, wie er das bewerkstelligt. Wobei ich bezweifle, dass Fallon in der Realität nur halb so kreativ wäre.

»Ich bin Avery.« Reißt mich ihre Stimme zurück ins verschissene Hier und Jetzt.

»Und kleine Averys müssen jetzt gehen«, brumme ich, ohne sie zu schütteln.

»Avery Bishop.« Ich blinzle und irgendwie krieg ich keine Luft. Dieser Name. Bishop. Er macht meine Kehle wund. Meine Brust einsam. Und erstickt mein fucking Herz.

»Du kannst den Mund wieder zumachen, du hast richtig gehört. Ich bin deine kleine Schwester.« Sie lächelt und, verdammt, ich erinnere mich an fast nichts, aber an dieses Lächeln schon. Mom hat mich früher so angesehen. Und dann nicht mehr.

»Halbschwester«, stoße ich schroff hervor und bin nicht darauf vorbereitet, dass sie im nächsten Moment überschwänglich ihre Arme um mich wirft, mich an sich drückt und dabei leise quietscht.

Ich bleibe stocksteif stehen, erwidere die Geste nicht, aber das scheint sie kein Stück zu kümmern. Natürlich nicht. Vielleicht ist man immun gegen Zurückweisung, wenn das ganze bisherige Leben ein verdammter Sonntagsspaziergang war. Reicher Daddy. Liebevolle Mutter. Ein Zuhause. Mittwochs Ballett, samstags Reitunterricht. Woher ich das so genau weiß? Fuck, weil ich nichts mit ihr zu tun haben wollte, es aber trotzdem wissen musste, um sie besser hassen zu können. Und das tue ich. Ich hasse Avery, verfickt noch mal, dafür, dass sie nicht weiß, was richtiger, echter Hunger ist. Oder wie es ist, wenn die Mutter einen auf der Veranda der Loughlins zurücklässt, mit ihrem verfluchten blauen Kleid in den Wagen steigt und nie mehr zurückkommt. Wenn sie einfach nicht zurückkommt, egal wie lang man heult.

Ein statisches Summen breitet sich in mir aus. Ich mache einen Schritt zurück, löse ihre beschissen perfekten Mädchenarme von mir, die in dieser genauso perfekten Desigerjacke stecken, weiche ihren perfekten Kulleraugen aus, die noch nie etwas Böses gesehen haben. Weil sie eben das perfekte Leben hat, mein Leben.

Ich reibe mir über die Brust. Fühlt sich an, als hätte ich eine reinbekommen. Ich mache noch einen Schritt nach hinten. Dann noch einen.

»Alter.« Eine Kaugummiblase. »Alles okay? Du siehst voll zombiemäßig aus.«

»Geh!«

Sie zuckt zurück. »Alter, hast du eine Ahnung, wie schwer es war, dich zu finden? Ich geh doch jetzt nicht.«

Nicht schwer genug. Sonst wären wir jetzt nicht in dieser galaktisch beschissenen Lage.

Sie grinst. »Coole Bar übrigens. Krieg ich 'ne Coke?«

Wahrscheinlich sollte ich erleichtert sein, dass sie nicht nach einem Shot fragt, aber ich bin das verfickte Gegenteil von erleichtert.

Ich sehe zu Via, die nicht mal mitbekommt, was los ist, weil sie Miles etwas ins Ohr flüstert und ihn dann küsst. Via, die nicht mehr meine Via ist. Berühre mein Bein, das Schmerz in meinem Körper verteilt, und alles, was je in meinem Leben schiefgelaufen ist, bündelt sich an einem schwarzen Punkt. Ein kleiner zierlicher schwarzer Punkt. Avery. Sie ist schuld daran, dass ich in der Hölle aufwachsen musste. Mom hat sie bekommen und mich aussortiert. Fick dich, Mom. Ohne sie wüsste ich nicht mal, wer die Loughlins sind, wie es ist, wenn man vergisst, wie man lacht oder liebt oder lebt. Wäre ich an ihrer Stelle aufgewachsen, hätte ich das mit Via hinbekommen, wäre jetzt kein Krüppel, sondern ein gefeierter Sportler mit einem krassen Sponsorenvertrag, könnte tun, was ich liebe. Ich wäre glücklich, kein hässlicher Scherbenhaufen. »Nein.« Ich kotze ihr das Wort vor die Füße. »Du gehst jetzt. Geh zurück nach Hause, zu Mommy und Daddy. Geh oder ich rufe die verdammten Bullen.«

Sie verschränkt die Arme vor der Brust, ignoriert mich, als wäre ich einfach gar nicht da, und setzt sich demonstrativ, um klarzumachen, dass sie per se nicht auf wütende Jungs hört. »Du bist mein Bruder, aber du bist echt ein Arsch.«

Tough, denke ich und bin beeindruckt, obwohl ich es nicht sein will. »Ich bin gar nichts für dich.« Kein verfickter Bruder, kein Freund, nicht mal ein netter Mensch. Ich packe die Stuhllehne, kippe das Ding. Keine große Sache, sie wiegt fast nichts. Um ein Haar landet sie auf allen vieren, aber ich erwische rechtzeitig ihren Arm und zerre sie daran zur Tür, halte fest genug, dass sie es nicht schafft sich loszumachen. Und, holy Shit, sie versucht es echt, schlägt nach mir, tritt und schimpft, aber sie ist echt mies darin. Hat ihr echt nie jemand beigebracht, wie man sich wehrt? Wenn das nicht ich wäre, sondern irgendein verfickter Scheißkerl, der ihr wehtun wollte. Sie wäre so was von total aufgeschmissen.

Und? Geht mich nichts an. Sie geht mich nichts an. »So!«, schnaufe ich, als wir den Parkplatz erreichen, und lasse sie los. »Verzieh dich und komm nicht wieder.«

»Warum bist du so?«, schreit sie mich an und jetzt sieht sie wirklich aus wie siebzehn. Vielleicht noch jünger. Wie ein Kind eben, das seinen Willen nicht bekommt. Scheint sie nicht gewohnt zu sein. Willkommen in der Realität, Prinzessin.

»Weil ich keine Schwester brauche«, sage ich. Gleichgültig, als ginge mich das alles hier nichts an. Ich habe das Recht, kein Teil ihrer Familie sein zu wollen. Damals konnte ich nicht entscheiden. Jetzt schon. »Ich will nur meine Ruhe.« Und mit den Worten drehe ich mich um und gehe zurück in die Bar. Ich erwarte, dass sie mir nachlaufen wird, aber als ich mich umdrehe, ist sie fort. Und meine Brust zieht unangenehm. Wieso das denn jetzt bitte, verfluchte Scheiße?

Ich stolpere hinter den Tresen, ignoriere Knox, der mich fragt, was zum Henker los war, und steuere auf den Mitarbeiterbereich zu. Dann auf die Toiletten, stoße die erste Kabine auf und lasse mich auf den Toilettendeckel fallen. Es riecht unangenehm nach Reinigungsmitteln, aber es nützt nichts. Ich atme tief durch die Nase ein und durch den Mund aus. Die Übung hat mir David, mein Physiotherapeut, gezeigt, als ich eine beschissene Panikattacke auf seiner Liege hatte. Aber es funktioniert nicht. Meine Brust fühlt sich klamm an und zu voll. Avery hat so viel Sediment aufgewirbelt, dass darunter all das Hässliche zum Vorschein kommt. All das, was ich so tief weggedrückt hatte, dass es keine Rolle mehr gespielt hat. Aber jetzt ist es wieder da, flutet mein Hirn und ich habe das Gefühl zu ersticken. Ich werde in dieser verdammten Kabine verrecken.

»Riv?« Es ist Miles. »Ist alles okay?«

Muss er immer so verfickt aufmerksam sein? Ich räuspere mich. »Ja.« In der Regel reicht das, um Menschen zufriedenzustellen, aber Miles ist eben Miles.

Er drückt die Tür auf, lehnt sich in den Rahmen und mustert mich eindringlich. Ohne einen Ton zu sagen. Und dabei alles zu sagen.

»Nein«, gebe ich zu. Hat keinen Sinn, ihn anzulügen. Und ehrlich gesagt bin ich auch zu fertig, um kreativ zu lügen.

»Wer war das?«

»Meine Halbschwester.« Er weiß, dass ich eine habe. Hab's ihm erzählt, zusammen mit jeder Menge anderem Scheiß, der ihn eigentlich nichts angeht. Keine Ahnung, wie er das angestellt hat.

»Deine …« Miles atmet zischend aus. »Sie hat dich also gesucht?«

»Jepp. Und auch gefunden.« Ganz offensichtlich. Scheiße. Scheiße. Scheiße.

»Das ist der Hammer.«

Bei ihm hört sich das an wie etwas Gutes. »Hab sie nach Hause geschickt.«

»Okay.« Er schüttelt den Kopf. »Wieso?«

»Tahoe, was wird das? Eine Therapiesitzung auf dem Klo?« Ich stehe auf und dränge mich an ihm vorbei. Zumindest funktionieren meine Beine wieder. Ich kann atmen. Vermutlich lebe ich also noch. Dank Miles. Ist nicht das erste Mal, dass er mir den Arsch rettet.

»Warum nicht?« Er zuckt die Schultern.

»Weil ich arbeiten muss.« Außerdem ist es erledigt. Wie etwas erledigt sein kann, das ein Loch in meine Brust schlägt. Ein Abgrund, in den alles hineinkippt.

»Ähm, Jungs, ihr solltet kommen.« Via hat die Tür einen Spaltbreit aufgeschoben, traut sich aber nicht aufs Männerklo, was total albern ist, denn es sind nur wir hier. »Dringend.«

Miles und ich sehen uns an und folgen ihr dann zurück in den Gastraum. Und verdammt. Wer hätte gedacht, dass meine kleine Schwester abzuweisen die fucking Hölle lostreten würde.

»Du solltest zu ihr rausgehen.« Via.

»Oder auch nicht.« Miles, nachdem eine leere Bierflasche an der Außenwand der Bar zerschellt.

»Definitiv nicht.« Knox, nachdem mein Seitenspiegel dran glauben musste.

»Woher weiß sie, welches mein Wagen ist?« Ich. Fucking ich, der sich mit so etwas Unwichtigem beschäftigt, um sich nicht mit dem verdammten Kern des Problems auseinanderzusetzen. Ich seufze, setze mich wie in Trance in Bewegung, drücke die Tür der Bar auf, nehme die Kühle der Nachtluft wahr, die ein absolut krasser Gegensatz zu der leicht stickigen Wärme in der Bar ist. Ich zucke nicht zurück, als sie eine Flasche nach mir wirft, die unmittelbar vor meinem Schuh auf den Boden kracht. Splitter prallen gegen mein Bein.

»Hörst du vielleicht mal auf?«

Averys Kulleraugen sind jetzt so schwarz wie ihre Haare oder der Kajal, der darum verwischt ist. »Warum sollteichn?«, lallt sie.

Wie hat sie es bitte geschafft sich in der Dauer einer winzigen Panikattacke so zu betrinken, dass sie nicht mehr richtig sprechen kann? Okay, sie wiegt nichts, da hat der Alkohol leichtes Spiel. Ich fahre mir durch die Haare. Das ist ein absoluter Witz. »Hör auf«, warne ich sie.

»Und wenn nicht?« Sie funkelt mich an und da ist ein Schmerz in ihrem Blick, der da nicht sein dürfte. Das ist kein pubertäres Schauspiel. Dazu wäre sie gar nicht mehr in der Lage, so betrunken, wie sie ist.

Ich ziehe mein Telefon aus der Hosentasche und wähle die 911. Dann drehe ich das Display so, dass sie es sehen kann. »Hör auf«, sage ich noch einmal. »Sonst schwöre ich, ich drücke den verfickten grünen Hörer. Geh zurück nach Hause und lass es gut sein.«

Ihre Antwort ist die letzte leere Bierflasche, die sie auf dem Mauervorsprung abgestellt hat. Sie segelt genau auf mich zu und ich muss mich bücken, damit sie mich nicht voll am Schädel erwischt. Jetzt reicht es. Verfickte Scheiße.

»911, was ist Ihr Notfall?«

Meine kleine Schwester reißt mir den Arsch auf. Es wäre fast lustig, wenn es nicht so verdammt scheiße wäre. »Ich arbeite im *Bad Habits* in Tahoma. Vor einer halben Stunde habe ich eine Minderjährige der Bar verwiesen, die jetzt betrunken davor randaliert.«

»Wir schicken Ihnen einen Wagen. Wurde jemand verletzt?«

Das ist die 100.000-Dollar-Frage. Ich sehe Avery an, die mich anbrüllt, was für ein mieses Arschloch ich bin. Mein Spiegelbild in der Scheibe des *Bad Habits*. Blass und abgekämpft. Fuck, scheint, als wären wir beide total kaputt. Vielleicht ist das genetisch.

»Sir?«

»Nein.« Ich räuspere mich. »Keiner verletzt.«

»Dann lege ich jetzt auf. Die Kollegen müssten gleich bei Ihnen sein.«

»Okay.« Der Anruf wird unterbrochen. In der Ferne höre ich bereits die Sirenen und, fuck, das fühlt sich plötzlich nicht mehr richtig an. Die Cops werden sie in eine Zelle stecken.

»Hey«, sage ich und gehe auf sie zu, mache eine beschwichtigende Geste. Hinter mir höre ich Via und Miles aus der Bar kommen. Vielleicht auch Knox, aber ich sehe mich nicht um, denn ich habe nicht vor mir noch eine zu fangen. »Jetzt beruhig dich, verflucht.«

»Ich will michnich beruhigen.« Ihre Stimme klingt verwaschen und zu jung. »Du hast die Scheißcops gerufen. Ich meine, wer machtnsowas?« Ihr entfährt ein Schluchzen und sie dreht sich von mir weg. Gefühle zeigen ist also auch nicht ihre Stärke.

Ich sollte, verdammt noch mal, aufhören nach Gemeinsamkeiten zu suchen. Wir teilen uns maximal 25 Prozent der DNA. Das ist quasi nichts. Und was mit ihr wird, was sie fühlt oder denkt, sollte mir genau das ausmachen. Nichts. »Was erwartest du? Soll ich dir etwa dabei zugucken, wie du meinen Wagen zerlegst oder Leute mit Bierflaschen bewirfst?«

Sie grunzt. »Dich. Ich habe dich beworfen. Weil du ein Arsch bist.«

Ich widerspreche nicht.

»Du bist genau wie sie.« Ihre Stimme wird leiser. »Du bist genau wie sie und willst mich nicht.«

Und bevor ich begreifen kann, was sie da gesagt hat. Bevor ich analysieren kann, ob sie betrunkenen Schwachsinn redet oder die Wahrheit, hält ein Streifenwagen zwischen uns. Zwei Polizisten steigen aus. Einer kommt auf mich zu. Der andere kümmert sich um Avery. Sie weicht ihm aus, aber sie stellt nicht wirklich eine Herausforderung für den Beamten dar. Mit wenigen Griffen hat er sie fixiert und schafft sie auf den Rücksitz des Streifenwagens.

»Guten Abend. Sie haben uns angerufen?«

Ich nicke, ohne den Blick von Avery abzuwenden. Sie starrt zurück.

»Was ist passiert?«

Und dann wendet sie den Blick ab, richtet ihn gegen den Vordersitz und ich versuche mich echt auf den Beamten vor mir zu konzentrieren, aber irgendwas daran zerstört mich. »Sie ist meine Halbschwester.« Ich hatte nicht vor das zu sagen. Wozu auch, aber jetzt ist es raus und ich muss es erklären, darüber reden und … Fuck. »Darf ich mich hinsetzen?« Ich deute auf die Treppe neben mir.

»Natürlich.« Der Beamte nickt mir freundlich zu. Der andere hält Via und Miles davon ab, zu mir zu kommen, und stellt ihnen auch Fragen.

»Wie ist Ihr Verhältnis zu Ihrer Halbschwester?«

Wieder dieses freundliche Lächeln. Früher habe ich auch so falsch gelächelt. Für mehr Klicks, mehr Follower, mehr Anerkennung. Arschlöcher mag nämlich niemand, vor allem die Sponsoren nicht. Aber das spielt jetzt keine Rolle mehr. Es ist egal, was ich tue, es liegt eh alles in Schutt und Asche. »Wir haben keins«, brumme ich. Dumpfer, pochender Schmerz breitet sich in meinem Kopf aus. »Sie ist heute hergekommen, weil sie rausgefunden hat, wo ich wohne. Ich … wusste nicht, dass sie vorbeikommen würde.« Und wenn, es hätte nichts geändert. »Ich habe sie weggeschickt.«

»Und sie hat es nicht gut aufgenommen. Verstehe.«

Er versteht gar nichts. Fuck my life.

»Warten Sie bitte kurz.«

Ich nicke. Warte. Eine halbe Ewigkeit, in der die Beamten sich besprechen, irgendwelche Daten in den Laptop im Streifenwagen hacken und einer von ihnen mit der Zentrale telefoniert. Dann sprechen sie mit Avery und wenig später kommt der Beamte von vorhin zurück zu mir.

»Sie ist total betrunken. Hatte sie den Alkohol aus dieser Bar? Von Ihnen?«

Ich schüttle den Kopf. »Nein.«

»Wissen Sie, wo sie den Alkohol bekommen haben könnte?«

»Nein.«

»Okay.« Er notiert sich etwas. »Ich bräuchte dann nur noch Ihren Führerschein, damit ich die Daten aufnehmen kann, und schon sind wir fertig.«

Ich reiche ihm die Karte und er beginnt zu schreiben. »Was

passiert jetzt mit ihr?« Verfluchter Idiot, das willst du nicht wissen. Nicht dein Bier, Stanton. Lass es.

Der Beamte hält inne und sieht mich mitfühlend an. »Da wir ihre Eltern nicht erreichen können, muss sie über Nacht irgendwo untergebracht werden. Wir dürfen sie nicht mit zu uns auf die Wache nehmen, weil sie minderjährig ist. Das bedeutet, sie wird in die Obhut des CPS übergeben. Wenn sich eine Notunterbringung für sie findet, wird sie dort ihren Rausch ausschlafen. Ansonsten bleibt sie bei denen in der zentralen Aufnahmestelle und wird ihren Eltern übergeben, sobald die auftauchen.« Er schreibt noch etwas und gibt mir dann den Führerschein wieder. »Außerdem wird sie für die Sachbeschädigung und für Trunkenheit als Minderjährige in der Öffentlichkeit angeklagt und wird sicher vom Gericht zu einigen Sozialstunden verdonnert, aber mehr wird voraussichtlich nicht passieren.«

Ich nicke. Scheiße.

»Bin gleich wieder da.« Wieder geht er zum Wagen und gibt dieses Mal meine Daten ein, berät sich mit seinem am Funk hängenden Kollegen und kommt zurück. Deutlich schneller als beim ersten Mal und mit einem breiten Grinsen auf dem Gesicht. Als hätte ich gerade in der verfickten Lotterie gewonnen und er dürfte mir die gute Nachricht überbringen.

»Wie es aussieht, hat Ihre Schwester Glück. Der CPS hat tatsächlich um diese Uhrzeit noch einen Platz für die Nacht für Ihre Schwester gefunden.« Er deutet auf einen Mann, der aus einem geparkten Wagen steigt. »Das ist ungewöhnlich, wirklich ein seltener Glücksgriff. Es ist immer angenehmer den Kater in einem Bett auszuschlafen als auf einem Plastikstuhl.«

Ich antworte ihm nicht. Weil jede verdammte Zelle in meinem Körper den Rückzug antritt. Und mein Hirn, tja, das hat sich so weit verabschiedet, dass ich denke, ich kippe um. Aber da ist die Treppe unter mir und verhindert das. Ich atme zu schnell und mein Herz rast.

»Mister Loughlin.« Der Beamte streckt Peter Loughlin die Hand entgegen. »Schön, dass Sie so schnell hier sein konnten. Sie haben ja kaum länger gebraucht als wir.«

»Zufall.« Peter Loughlin lächelt sein Scheißpolitikerlächeln. Dasselbe hat er auch getragen, als er Stöcke auf meinem Rücken zerschlagen hat. Oder als er mich hat hungern lassen. Als er mich angebrüllt und erniedrigt hat. Ich habe in einem verdammten Hundezwinger gesessen und er hat es genossen mich auf die abartigsten Weisen vom Schlafen abzuhalten. Ich will auf ihn losgehen, ihn, verfickt noch mal, schlagen für das, was er mir damals angetan hat. Dafür, dass er meine Zukunft zerstört hat, als er das Halteseil manipuliert hat. Ich will ihm den Arsch aufreißen für die Angst, die er Via eingejagt hat, für all die Albträume und Panikmomente. Ich schwöre, ich würde ihn vor den Augen der Cops töten und es wäre mir egal, was danach mit mir passiert, aber meine Muskeln reagieren nicht. Plötzlich bin ich wieder dieser kleine, ätzend hilflose Junge von damals und der zittert vor Angst. Dem ist kalt. So verdammt kalt.

»River.« Er nickt mir zu, lächelt, total lässig. Als wären wir alte Kumpel. Dass er meinen neuen Namen kennt, richtet all die feinen Härchen in meinem Nacken auf. »So wiederholt sich dann wohl die Geschichte.«

»Nein«, stoße ich schwach hervor. Er kann Avery nicht mitnehmen. Sie kann nicht auf die Ranch. Das darf nicht passieren. Das ist … Das geht nicht. Das ist scheiße im Quadrat.

Der Beamte hält Small Talk, witzelt mit Peter fucking Monster Loughlin über diesen total willkürlichen Zufall herum. Am Arsch. Dann verabschiedet sich der Beamte. Seine Arbeit ist erledigt, sobald er meine Schwester übergeben hat, und genau das wird er gleich tun.

Peter hockt sich neben mich und sieht mich an wie ein ungezogenes Kind, dem er nicht richtig böse sein kann. »Du hast gut gespielt, River. Beindruckend, aber dein Trumpf ist jetzt nichts mehr wert. Deine kleine Schwester sticht die Beweise, die ihr habt, um Längen.«

Er ist nur hier, um sie gegen mich zu benutzen.

»Du kannst ihr nichts tun. Ihre Eltern werden sie spätestens morgen abholen und dann hast du gar nichts.« Zu reden kostet mich all meine Kraft.

Er schnalzt mit der Zunge. »Na, na, na, da hat wohl jemand seine Hausaufgaben nicht gemacht. Deine Mom hat sich nicht verändert. Sie war froh, dich los zu sein. Und sie ist jetzt froh, wenn wir ihr deine kleine Schwester abnehmen. Niemand will so eine anstrengende Rotzgöre. Außer uns.« Er gibt seinem Mitarbeiter einen Wink und der verfrachtet Avery mithilfe des Polizisten in seinen Wagen.

Ich muss was tun, aber meine Glieder sind bleischwer und fiebrig. Ich schaffe es nicht mal meinen Scheißarm zu heben. Peter tippt mich an. »Wir müssen erst mal die Füße stillhalten, aber in ein paar Wochen kümmert es niemanden mehr, wenn sie verschwindet. Wir behaupten einfach, sie ist ausgerissen. Sehr bedauerlich, aber so was kommt immer wieder vor.« Er steht auf und das erste Mal schwindet der freundliche Ausdruck auf seinem Gesicht. Er ist wieder er. Und ich bin wieder ich. Travis, bevor ich aus der Scheiße geklettert bin und mich wie bekloppt abgerackert habe, damit all das hinter mir bleibt und ich River sein konnte.

Peter Loughlin beugt sich vor und seine Stimme ist ruhig. Wie die Ruhe vor dem Sturm. »Bringt mir die Kopien, sonst kriegst du deine Schwester in kleinen Häppchen zurück.«

Und ich weiß nicht, wie ich ihm etwas geben soll, das ich nicht habe. Wie ich aufhalten soll, was niemals hätte passieren dürfen.

Danksagung

Danke an meine Schwester, die mir ihre Hundebabys und ein ansonsten stilles Haus zur Verfügung gestellt hat, damit ich nur fühlen und die Welt mal auf Halt stellen konnte, damit ich dieses Buch genau so schreiben konnte. Und dafür, dass du die beste große Schwester auf diesem Planeten und immer für mich da bist. Für Spontantrips im Bulli, glitzernde Geburtstagskuchen, Lachen, Weinen, Leben und mein tägliches Durchatmen mit der Catahoula-Gang.

Danke, dass es dich gibt, Lasse Noah, du bist mein Lieblingskind, weil du mich immer mit Essen versorgst, wenn mich die Seiten einatmen, und mich verstehst, selbst wenn es der Rest der Welt nicht tut.

Danke an Jana, was würde ich nur ohne dich tun? Wie viele Bücher weniger schreiben? Wie selten würde Siri meine Telefonate kappen, weil sie länger als zwei Stunden dauern? Wie langweilig wäre das Plotten, wenn wir das nicht zusammen tun würden, und wie öde die Nächte in Hotels, ohne den Spaß, den wir zusammen haben? Wie oft würde ich mich wohl auf Recherchereisen verirren? Würde ich überhaupt wieder nach Hause finden? Fraglich, aber ich will es auch nicht herausfinden, denn mit dir ist alles ein bisschen besser. Danke für deine Freundschaft.

Danke, dass es dich gibt, Linus Eliah, du bist mein Lieblingskind, weil du einer meiner Ruhepole bist und so einen herrlich trockenen Humor hast, mit dem selbst einkaufen lustig wird und der Rest des Lebens auch.

Danke an Tonia und Valentina für eure Ideen, das Lachen und das Ertragen von elend langen Sprachnachrichten, in denen ich herumjammere, wie absolut furchtbar dieses Buch wird, wie absolut megahammer dieses Buch wird, dass es niemals veröffentlicht werden sollte, weil es absoluter Crab ist, und wie geil es, glaube ich, doch wird. Ich verspreche, beim nächsten Projekt wird es besser, auch wenn ihr wisst, dass ich dieses Versprechen vermutlich brechen werde. Ich bin so verdammt froh, dass wir uns in dieser Buchbubble gefunden haben, als Kolleginnen und als Freundinnen.

Danke, dass es dich gibt, Louis Aaron, du bist mein Lieblingskind, weil du so verdammt liebevoll bist, regelmäßig die Katze von meinem Laptop entfernst und die beste Inspiration bist, wenn es um Rivers kleine Chaoten-Schwester geht.

Danke an Lucie und Kris fürs To-hip-to-hop-Sein, ihr Hasen, für Rotwein und Havanna, fürs Nächte-Durchquatschen und Feiern, wann immer es etwas zu feiern gibt oder eben nicht.

Danke an Nikola fürs Finden, unsere tiefen Gespräche, das Verstehen, die vielen Pep Talks. Immer noch unreal, dass du meine Texte feierst.

Danke an Kathinka für deine wertvolle Sicht auf alles, dein immer offenes Ohr und dein Dich-mit-mir-Aufregen und Dich-mit-mir-Freuen.

Danke, Viola, für das Wieder-Aufbauen, wenn ich denke, ich kann nicht mehr, lustige Abende im Alex und dein Vertrauen.

Danke an Ilona für deine Freundschaft, für dein Immer-Dasein, für Mich-so-nehmen-wie-ich-bin, für Waldauszeiten, Spaß und einfach alles.

Danke an Susanne fürs Immer-an-mich-Glauben, unsere traditionellen Messetreffen, auch wenn es gar nichts zu besprechen gibt und wir einfach nur quatschen. Für deine Herzchen und begeisterten Nachrichten zu meinen Manuskripten und den immer offenen Austausch.

Danke an Luzie für deinen Einsatz und die Organisation rund um die Veröffentlichung.

Danke, Christine, dass du wieder da bist, dass du meine Texte so liebst und sie einfach immer noch so viel besser machst.

Danke, Leonie, für das harte Verhandeln, Bagels in München, Sekt auf der Messe, Regenbogen und fürs Immer-an-mich-Glauben. Und dafür, dass du den Überblick hast und die Struktur, die mir oft fehlt.

Und zuletzt danke ich euch dafür, dass ihr meine Bücher lest, sie liebt, euch zum Signieren anstellt und ewig wartet, zu Lesungen kommt und teilweise ewig fahrt, um dabei zu sein, dass ihr so unfassbar tolle Beiträge erstellt, Videos kreiert, Worte findet, die mich berühren, und dafür, dass ihr mich so unterstützt. Ohne euch könnte ich nicht tun, was ich liebe. Danke.

Anmerkung der Autorin

Dieser Roman behandelt potenziell triggernde Inhalte wie Cybermobbing, verbale und körperliche Bedrohung insbesondere von Schutzbefohlenen, Drogenkonsum, körperliche und seelische Gewalt, psychische und physische Versehrtheit, Stalking, Trauer, Mental-Health-Probleme.

Ich hoffe, dass ich diese Elemente sensibel und angemessen behandelt habe. Trotzdem könnte euch der Inhalt beunruhigen. Bitte entscheidet selbst, ob ihr euch gerade mit diesen Themen auseinandersetzen möchtet.